Chapitre 1

2010

Des murs lépreux du cachot suintent de hideuses humeurs noirâtres entremêlées et grimaçantes. Leur peau humide est maculée d'empreintes ensanglantées et de griffures, de mots maladroitement esquissés jetés là en guise d'adieu.

S'insérant à travers les barreaux d'une lucarne misérable suspendue dans l'air épais, un rai de lumière vient éclairer les contours d'un corps ratatiné à même un sol putride, imbibé de sang et de déjections.

La geôle est infâme. Mi-cage, mi-tombeau, c'est un coin de l'enfer aux relents de souffrances et de mort.

L'homme qui gît est ramassé dans la position du fœtus, les deux mains rassemblées entre les genoux. Son corps martyrisé est parcouru de tremblements et ses mâchoires soudées laissent parfois échapper un murmure douloureux.

Plongé dans un semi-coma, les oreilles bourdonnantes, il sursaute pourtant comme une bête blessée quand lui parvient un bruit de pas.

Privé de forces l'instant d'avant, il se redresse et, comme un aveugle, tend son visage ensanglanté. Un claquement sec de serrure qu'on déverrouille le fait se réfugier dans un coin de son cachot.

Derrière ses paupières tuméfiées, il est au-delà de la peur et commence à supplier. Supplier qu'on le laisse en paix ou bien qu'on l'achève mais qu'on cesse de le torturer.

Une porte s'ouvre et des cris sont poussés dans la cage d'à côté. Des coups pleuvent puis il y a à nouveau des bruits de pas et le bruissement d'un corps qu'on traîne sur le sol.

Après quelques secondes d'un silence glacé seulement troublé par le claquement de dents du prisonnier qui reste tétanisé dans un coin de sa cellule résonne un long hurlement de terreur qui monte des entrailles de la prison…

***

Dan Bradbury se réveilla trempé de sueur. Ses yeux exorbités se posèrent sur les contours familiers de sa chambre qu'il mit pourtant quelques secondes à reconnaître. Il fixa alors sans les voir les murs en pierre de taille égayés et les toiles claires qu'il peignait de ses mains, réalisant enfin qu'il venait de faire l'un des nombreux cauchemars qui perturbait ses nuits.

Tournant la tête, il découvrit près de lui un chien au poil hirsute qui le dévisageait de deux prunelles ardentes luisant sous de gros sourcils en bataille.

— Eh bien, déclara-t-il en passant une main sur le sommet de son crâne, on dirait que tu ne m'as jamais vu !

Le solide griffon émit un petit couinement de plaisir pendant que sa queue martelait la descente de lit.

— C'est un cauchemar vieux, rien d'autre, tu devrais avoir l'habitude maintenant…

Encouragé par le ton amical de son maître, l'animal le

rejoignit d'un bond avant de le gratifier de grands coups de langue.

— Est-ce qu'à un moment ou à un autre, j'ai déclaré que tu avais le droit de sauter sur le lit à mon réveil et de me faire profiter de ton haleine de putois ? fit mine de s'insurger celui-ci. Non, alors qu'est-ce que tu fous là ?

Pour toute réponse, son compagnon poussa un aboiement joyeux avant de présenter son ventre en guise d'offrande.

— Tu crois vraiment que ce genre de spectacle pourrait me faire changer d'avis ? Voyons, quelle heure est-il ?

L'homme se pencha pour apercevoir les chiffres digitaux de son radio-réveil puis stoppa la sonnerie programmée devenue désormais inutile.

— Cinq heures… Pas si mal. Bon, comme c'est foutu pour se rendormir avec toi à mes côtés, si on allait préparer le petit déjeuner ?

Tous deux quittèrent alors la chambre pour la cuisine américaine ouverte sur le salon. L'un se dirigea vers le frigo grand comme une armoire dont la lumière, quand il l'ouvrit, éclaira son torse musculeux barré de cicatrices, l'autre se cantonna à proximité de sa gamelle en vue du repas qui s'annonçait.

Quelques minutes plus tard, une douce odeur de café frais et de tartines grillées flottait dans la maison.

Dan ouvrit alors la porte-fenêtre coulissante à travers laquelle se faufila son compagnon puis, chargé de son plateau garni, se dirigea vers une table située à l'extrémité d'une longue terrasse en bois construite au-dessus du vide. Durant quelques secondes, il contempla le paysage extraordinaire qui s'étirait d'un bout à l'autre de l'horizon où se dessinaient les premières lueurs du jour. À l'ouest, quelques étoiles haut perchées luisaient encore dans l'obscurité. Le silence, seulement troublé par le frottement des élytres d'insectes, était à la hauteur du décor, abyssal et profond.

De part et d'autre de l'habitation, des roches ancestrales couvertes de garrigue se déversaient en vagues tumultueuses jusqu'à la Méditerranée, endormie en contrebas. L'air, chargé de mille parfums, fourmillait de vies embusquées. Ténèbres dévoilées et couleurs craintives se disputaient l'aube dans une lutte encore incertaine.

— Calme et volupté… soupira-t-il en songeant à sa nouvelle vie.

Un bruissement provenant des hautes branches d'un chêne-liège donnant sur le perron lui fit lever la tête. Sur l'une d'elles, il repéra une petite forme ronde qui semblait le contempler de ses prunelles écarquillées.

— Salut Petit Duc, le salua l'homme matinal en découvrant le rapace nocturne. Désolé d'empiéter une nouvelle fois sur ta nuit mais… bon, je te promets que la prochaine fois, je prendrai des somnifères !

— Viens Azote, ajouta Dan un peu plus tard à l'attention de son chien qui venait d'engloutir une tartine de confiture, on va ranger tout ça et après, on va aller s'occuper du reste de la bande.

Celui-ci émit un couinement joyeux avant de gambader au-devant de son maître jusqu'à un vaste enclos. Réunis à proximité d'un confortable abri de bois qui servait d'écurie, il y avait là Léo, un vieux cheval de trait à la crinière blonde échevelée sauvé in extremis de la boucherie, Tornade, un petit âne gris offert à un enfant gâté qui s'était vite désintéressé de lui et deux adorables chèvres Clochette et Mélanie qui avaient passé la moitié de leur existence accrochées à la corde d'un cirque ambulant.

— Alors comment va la dream team ce matin ? s'exclama Dan en prodiguant une accolade amicale à chacun d'eux tandis qu'Azote allait et venait la langue pendante entre leurs sabots. Il va faire chaud aujourd'hui, vous n'oublierez pas de vous mettre à l'ombre.

Il gratta les chevrettes reconnaissantes entre les cornes.

— Vous avez entendu, les filles ? Pas d'escalade aujourd'hui ! leur recommanda-t-il en faisant allusion à leur terrain de jeux que formaient de gros rochers en lisière de forêt.

Puis il passa un bras affectueux autour du garrot de son cheval qui laissa reposer son énorme tête sur son épaule.

— Léo, mon vieux, je compte sur toi pour surveiller tout ce petit monde et s'il le faut, n'hésite pas à faire preuve d'un peu d'autorité.

Durant une bonne heure, l'homme s'activa auprès de son cheptel, repoussant avec douceur cornes et naseaux qui venaient régulièrement entraver ses gestes, veillant à ce que chacun ne manque de rien, puis il regagna l'intérieur de la maison, une demeure de pierre d'un autre âge au toit de tuiles rondes, construite au cœur d'une oasis de verdure composée en majorité de pins et de chênes à l'écorce précieuse, restaurée et aménagée au gré de ses différents occupants, érigée entre le vide et un plateau boisé que le soleil à présent irisait de ses reflets orangés.

Rejoignant la salle de bain où, comme dans le reste de la maison, le moderne et le rustique cohabitaient subtilement, il prit une douche rapide, coiffa ses cheveux courts, puis jeta quelques affaires au fond d'un sac qu'il chargea sur son épaule.

Une fois dehors, il verrouilla sa porte, puis il se dirigea en compagnie de son chien vers un vieux pick-up de couleur crème, perclus de rouille sur le capot duquel était allongé un gros chat tigré qui les observa d'un regard dédaigneux.

— Désolé Pastis, mais il y en a qui doivent aller bosser pour gagner ta pâtée, déclara Dan, approuvé par un aboiement d'Azote qui venait de prendre place sur le siège passager marqué de profondes griffures.

Désabusé, le félin s'étira longuement puis, à contrecœur, rejoignit d'un bond élégant le sol qu'il foula de quelques pas légers.

— Je sais ce que tu penses, vieux, confia Dan à son compagnon tout en démarrant le moteur. Non seulement, nous abritons et nourrissons gracieusement ce pique-assiette mais en plus, il se permet d'être insolent. Si tu avais réagi le premier jour quand ce SDF a décidé de s'établir ici, nous n'en serions pas là, mais voilà, nous sommes trop bons et un jour, crois-moi, cela nous perdra !

Exécutant une rapide marche arrière, Dan lança alors son vieux tout-terrain sur le sentier sableux saupoudré d'aiguilles de pins.

Délaissant le chemin et ses ornières, il emprunta, peu après, une route étroite à flanc de montagne. S'engageant alors prudemment sur une succession de lacets vertigineux, il commença une descente en direction de la mer dont on devinait, au gré du paysage, la majestueuse présence.

— Bon Dieu, qu'est-ce que ça sent bon ! confia Dan à son passager dont les oreilles flottaient au vent. J'ai beau y être habitué maintenant, on dirait que tout ce pays a été plongé dans une fiole de parfums ! Et ces couleurs, Azote, tu as vu, ces couleurs ! s'émerveilla-t-il en balayant du bras le bleu déjà profond du ciel et ses tendres déchirures.

Après une poignée de kilomètres à travers une nature

immuable qui résonnerait bientôt du chant de milliers de cigales, ils parvinrent en vue des premières maisons d'un village provençal enfouies dans des écrins de verdure puis, escortés de lauriers en fleurs exubérants et de cactus tentaculaires, ils s'enfoncèrent au cœur de rues étroites encore silencieuses.

Enfin, après avoir contourné une fontaine ouvragée érigée au centre d'une place bordée de platanes aux allures d'immenses parasols, ils débouchèrent sur une artère plus large hérissée de palmiers aux pieds desquels sommeillaient des bancs vides et des terrasses encore inanimés.

Dan se gara non loin d'une vitrine où était exposé du matériel de plongée.

— Salut Danny, l'accueillit celui que tous ceux du village surnommaient César, un chauve à moustache au physique de lutteur de foire dont la chemise hawaïenne dissimulait mal l'embonpoint, affairé à en remonter le rideau métallique. Tu es tombé du lit, ce matin, oh ?

— Je vais gonfler les blocs, se contenta de répondre Dan avec un léger accent britannique en pénétrant dans une pièce où étaient entreposées de nombreuses bouteilles de plongées jaunes et blanches rassemblées autour d'un gros compresseur.

— J'ai des Hollandais et deux couples « denglishs » pour toi, ce matin, annonça un peu plus tard le propriétaire des lieux en consultant un planning sur son écran d'ordinateur. Ils sont tous autonomes. Tu prendras le zodiac et tu les emmèneras sur l'épave du Nelson, il ne devrait pas y avoir trop de courant aujourd'hui.

Deux hommes à l'allure sportive pénétrèrent alors dans le magasin. Le plus jeune ne devait guère avoir plus d'une vingtaine d'années, bronzé, les cheveux bruns frisés coupés courts, il avait l'air faussement sûr de lui du moniteur frais émoulu qui entame sa première saison de plongée. Le second, un grand type musculeux à moitié chauve, la quarantaine, avait l'allure d'un professionnel aguerri.

— Manu et Victor, vous viendrez avec moi sur le Neptune, avec le groupe d'hier, leur annonça César en faisant allusion au plus gros des bateaux capable d'emporter une trentaine de plongeurs avec leur équipement. Et toi Manu, cette fois, tu t'imposes avec ta palanquée. Tes plongeurs, ils doivent remonter sur le bateau avec cinquante bars, pas vingt ou trente ! S'il y en a qui tardent à remonter quand tu leur demandes, alors tu leur bottes le cul !

Moins d'une heure plus tard, au milieu de l'inévitable confusion que suscitaient toujours les préparatifs d'avant plongée, Dan rassembla les membres de son groupe autour de son van dans lequel son chien avait déjà pris place.

— Tu veux pas échanger ton groupe avec le mien ? plaisanta discrètement Victor en faisant allusion à deux ravissantes blondes occupées à contrôler la pression de leurs bouteilles. C'est toujours toi qui hérites des jolis culs et tu sais pas quoi en faire !

— Elles sont venues là pour voir une épave, tu veux que je te présente ?

Bon, mesdames et messieurs les plongeurs, commença Dan en anglais, sa langue natale, en ignorant le doigt levé de son compagnon qui rejoignait son groupe, pour ceux que ça intéresse, ce magnifique taxi, expliqua-t-il en désignant son véhicule en piteux état, peut vous conduire sans effort jusqu'au bateau, pour ceux qui auraient peur de devoir pousser en cours de route, celui-ci se trouve au bout de la jetée à huit minutes à pied, précisa-t-il en désignant les nombreuses embarcations amarrées le long du port de plaisance.

— Il plonge avec nous ? le questionna l'une des deux jeunes Hollandaises en désignant Azote qui, depuis sa place de copilote, fixait le loulou blanc d'un couple de curieux.

— Il pourrait, mais aujourd'hui, il se contentera de piloter le bateau. Est-ce que chacun a bien son équipement ? Oui, alors c'est parti !

Une fois parvenus sur le quai d'embarquement, les deux groupes chargèrent leur encombrant matériel sur les bateaux.

— N'oubliez pas la crème solaire sur le visage, mesdames et messieurs, rappela Dan en saluant le pilote d'un minuscule bateau de pêche qui rentrait au port, un soleil comme celui-là n'aime pas les Nordiques que nous sommes !

Puis, tous avaient alors embarqué à bord du zodiac dont Dan venait de démarrer les deux puissants moteurs. S'étant extraits de leur parking flottant, ils remontèrent une rangée de mâts jusqu'au bout de la jetée qui les abritait. Malgré l'absence de vent, l'eau d'un bleu profond se creusa, aspergeant les passagers de ses embruns salés. Les conversations s'éteignirent alors quand le zodiac, le nez pointé hors de l'eau, bondit en direction du large laissant dans son sillage un profond sillon blanc.

De part et d'autre du bateau, la terre s'étirait, montagneuse et sauvage malgré les constructions qui apparaissaient, nombreuses, entre les îlots de verdure présents sur le moindre rocher.

Ils avaient rejoint leur lieu de plongée après une navigation sportive d'une quinzaine de minutes. Celui-ci était logé entre deux îles escarpées au-dessus desquelles planaient des mouettes et des goélands. Enfin, après quelques ultimes recommandations, ils s'étaient jetés dans l'eau profonde et miroitante comme les vitraux d'une immense cathédrale.

S'enfonçant lentement dans le grand bleu, ils ne tardèrent pas à découvrir la silhouette monumentale de l'infortuné cargo qui gisait quarante mètres plus bas sur son matelas de sable.

Au-dessus d'eux s'étiraient de longs chapelets de bulles qui remontaient en se dilatant vers la surface.

Parvenus à sa hauteur, ils avaient tout d'abord plané au-dessus du pont gigantesque colonisé par des centaines de poissons multicolores et d'immenses gorgones dont les faisceaux de leurs lampes révélaient les tons chatoyants, puis ils avaient sondé à coups lents de palmes le ventre ouvert de l'épave hantée de congres et de murènes, partageant leur exploration avec de gros mérous indolents. Enfin, au bout de quelques minutes passées trop vite, Dan avait indiqué le moment de la remontée, une phase toujours très sensible, qu'ils avaient effectuée par sécurité le long d'un filin qui remontait de l'épave jusqu'à leur bateau.

Ils avaient alors rejoint le Neptune contre le flanc duquel ils avaient amarré leur zodiac, afin de partager un repas en compagnie de tous les plongeurs qu'Azote avait distraits de ses multiples facéties puis, après une deuxième incursion moins profonde le long d'un tombant hérissé de coraux, ils avaient regagné le port en proie à cette heure du jour au balai incessant de dizaines d'embarcations.

Dan Bradbury, la main sur la manette des gaz tournant au ralenti, s'apprêta à loger leur embarcation contre le quai encombré d'estivants qui déambulaient le long des coques scintillantes sous les effets mêlés du soleil et de l'eau.

Ce faisant, il se rappela soudain la drôle de gamine entrevue à cet endroit même au moment de leur départ. Que faisait cette enfant seule sur le port à cette heure matinale ? Sans doute était-elle la passagère d'un de ces nombreux et beaux bateaux ? Mais alors, pourquoi portait-elle un manteau, aussi incroyablement bleu, à cette époque de l'année ? Et pourquoi l'avait-elle dévisagé ainsi ?

Se concentrant sur sa manœuvre, il vira soudainement de bord et plaça avec précision le nez de son puissant zodiac à son lieu précis d'appontage.

— Merci Dan, c'était vraiment super ! le félicitèrent un couple de Britanniques dont les visages radieux étaient recouverts d'une épaisse couche de crème solaire, tout en chargeant leurs blocs vidés de leur provision d'air dans la remorque du club.

— Je suis content que ça vous ait plus, leur sourit-il encore revêtu de sa combinaison néoprène qui moulait son corps d'athlète.

— Tu manges avec nous, Danny ? lui proposa César. Rosetta nous fait sa soupe de poissons ! ajouta-t-il en faisant allusion à son épouse, une quinquagénaire blonde platine au décolleté avantageux avec qui il tenait le magasin.

— Non, merci, refusa poliment Dan en chargeant son sac dans sa carriole. Je dois nettoyer les broussailles qui ont repoussé au fond de mon pré. Avec cette sécheresse et mes bêtes, on ne sait jamais.

— Tu parles d'or. Beaucoup feraient bien de s'en inspirer. Eh bien alors à demain, Danny.

Tous deux avaient alors pris le chemin du retour, Azote à ses côtés. Une fois rejoint leur nid d'aigle, ce dernier sauta de la voiture afin d'aller saluer ses compagnons.

Au bout de plusieurs heures passées à défricher, ils avaient regagné la fraîcheur bienfaisante de leur maison de pierre. Après une douche réparatrice, Dan fit cuire quelques grillades qu'il dégusta tout en songeant à sa journée, à cette drôle de gamine et à la façon qu'elle avait eue de le dévisager.

Au-dehors, la nuit tombait. Il soupira. Avec elle, ses cauchemars n'étaient jamais très loin.

***

1943

— Rosa... Rosa? Réveille-toi, ma chérie.

L'enfant ouvrit les paupières et ses grands yeux noisette se posèrent sur le visage à la fois tendre et contrarié de sa mère.

Celle-ci écarta délicatement quelques mèches de cheveux que la sueur collait sur le front de sa fille.

— Rosa, qu'est-ce que tu fais dans ce grenier? Pourquoi n'es-tu pas dans ton lit?

— Maman, je l'ai vu, tu sais?

— Je veux bien que tu y viennes pour jouer mais en aucun cas pour y dormir...

— Maman, je l'ai vu, tu sais?

— Qui ça, ma chérie? Qui as-tu vu?

— Le chevalier, qui va venir nous sauver.

***

2010

— Alors, elle s'est bien débrouillée? demanda le couple de septuagénaires en retrouvant leur petite-fille d'une dizaine d'années revenue de son premier baptême de plongée.

— Un vrai poisson, les complimenta Dan en posant une

main affectueuse sur les cheveux collés par le sel de la jeune plongeuse.

— Ça ne m'étonne pas, reconnut la grand-mère en couvant cette dernière d'un regard attendri. Elle ne pense qu'à mettre la tête sous l'eau !

— Mamie, je pourrai revenir demain ? implora la fillette en joignant ses deux mains. C'était trop bien ! Je suis descendu à six mètres et il y avait des centaines de poissons.

— Ma chérie, tu sais bien que nous avons prévu d'aller au musée.

— Monsieur, monsieur, c'est quand qu'on reçoit notre diplôme ? questionna un blondinet à la peau bronzée tandis que Dan débarquait le matériel du Neptune sur lequel ils avaient embarqué une dizaine d'enfants et une poignée d'adultes pour une première plongée en milieu naturel.

— Tu rejoins le club avec ta maman et tu vois ça avec le monsieur à la grosse moustache. Il va te donner un beau diplôme que tu pourras accrocher dans ta chambre et montrer à tes copains.

— Alors, ça vous a plu ? interrogea Dan en serrant la main que lui tendait une femme d'une soixantaine d'années au visage rayonnant.

— C'était magnifique, aussi bien que mon premier saut en parachute ! lui confia cette dernière dans un grand éclat de rire.

— C'est vrai, vous allez recommencer alors ?

— Malheureusement, j'habite trop loin de la mer et les lacs de ma région sont un peu trop froids pour moi !

Dan répondait à présent aux questions d'un couple de trentenaires en quête d'informations quand il eut le regard attiré par une silhouette perchée sur l'un des escaliers qui conduisaient aux rues. Là, la fillette le dévisageait, vêtue de son incroyable habit bleu.

— Euh... Excusez-moi un instant, bredouilla-t-il à l'attention des jeunes passionnés, j'ai cru voir quelqu'un qui... Victor, s'enquit-il en interpellant son coéquipier occupé à rincer son équipement de plongée, tu peux renseigner ces messieurs dames?

Mais là-bas, l'enfant avait disparu.

Sans précipitation, il escalada alors les marches qui conduisaient à l'avenue encombrée de touristes en tentant de repérer parmi eux cette étrange gamine, en vain.

***

1943

— Tu as vu son grand bateau tout blanc? Peut-être que c'est avec ce bateau qu'il va nous conduire en sécurité? Et tu as vu son chien comme il est rigolo? Je me demande comment il s'appelle.

La petite fille cessa de s'adresser à sa poupée au moment où lui parvinrent des éclats de voix de la rue. Une porte claqua de manière brutale puis le calme revint. Durant ces quelques secondes, elle avait cessé de respirer et ses yeux magnifiques s'étaient agrandis comme au bord d'un vide immense.

— Je demanderai à maman qu'elle te tricote un maillot, comme ça tu le mettras quand on sera sur son bateau. Moi, j'ai perdu le mien mais de toute façon, maman a trop peur que je prenne des coups de soleil.

***

2010

Dan s'éveilla en sueur dans un lit défait. Retrouvant lentement ses esprits, il posa son regard sur le dos nu de la femme étendue à ses côtés. Celle-ci émit un léger murmure de désapprobation avant de retomber dans un profond sommeil.

À cet instant, un gémissement contenu se fit entendre au niveau du sol.

— Chut ! recommanda-t-il en plaçant un doigt devant sa bouche à l'adresse de son chien qui l'observait depuis la descente de lit sur laquelle il était étendu. Si tu jappes une seule fois, je te donne à manger aux chèvres !

Dan s'extirpa alors du lit avec précaution, puis il se faufila jusqu'à la cuisine après avoir intimé du regard à son compagnon de ne pas bouger un seul de ses poils.

Il se saisit alors d'une bouteille de coca qu'il tira du frigo puis, dans le plus simple appareil, sortit sur la terrasse et marcha jusqu'au premier fauteuil dans lequel il s'affala. La nuit était douce et parfumée, peuplée de chants d'insectes et de bruissements légers.

Le regard absent, il but une gorgée du liquide glacé.

Bon Dieu, qu'est-ce qu'il lui arrivait ? Cela faisait plusieurs jours maintenant qu'il entrevoyait cette gamine et que celle-ci disparaissait quand il voulait l'approcher ! Existait-elle vraiment ou n'était-elle qu'un... qu'un fantôme qu'il s'était fabriqué ?

Passe encore que ses nuits soient la proie de cauchemars répétés mais, si maintenant il avait des hallucinations en plein milieu de la journée !

Est-ce que ses problèmes revenaient ? Peut-être devrait-il reprendre son traitement ?

— Tu ne dors pas ?

Une silhouette de femme nue dont il ne distinguait que les contours se dessina dans l'encadrement de la porte.

— J'avais soif.

Celle-ci le rejoignit puis s'assit à ses côtés. Elle lui prit la bouteille des mains et la porta à sa bouche. L'instant d'après son pied se posa délicatement sur le sexe de l'homme.

— Tu sais que ce n'est pas prudent de se balader dans cette tenue en pleine nuit ?

Dan contempla sans le distinguer vraiment le beau visage de celle qui, de temps à autre, partageait ses nuits. Seuls ses yeux bleus renvoyaient parfois une auréole de lumière, quant à sa peau bronzée et ses cheveux couleur charbon, ils se confondaient avec l'obscurité.

— Je te le confirme. Et je vais même te le prouver si tu n'ôtes pas ton pied de là…

Clémence était une sirène enjôleuse qui s'était laissé prendre dans ses filets sur un des célèbres marchés que comptait le pourtour de la Méditerranée. Il avait aussitôt été subjugué par la beauté sauvage de cette fille de la côte qui l'avait dévisagé sans retenue de l'autre côté de son étal de velours sur lequel s'alignaient les bijoux qu'elle façonnait de ses mains.

— Ils vous plaisent ? lui avait-elle demandé en le toisant d'un drôle de sourire.

— Il faudrait être difficile, avait-il murmuré l'œil malicieux en s'efforçant d'ignorer le décolleté audacieux qui dévoilait la peau veloutée de ses seins.

Ses dents blanches avaient brillé.

— Vous avez une préférence ?

— En fait, je crois que tout me plaît.

— Alors prenez tout, l'avait-elle provoqué en rabattant une mèche de ses longs cheveux de geai derrière son épaule.

Moins de trois jours plus tard, ils étaient devenus amants, cédant sans retenue à l'attirance réciproque éprouvée dès leur premier regard. Depuis, ils se retrouvaient régulièrement, chez lui la plupart du temps, quand le chemin de celle-ci, qui exposait sur tous les marchés du bord de mer, croisait à nouveau le sien. Le reste du temps, la jeune femme fabriquait ses bijoux, retranchée dans un atelier qu'elle louait près de Nice. Ils ne s'étaient rien promis, n'avaient esquissé le moindre projet si ce n'était celui de se retrouver quand le besoin s'en faisait sentir. À peine avaient-ils partagé quelques jours de vie commune lors de vacances dans l'océan Indien durant la morte-saison.

— Tu as l'air songeur, quelque chose te travaille ? interrogea-t-elle en éloignant une mèche rebelle de son visage.

— Ce qui me laisse songeur, c'est notre vulnérabilité à nous, les hommes, entre vos mains, les femmes et, en cet instant précis, entre vos pieds.

— Tu veux que je l'enlève ?

— Trop tard, ton sort est déjà écrit. Pour la profanation dont tu t'es rendue coupable, il n'y a qu'une sentence.

— Mon Dieu et quelle est-elle ?

— Mais « l'amor » imprudente, « l'amor » ! plaisanta-t-il en attirant la jeune femme nue contre lui.

Clémence était repartie le lendemain pour deux semaines durant lesquelles elle allait exposer dans les plus belles villes du Sud, là où les estivants étaient les plus fortunés et les plus enclins à la dépense. Dan, quant à lui, avait continué d'entraîner les amateurs de plongée au fond des eaux bleues de la Méditerranée.

Ces derniers temps, ses cauchemars s'étaient faits moins présents au point qu'il s'éveillait avec la sonnerie du réveil et que la petite fille au manteau bleu ne s'était plus manifestée, à son grand soulagement.

Enfin jusqu'à ce jour… Il prenait quelques verres avec des amis sur une terrasse donnant sur le port.

L'enfant lui était apparue au pied d'un des palmiers qui bordaient la rue passante. Elle paraissait si petite. Son bras droit tenait une poupée logée contre sa poitrine. L'index de son autre main était replié devant ses lèvres. Ses grands yeux sombres, mi-intrigués mi-apeurés, étaient rivés aux siens. Ses cheveux châtains, retenus par des barrettes, tombaient comme des baguettes de chaque côté de son visage d'une incroyable pâleur.

Dan, déconcerté par cette nouvelle apparition, avait reposé son verre comme un automate.

— Eh Dan ! Elle est où la bombe atomique qui t'a mis dans cet état ? l'apostropha un de ses compagnons en tee-shirt rayé de marin.

— C'est… pas une nana, avait-il bredouillé. C'est… C'est cette drôle de gamine là-bas, près du palmier.

— Laquelle ?

— Celle avec le manteau bleu.

— Quelle gamine, et quel manteau bleu ? s'était étonné son compagnon qui l'avait cherchée en vain parmi les nombreux touristes. Dis-moi, tu n'aurais pas pris un 51 de trop ?

À cet instant, son portable avait sonné. C'était Clémence qui lui proposait de se retrouver lors du prochain week-end.

Quand il avait relevé la tête, l'enfant s'était à nouveau volatilisée.

— Tonio ! avait appelé son compagnon tandis qu'un

serveur passait à proximité. Tu nous remets une tournée, mais pas pour Dan parce qu'il voit des gamines en manteau bleu au pied des palmiers ! Tu penses, un manteau bleu, avec la chaleur qu'il fait ! D'ici qu'il voie des éléphants roses, il n'y en a pas pour des heures !

Depuis cette soirée, Dan devint nerveux. Et plus particulièrement dès qu'il retrouvait le port où semblaient se concentrer les apparitions. Malgré lui, il la cherchait là où elle lui était apparue.

Elle se matérialisa deux jours plus tard, un instant qu'il redoutait et espérait en même temps, à quelques pas de la terrasse du restaurant d'un ami à qui il donnait parfois un coup de main les soirs de grande affluence.

L'enfant se tenait immobile de l'autre côté de la rue, redevenue piétonne le temps d'un week-end. Elle paraissait subjuguée par le monde qui l'entourait. Un monde qu'elle observait de ses grands yeux écarquillés au milieu des estivants qui passaient sans la voir. Des grands yeux qui se posèrent soudain sur lui tandis qu'il déposait sur une des tables des pizzas brûlantes.

— Vous avez vu cette drôle de gamine ? bredouilla-t-il au milieu des conversations animées et des rires.

— Pardon ? demanda une des jeunes femmes qui, visiblement, n'avait pas saisi le sens de sa question.

— La gamine là, qui me regarde avec le manteau bleu, précisa-t-il en pointant son doigt hésitant sur la fillette… Elle a l'air bizarre, non ?

— C'est quoi, c'est une blague ou une devinette ? s'esclaffa cette dernière après avoir regardé en vain dans la direction indiquée.

Comprenant que quelque chose n'allait pas, il avait alors bredouillé…

— En fait, vous ne pouvez pas la voir, elle est… elle est tombée à l'eau.

— La petite fille ? s'horrifia la jeune femme.

— Non, mon histoire. Je vous apporte les boissons.

Il avait pourtant cru aller franchement mieux, au point d'avoir pensé qu'il pouvait se passer de ces putains de médocs et de ces visites humiliantes chez le psy, mais voilà, son passé le rattrapait.

Dan avait quitté son service dès qu'il l'avait pu et avait trouvé refuge en compagnie de son chien et d'une bouteille de scotch à l'extrémité de sa terrasse qui dominait le vide et les roches blafardes révélées par un rayon de lune.

Oh, bien sûr, son passé n'était jamais très loin, ressurgissant le temps d'un cauchemar sur le coup des trois ou quatre heures du matin quand il n'y avait plus grand-chose d'autre à faire que d'attendre le moment de se lever ! Mais là, ça devenait plus compliqué à gérer. Il avait des hallucinations en plein milieu de la journée.

« Vous devez prendre ce traitement à vie, lui avait asséné son psy, si vous ne voulez pas que votre traumatisme ne prenne les commandes de votre cerveau. »

Il voyait déjà sa tête ou la tête d'un autre d'entre eux quand il allait leur expliquer qu'il était hanté par une petite fille en manteau bleu !

« Et… qu'éprouvez-vous pour cette enfant ? De la tendresse… du désir ? Avez-vous déjà été le témoin de viol durant votre carrière, et plus particulièrement de viol d'enfant ?

Porte-t-elle quelque chose sous son petit manteau bleu, une jupe, un pantalon ? »

Tiens, c'est vrai, ça, tenta-t-il de se rappeler, que portait-elle sous son manteau bleu ? Oui, une jupe, ou peut-être une robe et, des chaussettes, blanches, qui lui montaient jusqu'aux genoux.

Que représentait cette gamine ? Pourquoi elle ? Était-elle un fantôme ? Celui d'une enfant dont il avait croisé le chemin lors d'une de ses missions, morte peut-être et qui revenait le hanter ?

Dan porta une nouvelle cigarette à ses lèvres puis absorba une énième gorgée de whisky tandis qu'Azote, étendu à ses côtés, poussait un long soupir.

Il aurait pu fouiller dans sa mémoire pour tenter de retrouver l'un de ces visages, l'une de ces silhouettes diffuses émergeant des décombres, mais cet effort-là était au-dessus de ses forces. Il voulait oublier. Il voulait être un autre…

Pourtant, il allait bien devoir faire face. Aujourd'hui, c'était une fillette qui le hantait, mais demain, que devrait-il affronter ?

Que pouvait donner ce genre d'hallucination par quarante mètres de fond quand on était responsable d'un groupe de plongeurs ?

Il songea à Clémence. À elle aussi, il avait caché son autre vie qui avait pris fin six ans plus tôt, lorsqu'il était rentré d'Afghanistan… en si piteux état.

Il se servit une nouvelle rasade de scotch qu'il avala d'un trait, puis il enflamma l'extrémité d'une autre cigarette. Alors il se revit en uniforme, marcher le long d'un interminable couloir de bois ciré qui résonnait sous ses pas…

***

Dan frappa à l'une des épaisses portes en chêne massif polie comme un miroir, puis l'ouvrit après y avoir été invité.

Deux hommes se trouvaient à l'intérieur de la pièce, un bureau bibliothèque de style victorien éclairé par le gris du ciel qui filtrait à travers les petits carreaux des fenêtres. Un militaire en tenue et un civil en costume sombre, tous deux membres des services secrets de sa gracieuse Majesté britannique. Dan salua, puis à la demande de son supérieur se mit au repos.

— Asseyez-vous, capitaine, l'invita le civil, un fringuant sexagénaire tiré à quatre épingles, en lui présentant un fauteuil en cuir. Je vous offre quelque chose ? proposa celui-ci d'un ton détaché en désignant quelques bouteilles posées sur un secrétaire de bois précieux.

— Je veux bien un verre d'eau, merci.

— Plate, gazeuse ?

— Gazeuse.

— Colonel ?

— La même chose, merci, déclara l'officier, un quinquagénaire aux cheveux courts et à la fine moustache blanche.

— À présent, continua le civil, impeccable dans son costume croisé, tout en tendant les verres, la politesse voudrait que nous en venions aux présentations, malheureusement, nous ne pourrons vous donner notre vrai nom pour des raisons de confidentialité, cela vous pose-t-il un problème, capitaine ?

— Je vous écoute.

— Très bien. Vous comprendrez mieux quand je vous révélerai le pourquoi de votre présence parmi nous, expliqua-t-il en faisant allusion aux bureaux du fameux MI6.

L'homme avait alors brièvement fait l'éloge des états de service de son hôte, officier dans les forces spéciales, en consultant distraitement un dossier posé sur un bureau d'acajou, puis il en était rapidement venu aux faits.

— Tout à fait remarquable, capitaine, c'est pour cela que nous avons pensé à vous pour diriger cette mission. En fait, une récupération d'otages dans une région d'Afghanistan, exposa le civil comme s'il avait parlé d'une partie de pêche qui s'annonçait. J'explique. Il y a peu, l'un de nos agents étrangers en planque dans Kaboul a eu la certitude d'avoir localisé notre ami Ben Laden que nous tenons tant à rencontrer. S'étant senti sur le point d'être repéré, notre homme n'a trouvé d'autre solution que de quitter la ville en catastrophe en compagnie de membres d'une ONG avec lesquels il comptait rejoindre nos lignes. Malheureusement, ils sont tombés sur une bande de rebelles talibans qui, depuis, les retiennent prisonniers. Leur chef est un tueur patenté, bien connu de nos services, qui a demandé aussitôt une forte rançon pour leur libération. Aujourd'hui, nous craignons que notre agent soit découvert ou simplement sommairement exécuté avant d'avoir pu nous faire part de ses révélations.

— Pourquoi ne pas payer ce qu'ils demandent ? demanda Dan.

— Parce que la somme demandée est déraisonnable et parce que ce fou furieux a, jusqu'à présent, toujours exécuté ses otages, même après versement de la rançon.

— Quel est votre plan ?

Le colonel, qui était resté jusqu'à présent silencieux, prit alors la parole derrière la fumée épaisse de son cigare.

— Nous pensons avoir réussi à localiser les ravisseurs et leurs otages. Nous projetons d'y envoyer un groupe limité d'hommes des forces spéciales dont vous faites partie afin de neutraliser les premiers et de récupérer les seconds.

— Qu'est-ce qui vous fait croire que ce sera possible ?

— Les otages ont, selon toute vraisemblance, été rassemblés dans un village de montagne fréquenté par quelques familles de paysans. Leurs ravisseurs, qui se déplacent sans cesse pour éviter d'être localisés, préfèrent avoir les mains libres. Si vous acceptez cette mission, vous serez parachutés de nuit à haute altitude au-dessus de la position qui ne sera gardée que par quelques hommes mêlés aux habitants. C'est du moins ce que nous indiquent les photographies prises par nos drones. Une fois les otages libérés, nous prévoyons une extraction par hélicoptères stationnés sur la plus proche de nos bases.

— Vous avez déjà exécuté ce genre de coup de force, commenta à nouveau le civil. En Irak et en Somalie. Celle-ci ne devrait pas représenter plus de difficultés.

— L'opération se préparera dans le plus grand secret, précisa le militaire. Nous frapperons sans laisser à ces illuminés le temps de comprendre ce qui leur arrive. Mais le temps presse. Nous avons jusqu'à présent pu éviter que les journalistes viennent aggraver les choses, mais cela ne durera pas, aussi nous devons agir sans tarder.

Dan avait aussitôt accepté, on ne refusait pas de conduire ce genre de mission quand on ne s'entraînait que dans ce but, même s'il avait tout de suite pu juger de sa dangerosité malgré ce que voulaient bien en dire les deux hommes dont il avait pris congé un peu plus tard.

— Ramenez-nous notre informateur, capitaine, avait déclaré le civil en lui serrant fermement la main. Grâce à lui, nous mettrons peut-être enfin la main sur ce fils de pute d'Oussama.

En trois jours seulement, en raison de l'urgence, l'opération avait été montée. Dan avait sélectionné dix commandos triés sur le volet avec lesquels il avait pour la plupart déjà travaillé. Un transport spécial les avait conduits jusqu'à une base américaine en Turquie, puis ils avaient été parachutés comme prévu, de nuit et à haute altitude au-dessus de leur cible.

S'étant regroupés sains et saufs, ils s'étaient fondus dans le décor et avaient passé leur première journée en repérage sous un soleil de plomb, observant depuis leurs puissantes jumelles le village niché à flanc de montagne et les allées et venues de ses habitants.

Comme on le leur avait indiqué, les cinq otages semblaient être dans une grotte devant laquelle se tenait souvent un homme armé.

La nuit venue, Dan avait avec la moitié de son groupe rejoint un promontoire escarpé qui dominait le camp. D'autres s'étaient embusqués à des endroits stratégiques avec leurs armes de précision.

Dan, le premier, s'élança en rappel le long de la paroi. Une fois au sol, il épaula son fusil d'assaut et le tint braqué sur la gueule béante et noire de la grotte silencieuse. Trois de ses hommes le rejoignirent une poignée de secondes plus tard. Deux couvrirent leur progression tandis que Dan et son binôme s'enfonçaient dans l'obscurité munis de leur équipement de vision infrarouge.

Soudain, après quelques mètres, alors que le long tunnel s'incurvait sur la gauche, ils distinguèrent les flammes vacillantes d'une torche qui se reflétèrent sur un côté de la paroi.

Dan releva son appendice de visée nocturne afin de ne pas être ébloui par la lumière puis lentement s'approcha.

Il avait beau être sur ses gardes, il sursauta quand il vit la silhouette sortir de l'ombre.

Ayant interrompu sa respiration, il serra son fusil contre son épaule et plaça son doigt sur la détente. L'adolescent, qui était à présent tout prêt, ne devait pas avoir plus de quinze ans et le dévisageait de deux grands yeux écarquillés. Il semblait apparemment plus surpris qu'effrayé. Sa tête était coiffée de la coiffe caractéristique des montagnards afghans et son visage juvénile portait déjà un début de barbe brune.

Dan, sans baisser son arme, plaça d'abord son doigt ganté devant ses lèvres afin de lui intimer le silence puis, lentement, il lui fit signe de s'asseoir. Au même moment, quelque chose dans son attitude lui fit comprendre que le jeune Afghan n'en ferait rien…

Sa bouche s'ouvrit alors sur un cri qu'il ne poussa jamais, abattu à bout portant de deux balles silencieuses tirées dans la poitrine. Après avoir reculé d'un mètre, son corps s'écroula mollement sur le sol poussiéreux.

La rage au ventre, Dan, agenouillé près de lui, contempla les yeux vitreux de sa jeune victime qui ne lui avait pas laissé le choix.

La main ferme de son compagnon se plaqua alors sur son épaule. L'espace d'un instant, les deux commandos se dévisagèrent puis, s'arrachant à leurs états d'âme continuèrent leur progression.

Plus loin, au détour d'une courbe, ils découvrirent un homme enroulé dans une couverture. Celui-ci lisait un livre de prières à la lueur vacillante d'une bougie. Quand il leva les yeux, il eut le mauvais réflexe de se jeter maladroitement sur son arme posée à ses côtés et fut à son tour abattu.

Après s'être assurés qu'il ne représentait plus de danger,

les deux soldats d'élite reprirent leur progression à travers les ténèbres. Ils parvinrent alors devant une sorte d'enclos à l'intérieur duquel ils identifièrent plusieurs formes humaines, pour la plupart étendues sur le sol.

Leurs lampes éclairèrent les corps de leurs otages parqués depuis des jours dans l'obscurité.

— Nous sommes des commandos britanniques, leur murmura Dan. Venus pour vous délivrer.

Des visages hirsutes, rongés de barbe et apeurés se tendirent vers les deux hommes comme ceux de pestiférés tirés subitement de leurs catacombes.

— Vous allez nous suivre en silence et faire exactement ce que nous vous demandons. Est-ce que quelqu'un est blessé ? Tout le monde peut marcher ?

Moins d'une minute plus tard, ceux-ci étaient rassemblés autour des commandos. Épuisés moralement et physiquement, mal nourris, angoissés, certains d'entre eux craquèrent en réalisant qu'on venait les sauver.

À cet instant, un petit homme brun de peau s'extirpa du groupe et s'approcha de Dan.

— Est-ce que c'est moi que vous êtes venus chercher ? interrogea-t-il à mots couverts.

— Possible, répondit sobrement ce dernier en examinant l'inconnu debout à ses côtés.

— Mon nom de code est « coquelicot ».

— Très bien. Restez près de moi. Il y a des gens à qui vous manquez.

Les commandos et les otages se retrouvèrent bientôt à l'entrée de la grotte que les parois gardaient dans la pénombre.

— Vous allez être chacun à votre tour relié par un harnais à l'un d'entre nous, expliqua Dan à voix basse en affrontant leurs prunelles exorbitées. Un treuil nous hissera jusqu'au sommet. Vous n'aurez rien d'autre à faire que de rester immobiles en attendant que ça se passe.

Vous et vous, passerez en premier, compléta-t-il en désignant l'unique femme du groupe et l'agent infiltré.

Quelques secondes plus tard, accrochés au dos de leurs sauveurs, tous deux étaient entraînés le long de la roche. Puis ce fut au tour des deux suivants qui prirent pied, après une escalade sans encombre au-dessus du plateau rocheux sur lequel ils se plaquèrent.

Enfin, Dan arrima à lui le dernier d'entre eux, un quadragénaire ébouriffé aux lunettes épaisses qui tremblait de tous ses membres.

— Ne vous inquiétez pas, tout va bien se passer.

L'instant d'après, tous deux quittèrent le sol, mais alors qu'ils se trouvaient à mi-hauteur, une pierre se détacha soudain de la paroi. Rebondissant sur la corniche, elle fut à nouveau projetée dans le vide et finit par ricocher bruyamment sur les pierres plates d'un toit situé plusieurs dizaines de mètres en contrebas.

Les cœurs cessèrent de battre dans les poitrines tandis que résonnait dans la nuit silencieuse l'écho assourdissant de sa chute. Alors que les deux hommes filaient vers le sommet, un cri monta des ruelles du village. Celui d'un guetteur, debout sur un rocher, qui contemplait de ses yeux ébahis leurs deux silhouettes à peine visibles semblant voler le long de la paroi abrupte.

Une seconde plus tard, juste avant qu'il ne presse la détente de sa vieille kalachnikov, son crâne éclata, transpercé par la balle des tireurs d'élite embusqués au-dessus du camp.

Malgré cela, des silhouettes incertaines se matérialisèrent

au pied des habitations. Il y eut même quelques coups de feu tirés dans leur direction qui passèrent loin des deux fugitifs désormais réfugiés derrière leur promontoire.

Une fois à l'abri de la corniche, Dan se libéra de son fardeau, aidé par l'un de ses hommes. Les otages anxieux l'observaient couchés à même le sol. Personne ne fit allusion à la malchance qui avait voulu que cette pierre se détache. C'était ainsi. À présent, le jour commençait de poindre au ras de l'horizon veiné de rose et de gris. Ils allaient rejoindre la zone prévue, distante de quelques centaines de mètres, et attendre les hélicos. Quand les villageois arriveraient, ils seraient loin.

Dan Bradbury qui portait le poids de la mission sur les épaules commençait à respirer un peu mieux, jusqu'à ce que la nouvelle leur arrive par radio.

L'un des deux hélicoptères avait été pris pour cible peu après son décollage par un groupe de tireurs isolés. Comme il volait à basse altitude, l'un des projectiles avait percé le blindage de son réservoir. Victime d'une fuite importante, il avait dû rebrousser chemin. C'était donc un seul appareil qui allait être au rendez-vous. Un seul appareil qui ne pourrait embarquer tout le monde…

— Je peux prendre la moitié d'entre vous avait alors expliqué le pilote juste après avoir posé son hélicoptère. Un deuxième appareil a décollé. Il sera là dans environ trente-cinq minutes.

— OK. Vous allez prendre notre agent et les otages, avait décidé Dan. Mais dites-leur de se grouiller parce qu'on n'a pas amené suffisamment de crème solaire et il ne va pas tarder à faire très chaud dans le coin !

Ceux-ci avaient alors embarqué peu après, le dos courbé pour tenter d'échapper à la force des pales qui fouettaient l'air en mugissant. Puis, après quelques signes d'adieux, ils avaient décollé dans un tourbillon de sable.

Durant quelques secondes, les commandos avaient observé l'appareil. Celui-ci glissait avec lenteur le long du flanc de montagne quand le missile sol-air avait jailli des rochers. L'instant d'après, l'hélico et tous ses occupants étaient pulvérisés.

Le sang avait quitté leurs visages tandis qu'ils contemplaient, les mâchoires serrées, les lambeaux d'acier incandescents rejoindre le fond de la vallée.

Des cris de victoire renvoyés par les montagnes avaient alors fusé de différents endroits se répandant comme une fatale traînée de poudre.

Le coin s'avérait infesté de talibans surarmés et assoiffés de sang.

— Ces fils de putes nous attendaient, avait murmuré Dan, la gorge sèche en contemplant les silhouettes enrubannées qui semblaient surgir de derrière chaque rocher.

— Qu'est-ce qu'on fait maintenant ? l'avait interrogé l'un de ses hommes.

— C'est pas le bon endroit pour attendre notre hélico et s'ils ont des missiles, c'est même pas la peine d'y penser, avait-il expliqué. On va demander un appui aérien. En attendant, on va courir et vendre chèrement notre peau…

Les commandos avaient alors tenté de rejoindre des éboulis de roches au cœur desquelles il leur était possible de se dissimuler. Mais les balles, dont certaines de gros calibre, avaient commencé à siffler. Très vite, deux d'entre eux avaient été touchés. Le premier avait été tué sur le coup, le second grièvement blessé. Un troisième avait été abattu en tentant de lui porter secours. Dan l'avait remplacé. Protégé par le tir de couverture de ses hommes, il avait pu mettre son compagnon à l'abri des balles. Après quelques secondes, celui-ci était mort dans ses bras.

Une lutte intense s'était alors engagée, durant laquelle ils avaient mis au tapis une vingtaine de leurs agresseurs. Ceux-ci avaient alors employé les grands moyens en couvrant leur zone d'obus de mortier qui avaient fini par les décimer.

Dan, fortement commotionné, avait vidé son dernier chargeur sur un groupe de talibans grisés par leur victoire. Puis il avait utilisé son arme comme une massue avant de s'écrouler, terrassé par le nombre et la crosse d'une kalachnikov.

Quand les chasseurs avaient survolé la zone à basse altitude, le plateau sur lequel avait eu lieu la fusillade était occupé par des troupeaux de chèvres et de moutons gardés par des enfants qui leur avaient adressé de grands gestes en signe d'amitié…

Dan avait finalement repris conscience un peu plus tard, le corps douloureux, la gorge en feu, ligoté à une branche portée à épaules d'hommes. Aveuglé par un bandeau, seule la voix gutturale de ses ravisseurs troublait parfois le silence quand la progression se faisait plus difficile où que leurs pieds dérapaient sur les cailloux qu'on entendait rebondir le long de pentes profondes.

À un moment, il avait tenté d'appeler ses compagnons afin de savoir si l'un d'entre eux était encore vivant et, comme lui, entraîné à travers les montagnes, mais il n'avait récolté que des coups dans les côtes et les insultes des talibans.

Leur chemin de croix avait duré de nombreuses heures. Une seule fois, le groupe s'était arrêté pour la nuit durant laquelle, tenu loin du feu, Dan avait grelotté et claqué des dents. Tout juste avait-il eu droit à un fond de gamelle d'eau puant l'urine et à un quignon de pain dur empli de sable. Il s'était pourtant contraint à boire et à manger, accompagné par les ricanements de ses ravisseurs.

Enfin, alors que ses poignets et ses chevilles entravées lui arrachaient des larmes de douleur, ils étaient parvenus à un village.

On l'avait alors laissé s'affaler sur le sol, puis on lui avait ôté son bandeau et détaché ses liens.

Il lui avait fallu du temps, malgré le jour qui déclinait, avant de pouvoir ouvrir tout à fait ses paupières tuméfiées. Il avait alors découvert des silhouettes d'hommes armés, de femmes et d'enfants dont on n'apercevait bien souvent à travers leur burqa que le regard furtif et pénétrant.

Puis, deux talibans l'avaient soulevé et conduit sans ménagement jusqu'à un ensemble de cavités naturelles creusées dans la roche où avaient été aménagées des geôles au fond d'une desquelles on le jeta.

Il y passa sa première nuit, recroquevillé à même le sol, la tête pleine d'explosions et de hurlements, secoué de tremblements provoqués par le froid et la peur.

Au matin, un de ses ravisseurs lui jeta un vieux lambeau de chair de mouton sans doute arraché aux chiens, ainsi qu'une gamelle d'eau dans laquelle il s'appliqua à cracher.

La journée se passa ainsi à guetter les bruits provenant de l'extérieur et à s'interroger sur le sort de ses compagnons et ses infimes chances de survie. Il y avait fort à parier que personne ne savait où il se trouvait. Tout juste pouvait-il espérer devenir une monnaie d'échange en faisant abstraction du fait qu'il avait été capturé par une bande de tueurs ivres de vengeance…

Il était pieds nus, couvert de sang séché et d'hématomes et il frissonna en se demandant ce qu'il allait encore devoir endurer…

Il ne tarda pas à l'apprendre. Alors que le soleil était haut dans le ciel, deux talibans le firent sortir de sa cellule puis le poussèrent à coups de pied et de crosses jusqu'à une sorte de petite place autour de laquelle était assis bon nombre d'entre eux.

Ce n'est qu'une fois mis à genoux, qu'il remarqua la présence de deux de ses compagnons.

— Farell, Bradski... Ça va ?

— Je n'ai que quelques contusions, marmonna le premier en gardant la tête baissée. Mais Brad est mal en point, sans doute une hémorragie interne...

Un coup de crosse le fit basculer en avant.

Un homme, assis face à eux, les interpella dans un charabia incompréhensible qui dura plusieurs minutes. La chaleur était étouffante malgré l'ombre légère projetée par les branches maigres et tourmentées de quelques arbres. Dan, la gorge douloureuse, aurait voulu hurler afin de le faire taire mais il fallait rester en vie. Au moins pour ses deux compagnons. À travers la sueur qui coulait devant ses yeux, il repéra au côté du bavard, un homme un peu plus âgé à la grande barbe poivre et sel que tout le monde semblait respecter et qui semblait sourire derrière de grosses lunettes aux montures noires.

Dan s'appliqua à le fixer sans le dévisager, puis, pensant que ce dernier l'avait remarqué, il leva lentement un bras.

Le garde, derrière lui, empoigna aussitôt son arme afin de le corriger mais d'un simple mouvement de main à peine esquissé, l'homme arrêta son geste.

— Parle ! lui intima alors l'homme dans un anglais châtié, le Grand Chef de Guerre Moustapha ben Arkaoui daigne t'écouter.

— Nous sommes, vous et nous, des combattants,

commença Dan avec difficulté, tant sa gorge le brûlait. Je commande à ces hommes, continua-t-il en désignant ses deux compagnons. L'un d'eux est grièvement blessé. Sans doute avez-vous récupéré dans nos équipements, du matériel médical, je vous demande de nous permettre de soulager ses souffrances.

Le bavard se pencha à l'oreille de son chef afin de traduire les paroles de leur prisonnier. Celui-ci marmonna alors quelques mots en inclinant par deux fois la tête.

— Notre chef tout-puissant et bien-aimé va accéder à ta requête, déclara alors l'homme à la longue barbe noire avant de donner un ordre au garde, debout derrière son compagnon.

Celui-ci, souffrant le martyr, se recroquevillait sur lui-même en gémissant.

« Avec de la morphine, au moins pourraient-ils l'aider à mourir en paix... » soupira Dan malgré l'affreux dénouement qui s'annonçait.

Mais alors qu'il cherchait des yeux d'où allait venir le précieux analgésique, le bavard abattit soudain son sabre sur la nuque du soldat blessé.

Le commando, agenouillé à ses côtés, retint un cri noyé dans un sanglot, les poings serrés le long du corps tandis que la tête ensanglantée de leur camarade roulait mollement sur le sol.

Dan, les yeux hagards, se tourna alors en direction du chef de clan qui le dévisageait d'un regard dénué de sentiments.

— Allah akbar ! se contenta de déclarer ce dernier en égrainant un long chapelet enroulé autour de ses doigts épais et velus.

— Allah akbar ! reprirent en chœur les talibans que le spectacle avait distraits.

Leur calvaire avait alors véritablement commencé. Chaque jour, on sortait les deux survivants de leur cellule afin de les tourmenter durant d'interminables interrogatoires qui n'avaient d'autres buts que de les broyer physiquement et moralement, eux qui représentaient les nouveaux croisés de l'orgueilleux Occident dont leurs ravisseurs honnissaient jusqu'au simple nom.

L'une de leur distraction préférée était de simuler leur décapitation jusqu'au jour où vola pour de bon la tête de son dernier compagnon.

Dan avait assisté à son exécution d'une façon étrangement détachée. Il avait observé d'un regard sans âme la tête rouler dans la poussière qu'elle avait aspergée de son sang. Allaient-ils l'exécuter à son tour ? Il en avait soudain accepté l'implacable fatalité. La mort serait alors une délivrance.

Au lieu de ça, ses gardiens l'avaient, en l'insultant, ramené à sa prison tandis que des talibans hilares jouaient avec la tête ensanglantée de son compagnon comme avec un ballon de football.

À nouveau seul dans sa cellule, et bien que ressemblant à un pantin misérable dont on avait annihilé toute volonté, il avait alors songé que ses tortionnaires venaient de commettre leur première erreur.

Il tenait au creux de sa main rouge de sang, un éclat de roche coupant comme un rasoir, qu'il avait extirpé du sable rocailleux de la place du village sur lequel on les avait jetés.

Lorsque son gardien effectua sa ronde durant la nuit qui suivit, celui-ci découvrit son prisonnier allongé sur le sol, le regard exorbité, la gorge maculée d'un trait sanguinolent.

— Par Allah ! s'étrangla-t-il.

Si cet infidèle avait mis fin à ses jours, cela voulait dire que par sa coupable négligence, celui-ci avait échappé à son châtiment. Une erreur impardonnable capable de lui faire perdre les deux mains !

L'homme, devenu fébrile, ouvrit avec difficultés la porte du cachot avant de se précipiter aux côtés du soldat inconscient. Ce chien était-il déjà mort ou était-il encore temps de le sauver ?

À cet instant, la main de Dan agrippa l'épais turban de son geôlier. L'attirant brutalement à lui, il lui plongea l'éclat de roche dans la gorge encombrée de poils de barbe qui devint poisseuse de sang. Transperçant le larynx, il continua de découper les chairs comme un forcené jusqu'à ce que le corps du taliban devienne flasque et ne s'affaisse en exhalant un horrible gargouillement.

Une fois le corps de sa victime immobile, il se sécha les mains dans le sable puis à nouveau épia le profond silence.

Rassuré, il ôta puis enfila les vêtements et les sandales de son geôlier. Quand cela fut fait, il passa son poignard recourbé dans sa ceinture et s'extirpa sans bruit de sa cellule.

Après quelques mètres, effectués dans une semi-pénombre, il tomba sur un garde endormi affalé au creux d'un lit de branchages et de couvertures. Celui-ci mourut sans vraiment se réveiller, un couteau enfoncé puissamment en plein cœur.

Dan en profita alors pour se saisir d'une kalachnikov, de plusieurs chargeurs et de grenades posés près du corps. Puis il s'avança dans la nuit, au firmament de laquelle brillaient quelques étoiles et un pâle croissant de lune dans le halo duquel s'étiraient de minces nuages noirs.

Prenant ses repères grâce aux observations rapides faites entre les coups et les insultes de ses tortionnaires quand ceux-ci les poussaient jusqu'à la place du village, il avança lentement à travers le camp.

Celui-ci était érigé le long d'une crête abrupte truffée de grottes naturelles et de broussailles qui le rendait quasiment invisible pour ceux qui auraient tenté de le localiser. Accroupi dans l'ombre d'un rocher, il remarqua un feu rougeoyant à peine visible autour duquel étaient allongés des corps endormis d'hommes enroulés dans des couvertures.

S'en éloignant prudemment, il progressa avec d'infinies précautions le long d'une piste étroite et escarpée qui contournait une paroi rocheuse. Après plusieurs minutes, il jugea qu'il était temps d'abandonner le couteau ensanglanté de son geôlier qu'il déposa au bord du précipice. Quand cela fut fait, il revint un instant sur ses pas puis s'engagea dans un passage à peine esquissé qui remontait au camp.

À bout de souffle, ayant dû escalader un chemin en à-pic dominant une imposante paroi rocheuse, il se retrouva enfin à l'entrée de la grotte d'où il s'était extirpé un peu plus tôt. Affalé sur ses couvertures, le garde semblait dormir. Il prit alors la direction des cellules, repoussant l'envie irrésistible qu'il avait de fuir et pénétra dans celle qui avait abrité son compagnon au fond de laquelle il se tassa. La main crispée sur la détente de son arme, qui l'aiderait à ne pas retomber vivant aux mains de ses tortionnaires, il ne lui restait désormais plus qu'à attendre la suite des événements en luttant contre l'endormissement et la peur.

Une poignée d'heures plus tard, un hurlement poussé à l'entrée de la grotte le sortit en sursaut de sa torpeur douloureuse.

Il y eut alors un bruit de pas précipités, puis d'autres cris quand l'un des talibans découvrit le cadavre vidé de son sang du garde étendu dans son cachot. Enfin, les vociférations et les cris d'alarme refluèrent vers la sortie.

Dan, les mâchoires serrées à se rompre, retenait sa respiration bien décidé à vendre chèrement sa peau, ses yeux gonflés par les coups et le manque de sommeil rivés sur la porte de sa geôle.

Durant de longues minutes, il perçut une intense agitation provenant du camp. Les assassins cherchaient sa piste. Quand ils trouveraient le poignard du garde, cela les encouragerait à penser qu'il avait quitté le village en empruntant ce sentier… Il lui fallait juste un peu de chance. Pour cela, il comptait sur la férocité et la haine de ses ennemis, excités par l'annonce d'une chasse à l'homme gagnée d'avance, au point de se jeter dans le piège sans réfléchir.

Ce n'est qu'au bout d'un long moment de silence qu'il se redressa. Poussant avec précaution la porte de sa cellule, il se dirigea lentement vers l'entrée de la grotte.

Restant à couvert, il détailla les alentours. Le camp semblait désert.

Décidé à jouer le tout pour le tout, il quitta finalement son abri et prit le sentier qui grimpait jusqu'à la place du village, le visage dissimulé par son turban. En chemin, il croisa quelques enfants chargés de cruches d'eau qui l'ignorèrent, puis deux chiens faméliques qui se contentèrent de lever la tête quand il passa à leur hauteur. Enfin ce fut un groupe de femmes voilées occupées à travailler des peaux qui l'observèrent en silence tandis qu'il se dirigeait d'un pas martial à travers les ruelles étriquées et pentues qui le conduisirent sans encombre et après bien des efforts au pied de cavités naturelles creusées dans la roche, repérées durant sa captivité.

Là, il découvrit un premier homme armé posté devant

l'entrée d'une des habitations troglodytes qui, il l'avait compris quelques jours plus tôt, abritait le gratin de la bande de tueurs.

Sa main se serra sur le manche du poignard prélevé sur sa seconde victime, dissimulé sous ses oripeaux. L'homme, apparemment sans méfiance, le gratifia d'un flot de paroles incompréhensibles tandis qu'il s'approchait. Parvenu à sa hauteur, Dan lui plongea soudain la lame effilée du couteau dans le ventre. Relâchant son étreinte mortelle au bout de quelques secondes, il laissa le corps s'affaisser sur lui-même et pénétra dans la grotte principale dont les parois, éclairées par d'antiques lanternes, avaient été ornées de tapis colorés. Arrivé sur le seuil d'une vaste cavité aménagée en pièce à vivre, il découvrit une poignée de talibans qui prenaient le thé assis en tailleur sur des nattes d'osier. Près d'eux étaient couchées leurs armes de guerre.

Dan, à l'abri de la paroi, dégoupilla l'une de ses grenades qu'il envoya soudain rouler au milieu de l'assemblée. L'engin explosa en résonnant bizarrement contre les murs de la caverne. Il quitta alors sa position et vida son premier chargeur sur les formes encore en mouvement présentes à travers la fumée. Réapprovisionnant son arme, il ouvrit à nouveau le feu sur un épais rideau tendu en travers d'un second tunnel dans lequel il s'élança aussitôt. Derrière celui-ci, un vieux taliban à la barbe grise gisait dans son sang. Près de lui était allongé le corps sans vie d'un enfant. Une femme sortant d'une des niches creusées dans la roche fit alors soudain irruption. Découvrant les deux corps, elle se lança sur leur agresseur en hurlant. Sans hésiter, Dan l'abattit d'une courte rafale tirée à bout portant. Une autre femme voilée apparut à son tour au bout du tunnel. Elle brandissait un fusil automatique qui se mit à crépiter. Plusieurs balles s'enfoncèrent dans le sol à quelques mètres devant le commando. Il ouvrit à nouveau le feu. Atteinte de plusieurs projectiles, la silhouette pivota sur elle-même la main crispée sur la détente de son arme qui aboya jusqu'à ce que son chargeur fût vide. Une fois le silence revenu, il reprit sa progression, la tête pleine du bruit assourdissant de ses propres détonations.

Alors, comme un automate programmé pour tuer, il remonta la galerie percée d'alvéoles, lâchant dans chacune d'elle quelques courtes rafales afin de prévenir tout danger. Sans se préoccuper de savoir s'il tuait, ni qui il tuait, seulement mû par la rage qu'il avait de rester en vie et son impérieux désir de vengeance.

Enfin, le visage livide et les mains tremblantes, il parvint aux pieds d'une lourde tenture colorée, retenue à la roche par des cordons de soie brodée, qui signalait la présence d'un hôte de marque.

Celui-ci l'interpella dans un anglais châtié qui résonna lugubrement de l'autre côté de l'épaisse cloison.

— Tu peux venir pour me tuer, chien d'infidèle, si c'est le dessin d'Allah ! Mais Salim, mon petit-fils, n'est pas concerné par nos querelles. Laisse-le partir, alors tu pourras te venger !

Dan reconnut la voix éraillée du chef de guerre sanguinaire à la bonne tête de vieil homme sage qui avait fait exécuter ses compagnons. Risquant un œil prudent à l'intérieur de la cavité, il entrevit ce dernier. L'homme était assis sur un lit confortable le dos calé sur des coussins, le bras passé sur l'épaule d'un gamin d'une dizaine d'années blottit contre lui.

Dan se débarrassa de son turban tâché de sang. La sueur inondait son visage creusé par la haine et la peur. Il contrôla son arme puis exécuta un pas en avant le doigt crispé sur la détente.

La chambre était vaste et confortable, agrémentée de lanternes, de tapis et de peaux d'animaux. Parmi le mobilier, le commando avisa un grand bureau sur lequel étaient posés un téléphone cellulaire et un ordinateur.

L'adulte et l'enfant semblaient seuls. Le premier le dévisagea un instant de l'autre côté de ses lunettes épaisses d'un regard indéfinissable, puis il se pencha vers l'enfant à qui il murmura quelques mots. Alors il se concentra à nouveau sur son agresseur.

— Vas-tu le laisser aller en paix?

Dan se contenta d'esquisser un mouvement avec le canon de son arme signifiant à l'enfant qu'il pouvait se lever. Ce dernier planta un instant son regard dans celui de son grand-père qui l'encouragea d'un mouvement de tête. Le gamin se laissa alors glisser jusqu'au sol, puis il commença de marcher à la rencontre du commando. Dan, soudain alerté par un sixième sens, redressa légèrement son arme. Les yeux rivés sur ceux du garçonnet, il appuya alors sur la détente avant de bondir à l'abri de la paroi.

Des fragments de roche et de terre devancèrent de peu une formidable détonation puis un nuage épais de poussière.

Rendu à moitié sourd et aveugle, le commando s'efforça d'attendre que la fumée s'estompe puis il se rua en avant. À l'endroit où se tenait l'enfant quelques instants plus tôt, il n'y avait plus qu'une empreinte noirâtre et sanguinolente. Le fusil braqué, il s'approcha alors de l'homme étendu en travers du lit. Celui-ci était couvert d'éclats et son sang se mêlait à celui de l'enfant qu'il avait sacrifié sans honte ni scrupule au nom de sa folie meurtrière.

Dan fut soulagé de voir que celui-ci vivait encore malgré des brûlures et de profondes lacérations.

— Espèce de sale fils de pute, commença-t-il d'une voix sourde en giflant brutalement le taliban qui revenait à lui. Je savais que tu me jouerais un coup tordu et que pour cela, tu n'hésiterais pas te servir de ce gosse innocent. C'est son regard qui m'a renseigné. Un regard de mouton qui ne comprend pas pourquoi son grand-père l'envoie à l'abattoir dans le seul but de sauver sa propre vie. Dieu est grand ! Dieu est grand ! C'est tout ce que tu sais dire ! Tu penses vraiment que si un dieu existait, il perdrait son temps à s'intéresser à un cafard comme toi ? gronda le commando en abattant sa crosse sur la poitrine du chef de guerre qui poussa un râle de douleur.

Quand les hommes, lancés à la poursuite de leur prisonnier, réalisèrent qu'ils avaient été mis sur une fausse piste, ils s'interrogèrent d'abord en se querellant, puis ils revinrent au camp. Là, on leur parla d'explosions et de détonations d'une voix altérée par l'angoisse et soudain, ils comprirent. Tous ceux restés là désignaient le haut de leur montagne, et ils frissonnèrent. Certains d'entre eux étaient partis avec des armes en direction des cavernes mais on ne les avait plus revus. Non seulement, ce diable d'infidèle les avait bernés de la pire des façons, mais à présent, il menaçait la vie de leur propre chef ! Il devrait pour cela endurer mille morts !

Un vent de panique souffla alors sur les talibans qui se rassemblaient en brandissant leurs armes.

Au sommet de la paroi qui dominait leur village, deux silhouettes venaient d'apparaître.

Dan s'assura que tous distinguent bien celle de leur chef qu'il avait bâillonné et dont il avait entravé les pieds et les mains se découper sur le bleu du ciel. Alors, quand il jugea que tous avaient bien profité du spectacle, il le fit chuter durement sur le sol en le poussant simplement du pied.

L'homme laissa échapper une plainte douloureuse.

Quelques minutes plus tôt, Dan et son otage s'étaient extraits de la grotte en utilisant une faille étroite dissimulée dans la paroi par laquelle il avait fait passer tout un tas d'équipements découvert dans la chambre de son prisonnier où des talibans étaient arrivés peu après leur départ. Une chambre qu'il avait pris soin de piéger. Il y avait alors eu une forte explosion qui avait dû les éparpiller aux quatre coins de la galerie.

Sa seconde préoccupation avait été d'envoyer un message codé à sa base grâce au matériel de transmission ultramoderne dont disposait le chef de clan.

— Il faut reconnaître que vous n'avez pas grand-chose à donner à becter à vos enfants, commenta le commando en reposant sur son support l'appareil qui servirait à le localiser très précisément, mais, question matos pour faire chier le monde, vous êtes un peu là !

Ouvrant une caisse de grenades, il reprit :

— Tu permets ? C'est juste pour donner de nos nouvelles à tes petits copains, expliqua-t-il sur le ton de la dérision en balançant son premier projectile dégoupillé dans le vide aux pieds duquel se tenait son auditoire.

Une heure interminable s'était alors écoulée. Puis ses premiers ennemis, après une pénible ascension, avaient commencé à montrer le bout de leur nez.

Dan, qui s'était débarrassé de ses frusques de guerrier du désert, s'était réfugié derrière un groupe de rochers sur le dessus desquels il avait allongé le chef taliban ligoté.

— Comme ça, vieille baudruche, si l'un de tes petits

copains s'avise de tirer, c'est toi qui prendras les pruneaux qui me sont destinés.

Le commando, dont l'arme reposait sur le ventre de son prisonnier, plaça l'œil dans son viseur et appuya sur la détente. Là-bas, un taliban qui le menaçait de tous les maux s'écroula.

— Par contre, moi, je peux tirer en toute sécurité.

Mais le temps se consuma et à présent, ses adversaires l'encerclaient de tous côtés. Dans quelques heures, la nuit allait tomber et il ne pourrait leur résister. Et puis, partout, il y avait toujours un calife qui attendait de prendre la place du grand vizir, et la mort de son prisonnier était déjà peut-être programmée…

Le ciel se teintait doucement d'obscurité. Dan commença alors à songer que peut-être quelque chose n'avait pas fonctionné. Ou bien n'était-il pas suffisamment important aux yeux des autorités, ou bien on voulait ne plus entendre parler de cette mission secrète durant laquelle, dès le début, tout avait foiré.

Sa gorge était en feu malgré les quelques gorgées d'eau absorbées et ses yeux le brûlaient. Son corps lui envoyait sans cesse des messages qui le suppliaient d'abandonner. Tout aurait été vite fini avec une balle bien placée, mais sa volonté semblait se renforcer à mesure que son état physique se détériorait. Il voulait survivre et tuer ces hommes en mémoire de ses compagnons.

Il y eut alors une gerbe de feu, puis une autre qui sembla fragmenter l'atmosphère étouffante, et puis le fracas tonitruant d'explosions qui ravageaient les positions des talibans.

Alors, quand l'enfer cessa, on entendit flotter dans l'air l'écho menaçant des pales acérées des hélicoptères de combat qui commencèrent leur patient travail de destruction à coup de roquettes hurlantes et d'averses de balles. Dan rentra la tête dans les épaules tout le temps que se déversa l'orage de feu puis, quand celui-ci cessa, il se redressa enfin. D'autres hélicoptères déversaient au sol leur cargaison de forces spéciales qui allaient entamer leur mission de nettoyage en visitant chaque buisson et chaque trou de ce nid de serpents.

Le commando qui s'était fait reconnaître des siens, avait alors traîné le corps de son otage jusqu'au bord de la falaise.

— Je crois que notre équipe a gagné, lui déclara-t-il en souriant tandis que ce dernier le fixait de ses yeux révulsés.

Puis, après lui avoir ôté son bâillon.

— Tiens ! continua-t-il en lui ouvrant sans ménagement la bouche dans laquelle il enfonça une grenade dégoupillée. J'en avais gardé une pour toi. C'est un peu violent comme chirurgie esthétique mais avec ta sale gueule, ça aurait pris trop de temps de tout refaire !

L'instant d'après, il poussait son prisonnier dans le vide...

***

Dan fixa son verre d'alcool au fond duquel flottait une poignée de glaçons. Azote dormait, allongé de tout son long sur les lattes en bois de la terrasse. Au-dessus de lui, un bruit d'ailes dans les branches du vieil arbre annonça le retour de la chasse du petit duc.

Puis il contempla les étoiles et le ciel immaculé. Encore invisible, un monde s'apprêtait déjà à en remplacer un autre.

Il alluma une énième cigarette et songea à son retour de mission...

Il avait tout d'abord été dirigé sur une antenne médicale

d'Afghanistan où il avait reçu les premiers soins durant lesquels des spécialistes du renseignement l'avaient interrogé. Puis on l'avait rapatrié au pays et il avait passé plus d'un mois dans un hôpital militaire où on s'était appliqué à le rafistoler.

On l'avait alors félicité, congratulé et décoré, puis on l'avait envoyé en vacances.

C'est là que les choses avaient commencé à se gâter…

Il avait eu de plus en plus de mal à se sortir de ses cauchemars. À faire la différence entre le rêve et la réalité.

Des cris, des flashs, des déflagrations, des images confuses et pour la plupart, sanglantes, venaient le hanter à tout moment de la nuit et de la journée. Un regard, une silhouette, une ombre, un rire, un claquement de porte, une atmosphère pouvait le plonger sans qu'il s'y attende dans un état de stress avancé durant lequel il se mettait à trembler et transpirer abondamment.

Il s'était alors résigné à rencontrer un médecin, spécialisé dans les traumatismes de guerre, mais celui-ci l'avait aussitôt abruti de médicaments qui avaient rapidement pris le chemin des poubelles.

Désemparé, il s'était finalement rabattu sur l'alcool et les mauvaises fréquentations qui n'avaient eu pour effet que d'aggraver son état.

Il avait alors pensé à changer radicalement de vie en commençant par démissionner.

Passant d'un job à l'autre, souvent des plus incongrus, il avait tenté de se soigner en consultant d'autres psys, mais à chaque fois, leurs entretiens s'étaient soldés par un échec. Il faut dire qu'il était complètement allergique à cette catégorie de toubibs.

Et puis, il y avait eu cette rencontre lors d'une plongée en mer Rouge. Un sport qu'il affectionnait depuis toujours même si celle qu'il pratiquait aujourd'hui était bien différente de sa formation de nageur de combat au sein des forces spéciales.

C'était à présent une façon pour lui d'oublier ses idées noires, plus efficace que le meilleur médicament.

C'est là qu'il avait fait la connaissance du couple de Français, César et Rosetta, avec lesquels il travaillait désormais. Très différent de César, de son exubérance et de ses chemises haïtiennes, le courant était pourtant aussitôt passé entre les deux hommes au point que ce dernier, apprenant sa disponibilité, lui propose de les rejoindre.

— D'abord, tu viens prendre la température, avait-il expliqué avec son accent chantant de Méditerranéen tandis qu'ils entamaient une nouvelle tournée d'anisette. Tu regardes, tu plonges, tu restes le temps qui te plaît. En plus du salaire de moniteur, je te paie le gîte et le couvert. J'ai des copains dans tous les métiers, en morte-saison, il y en a toujours un qui pourra t'embaucher. Si le coin te plaît, on s'associe et je t'aide à t'installer, qu'est-ce que tu en dis ?

— Je dis qu'il faudrait être fada pour refuser ! avait alors rétorqué Dan dans un mauvais français du Sud, ce qui avait fait s'esclaffer son nouvel ami.

Le soldat, grâce à un héritage familial, son père veuf qui s'était remarié avec une femme fortunée venait de décéder en lui léguant ses économies, en avait alors profité pour changer de vie.

Très vite adopté par sa nouvelle bande d'amis dont il était devenu l'un des éléments incontournables, il avait fini par se prendre pour quelqu'un de normal ou presque.

Et voilà qu'à présent...

Comment expliquer ces étranges hallucinations qui avaient lieu en plein jour ? Que représentait cette foutue gamine avec son drôle de manteau ? Était-elle créée de toutes pièces par son cerveau malade ?

Devrait-il retourner voir l'un de ces satanés toubibs ?

Dan, épuisé, contempla son verre vide.

— Je crois que ça ira pour ce soir, commenta-t-il d'une voix pâteuse tandis que son chien émergeait du sommeil en s'ébrouant. Qui sait, peut-être que ça suffira pour dormir et faire de beaux rêves ?

Il quitta alors la terrasse et marcha d'un pas pesant jusqu'à l'entrée de sa maison, éclairée par le clair de lune, dans laquelle il pénétra.

La lumière du frigo découpa l'obscurité le temps qu'il empoigne un coca glacé dont il avala goulûment une première gorgée.

— Bon, qu'est-ce que fabrique ce chien ? grommela-t-il en rejoignant la porte d'entrée restée ouverte. On a passé toute la soirée dehors mais c'est au moment de rentrer qu'il décide de faire ses besoins !

Il allait appeler l'animal quand il l'aperçut. Celui-ci était assis à moins d'un mètre de la maison, le museau tourné vers un bouquet d'arbres plongé dans la pénombre.

— Eh Azote, on peut savoir ce que tu penses faire dans les minutes qui viennent ? Parce que moi, j'avais prévu d'aller me coucher.

L'animal tourna la tête en direction de son maître puis retourna à sa mystérieuse contemplation avant de finalement obtempérer à contrecœur.

Tout en refermant derrière lui, Dan jeta un coup d'œil sur l'écran noir de verdure. Son fantôme allait-il se matérialiser ?

Il se moqua de lui-même en pensant que bientôt l'ancien super-commando allait désormais avoir peur d'une petite fille !

Chapitre 2

1943

— Tu sais maman, il a un chien très rigolo. Il a de grosses moustaches et des sourcils de grand-père. Il est très grand mais très gentil.

— De qui parles-tu, ma chérie ?

— Mais du chevalier, tu sais bien.

— Ah oui ! acquiesça la jeune femme en ramenant du dos de la main une mèche de ses cheveux châtains pris dans un chignon défait. Ton chevalier…

La mère considéra un instant le corps tendre de sa fille sur lequel elle fit glisser une grosse éponge savonneuse.

La petite était debout dans une bassine d'eau.

« Comme elle a maigri… » songea-t-elle en esquissant un sourire douloureux.

— Et comment il s'appelle, ce chien ? s'efforça-t-elle d'interroger en frottant son éponge sur un morceau de savon noir.

— Je ne sais pas.

— C'est un drôle de nom.

La fillette partit d'un bel éclat de rire, et ses grands yeux au mélange harmonieux de brun clair et de vert se posèrent sur ceux plus sombres de sa mère dont le visage séduisant était marqué par l'angoisse et la fatigue.

— J'aimerais bien vivre auprès d'eux. Enfin, avec toi et papa, bien sûr !

— Ils habitent dans un château ?

— Non ! répondit la petite en agitant négativement la tête. Dans une belle maison sur une montagne au-dessus de la mer. Il y a toutes sortes d'animaux et des grands arbres qui sentent très bons.

— Ça a l'air très beau, en effet, il faudra que tu me montres ce livre.

— Quel livre ?

— Mais celui où tu vois tout ça.

— Mais ce n'est pas dans un livre que je les vois.

— Dans quoi alors ?

— Ben c'est quand je mets mon manteau magique, voilà.

— Je comprends, c'est pour ça que je te trouve régulièrement dans ton beau manteau bleu même quand il fait très chaud, comme aujourd'hui !

— Ben oui. Comme ça, je peux les voir et j'ai moins peur.

— Tu n'as pas à avoir peur, ma chérie, nous sommes en sécurité dans cette maison.

— Oui, mais on doit jamais faire de bruit et on ne peut pas sortir ! Moi, je m'ennuie.

— Ça ne durera pas longtemps. Bientôt on partira, au bord de la mer justement. Là où il fait chaud, où la mer est bleue avec de beaux bateaux blancs et où l'on ne doit pas se cacher.

— C'est vrai ! s'exclama la fillette en passant ses bras menus autour du cou de sa mère. Alors peut-être que toi aussi, tu le verras !

***

2010

Dan se pencha pour déposer un baiser léger sur la nuque de Clémence, occupée à préparer le déjeuner. La jeune femme, coiffée d'un chignon, était vêtue d'un tee-shirt à bretelles et d'un short qui mettaient en valeur son corps sculptural et sa peau bronzée. Elle était arrivée la veille avec des provisions. Ils avaient dîné aux chandelles puis avaient fait l'amour jusque tard dans la nuit. Dan avait dormi sans cauchemars et ne s'était réveillé que peu avant midi.

— Tu sens bon, apprécia la jeune femme en humant le corps parfumé de son amant qui sortait de sous la douche.

— Pas autant que toi.

— Tu as bien dormi ? Tu n'as pas bougé un cil.

— Ça a peut-être un rapport avec ce que nous avons fait durant plusieurs heures… Finalement, tu es un excellent somnifère ! On ne le croirait pas à te voir. Pourquoi est-ce que tu ne t'installerais pas là, je passerais de meilleures nuits ?

— Tu sais bien qu'il ne faut pas abuser des somnifères… Eh, bas les pattes ! protesta la jeune femme en repoussant Dan qui venait de se saisir d'un morceau de melon posé sur une assiette. Tu devras attendre d'être à table.

— OK, en attendant, je vais retrouver mes vrais amis. Eux au moins ne refuseront pas de partager quelques carottes avec moi !

Sortant sur le perron, il retrouva Azote étendu au soleil qui emboîta aussitôt le pas de son maître.

« C'est vrai que je dors bien mieux quand elle est là, songea Dan en prenant le chemin de l'enclos. D'ailleurs, je vis mieux.

Je mange mieux. Je pense moins. Je me sens plus détendu… Peut-être que je devrais faire une vraie tentative avec elle ? »

Mais ça ne marcherait pas. Clémence était une fille trop libre et indépendante, d'ailleurs, l'aimait-elle vraiment ?

Il ne connaissait en réalité pas grand-chose de sa vie. Peut-être vivait-elle avec un autre homme, peut-être avait-elle un enfant ou plusieurs ? Peut-être était-elle mariée ?

Et elle, que savait-elle de son ancienne vie ? Qu'il avait été militaire et qu'il avait effectué un séjour en Afghanistan. C'était suffisant pour expliquer certaines nuits agitées et c'était mieux ainsi. Quant à ses cicatrices, il avait vaguement fait allusion à un accident de surf survenu au-dessus d'un banc de corail.

Il allait arriver à l'enclos quand un rire cristallin jaillit de derrière la maison de bois. Il songea tout d'abord à des visiteurs de passage ou des promeneurs égarés qui avaient poussé la curiosité jusqu'à pénétrer dans sa propriété, comme cela arrivait parfois.

Tandis qu'il approchait, le rire fit soudain place à une voix d'enfant. Une voix de petite fille.

Elle s'adressait aux animaux.

Il eut alors une bizarre intuition.

Le souffle court, il s'efforça de ne pas céder à la panique qui l'étreignait. Peut-être était-il en train de devenir fou ? Du bleu dansa devant ses yeux. Il allait faire face à son fantôme !

Il décolla péniblement son pied du sol comme si celui-ci y avait été enraciné, puis il fit les trois pas qui lui permirent de dépasser l'angle du bâtiment.

Le choc le fit presque reculer. Elle était si proche, si incroyablement réelle et pourtant, tout en elle la rendait étrangère à ce monde. Il eut à peine le temps de poser les yeux sur elle que l'enfant le dévisageait déjà d'un regard incroyablement pur, empreint de gravité.

Il ne songea pas à parler ni même à bouger, il en aurait été bien incapable, ébloui qu'il était par le bleu si lumineux de son manteau…

Quand il revint à la réalité, il était assis sur une botte de paille en compagnie de son chien qui l'accueillit d'un bref aboiement. Ses autres animaux s'étaient un peu éloignés et broutaient l'herbe rase.

Il chercha l'enfant des yeux. Elle avait disparu. Il n'aurait su dire ce que cela lui inspirait. Était-il soulagé ou frustré ? Perdait-il la raison ou au contraire était-il le témoin de quelque chose d'extraordinaire ?

Il considéra pensivement Azote qui avait glissé son museau moustachu entre ses genoux.

— Est-ce que tu l'as vue, toi, où est-ce que je l'imagine ? Putain, mon vieux, je crois que je suis en train de péter un câble !

— À table ! lui cria alors Clémence depuis la maison.

Dan la rejoignit au bout de quelques minutes d'une démarche mécanique. Quand il croisa le regard de sa compagne, il ne put complètement effacer de son visage les stigmates qu'avait provoqués en lui l'apparition.

— Alors, l'interrogea cette dernière en terminant de dresser la table disposée dans un coin d'ombre de la terrasse, je croyais que tu mourais de faim ? Eh bien, tu en fais, une tête ! Quelque chose ne va pas ?

Dan la fixa un instant comme on fixe une rive qu'on aurait aimé atteindre et qui s'éloigne. Ses lèvres s'ouvrirent sur des mots que, finalement, il ne prononça pas. Qu'aurait-il pu lui dire ? « Tu sais, chérie, depuis quelque temps, je vois une petite fille en manteau bleu que personne d'autre ne voit et là, justement, elle était derrière la cabane en train de nourrir les animaux. »

— Je me disais que l'hiver prochain, je t'offrirai un manteau bleu, trouva-t-il à répondre. Le même bleu que celui de tes yeux.

***

1943

— Son cheval, il est très grand, tu sais, confia la fillette à sa poupée tandis qu'elle lui coiffait les cheveux. Mais je n'ai pas eu peur, ils sont mes amis maintenant que je leur ai donné des carottes. J'ai seulement été un peu surprise quand il est arrivé avec son gros chien et qu'il m'a regardée.

Des bruits étouffés de pas se firent alors entendre dans l'escalier qui montait au grenier. La mère de l'enfant, occupée à repriser un chemisier, leva les yeux sur la porte avant de jeter un regard rassurant à sa fille.

Une clé tourna alors dans la serrure puis celle-ci s'ouvrit sur un homme vêtu d'un grand manteau et d'un chapeau qu'il ôta de sa tête.

— Bonjour papa ! l'accueillit la fillette en courant à sa rencontre. Tu as ramené à manger ? J'ai faim !

L'homme se débarrassa de ses vêtements puis s'approcha de l'enfant qu'il embrassa tendrement. De taille moyenne, il avait un visage rayonnant encadré de tempes argentées. Sa bouche, naturellement encline au sourire, était surmontée d'une fine moustache brune. Une paire de lunettes rondes était posée sur son nez long et droit. Il exhalait de lui un parfum d'humanité, d'intelligence et de franchise.

— Je sais que tu as faim, j'ai entendu ton ventre grogner depuis la rue, tout le monde croyait qu'il allait y avoir un tremblement de terre ! Bon, pour commencer, que dirais-tu de ça ? demanda-t-il en brandissant une jolie sucette.

— Ouais, une sucette ! s'enthousiasma la fillette, les yeux luisant de gourmandise. Tu n'en as qu'une ?

— D'abord, on dit merci au lieu de demander s'il y en a d'autres.

— Merci papa… tu en as d'autres ?

— Voyons voir, fit mine de réfléchir l'adulte en fouillant désespérément dans ses poches. Elles devraient être là… J'en avais trois. Comme j'en ai mangé une, il devrait en rester deux à moins… que j'en aie mangé deux !

— Papa ! s'impatienta l'enfant tandis que ce dernier faisait soudain apparaître les deux autres friandises.

— Voyons voir à présent ce que j'ai ramené pour la maman, reprit l'homme après avoir embrassé le front de sa femme, tout en fouillant dans les poches profondes de son manteau. Des pommes de terre… Un gros morceau de lard… Du sucre, du café, enfin une sorte de café, un dé de beurre, un peu de sel. Un petit pot de confiture. Quelques carottes et lentilles. Des haricots…

— Tu as dévalisé la ville ! s'efforça de s'enthousiasmer la jeune femme en considérant sa fille en souriant. Comment as-tu fait pour trouver tout ça ?

— Je leur ai dit que s'ils voulaient ne plus avoir peur des tremblements de terre, il nous fallait nourrir notre petit monstre ! Alors, elle est bonne, cette sucette ?

La fillette acquiesça d'un mouvement de tête, une joue gonflée par la friandise.

— Alors, quelles sont les nouvelles ? interrogea la jeune femme à mots couverts après que le couple se fut réfugié derrière un rideau tendu en guise de paroi.

— Ça avance, ça avance, annonça sans trop de conviction son époux tout en se débarrassant de son manteau de laine.

— Mais que t'a dit Karl ? Quand aura-t-il nos papiers ?

— Ce n'est pas si simple, Elisabeth, tenta de se justifier son mari en contemplant avec tristesse le beau visage de son épouse. Nous devons à présent redoubler de prudence avec les nazis qui sont partout dans l'usine. Désormais, les réseaux se retrouvent isolés et coupés les uns des autres et puis, il y a des rafles, des contrôles inopinés et des arrestations sommaires n'importe où sur les routes et dans les rues. Crois-moi, pour l'instant, nous sommes mieux dans ce… enfin, à l'abri sous ce toit.

La jeune femme ravissante dévisagea son époux tandis que ses yeux s'embuaient de larmes.

— Tu veux dire que nous devrons rester dans ce…

Elle jeta un regard dégoûté autour d'elle.

— Dans ce… Dans ce pigeonnier ?

— Certains sont cachés dans des caves où ne filtre même pas la lumière du jour, Elisabeth…

— Mon Dieu, Joseph… murmura son épouse en retenant ses sanglots. Qu'allons-nous devenir ?

— Pourquoi tu pleures, maman ? interrogea soudain la fillette en écartant un pan du rideau, sa poupée serrée contre sa poitrine.

***

La température avait grimpé peu de temps après le lever du jour. Le ciel était de glace à force de soleil et la mer étincelante écumait comme une eau bouillonnante. Un vent léger soufflait des terres apportant avec lui la chaleur des pierres et du béton chauffés à blanc.

Le décor s'était lentement teinté de gris qui avait foncé à mesure que la journée avançait. Peu à peu, la lumière avait décru et l'atmosphère s'était faite étouffante.

À l'heure de rentrer au port en milieu d'après-midi, de grosses gouttes s'étaient mises à tomber de façon éparse, libérant d'un coup les effluves d'un sol porté à ébullition, puis tout était redevenu calme, jusqu'au premier coup de tonnerre qui avait paresseusement grondé au loin.

Lorsque Dan avait regagné son nid d'aigle, le ciel se veinait de frêles et éphémères striures incandescentes.

Il avait soigné ses animaux, puis avait trouvé refuge au cœur de sa maison au moment où le ciel avait commencé de déverser son eau.

Il traversa les pièces afin de contrôler la fermeture des portes et des fenêtres, son chien sur les talons.

Au-dehors, le tonnerre se contentait de gronder sourdement. Sur le toit, les tuiles résonnaient du choc de centaines de petits grêlons qui, à présent, se mêlaient à la pluie. Tous deux se cognaient aux vitres, projetés par un vent violent qui, ne pouvant démanteler les murs, s'en prenait rageusement aux branches des arbres qui ployaient sous les rafales.

Devant la violence des éléments, Dan choisit de débrancher le poste de télévision et son ordinateur avant de préparer le repas dans la lumière tamisée de sa cuisine, tout en pensant à Clémence dont il ressentait particulièrement l'absence.

Était-ce dû à l'orage, à l'isolement ? Était-ce dû à sa présence récente et son parfum flottant encore entre les murs ?

Une plainte aiguë d'Azote, blotti contre sa jambe, le sortit de ses pensées. À cet instant, un éclair éblouissant illumina le ciel et le tonnerre gronda si fort qu'il fit trembler la terre.

— Tu as la pétoche, hein mon chien, mais ne t'en fais pas, je ne dirai à personne qu'un gros dur comme toi a peur d'un petit orage.

Son chien était toujours à ses côtés mais à présent, sa tête était dressée et ses mâchoires serrées laissaient filtrer un sourd grognement.

— Ce qui est bien avec vous, les chiens, c'est que vous n'en faites jamais trop. Un chat passe à vingt mètres de la maison et on a l'impression qu'on est cerné par une armée de vampires ! Je te parie que c'est Pastis, trempé comme une soupe, qui se souvient soudain qu'il connaît deux idiots qui le mettront à l'abri ! Allez viens, on va lui ouvrir, de toute façon, je te rappelle que tant que tu n'as pas appris à utiliser les toilettes, tu es censé sortir par tous les temps.

Le maître ouvrit la baie vitrée du salon à travers laquelle se glissa son chien. Sortant sur la terrasse protégée par un auvent, Dan huma l'air humide chargé de senteurs enivrantes empreintes de terre et d'eau.

— Pastis ! appela-t-il en esquissant quelques pas.

En cet instant, le ciel d'encre était parcouru de zébrures lointaines et muettes.

Seul un vent léger continuait d'agiter les branches appesanties, et le tonnerre à présent apaisé ne manifestait plus qu'un vieux reste de colère qu'il semblait vouloir emporter par-delà les collines.

— Pastis ? appela-t-il encore en croyant apercevoir une vague silhouette se dessiner au cœur d'un bouquet d'arbres. C'est toi, Past…

Un éclair silencieux illumina soudain l'écran sombre de verdure révélant alors un point bleuté.

La gorge de Dan se serra tant, qu'il eut du mal à articuler ces mots :

— Tu es là, je t'ai vue… ne put-il que bredouiller. Qu'est-ce que tu me veux ?

Il se lança finalement sous l'averse qui se renforçait en direction de l'endroit où son fantôme était apparu.

— Si tu existes vraiment, ne t'en va pas, je dois te parler !

La silhouette se matérialisa à nouveau le temps d'un flash de lumière puis disparut.

Dan arpenta alors la végétation ruisselante durant plusieurs minutes. En vain. Trempé jusqu'aux os, il se décida à regagner la maison où chien et chat avaient déjà trouvé refuge.

***

1943

— Rosa, mais qu'est-ce que tu fais là ? Oh, mon Dieu, tu es trempée !

La jeune femme prit la fillette dans ses bras avant de la déposer dans ceux de son père.

Tous trois quittèrent alors la minuscule terrasse donnant sur les toits puis, refermant la lucarne derrière eux redescendirent jusqu'à leur grenier.

— Mais enfin, Rosa, tu es impossible ! Qu'est-ce que tu faisais sur cette terrasse un jour comme aujourd'hui avec cet épouvantable orage ? Et puis d'abord, je t'ai interdit d'y venir, quel que soit le temps, quelqu'un pourrait te voir ! Regarde-moi ça, tu es trempée, se désola Elisabeth en commençant à déshabiller son enfant.

— Franchement, Rosa, ta maman a raison, approuva son père plus navré qu'en colère. Qu'est-ce qui t'a pris ?

— Et puis d'abord, je vais cacher ce manteau, avec cette chaleur, c'est ridicule ! décida cette dernière en jetant au sol le vêtement trempé.

— Oh non, maman, ne fais pas ça, j'en ai besoin pour voir le chevalier !

Celle-ci se débarrassa de la robe qu'elle venait de lui enlever et attrapa la fillette par les deux bras.

— Écoute Rosa, tu me rends chèvre avec tes stupidités ! Il n'y a pas de chevalier ! Il n'y en a plus et ceux qui restent sont dans les livres. Alors maintenant, tu vas arrêter avec cette histoire où bien je vais devoir en parler au docteur Frantz car je crois que tu es en train de devenir folle !

— Elisabeth... lui reprocha doucement l'homme à ses côtés. Ce confinement oblige cette enfant à s'échapper de sa condition par la pensée, nous ne pouvons pas le lui reprocher.

— Alors c'est ça, la solution qui nous reste, Joseph ? interrogea la jeune femme en plantant son regard fiévreux dans celui de son époux. Nous imaginer une autre vie pour ne plus voir ce que nous sommes devenus ?

***

2010

Les jours avaient passé, puis les semaines sans que se manifeste la mystérieuse apparition. À force d'attendre, Dan en était presque arrivé à la regretter.

Septembre finissait, et si de belles journées subsistaient, les jours raccourcissaient et le vent qui fraîchissait moutonnait le haut des vagues.

Leur activité continuait cependant d'être florissante avec l'arrivée de clubs venus plonger hors saison depuis différents coins d'Europe. Les plongées se faisaient plus techniques et les préparations à différents niveaux imposaient des formations théoriques dispensées dès le retour au port.

Dan se sentait mieux, comme soulagé d'un poids pesant sur sa poitrine. Il appartenait à nouveau au monde des vivants et à sa rassurante banalité.

De plus, Clémence allait arriver le lendemain après quinze jours d'absence et il était bien décidé à faire le point avec elle sur l'avenir de leur relation. Bien sûr, il y avait toujours le risque de s'exposer à une fin de non-recevoir, mais alors, cela l'obligerait peut-être à prendre un nouveau départ car enfin, il n'allait pas rester célibataire toute sa vie ?

— Voilà, jeunes gens, vous en savez maintenant à peu près autant que moi, conclut-il à l'intention d'une demi-douzaine de candidats dont il avait complété la formation durant une semaine. Demain, c'est l'examen final et ce sera à vous de jouer. Profitez de ce soir pour revoir les fondamentaux liés à votre niveau, c'est ce qu'attendent vos examinateurs. Tout le reste ne sert qu'à accumuler des points en plus. Bonne chance à tous !

Le soir était tombé sur la Méditerranée. Un vent frais

entraînait dans son sillage les premières feuilles détachées de leurs branches.

Comme à son habitude après sa journée de plongée, Dan avait passé du temps auprès de ses animaux qui se pressaient autour de lui comme une troupe de fidèles.

Plus tard, alors que la nuit était désormais installée, il avait mis un peu d'ordre dans la maison en vue de l'arrivée prochaine de Clémence puis, après un repas pris en compagnie de son chien, il avait mis un pull et était sorti sur la terrasse afin d'y fumer une cigarette.

Le ciel couvert ne laissait apercevoir que peu d'étoiles. Même le croissant de lune avait du mal à faire sa place à travers les nuages qui, dès le lendemain, apporteraient la pluie. La mer se devinait en contrebas, muette et profonde, encore sauvage et libre mais pour combien de temps ? Ses fonds mêmes portaient les stigmates des inconséquences de l'homme. Les coraux se raréfiaient, les plantes parasites proliféraient, les eaux hier si poissonneuses se vidaient progressivement de leurs habitants, quand ceux-ci n'étaient pas tenus de vivre et s'adapter au milieu de détritus et rejets en tous genres…

Comme souvent, Dan songea avec envie à des associations comme Greenpeace et à ses militants qui n'hésitaient pas à prendre des risques pour défendre un coin de terre ou de mer menacée par ceux qui ne pensaient qu'à leur exploitation et leur profit. Mais il était trop tard pour lui. Il était aujourd'hui un homme diminué, en proie aux remords et aux souvenirs. En proie à ses peurs, à ses cauchemars et ses… hallucinations.

Désormais, il lui fallait du calme et de la sérénité. Mieux que ça, il avait besoin de quotidien, d'insignifiance et de banalité.

Un monde d'équilibre qu'il était bien décidé à se construire.

— Bon, je pense qu'à présent, il est temps d'aller au lit. Demain sera encore une rude journée et avec Clémence, il s'agira d'assurer. Qu'est-ce que tu en penses, Azote ? Az…

L'animal, couché à ses pieds l'instant d'avant, n'était plus là.

— Eh, la prochaine fois, préviens-moi quand tu pars, ça m'évitera de parler tout seul ! l'interpella-t-il en rejoignant la baie vitrée ouverte sur le salon au milieu duquel il rejoignit l'animal. Celui-ci était assis sur son postérieur, sa queue battant la mesure. L'une de ses pattes était posée dans la main d'une petite fille en manteau bleu…

Les lèvres de Dan s'entrouvrirent mais pas un son ne sortit de sa bouche.

L'enfant qui souriait à l'animal le dévisagea avec un peu de crainte. Puis un début de sourire éclaira son visage.

— Bonjour, murmura-t-elle avec douceur.

Dan n'en crut pas ses oreilles. Non seulement il la voyait, mais elle lui parlait. Il aurait voulu lui dire de ne pas s'enfuir, de ne pas disparaître, de lui expliquer…

— Bon… bonjour, articula-t-il simplement avec beaucoup de difficulté.

— C'est un drôle de nom, Azote ! reprit l'enfant avec plus d'assurance.

— Euh… Il faut dire que c'est un drôle de chien.

— C'est vrai qu'il est drôle, acquiesça cette dernière en riant. Avec ses moustaches et ses gros sourcils, on dirait un grand-père !

— Ça doit être pour ça qu'il est si gentil, avança-t-il doucement. Dis-moi… est-ce que tu vas encore disparaître ou est-ce que tu comptes rester un peu ?

« Tu vas rire, songea-t-il, mais je t'avais prise pour un fantôme. »

La petite fille fit la moue tout en esquissant un mouvement d'épaules.

— J'aimerais bien rester, mais il y a ma maman. Et aussi mon papa.

— Et... ils sont où tes parents ?

— À Berlin.

— À Berlin ? Dis-moi, c'est drôlement loin ça. Et dans ce cas, qu'est-ce que tu fais dans le coin, tu es en vacances ?

— Non, se contenta de répondre l'enfant tout en continuant de triturer les poils du chien qui ronronnait de plaisir. Comment s'appellent vos autres animaux ?

— Eh bien, il y a Léo, le cheval. Tornade, l'âne gris. Et clochette et Mélanie, les deux petites chèvres.

— Et le chat ?

— Ah, le chat, il n'est pas vraiment à moi, tu sais. Il va, il vient quand ça l'arrange. « Un peu comme toi... » songea Dan. Je l'ai appelé Pastis... parce qu'il nous saoule un peu !

— Je ne comprends pas ? interrogea l'enfant en haussant les sourcils.

— Ça ne fait rien, c'est une blague qui ne fait rire que moi.

— J'ai eu un chat, moi aussi, avoua alors gravement cette dernière. Et un canari, mais on a dû les abandonner. Vous n'auriez pas quelque chose à manger, j'ai faim ?

— À manger ? Mais si, bien sûr. De quoi as-tu envie ?

— De tout. Sauf des légumes.

— C'est bête, je pensais t'offrir un poireau mais si tu préfères autre chose... Ne bouge pas, je vais te chercher... Tu aimes le Nutella ?

— Qu'est-ce que c'est ?

— Le Nutella ? Mais… du chocolat mélangé à des cacahuètes. Enfin, je crois.

— Hmm ! Ça fait longtemps que je n'ai plus mangé de chocolat !

— Laisse-moi trente secondes, j'arrive, recommanda Dan en pénétrant à reculons dans sa cuisine. Surtout, ne bouge pas !

— Alors voyons… bredouilla-t-il une fois devant la porte ouverte de son frigo. Surtout pas de panique. Cette petite à l'air bien réelle. Mieux, elle réclame à manger ! Alors voyons, du Nutella… un yaourt… un œuf cru… de la mayonnaise… Qu'est-ce que ça peut encore bien manger ces choses-là ? Ah, elle aura soif aussi, alors du lait et… du lait ! Bon, je pense que ça ira, conclut-il en se retournant.

Son chien, à présent couché sur le tapis du salon, lui adressa un regard désolé.

— Elle est partie, c'est ça ? Merde, c'est pas vrai ! enragea-t-il en tapant du poing sur la table.

Pourquoi avait-elle encore disparu et comment faisait-elle ça ?

Il eut envie de jeter un coup d'œil au-dehors mais renonça, sachant que cela s'avérerait inutile.

Bon sang, cette fois, il était vraiment en train de devenir dingue !

Clémence était arrivée le lendemain. Elle lui fit la surprise de l'attendre au port à leur retour en bateau. Tandis que les plongeurs débarquaient leur imposant matériel, Dan lui avait déposé un baiser léger sur les lèvres. Elle était ravissante avec ses longs cheveux bruns chahutés par le vent, son pull fuchsia et son jean blanc qui épousait ses formes élancées.

— Dis-moi, avait-elle plaisanté en observant un trio de jeunes plongeuses qui l'instant d'avant plaisantait avec Dan, elles sont toutes comme ça, tes plongeuses ou c'est une coïncidence ?

— Non, d'habitude, elles sont bien plus jolies !

— Et je suis sûre qu'elles en pincent toutes pour leur beau moniteur ?

— Elles n'ont pas le choix, c'est un critère de réussite à leur examen.

Ils avaient rejoint la maison afin de se changer puis étaient redescendus en ville où ils avaient dîné à la table d'un grand restaurant. Une fois rentrés, ils avaient vidé une bouteille de champagne avant de finir au lit dans lequel ils avaient fait l'amour jusqu'au petit matin.

Clémence était repartie le surlendemain. Contrairement à ce que Dan avait prévu, il n'avait fait aucune allusion à leur avenir. Ou plutôt, c'était Clémence qui, au moment du champagne, avait tendu une perche qu'il n'avait pas saisie. Il faut dire qu'il avait dû se faire violence durant tout le week-end pour paraître détendu. Malgré cela, la jeune femme lui avait plusieurs fois fait remarquer son absence ou sa distraction.

— Tu es sûr que tu vas bien ? s'était-elle inquiétée quand elle l'avait rejoint dans l'obscurité tandis qu'il contemplait la nuit à travers la baie vitrée.

— Hm ? Oh oui, j'ai simplement un peu de mal à dormir en ce moment.

— Toujours tes cauchemars ? avait-elle interrogé en passant ses bras autour de la taille de son amant.

— Ça dépend des nuits.

— Je croyais que ça allait mieux quand j'étais là.

— C'est vrai.

— Tu sais…

— Oui ?

— Il n'y a pas que ça, je te trouve… différent, ces derniers temps.

— Qu'est-ce que tu veux dire ?

— Je ne sais pas… Tu as l'air absent. Inquiet. On dirait que quelque chose te travaille, je veux dire, même le jour. Si ça venait de moi, tu me le dirais n'est-ce pas ?

Dan s'était retourné et avait pris la jeune femme dans ses bras.

— Sans aucune hésitation. Mais ce n'est pas le cas. « C'est juste que j'attends la venue d'une petite fille en manteau bleu qui arrive de Berlin, qui a faim et qui ne connaît pas le Nutella ! »

— Je te crois. Tu sais, j'ai pensé… commença Clémence.

— Formidable ! plaisanta Dan. Je savais que ça finirait par arriver ! Aïe ! Eh ! Ça va pas, tu sais dans quoi tu as tapé, là ? se défendit-il en parant un coup destiné à son entrejambes.

— De toute façon, je n'en vois plus l'utilité.

— Moi si.

— Tu m'écoutes ?

— D'habitude, c'est plutôt pour les faire parler que pour les faire taire qu'on frappe les gens mais vas-y, je t'écoute.

— Si on allait passer les fêtes de fin d'année à la montagne ?

— Tu veux dire, toi et moi ? Enfin, je veux dire avec Azote, le chat, Léo, Tornade, Clochette et Mélanie ? Ça serait formidable !

— Tu trouveras bien quelqu'un pour garder tous tes protégés, non ? Mais bon, n'en parlons plus si ça te pose un problème, j'irai avec quelqu'un d'autre.

Dan resserra son étreinte.

— Si tou fait ça, yé té tou !

— Avec quoi ?

— Ça.

— Ridicule…

— J'en ai pourtant fait mourir plus d'une… et toutes de plaisir.

— C'était qui, la dame ?

Surpris, Dan faillit laisser échapper la gamelle qu'il destinait à Azote. Oubliant momentanément son repas, celui-ci se porta gaiement à la rencontre de la fillette debout dans le milieu du salon.

— Hein ? ne put qu'interroger son maître déstabilisé par l'apparition.

— C'était qui, la dame ?

— Eh bien, je pense que tu veux parler de Clémence, bredouilla-t-il en se pinçant discrètement et en se frottant les yeux, c'est… c'est mon amie, mais dis-moi… tu étais là ?

— C'est ton amoureuse ?

— Euh, oui c'est ça, c'est mon amoureuse… « Pourquoi est-ce que je me sens obligé de répondre à ce fantôme, moi ? » s'interrogea Dan en se frottant le sommet du crâne.

— Elle est jolie, reconnut la fillette en connaisseuse.

— C'est vrai, oui, elle est très jolie. « Allons-y, ironisa-t-il pour lui-même, vivons le délire jusqu'au bout ! »

— Moi aussi, j'avais un amoureux. Il s'appelait Nikolas.

— Ah oui, et qu'est-ce qu'il est devenu ? interrogea Dan en tentant désespérément de comprendre ce qu'il lui arrivait.

— Je ne sais pas, avoua celle-ci dans un haussement d'épaules. D'abord, je n'avais plus le droit de le voir et puis après, on a dû déménager.

— Ce sont tes parents qui t'ont empêchée de le voir ?

Cette fois, elle acquiesça avec un hochement de tête.

— Ils sont sévères, dis donc.

— C'est à cause de l'étoile.

— De l'étoile ?

— Dites, vous avez encore du Netula ?

— Du netula ? Ah oui, tu veux dire du Nutella. C'est vrai que la dernière fois tu es partie un peu précipitamment. Est-ce que cette fois tu comptes rester un peu ?

L'enfant hocha à nouveau positivement la tête tout en caressant le crâne d'Azote.

— Ce gros gourmand ne mérite pas tes caresses, tu sais. Assieds-toi sur le fauteuil, je vais te préparer un petit repas, qu'est-ce que tu en dis ? proposa Dan en espérant ainsi en apprendre plus.

— Hm, c'est bon ! s'enthousiasma la fillette en portant à sa bouche une grosse cuillère de chocolat fondant.

— Tiens, bois, je t'ai servi un verre de lait.

— Je pourrai emmener le pot avec moi ?

— Oui, bien sûr. Mais dis-moi, là où tu es, qu'est-ce que tu manges ? Je te trouve bien maigre, et puis on dirait que tu as toujours faim.

— Ça dépend de ce que papa ramène à la maison, enfin, dans le grenier où on habite.

— Le grenier ? Mais tu m'as dit que tes parents étaient à Berlin, non ?

Dan considéra la fillette avec circonspection. Ses cheveux raides, retenus par deux barrettes et coupés à la hauteur de son menton, la faisaient paraître espiègle ou sage selon les mimiques de son visage. Ses sourcils, fournis et bien dessinés, lui donnaient un air de constant étonnement. Son regard était lumineux. Son nez droit, légèrement redressé à son extrémité accentuait son côté mutin tandis que ses lèvres roses et ourlées exprimaient au contraire dans l'ovale d'un menton plein de douceur un sentiment de gravité.

— Maman aussi, elle est maigre, continua cette dernière. Elle ne mange pas beaucoup pour en laisser plus à papa et à moi. Mais ça fait rien, elle aussi est très jolie. Encore plus que… enfin que votre amoureuse.

— C'est gentil pour elle, je lui dirai… Tu sais, si tu n'as pas l'habitude, il faudrait peut-être y aller doucement avec le Nutella.

— C'est trop bon ! affirma la fillette en passant sa langue rose sur ses lèvres.

— Il ne faut pas abuser des bonnes choses sans quoi…

— Sans quoi quoi ?

— Eh ben…

— Vous avez une épée ?

— De quoi tu parles ?

— Comme les chevaliers.

— Une épée… Mais, pourquoi tu me demandes ça ?

— J'ai envie d'aller aux toilettes.

— Tu ne me réponds pas, si tu veux… Eh bien… rien de plus facile. Au fond du couloir à droite.

« Non mais je rêve ? se demanda Dan après que la petite se fut levée. C'est ça, je dois être en train de rêver et bien sûr, je m'imagine que tout ça est vrai ! Putain, je deviens fou. Une étoile, une épée, du netula, un grenier ! Grave, ça devient grave. »

— Eh ? Euh… tu as terminé ? finit-il par interroger au bout de quelques minutes. Merde, je ne sais même pas son nom ! Et pourquoi je ne sais pas son nom ? Parce que cette gamine n'existe que dans mon cerveau malade ! D'ailleurs, il n'y a personne aux toilettes… Il n'y a que moi, ce chien et ce putain de pot de netula !

***

1943

— Maman, j'ai mal au ventre !

— Ma pauvre chérie, tu dois avoir faim. Attends, je vais te chercher un morceau de sucre.

— Oh non, maman, pas de sucre.

— Mais pourtant, tu aimes bien ça, d'habitude.

— Oui mais là, j'en ai pas envie.

— Mais dis-moi, qu'est-ce que tu as autour de la bouche ? Ma parole, c'est du chocolat ! Où l'as-tu trouvé ? C'est papa qui te l'a donné en douce, hein c'est ça ? finit par deviner la jeune mère avec un sourire entendu.

La fillette acquiesça d'un signe de tête.

— Reste étendue, lui conseilla sa maman en caressant avec tendresse le ventre de sa fille. Ça va passer. La prochaine fois, gardes-en un peu pour le lendemain au lieu de tout manger !

Plus tard, alors que la fillette était endormie.

— Chéri, commença la jeune femme en rejoignant son mari sur le matelas posé à même le plancher, la prochaine fois que tu donneras en cachette du chocolat à ta fille, fais en sorte qu'elle ne mange pas tout en une seule fois. À cause de toi, elle a mal au ventre maintenant.

— Mais je n'ai rien donné à Rosa aujourd'hui, se défendit

mollement celui-ci en tirant les couvertures sur les épaules de sa femme.

— Non bien sûr, c'est pour ça qu'elle en avait tout autour de la bouche ! Elle a même refusé un morceau de sucre.

— Sucre, chocolat, c'est comme ça que tu comptes tromper notre faim ? Sans doute a-t-elle trouvé un morceau que tu auras oublié quelque part et elle l'aura mangé. Maintenant, si nous dormions, la journée a été particulièrement pénible aujourd'hui.

— Comme toutes les autres, murmura la jeune femme avec amertume, tout en soufflant la bougie qui les éclairait.

***

2010

— Qu'est-ce que vous faites ?

Dan, assis devant l'ordinateur posé sur son bureau, sursauta soudain.

— C'est pas vrai, la revoilà !

— Qui ça ? demanda ingénument la fillette en regardant autour d'elle.

— Bon, on se calme.

Dan essaya de se concentrer, les mains jointes sur son front.

— Qu'est-ce que tu veux ? Pourquoi tu viens me voir ? C'est pas bien, tu sais, de venir chez les gens comme ça ! Et puis d'abord… Est-ce que je peux te toucher ?

— Pour quoi faire ?

— Pour… pour vérifier quelque chose.

— Quoi ?

— Tu verras bien. Tends ta main.

La fillette obtempéra.

Avec appréhension, Dan approcha ses doigts de la main de l'enfant.

— C'est un jeu ? Tu vas me taper sur la main ? Je jouais à ça avec mon cousin. Je perdais toujours et j'avais très mal.

— Tu as pourtant l'air tellement réelle, murmura celui-ci en tâtant sa peau fine.

— Tu fais quoi avec cet… avec ça ? interrogea cette dernière en désignant l'écran d'ordinateur.

— Tu veux parler de l'ordinateur ? Ne me dis pas que tu n'en as jamais vu ?

— Ben, non, reconnut l'enfant dans un haussement d'épaules.

— Tu n'en as jamais vu ?

— Ben non.

— Et tu ne savais même pas que ça existait ?

— Ben non, c'est quoi ?

— Un ordinateur.

— Ça sert à quoi ?

— Alors là, on devrait peut-être commencer par autre chose, parce qu'on n'est pas arrivé. Bon, je suppose que tu as faim ? interrogea Dan, dans l'espoir de retenir l'enfant où son incarnation.

— Oui, mais je ne veux plus de netula parce que la dernière fois, j'ai eu mal au ventre, expliqua la fillette en logeant sa tête dans les poils d'Azote venu à sa rencontre.

— Viens avec moi à la cuisine, on va te trouver autre chose. Alors, qu'est-ce qui te ferait plaisir ? interrogea-t-il en ouvrant la porte immense de son frigo. J'ai du jambon, du fromage, des fruits, du beurre, de la confiture…

— Je veux bien ça, ça, et ça, et un peu de ça, choisit la fillette avec un regard de convoitise.

— Oui, ben c'est ce que j'avais dit, du jambon, du fromage, des fruits, du beurre et de la confiture. Mais attention, un petit morceau de chaque seulement, sinon tu auras de nouveau mal au ventre. Tiens, installe-toi dans le fauteuil, je vais te mettre un couvert sur la table du salon et s'il te plaît reste encore un peu, j'aimerais te poser deux ou trois questions. Azote, ce n'est pas pour toi que je remets le couvert, c'est pour… Ah oui au fait, tu as bien un nom ?

— Rosa, se présenta l'enfant avant de mordre goulûment dans une tranche de pain beurré. Et vous, c'est quoi votre nom ?

— Dan. Eh bien, enchanté Rosa. Et surtout, bon appétit. Dis-moi, tu ne veux pas quitter ton manteau ?

L'enfant lui indiqua que non de la tête avant de demander :

— Che peux ui donner elque choche ?

— Je pense que tu m'as demandé si tu pouvais donner quelque chose à la poubelle sur pattes que tu as devant toi, celle-là même qui m'a englouti aujourd'hui l'équivalent d'une semaine de salaire ? Je devrais te répondre non, mais je pense que ça te ferait plaisir, alors vas-y mais d'abord, quel est ton bras préféré ? Parce qu'il y a des chances pour que tu y laisses celui qui tiendra le morceau de fromage…

La fillette gloussa, la tête rentrée dans les épaules avant de tendre avec précaution un morceau de jambon à Azote qui, contrairement à toute attente, s'en saisit de manière délicate.

— Il ne m'a pas mangé la main, sourit cette dernière avec soulagement.

— Faux frère, reprocha Dan à son chien. Je ne te savais pas capable de tant de douceur.

Puis, revenant à la fillette :

— Dis-moi, il faudrait peut-être penser à faire descendre tout ça, avant que tu ne t'étouffes, qu'est-ce tu veux boire, un coca ?

— Un quoi ? interrogea l'enfant en arrondissant ses deux fins sourcils.

— Ah oui, c'est vrai, tu ne connais pas ça non plus. Eh bien, c'est un peu comme du Nutella mais en boisson, tu vas voir.

— Alors, c'est bon ? s'enquit-il un peu plus tard.

— Ça pique ! s'exclama la fillette les yeux larmoyant. Et ça a un drôle de goût.

— Tu préfères autre chose ?

Pour toute réponse, celle-ci émit un rot tonitruant.

— J'ai pas compris.

Puis un second qui les fit beaucoup rire tous les deux.

— Explique-moi, ça veut dire oui ou non ?

— Non.

— Non, tu n'en veux plus ?

— Si.

— Si, tu en veux.

— Oui.

— Finalement, on se comprend bien tous les deux. À ce propos… Tu m'as dit que tu venais de Berlin. Est-ce que ça veut dire que tu es Allemande ?

— Hm, hm, approuva la fillette.

— Et alors, comment se fait-il que tu parles le français mieux que moi ? Est-ce que ton père ou ta mère est français ?

— Non, ils sont Allemands.

— Ils sont Allemands… réfléchit Dan. Alors, est-ce que tu as appris cette langue à l'école, quel âge as-tu ?

— J'ai huit ans. Mais, je ne sais pas parler français.

— Attends... et là, qu'est-ce que tu fais? Tu es bien en train de me parler français, non?

— Ben non, je parle comme j'ai l'habitude de parler, expliqua l'enfant comme s'il s'agissait d'une évidence. Et ça, c'est quoi? interrogea la fillette en désignant l'écran plat de la télévision.

— Tu n'as jamais vu non plus de télé, pas d'ordi, pas de coca, tu parles allemand comme d'habitude et moi, je te comprends? Je suis en plein délire... Ça, tu sais ce que c'est, au moins?

— Ben oui, une pomme.

— Et ça? continua-t-il en désignant le four micro-ondes.

La fillette haussa les épaules en signe d'ignorance.

— Et ça?

— De la confiture.

— En fait, à part ce qui se mange, tu ne connais rien!

— Je pourrais en emporter un peu à papa et maman?

— À Berlin.

— Ben oui, à Berlin!

— Dans le grenier où ils habitent.

La fillette acquiesça de la tête.

— Ben voyons... Ne bouge pas, je vais te préparer un sac à provisions. Qu'est-ce qu'ils aiment, tes parents? demanda Dan devant le frigo. J'ai aussi des légumes, du saucisson, ils mangent du porc? Eh! Je te parl... Et merde! jura-t-il en s'apercevant que l'enfant avait disparu. Bien sûr, je pourrais tenter de te filmer, murmura-t-il pour lui-même en passant une main fatiguée sur sa nuque douloureuse mais, je ne suis pas pressé de constater qu'on ne te verra pas et que je suis devenu fou...

***

1943

— Joseph, cette enfant m'inquiète. Ce soir, elle n'a rien voulu manger. Ce n'est pas normal, elle n'a pratiquement rien dans le ventre.

L'homme releva la tête de son journal puis après avoir retiré ses binocles considéra pensivement sa femme. Quelques mèches rebelles échappées de son chignon encadraient son beau visage grave. Son chemisier à la coupe romantique sur lequel elle avait passé un gilet gris orné de fins motifs verts laissait entrevoir sa peau douce et laiteuse.

Il contempla amoureusement ses yeux en amande, son nez fin. Ses lèvres roses et le grain de beauté au-dessus de sa bouche qui lui donnait cet air si sensuel, presque hautain quand elle vous transperçait de son regard qui, en fonction de la lumière, allait de l'ambre au brun.

Et il se demanda une fois de plus par quel miracle une telle beauté avait pu devenir sa femme…

— Vous ai-je déjà dit aujourd'hui, madame Klantzmann, que vous étiez sans conteste la plus jolie femme de Berlin ?

— Joseph ! lui reprocha sans beaucoup d'énergie cette dernière en finissant de débarrasser la petite table sur laquelle ils prenaient leurs maigres repas. C'est de ta fille dont je te parle. Tu as vu comme elle est maigre ? Elle doit manger pour ne pas tomber malade.

— Écoute, d'abord elle n'est pas si maigre que ça, et puis je suis médecin, non ? Tu as vu ses joues roses ?

— Tu devrais aller l'ausculter.

— Mais je l'ai vue, il n'y a pas cinq minutes ! Bon, pour te rassurer, je vais aller la voir. En attendant, est-ce qu'il reste de quoi faire un peu de thé ?

— Pour ce soir oui, mais il faudrait que demain, tu nous ramènes des choses dont j'ai besoin, je t'ai posé la liste sur le buffet.

— Voyons voir ça, commença l'homme après s'être emparé du petit papier. Caviar, foie gras, huîtres... et le champagne ? Décidément, il faut que je pense à tout dans cette maison.

— Joseph, tu n'es pas drôle, déplora son épouse en commençant à laver quelques casseroles.

Ce dernier s'approcha d'elle et l'entoura de ses bras.

— Tu as raison, ma petite femme chérie. Je suis sans doute meilleur médecin que comique, enfin, je l'espère. Bien, voyons voir où en est notre petite malade !

L'homme tira doucement le rideau qui faisait office de porte, puis il s'avança jusqu'au matelas sur lequel était étendue sa fille. Celle-ci lisait un livre à la lueur d'une bougie.

— Je ne te dérange pas, ma princesse ?

— Non papa.

— Alors dis-moi, est-ce que tu as encore mal au ventre ?

— Non.

— Alors pour quelle raison n'as-tu pas mangé ?

La petite fille referma son livre, puis passa un bras autour du cou de son père.

— Tu ne le diras pas à maman ?

— Qu'est-ce que tu me donnes ?

— Un bisou.

— Alors, d'accord.

— Je n'avais pas faim parce que j'ai déjà mangé, lui chuchota-t-elle à l'oreille.

— Tu avais encore du chocolat ?

— C'est pas du chocolat, c'est du netula.

— Du netula ?

— Oui, et j'ai aussi bu du coca, écoute...

La petite fille émit un rot sonore qui la fit pouffer.

— C'est bon mais ça fait roter.

— En effet, et quoi d'autre ?

— Des fraises, des pommes, du jambon, du fromage, je voulais vous en ramener pour toi et maman mais je suis partie avant.

— Avant quoi ?

— Ben, que Dan ait pu me les donner.

— Dan ?

— Le chevalier, mais tu n'en parles pas à maman ! Elle dit que je raconte des histoires.

— D'où tient-elle cette curieuse idée ?

— Alors ? s'enquit son épouse qui venait d'enfiler une épaisse chemise de nuit quand il la rejoignit dans le réduit qui leur servait de chambre. Comment l'as-tu trouvée ?

— Je l'ai bien auscultée, et mon Dieu, je pense qu'elle devrait passer la nuit.

Le lendemain, alors que tous trois prenaient le petit déjeuner, une porte avait claqué au rez-de-chaussée de la maison inoccupée. Puis des pas avaient retenti dans les escaliers. D'abord sur ceux en pierre de l'entrée, puis sur les marches en bois qui conduisaient jusqu'à leur grenier.

Rosa et sa mère avaient alors plongé leur regard inquiet dans celui de son père qui les avait rassurés d'un battement de paupières.

— C'est sûrement Karl, avait-il murmuré en faisant allusion

à l'ami qui les avait hébergés clandestinement au moment où l'on avait commencé de pourchasser les juifs.

— Karl? s'était angoissée sa mère. Mais il ne vient jamais ici, d'habitude! Peut-être... Peut-être qu'il vient nous dire que nous allons pouvoir partir?

— Attendons de voir ce qu'il a à nous dire, la tempéra son époux tandis que l'on frappait selon un rythme convenu à la porte qu'il alla ouvrir.

— Bonjour Joseph, le salua un grand homme blond à moustache élégamment vêtu tout en retirant son chapeau. Bonjour Elisabeth, sourit-il chaleureusement en embrassant la jeune femme. Et comment va notre petite Rosa? s'enquit-il en s'approchant de l'enfant restée devant son bol. Je vois que j'arrive juste au bon moment, déclara-t-il sur un ton mystérieux en sortant d'une des poches de son par-dessus un sac de papier blanc. Que dirais-tu de quelques petits pains au chocolat à peine sortis du four?

— Oh merci, oncle Karl! se réjouit l'enfant en inspectant aussitôt le contenu du sac.

— Et j'ai amené d'autres bricoles, confia ce dernier en retournant à la porte devant laquelle il avait déposé d'autres sacs qu'il tendit joyeusement au père de Rosa.

— Merci Karl! fit celui-ci en s'emparant des provisions.

Karl Holberg et Joseph Klantzmann étaient amis depuis de longues années. Fils d'un industriel qui avait fait fortune dans le textile, le premier avait poursuivi de brillantes études d'ingénieur qui l'avaient placé à la tête de l'entreprise familiale après la mort de son père.

Issu d'une famille de médecins, le second n'avait pas dérogé à la tradition.

Après l'université, les deux amis s'étaient mariés puis

avaient fait leur vie chacun de leur côté. Et tandis que Karl dirigeait son usine implantée dans les faubourgs de Berlin, Joseph s'était installé comme médecin de campagne avec son épouse dans un village, éloigné d'une cinquantaine de kilomètres.

Les deux couples avaient eu leur premier enfant presque en même temps. Karl était le parrain de Rosa. Ce dernier avait voulu que Joseph fût celui de leur fils Ludwig, mais Joseph l'avait persuadé que cela n'était pas une bonne idée après que les nazis eurent annoncé officiellement la couleur pour ce qui était des juifs allemands.

Très vite, les choses avaient empiré. Et quand le père de Rosa avait fini par se rendre compte du danger qu'ils couraient, il était trop tard.

Karl, profondément révulsé par les doctrines nazies, avait alors proposé à celui-ci de les abriter dans une maison de famille inoccupée à l'ouest de la ville en attendant de leur trouver une solution. Il avait même réussi à procurer à Joseph des faux papiers qui lui permettaient de venir travailler dans son usine, celui-ci pouvant ainsi continuer de subvenir aux besoins de sa famille.

Si durant quelques semaines, leur situation avait été relativement privilégiée, le danger s'était fait tous les jours plus pressant et, d'un commun accord, Joseph et les siens avaient dû se résoudre à s'installer dans le grenier de la bâtisse, à l'abri d'éventuelles curiosités de voisinage ou de passants, toujours prompts à cette époque à apporter leur pierre au monstrueux édifice nazi en cours de construction.

— Karl ? interrogea la mère de la petite en agrippant la manche du manteau de leur bienfaiteur. As-tu enfin pu obtenir nos papiers ?

Ce dernier la contempla d'un air embarrassé, tout en lui prenant chaleureusement les mains.

— Elisabeth... J'y travaille, crois-moi, j'y travaille. Mais avant de penser à fuir, il faut penser à vous mettre hors de danger.

— Mais... nous sommes à l'abri ici, non ?

— Justement, continua leur ami en les dévisageant tour à tour, c'est de cela que je voulais vous parler.

Puis, s'adressant plus particulièrement au père de la petite :

— Est-ce que tu te souviens d'Epstein Jacob ?

— Oui... réfléchit ce dernier. C'est un ancien copain d'université...

— Il est venu me trouver, il y a trois jours. Sa famille et lui sont aux abois. Il ne sait plus où se cacher. Il m'a demandé de l'aide.

— Mon Dieu... murmura son ami en passant une main angoissée dans ses cheveux.

— Je ne savais pas quoi faire, je... je leur ai proposé de partager ce... enfin, de les abriter ici momentanément, jusqu'à ce que je leur trouve quelque chose.

— Tu as bien fait, acquiesça Joseph résigné en opinant de la tête.

— Ici... bredouilla son épouse. Mais... combien sont-ils ?

— Cinq. Il y a lui, sa femme, leurs deux enfants et le père de Jacob.

— Cinq ! Mais comment veux-tu que nous vivions à huit dans ce... dans ce taudis ? Sans pouvoir sortir, sans faire de bruit ? se désespéra la mère de Rosa.

— Ça n'est que pour quelques jours. J'ai une petite maison à la campagne pas très loin d'ici où je les conduirai. J'attends seulement d'avoir des faux papiers. Il est illusoire de tenter quoi que ce soit sans eux.

— Mais ça fait des semaines que tu nous promets les nôtres, Karl, et nous en sommes toujours au même point !

— Elisabeth ! la calma doucement son mari. Karl fait tout ce qu'il peut pour nous. Sa tâche n'est pas facile et il prend des risques énormes en nous cachant chez lui.

— C'est vrai, excuse-moi, se reprit celle-ci en écrasant une larme. Je... je suis désolée Karl.

— Tu ne le dois pas, lui assura leur ami. Je ne sais pas comment je me conduirais à votre place, en tout cas, sans doute moins courageusement. Tout ce que je peux vous dire, c'est de garder confiance. Les sympathisants à notre cause deviennent toujours plus nombreux et nous nous organisons, lentement, mais nous nous organisons et nous constituerons bientôt un véritable mouvement de résistance. Le plus dur pour une famille telle que la vôtre reste de voyager, même avec de faux papiers. Nous devons nous entourer d'un réseau de gens organisés capables de vous escorter tout le long de votre voyage jusqu'en lieu sûr. Ce n'est pas simple, mais nous y parviendrons. Tout le monde en Allemagne ne cautionne pas les idées de ces fous.

— S'il existe, que Dieu t'entende, mon ami, murmura Joseph. Que Dieu t'entende !

Mais Dieu ne daigna pas prouver son existence. La famille s'installa et, passé le premier moment d'émotion lié aux retrouvailles et à la sensation bouleversante d'appartenir à la même famille de pestiférés, la vie en communauté dans un tel confinement se montra vite pesante et compliquée. L'inactivité forcée, l'obligation d'une totale discrétion, les multiples dangers que l'on savait rôder autour de la maison, l'absence totale d'intimité et le manque d'hygiène, même s'ils pouvaient chacun à leur tour profiter des sanitaires situés dans l'appartement du premier étage leur pesait énormément.

Seul Joseph apportait à la fin de sa journée de rares informations qu'il tentait de rendre positives tout en apportant parfois un journal en totale contradiction avec ses discours optimistes.

— Il ne faut pas croire cette feuille de chou bourrée de propagande, se défendait-il, elle imprimera encore que tout va bien le jour où l'Allemagne perdra la guerre ! Regardez plutôt ce que j'amène là ! exultait-il en déposant triomphalement son sac de victuailles sur la table. Tonton Karl nous a encore gâtés !

— Est-ce que tu as pensé aux cigarettes ?

— Et au savon ?

— Nous n'avons plus de mots croisés, tu as pensé aux mots croisés ?

— Et mon sirop pour la goutte ?

— Rassurez-vous mes amis, les temporisa-t-il en levant les mains, j'ai pensé à tout.

— Combien de temps encore cette situation va-t-elle durer ? se désespéra la mère de Rosa en chuchotant, peu après qu'ils se furent étendus sous leurs couvertures. Jacob nous pollue avec sa cigarette, sa femme avec ses conversations et son père avec ses pets ! Quant à leur fils, il est infernal, lui et Rosa n'arrêtent pas de se quereller. Sans parler du bébé qui pleure parce qu'il met des dents. Qu'est-ce qui se passera quand quelqu'un l'entendra de la rue ?

— Voyons Elisabeth, ces gens sont des pauvres gens, comme nous. Eux aussi préféreraient être ailleurs. Ne crois-tu pas que certaines fois, c'est nous qui les gênons ?

— Ça te va bien de dire ça, toi qui pars le matin et rentres le soir. Moi, c'est vingt-quatre heures sur vingt-quatre que je dois les supporter !

— Tu sais, mon travail à l'usine n'est pas beaucoup plus drôle. Je dois mesurer toute la journée des kilomètres de tissu avec toujours la hantise de faire le geste où de prononcer la parole qui va attirer sur moi l'attention des nazis qui ont des yeux et des oreilles partout.

— Au moins, tu peux sortir, voir des gens, respirer l'air du dehors. Ta fille et moi, nous sommes en prison, ici !

— Vous êtes prisonnières de cet endroit, c'est vrai, mais en même temps, il vous protège. Ceux d'entre nous qui n'ont pu trouver ce genre d'abri…

— Eh bien, où sont-ils ? Où conduisent-ils tous ceux qu'ils ont arrêtés ? Qu'est-ce qu'on dit d'eux dehors ? Les journaux que tu ramènes n'en parlent jamais.

Puis, se retournant pour faire face à son mari :

— Dis-moi la vérité, Joseph. Qu'advient-il de nous une fois qu'ils nous ont capturés ?

— Il semble qu'on les conduise dans des camps de travail à l'Est.

— Et les enfants ?

— Dans des… écoles qui sont sans doute plus des camps de rééducation dans lesquels on doit leur distiller l'idéologie nazie.

— J'ai surpris une conversation ce matin entre Jacob et son père, lui avoua son épouse d'une voix angoissée.

— Ah oui, et alors ?

— Il a entendu dire que…

— Eh bien quoi ? interrogea d'un ton monocorde son époux.

— Qu'ils les tuaient… Tous.

— Jacob est un brave type, mais il a toujours été prompt à relayer les bêtises surtout quand celles-ci relevaient de l'absurde. Ils sont des milliers, des dizaines de milliers de par l'Europe à avoir été arrêtés. Comment peux-tu imaginer qu'on les tue tous ? Sans même parler de la folie d'une telle idée, matériellement, c'est tout à fait impossible. Tu peux me croire, ils ont bien d'autres choses à s'occuper avec tous ceux à qui ils font désormais la guerre ! Demain, j'irai parler à Jacob pour lui demander d'arrêter de colporter de pareilles âneries.

***

2010

Dan referma la porte derrière lui. Au-dehors, la pluie tombait. Azote regagna son panier d'osier posé dans un coin du hall d'entrée pour s'y sécher.

Tous deux avaient rendu visite aux animaux qu'il retrouvait après dix jours d'absence, le temps de son séjour à la montagne en compagnie de Clémence durant les fêtes de fin d'année.

Un peu plus tôt, il avait dit au revoir à Victor, son copain plongeur, sa compagne et leur fillette qui avaient assuré l'intérim en logeant dans sa maison.

— Tout s'est bien passé ? les avait interrogé Dan par pure formalité sachant qu'il pouvait leur faire totalement confiance.

— Comme tu n'avais rien laissé dans le frigo, on a d'abord mangé ton cheval, avait plaisanté son ami slave avec son accent si particulier. Pour la boisson, on a vendu ton âne. Quant à ton chien, il a bouffé les chèvres. Nous, on les aurait bien gardées pour faire du fromage mais bon… Et toi, tu as bonne mine, on dirait ? Est-ce que c'est l'air de la montagne où le sport en chambre avec Clémence ?

— Sans doute un peu des deux. Et le boulot ?

— C'est calme. Mais, tu sais que dans trois jours, on reçoit les chercheurs de trésor ? lui rappela Victor en faisant allusion à une campagne de fouilles archéologiques mandatée par l'IFREMER à laquelle ils devaient participer en tant que plongeurs chevronnés.

— C'est cool.

— Bon, ben, on te laisse.

— Ah, autre chose, attends qu'on soit parti pour ouvrir ta chambre. On y a entassé quelques trucs qu'on n'arrivait plus à remettre dans les armoires !

— Ne l'écoute pas Dan, s'était défendue la fiancée de Victor. J'ai veillé sur ta maison comme si c'était la mienne !

— C'est bien ce que je dis, ironisa celui-ci. Attends un peu avant d'ouvrir !

Dan se doucha, puis enfila une chemise et un jean propre qu'il sortit de l'armoire. Sa maison lui semblait vide et désagréablement silencieuse.

La veille, il avait déposé Clémence à son appartement et avait regagné sa maison au volant de sa voiture de location. Bizarrement, alors que tous deux mouraient d'envie d'en parler, aucun n'avait osé aborder le douloureux sujet de la séparation au bout de plusieurs jours de vie commune et par conséquent, discuté de l'opportunité d'une vie à deux. Était-ce parce qu'ils ne s'aimaient pas assez ? Peut-être en resteraient-ils définitivement à ce stade qui leur faisait apprécier quelques jours passés ensemble mais redouter un projet de vie commune ?

Pourtant, tout avait été parfait. La montagne s'était montrée sous son meilleur jour et les journées s'étaient passées à dévaler des pistes éblouissantes de neige, à rire de tout et de rien, à boire jusqu'à l'ivresse et à se délecter de mets délicieux. Quant à leurs nuits…

Malgré cela, il s'était toujours trouvé un moment où il avait été rattrapé par ses préoccupations.

Il mit une pizza à décongeler dans le micro-ondes, puis il prépara le repas d'Azote, assis à ses côtés.

Il réalisa que depuis son retour, il ne faisait qu'attendre la réapparition de l'enfant.

Que lui avait-elle dit déjà ? Quelle histoire incroyable ! Cela lui rappelait les situations dramatiques vécues par de pauvres juifs durant la seconde guerre mondiale.

Il avait parfois l'impression d'être la victime d'une mauvaise blague. L'impression qu'à un moment donné, quelqu'un allait lui expliquer qu'il avait été piégé par des amis qui l'avaient inscrit à un jeu télévisé ! Victor aurait bien été capable de lui faire un coup comme ça !

Ça y est, à présent, il devenait parano. Non, la blague était de trop mauvais goût, même pour Victor. Alors, quelle était la vérité ? L'apprendrait-il un jour ou glisserait-il sans même s'en rendre compte dans la folie ?

Il avala un morceau de pizza sans réel appétit, puis il se fit un café qu'il sirota sur son canapé tout en jetant parfois des regards furtifs autour de lui.

Coïncidence ? En faisant défiler les chaînes, il tomba sur un documentaire faisant état des exactions commises pendant la guerre par les nazis.

— Comment tout cela a-t-il été possible ? se demanda-t-il à la fin du reportage bien qu'il connût parfaitement la réponse pour avoir côtoyé quelques-uns des plus bas instincts de l'espèce humaine durant ses missions.

Fatigué, il s'arracha du fauteuil.

— Il doit me manquer facilement une cinquantaine d'heures de sommeil, mon pauvre Azote, alors prépare-toi à une longue nuit, déclara-t-il à son compagnon tandis que tous deux regagnaient la chambre. J'ai l'impression qu'on ne verra pas notre fantôme, aujourd'hui !

Quand Dan ouvrit les yeux, il ne distingua que l'obscurité et quelques rares touches de clarté filtrant depuis la lune à travers ses volets clos. Il resta sans bouger durant quelques secondes, épiant le souffle régulier de son chien endormi au pied du lit. Il avait rapidement sombré dans le sommeil et à son grand étonnement avait dormi sans cauchemars. Il jeta un coup d'œil à son radioréveil qui marquait une heure quarante-cinq, constatant avec plaisir qu'il lui restait du temps pour récupérer de ses excès.

Il se leva. Il avait soif. Il allait boire un grand verre d'eau pétillante et se rendormir. Il traversa sa chambre plongée dans la pénombre et rejoignit la cuisine après une étape à la salle de bain.

Comme il le faisait souvent en se recouchant, il flatta de la main son chien endormi. Ses doigts glissèrent sur le poil dru de l'animal qui n'émit pas un soupir. Il allait les retirer quand ceux-ci rencontrèrent quelque chose de différent. Quelque chose qui n'aurait pas dû se trouver là.

Dan se retint de bondir hors du lit. Rassemblant ce qu'il pouvait de sang-froid, il se redressa puis alluma à tâtons sa petite lampe de chevet.

— Nom de Dieu, jura-t-il entre ses dents quand il découvrit le tableau qui l'attendait.

Blottie tout contre son chien qui le fixait sans broncher, reposait la petite fille enveloppée frileusement dans son manteau bleu.

Il l'observa en tentant de maîtriser sa respiration. Elle était étendue sur le côté. Une main contre sa bouche, et son autre bras enroulé autour de l'animal qui semblait s'appliquer à ne pas bouger.

Ses jambes étaient serrées l'une contre l'autre afin de conserver leur chaleur. Des chaussettes de laine blanches montaient jusqu'à ses genoux. Son visage poupin était à demi recouvert par ses cheveux en bataille à travers lesquels émergeait le haut d'une oreille.

Éblouie par la lampe, l'enfant cligna des yeux, puis avec difficulté, sortit de son sommeil.

— Excuse-moi… bredouilla-t-il ennuyé en réalisant qu'il était à l'origine de son réveil forcé.

— J'ai soif, répondit simplement l'enfant en frottant ses yeux ensommeillés.

— D'accord, ne bouge pas, je vais te chercher…

— Un coca, précisa la fillette tout en se redressant.

— Un coca, OK, je t'apporte ça, tout de suite.

Quand il lui tendit la bouteille, Dan réalisa qu'il tremblait légèrement.

— Dis-moi, ça fait… ça fait longtemps que tu es là ?

— Ben, je sais pas, je dormais.

Azote en profita pour se redresser en s'ébrouant avant de se livrer à une petite séance d'étirements.

— Qu'est-ce qu'il fait ? interrogea l'enfant.

— Je crois qu'il est un peu ankylosé à force de ne pas

bouger pour ne pas te réveiller. Mais peut-être que tu veux te rendormir, si tu enlevais ton manteau et que tu t'installais dans mon lit bien chaud, moi, je pourrais m'allonger sur le canapé.

— Il pourra dormir avec moi ? demanda la petite en désignant Azote à présent assis à ses côtés.

— Normalement non, mais cette nuit, oui.

La petite entreprit alors maladroitement de se défaire de son manteau. Dan vint à son secours. Elle portait en dessous un petit gilet de laine de couleur jaune passé sur un chemisier blanc qui débordait par endroits de sa petite jupe plissée bleu marine.

L'enfant grimpa alors dans le lit puis se glissa sous les draps. Sans attendre de permission, Azote alla se blottir contre elle.

Dan avança alors la main puis pressa le bouton de la lampe plongeant ainsi la chambre dans l'obscurité.

— Si tu as besoin de quoi que ce soit, je suis à côté, lui murmura-t-il.

Il lui sembla que la petite acquiesçait de la tête. Alors il attrapa délicatement une couette dans son armoire puis il rejoignit le canapé de son salon depuis lequel il entendit un rot tonitruant. En souriant, il s'étendit sur son lit improvisé.

Il réalisa alors qu'il ne doutait pas de son existence lorsqu'elle était auprès de lui. Et que sa présence, plutôt que l'inquiéter, commençait à le rassurer. Mieux, il s'avoua qu'elle lui manquait quand elle n'était pas là.

« Un gentil fantôme quoi... » se dit-il en posant sa tête sur ses deux mains à plat.

« Sans doute ne serait-elle plus là à mon réveil... » songea-t-il les yeux grands ouverts.

Pourrait-il un jour lui poser toutes les questions qu'il avait à lui poser ? Quand la reverrait-il ? Car il en était cette fois intimement persuadé. Elle reviendrait.

***

1943

Joseph Klantzmann poussa la porte du grenier derrière laquelle l'attendaient sa famille et leurs compagnons d'infortune qui l'accueillirent d'un sourire désenchanté.

— Bonjour papa ! s'exclama sa fille en se blottissant contre lui.

— Bonjour ma chérie, lui sourit-il avec un air las, tout en l'embrassant. Ça a été, ta journée ?

— Non, parce que Samuel n'a fait que m'embêter ! Il a volé ma poupée et voulait la torturer !

— Est-ce que ce n'était pas pour te punir de lui avoir caché sa casquette, hier ?

— C'est maman qui t'a dit ça ? questionna l'enfant déstabilisée.

— Non, c'est mon petit doigt, il me dit tout.

— Je lui ai caché sa casquette parce qu'il avait gribouillé mon livre !

— Bonjour Joseph, s'interposa son épouse en déposant un baiser léger sur les lèvres de son mari. Ces deux-là vont nous rendre chèvres ! se désespéra-t-elle en agitant négativement la tête. Rosa, laisse ton papa maintenant, il est fatigué. Il a travaillé durement toute la journée et toi, tu l'accueilles en lui racontant toutes vos bêtises. Va plutôt ranger tes livres, il en traîne partout !

Puis revenant à son époux :

— Eh bien, qu'est-ce qu'il y a, tu en fais une tête ? s'inquiéta-t-elle soudain en voyant le visage anormalement sombre de celui-ci. Il est arrivé quelque chose ?

— Je dois... je dois vous annoncer une nouvelle... enfin une nouvelle pas très bonne, confia son époux à contrecœur tandis que s'approchaient doucement Jacob Epstein et son épouse, que ses propos avaient alarmés.

— C'est au sujet de nos papiers ? interrogea ce dernier.

— Non...

— Tu as eu des problèmes à ton travail ? renchérit la mère de Rosa.

— Non... enfin oui... mais laissez-moi vous expliquer.

— Pardonnez-nous, Joseph, intervint Anna la femme de Jacob, une jolie rousse au visage avenant. Nous vous écoutons.

— Eh bien voilà... Karl est venu me trouver ce matin à l'usine. En faisant mine de contrôler un lot de tissus, il m'a confié que... que notre situation allait changer. Comme d'autres chefs d'entreprises, il a... il a reçu des directives du parti qui les obligent à donner aux travailleurs les plus méritants de leurs entreprises des logements. Pour cela, ils doivent leur ouvrir les appartements inoccupés de leurs immeubles dont... dont notre maison.

Un murmure d'effroi parcourut son auditoire qui s'était resserré autour de lui.

— Des... Des nazis dans notre maison, mais c'est... mais c'est impossible !

— Il n'a pas le choix. Refuser reviendrait à inscrire directement son nom sur une liste de gens suspectés de s'opposer au régime. Même des hommes comme lui ne peuvent se permettre ce genre de faux pas, surtout... surtout quand ils sont impliqués comme lui à défendre notre cause. Mais il m'a assuré qu'il demanderait et... obtiendrait, de pouvoir choisir lui-même les familles parmi celles que le parti aura désignées et les logements qu'il devra leur attribuer.

— Je placerai chez vous un contremaître et un ouvrier en qui j'ai confiance, lui avait-il expliqué. Bien sûr, ils voient d'un bon œil le régime mais ce ne sont pas des fanatiques, plutôt des braves types que les nazis ont jusque-là réussi à abuser. Le contremaître résidera au premier étage avec sa femme et leurs trois enfants. Le jour, ils seront absents. Eux au travail et leurs enfants à l'école. L'ouvrier occupera le rez-de-chaussée. Sa femme fait des ménages chez les particuliers et leurs deux enfants sont eux aussi scolarisés. C'est lorsqu'ils seront rentrés que vous devrez vous montrer extrêmement prudents. Il faudra alors ne faire aucun bruit qui pourra attirer leur attention. Mais crois-moi, avec les journées que leur impose le régime, les citoyens allemands dorment à poings fermés, lui avait assuré son ami avec un air faussement réjoui.

— Et... Et moi, dans tout ça? avait interrogé Joseph. Comment... Comment vais-je faire pour mon travail?

Le visage de son ami avait subitement retrouvé sa pâleur.

— Pour... Pour l'instant, il vaut mieux que tu abandonnes l'idée de continuer ton travail à l'usine, c'est trop dangereux. Je justifierai ton absence en prétextant une excuse bidon. Je... je suis désolé, Joseph. Tu peux me croire, nous n'avons à ce jour pas d'autre alternative.

— Nous... Nous ne pourrons jamais partir, n'est-ce pas? s'était enquis ce dernier d'une voix altérée par l'émotion.

— Chaque jour passé est une victoire sur ces salauds, Joseph! avait déclaré Karl Holberg les mâchoires serrées. Ils se sont mis le monde à dos. Un jour viendra où ils paieront pour ce qu'ils ont fait!

« Mais nous ne serons plus là pour le voir... » songea Joseph Klantzmann, les yeux mouillés de larmes.

— Eh bien voilà, se résigna ce dernier en gardant pour lui ses dernières pensées tout en souriant tristement à ses proches. Vous allez à présent devoir me supporter.

— Mais comment allons-nous faire pour notre ravitaillement ? interrogea Jacob Epstein son visage d'ordinaire courageux et volontaire marqué par la peur du lendemain.

— Karl nous fera déposer des victuailles sous l'escalier de la cave une fois par semaine, leur expliqua le père de Rosa.

— Et pour l'hygiène, et nos besoins ? le questionna son épouse, ravagée par la nouvelle.

— Durant la journée, nous pourrons toujours profiter des waters de la partie commune.

— Et où nous laverons-nous ?

— Ici, avança son mari dans un haussement d'épaules.

— Et si... et si mon bébé pleure ? s'épouvanta soudain la jeune mère en portant ses mains jointes à sa bouche.

— Fort heureusement, votre petit Isaac est un ange, la rassura Joseph Klantzmann en s'efforçant de ne pas laisser transparaître son inquiétude.

À cet instant, un silence profond planait comme un orage menaçant. Quelque chose imprégna l'air jusqu'à le rendre irrespirable. Ce quelque chose avait un nom. La Mort.

Joseph Klantzmann avait encore travaillé quelques jours à l'usine, puis Karl l'avait prévenu qu'il allait devoir rejoindre les autres dans son grenier.

— Dans deux jours, lui avait-il expliqué, des ouvriers vont venir pour donner un coup de neuf aux appartements qui n'ont plus été occupés depuis un certain temps. Je pense qu'il leur faudra à peu près une semaine pour les rendre dignes de leurs nouveaux occupants. Je ferai en sorte que ça dure plus longtemps. Durant tout ce temps, vous n'aurez rien à craindre. Ils feront suffisamment de bruit pour ne rien entendre des vôtres. Le soir, ils partiront et vous pourrez à nouveau respirer librement. Pour que personne n'ait l'idée de monter jusqu'au grenier, je vais installer une corde en travers des escaliers et un panneau signalant qu'ils sont condamnés pour des raisons de sécurité. Il faudra qu'il y ait toujours suffisamment de crottes de souris sur les marches pour décourager d'éventuels curieux.

Comme à son habitude, malgré son inquiétude et son abattement, le père de Rosa avait fait en sorte de remonter le moral de sa troupe.

— Il arrive une chose d'inespérée, les amis, avait-il déclaré à son arrivée dans le grenier. Les Russes sont en train de remporter une grande victoire à l'Est, à Stalingrad. Les armées allemandes sont sur le point de capituler en laissant derrière elles des tas de morts et de prisonniers !

— Et comment sais-tu ça ? l'avait interrogé son épouse en cherchant à découvrir dans son regard si son époux mentait ou disait la vérité.

— Karl a des informations qui proviennent de Londres.

— Comment savoir si c'est vrai ?

— Mais c'est vrai, ma chérie, avait insisté ce dernier en posant ses mains sur ses épaules. C'est vrai ! L'armée nazie n'est plus invincible !

Rosa, quant à elle, avait été plutôt contente de la présence de son père qui lui avait tout de suite consacré beaucoup de temps.

Les travaux avaient débuté un matin, alors que tout le

monde était encore au lit. Une fourgonnette s'était arrêtée dans l'allée gravillonnée et des bruits de voix avaient retenti. Celles d'au moins trois hommes. Puis la porte d'entrée avait été ouverte et ces dernières avaient résonné dans l'entrée au bas de l'escalier.

Enfin, la fourgonnette était repartie et bientôt, les premiers bruits de chantier avaient commencé.

Au début, tous les occupants du grenier étaient restés un long moment silencieux et immobiles, osant à peine se regarder. Puis, peu à peu, un semblant de vie avait repris. Chacun s'évertuant à surveiller ses déplacements et à parler à voix basse. Leur principale préoccupation étant le bébé dont ils appréhendaient les cris. Heureusement, ce dernier était un ange qui ne pleurait que lorsqu'il avait faim. Lorsque cela arrivait, sa mère se réfugiait avec lui dans un espace que les hommes avaient aménagé tout spécialement en l'insonorisant avec des matériaux donnés par Karl.

— Même nous, nous l'entendons à peine, avaient-ils constaté avec soulagement lors de leur premier test.

Malgré cela, la tension restait extrême, surtout quand les travaux avaient lieu dans l'appartement du dessous, que les pas se rapprochaient et que les voix résonnaient au bas de leur escalier.

— Mon Dieu, se désespéra la mère de Rosa. Comment allons-nous faire quand les nazis seront sous notre plancher ?

***

2010

Chaque fois que Dan quittait une pièce pour une autre, il imaginait y trouver la fillette qu'il n'avait plus revue depuis six jours.

Le moindre tressaillement d'Azote lui laissait présager sa présence.

Chaque désillusion était source de frustration et d'agacement, jusqu'au jour où l'on sonna à sa porte alors que la nuit allait tomber.

C'était elle !

— Bonsoir, lui souhaita-t-il en dissimulant l'émotion qu'il avait de la retrouver.

— Bonsoir, répéta-t-elle sobrement en levant vers lui ses grands yeux noisette.

— Tu as le nez rouge, dis donc.

— C'est parce que j'ai froid.

— Tu veux rentrer ?

La gamine acquiesça de la tête.

Dan referma derrière elle, puis ils se dirigèrent vers le salon.

— Assieds-toi devant la cheminée, j'ai fait un bon feu qui te réchauffera.

— Vous allez venir nous sauver bientôt ? le questionna-t-elle.

— Tu m'as déjà posé cette question, déclara-t-il après l'avoir observée avec curiosité. Et je ne sais toujours pas quoi te répondre, je ne sais même pas de quoi tu parles. Qu'est-ce que tu attends de moi exactement ?

La fillette le fixa en silence.

— Hein, dis-moi ? Tu veux que je te sauve de quoi, de qui ?

— Ben, des nazis !

— Des nazis... répéta pensivement Dan en s'asseyant aux côtés de la fillette. Et qu'est-ce qu'ils te veulent, ces nazis ?

— Ils n'aiment pas les juifs, lâcha cette dernière avec un haussement d'épaules qui semblait vouloir dire, je ne sais pas vraiment pourquoi, mais c'est comme ça.

— Et… tu es juive.

Hochement de tête.

— Et tu vis dans un grenier à Berlin avec tes parents… Et quand tu as cinq minutes, tu passes me voir pour me demander de l'aide. Évidemment, ça se tient, je ne vois pas pourquoi je m'étonne. Si on prenait ton histoire par le commencement ? Tu vivais bien quelque part avant d'habiter dans ce grenier ?

— J'habitais à Babelsberg avec mes parents.

— À Babelsberg… et c'est où, ça ?

— Pas très loin de Berlin.

— Et qu'est-ce que tu faisais à Babelsberg ?

— Ben, j'allais à l'école.

— Et tes parents, ils faisaient quoi ?

— Mon papa, il est médecin, et ma maman, elle corrige des livres.

— Tu as un autre frère où une sœur ?

— Non.

— Et pourquoi vous avez quitté votre village pour Berlin ?

— Ben, à cause des nazis. Je ne pouvais plus aller à l'école à cause d'eux. Et puis après, mon papa, il ne pouvait plus être médecin. Des fois, on trouvait des vilaines choses écrites sur notre mur. Les gens, ils étaient méchants avec nous. Une fois, quelqu'un a tapé sur mon papa, et ma maman après, elle avait toujours peur. Et puis un jour, tonton Karl est venu et il nous a dit qu'il fallait qu'on parte.

— Tonton Karl…

— Lui, il est gentil. Il nous a emmenés à Berlin et nous a cachés dans sa maison. Au début, on était bien. On ne pouvait pas sortir, mais la maison, elle est grande et on n'était que nous. Et puis un jour, on a dû monter se cacher dans le grenier parce qu'il avait peur qu'on nous voie. Et maintenant, on doit partager notre grenier avec les Epstein. Je déteste Samuel Epstein. Et à présent, des ouvriers nazis vont venir habiter dans la maison. On n'aura plus le droit de faire le moindre bruit. Mon papa, il a perdu son travail dans l'usine de tonton Karl et maman, elle est malheureuse.

La fillette leva alors les yeux sur Dan qui ne perdait pas un mot de son incroyable récit.

— C'est pour ça que vous devez venir nous aider. Je ne veux plus rester cachée. J'ai peur de perdre ma maman et mon papa. J'ai peur que les nazis nous trouvent.

Tous deux s'observèrent un instant en silence avant que Dan ne reprenne.

— Tu connais la date d'aujourd'hui ?

— Pas exactement, avoua la fillette.

— Mais à peu près ?

— Peut-être le vingt janvier ?

— De quelle année ?

— 1943.

— Nom de Dieu ! grommela Dan pour lui-même.

— J'aime bien être chez vous, confia l'enfant en posant son visage sur le dos d'Azote. J'aimerais bien que mes parents puissent venir aussi.

« Oh, mais si je continue comme ça, songea Dan, un jour, ils viendront. Et d'autres encore, on en profitera pour faire une petite fête entre fantômes. »

— En admettant que tu sois ce que tu dis, comment, d'après toi, tu fais pour venir ici ? Et comment tu fais pour en repartir ?

— Je ne sais pas, reconnut la fillette qui semblait déjà s'être, elle aussi, maintes fois posé la question. Ça m'arrive quand j'ai peur, où quand je suis triste. Même parfois quand je dors. En fait, je crois que c'est grâce à mon manteau. Il doit être magique. C'est pour ça que je ne le quitte jamais.

Quelque chose frôla alors l'une des fenêtres.

— Qu'est-ce que c'est ? s'alarma-t-elle en dévisageant Dan de deux grands yeux écarquillés.

— C'est un hibou qui vit dans le vieil arbre au-dessus de la terrasse, la rassura celui-ci. Il part à la chasse aux provisions. Ne t'inquiète pas, tu n'as rien à craindre, ici.

— Il n'y a pas de nazis ?

— Non, il n'y en a plus, on les a tous foutus dehors.

— C'est vrai ? interrogea la fillette estomaquée.

— Bien sûr que c'est vrai.

— Mais les nazis, ils ont des armes et ils sont méchants, comment vous avez fait ?

— Oh, avec mon épée, ils n'avaient aucune chance. C'est bien ça, non, je suis un chevalier ?

La gamine acquiesça vivement de la tête.

— Tu viendras bientôt avec ton épée pour nous délivrer ? le questionna la fillette en le tutoyant.

Dan avala une grande gorgée de son whisky avant de répondre. Curieusement, il prit ça comme une marque de confiance qui lui alla droit au cœur.

— Eh bien, il faut que je consulte mon agenda mais je pense que je n'ai rien de prévu fin février…

— C'est vrai ? Tu viendras ?

Il alluma une cigarette. Il se détestait. Même si cette enfant n'était qu'un songe, il n'y avait aucune raison pour qu'il agisse de cette façon.

— Il y a juste un petit problème à ma venue, vois-tu. Non, en fait, il y a plein de problèmes à ma venue. Mais le premier d'entre eux, c'est que je ne sais pas du tout comment aller te retrouver à Berlin. Surtout en février 1943 !

— Alors, un peu plus tard ? avança timidement la fillette avec une moue pleine d'espoir.

Dan recracha sa fumée avec un long soupir de frustration.

— Je ne…

Il allait lui dire qu'il ne viendrait jamais mais il se retint.

— Et si je viens, je serai censé faire quoi pour vous sauver ?

— Papa disait que nous pourrions peut-être aller en France avec des faux papiers et que de là-bas, nous pourrions aller en Espagne ! C'est ce que nous devions faire, mais…

À cet instant la fillette se mit à pleurer.

— Mais à présent, il dit que ce n'est plus possible. Je ne veux pas rester enfermée dans ce grenier, j'ai peur que les nazis viennent nous chercher. Samuel m'a dit qu'ils tuaient les juifs, même les enfants. Je ne veux pas qu'ils tuent mon papa et ma maman !

Quand Dan rouvrit les yeux, il avait l'impression de s'être endormi un court instant et d'avoir fait un rêve horrible. Devant lui, seul Azote le contemplait, tel un vieux sage depuis le canapé.

***

1943

— Eh bien, eh bien, qu'est-ce qui ne va pas ? interrogea Joseph Klantzmann en prenant sa fille dans ses bras.

Celle-ci était étendue dans son lit et son visage était mouillé de larmes.

— Tu as dû faire un cauchemar, ce n'est rien, je suis là, lui chuchota-t-il à l'oreille pour ne pas réveiller ceux qui dormaient ou qui faisaient semblant.

— Alors dis-moi, pourquoi pleures-tu ?

— Je pleure parce que je crois que je me suis trompée. Dan n'est pas un chevalier, et il ne viendra pas nous sauver.

— Ah oui... Dan, le chevalier dont tu m'as déjà parlé.

— Non, ce n'est pas un chevalier !

— Ah bon, et pourquoi ça ?

— Il dit qu'il ne sait pas comment nous aider. Qu'il n'en a aucune idée.

— C'est peut-être vrai ?

— Mais si c'est vrai, c'est terrible ! Je devrais rester prisonnière dans ce grenier jusqu'à ce que les nazis nous tuent !

— D'abord qui t'as dit que les nazis voulaient nous tuer ?

— Samuel.

— Tiens, tu crois celui que tu appelles le plus grand menteur de la terre maintenant ?

— Ils ne veulent pas nous tuer ? demanda l'enfant avec une lueur d'espoir.

— Bien sûr que non.

— Mais alors, pourquoi doit-on se cacher ?

— Parce qu'ils veulent nous emmener là où on ne veut pas aller.

— Et pourquoi ils veulent nous emmener là où on ne veut pas aller ?

— Parce que nous, les juifs, nous sommes beaucoup plus intelligents qu'eux, et ils en ont honte quand ils sont à nos côtés. Mais on ne se laissera pas faire, on est plus malins qu'eux. Et un jour, ce seront eux qui partiront.

— Tu es sûr de ça, papa ?

— Qui est-ce que tu crois, moi où Samuel ?

— Toi ! s'exclama la petite fille en passant ses bras autour du cou de son père dont les yeux se mouillaient de larmes.

Grâce à Karl qui s'était appliqué à compliquer les choses à force d'hésitations et de revirements, les travaux de réfection avaient finalement duré plus de cinq semaines durant lesquelles la maison avait résonné d'une multitude de bruits que les occupants du grenier cherchaient à reconnaître autant par prudence que pour rompre l'ennui et leur inactivité.

— À mon avis, ils sont dans la cuisine du rez-de-chaussée, supputait l'un. La cuisinière avait besoin d'un nouveau tuyau.

— On dirait qu'ils marchent sur des tapis, avançait l'autre, ils doivent être dans le bureau du deuxième.

— On dirait qu'ils arrachent une tapisserie.

— Écoutez, c'est la voix de Karl !

— Il dit qu'il n'est pas content de la tapisserie... qu'il faut la changer !

— Moi, j'aime bien tapisser.

— Je préfère peindre.

— Mon Dieu, on dirait qu'ils montent jusqu'ici !

— Taisez-vous, ils sont tout près.

— Vous entendez ? Qu'est-ce qu'ils disent ?

— Ils parlent des restrictions.

— Tu parles, qu'est-ce qu'ils savent des restrictions, eux ?

Chaque soir, quand la porte d'entrée se refermait lourdement sur le dernier d'entre eux et que les pas des ouvriers crissaient sur le gravier, chacun d'eux renaissait enfin à la vie. C'était alors la ruée sur les toilettes et dans les salles de bain à la lumière de bougies ou de lampes électriques. Ensuite, c'était la visite du chantier et le contrôle angoissé de l'avancement des travaux qui malgré les efforts de leur protecteur progressaient inexorablement.

Et tandis que Joseph et Jacob remettaient en état les toilettes de la chambre de bonne qui jouxtait le grenier, les femmes préparaient le repas.

— Prenez bien soin de ne rien laisser derrière vous ! ne cessaient de répéter Joseph et Jacob quand tous regagnaient le grenier. Il ne faut surtout pas qu'ils aient le moindre soupçon, ajoutaient-ils en contrôlant scrupuleusement le plus petit recoin.

Ensuite, le regard impatient, chacun se faisait une place autour de la table afin de partager le seul vrai repas de la journée qui suffisait à peine à remplir les ventres affamés.

Et puis venaient les jeux de cartes, de dés ou de dominos qui duraient parfois fort tard dans l'attente d'un sommeil salvateur qui leur ferait pour quelques heures oublier leur sort.

Alors, chacun regagnait sa couche protégée par quelques planches, rideaux ou couvertures derrière lesquels parfois, montaient un souffle, un soupir, un sanglot ou quelques chuchotements.

— Comme vous êtes belle, madame Klantzmann, avait déclaré son mari tandis qu'un soir, il rejoignait son épouse affairée à sa toilette dans la salle de bain de l'appartement vide du premier étage.

Celle-ci tourna vivement la tête, surprise par son arrivée. Ses cheveux fraîchement lavés ondulaient sur ses épaules dénudées. Elle ne portait qu'une mince combinaison qui laissait entrevoir ses seins arrogants.

— Qui êtes-vous, monsieur, pour pénétrer ainsi dans ce lieu interdit ? J'aurais pu être complètement nue !

— Justement, murmura son mari en s'approchant. Je me disais que j'étais entré un peu tard. Qu'importe, nous allons remédier à ça, déclara-t-il en remontant le tissu soyeux sur les jambes élancées de sa femme qui fit mine de résister.

— Joseph, tu n'es pas sérieux !

— J'ai bien l'impression que si.

— Mais quelqu'un…

— Aucune chance, j'ai fermé la porte.

Il passa ses mains sur les reins cambrés de sa femme autour desquels s'enroulait le tissu, puis descendit sur la peau granuleuse et ferme de ses fesses qui frissonnèrent.

— Tu sais comment est Rosa, tenta encore cette dernière le souffle court. Elle aime partager la salle de bain avec moi, elle risque d'arriver d'un moment à un autre.

— Chaque seconde de nos deux vies est tournée vers cet ange venu du ciel, murmura son époux tandis que ses lèvres couraient sur le cou frémissant de sa femme. Même l'air que nous respirons, nous le respirons à moitié pour que celui-ci lui soit plus abondant. Depuis combien de temps n'avons-nous pas fait l'amour, mon amour ? De quoi sera fait demain ? À ce moment précis, rien ni personne, pas même Rosa ne m'empêchera de t'aimer.

Quand enfin ils rejoignirent le monde qui était le leur, le découragement les assaillit, ils mesurèrent avec angoisse comme tout était fragile et prêt à s'effondrer.

— Nous ne nous en sortirons pas, Joseph, déclara son épouse d'une voix étonnamment lucide alors que tous deux étaient réunis sous le jet brûlant de la douche. Je veux dire, quand les nazis seront là, juste en dessous de nous. Un jour, ils nous entendront et ça en sera fini de nous… et de notre petite Rosa.

— Nous nous en sortirons, crois-moi, tenta de la persuader son époux en la serrant dans ses bras. De tout temps, des hommes se sont sortis de situations bien pires. Parce qu'ils y ont cru et qu'ils le voulaient. Nous y croirons et nous le voudrons, pour notre petite Rosa.

Et puis, le moment tant redouté était arrivé. Deux jours plus tôt, Karl était venu les rejoindre alors que les ouvriers venaient de quitter la maison.

— Voilà, mes amis, avait-il déclaré, embarrassé en évitant de croiser le regard de ceux qui ne le quittaient pas des yeux. Les travaux sont à présent terminés. Je n'ai pas pu les faire traîner plus longtemps. Je viendrai avec les nouveaux locataires jeudi matin. Ils ont eu droit à deux jours de congés qui leur permettront d'emménager. Deux jours durant lesquels vous serez tranquilles en raison du bruit qu'ils feront et des va-et-vient. Ensuite, les vraies difficultés commenceront. Vous pourrez vivre le jour sans trop de crainte, mais lorsque les familles rentreront, vous devrez ne faire aucun bruit, et ceci jusqu'au lendemain matin. Surtout, ne perdez pas espoir, les supplia-t-il en ayant cette fois le courage de les dévisager tour à tour. Les nouvelles continuent d'être mauvaises pour les nazis. En Russie et en Afrique du nord, les choses ne se passent pas très bien pour eux. Chez nous, de plus en plus de villes sont bombardées. Quant à moi, je ne vous abandonnerai pas. Vous ne manquerez de rien, je vous le promets.

Chapitre 3

2010

Il y avait de chaque côté, des rangées de barbelés tordus et les ombres glacées des miradors qui pesaient sur les échines.

Il était seul, mais l'air humide bruissait du souffle de milliers de gens dont il ressentait l'épouvante et le halètement.

Il fallait courir, sa vie en dépendait, mais sa démarche était celle d'un pantin sans ficelles.

Il allait mourir. Il était déjà mort. Pourtant il courait, pitoyablement, lamentablement, mais avec obstination.

Là-bas, au bout de l'allée où les barbelés semblaient se rejoindre, un spectre bleuté l'attendait aux confins du néant.

Il suffoquait tandis que l'espace s'emplissait de cendres, celles des âmes défuntes parties en fumée qui le dévisageaient de leurs yeux blancs.

Il était à présent nu, dressé frileusement sur un sol d'herbes hautes balayées par les vents. Ses tympans résonnaient des cris de milliers de corneilles s'ébrouant sur des tas d'ossements.

Elle était là, debout dans son manteau bleu, les mains rivées à sa poupée. Elle était une enfant, belle comme l'innocence, délicate comme la pureté.

Elle le dévisageait avec intensité, semblant attendre des mots qu'il ne prononça pas.

Il perçut soudain le bruit métallique et froid d'une culasse qu'on apprête.

Alors seulement, il remarqua l'ombre immense du soldat casqué dressé à ses côtés.

Le SS visa la tempe fragile de l'enfant dont les yeux lui sourirent en un ultime message d'adieu.

Dan se prit la tête entre les mains.

Le coup de feu résonna longtemps parmi les battements d'ailes effarouchées et les croassements. Puis le calme revint. Et son effrayante et insupportable réalité. Un ange était tombé, foudroyé, victime de la folie des hommes.

Sur le sol, un petit manteau bleu gisait, taché de sang, les manches ouvertes comme deux ailes déployées.

Dan chercha l'interrupteur en tâtonnant. Il frissonna. Ses draps étaient trempés. Du regard, il fouilla les murs et les coins d'ombres sans la trouver.

Seule une lueur bleutée continuait de papillonner devant ses yeux exorbités.

Azote, assis à ses côtés, le fixait avec inquiétude.

Désormais, il devrait composer avec de nouveaux cauchemars.

***

1943

Il y avait tout d'abord eu le ronflement d'un moteur dans le petit matin, puis des roues crissant sur les graviers.

Des claquements de portières, des bruits de voix, d'hommes, de femmes et d'enfants qui n'avaient pas tardé à résonner dans le hall d'entrée. Puis ce furent deux énormes carrioles tirées par des chevaux qui s'immobilisèrent en bas des murs, pleines à craquer de meubles et de valises.

L'emménagement commençait.

Il se poursuivit tout le long de la journée, qui s'avéra joyeuse et laborieuse pour les familles qui découvraient leur nouveau foyer.

Là-haut au-dessus d'eux, des poitrines retenaient leur souffle. Des membres s'ankylosaient à force d'immobilité. Des vessies se gonflaient. Des peurs se propageaient. Des espoirs s'anéantissaient.

Et si à bout de nerfs, ils avaient ouvert la porte de leur clapier ? S'ils avaient lentement descendu les marches et salué ceux qu'ils auraient rencontrés ? Et pour finir, s'ils avaient marché dans la rue. S'ils étaient rentrés chez eux en riant de leur aventure, les aurait-on tués ? Ils n'étaient pourtant pas si différents. Leurs enfants se ressemblaient. Ils auraient pu partager les mêmes jeux. S'aimer peut-être ? Qui avait décrété qu'il en serait autrement ? Qu'avaient-ils fait ?

— Cesse de te poser tant de questions, Elisabeth, avait murmuré Joseph les lèvres posées sur les cheveux de sa femme. Le poison violent qu'on leur a injecté a fait d'eux des êtres privés de toute humanité. Mais tout poison, s'il ne tue pas, perd peu à peu de son efficacité. Viendra un jour où ils reprendront conscience. Ce jour-là, qui est inéluctable, sera pour eux le début d'un long chemin de croix, plein de souffrances et de culpabilité.

— Tu parles comme un rabbin ! lui reprocha sa femme en échappant à son étreinte.

— Non, ma chérie, la reprit doucement son époux en passant une main caressante à travers ses cheveux. Je parle comme un homme.

Karl leur avait rendu visite dans l'après-midi du troisième jour, alors que la maison était vide. Il avait apporté de nombreuses victuailles qui n'avaient pas suffi à détendre les traits tirés des visages de ses protégés.

— Il y a… commença-t-il d'un ton embarrassé. En fait, il y a une personne qui n'était pas prévue. Le couple au rez-de-chaussée a emménagé avec la mère de l'épouse, mais c'est une vieille femme âgée à moitié sourde avec laquelle vous ne risquez rien.

— Mais à présent, il y a quelqu'un dans la maison toute la journée, fit remarquer Jacob Epstein. Qu'allez-vous nous annoncer la prochaine fois, mon cher Karl, qu'un régiment de SS avec leurs chiens a finalement décidé de loger sous votre toit ?

— Jacob ! s'offusqua son épouse.

— Pardon Karl, s'excusa ce dernier, navré de son comportement, je ne voulais pas…

— Je vous comprends, mes amis, croyez-moi. Mais je vous l'assure, cette personne est sourde comme un pot, je l'ai vérifié par moi-même.

— Peut-être s'est-elle mise trop près du poste lors d'un discours de notre Führer ? plaisanta cette fois Jacob.

— Tu veux dire qu'elle ne serait pas sortie de sa maison comme il est stipulé pour supporter un de ses beuglements ? renchérit son ami Joseph.

La moitié d'entre eux seulement avaient émis un bref ricanement.

Un peu plus tard, Karl Holberg les avait quittés. À la façon dont ils s'étaient serré les mains et embrassés, on aurait dit que c'était pour la dernière fois.

— Nous ne te remercierons jamais assez pour tout ce que tu fais, mon ami, lui avait déclaré Joseph Klantzmann la gorge nouée.

— Tu en aurais fait tout autant pour moi, Joseph. Promettez-moi de tenir bon.

Leur protecteur avait alors refermé la porte puis, après s'être assuré que les marches de bois étaient bien couvertes de déjections de rats, il avait rejoint le rez-de-chaussée.

Un peu plus tard, les employés modèles regagnaient leur nouveau logis.

— Alors Hans, s'exclama-t-il en allant au-devant d'eux et en serrant la main d'un homme qui se débarrassa respectueusement de son chapeau. Je suis passé en coup de vent pour voir si vous étiez bien installés, est-ce que ça vous plaît ?

— Beaucoup, lui assura l'homme aux cheveux clairs en corrigeant la position d'un jeune garçon qu'il tenait par la main. Dis bonjour à monsieur Holberg, Günter.

— Bonjour, monsieur Holberg, répéta celui-ci avec obéissance.

— Bonjour, mon garçon. Alors, elle te plaît ta nouvelle maison ?

Le gamin acquiesça de la tête.

— Eh bien, Günter, tu as perdu ta langue ? lui reprocha son père.

— Laissez, je vous en prie, j'étais comme lui à son âge. Les vieux messieurs me faisaient peur. Mais peut-être…

Il plongea la main dans une de ses poches et la ressortit avec quelques bonbons.

— Est-ce que tu accepterais un petit cadeau ?

— Oh oui, merci monsieur ! articula-t-il cette fois très distinctement.

— Le sucre est ce qu'il y a de mieux pour se faire comprendre des enfants, commenta-t-il amusé en regardant le père. Ah, à ce propos, il faudra veiller à ce que ceux-ci ne montent pas au grenier. Comme je vous l'ai dit, l'accès est dangereux. Et puis, il doit sans doute y avoir quelques rats. J'ai bien essayé de nous en débarrasser mais ces petites bêtes sont tenaces. Il est vrai que c'est la guerre pour eux aussi et que de nos jours, tout le monde cherche à manger !

— Ne vous en faites pas, monsieur Klantzmann, l'avait rassuré son employé. Je veillerai à ce qu'ils respectent vos consignes. En tout cas, ma femme et moi-même tenons encore à vous remercier pour…

— Allons, allons, c'est bien normal de récompenser nos concitoyens les plus méritants. Là-dessus, le Parti a été bien inspiré. Eh bien voilà, je vais vous laisser réintégrer ce qui est désormais votre chez vous ! Profitez bien de votre première soirée.

— Merci, monsieur Klantzmann. Heil Hitler !

— C'est ça, c'est ça, Heil Hitler ! Gloire à notre guide bien-aimé qui conduira l'Allemagne à la Victoire ! Des autres… murmura-t-il entre ses dents serrées.

***

2010

— C'est incroyable ! reconnut Dan en relevant la tête d'un livre posé sur ses genoux, le dos calé dans le vieux fauteuil de cuir de son bureau.

Comment… Comment cela avait-il pu être possible ?

Bien qu'ayant été lui-même maintes fois confronté au pire, il ne pouvait s'expliquer comment une Nation tout entière, si évoluée, avait pu se rendre coupable d'un tel génocide.

L'intelligence, les capacités d'organisation, le pragmatisme, la rigueur, le sens inné des sciences et de la technologie, tout ce qui contribuait à la puissance et la vertu d'un peuple mis au service d'un massacre systématique et organisé.

Il venait de terminer un nouveau livre sur les camps de la mort et la solution finale imaginée par les nazis qui irait bientôt rejoindre ceux, entassés sur son bureau. Tous traitaient de la Seconde Guerre mondiale en Europe et de ses atrocités.

Une immersion au cœur du mal absolu commis sur une échelle jamais atteinte qu'il avait dû entreprendre pour mieux se rappeler. Parce qu'une drôle de gamine ou la folie qui l'habitait l'y avait poussé.

— Qu'est-ce que tu lis ? chuchota soudain une petite voix tout près de son oreille.

Dan sursauta, pourtant il savait qu'il n'avait rien à craindre du fantôme qui le visitait. Il se tourna en direction de la fillette dont le visage émergeait de la pénombre. À son insu, la nuit était tombée, et la lumière dorée de sa lampe engendrait de profonds recoins d'ombre.

— Rien d'intéressant, mentit-il en allant poser le livre avec les autres.

Puis, après avoir fait naître d'autres sources de lumière qui lui permirent de mieux distinguer l'enfant dans son manteau bleu, il reprit :

— Et toi, est-ce que tu aimes lire ?

Celle-ci répondit par un de ses habituels hochements de

tête tandis qu'une de ses mains glissait sur le cuir du fauteuil derrière lequel elle était restée embusquée.

— Et qu'est-ce que tu lis ? l'interrogea-t-il en remarquant la blancheur de son visage qui contrastait avec ses cernes bleutés.

— Il ne faut pas parler si fort, lui reprocha-t-elle en murmurant. La nuit, il ne faut faire aucun bruit.

— Tu sais bien qu'ici, tu ne risques rien, je te l'ai déjà dit. Tu peux parler aussi fort que tu veux. Tu peux même chanter, si tu en as envie !

— Bonjour Azote, chuchota l'enfant d'une voix douce en posant sa tête sur celle du chien qui venait de les rejoindre.

— Tu vois, même Azote est là pour te protéger. Est-ce que tu as faim ? Viens, on va aller te préparer quelque chose.

— Non, j'ai déjà mangé.

— Ah bon. Alors, soif peut-être. Tu veux un coca ?

La fillette fit non de la tête, s'abîmant avec bonheur dans les poils du chien qui semblait conscient de sa tristesse.

— Ça ne va pas ? Si on en parlait ? Qu'est-ce qui... Qu'est-ce qui se passe là-bas dans ton grenier ?

Dan se rapprocha puis s'agenouilla devant la fillette qui restait silencieuse. Délicatement, il passa un doigt sous son menton baissé afin de l'obliger à le regarder. Puis il écarta une mèche de ses cheveux afin de distinguer ses yeux, luisant comme des pépites d'une exceptionnelle pureté.

Sa peau était douce et fragile comme les pages d'un livre précieux.

— Dis-moi, Rosa, qu'est-ce qui se passe là-bas ? Est-ce que tes parents vont bien ? Est-ce que... Est-ce que les ouvriers nazis ont emménagé ?

La fillette acquiesça de la tête.

— Oui, c'est pour ça qu'on ne peut plus parler quand il

fait nuit. On ne doit plus bouger. Même quand j'ai envie de faire pipi, je dois me retenir. Le soir, on les écoute. C'est un peu comme si on était avec eux. On devine quand ils sont dans la cuisine ou dans la salle de bain. Parfois, on les entend rire ou bien se disputer. Les enfants viennent parfois jouer jusqu'au pied des escaliers. Je suis sûre que l'un d'eux est même venu une fois jusqu'à notre porte derrière laquelle il a écouté. Depuis deux jours, le grand-père de Samuel a la toux. On a tous très peur parce que ça réveille le bébé. On doit les enfermer dans le placard que papa et Jacob ont fabriqué pour qu'on ne les entende pas. Maman pleure souvent en cachette. Elle croit que je ne le vois pas mais je sais bien qu'elle est malheureuse. Heureusement, il y a mon papa. Maman dit qu'il est très courageux. Parfois, ça l'énerve parce qu'il est toujours calme. Et puis, il y a Karl qui nous apporte à manger. Parfois, j'aimerais bien courir ! Courir et ne plus m'arrêter ! s'exalta la fillette, du rêve plein les yeux.

— Ça te dirait de courir, maintenant ? lui proposa-t-il soudain d'une voix pleine d'enthousiasme.

— Maintenant ? bredouilla la fillette.

— Maintenant, oui.

— Mais où ça ? Dehors, il fait nuit.

— Et alors, on peut allumer la lumière ! Viens ! l'encouragea-t-il en lui prenant la main.

Précédé par Azote, tous deux coururent jusqu'à la maisonnette donnant sur le pré à l'intérieur de laquelle s'abritaient les animaux. Ceux-ci parurent étonnés de leur arrivée qui troubla le silence rassurant dans lequel baignait l'écurie endormie.

— Bonjour Léo, bonjour Tornade, bonjour Clochette et Mélanie ! les salua des deux mains jointes, la fillette ravie.

L'air immobile, presque tiède, était imprégné de l'odeur du foin et de la paille et celui entêtant des animaux au repos.

Sans attendre, Dan se dirigea vers un compteur électrique fixé à une grosse poutre. Il y eut alors un claquement sec, puis la nuit s'irradia d'une lumière blanche qui s'insinua entre les planches.

— Viens !

L'homme et l'enfant s'élancèrent alors à travers le pré éclairé par de puissantes lampes perchées sur des poteaux. Au-dessus d'eux, le ciel était rempli d'étoiles.

— Montre-moi comme tu cours vite, Rosa ! l'encouragea Dan sans lâcher la main de l'enfant. Montre-moi, vas-y, cours !

Les jambes blanches et fragiles s'agitèrent sous le manteau bleu. Il observa ses cheveux qui volaient dans le vent. La fillette poussait des petits cris qui se mêlaient à son rire. Entraînée par l'adulte jusqu'aux limites de l'équilibre, mais sécurisée par sa main, celle-ci avait l'impression de voler.

Dan la souleva alors de terre au moment où, ivre de joie et de vitesse, l'enfant s'apprêtait à tomber. Puis il la recueillit dans ses bras, courant ainsi jusqu'à l'essoufflement. À quelques mètres devant eux, Azote gambadait en aboyant.

Dan contempla son visage. La fraîcheur de la nuit avait coloré ses joues cireuses et ses lèvres ternes, quant à ses yeux, ils semblaient concentrer le ciel et toutes ses étoiles.

— Ça te dirait de monter sur Léo ?

Tous deux hochèrent la tête en même temps unis dans un même sourire.

— Alors viens, lui proposa-t-il en la déposant sur le sol. Suis-moi, on va aller lui demander s'il veut bien nous balader un peu sur son dos.

— Mais peut-être qu'il préfère dormir ?

— Je connais Léo, il ne refusera pas. Et puis, ça lui rappellera quand il était le cheval de Zorro, le justicier masqué qui ne sortait que la nuit ! Bien sûr, depuis il a un peu forci, mais il a encore de beaux restes, tu verras.

Soudain, Dan s'arrêta. Il avait le souffle coupé.

— Putain, je suis essoufflé, moi, constata-t-il en plaçant ses deux mains au-dessus de ses genoux et en tentant vainement de maîtriser sa respiration.

Il fut alors victime de flashs incandescents qui lui traversèrent douloureusement le crâne. Puis des images apparurent, des décors inconnus dont il était l'otage et depuis lesquels lui parvenait une cascade de murmures émanant de silhouettes anonymes et pourtant familières.

Soucieux du sort de la fillette, il tendit son bras à la recherche de sa main, en vain.

— Ne pars pas, Rosa, bredouilla-t-il. Pas encore... Je dois... Je dois savoir comment te venir en aide...

Puis il s'évanouit et tomba sur le sol.

La langue de son chien qui lui barbouillait le visage le fit revenir à lui.

Lentement, il se redressa, encore imprégné de ce qu'il venait de vivre.

Il avait fait un rêve étrange... Il avait marché dans une rue déserte seulement éclairée par un rayon de lune. Des murs l'accompagnaient, par-dessus lesquels s'élevaient les branches dénudées de grands arbres qui laissaient entrevoir, parfois, les toits de maisons endormies.

Sans savoir pourquoi, il s'était approché de l'une d'elles. Sa façade blanchâtre semblait le contempler. C'était une demeure imposante de plusieurs étages dominée par un toit compliqué et pentu.

Ses deux mains s'étaient posées sur le portail hérissé de pointes. Pourquoi cette maison l'attirait-elle ? Que recelait-elle ?

Un ronronnement grandissant lui avait à un moment fait tourner la tête. Deux fentes lumineuses remontaient la rue entraînant dans son sillage la sombre silhouette d'une voiture d'un autre âge.

Elle le dépassa en bourdonnant comme un gros insecte, puis disparut dans la nuit.

Le décor autour de lui se mit alors à basculer et un cri strident fusa du toit de la maison.

« Rosa... » murmura-t-il en reconnaissant la voix de l'enfant qui l'appelait au secours.

***

1943

— Rosa, ma chérie, réveille-toi, tu es en train de faire un cauchemar ! lui susurra sa mère penchée au-dessus d'elle. Regarde, tu es en nage, constata-t-elle une main posée sur sa poitrine qui haletait.

— C'est parce que je courais. Oh maman, c'était magnifique ! Le ciel était rempli d'étoiles qui brillaient et Dan me donnait la...

La fillette s'interrompit se rappelant soudain que sa mère n'aimait pas qu'elle lui parle de ses voyages dans le temps.

Pourtant, cette dernière se contenta de compléter tendrement sa phrase.

— La main ?

La fillette acquiesça de la tête.

— Tu n'es pas fâchée ?

— Fâchée parce que ma petite fille a couru à perdre haleine sous un ciel étoilé ? Non, mon ange, je ne suis pas fâchée. Au contraire. Dis-moi plutôt : à quoi ressemble-t-il, ce chevalier ?

— Il est beau. Il est grand et très fort, confia la fillette ravie dans un chuchotement.

— Comme tout bon chevalier qui se respecte. Est-ce qu'il a une armure et un grand cheval ?

— Non, il n'a pas d'armure mais il a un très grand cheval qui s'appelle Léo. Je n'ai pas tout compris mais... c'était un cheval qui ne sortait que la nuit avec un justicier masqué qui s'appelait Roseau.

— Roseau... c'est un nom étrange pour un justicier, tu ne trouves pas ?

— Oui, peut-être, concéda l'enfant tout en entortillant autour de ses doigts les cheveux de sa mère.

— Et pour en revenir à ton chevalier, comment est-il ? Décris-le-moi. A-t-il les yeux bleus ou verts ? A-t-il les cheveux longs ou courts ? A-t-il une voix très grave ou celle d'une petite souris ? interrogea-t-elle espiègle en se composant une voix aiguë.

— Il a les yeux plutôt verts et les cheveux courts. Et sa voix est grave comme celle de papa.

— Et dis-moi... ce chevalier, il n'a pas de princesse ?

— Si, confirma l'enfant avec un hochement de tête. Elle est très belle. Elle a de longs cheveux tout noirs. Des yeux bleus, je crois et une peau toute bronzée.

— Toute bronzée... est-ce qu'elle est noire ?

— Un peu.

— Alors, je récapitule. Nous avons un beau chevalier. Un cheval et une princesse. Et toi, dans tout ça, tu es quoi, le petit mistigri ? ajouta sa mère en chatouillant sa fille qui gloussa de plaisir.

— Chut ! Chut ! s'imposèrent-elles mutuellement en étouffant leur rire.

— Alors et toi, tu es quoi, dans cette histoire ?

— Moi, je suis ta fille et celle de papa. Et mon chevalier va venir nous sauver.

— Et quand vient-il ? Je ne voudrais pas qu'il arrive un jour où je suis mal coiffée. Tu crois qu'il me trouvera jolie ?

La petite opina de la tête. Ses yeux contemplaient ceux de sa mère comme s'ils avaient contemplé un trésor.

— Il sait que tu es jolie. Je lui ai dit que tu étais encore plus belle que Clémence.

— Je pense que c'est le nom de la princesse ? Ça a dû lui faire très plaisir. C'est vrai que tu as les joues fraîches et roses, mon ange, constata sa mère en passant délicatement ses doigts sur le visage de sa fille qu'éclairait l'unique flamme d'une bougie.

— Il ne faut pas être triste, tu sais, il viendra vraiment, lui assura l'enfant.

— Alors nous l'attendrons ensemble, mon amour.

Günter entendit les portes se refermer. D'abord, celle de l'appartement, puis celle plus lourde de l'entrée. Au-dehors, la voix de son père résonna brièvement tandis que ses pas crissaient sur le gravier. Ce fut ensuite le tour de sa mère qui, après être venu l'embrasser, allait déposer son jeune frère à l'école avant de commencer son premier ménage.

Depuis sa chambre où il était alité, il patienta quelques

minutes à l'abri de ses couvertures dans l'attente d'autres bruits familiers. Ceux-ci ne tardèrent pas quand leurs nouveaux voisins dévalèrent bruyamment les escaliers afin de se rendre à leur tour au travail.

Confortablement installé, le garçon regarda autour de lui avec un air de contentement tandis que les bruits de pas et les voix s'estompaient.

Il était doublement ravi. D'abord, d'avoir suffisamment bien joué le malade pour que ses parents l'autorisent à manquer les cours, alors qu'il n'avait qu'un petit mal de gorge, ensuite parce qu'il était fier de vivre avec eux dans cette nouvelle et luxueuse demeure. « Pour son comportement exemplaire en tant que contremaître au service du Reich... » avait déclaré le représentant du parti nazi lors d'une remise de médaille dans l'usine où travaillait son père. En fait, Günter avait cru comprendre que lui et monsieur Kublinsky, l'ingénieur du dessus, avaient mis au point une nouvelle machine capable de doubler la production d'uniformes destinés aux soldats de la Wehrmacht qu'ils fabriquaient dans l'usine de Karl Holberg, l'industriel à qui appartenait la maison dans laquelle ils logeaient désormais.

Une récompense extraordinaire qui avait comblé sa mère et fait bien des envieux auprès de ses camarades et de ses anciens voisins qui ne les considéraient plus du même œil.

Voyons, à présent que tout le monde était parti, à part sa vieille grand-mère qu'il ne redoutait pas, comment allait-il occuper sa journée ? D'abord, il allait prendre un solide petit déjeuner à base de pain et de miel puis il irait à la découverte de l'immense bâtisse qui lui apparaissait comme un gigantesque navire.

Et s'il montait jusqu'au grenier et essayait d'en forcer la

porte ? Depuis qu'il était là, cet endroit l'attirait. Pourquoi monsieur Holberg avait-il défendu qu'ils y montent ? Après tout, désormais, cette maison était la leur ! Peut-être recelait-il quelques secrets ? Comme un trésor caché, par exemple ?

Il aurait préféré être avec Klaus, le fils de ses voisins avec lequel il aurait partagé son aventure, mais hélas pour lui, ce dernier était en route pour l'école.

Qu'importe, il allait partir en expédition seul, ce qui ne manquerait pas d'impressionner ce dernier à son retour.

Günter se leva puis s'habilla, ensuite il rejoignit la cuisine où se trouvait sa grand-mère en robe de chambre, occupée à enfourner une bûche dans le foyer de la cuisinière. À moitié sourde, celle-ci ne le remarqua que lorsqu'il fut tout prêt d'elle.

— Mais qu'est-ce que tu fais déjà là, toi, je croyais que tu étais malade ?

— Je suis malade, confirma le garçon en posant de quoi déjeuner sur la table.

— Pas au point de te couper l'appétit, à ce que je vois.

— Maman dit qu'il faut manger, même malade, pour garder des forces.

— Des forces, tu n'en as pas besoin pour être au lit. Alors mange, si tu as faim, mais après, je veux que tu retournes te coucher.

Günter déjeuna de bon appétit puis, obéissant, retourna se mettre au lit. Au bout d'une heure, occupé à feuilleter des magazines, il se releva puis alla jeter un œil discret dans la cuisine. Comme à son habitude après son petit déjeuner, la vieille femme s'était rendormie dans son fauteuil à bascule disposé près du poêle. Un petit somme qui lui laissait une bonne heure de totale liberté.

Sans attendre, il se lança donc dans les escaliers qu'il

escalada quatre à quatre jusqu'à l'étage du dessus. Jetant un œil sur la porte close de leurs voisins, il s'élança après une courte hésitation sur les marches de bois qui conduisaient au toit. Au niveau du premier palier percé d'une lucarne, celles-ci tournaient à cent quatre-vingts degrés puis continuaient de grimper jusqu'au dernier étage. De là, il considéra silencieusement la demi-douzaine de marches poussiéreuses sans rambarde, couvertes de crottes suspectes qui montaient jusqu'à la porte épaisse et sombre du grenier.

À présent, son cœur battait fort, autant à cause du léger essoufflement qui gonflait sa cage thoracique qu'en raison de la peur qui, lentement, le tétanisait. Et si le grenier était hanté ? Il pourrait toujours crier, ce n'était pas sa vieille grand-mère qui pourrait venir à son secours !

Certes, il était déjà venu jusque-là, mais c'était en compagnie de Klaus et ils n'étaient jamais montés plus loin. Et puis, la porte devait être fermée.

Il songeait déjà à redescendre quand le visage admiratif de son camarade à qui il raconterait son expédition le fit rester sur sa position. Il fallait qu'il aille jusqu'au bout et qu'il le prouve en laissant les traces de ses pas dans la fine pellicule de poussière qui recouvrait les marches.

Il s'arma donc de courage et, tout en s'efforçant de contrôler sa respiration, posa avec précaution le pied sur la première marche en travers de laquelle le propriétaire avait tendu une corde. Dépassant celle-ci qui le fixait comme une menace, il continua son ascension laborieuse en se demandant à chacun de ses mouvements s'il n'allait pas le regretter. Parvenu devant la porte qui le terrorisait, il décida finalement de rebrousser chemin quand soudain, ses poils se hérissèrent. Des voix étouffées lui parvenaient à travers le sinistre panneau de bois.

— Des fantômes ! songea-t-il soudain avec horreur.

Il eut envie de voler à travers l'escalier mais au dernier moment, il s'efforça de battre en retraite le plus discrètement possible afin, s'il en était encore temps, de ne pas attirer leur attention.

— Je te dis qu'il y a des fantômes ! répéta-t-il avec insistance tandis que le soir tombait. Je les ai entendus.

Le fils de son voisin, un peu plus jeune, dévisagea son ami avec une admiration teintée d'effroi.

— Et qu'est-ce qu'ils disaient ?

— Je n'ai pas très bien compris, mais ils étaient plusieurs, ça, c'est sûr !

— Tu… Tu crois qu'ils t'ont entendu ?

— S'ils m'avaient entendu, tu penses que je serais là pour t'en parler ?

— Et… maintenant qu'est-ce qu'on va faire, est-ce qu'on en parle à nos parents ?

— Non, d'abord, on va monter là-haut ensemble. Je veux que tu les entendes comme moi, et si on en sort vivants, après on en parlera aux parents.

— Je peux aller les écouter avec vous ? interrogea la jeune sœur de Klaus, une blondinette aux cheveux nattés qui s'était invitée dans la conversation qu'ils auraient aimé garder secrète.

— Non, c'est trop dangereux. Toi, tu resteras à l'étage et si jamais, il nous arrivait quelque chose, tu seras chargée de donner l'alerte.

Le lendemain, dès le retour de l'école, les trois enfants se ruèrent à leur domicile et avant même de prendre un goûter comme à leur habitude, ils montèrent directement au deuxième étage où ils répétèrent à voix basse leur plan d'action.

— Toi, Gerta, tu restes sur ce palier. S'il nous arrive quelque chose, tu descends aussitôt et tu vas prévenir mamie. Klaus, toi et moi, on va monter tout doucement jusqu'au grenier, en chaussettes pour ne pas faire de bruit. Attention, il y a une marche, la troisième, je crois, qui grince un peu. Une fois devant la porte, on colle notre oreille contre et on écoute. Si jamais on entend quelque chose, on redescend mais toujours sans faire le moindre bruit. Il ne faudrait pas que les fantômes sachent qu'on est venu les épier, je n'ai pas envie qu'ils nous rendent visite durant la nuit.

— Heu... Peut-être qu'on devrait les laisser tranquilles, avança son camarade guère rassuré maintenant que le moment approchait.

— Tu as peur? le provoqua Günter qui pourtant n'en menait pas large lui non plus.

— Ben... un peu.

— Ne t'inquiète pas, le rassura celui-ci conscient du regard admiratif que lui jetait la jeune sœur de Klaus. J'y suis déjà venu seul et je ne suis pas mort. Tu n'auras qu'à faire exactement ce que je fais, d'accord?

Une vingtaine de secondes plus tard, les deux garçons parvenus en haut des marches se ratatinèrent au pied de l'antre maléfique contre lequel ils plaquèrent l'oreille.

Anna Epstein faisait les cent pas avec son bébé, le visage inquiet, tout en balançant régulièrement les bras. Malgré cela, celui-ci s'agitait dans ses langes, travaillé par une poussée de dent.

— Tu ferais mieux d'aller dans « l'armoire à silence », lui

conseilla son mari Jacob, tandis que l'enfant se remettait à pleurer, en faisant allusion à l'étroit espace qu'ils avaient tant bien que mal insonorisé et affublé de ce nom.

— Eh bien, prends-le et vas-y, toi ! s'emporta la jeune femme que l'état de son enfant rendait irascible. Je n'en peux plus d'être enfermée là-dedans. D'ailleurs, je n'en peux plus tout court, je voudrais sortir, parler normalement, respirer !

— Donnez-le-moi, proposa Elisabeth Klantzmann en prenant à son tour l'enfant grognon dans ses bras. Je vais m'en occuper.

— Viens, ma chérie, intervint son époux en entourant sa femme de ses bras, je vais te masser un peu le dos, ça va te détendre.

Au même moment, son vieux père bronchiteux fut secoué par une violente quinte de toux qu'il tenta de refréner en enfouissant son visage dans le matelas sur lequel il était allongé.

— À quoi tu penses, papa ? interrogea Rosa tandis que tous deux disputaient une partie de sept familles dans la lumière déclinante.

Joseph Klantzmann, perdu dans de sombres pensées, s'efforça de sourire en redécouvrant sa fille.

— Je pense que je vais sûrement gagner cette partie, mentit-il.

— Eh bien moi, je pense que tu te trompes.

— Qu'est-ce qu'on parie, un bisou ?

— Non, un chocolat.

— D'accord, alors disons, un bisou au chocolat ?

Manfred Kublinsky ferma la porte de son appartement derrière lui. Posant son porte-documents en cuir sur le sol, il se débarrassa de son chapeau et de son pardessus qu'il suspendit au portemanteau. Il était fatigué. La journée avait été longue à l'usine en raison de pannes à répétition sur certaines machines de la production. De plus, Berlin avait été une nouvelle fois la cible des bombardiers ennemis et même si toutes les attaques s'étaient surtout concentrées sur l'est de la ville où étaient censées se trouver des usines d'armement, cela n'était guère rassurant et augurait des jours difficiles quoi qu'en disaient les journaux de propagandes.

Il allait rejoindre son épouse affairée dans la cuisine quand il fut rejoint par son fils Klaus et Günter, son nouveau camarade et voisin.

— Alors les enfants, comment s'est passée l'école, j'espère que vous avez pensé à faire vos devoirs avant de commencer à jouer ?

— Papa, est-ce que l'on peut vous parler ?

— Diable, voilà une demande bien solennelle ! Auriez-vous fait une bêtise ?

— Ben, c'est à propos du grenier…

— On n'est pas rentré dans le grenier, monsieur Kublinsky, s'empressa de confesser Günter, on a juste écouté à la porte.

— Et alors ? demanda ce dernier en fronçant les sourcils avec un air de reproche.

— Eh ben… commença Günter quelque peu embarrassé.

— On a entendu des gens parler, le coupa le jeune Klaus. Papa, il y a des gens dans le grenier !

— Des… Des gens ? bredouilla soudain Manfred Kublinsky que la nouvelle ébranlait. Comment ça, des gens ?

— Oui, monsieur Kublinsky, confirma le jeune Günter les yeux arrondis par l'excitation. Des gens ! On a collé notre oreille à la porte et on les a entendus parler. On a même entendu un bébé pleurer et quelqu'un a toussé ! Même qu'on croyait d'abord que c'étaient des fantômes.

— Rentrez un instant dans mon bureau, les invita alors l'adulte en ouvrant une porte qu'il referma derrière eux.

L'homme alla alors s'asseoir derrière son secrétaire. Durant quelques secondes, il dévisagea les deux garçons qui n'étaient à présent plus certains de la manière dont allaient tourner les événements.

— Vous êtes sûrs de ne pas avoir confondu avec le vent sous le toit ou des bruits de charpente ?

— Non papa, assurément, c'étaient bien des voix. Des voix d'hommes et de femmes.

Ce dernier s'abîma quelques instants dans ce qui ressemblait à une profonde réflexion avant de reprendre comme à regret.

— Est-ce que... Est-ce que vous avez déjà parlé de ça à quelqu'un ?

— Non, expliqua Günter, vous êtes le premier. Mon père n'est pas encore rentré.

— Alors, écoutez. Nous sommes dans la maison de monsieur Holberg. Et monsieur Holberg est notre patron, à ton père et à moi. Donc, il serait malvenu que nous lui posions des problèmes. Peut-être a-t-il loué son grenier à des gens sans nous en informer. Cela reste son droit. Je vais d'abord aller le voir pour m'en expliquer avec lui. Et quand je saurais ce qu'il en est, je vous indiquerai la conduite à tenir. Mais en attendant, je vous demande la plus totale discrétion. Quant à ton père, Günter, je l'en informerai directement.

— Est-ce que je peux compter sur vous, les enfants ?

— Oui monsieur.

— Oui papa.

— Monsieur Holberg, l'interpella sa secrétaire le lendemain. Monsieur Kublinsky désire vous voir.

Karl Holberg leva son visage fatigué de son bureau encombré de papiers.

— Kublinsky… ah, très bien, faites-le entrer.

L'ingénieur, vêtu d'une blouse grise, se présenta devant son directeur.

— Bonjour monsieur Holberg, le salua respectueusement celui-ci après avoir pris soin de bien refermer la porte.

— Bonjour Manfred, l'accueillit ce dernier en laissant son dos ankylosé s'appuyer contre le dossier de son fauteuil. Il y a un problème ?

— Ça se pourrait bien oui…

— Je vous écoute. Asseyez-vous, je vous en prie, l'invita le chef d'entreprise intrigué.

— Ça ne sera pas long. C'est à propos de votre maison, celle dans laquelle nous logeons…

— Oui, eh bien ? interrogea celui-ci, son regard clair vrillé à celui légèrement fuyant de son employé.

— Où plus exactement… de son grenier.

L'homme assis à son bureau pâlit soudain comme pris de malaise.

Cette fois-ci, son visiteur le dévisagea fermement.

— Monsieur Holberg, je ne sais pas qui vous… logez, dans votre grenier, et je ne veux pas le savoir, annonça-t-il d'une voix blanche tandis que le visage de ce dernier se décomposait. Mais, malgré leur discrétion, le secret ne tiendra plus longtemps. Hier, mon fils et Günter, le fils de nos voisins, ont surpris des pleurs et des voix… Il… Il vaudrait mieux pour nous tous que tout rentre dans l'ordre et ceci très rapidement.

Vous avez toujours été un bon patron et, je vous dois ce que je suis devenu aujourd'hui, c'est uniquement pour ça que je vous avertis. Agissez sans perdre de temps. D'autres pourraient ne pas avoir ce genre de considération.

Karl Holberg quitta précipitamment son entreprise durant l'heure du déjeuner avec le visage de quelqu'un à qui on venait d'annoncer son arrêt de mort. Il avait eu beau retourner le problème dans tous les sens, il n'avait plus que le choix d'emmener ses protégés dans sa propre maison. Bien sûr, cela s'avérait très risqué. Personne, pas même son épouse, n'était au courant de ses activités, non parce qu'elle ne partageait pas ses idées, mais parce qu'il n'était pas certain qu'elle accepte qu'il les mette elle et sa famille en danger. Sans parler de ses domestiques dont certains étaient de fervents sympathisants à la cause nazie.

Il refusa les services de son chauffeur, prétextant que ce dernier déjeunait, puis il s'installa au volant de sa puissante limousine qui dépassa l'instant d'après le poste de garde de l'usine.

Tout en conduisant, il passa une main nerveuse dans ses cheveux clairs. Son front était en sueur. Il songea à ceux qu'il allait rejoindre. Sans doute l'un d'eux s'était-il conduit imprudemment, à moins que le bébé… Peu importait désormais. Tout ce qui comptait, c'est que son employé fût venu l'avertir. Un brave type ce Kublinsky, tout travailleur nazi exemplaire qu'il était.

Il allait d'abord faire un premier voyage, tandis que les autres attendraient à la cave. Puis il les conduirait, dissimulés dans le coffre et sous une couverture jusqu'à son hôtel particulier. Il les déposerait dans le parc tout près de la petite maison qui servait d'abri de jardin. La nuit venue, il les y enfermerait jusqu'à ce que… jusqu'à ce qu'il trouve une autre solution.

Le lendemain, il retournerait au grenier afin de faire disparaître toutes preuves de leur existence.

Mais ils ne tiendraient pas longtemps ainsi. Sa seule chance était qu'il puisse les faire extrader vers le Sud de la France malgré la forte pression qui pesait aujourd'hui sur les réseaux de Résistance.

Le trajet avait à peine duré une demi-heure mais lui était apparu bien plus long. Enfin, il distingua le toit de la maison sous lequel il imagina ses infortunés compagnons qui ne devaient se douter de rien.

Il engagea finalement sa Mercedes dans l'allée gravillonnée de la propriété puis s'immobilisa devant le perron de l'entrée.

Il claqua alors la portière, puis gravissant les quelques marches, pénétra dans l'entrée. L'instant d'après, il se ruait dans l'escalier.

Il frappa comme à son habitude à la porte du grenier, puis tourna sa clé dans la serrure.

— Karl ? s'étonna Joseph Klantzmann qui étendait du linge avec son épouse sur un fil tendu entre les poutres.

À voir la tête de leur visiteur, chaque occupant du grenier comprit que quelque chose de grave se passait.

— Vite, mes amis, les pressa celui-ci, votre existence a été découverte. Il faut partir d'ici immédiatement !

Son annonce eut l'effet d'une bombe sur chacun d'eux. Certes, jusqu'ici leur vie n'avait guère été enviable, mais ce qui les attendait désormais risquait d'être bien pire. Où iraient-ils ? Dans quel trou devraient-ils se terrer ? Tout ça pour gagner quoi, quelques jours, quelques heures à vivre comme des rats pour finalement être capturés ?

— Mon Dieu, comment est-ce possible ? s'horrifia la jeune mère qui donnait le sein à son enfant.

— Le bébé, bredouilla Elisabeth Klantzmann comme tétanisée par la peur. Ils ont dû entendre le bébé ! Mon Dieu, Rosa, gémit-elle en prenant sa fille dans ses bras.

— Qu'est-ce qu'il y a, maman ? interrogea la fillette en tenant le visage blême de sa mère entre ses mains.

— Nous devons partir, ma chérie, expliqua celle-ci tandis que ses yeux se noyaient de larmes.

— Pour aller où ?

— Karl va nous emmener quelque part où on sera en sécurité.

— Ne prenez que l'essentiel, recommanda ce dernier. Et faites vite, je vous en conjure. Je crains que nous n'ayons que peu de temps ! Je reviendrai demain pour débarrasser le reste.

— Où nous emmènes-tu, Karl ? s'enquit Joseph Klantzmann tout en refermant précipitamment une valise.

— Chez moi, j'ai...

Tandis que le bébé, privé de sein, hurlait, des moteurs de voitures se firent entendre au bas de la maison. Puis il y eut des claquements de portières et des bruits de pas labourant le gravier.

Karl Holberg regarda fixement devant lui. Le sang semblait s'être retiré de son visage.

— Ce n'est pas possible, bredouilla-t-il, pas déjà...

Jacob Epstein serra sa femme en pleurs et son enfant contre lui. Quant à Samuel, il courut se réfugier dans les bras de son grand-père qui se mit à lui caresser tendrement les cheveux.

— Ne reste pas là, Karl, déclara alors Joseph Klantzmann à son compagnon. Sauve-toi !

— Il est trop tard, articula péniblement ce dernier.

— Écoute, nous dirons que nous ne te connaissons pas, que nous avons habité ton grenier sans t'en avertir, que tu ne savais pas !

— Ça ne marchera pas, mon ami, expliqua calmement leur protecteur qui semblait désormais résigné à subir son sort. J'ai trop insisté pour que personne ne s'approche du grenier…

Plusieurs personnes foulaient à présent les marches de l'escalier qui conduisait jusqu'à eux.

— Oh Karl, déplora tristement Joseph Klantzmann en prenant la main de son ami. Tu as tant fait pour nous…

— Qu'ai-je donc fait ? interrogea celui-ci avec amertume. Vous entasser pendant des jours dans un endroit indigne de vous pour finalement vous conduire à votre perte. Va plutôt auprès de ta chère femme et de ta petite Rosa, mon cher Joseph, elles vont avoir besoin de toi.

La porte s'ouvrit soudain en grand, puis un homme s'avança dans l'encadrement de celle-ci. Il était vêtu d'un imperméable sombre et d'un chapeau qui lui donnait un air arrogant. Sa main droite tenait un revolver.

Il considéra tout d'abord en silence les gens en larmes qui le dévisageaient, puis il se décida à faire quelques pas. Derrière lui, suivirent deux autres civils puis deux policiers en uniforme.

L'agent de la Gestapo visita leur abri mi-dégoûté, mi-amusé par ce qu'il découvrait, dévisageant au passage ses victimes qui le considéraient en tremblant. Puis il s'arrêta devant Karl Holberg qui affronta avec un air de défi son regard froid.

— Monsieur Holberg, commença-t-il en se délectant de ses propres paroles, le cacheur de juifs ! Depuis combien de temps ces personnes sont-elles réunies sous… votre toit ? l'interrogea-t-il en désignant les tuiles au-dessus de leurs têtes, visiblement ravi de son jeu de mots. Faites-vous ça par sympathie ou bien pour de l'argent ? À moins que ce ne soit pour d'autres avantages... sous-entendit-il en frôlant Elisabeth Klantzmann qui serra plus fort sa fille contre sa poitrine. Vous avez perdu votre langue, monsieur Holberg ?

L'homme revint se planter devant l'industriel qui faisait de gros effort pour ne pas laisser transparaître sa peur, son dégoût et son abattement.

Savez-vous ce qu'il en coûte d'abriter des terroristes ?

— Des terroristes ? ne put-il s'empêcher de réagir. Des femmes, des vieillards et des enfants apeurés ? Avez-vous donc tellement peur pour que vous vous en preniez à eux ? Doutez-vous tellement de votre pouvoir et de votre légitimité ?

— Je vois que la parole vous revient. Tant mieux. Vous pourrez ainsi répondre aux questions que nous comptons bien vous poser.

Puis se tournant vers ses acolytes :

— Embarquez-moi tout ce petit monde ! Nous allons leur trouver quelque chose de plus... chaleureux !

Quand le groupe se retrouva dehors, Karl Holberg reconnut la femme de Kublinsky, l'ingénieur qui était venu le prévenir le matin même. Celle-ci évita de croiser son regard tandis qu'elle répondait avec force détails aux questions des policiers qui récoltaient son témoignage.

Sans doute, celle-ci avait-elle préféré les dénoncer malgré les recommandations de son mari afin de protéger sa famille d'éventuelles représailles, fut-ce au prix de la vie de plusieurs innocents. Mais en cela, pouvait-il lui en vouloir ?

— Quand je pense que vous avez osé cacher des juifs dans cette maison, commenta d'un air désolé l'homme de la Gestapo tout en faisant grimper l'industriel à l'arrière d'une voiture noire, au nez et à la barbe de citoyens exemplaires récompensés par le Parti. Qu'espériez-vous donc ?

Les familles furent alors poussées sans ménagement dans un camion bâché. Quant à l'industriel, il dut monter dans la voiture du policier qui prit place à ses côtés tandis qu'un de ses acolytes s'installait au volant.

— Où les conduisez-vous ? interrogea ce dernier d'une voix blanche.

— Nous aurions dû les conduire dans une de nos prisons, expliqua l'homme avec une évidente satisfaction, dans l'attente d'une… solution, malheureusement en raison d'un nombre croissant d'arrestations, celles-ci sont pleines. Vous n'en reviendriez pas du nombre de juifs qu'on trouve encore terrés comme des cafards dans les greniers ou dans les caves. Aussi, nous allons les conduire directement à la gare. Ils seront parqués dans des wagons dans l'attente d'un train qui nous en débarrassera, définitivement.

— Et… où ces trains vont-ils les conduire ? On entend des choses abominables auxquelles je ne veux pas croire !

— Ne vous préoccupez pas d'eux, monsieur Holberg, pensez plutôt à ce que votre geste va occasionner d'ennuis à vous-même et à votre famille.

— Ma… ma famille ? Mais elle n'est pour rien dans tout ça. C'est moi et moi seul qui ai pris la décision d'aider ces pauvres gens.

— Comment pourrais-je vous croire ? Vous qui avez sans le moindre scrupule trahi votre pays. À moins… à moins que les membres de votre famille confirment vos dires en vous accusant eux aussi de les avoir trahis !

***

2010

Dan referma le livre qu'il venait de terminer « Le journal d'Anne Franck », le récit bouleversant de cette jeune juive cachée au fond d'un grenier avec sa famille et leur fin tragique.

Cette fin atroce, serait-elle celle de Rosa si celle-ci existait ?

Il s'éjecta de son fauteuil et sortit prendre l'air en compagnie de son chien. Cela faisait maintenant trois jours qu'il était retranché à l'intérieur de sa maison, en proie à de terribles maux de tête, de brefs étourdissements ou d'incroyables hallucinations. Ne sachant plus discerner le rêve de la réalité, doutant sans cesse au point de n'avoir plus ni sommeil ni appétit, il oscillait entre la certitude de sa folie et celle de l'existence de son fantôme. Une situation schizophrénique qu'il ne pouvait partager avec personne, pas même avec Clémence dont il craignait l'éventuel rejet.

Comme si sa décision de lui confier par téléphone qu'il avait besoin d'un peu de recul allait la rapprocher de lui !

— Je ne voudrais pas que tu imagines… avait-il gauchement bredouillé après lui avoir annoncé la nouvelle.

— Mais je n'ai pas à imaginer quoi que ce soit, lui avait-elle répliqué d'un ton volontairement détaché qui lui avait fait mal. Nous ne sommes pas mariés. Nous avons choisi ce genre de relation, ce n'est certainement pas pour te reprocher de vouloir espacer nos rencontres. D'ailleurs, c'est vrai qu'on commençait déjà à faire un peu vieux couple tous les deux, tu ne trouves pas ? Écoute, on s'appelle, d'accord ?

Il aurait dû lui dire qu'il avait besoin d'elle, il aurait dû trouver insupportable de la perdre aussi bêtement…

Au lieu de ça, il était hanté jour et nuit par une gamine ou son incarnation qui l'appelait au secours depuis un monde appartenant au passé, au point d'être obnubilé par le désir fou de la rejoindre et de l'aider.

Depuis sa dernière visite, il avait le sentiment inexplicable que quelque chose avait changé. Qu'un lien s'était rompu. Qu'elle était en danger.

Il sentait bizarrement que c'était à lui d'agir, mais comment ?

En s'enfonçant encore un peu plus dans sa folie, jusqu'à ce qu'on l'enferme dans un asile ?

« Alors Monsieur Bradburry, l'interrogerait avec un sourire de circonstance une infirmière spécialisée, qu'est-ce qu'elle nous a raconté aujourd'hui cette petite fille avec son manteau bleu ? »

Il était rentré à la nuit tombée et après avoir consacré un peu de temps à ses animaux, il s'était retiré dans sa maison en proie à d'inquiétants vertiges. Ses oreilles bourdonnaient douloureusement et dans sa tête, des bruits confus s'entrechoquaient dans une mélopée assourdissante.

Il eut le plus grand mal à nourrir son chien, prenant appui sur les murs, il regagna comme il le put sa chambre puis s'affala comme un poids mort en travers de son lit qui se mit à tourner comme un bateau ivre.

Il perçut un long hurlement accompagné de coups de tonnerre. En tremblant, il chercha à se glisser sous ses draps mais son crâne s'irradia soudain d'une lumière aveuglante.

Quand il rouvrit les yeux, il était dans une rue inconnue au milieu de passants affolés. Leurs visages étaient blêmes, leurs traits tendus. Des mères angoissées tiraient derrière elles des enfants apeurés, des vieillards larmoyants trottinaient en se déhanchant, des hommes rasaient les murs tout en scrutant parfois le ciel d'acier.

Dan réalisa qu'il courait avec eux. Au-dessus de leurs têtes s'étirait la plainte obsédante d'une sirène annonçant un déchaînement imminent de feu et de sang. Au loin, résonnaient déjà les premiers coups de boutoir des bombes qui tombaient en aveugle, retournant la terre, broyant les pierres et les gens.

Avec d'autres, il s'engouffra dans un escalier qu'ils dévalèrent quatre à quatre jusqu'à une cave sommairement éclairée dans laquelle ils se répandirent comme un troupeau terrifié.

Chacun tenta alors de se faire une place. Des femmes et des enfants pleuraient. Partout on se cherchait, on s'appelait, on se serrait les uns contre les autres. Certains priaient. D'autres s'invectivaient. D'autres demeuraient silencieux, dans l'attente de la mort qui planait au-dessus d'eux.

D'abord étouffé, le bruit sourd des explosions s'amplifia jusqu'à ressembler aux pas d'un géant martelant le sol. Les murs se mirent à trembler, libérant des volutes de poussière qui recouvrit les gens.

Les impacts résonnaient jusqu'au fond des poitrines dévastées par la peur. Mais le pire restait à venir. Une déflagration monstrueuse ébranla le bâtiment qui vacilla sur ses bases. Aussitôt, des cris de terreur montèrent dans la nuit noire parmi lesquels il crut discerner ceux de Rosa qui l'appelait à son secours.

***

1943

— Maman… Maman, où ils nous emmènent ? interrogea Rosa coincée entre ses deux parents qui n'osaient affronter le regard apeuré de leur enfant.

N'obtenant pas de réponse, elle se tourna vers son père.

— Papa… Papa, où ils nous emmènent ? Ils vont nous tuer ?

À ces mots, Joseph Klantzmann s'efforça d'affronter le regard de sa fille dont les yeux si purs étaient brillants de larmes. Il aurait voulu la rassurer comme il l'avait fait si souvent durant leur long isolement mais pas un son ne sortit de sa gorge nouée. Il se contenta simplement de la serrer un peu plus fort contre lui, tout en observant furtivement le visage de cire de sa femme qui regardait fixement devant elle.

Assis en face d'eux, Jacob Epstein serrait son fils Samuel dans ses bras tandis que son épouse enfouissait son visage ravagé dans le petit manteau de laine de son bébé, occupé à sucer avidement l'un de ses doigts. À ses côtés, son vieux père semblait absent, comme faisant déjà parti d'un autre monde.

Près de la bâche ouverte, deux policiers en uniforme gardaient eux aussi le silence.

« À quoi pensent-ils ? » se demanda Joseph Klantzmann. « Regrettent-ils d'être là ? Ont-ils des remords ou au contraire sont-ils fiers de ce qu'ils accomplissent ? Ou bien songent-ils seulement à leur inconfort et à leur prochain repas ? »

Sentant son regard, l'un d'eux se retourna. Surpris, Joseph Klantzmann baissa les yeux puis posa délicatement sa joue contre le front de sa fille.

Quand leur camion s'immobilisa, il ressentit comme un pincement au cœur. Au moins, tant qu'ils roulaient, il ne leur arrivait rien ! À présent, qu'est-ce qui les attendait ?

Sans attendre, les deux policiers sautèrent du véhicule et saluèrent des militaires casqués et armés qui avaient marché à leur rencontre.

L'un d'eux tenait en laisse un chien-loup qui les dévisagea de ses yeux jaunes.

Ils leur firent signe de descendre du camion. Joseph et Jacob s'exécutèrent en premier afin d'aider les membres de leur famille.

— Monsieur, demanda Joseph en s'adressant au soldat qui semblait commander le détachement, pouvons-nous descendre nos bagages ?

L'homme d'une trentaine d'années le dévisagea durement, puis son visage s'éclaira d'un semblant de sourire. Deux S stylisés étaient cousus sur le col noir de son uniforme.

— On vous les amènera plus tard. Mettez-vous en rang par deux et suivez-nous.

Joseph Klantzmann jeta un coup d'œil autour de lui. On les avait débarqués à une extrémité des bâtiments, là où transitaient les marchandises, sans doute pour ne pas les mélanger au reste des voyageurs qu'on apercevait au loin. On leur fit escalader un escalier, traverser un entrepôt où s'empilaient des sacs de ciment, puis ils débouchèrent sur un quai le long duquel était stationné des wagons ouverts que quelques ouvriers vidaient de leur chargement.

Deux hommes leur adressèrent un vague regard dénué d'expression avant de retourner à leur tâche.

Joseph Klantzmann aurait tout donné pour être l'un d'entre eux, malgré la pénibilité de leur tâche exécutée sur des quais ouverts à tous les vents. Tous, après leur travail, allaient regagner leurs foyers, leurs épouses et leurs enfants en compagnie desquels ils passeraient la soirée. Au lieu de ça, eux marchaient comme un troupeau de condamnés escortés par des gardes aux yeux desquels ils n'étaient rien.

Il entendait le bruit des bottes résonner sous l'avant-toit, le cliquetis des armes, le halètement des chiens, mais plus que tout, c'était leur rire qui lui faisait mal et leurs plaisanteries sur la qualité des repas servis à la cantine.

En fait, ils les escortaient comme s'ils avaient été des marchandises sans valeur dont ils se moquaient.

Ils arrivèrent finalement en bout de quai, le long de voies laissées à l'abandon.

— À gauche ! ordonna soudain l'un des soldats en pointant le doigt dans la direction de quelques vieux wagons à bestiaux alignés sur les rails.

À mesure qu'ils approchaient, ils apercevaient des mains et des visages qui se tendaient à travers de maigres ouvertures hérissées de barbelées.

— Mon Dieu, songea Joseph Klantzmann en entendant les plaintes et les gémissements.

Il eut l'impression qu'un étau lui écrasait la poitrine. Ne devrait-il pas entraîner sa femme et sa fille dans une course effrénée afin que tout ça finisse ?

— Je... Je ne veux pas monter là-dedans ! se défendit soudain Anna Epstein en agitant nerveusement la tête.

Puis, se tournant vers leurs gardiens :

— Ayez pitié de mon bébé, implora-t-elle en leur présentant son enfant qui s'était mis à hurler.

— Oui, reprit son époux en serrant la main de son fils, ayez au moins pitié des enfants !

Pour toute réponse, ils eurent droit aux aboiements du chien prêt à se jeter sur eux les babines retroussées.

— Vous allez monter là-dedans sans faire d'histoires ! rétorqua brutalement le sous-officier. Vous n'y resterez pas longtemps, on viendra bientôt vous chercher. Ouvrez la porte ! hurla-t-il à l'attention de ses hommes qui s'exécutèrent aussitôt.

À peine celles-ci avaient-elles glissé de côté que plusieurs personnes retenues prisonnières se pressèrent au-devant des soldats qui se mirent à les faire reculer à coups de crosses.

— À boire ! À boire, par pitié ! Donnez-nous à manger ! Donnez-nous de quoi faire nos besoins ! Laissez sortir les enfants !

— Reculez ! Reculez où nous faisons monter le chien ! hurlèrent les SS en les menaçant de leurs armes. Reculez, sales juifs ou nous tirons dans le tas !

Les cris s'estompèrent soudain et les personnes affolées commencèrent à reculer.

Rosa, réfugiée dans les bras de son père, enserra son cou de toutes ses forces. L'enfant tremblait de tous ses membres. Joseph Klantzmann observa sa femme à la dérobée. Les mains jointes et torturées contre son ventre, elle aussi était la proie de tremblements incontrôlés. Son beau visage était celui d'une morte.

— Allez, grimpez là-dedans ! beugla le sous-officier. On va aller vous chercher ce que vous réclamez. Bon sang, on voit que vous n'avez manqué de rien dans votre vie passée !

Joseph déposa délicatement sa fille sur le plancher du wagon. Puis avec Jacob, il fit monter Samuel terrorisé. Enfin, ils aidèrent les deux femmes et le bébé avant de soulever l'aïeul dont les membres tremblants paraissaient tétanisés.

Quand il escalada le wagon à son tour, aidé par Jacob, il fut saisi à la gorge par une forte odeur d'excréments.

À nouveau, Rosa se réfugia dans ses bras en gémissant comme un petit animal blessé.

Soudain, les battants se refermèrent derrière eux, plongeant leur prison dans une demi-obscurité.

Quand enfin les soldats s'éloignèrent, des silhouettes d'hommes et de femmes s'approchèrent d'eux.

— D'où venez-vous ? Que se passe-t-il dehors ? Où étiez-vous cachés ? Connaissez-vous untel ou untel ? Quelqu'un vous a-t-il dénoncés ? Savez-vous quelque chose ? Avez-vous à boire où à manger ?

— Depuis combien de temps êtes-vous là ? les interrogea à son tour Joseph Klantzmann après avoir répondu comme il le pouvait à leurs questions.

— Ma famille et moi sommes là depuis trois jours, lui confia un homme d'une quarantaine d'années au visage marqué par la fatigue. Mais certains sont là depuis plus longtemps. Ces salauds ne nous donnent quasiment rien à manger et très peu à boire. Mais le pire, c'est le manque d'hygiène. Rien n'a été prévu pour nos besoins. Nous devons... Nous devons faire dans un seau posé dans un coin du wagon et... et essayer de nous débarrasser de nos excréments par la lucarne qui donne de l'autre côté.

— Mon Dieu... réalisa Joseph avec dégoût. Les monstres !

— Nous avons des malades. Deux personnes âgées et un enfant. Ils ont de la fièvre...

— Tu vas les soigner, hein, papa ? intervint Rosa qui n'avait rien perdu de la conversation.

— Vous êtes médecin ? interrogea l'inconnu.

— Oui... Mais que peut faire un médecin sans le moindre médicament ? J'ai tout dans mes bagages mais ils ne nous ont pas permis de les amener.

— Accordez-leur un peu de votre attention. Dans l'état de désespoir où nous sommes, c'est déjà important.

— Ces... Ces wagons sont vieux et loin de tout, est-ce que... est-ce qu'il n'y aurait pas moyen de tenter quelque chose ?

— Nous avons commencé de creuser dans le bois du plancher avec un couteau, mais les planches sont encore solides et la lame a cassé. Nous avons bien essayé de continuer avec nos mains mais tout ce que nous avons réussi à faire, c'est nous blesser, expliqua l'homme en montrant une de ses mains entourée d'un mouchoir rouge de sang.

— Vous… Vous croyez qu'ils vont nous garder longtemps ? Que pensez-vous qu'ils vont faire de nous ?

— Vous l'ignorez vraiment ou vous faites semblant ? Ils vont nous déporter à l'Est et on n'entendra plus jamais parler de nous.

— Qu'est-ce qu'il dit le monsieur, papa ?

— Quoi ? Oh rien, ma chérie. Il dit que nous ne resterons pas longtemps là. Bientôt, on fera un grand voyage en train.

— Pour aller où ?

— Dans un autre pays où l'on rassemble les gens comme nous, les juifs. Comme ça, on sera tous ensemble et ça sera beaucoup mieux !

— Il n'y aura plus de nazis ?

— Peut-être quelques-uns mais nous serons bien plus nombreux qu'eux !

— Tu sais papa, nous, on n'ira pas là-bas.

— Ah non, et on ira où ?

— On ira avec Dan.

— Dan ?

— Mais oui, tu sais bien, le chevalier !

— Ah oui, je l'avais oublié celui-là, sourit doucement Joseph Klantzmann.

« Ma pauvre chérie, songea-t-il, il ferait bien de se dépêcher, ton chevalier, s'il veut nous sortir de là ! »

La nuit tomba, froide et silencieuse, avec son cortège de lamentations, de pleurs et de gémissements. Les deux familles s'étaient regroupées comme elles l'avaient pu, serrées l'une contre l'autre, en proie à la faim, la soif, l'angoisse, le froid et la fatigue.

Une question hantait les esprits. Comment en étaient-ils arrivés là ? Comment des êtres humains à part entière et des citoyens respectables avaient-ils pu devenir un sous-ensemble abhorré de par la volonté d'un seul homme ? Un ersatz de race dont on voulait se débarrasser par tous les moyens ?

Le plus dur était le sortir des rêves d'avant vécus lors de leurs brefs moments de somnolence. Leur vraie vie d'homme. Il était alors terrible de se retrouver face à la peur, l'enfermement, la puanteur, l'injustice, la haine exercée à l'encontre même de leurs propres enfants, d'affronter les yeux de ces pauvres innocents, leurs questions, réelles ou silencieuses pour lesquelles ils n'avaient pas de réponses.

Alors, ils ne supportaient plus de voir, plus d'entendre, plus de vivre, plus d'exister. Mais comment les aider à échapper à cet enfer ? En les étouffant ? En les étranglant ?

Chaque parent échafaudait en secret le moyen de les soustraire à l'horreur. Le mieux serait une balle alors qu'ils ne s'y attendaient pas… Mais avaient-ils le droit de décider pour eux ? De céder au désespoir ?

Et puis soudain, un frisson d'épouvante leur parcourait l'échine quand ils réalisaient que seuls les nazis étaient en mesure de décider pour eux. Quelle fin leurs bourreaux leur avaient-ils réservée ?

Car il devenait évident qu'ils pouvaient désormais s'attendre au pire.

La nuit s'éternisa, sans véritable sommeil, mais au moins

masquait-elle les visages ravagés, les yeux hagards, le désespoir, les larmes, la honte et le dégoût quand il avait fallu se résoudre à utiliser l'odieux seau posé dans un coin du wagon.

Joseph Klantzmann avait fait de son manteau une sorte de paravent qu'il avait tenu tendu devant lui afin de créer un semblant d'intimité à ses deux femmes qui ne s'étaient soulagées que parce qu'elles n'y tenaient plus.

— Joseph, avait murmuré son épouse un peu plus tard tandis que Rosa, vaincue par la fatigue, s'était endormie serrée contre leurs deux corps. Ce qu'on a entendu est vrai, tu sais ? Ils veulent se débarrasser de nous, définitivement, mais ils veulent plus que notre mort. Ils cherchent à nous avilir, à nous humilier. Ils veulent nous voir souffrir. Jure-moi que tu ne les laisseras pas faire. Que tu ne laisseras pas notre petite Rosa endurer cette injustice. Jure-moi que tu nous tueras avant !

Celui-ci avait mis du temps à répondre. Il lui avait d'abord fallu digérer les mots affreux de son épouse et ceux qu'il allait prononcer.

— Je te le jure, mon amour, avait-il finalement déclaré d'une voix tremblante d'émotion. Quand je verrai que tout est perdu, je vous délivrerai de ce cauchemar.

Et puis, la nuit avait fini par céder sous les assauts d'un jour brutal qui avait coloré leur détresse en gris acier, révélant sans pudeur ni pitié leurs visages tourmentés.

Que leur réservait-il ? Était-il le dernier ?

Les heures passèrent, avec une insupportable lenteur, une insupportable odeur, une insupportable présence, celle des autres qui vous renvoyait à votre propre état de détresse physique ou morale. Ils étaient une trentaine de pauvres bougres, hommes, femmes et enfants qui tentaient tant bien que mal de survivre, passant par des phases de courage ou d'abattement.

De nervosité ou de prostration. De bonté d'âme ou d'égoïsme. Tous s'interrogeaient, tous répondaient sans savoir, pour parler, pour se rassurer. Pour tromper sa peur et l'ennui. Pour oublier la soif, cruelle et la faim qui leur tiraillait le ventre.

Enfin, un avertissement avait surgi. « Ils arrivent ! » les avait alerté l'un des leurs posté près de la lucarne, plongeant le wagon dans l'émoi.

Les hommes s'étaient aussitôt portés à sa hauteur tandis que les femmes se regroupaient dans un des angles avec leurs enfants dont certains commencèrent à pleurer.

Ils virent alors approcher quelques civils encadrés par des soldats SS. Ils furent aussitôt frappés par la différence des comportements, par l'expression des visages. Ceux des prisonniers étaient crispés, angoissés, apeurés, soumis, alors que ceux de leurs gardes étaient déterminés, détachés, triomphants.

À un moment, l'un de ceux qu'ils escortaient, un homme corpulent engoncé dans un grand manteau, trébucha le long des rails.

L'un des nazis laissa alors à son berger allemand la possibilité de le mordre tandis que le pauvre type terrorisé rampait à même le sol sous les quolibets de ses gardiens.

— Regarde-le ramper, ce gros ver ! se moqua l'un d'eux.

— Tu crois qu'il pourrait aller loin comme ça ?

— Avec mon chien au cul, je crois qu'il pourrait ramper jusqu'à la Méditerranée !

— Ils viennent par ici ! déclara l'un des hommes postés à la lucarne.

— Il faut leur demander de l'eau ! supplia l'une des femmes qui serrait contre elle son jeune garçon. Sinon nos enfants vont mourir de déshydratation !

— Et alors, cracha une autre plus âgée, c'est ce qu'ils

veulent, qu'on crève, alors de déshydratation ou d'autre chose, qu'est-ce que ça peut bien leur faire !

— Il faut qu'ils nous laissent sortir d'ici, au moins pour faire nos besoins, gémit une troisième. Je n'en peux plus, cette puanteur est insupportable !

Mais les nouveaux arrivants furent poussés sous les coups et les insultes à l'intérieur d'un autre wagon immobilisé à proximité.

— Pouah ! s'exclama l'un de leurs gardiens d'un air dégoûté en jetant un œil dans leur direction. Vous sentez l'odeur que dégagent ces sales juifs ?

Des mains implorantes se tendirent alors à travers la lucarne tandis que les soldats faisaient demi-tour.

— Par pitié, donnez-nous un peu d'eau !

— À boire, à boire pour nos enfants !

En vain. Bientôt ceux-ci disparurent. Dans le wagon, ce fut l'abattement et le désespoir. Il y eut alors des pleurs, des lamentations et ce qui commençait à ressembler pour certains, des accès de folie.

Une autre nuit tomba. Un silence de mort régnait désormais dans le wagon. Joseph Klantzmann, la gorge en feu, tenait serré contre lui les deux femmes de sa vie. Rosa avait un peu de fièvre et son épouse demeurait silencieuse et prostrée. Une question le hantait. Comment saurait-il que le moment est venu de les étrangler ?

Une nouvelle aube, froide comme l'intérieur d'une tombe, inséra sa pâleur crasseuse entre les barreaux de leur prison, révélant leur existence moribonde qu'avait su estomper la nuit.

Durant celle-ci, deux cheminots au mépris du danger

s'étaient glissés jusqu'à leurs wagons. Munis d'une échelle, ils leur avaient passé quelques bouteilles d'eau à travers la lucarne. Puis sans un mot, s'étaient volatilisés dans la nuit. Dans l'obscurité de leur geôle, certains avaient commencé à se bousculer pour obtenir un peu du précieux liquide. Heureusement, Joseph et quelques autres avaient pu calmer les esprits et le distribuer le plus équitablement possible en commençant par les enfants et les plus faibles d'entre eux.

Anna Epstein avait alors humidifié l'angle d'un mouchoir puis l'avait ensuite placé dans la bouche de son bébé qui n'avait depuis longtemps plus la force de hurler et à peine, celle de téter.

Joseph était pessimiste quant aux chances de survie de ce dernier si leur situation n'évoluait pas rapidement. Mais il l'était aussi pour sa mère dont la raison s'altérait, pour Rosa, son enfant bien-aimée dont la fièvre augmentait et pour tous ceux qui avaient été confinés dans ce wagon peut-être pour y mourir à petit feu !

Au moins, aurait-il eu la satisfaction de voir avant cela qu'ils n'étaient pas haïs de tous. Il existait au moins à Berlin, deux hommes, non juifs, qui avaient eu pitié d'eux. Qui sait, peut-être même y en avaient-ils d'autres ?

Bien sûr qu'il y en avait d'autres, reconnut-il. C'est le désespoir qui le faisait parler ainsi. Ils étaient des milliers non loin d'eux, des millions à travers le monde qui auraient voulu que leur calvaire injuste prenne fin. Qui auraient pris des risques pour leur venir en aide. Qui se seraient élevés contre ce traitement inhumain… Mais voilà, ils étaient seuls, et leurs bourreaux arriveraient à leurs fins.

Il grimaça. Son dos était affreusement douloureux. Affalé dans un coin du wagon, il n'avait osé bouger la nuit durant afin de ne pas sortir sa femme et sa fille de leur abrutissement et les maintenir le plus longtemps possible en dehors de l'immonde réalité.

Celles-ci s'éveillèrent pourtant, les yeux gonflés par la fatigue et le désespoir.

Sa femme étouffa un sanglot en découvrant qu'elle n'avait pas rêvé. Son beau visage dévasté par les larmes se pencha alors sur celui de sa fille qui ne parvenait à s'extraire de son engourdissement.

— Elle a de la fièvre, lui expliqua son mari avec difficulté tant sa langue lui collait au palais. Il nous faudrait de l'eau.

— Tu as mal ? l'interrogea son épouse d'une voix morne en voyant son mari grimacer.

— C'est mon dos. Il faudrait que j'arrive à me lever et à faire quelques pas.

— Est-ce aujourd'hui que nous allons mourir ? s'inquiéta son épouse un peu plus tard après que tous deux se furent soulagés dans le seau plein de souillures. J'aimerais bien, continua celle-ci en laissant sa tête aller contre l'épaule de son mari. Nous serions si heureux tous les trois réfugiés dans la mort et à l'abri du mal que nous veulent ces hommes.

Le cœur de son époux devint douloureux quand il réalisa qu'il n'aurait sans doute jamais le courage d'abréger par la force les souffrances de ces deux êtres aimés. Pourtant, ce courage qui lui manquait, certains de leurs ancêtres l'avaient eu dans la forteresse de Massada quand il s'était agi d'échapper aux Romains victorieux… Mais lui n'avait même pas une épée. Il remua la tête imperceptiblement. Et quand bien même, se dit-il en se moquant de lui-même. Il était tout bonnement un être non-violent, lâche peut-être, pour qui l'idée de tuer était inconcevable, alors assassiner ceux qu'il aimait par-dessus tout au monde…

Il allait les regarder souffrir, et s'éteindre à petit feu… Tout juste pourrait-il leur mentir en leur laissant espérer une revanche sur leurs tortionnaires qui ne viendrait jamais. Tant qu'il en aurait la force…

Des voix se firent alors entendre. Et puis aussitôt des aboiements. Lesquels paraissaient les plus inhumains ?

Leurs bourreaux approchaient. Était-ce la fin ? Venaient-ils pour les exécuter ?

Curieusement, Joseph Klantzmann se demanda comment ils allaient s'y prendre. Les tueraient-ils sans même les faire descendre du wagon ? Les feraient-ils descendre pour les abattre à même les rails, un par un ou en groupe ? Pourrait-il garder jusqu'à la dernière seconde sa femme et sa fille toutes deux serrées dans ses bras ?

Oh, mon Dieu, mon enfant, songea-t-il. Fasse que tu ne te réveilles pas, que tu ne te rendes pas compte. Fasse que tu ne souffres pas.

Soudain, les portes de leur wagon s'ouvrirent et des soldats casqués apparurent mitraillettes au point.

Malgré le gris du ciel, la clarté les aveugla.

— Dehors ! Dehors, descendez ! leur cria-t-on.

Beaucoup d'entre eux, trop faibles ou bien les membres trop ankylosés, chutèrent à même le sol avant de se relever tant bien que mal sous les coups de crosses et les injures.

Joseph et son ami Jacob firent des efforts démesurés pour réunir autour d'eux leurs familles qui s'accrochaient à leurs vêtements en tremblant.

Rosa, le front couvert de sueur, regardait autour d'elle sans comprendre. Alors, vaincue par la fatigue, elle laissa retomber sa tête sur l'épaule de son père.

Ils étaient à présent une centaine de pauvres gens réunis autour d'un officier qui, sanglé dans son manteau de cuir, les considérait d'un regard impassible.

Quand les ordres et les aboiements cessèrent, il laissa passer quelques secondes puis commença d'un ton neutre, anormalement amical.

— Nous n'avions pas pensé vous retenir aussi longtemps dans ces wagons. C'est pour cela que nous n'avions rien prévu pour vous accueillir, expliqua-t-il faisant ainsi naître le sourire sur le visage de certains de ses hommes. Cette détention imprévue durera sans doute encore deux ou trois jours, le temps d'opérer quelques réparations le long de nos voix. Vous allez donc pouvoir aujourd'hui marcher un peu, vous soulager, boire et manger. Vous pourrez même avoir des médicaments pour ceux d'entre vous qui ne se sentent pas bien ainsi que quelques matelas.

Joseph croisa le regard de son ami Jacob.

Entendaient-ils bien ? Leurs tortionnaires pouvaient-ils faire preuve de mansuétude après les avoir fait tellement souffrir ? Fallait-il les croire ou redouter un terrible piège ?

— Demain, des membres de la Croix Rouge viendront vous rendre visite afin de constater que vous êtes bien traités. Nous comptons sur vous pour leur prouver que oui.

Ni mansuétude ni piège, songea Joseph Klantzmann avec écœurement. Un simple odieux travestissement de la vérité coutumier des nazis depuis leur accession au pouvoir.

— Si tout se passe comme nous le souhaitons, vous pourrez continuer à bénéficier de nos largesses le temps que durera votre internement. Dans le cas contraire, je devrais prendre des sanctions, à commencer par séparer les parents des enfants, les hommes des femmes et à les faire voyager jusqu'à leur destination finale sans certitude de se retrouver.

« L'immense ordure… » maugréa Joseph entre ses dents serrées en observant le fringant officier SS qui les haranguait, les mains jointes dans le dos.

— Interdiction de leur parler. Vous devrez seulement répondre par oui ou par non aux questions qu'ils vous poseront. Interdiction de leur passer des messages. J'espère que je me suis bien fait comprendre. À présent, nous allons vous donner de quoi nettoyer vos porcheries. N'oubliez pas que vous devez être présentables. Demain, je veux que cette odeur immonde ait disparu. Avez-vous des questions ?

Le père de Rosa libéra son bras gauche pour lever lentement la main.

— Oui ? l'invita l'homme aux yeux clairs qui paraissait intrigué par son courage ou son inconscience.

— Je suis médecin, monsieur l'officier. Pourrais-je, puisque vous nous l'avez proposé, vous remettre une liste de médicaments dont j'aurais besoin pour… pour donner meilleur apparence à certains d'entre nous.

— Oui, bonne idée, approuva ce dernier en opinant du chef. Remettez votre liste à mon adjudant qui fera le nécessaire. Bon, eh bien, je pense que nous nous sommes compris.

De la main qui tenait sa cravache, l'homme signifia que le reste de la mission pouvait commencer sans lui.

À peine eut-il tourné le dos que les vociférations de ses hommes et les aboiements reprirent.

Bientôt, une citerne d'eau fut approchée. On leur distribua des seaux et des brosses et les plus vaillants d'entre eux entreprirent de récurer leurs wagons. Assoiffés, hommes et femmes buvaient à même les seaux avant que leur contenu ne finisse sur les planchers souillés.

Ensuite, certains durent creuser un trou à l'écart, dissimulé par des bosquets d'arbres, destiné à leur servir de latrines dans lesquels nombreux se soulagèrent.

Enfin, de la paille, des matelas et quelques couvertures furent jetés dans les wagons.

Quand le soir tomba, on leur distribua des boules de pain dur, du fromage rassis et un peu de lait. Et alors qu'il n'y croyait plus, on donna au docteur une trousse de médicaments et de quoi dispenser des soins légers.

— Eh bien, les juifs ! les apostropha un gros sergent. Voilà des largesses qui ne vous coûtent pas cher, hein ? Tout ça aux frais du troisième Reich. J'espère que vous vous en souviendrez demain, quand on vous interrogera ! Eh, toi, je te parle ! ajouta-t-il d'un ton menaçant à l'adresse d'un homme âgé qui rejoignait le wagon.

— Dis que tu remercies le Führer pour sa bonté.

Ce dernier ploya les épaules afin de montrer sa soumission, n'osant pas lever les yeux en direction du soldat qui l'interpellait.

— Allez, dis-le !

— Je... Je remercie le Führer pour sa bonté.

— Heil Hitler ! lui intima cette fois-ci le sous-officier en tendant le bras.

— Heil Hitler ! l'imita tant bien que mal le pauvre homme.

— C'est un peu mou tout ça, le juif. C'est pas demain que tu rentreras dans la SS ! plaisanta le nazi dont la moquerie fit s'esclaffer les soldats les plus proches.

Au moment où les portes de leur prison se refermèrent, il

faisait nuit. Joseph toucha le front brûlant de sa fille sur lequel, régulièrement, son épouse appliquait un linge humide.

Peu de temps auparavant, il avait ausculté les malades auxquels il avait distribué quelques médicaments. Puis il les avait allongés sur les matelas avec les plus faibles à une extrémité du wagon.

Les plus valides couchèrent les enfants sur ceux qui restaient à l'autre extrémité puis les couvrirent de quelques couvertures.

Leur situation restait la même, mais au moins avaient-ils pu faire quelques pas, se soulager, se laver. Ils étaient parvenus à se débarrasser de l'épouvantable odeur qui régnait dans le wagon.

Chacun d'eux pensait au lendemain. Ils allaient enfin rencontrer des personnes compatissantes venues là pour les aider.

Mais quel pouvoir pouvaient avoir quelques membres de la Croix Rouge face à ces démons nazis déterminés à décimer des peuples entiers ?

La menace avait été claire. Chaque famille redoutait d'être séparée. Alors, qu'y avait-il à attendre ou à espérer sinon peut-être un peu de pain et de compassion ?

La nuit avait été plus supportable. Ils avaient bu jusqu'à la dernière goutte et mangé jusqu'à la dernière miette sachant qu'ils seraient bientôt ravitaillés par les membres de la Croix Rouge.

Alors que la plupart sommeillaient encore, Joseph, Jacob et quelques autres s'étaient réunis.

— Nous devons remettre à la Croix Rouge la liste des noms de tous ceux qui sont ici. Les adresses de nos familles et de nos amis qui sauront ainsi ce qui nous est arrivé. Nous devons également dénoncer la barbarie dont nous sommes les victimes. Le monde autour de nous doit savoir, dit l'un d'eux.

— C'est de la folie ! avait rétorqué un autre. Vous avez entendu ce qu'a dit ce SS ? Nous serons séparés les uns des autres ?

— Nous ne devons rien faire qui puisse nous attirer des représailles, avait approuvé un autre. J'ai une femme et des enfants, je ne veux pas être séparé d'eux !

— Qui vous dit que cet homme ne ment pas et que dès que la Croix Rouge aura tourné le dos, il ne va pas nous laisser crever dans ces wagons ? avait objecté un troisième.

Jacob était finalement intervenu.

— Si les nazis redoutent d'être pris en flagrant délit de barbarie, c'est que malgré tout, ils craignent que leurs méfaits soient connus de l'opinion internationale. Faisons ce qu'ils disent. Peut-être qu'alors, ils nous traiteront comme de simples prisonniers !

— Oui, peut-être même qu'ils s'excuseront et nous raccompagneront chez nous en nous expliquant que tout ça n'avait été qu'un simple malentendu ? ironisa amèrement un homme avant d'étouffer une quinte de toux.

Joseph reprit la parole.

— Quoi que nous fassions, les membres de la Croix Rouge ne nous emmèneront pas avec eux et lorsqu'ils seront partis, nous serons à nouveaux seuls face à nos tortionnaires. Il vaudra alors mieux pour nous qu'ils n'aient rien à nous reprocher.

Chacun avait finalement épousé son raisonnement avec plus ou moins de conviction.

Quelques heures plus tard, alors que tous attendaient avec anxiété, des soldats ouvrirent leurs wagons d'où ils leur demandèrent de descendre sèchement mais sans violence.

Derrière eux, se tenaient une douzaine d'hommes et de femmes, des infirmières pour la plupart, dont la tête était couverte d'un foulard marqué d'une croix rouge.

L'officier SS, resté en retrait, s'entretenait avec un couple occupé à prendre des notes.

Elisabeth Klantzmann lissa les plis de sa robe et passa pour la énième fois la main dans ses cheveux.

— Je dois être affreuse, se plaignit-elle. Ces gens vont se demander d'où nous sortons.

Son mari avait souri, attendri par les propos surréalistes de son épouse.

« Une femme reste une femme en toutes circonstances… » songea-t-il avec tendresse.

— En l'occurrence, d'un wagon à bestiaux, ma chérie, voilà d'où nous sortons !

Ils durent alors se plier à un simulacre de vie savamment orchestré par les nazis. Chacun d'eux pu aller se soulager dans les latrines creusées à l'écart. On leur distribua ensuite un peu d'eau pour une toilette sommaire, puis on leur attribua une boule de pain ainsi qu'un ersatz de café.

Les infirmières de la Croix Rouge allaient et venaient au milieu d'eux, distribuant des paroles amicales, des médicaments et à chacun un sac dans lequel se trouvaient des produits qu'aucun d'eux n'aurait osé espérer une heure avant, tels des affaires de toilette, de la confiture ou du chocolat.

L'une d'entre elles vint s'agenouiller auprès de Joseph Klantzmann, assis sur un monticule de cailloux déposé près des rails.

Elle avait un visage d'ange et des yeux d'un bleu très pur. Elle adressa un sourire plein de compassion à Rosa, réfugiée dans les bras de son père.

— Cette petite a de la fièvre, déclara-t-elle d'une voix très douce.

— Je suis médecin, précisa Joseph. Si vous me donnez ce qu'il faut, je saurai la remettre sur pied.

— Bien sûr, docteur, nous sommes là pour ça. Ne vous en faites pas. Bientôt, un convoi sera formé et vous partirez alors pour un camp où vous serez bien traités.

— Est-ce que vous croyez que nous pourrons rester ensemble ? la questionna Elisabeth avec anxiété.

— Vous serez affectés à des tâches différentes et les enfants seront regroupés mais vous pourrez vous retrouver régulièrement.

Joseph la suivit du regard quand, après quelques autres paroles réconfortantes, elle partit rejoindre le vieil homme aux cheveux blancs qui, la nuit passée, avait déclaré son intention de dénoncer leurs conditions de détentions réelles.

— Pourvu que cet imbécile ne tente rien, maugréa-t-il.

— Elle t'a plu ? l'interrogea sournoisement son épouse.

Joseph détourna la tête pour affronter son regard.

— Tu crois vraiment que c'est le moment de me faire une scène de jalousie ? lui reprocha-t-il avec douceur.

— Penses-tu qu'on peut la croire ?

— Quel intérêt aurait-elle à nous mentir ?

Le temps avait passé très vite. À un moment, ils avaient dû remonter dans leurs wagons. Au-dehors, une pluie fine s'était mise à tomber.

Comme l'avait dit Joseph, les membres de la Croix Rouge, tout aussi bons qu'ils étaient, ne les avaient pas emmenés avec eux et ils étaient à nouveau abandonnés à leur sort.

Se pouvait-il que, là-bas, de simples camps de travail les attendent ? s'interrogea-t-il en repensant aux paroles de la jeune infirmière. Après tout, peut-être que le Reich avait fait le choix d'utiliser les compétences de ses prisonniers? Bien sûr, ils seraient contraints et forcés, exploités sans doute, mais au moins, pourraient-ils patienter en espérant la fin de la guerre!

— Papa, je peux encore avoir de la confiture? pria Rosa, blottie dans les bras de sa mère.

— Une dernière becquée, petite ogresse. Nous ne savons pas combien de temps, nous devrons tenir avec ce qu'on nous a donné.

— Quand je serai moins fatiguée, tu crois que je pourrai retourner voir Dan?

— Bien sûr. Et tu pourras alors avoir du chocolat et du... comment déjà?

— Du netula et du coca.

— Oui, je suis sûr qu'il te donnera ce que tu aimes.

— Il me manque, tu sais. Et Azote aussi. Et Léo et Tornade et les petites chèvres aussi, elles me manquent.

— Ne t'en fais pas, ma chérie, tu les reverras.

— Bientôt?

— Bientôt, je te le promets.

— Mais cette fois, j'aimerais vous emmener avec moi. Parce que là-bas, il n'y a pas de méchants.

— Tu sais, mon ange, ta maman et moi, on est heureux là où tu es. Peu importe l'endroit.

Le docteur Klantzmann sursauta alors en entendant les hurlements et les cris qui, à présent, approchaient de leurs wagons.

— Mon Dieu, les soldats, ils reviennent!

— Mais qu'est-ce qu'ils ont, pourquoi crient-ils ainsi?

— Ils en ont peut-être après quelqu'un?

— Oh, mon Dieu ! Cette fois, c'est la fin, nous allons tous mourir.

Une vague d'effroi balaya leur prison. Tous se recroquevillèrent les uns contre les autres dans l'attente du pire. Des femmes se lamentaient et des enfants pleuraient, accrochés à leurs jupes. Les hommes, le visage blême, tentaient de les entourer de leurs bras. Au dehors, les cris à présent tout proches redoublaient au milieu des aboiements excités des chiens.

La porte de leur wagon fut ouverte avec fracas par des soldats haineux qui leur hurlèrent de sauter à terre.

Tous étaient terrorisés par le bruit et les coups qui pleuvaient au hasard. Bientôt, le pauvre troupeau fut aligné, transi de peur devant ses bourreaux menaçants.

L'officier SS se détacha de ses hommes pour se camper devant ses prisonniers qu'il dévisagea avec froideur visiblement satisfait de la crainte qu'il inspirait.

— J'ai passé un marché avec vous, commença-t-il dans un silence de mort, mais bien sûr, les juifs que vous êtes ne l'ont pas respecté !

L'un d'entre vous a cru bon de faire passer ceci à l'un des membres de la Croix Rouge, expliqua-t-il en brandissant un morceau de papier.

— « Mon nom est Ibrahim Schultz, commença-t-il à lire, par pitié, aidez-nous. Les nazis veulent notre mort. Nous n'avons à manger et à boire que parce que vous êtes là. Dites au monde qu'ils fomentent un véritable génocide. Dites à ceux qui restent de ma famille ce que je suis devenu. » Que l'auteur de ce message avance d'un pas ! ordonna l'officier SS d'une voix glaciale.

— C'est... C'est moi, bredouilla le petit homme aux cheveux blancs en triturant nerveusement son chapeau.

« Oh, non ! » songea Joseph en voyant le vieil homme s'avancer d'un pas tremblant. Cet imbécile avait finalement fait ce qu'il avait annoncé. Mais à qui avait-il donné…

Comme prévenu par un sixième sens, il tourna la tête en direction des quais qu'ils apercevaient au loin. Près d'autres militaires, il reconnut l'infirmière au visage d'ange vêtue d'un uniforme nazi.

Son cœur se fractura. Elle était un agent infiltré qui les avait bernés par son apparence et sa douceur. Mais alors, ce qu'elle leur avait dit sur les camps… Il sursauta. L'officier venait de frapper de sa badine le vieil homme à la tempe. Celui-ci s'effondra en gémissant sur les genoux.

— On ne devrait jamais faire confiance à un juif ! cracha le militaire en sortant son revolver de son étui.

Puis, s'adressant à l'ensemble des prisonniers.

— Cet homme s'est lui-même condamné à mort, mais avant cela, trois des vôtres vont être exécutés par sa faute !

Un murmure de terreur courut sur le troupeau avant d'être recouvert par les aboiements des chiens que la peur avait excités.

L'officier fit quelques pas dans leur direction.

— Toi, toi et toi ! trancha-t-il rapidement en désignant au hasard deux hommes et une femme qui se mit à hurler.

Les soldats entraînèrent alors aussitôt les trois condamnés devant leur officier qui les abattit froidement d'une balle dans la nuque.

Puis, ce dernier s'approcha du vieil homme qui pleurait à chaudes larmes, les genoux à terre et lui logea une balle dans la tempe.

— Sortez-moi des wagons les matelas et les couvertures ! se mit-il alors à hurler ! Récupérez tout ! Les vivres, l'eau et les médicaments ! Quand ça sera terminé, remettez-moi cette vermine dans ces wagons et fermez-les, que je ne sente plus leur odeur ! Demain, ils seront rattachés à un convoi en partance pour Auschwitz et nous en serons définitivement débarrassés !

Rosa avait beaucoup pleuré, terrifiée par l'expérience terrible qu'elle venait de vivre puis, vaincue par la fatigue et la fièvre, elle avait fini par sombrer dans un sommeil agité.

— Cette fois, nous en sommes sûrs, Joseph. Nous allons tous mourir, murmura Elisabeth d'une voix tremblante.

— Courage, ma chérie, nous pourrions être déjà morts si le nazi nous avait choisis.

— Ça aurait mieux valu. Au moins à présent, tout serait fini. Au lieu de ça, nous allons devoir vivre encore combien de ces cauchemars horribles ?

— Tout ça ne serait pas arrivé si cet imbécile n'avait pas...

— Je t'en prie, Joseph, arrête de te mentir à toi-même. Tes mensonges ne convaincront plus personne. Tu as très bien compris que pour nous, c'est la fin. Nous sommes des condamnés à mort et ce qu'ils veulent, c'est que nous mourrions d'une façon ou d'une autre. Ma pauvre petite Rosa, se lamenta-t-elle en caressant tendrement le front brûlant de sa fille tandis que de grosses larmes coulaient sur ses joues. Si au moins, tu pouvais t'en sortir, la mort me paraîtrait tellement plus douce.

Joseph Klantzmann était prostré contre la paroi du wagon. L'idée même de poser son regard sur les formes allongées de sa femme et de son enfant lui était devenue insupportable, lui qui ne pouvait plus rien pour elles.

Dans le wagon, tous étaient désormais silencieux. Comme

déjà morts. Seuls quelques plaintes et gémissements étouffés montaient parfois des corps recroquevillés.

« Mon Dieu, songea-t-il, si vous existez… »

Mais non, Dieu n'existait pas. Le Diable seul existait et il avait pour nom Adolf Hitler.

Soudain, il tressaillit. Une longue et lugubre sirène résonna dans la nuit.

Une alerte aérienne, murmura-t-il pour lui-même. Berlin va être bombardée. Une haine sauvage s'empara de lui au point de lui faire serrer les poings. Des nazis allaient mourir sous les bombes !

Il agita nerveusement la tête en se reprochant aussitôt son emportement. Comment pouvait-il se réjouir de la mort de milliers d'innocents ?

Peut-être que c'est ainsi qu'ils allaient eux-mêmes mourir, ravis à leurs bourreaux par les bombes alliées ?

Dans le wagon, les familles se blottissaient les unes contre les autres en pensant à la mort qui allait bientôt tomber du ciel.

Joseph serra les siens contre lui.

— Nous sommes ensemble, mes chéries, nous sommes ensemble, répétait-il pour couvrir leurs gémissements, alors rien de mal ne peut nous arriver.

Les premières explosions retentirent comme un orage lointain. Et puis les coups se rapprochèrent jusqu'à faire trembler les murs de bois de leur prison et résonner dans leurs poitrines. À travers chaque interstice éclataient des flashs spasmodiques de lumière qui éclaboussaient leurs silhouettes recroquevillées.

Bientôt, les obus des DCA labourèrent le ciel à la recherche de leurs proies.

Puis il y eut des sifflements stridents. Ceux des bombes de gros calibre qui déchiraient l'air avant de rencontrer le sol.

Une explosion monstrueuse déséquilibra soudain leur wagon comme s'il s'était agi d'un fétu de paille. Puis ce fut par chapelets que les engins meurtriers se répandirent sur la gare et ses alentours qu'elles transformèrent en un volcan incandescent.

On ne pouvait contrôler sa peur sous un tel maelström, on ne pouvait que gémir, terrorisé, les mâchoires serrées, les yeux fermés, en attendant d'être transformé en poussière ou en un tas de chair carbonisée ou sanguinolente.

Et tandis que l'enfer se déchaînait autour d'eux et au-dessus d'eux, chacun se demandait pourquoi la mort était si longue à venir.

Chapitre 4

Dan chercha inconsciemment à enfouir sa tête dans le sol sur lequel il était couché. La bouche démesurément ouverte sur un hurlement silencieux, il tenait ses mains plaquées sur ses oreilles pour tenter d'échapper au fracas assourdissant des explosions. Des monstres tonitruants et aveugles dont il sentait le souffle brûlant et destructeur qui broyaient, retournaient, disloquaient et incendiaient tout sur leur passage.

Il ne savait plus son nom. Il ne savait plus rien de lui. Plus rien du monde qui l'entourait. Il ne se posait pas de question, il en était incapable. Non, tout ce qu'il pouvait faire, c'était ramper et se tortiller comme l'aurait fait un ver afin de mieux s'enfoncer et disparaître dans le sol.

Était-il un ver de terre ? Allait-il continuer à se tortiller comme eux après avoir été coupé en plusieurs morceaux ?

Le fait d'ouvrir les yeux un peu plus tard ne lui apprit rien d'autre sur lui-même. Tout juste put-il contempler ses mains noircies qui, avec réticence, avaient desserré leur étau autour de sa tête. Des mains tremblantes d'être humain. Il n'était donc pas un ver…

Ses yeux fiévreux se tournèrent vers un quartier en feu. Des bâtiments démembrés montaient des flammes gigantesques dont il percevait malgré l'éloignement l'affreux vrombissement et la chaleur.

Était-ce la fin du monde ? Et si oui, de quel monde ? Car il ne reconnaissait rien. Où était-il ? Que faisait-il à cet endroit ? Qu'était-il censé faire à présent ? Devait-il s'inquiéter pour quelqu'un ? Quelqu'un dans ce monde avait-il peur pour lui ?

Il repéra des amas de ferraille, puis des wagons épargnés attendant sur des voies. Plus loin, d'autres flambaient comme des torches.

Il observa les bâtiments criblés d'éclats devant lesquels un dôme gigantesque avait été éventré par les bombes.

Il s'agissait apparemment d'une gare, mais laquelle ?

Des tas d'images incohérentes commençaient de se bousculer dans sa tête. Un hélicoptère explosait en plein ciel… des balles sifflaient au-dessus de lui… un homme à ses côtés s'écroulait et appelait à l'aide… il marchait dans un long couloir de bois ciré… il tombait du ciel à une vitesse vertigineuse… il s'enfonçait dans l'eau profonde… il était terrorisé… une tête ensanglantée tourbillonnait dans l'air… il sanglotait sur le sol d'un cachot… une petite fille l'appelait au secours…

— Rosa ! murmura-t-il soudain.

À travers l'aube crasseuse enlaidie par les nuages noirs des incendies, il repéra soudain plusieurs wagons à bestiaux qui avaient miraculeusement échappé aux bombes.

— Rosa ! répéta-t-il en s'arrachant à sa gangue de terre.

— Rosa ! appela-t-il cette fois en s'arc-boutant sur le levier qui commandait l'ouverture de la porte du premier wagon qu'il avait rejoint en trébuchant.

Quand il y parvint, il distingua avec difficulté plusieurs formes humaines éparpillées à travers la pénombre. Certaines d'entre elles le dévisageaient de leurs prunelles exorbitées.

— Rosa ? interrogea-t-il au comble de l'anxiété.

Sans attendre de réponse, il se précipita sur la porte du second wagon qu'il ouvrit comme le premier.

Puis il répéta l'opération pour le dernier.

— Rosa ! hurla-t-il encore une fois en courant d'une porte à l'autre.

Lentement, des silhouettes commencèrent à apparaître dans les encadrements de portes. La plupart des zombies qui sortirent finalement de l'ombre semblaient choqués, incapables de comprendre ce qui leur arrivait. Tous l'observaient comme on observe une bête curieuse que l'on redoute.

— Sortez des wagons ! leur intima alors Dan en gesticulant. Vite, profitez-en pour vous enfuir, les soldats vont revenir ! Fuyez, fuyez, profitez-en ! les exhorta-t-il encore en s'étonnant de ses propres paroles. Comprenaient-ils ce qu'il leur criait ? Je cherche Rosa, une petite fille vêtue d'un manteau bleu, vous l'avez vue ?

Certains commencèrent alors à s'extraire tant bien que mal des wagons. Des familles tentaient de se regrouper. Des hommes et des femmes s'interpellaient, se cherchaient. Des enfants passaient de bras en bras.

— Rosa, une petite fille avec un manteau bleu, ça vous dit quelque chose ? interrogeait Dan en passant au milieu d'eux.

Ils le dévisagèrent de leurs yeux vides avant de se mettre à courir le long des voies sans avoir prononcé la moindre parole.

Soudain, son cœur se figea dans sa poitrine. Dans la lueur des flammes, un homme qui venait de s'extraire du wagon tendait à présent les bras en direction d'une petite fille vêtue d'un manteau bleu. C'était Rosa !

Il allait se porter à leur hauteur quand des bruits inquiétants résonnèrent autour d'eux. Ceux de plusieurs détonations. Au loin, s'extrayant de bâtiments encore entiers, des soldats les prenaient pour cibles.

Plusieurs personnes s'écroulèrent dont il ne sut si elles avaient été touchées ou si elles cherchaient seulement à se protéger.

Dan jeta un œil en direction de Rosa. L'homme qui la tenait serrée contre lui avait eu le réflexe de se jeter sous un wagon en compagnie d'une femme qui s'accrochait à eux.

Tout autour les gens hurlaient. Certains, tétanisés par la peur, restaient immobiles en attendant la mort, d'autres tentaient de disparaître entre les voies encombrées de carcasses de trains.

Dan se rua alors auprès d'eux avant de plonger à leurs côtés.

Les parents de Rosa, car c'était sûrement d'eux qu'il s'agissait, tentaient de protéger leur enfant en faisant un rempart de leurs corps.

— Rosa, murmura-t-il en approchant son visage.

Cette dernière ouvrit soudain ses paupières closes. Elle le dévisagea alors de son regard fiévreux noyé de larmes.

— Dan... bredouilla-t-elle d'une voix à peine audible. Il faut... Il faut que tu sauves aussi papa et maman.

Dan croisa un instant les yeux exorbités et luisants de ses parents qui le fixaient sans comprendre.

Une poignée de balles s'abattit alors tout près d'eux, ricochant dangereusement sur les essieux du wagon. Devant eux, une femme et son enfant s'écroulèrent sans un cri.

— Vite ! les encouragea-t-il soudain en prenant les mains tendues de la fillette. Il faut sortir d'ici. De l'autre côté du wagon, il y a un fossé. Le mur qui nous sépare de la ville n'est pas très loin, nous pourrons sûrement le franchir à un endroit où il a été bombardé.

À cet instant, un autre couple et leurs enfants s'abattirent littéralement à leurs côtés. Il s'agissait de Jacob, de sa jeune épouse et de leurs deux enfants.

— Joseph ! Oh mon Dieu, Joseph, ils vont tous nous tuer ! se lamenta son ami en sanglotant. Nous avons dû abandonner notre père…

— Il faut partir maintenant, vous comprenez ! intervint Dan.

— Nous ne pouvons pas les abandonner, bredouilla Joseph Klantzmann en désignant ses amis. Venez, venez avec nous Jacob, il faut quitter cet enfer !

— Nous ne pouvons pas les emmener ! protesta vivement Dan. Ils vont nous retarder et…

D'autres balles labourèrent le sol tout près d'eux, on les prenait pour cible.

— Putain, venez, allez, allez, il faut foutre le camp ! s'emporta-t-il. Puis, en plantant son regard dans celui du père de Rosa. Confiez-moi votre fille. Nous allons devoir courir et vous êtes trop faible pour la porter, occupez-vous plutôt de votre femme, elle aura besoin de votre aide.

Cette fois, son père relâcha son étreinte et Dan put prendre Rosa dans ses bras. En découvrant son visage, il réalisa combien celle-ci avait changé. Quelles souffrances avait-elle dû endurer ?

— Rosa, commença-t-il d'une voix ferme afin de capter son attention. Une fois que je me serai couché sur le sol, tu vas me monter sur le dos et serrer tes bras autour de mon cou. Allez, grimpe !

À peine eut-il la sensation légère de l'enfant couchée

contre lui qu'il se mit à ramper entre les essieux des wagons jusqu'à ce qu'il s'aplatisse derrière l'un d'eux. De là, il se mit à observer les environs éclairés par les feux des incendies. De ce côté, la voie semblait libre. Il fit encore quelques mètres puis se redressa avec la fillette sur son dos. Il la fit alors pivoter afin de la positionner contre sa poitrine, puis sans attendre, se mit à courir.

Bondissant au-dessus des rails, il se plaqua finalement contre un wagon abandonné à l'abri duquel il reprit son souffle.

— Ça va, Rosa ? s'enquit-il auprès de l'enfant ballottée par le rythme de leur course.

— Où sont mon papa et ma maman ? se contenta d'interroger la fillette qui cherchait à regarder pardessus son épaule.

Dan jeta un coup d'œil derrière eux. Les deux familles tentaient tant bien que mal de les rejoindre.

— Putain, à ce rythme-là, on n'y arrivera jamais…

Loin derrière les wagons, des détonations sporadiques et des cris continuaient de retentir.

Dan examina le mur qui les séparait de la ville, distant de quelques dizaines de mètres.

— Voilà notre chance, murmura-t-il pour lui-même en repérant deux wagons-citernes en flammes d'où s'échappait un gigantesque nuage de fumée noire qui noyait le sol avant de grimper dans l'air grisâtre.

— Rosa, ça va, mon enfant ? interrogea monsieur Klantzmann dès qu'il s'agenouilla auprès d'eux.

— Nous allons passer derrière ce rideau de fumée, expliqua brièvement Dan aux fugitifs essoufflés, et rejoindre le mur. Allez, il n'y a pas de temps à perdre ! conclut-il en se lançant en avant, Rosa toujours serrée contre sa poitrine.

Tous couraient à présent derrière la gigantesque vague de suie qui semblait vouloir recouvrir le jour naissant. L'air qu'ils respiraient était tantôt glacé, tantôt brûlant au gré des courants qui emportaient la traîne infernale.

Enfin, Dan repéra un endroit éboulé du mur, disloqué par l'onde de choc d'une bombe dont on distinguait non loin de là le trou béant causé par l'impact.

L'ayant rejoint, il se dissimula parmi les pierres puis se retourna pour voir où en était le reste des fugitifs. Ceux-ci les rejoignirent enfin après une course qui semblait être venue à bout de leurs dernières forces.

— Il faut... Il faut que nous soufflions un peu, les prévint Jacob Epstein. Ma femme n'en peut plus !

— Plus tard, objecta Dan. Nous devons nous éloigner de cet endroit le plus vite possible. Et c'est le bon moment, précisa-t-il en désignant des silhouettes d'habitants qui s'extrayaient en trébuchant des caves.

— Vous avez raison, approuva Joseph, mais où irons-nous ?

— Nous devons trouver un endroit où nous mettre à l'abri... expliqua abruptement Dan avant de se faufiler à travers le mur.

Alors qu'ils avançaient sur le trottoir, les rues désertées pendant l'alerte se repeuplaient rapidement. À peine acquise la certitude qu'ils étaient vivants et rescapés de l'enfer, les gens, plongés dans un état second, partaient affronter le destin qui les attendait au détour d'un quartier en flammes où d'un angle d'immeuble criblé d'éclats.

Tandis qu'ils marchaient, ils croisèrent des voitures de pompiers qui allaient toutes sirènes hurlantes secourir les victimes prisonnières des gravats et affronter les incendies, suivis par des véhicules militaires chargés de policiers et de soldats.

Bizarrement, Dan ne se demandait pas vers quoi il marchait. Il savait simplement qu'il était là pour marcher jusqu'au bout du monde, s'il le fallait, avec cette enfant dans les bras.

Malheureusement, leur pauvre troupeau s'étirait derrière lui et il apparaissait évident qu'il ne pourrait continuer encore longtemps ainsi.

Il fallait donc qu'il trouve un endroit où ils pourraient se reposer en attendant… En attendant quoi ? Dan refusa de reconnaître qu'il n'en savait rien.

C'est à cet instant qu'il repéra un quartier d'immeubles endommagés vers lequel il se dirigea. Ceux-ci l'avaient été lors de bombardements précédents et semblaient vides de leurs habitants. Il comprit pourquoi en distinguant les façades effondrées où lézardées, les charpentes calcinées, les toits affaissés, les ouvertures sans fenêtres et les nombreuses inscriptions signalant les risques d'effondrement et les interdictions de pénétrer.

« C'est exactement l'endroit qu'il nous faut… » songea-t-il en constatant que le reste des fugitifs le suivait à distance.

— C'est encore loin où on va ? l'interrogea Rosa d'une voix faible.

C'est seulement à cet instant qu'il sentit le poids de l'enfant peser sur ses bras.

— On va s'arrêter pour se reposer.

— Et papa et maman, ils nous suivent ?

— Oui, ils arrivent.

— Et Azote et Léo… ils sont là ?

Dan fut traversé par une fulgurance qui lui laissa un souvenir amer. N'était-il qu'un fou perdu dans ses délires ou appartenait-il à deux mondes différents ?

— Non, ma puce, ils sont… Mais tu sais bien où ils sont. En sécurité.

— On va aller les rejoindre ?

— J'aimerais bien, tu sais, mais pour l'instant, c'est impossible.

Enfin, après bien des efforts, il trouva ce qu'il cherchait. L'immeuble avait été truffé d'éclats d'obus et son toit et le dernier étage avaient été emportés par le souffle d'une bombe. Mais les appartements qui le composaient semblaient avoir été relativement épargnés. L'entrée se faisait par une porte cochère qui donnait sur une arrière-cour. Celle-ci était encombrée par tout ce qui avait dégringolé du toit. L'un des pans du bâtiment s'était effondré sur lui-même mais les trois autres semblaient encore en assez bon état malgré les vitres soufflées et quelques traces d'incendie.

Au-dessus d'eux, le ciel s'éclaircissait d'un blanc sale. Une pluie fine se mit alors à tomber.

Dan attendit que le reste du groupe l'ait rejoint.

Quand cela fut fait, il avança alors prudemment dans la cage d'escalier la plus épargnée. Les autres le suivirent en silence.

Les gouttes désormais tombaient dans l'escalier qui conduisait aux étages en raison du toit manquant. Parvenu au premier, Dan poussa la porte entrouverte d'un appartement.

— Nous allons choisir l'un d'eux, expliqua-t-il à Joseph qui l'avait rejoint. Vu les dégradations au-dessus de nos têtes, il vaut mieux que nous restions loin du toit. Et puis, ça sera mieux au cas où nous devions… quitter rapidement cet endroit.

Quelques minutes plus tard, ils refermèrent la porte de l'un des appartements derrière eux.

— Il y a des vitres partout, avaient-ils constaté lors de leurs recherches.

Il y avait aussi un grand lit et un matelas. Un fauteuil. Du linge et des vêtements. Des couvertures. Ils avaient même fini par trouver quelques biscuits.

Elisabeth reprit délicatement sa fille des bras de Dan. L'espace d'un instant, leurs regards se croisèrent. Il ne remarqua pas son visage dévasté par la peur, l'angoisse et les privations. Il ne retint que sa beauté.

Celle-ci tenta de se composer l'ombre d'un sourire en guise de remerciements mais ne put qu'esquisser du bout des lèvres une sorte de pauvre rictus.

Tandis que chacun tentait, tant bien que mal, de s'approprier un endroit où se reposer, Anna Epstein, la femme de Jacob passa à ses côtés.

— Je vais changer mon bébé, expliqua-t-elle d'une voix fluette en se dirigeant vers l'évier de la cuisine tandis qu'elle le maintenait serré contre sa poitrine comme elle le faisait depuis qu'ils avaient sauté du wagon.

Dan tourna alors les yeux en direction de son mari. Celui-ci se tenait voûté au milieu de la pièce, incapable du moindre geste. Ses yeux étaient noyés de larmes.

Il posa alors la main sur le bras de Joseph qui contemplait Rosa par-dessus l'épaule de sa femme.

— Heu, vous…

— Joseph, se présenta ce dernier en lui tendant la main. Joseph Klantzmann. Je suis le père de Rosa.

Faisant fi des présentations, Dan l'entraîna un peu à l'écart.

— Vous avez vu ? le questionna-t-il en désignant du menton Anna Epstein penchée au-dessus de son bébé.

— Ah oui, c'est terrible pour elle. Elle commence à ne plus avoir de lait, il nous faudrait trouver…

Dan planta son regard dans celui du père de Rosa.

— Mais son enfant est mort ! asséna-t-il entre ses dents serrées.

Joseph le fixa alors comme s'il revenait doucement à lui.

— Je… Je sais oui, confia-t-il abattu. Depuis hier. Mais elle refuse d'affronter la vérité. Ce que nous avons vécu dans ce wagon nous a fait tous perdre la tête.

— Il faut aller l'enterrer quelque part, nous ne pouvons pas le garder dans cette pièce !

— Je vais aller lui parler, intervint Elisabeth, très pâle en rabattant derrière son oreille une mèche de ses cheveux défaits.

Puis, après avoir rejoint Jacob Epstein :

— Jacob, murmura-t-elle doucement à son oreille. Viens, nous devons aller parler à Anna.

Anna Epstein avait d'abord refusé de les entendre puis, lentement, elle avait commencé à sangloter avant de se mettre à hurler quand ils avaient fait mine de lui prendre son enfant.

Joseph avait dû venir leur prêter main-forte pour la maintenir alors qu'elle se débattait comme une forcenée.

Peu après, elle avait fini par abdiquer. Lentement, elle s'était laissé glisser sur le sol, son fils Samuel en pleurs réfugié contre sa poitrine.

Dan avait alors recouvert le petit cadavre d'un linge propre trouvé dans le fond d'une armoire, puis il l'avait emporté. Parvenu dans la cour de l'immeuble, il avait avisé un ancien abreuvoir dans lequel il l'avait déposé précautionneusement. Puis il l'avait recouvert de gravats.

L'idée lui était venue de lui confectionner une croix, mais il s'était souvenu que ses parents étaient juifs.

À présent, le jour finissait. L'obscurité ne tarderait pas à gagner chaque recoin de cet univers désolé.

Chacun avait absorbé un peu de la nourriture qu'ils s'étaient partagée. Grâce à la pluie qui continuait à tomber, et aux récipients qui la recueillaient, ils ne manquaient pas d'eau.

Anna Epstein, prostrée, avait été installée sur le grand lit en compagnie de son mari et de son fils.

Quant à Joseph Klantzmann, il s'était étendu sur une couverture aux pieds de son épouse recroquevillée sur le divan du salon en compagnie de Rosa, encore fiévreuse.

Dan était allongé tout près d'eux sur un manteau en guise de matelas.

Tous étaient silencieux, la tête encore pleine des drames passés, s'interrogeant sur ce qu'ils allaient devenir.

Dan, quant à lui, se demandait s'il faisait désormais partie de cette tragédie, ou s'il allait à son réveil retrouver le monde qu'il croyait être le sien. Rêvait-il ? Délirait-il ? Était-il en ce moment même endormi sur le lit confortable de sa demeure méditerranéenne ? Clémence dormait-elle à ses côtés ? Azote allait-il aboyer ?

Curieusement, il ne ressentait aucune angoisse malgré les questions sans réponses qui s'accumulaient.

Était-ce la présence de Rosa envers laquelle il se sentait redevable et sur laquelle, de façon inexplicable, il se devait de veiller ?

Était-ce à cause du trouble qu'il avait ressenti en croisant le regard de sa mère ?

Pourquoi avait-il le sentiment d'être à sa place ? Au point

de savoir qu'il aurait souffert de ne pas être là ? Malgré le danger, malgré la peur, malgré la détresse qui rendaient l'air plus âpre à respirer.

La nuit était tombée à présent, opaque et noire. Profonde et obsédante. Au-dehors, les gouttes de pluie s'étaient muées en gouttes d'encre.

Il imagina ceux tout proches, recroquevillés dans l'obscurité depuis laquelle leur parvenaient leurs souffles, leurs gémissements et leurs murmures angoissés. Il songea à Elisabeth. À la lumière insolente de son visage. Jamais une femme ne lui avait semblé si belle, si accomplie et en même temps si vulnérable. À Rosa et au fil ténu qui les unissait. À tous les autres...

Comment justifierait-il sa présence parmi eux ? En leur expliquant qu'il avait traversé le temps pour la protéger ? Mais, était-ce la réalité ? La protéger, mais comment ? Qui était-il pour espérer contrer la plus formidable machine à tuer de tous les temps ?

Il ne connaissait rien de ce pays. Rien de cette époque ou si peu. Par quelle incroyable alchimie parlait-il leur langue ? Que leur dirait-il au lever du jour, s'il était encore parmi eux ? « Ne vous en faites pas, je vais vous sortir de là ? » Lui dont les peurs rétrospectives changeaient les nuits en cauchemars ?

Quand il rouvrit les yeux, il découvrit les parents de Rosa, penchés au-dessus du poêle dans lequel brûlait un feu.

Au-dehors, le jour se levait à peine.

— Nous avons trouvé des allumettes, lui expliqua Joseph le visage illuminé d'un large sourire. Elisabeth a mis à chauffer un peu d'eau et quelques fleurs séchées qui feront une tisane, je le pense, très acceptable. Nous aurons ainsi quelque chose de chaud à nous mettre dans le ventre.

— Et comment va Rosa ?

— Elle dort. La pauvre enfant n'a plus la force de faire quoi que ce soit d'autre.

— Et sa fièvre ?

— Il me faudrait des médicaments et des vitamines. Et puis, il faudrait qu'elle mange afin de retrouver des forces.

Dan se pencha au-dessus de la fillette enfouie sous ses couvertures. Des petites veines apparaissaient sur sa tempe et ses paupières bleutées. Elle paraissait si fragile et si faible.

« Un peu de netula et de coca... » songea-t-il.

— Tenez.

Elisabeth venait de lui tendre une tasse fumante en prenant soin de ne pas croiser son regard.

— Merci.

Mais celle-ci était déjà au chevet de sa fille dont elle relevait doucement la tête.

— Il faut que tu boives ça, pendant que c'est chaud, ma chérie.

— On est où maman ? l'interrogea la fillette d'une voix faible.

— On est... quelque part en sécurité.

— Les nazis ne savent pas où on est ?

— Non, ma chérie.

— Et Dan, il est où ?

— Je suis là, intervint Dan en s'approchant. Fais ce que te dit ta maman, bois ça pendant que c'est chaud, il faut que tu retrouves des forces.

Puis, se tournant vers Joseph Klantzmann et Jacob Epstein :

— Je propose que nous fouillions tous les alentours, leur

expliqua-t-il. Trouvons des sacs ou fabriquons-en et mettons-y tout ce que nous trouverons. Même les choses les plus insignifiantes, nous avons besoin de tout. On va visiter tous les appartements qui tiennent encore debout et chaque mètre carré des autres. Attention, n'allez pas vous mettre dans des endroits qui sont prêts à s'écrouler.

— Je vais avec toi, papa, intervint le fils de Jacob.

— Non, il vaut mieux que…

— Comment t'appelles-tu ? le coupa Dan.

— Samuel.

— Je pense que Samuel peut nous être utile. Les enfants sont doués pour la chasse aux trésors.

— D'accord, admit Jacob, mais tu devras rester près de moi et bien faire ce que je te dis.

Un peu plus tard, tous les quatre s'étaient retrouvés en bas de leur immeuble. Elisabeth, quant à elle, était restée dans l'appartement en compagnie de sa fille Rosa et d'Anna, désormais murée dans le silence.

Dan jeta un œil sur les bâtiments qui l'entouraient. Les bombes avaient frappé sans discernement et avec une rage aveugle sur le quartier, comme l'exigeait la guerre totale qui dévastait l'Europe. Avec cependant plus ou moins de gravité, car si certains d'entre eux avaient été proprement soufflés ou minéralisés, d'autres donnaient encore le change, si l'on n'y regardait pas de trop près. Comme cette immense façade intacte qui les surplombait, seul vestige de l'immeuble qui s'était, derrière elle, effondré sur ses bases.

Combien de victimes, grandes ou petites étaient encore ensevelies sous les décombres, imprégnant l'air d'un écœurant parfum de mort ?

Çà et là pourtant, des constructions s'acharnaient à afficher un semblant d'équilibre malgré des cicatrices profondes et des murs fragilisés par les effets d'intenses tremblements.

— Par ici, indiqua Dan qui les guidait à travers le labyrinthe de poutres et de pierres qui recouvraient parfois les rues. On dirait qu'il reste encore des appartements intacts.

Regardez bien autour de vous, au cas où nous ne serions pas seuls à visiter ces ruines.

— Pensez-vous que quelqu'un soit assez fou pour risquer de se faire ensevelir vivant en venant ici ? Il n'y a que des juifs comme nous qui n'avons pas d'autre choix, émit Joseph en esquissant un ricanement amer.

Ils s'étaient alors aventurés dans les entrailles de bâtiments fantômes désertés par leurs habitants qui craignaient que ceux-ci ne s'effondrent, violant sans pudeur ce qui fut leur intimité et qui n'étaient plus désormais que des vestiges anonymes ouverts aux quatre vents.

Malgré tous leurs efforts de la journée, leur pêche avait été maigre, même s'ils avaient pu trouver un peu de nourriture, quelques médicaments et plusieurs couvertures et vêtements. Sans compter tout ce qu'ils avaient pu récupérer de fils, d'aiguilles, de ficelles, de bougies, de couteaux et d'outils divers qui auraient sans doute leur utilité.

En tout cas, une fois de retour à leur appartement, ils avaient fait le compte de leurs trouvailles comme s'il s'était agi d'un véritable trésor.

— Tu vois Elisabeth, grâce à ces médicaments, notre petite Rosa ira mieux, avait expliqué Joseph à son épouse.

— Et grâce à cette boîte de pâté, nous dormirons le ventre plein, avait ironisé avec amertume Jacob.

— Et moi, j'ai trouvé les pots de confiture et de miel !

annonça fièrement son fils Samuel. Ils étaient tombés dans un trou sous un plancher !

— C'est vrai que sans toi, nous ne les aurions pas trouvés, le félicita tendrement son père.

— Je vais faire cuire quelques pommes de terre que j'ai trouvées au fond d'une armoire, et nous pourrons manger avant que la nuit tombe, déclara Elisabeth klantzmann en esquissant un maigre sourire.

— Avec ce que nous avons ramené de vêtements et de couvertures, nous pourrons passer une bonne nuit, ajouta son mari.

— Et quand on ne trouvera plus rien au milieu de ces ruines, nous mangerons quoi, des cafards et des blattes qui courent partout dans ces infects appartements ? grommela Jacob sur un ton qui trahissait son désespoir.

— Pour l'instant, il nous faut penser à ce soir, Jacob. Demain sera un autre jour, lui fit remarquer le père de Rosa.

Ils avaient mangé en silence, appréciant chaque bouchée de leur repas improvisé, puis Dan s'était approché de Rosa à qui sa mère avait tenté auparavant de faire avaler quelques morceaux.

— Comment te sens-tu ? l'avait-il interrogée en posant une main sur son front. On dirait que tu as moins de fièvre.

— Je me sens mieux, lui avait assuré la fillette dans un hochement de tête. C'est parce que tu es là. Quand je serai tout à fait guérie, tu nous emmèneras loin d'ici, n'est-ce pas Dan ? Tu sais, j'ai bien cru dans cet horrible wagon que tu ne viendrais pas. Heureusement, chaque fois que je fermais les yeux, j'étais auprès de toi et d'Azote, en sécurité. Est-ce qu'il va bien ?

— Est-ce qu'il avait l'air d'aller mal quand tu le voyais ?

— Oh non, il était toujours très drôle et ne pensait qu'à manger !

— Alors, on parle bien de la même créature et à mon avis, on ne devrait pas s'en faire pour lui.

— Comment fait-il pour manger quand tu n'es pas là ?

Dan regarda devant lui en esquissant une moue d'impuissance.

— Eh bien vois-tu, il y a encore certaines choses que je ne maîtrise pas dans ce qu'il nous arrive. Mais je ne désespère pas d'y parvenir.

Puis pour lui-même : « J'espère simplement que je ne me ferai pas trouer la peau avant ! »

L'obscurité s'était alors faite autour d'eux. Craignant de révéler leur présence à travers les vitres qu'ils avaient tant bien que mal tenté d'obstruer, et par souci d'économie, ils avaient mis leurs bougies de côté et chacun d'eux avait rejoint sa place en silence. Une fois couchée auprès de son mari sur un lit confectionné avec un mélange de couvertures et de vêtements déposés à même le sol tandis que Rosa reposait seule sur le divan, Elisabeth interrogea celui-ci à mots couverts.

— Qui est cet homme ? le questionna-t-elle avec inquiétude en faisant allusion à Dan. Et comment peut-il connaître Rosa ?

— Peut-être que c'est le chevalier dont elle nous parlait.

— Ne dis pas de sottise, tu veux ? Dès que la petite ira mieux, je l'interrogerai.

— En tout cas, je trouve rassurant qu'il soit là. Il est différent de nous mais je pense que nous pouvons lui faire confiance. Et puis Rosa semble l'apprécier.

— C'est bien ce qui me préoccupe, où a-t-elle bien pu le rencontrer ?

— Chut, essaie de te reposer à présent. Écoute le souffle de notre enfant. Il est déjà plus clair et plus régulier. Il devrait te bercer et t'aider à t'endormir.

— J'ai si peur, Joseph.

— C'est ce qu'ils veulent, mon aimée. Ne leur donne pas ce plaisir. Tant que nous serons ensemble, leur haine imbécile ne pourra pas nous atteindre.

Dan écarquilla les yeux dans la nuit noire. Il avait pu s'assoupir après bien des efforts et à présent, une plainte lugubre le tirait de son abrutissement.

— Une alerte aérienne ! souffla Jacob Epstein en sautant hors de son lit.

— Mon Dieu ! s'épouvanta Elisabeth Klantzmann en rejoignant sa fille endormie.

— Agissez dans le calme, leur enjoignit Dan qui venait d'allumer sa lampe découverte dans les décombres. Nous allons descendre et rejoindre la cave que nous avons visitée ce matin, nous y serons à l'abri.

Au-dehors, l'interminable hurlement continuait de déchirer la nuit.

— Vous avez bien tout pris ? les interrogea-t-il alors qu'ils étaient rassemblés sur le palier. Bougies, eau, nourriture, vêtements chauds ?

— Nous avons tout, lui affirma Joseph Klantzmann en hochant nerveusement la tête. Tout ce que vous nous avez recommandé d'emporter.

— Parfait, alors allons-y, les invita-t-il en les devançant dans les escaliers.

Joseph le suivait de près avec Rosa dans les bras. Sa femme marchait dans ses pas, une main posée sur son épaule.

Derrière eux, le jeune Samuel guidait sa mère de la main tandis que son mari lui soutenait fermement l'autre bras.

Tous s'appliquaient à poser leurs pieds dans le halo de lumière que projetait la lampe de Dan.

Autour d'eux la noirceur était totale.

Parvenus sur le seuil du rez-de-chaussée, ils firent une courte halte puis, sans attendre, s'engagèrent dans l'escalier plus étroit conduisant aux caves. Celui-ci empestait la moisissure.

Dan promena le faisceau de sa lampe sur les murs épais suintant d'humidité jusqu'à ce qu'il repère une sorte d'arche dans laquelle venaient se loger plusieurs voûtes massives réunies en leur centre par un énorme pilier de béton.

— Contre ce pilier, nous ne risquerons rien, leur expliqua-t-il en les invitant à prendre place. Jacob, allumez vos bougies que je puisse éteindre ma lampe.

— Mon Dieu, on se croirait dans un tombeau, remarqua Elisabeth d'une voix angoissée.

— D'ici, on entend à peine la sirène, fit remarquer Jacob, en enflammant la mèche d'une seconde bougie.

— Ça m'ira très bien, si cela nous permet de moins entendre les bombes, précisa Joseph dont on percevait nettement la respiration saccadée.

— Dan, j'ai peur, gémit Rosa qui était réfugiée dans les bras de son père.

— Ferme les yeux et pense à Azote et à Léo.

— Et à Tornade et Mélanie et…

La première explosion résonna comme un coup de tonnerre lointain. Puis la terre se mit à bruisser d'un grondement continu ponctué de déflagrations sourdes qui semblaient battre la mesure d'un opéra infernal.

— On dirait que ça n'est pas pour nous… avança Jacob, plus pour se donner du courage que par certitude.

Comme pour le contredire, l'effrayant bourdonnement sembla se rapprocher.

— Tais-toi Jacob, le rabroua durement Elisabeth, tu vas nous porter malheur !

— Ne vous en faites pas, intervint son époux d'une voix tendue par l'anxiété. À cet endroit, nous ne risquons rien. Cette cave est un véritable blockhaus !

Le sol fut alors secoué par plusieurs détonations qui résonnèrent jusqu'au cœur même de leurs poitrines. Chacun songea que l'enfer allait fondre sur eux et les ensevelir.

Il ne s'écoula que quelques secondes, mais ils eurent l'impression d'être restés prostrés depuis très longtemps.

Lentement, ils réalisèrent que le bruit des explosions diminuait d'intensité.

Seul, leur écho assourdi résonnait encore dans le lointain. L'accalmie pour eux, l'enfer pour les autres…

— Papa, tu crois que c'est fini ? interrogea Samuel.

— Je crois bien que oui, supposa son père en observant la voûte au-dessus d'eux contre laquelle miroitait la flamme de leurs bougies. Qu'en pensez-vous ?

— Peut-être devrions-nous rester encore un peu à l'abri de cette cave ? émit Joseph.

— Ah, non merci ! objecta son épouse. Il sera toujours temps de redescendre le moment venu.

— Je croyais que tu ne supportais pas notre appartement ! la provoqua gentiment son mari.

— Ce que je supporte le moins, Joseph Klantzmann, c'est l'ironie dont tu fais preuve.

Ils allaient se relever quand ils furent soudain aveuglés par le faisceau d'une lampe qu'on dirigeait sur eux.

— On ne bouge pas ! intima une voix puissante.

— Contrôle d'identité, vous allez me montrer vos papiers !

Dan distingua alors les contours luisants d'un casque au moment où l'homme agita sa lampe. Un casque de soldat allemand…

Son cœur se serra. Ils étaient pris au piège comme une bande de rats.

Joseph reposa délicatement Rosa sur le sol, puis, résigné, il fouilla dans la poche de son pardessus d'où il extirpa son portefeuille aussitôt imité par Jacob et Elisabeth qui voyaient le monde s'écrouler autour d'eux.

— Joseph Klantzmann, Jacob Epstein, déclara le militaire en consultant leurs papiers. Vous ne seriez pas juifs ?

— C'est vrai monsieur, nous sommes juifs, avoua Joseph avec un haussement d'épaules, un peu comme s'il reconnaissait être l'auteur d'un crime.

— Elisabeth Klantzmann… juive aussi ? Hm… je ne savais pas qu'une juive pouvait ressembler à ça.

— Et vous ? interrogea le soldat en se tournant vers Dan. Vous ne me montrez pas vos papiers ?

— Je les ai laissés en haut dans l'appartement.

— Eh bien, nous allons aller les chercher. Allez, tout le monde, on sort d'ici ! On va aller chercher les papiers de monsieur. Ah, une dernière chose, ne vous avisez pas de me fausser compagnie, je serais forcé de tirer dans le tas, en commençant par les enfants.

Quand Dan parvint au rez-de-chaussée, il fut surpris de ne rencontrer aucun autre soldat. Peut-être ceux-ci étaient-ils à l'extérieur ?

Il devait très vite comprendre qu'elle était exactement leur situation avant de pouvoir envisager de tenter quelque chose…

Il observa alors le militaire réfugié derrière sa lampe sans pouvoir distinguer grand-chose, sinon que celui-ci semblait large d'épaules, armé d'un revolver et qu'il était vêtu d'un ample manteau de l'armée allemande.

— Montez, leur enjoignit celui-ci sans brutalité. Je vous suis.

Quand ils se retrouvèrent dans l'appartement, l'homme les fit s'aligner contre le mur avant d'inspecter les lieux du faisceau de sa lampe.

— Alors, c'est ici que vous vivez ? interrogea-t-il d'un ton qui n'exigeait pas de réponse. Vous savez, je n'ai rien contre les juifs. Si vous me remettiez un peu de vos économies, je pourrais faire comme si je ne vous avais pas vus…

L'esprit de Dan tournait à toute vitesse cherchant à évaluer le danger qui les menaçait. Le fait que ce type cherche à leur soutirer leurs économies ne signifiait pas forcément qu'il était seul. Pourtant, aucun bruit de bottes, aucune voix ne venait troubler le silence qui régnait autour d'eux.

S'il tentait quelque chose, il devrait y mettre toute sa puissance et son savoir-faire car le nazi avait l'air d'un adversaire redoutable.

— Nous avons bien encore quelques bijoux, mais… c'est tout ce qui nous reste, bredouilla Joseph. Cependant, si vous nous promettiez de ne pas nous inquiéter…

— Marché conclu ! annonça le militaire, sa voix exprimant un large sourire.

— Vous ne voulez plus voir mes papiers ? interrogea Dan.

— Si, bien sûr. Et aussi la jolie montre que tu as au poignet.

— C'est un cadeau de ma femme, s'empressa alors d'expliquer celui-ci en s'approchant et en faisant mine de la décrocher.

— Fais-moi voir ça.

Tout alla alors très vite. Son bras s'abattit soudain sur le bras armé de son adversaire. Entraîné malgré lui dans un mouvement de rotation implacable, celui-ci dut lâcher son revolver. Vaincu par la douleur de son membre emprisonné, l'homme ne put que s'agenouiller tandis que Dan se ruait sur l'arme tombée à terre.

— Si tu tires, tu vas alerter ma section qui patrouille dans le coin, marmonna le militaire allongé sur le sol, encore surpris de ce qui lui arrivait, tandis que Dan, un genou sur sa poitrine, appuyait le revolver sur son front.

— Si je tire, tu es mort, mais si tu te tiens tranquille, je ne serai pas obligé d'appuyer sur la détente. De plus, quelque chose me dit que tu es seul. Du genre déserteur où pilleur de tombes, si tu vois ce que je veux dire.

— D'accord, d'accord, je ne suis plus exactement un soldat, reconnut le militaire d'un ton conciliant, j'ai déserté leur putain d'armée. Mais ça veut dire qu'on est dans le même camp, non ? Alors enlève ton genou et laisse-moi me relever.

— C'est bizarre, mais il y a quelques minutes, je n'avais pas l'impression qu'on était amis.

— Il ne faut pas se fier aux premières impressions… ironisa son prisonnier en laissant échapper un petit couinement de douleur tandis que Dan accentuait la pression de son genou.

Deux secondes plus tard, ce dernier laissa finalement se relever l'individu sur lequel il garda son revolver pointé.

De grande taille, celui-ci avait des pommettes prononcées,

un menton large et un cou massif. Son crâne, il avait perdu son casque dans l'empoignade, était surmonté de cheveux bruns et fournis. Ses joues, légèrement grêlées étaient mangées de poils de barbe. Ses yeux, petits et noirs, luisaient de malice et de cruauté au fond de leurs profondes orbites.

— Enlève ton manteau lentement que je puisse te fouiller. Tu as d'autres armes ? Je te préviens, je n'hésiterai pas à te tuer.

— J'ai ça, déclara l'homme en extirpant une courte baïonnette de sa ceinture.

— C'est tout ?

— Vérifie par toi-même, l'invita l'ex-militaire en décollant ses bras du torse.

Dan le fit se retourner afin de le palper, le canon de son arme appuyé contre son ventre ou sa colonne vertébrale. L'homme était massif et musclé.

— Quand on est ce que je suis, il vaut mieux voyager léger.

— Joseph, prenez la corde que nous avons trouvée et attachez-lui les mains dans le dos.

— Tout... Tout de suite, obtempéra ce dernier en bredouillant.

— Très bien, maintenant, tu t'assois là et tu ne bouges pas un cil.

Leur prisonnier s'exécuta dans un grognement. Puis...

— Dis-moi, tu n'es pas juif, toi ou je me trompe ? interrogea-t-il en dévisageant Dan.

— Tu as encore d'autres questions de ce genre ou je te frappe tout de suite ?

L'individu eut un ricanement.

— Très drôle. Non, parce que tu m'as bien eu ! Dis-moi, où est-ce que tu as appris à te battre comme ça ?

— Visiblement pas au même endroit que toi.

— Encore très drôle.

Puis, se tournant alors vers les autres membres du groupe qui se remettaient tout juste de leurs émotions :

— Dites-moi, les amis, vous n'auriez pas quelque chose à grignoter pour un pauvre bougre qui n'a pas mangé depuis des lustres ?

— Mon Dieu, commença Joseph, nous n'avons que peu de chose à partager mais…

— Cette fois, c'est lui qui plaisante ! le coupa Dan d'une voix tranchante. Il ne veut rien !

Puis, se tournant vers leur prisonnier :

— Et s'il ne la ferme pas, il aura droit à un bâillon.

Le jour était à présent levé. Tous avaient les traits tirés à cause de la nuit mouvementée qu'ils venaient de vivre. Le premier réflexe de chacun fut de contempler à leur réveil leur prisonnier ligoté sur lequel Dan avait veillé le reste de la nuit. Mais celui-ci s'était contenté de ronfler dans son coin.

— Nous allons bientôt manquer d'eau, constata sombrement Elisabeth en distribuant avec parcimonie le précieux liquide de leur dernier récipient.

— Et il ne nous reste plus grand-chose à manger, enchaîna Jacob.

— Il va falloir retourner dans les ruines, annonça Dan.

— Vous ne trouverez rien d'intéressant dans le coin, intervint leur prisonnier après avoir avalé une lampée d'eau.

— Ce n'est pas vrai ! se révolta le jeune Samuel. Hier, on a trouvé plein de choses à manger, hein papa ?

— C'est vrai, admit celui-ci à moitié convaincu.

— De quoi grignoter sans plus, mais pas de quoi nourrir

toute cette petite assemblée, remarqua le militaire. Je le sais, j'ai fouillé tous les environs.

— Tu as quelque chose à proposer ? le questionna Dan.

— Si vous me détachez, je vous trouverai de quoi boire et manger sans vous priver pendant toute une semaine.

— Tiens donc ! Et qu'est-ce qui te retenait d'en profiter ?

— Je n'ai pas les moyens, mais vous peut-être...

— Vas-y, accouche.

— Je sais où on peut se procurer de la nourriture, pas loin de ces ruines. Tant que j'avais de quoi payer, j'ai eu la vie belle mais comment dire... mes économies se sont un peu taries.

— D'où ton idée de nous faire les poches ?

— Les temps sont durs pour tout le monde... Mais de toute façon, je comptais vous en faire profiter.

— Ben voyons.

— Pensez ce que vous voulez mais à mon avis, vous n'avez pas le choix.

— Il a raison, déplora Elisabeth. Nous ne tiendrons pas longtemps à chercher notre nourriture comme des rats.

— Qu'est-ce que vous proposez ? l'interrogea Joseph.

— Que l'un d'entre vous m'accompagne. Et demain au plus tard, vous aurez cette table pleine de victuailles.

— Moi, par exemple ? intervint Dan.

— Je savais que tu allais te proposer, reconnut le déserteur, le visage fendu d'un large sourire.

— Vous croyez que cet homme dit la vérité ? demanda Joseph.

— C'est sûrement un piège, affirma Jacob. Je n'accorderais pas ma confiance à ce genre d'individu.

— Il a déserté leur armée, rappela le père de Rosa.

— Mais nous n'en connaissons pas la raison. Ce type est peut-être un criminel !

— Si tous les criminels quittaient l'armée allemande, la guerre serait terminée depuis longtemps, ironisa Joseph.

— Et qu'en est-il de ce... Dan ? Après tout, nous ne le connaissons pas et nous allons devoir lui remettre le peu qu'il nous reste pour acheter notre ravitaillement. Qui nous dit qu'on le reverra ?

— Vois-tu quelqu'un d'autre qui pourrait l'accompagner, Jacob ? Nous avons l'un et l'autre nos familles sur lesquelles nous devons veiller. Sans compter que nous serions bien incapables d'imposer quoi que ce soit à un homme comme ce déserteur. Et puis, il nous a sauvé la vie, où en serions-nous, aujourd'hui, sans lui ? Non, je ne sais pas pourquoi, mais j'ai confiance en lui.

— Je pense sincèrement que nous n'avons pas le choix, intervint Elisabeth. Ce n'est pas en fouillant ces ruines que nous arriverons à survivre. Nous avons deux enfants à nourrir et si nous ne leur donnons pas ce dont ils ont besoin, nous n'aurons plus qu'à les regarder...

— Mourir, oui, vous avez raison, Elisabeth, conclut le père de Samuel en songeant à son enfant aujourd'hui disparu.

Un peu plus tard, Dan faisait ses adieux à Rosa. Les joues de la fillette, jusque-là colorées par la fièvre, retrouvaient leur pâleur originelle.

— Tu vas revenir bientôt, n'est-ce pas ? le questionna l'enfant en serrant ses bras autour de son cou.

— Demain, Rosa, je te le promets. Et avec de quoi remplir ce petit ventre vide.

— Du coca et du netula ?

— Peut-être pas, mais des choses aussi bonnes, tu verras. En attendant, prends bien soin de toi et de tes parents. Ils ont besoin de toi, tu sais ?

— Je sais, oui, acquiesça la fillette avec un grave hochement de tête. Et toi aussi, prends soin de toi.

— Je te le promets.

— Au revoir Samuel, souhaita-t-il peu après au garçonnet en passant une main amicale dans ses cheveux défaits. Veille bien sur Rosa pendant mon absence, je compte sur toi.

Puis en faisant face aux deux hommes :

— Jacob, Joseph.

— Au revoir, Dan. J'ai confiance en vous. Je sais que vous reviendrez, réaffirma Joseph. Je ne sais pas pourquoi vous faites ça, mais je vous remercie. Et surtout, soyez prudent.

— Au revoir, madame Klantzmann.

— Vous… vous pouvez m'appeler Elisabeth, bredouilla celle-ci en regardant le sol tandis que tous deux se serraient la main.

— Au revoir, Elisabeth.

— Vous savez, continua-t-elle d'un ton embarrassé en se décidant à affronter furtivement son regard, je voulais vous remercier pour… pour ce que vous avez fait et… vous dire que nous vous attendrons avec beaucoup d'impatience ! Enfin, je veux dire… surtout les enfants.

— Je reviendrai vite. Je dois y aller à présent.

— Bien sûr, oui, reconnut-elle tandis qu'ils s'observaient réellement pour la première fois.

— Et alors à moi, on ne dit pas à bientôt ? ironisa le militaire qui avait les mains liées dans le dos.

— Si vous nous aidez, nous oublierons certains détails de

notre première rencontre, déclara Joseph en se plantant devant leur prisonnier. Et nous nous engageons à vous donner votre part en plus de la liberté.

— Trop aimable.

— Maintenant, avance, se contenta de lui commander Dan, avant que je les fasse changer d'avis.

— On y va, on y va, déclara gaiement celui-ci en entamant sa descente à travers les escaliers. Ah, au fait, on doit passer par la cave où je dois récupérer un sac et quelques affaires. Et puis, ça serait bien que tu me détaches, si tu ne veux pas que je devienne un boulet que tu auras à tirer derrière toi.

— Dis-moi, c'est quoi ton nom ? le questionna Dan.

— Alors, ça y est, on commence à sympathiser !

— Ne rêve pas. C'est simplement que je sache comment s'appelait le mec que j'ai buté, si tu t'avises de jouer au con.

— Qu'est-ce que tu penses d'Adolf ? C'est un prénom qui a sacrément besoin d'être réhabilité ! Mais dis-moi, Dan, c'est un prénom anglais ou américain ?

— Pense juste que c'est un prénom civilisé.

— Ah oui, c'est vrai, j'oubliais, tu es dans le camp des gentils. Et qu'est-ce que tu fais dans ce coin, je ne pense pas que ce soit pour sauver une poignée de juifs qu'on t'a envoyé là ?

— Non, c'est pour rencontrer un mec comme toi, afin de voir comment est le moral de ta putain d'armée.

— Voilà, c'est là, indiqua son prisonnier après qu'ils furent descendus dans un coin de la cave en désignant un sac dissimulé dans un recoin obscur.

— Il y a quoi dedans ?

— Des vêtements de rechange, un peu d'eau et de nourriture, une bouteille de schnaps, rien de compromettant.

— Très bien, recule, lui commanda Dan le revolver au

poing. Je vais le fouiller et je te préviens que si je découvre autre chose, tu vas connaître tes premiers ennuis de la journée.

— Tu sais, camarade, il faudra qu'on apprenne à se faire un peu confiance, si on veut éviter que tes petits copains ne crèvent de faim.

— Quand tu m'auras aidé à leur ramener de quoi survivre, je te jure que je commencerai à y penser.

Ils s'étaient alors extraits de leur trou puis, sans jeter un regard derrière eux, avaient progressé péniblement jusqu'à la tombée de la nuit à travers des faubourgs dévastés, hérissés de murs en équilibre se dressant comme des spectres décharnés au-dessus d'une mer d'éboulis truffée, çà et là, d'impacts de bombes aux allures de cratères noircis. Ou bien le long de rues hantées d'immeubles fantômes dont se détachaient parfois des pans entiers dans des craquements sinistres et des nuages de poussière.

Tous ces quartiers, il y a peu, bruissaient d'une vie dont il ne restait aujourd'hui que quelques traces poignantes et misérables, comme ce landau broyé sous les décombres, ce corps de poupée disloqué ou ce cheval à bascules rongé par les flammes. Ou bien encore cette salle à manger, miraculeusement épargnée, trônant au troisième étage d'un immeuble privé de façade, avec sa table et ses chaises disposées dans l'attente de convives peut-être réduits à l'état de cendres.

Partout, gisaient des carcasses raidies et gonflées d'animaux innocents victimes de la folie des hommes. Quant à l'air, il était rendu irrespirable à certains endroits, empuanti par l'odeur de la mort et d'un trop-plein de chairs en décomposition…

Mais si leur chemin à travers ces secteurs dévastés avait été en tous points difficiles, le plus périlleux avaient été leurs incursions dans des quartiers préservés où abondaient les habitants, ouvriers et employés, besogneux et disciplinés, qui continuaient d'aller et de venir de façon immuable, mais aussi les policiers et les militaires qui sillonnaient une capitale toujours bourdonnant d'activité malgré ses nombreuses blessures.

— Les plus dangereux ne sont pas ceux qu'on voit, lui expliqua le déserteur en faisant allusion aux policiers tandis qu'ils longeaient des murs d'immeubles, vêtus de vêtements civils. Suis-moi ! s'exclamait-il parfois quand il avait pressenti un danger en l'entraînant sous un porche où dans la pénombre d'une ruelle obscure. Nous avons la meilleure police du monde, la Gestapo ! Pour eux, il n'y a pas d'innocents, il n'y a que des coupables qui ne sont pas encore passés à l'acte !

— C'est encore loin ? avait interrogé Dan après qu'ils eurent trouvé refuge entre deux murs criblés d'éclats.

— Non, c'est tout prêt. Mais on ira seulement à la nuit tombée. En attendant, on va manger un morceau et boire un coup de schnaps, qu'est-ce que tu en dis ? Tiens, proposa-t-il en tendant à Dan un morceau de lard rabougri.

— C'est à toi, fit remarquer celui-ci, tu n'es pas obligé.

— Tu m'es sympathique...

— Ça ne te sauvera pas, si je dois te descendre.

— Qui sait ? C'est fou ce qu'un petit scrupule peu faire au moment d'appuyer sur la détente !

Dan s'empara alors de la nourriture qu'il mâchonna avec application, puis, il avala une gorgée de schnaps qui lui brûla la gorge.

— Tu es sûr que c'est pas plutôt un truc pour faire avancer vos chars, ça ?

— Tu veux parler de ce pipi d'chat ? On voit que tu n'as jamais goûté à ce que boivent les Russkoffs ! Pourquoi tu crois qu'ils nous foutent la pâtée ? Quand tu arrives à en tuer un, il t'explose dans la gueule, tellement ils sont imbibés de leur poison !

— Tu t'es battu en Russie ?

— On peut dire ça, oui… avoua le militaire les paupières plissées.

— Pas trop envie d'en parler ?

— Pas trop non, même à un espion de Sa Majesté.

— Qui te dit que je suis Anglais.

— Un Américain m'aurait déjà fait un numéro de claquettes.

Ils avaient patienté une heure ou deux puis ils s'étaient mis en route. Le déserteur ouvrait la marche en s'aidant parfois de sa lampe afin de se repérer à travers un enchevêtrement de ruelles sombres, au pavé suintant, qui se frayaient un passage entre de vieilles façades d'immeubles décrépies.

— Dis-moi, ça pue dans le coin.

— C'est normal, on est dans le trou du cul de Berlin.

— Les quartiers pauvres ?

— Tu rigoles, y a ici plus de champagne, de cognac et de putains que dans la chancellerie !

— C'est pas vraiment ce qu'on est venu chercher.

— Ne t'inquiète pas, le rassura le déserteur tout en avançant avec précaution dans une rue sombre où luisaient quelques lanternes auréolées de brume. Ici, on trouve de tout, y compris du lait pour bébé, si tu as de quoi payer. Tu peux même le récolter directement au sein !

— Et eux, c'est qui ? interrogea Dan en désignant plusieurs individus suspects occupés à fumer sur le trottoir.

— T'inquiète pas, c'est le service d'ordre.

— Voilà, c'est là ! annonça un peu plus tard l'ex-militaire en désignant une modeste bicoque devant laquelle une queue s'était formée. C'est le bureau de change. On y dépose ce qu'on a comme objets de valeur et on récupère du blé. Les deux types avec la mitraillette et les manteaux de cuir là, c'est au cas où quelqu'un songerait à retirer sans déposer.

— Comment sais-tu qu'ils ne sont pas de la Gestapo ? l'interrogea Dan sur le qui-vive.

— La journée peut-être, mais la nuit, ici, tous les chats sont gris. Tu peux y croiser des hommes d'affaires, des officiers, des SS, des femmes du monde, des putes, des diplomates, des espions, des réfugiés, tous viennent pour trois choses, la luxure, les renseignements et l'argent. Cet endroit est fréquenté par toute l'élite décadente du grand Reich allemand. C'est pour te dire, s'il y a du monde !

Quand vint leur tour, au bout de quelques minutes, les cerbères de l'entrée leur expliquèrent les formalités tout en les fouillant.

— Vous allez laisser vos manteaux et vos sacs dans le sas d'entrée. Vous avez une arme ?

— Mon camarade est armé, signala en souriant le déserteur. C'est un inquiet de nature ! Quant à moi, je l'attends dehors.

Peu après, Dan pénétra dans le sas ou un troisième homme était posté dans lequel il abandonna ses effets indésirables puis, après que celui-ci eut déverrouillé la porte, il mit le pied dans l'échoppe dans laquelle deux autres gorilles montaient la garde.

Derrière un comptoir grillagé officiait un petit homme à la barbe brune vêtu d'un gilet et d'une chemise aux manches relevées qui lui fit signe d'avancer sans prononcer le moindre mot.

Dan déposa alors sur un plateau prévu à cet effet le collier de perles, puis les deux bagues qu'on lui avait confiées.

L'homme s'en empara puis les pesa avant de les ausculter à travers sa loupe de bijoutier.

— Ce sont de belles pièces, commenta-t-il avec un détachement de professionnel.

Il les plaça alors dans un étui qu'il fit disparaître dans un coffre, puis il en ouvrit un second de l'intérieur duquel il extirpa une liasse de billets qu'il compta puis qu'il déposa sur le guichet sans le moindre commentaire.

— Je suppose qu'on ne peut pas marchander, commenta Dan en dévisageant le petit homme qui le contemplait par-dessus ses binocles.

— À présent, on va pouvoir nourrir tes juifs jusqu'à ce qu'ils deviennent obèses ! s'exclama le déserteur quand ils se retrouvèrent. Même s'il ne t'a pas donné la moitié de ce que valaient réellement ces bijoux. Tu aurais dû lui dire d'ailleurs que tu avais des copains juifs, il t'en aurait peut-être donné plus, étant youpin lui-même.

— Quoi ? Le type était… Mais…

— Les nazis sont cupides, pas stupides et ils savent bien que les juifs sont à leur place quand il s'agit d'or et d'argent. Dis-moi, ajouta-t-il sans préambule en apercevant des lumières filtrant sous les rideaux tendus d'une taverne, je crois qu'on a bien mérité un petit verre, non ?

— D'accord, accepta finalement Dan après une vague hésitation. Mais après, on va acheter ce qu'il nous faut et on se tire d'ici.

Ils poussèrent alors la porte vitrée de l'établissement qui s'ouvrit en carillonnant puis pénétrèrent dans une immense salle aux murs jaunes enfumée et bruyante. Étayée de poutres sombres et massives, elle était ornée d'une multitude d'animaux empaillés et de tableaux hétéroclites. Puis ils se frayèrent un passage à travers des tables couvertes de nappes à damier autour desquelles des hommes, pour la plupart, civils ou militaires, joueurs de cartes ou dévoreurs de choucroute, levaient leurs chopes en attirant sur leurs genoux des filles aux tenues débraillées.

À une grande table ronde, des convives coiffés de chapeaux tyroliens et passablement éméchés entonnèrent de façon tonitruante les premières strophes d'une chanson de corps de garde que l'un des leurs accompagna de son accordéon.

— Je rêve, c'est sûr, bredouilla Dan en marchant sur les pas du déserteur qui joua des coudes jusqu'à un imposant comptoir derrière lequel officiaient cinq serveuses en costume bavarois submergées de demandes.

— File-moi un billet, le pria celui-ci en haussant la voix afin d'être entendu à travers l'épais brouhaha. Je vais nous trouver une table.

— On peut très bien boire une bière à ce comptoir.

— Écoute, mon vieux. Ça fait un bail que je n'ai pas mangé un vrai repas et toi aussi, alors on va se prendre une table et on va dîner. Et ensuite seulement, on partira, d'accord ?

— Et si je refuse ?

— Tu vas faire quoi, sortir ton revolver ?

— Je savais que je n'aurais pas dû accepter ta proposition, se reprocha Dan.

— Tu ne le regretteras pas. Allez, donne, c'est juste pour l'agiter sous le nez d'une serveuse afin qu'elle nous trouve une table !

Puis, s'adressant à l'une d'entre elles, une blonde bien en chair occupée à remplir des verres :

— C'est pour toi, ma jolie, si tu nous trouves dans la minute une bonne table bien garnie avec deux de tes copines !

— Écoute ! s'emporta Dan en empoignant discrètement le militaire par un revers de sa veste. Je ne suis pas là pour dilapider l'argent que m'ont confié ces pauvres gens, alors tu arrêtes ton délire et…

— À ton tour de m'écouter ! gronda l'ancien soldat en posant un doigt tendu sur la poitrine de Dan. C'est peut-être toi qui tiens le revolver et toi qui as l'argent mais c'est grâce à moi si tes amis, les youpins vont avoir à bouffer. Alors maintenant, on va boire et manger et prendre un peu de bon temps. Ensuite et alors seulement, on partira d'ici est-ce que c'est clair ?

— C'est très clair, acquiesça Dan les mâchoires serrées. Mais puisqu'on en est aux confidences, il faut que tu saches que si tu en profites pour me jouer, d'ici là, un autre tour de cochon, je m'arrangerai pour te régler ton compte d'une façon ou d'une autre, est-ce que c'est clair, ça aussi ?

— Bon, eh bien maintenant qu'on s'est dit les amabilités d'usage, déclara le déserteur en se massant l'estomac, on va peut-être pouvoir passer à table ?

Dan savait qu'il s'était fait avoir par ce type roublard qui avait su parfaitement profiter de la situation. Il avait besoin de lui pour se procurer les victuailles et pour les acheminer jusqu'à Rosa et les siens. Aussi, il ne lui restait plus qu'à prendre son mal en patience en espérant pouvoir retourner la situation dès le lendemain. Et puis, c'est vrai qu'ils étaient fatigués et affamés et toutes ces odeurs et l'idée du repas qui s'annonçait le faisaient désormais saliver.

Celui-ci fut plantureux et arrosé de plusieurs litres de bière au point de rendre leur voix pâteuse.

— Je boirais bien un peu de champagne ! réclama la fille au décolleté provoquant sur laquelle le déserteur avait jeté son dévolu.

Une fausse blonde aux nattes tressées et au nez en canard plaçant ses bras nus autour de son cou.

— Tu entends, la jeune fille te réclame un peu de champagne, tu vas quand même pas lui refuser !

— Dis-lui qu'elle peut finir ma bière, si elle veut, rétorqua Dan d'une voix sourde. Maintenant, tu bois ton verre et on y va.

— Un cognac alors, un dernier pour la route. Tu verras, ils ont un cognac à tomber à la renverse ! Ma chérie, sourit-il béatement en s'adressant à sa compagne d'un soir. Va nous chercher le meilleur cognac de cet antre de perdition et s'il te plaît, reviens vite.

— Pas de cognac, mademoiselle ! intervint Dan en écartant sa chaise de la table. Maintenant, je dois aller pisser.

Puis, s'adressant au déserteur :

— Et j'aimerais beaucoup te retrouver là à mon retour.

— Détends-toi, camarade. Quand je disparaîtrai, ce sera pour aller sauter cette petite et je te préviendrai, ça te va ?

— Mademoiselle, commença Dan en plantant son regard rougi par l'alcool et la fatigue dans ceux de la fille, cet homme n'a pas un centime sur lui. Alors, si vous le laissez vous baiser, il faut que vous sachiez que ce sera uniquement par goût du sacrifice.

— C'est vrai ce que dit ton copain ? questionna la fille en se tournant vers le déserteur.

Celui-ci fouilla alors dans sa manche d'où il sortit quelques billets pliés avec soin, tout en continuant de dévisager Dan.

— Apporte-nous ton meilleur cognac, déclara-t-il avec un petit sourire comblé. C'est ma tournée.

— Et tu voudrais que je me détende ? ricana Dan quand la fille eut le dos tourné. Avec un putain de faux jeton à ma table et des salopards de nazis tout autour, avec ce que vous avez fait de… de ces pauvres gens que vous martyrisez et déportez !

— Tu n'as aucune idée de ce qu'on a fait, tovaritch[1], lui déclara alors le déserteur en plantant son regard dans celui de Dan.

— J'en sais plus sur toutes vos saloperies que tu ne peux l'imaginer. En Russie, en Pologne, et partout où vous avez posé vos sales pattes. Dis-moi, au fait, pourquoi as-tu déserté ?

— Je pourrais te répondre : à cause de tout ça. Ou, que je ne suis pas comme eux. Que je ne voulais pas me rendre complice de toutes ces saloperies dont tu parles, mais est-ce que tu me croirais ?

— Essaye d'y mettre un peu plus de conviction, qui sait ?

— Écoute, lui confia l'ancien soldat en s'avançant au-dessus de la table, pourquoi est-ce que tu n'abandonnes pas toutes ces conneries ? Tes juifs et ceux pour qui tu bosses, Sa gracieuse Majesté ou l'Oncle Sam ? La guerre se gagnera ou se perdra sans nous, tu ne crois pas ? Tous les deux, on est pareils. Tu es un mec qui en a et je sais les reconnaître. Tu sais te battre. Je suis même sûr que tu as déjà buté un type de sang-froid et que tu me buterais, si jamais je t'en donnais l'occasion. Alors, pourquoi est-ce qu'on ne ferait pas alliance tous les deux ? On pourrait faire mieux que survivre, on pourrait attendre la fin de la guerre en se constituant un petit magot ? L'Allemagne ne va pas pouvoir continuer longtemps

1. Camarade.

à faire illusion et beaucoup de nazis vont devoir trouver un moyen de s'en sortir au moment où on leur demandera de rendre des comptes. Ils auront alors besoin de types comme nous. On pourra même jouer double jeu, si tu préfères. En leur faisant croire qu'on va les aider et après avoir encaissé leur pognon, on pourra les remettre aux gentils que tu représentes. Qu'est-ce que tu en penses?

— J'en pense que tu as assez dit de conneries pour ce soir et qu'il est temps d'aller au ravitaillement et de se barrer d'ici.

— Après avoir fait un petit somme dans une des chambres que j'ai réservées. À moins que tu préfères dormir dans la rue ou au milieu des ruines en attendant que ça ouvre?

— Je n'ai sans doute pas le choix alors d'accord, à condition que tu payes les chambres. Autre chose, le père de la petite m'a donné une liste de médicaments, tu crois qu'on pourra leur trouver ça?

— Avec leur fric, on pourrait même avoir une équipe de chirurgiens et leur table d'opération.

— Bon, elles sont où tes chambres?

— Tu ne veux pas boire un autre cognac?

— Non, et toi non plus.

L'homme face à lui alluma gauchement une énième cigarette avant de reprendre d'une voix doucereuse.

— Et si je t'envoyais balader maintenant, camarade? Si je te disais, demain, tu te débrouilles tout seul avec tes youpins, qu'est-ce que tu ferais? Tu sortirais ton revolver et tu me buterais devant tout le monde?

— Dans cet ordre-là, oui. Mais, j'ai cru comprendre que tu avais un peu de mal à boucler les fins de mois en ce moment alors, quel serait ton intérêt? Au moins, si tu nous aides, tu sais que tu pourras en récolter quelque chose.

— Peut-être juste pour le plaisir de te voir retourner vers tes petits copains la queue entre les jambes !

— Pourquoi est-ce qu'on parle de choses qui n'arriveront pas, Adolf? Ni toi ni moi n'avons intérêt à avoir fait tout ce chemin pour rien, non ? Tu vois, je suis prêt à te faire confiance. Tu veux te payer un peu de bon temps cette nuit, eh bien vas-y. Mais demain, on fait le plein et on retourne d'où on vient, d'accord ? Après, tu toucheras ta part et tu pourras te barrer et pourrir la vie de qui tu veux, ça ne sera plus mon problème.

Ce dernier le considéra durant quelques secondes, le visage fendu d'un large sourire.

— Tu commences déjà à me manquer, tovaritch.

Dan avait regagné un peu plus tard sa chambre minuscule ou planait une odeur de moisi et de tabac froid. En refermant derrière lui, il avait jeté un œil morne sur la tapisserie d'un autre siècle et le lit étroit qui composait l'essentiel du mobilier.

Puis, après une toilette sommaire devant un petit lavabo attenant, il avait fait craquer les lattes du plancher en rejoignant sa couche avant de se glisser tout habillé entre la couverture et le gros édredon qui la recouvrait.

Enfin, après avoir placé son argent et son arme sous son oreiller, il éteignit l'ampoule qui luisait faiblement au-dessus de sa tête et resta quelques instants les yeux ouverts dans l'obscurité.

Il était épuisé, miné par la tension nerveuse, le manque de sommeil et l'alcool qui rendaient ses paupières lourdes.

Que faisait-il dans ce foutu endroit ? se demandait-il pour la énième fois. Était-il réellement en plein troisième Reich dans les entrailles de Berlin, avec pour voisins de chambre un ramassis de putains et de nazis ? Ou bien rêvait-il ?

Il songea à Rosa… Était-elle vraiment en train de l'attendre parmi ces horribles ruines, les yeux rivés sur ces ténèbres angoissantes où chaque bruit pouvait représenter un danger ? Puis à Clémence, Azote et les autres… Les reverrait-il ? Qui faisait partie du rêve ? Où se trouvait la réalité ?

Le visage d'Elisabeth Klantzmann se superposa finalement à celui de sa fille et il se dit que cette chambre sordide aurait pu être le plus bel endroit du monde s'il l'avait eue à ses côtés. Il sombra dans un sommeil agité.

***

2010

Dan émergea péniblement du semi-coma dans lequel il avait sombré en se demandant à qui était cette langue qui lui léchait le visage.

— Azote ? bafouilla-t-il éberlué en découvrant son chien couché près de lui quand il ouvrit les yeux.

Le brave animal le contemplait avec affection pendant que sa queue battait la mesure. N'y pouvant plus de joie, il laissa échapper un jappement sonore destiné à le sortir de son lit.

— Nom de Dieu, c'est pas vrai… bredouilla Dan en se grattant le crâne. Ainsi, tout ça, c'était… du vent ! Un rêve ? Un cauchemar ?

Et pourtant, quoi que ce fût, il regrettait d'en être sorti. Pourquoi ? Pourquoi aurait-il préféré ce monde de malheurs et de ténèbres à ce jour léger et prometteur qui éclairait sa chambre ?

Il fut subjugué par la beauté brute de ses murs en pierre

taillée. Par la clarté lumineuse de ses toiles. Par la brise légère qui soulevait ses rideaux comme des voiles trop souples.

Oubliant son front douloureux, il repoussa ses draps puis marcha lentement jusqu'à son salon baigné d'une douce clarté filtrant entre ses volets clos. Une fois leur ouverture enclenchée, un formidable tsunami de lumière inonda tout l'intérieur de la maison.

Il ouvrit alors la baie vitrée puis fit quelques pas sur sa terrasse en compagnie d'Azote qui salua l'aube en aboyant gaiement.

Il prit une profonde inspiration et fut enivré par la douceur de l'air et ses parfums, par l'éveil de la vie dans toute sa splendeur et sa quiétude. La terre était un paradis et ce lieu était l'expression même de sa pureté et de sa luxuriance.

L'être humain pouvait bien tout salir, tout détruire, tout corrompre, il voulait croire que la Nature saurait toujours reprendre ses droits.

Fort de cette certitude, il se dirigea alors vers l'enclos silencieux afin d'y retrouver ses bêtes.

Quand ils l'aperçurent, Léo et Tornade pressèrent le pas pour venir à sa rencontre. Quant aux deux petites chèvres, elles avaient bondi de leur rocher aux premiers aboiements d'Azote.

Quelque chose ne tournait pas rond chez lui, mais il était heureux.

Quelle drôle de sensation quand même que d'imaginer... Tout était encore si présent, si troublant. Tout lui était apparu si réel, jusque dans les moindres détails...

Il devrait se faire une raison... Il faudrait qu'il s'habitue. Sans doute son cerveau malade le ramènerait-il vers cette enfant. Sans doute celle-ci reviendrait-elle afin de lui demander de l'aide. Sans doute s'imaginerait-il pouvoir lui en apporter… Le temps d'un songe, d'un fantasme, d'une hallucination ou d'un délire.

Il eut soudain envie de Clémence, de ses yeux couleur d'eau profonde, de son odeur et de sa peau bronzée.

Oui, il allait la retrouver et tout lui raconter. Elle allait tout comprendre et l'épouser.

Il songea alors à la mer en contrebas, à ses eaux miroitantes et ses rochers ; il ressentit un besoin irrésistible de s'y enfoncer.

Il allait retourner au port, retrouver ses amis, son bateau. La douceur et la quiétude que procure la Paix.

À cet instant, il remarqua une silhouette debout entre deux pins. Celle d'un homme qu'il ne connaissait pas. Grand, maigre, celui-ci portait un drôle de chapeau noir vissé sur un visage émacié. Les bras ballants, l'inconnu qui détonnait dans le décor le fixait d'un regard insistant. Il ne paraissait pas égaré, au contraire, tout en lui indiquait qu'il allait lui parler, qu'il était même spécialement venu pour ça.

Dan voulut lui demander ce qu'il faisait là mais au moment où il allait ouvrir la bouche, une douleur insupportable lui traversa le crâne. Il ne put alors que se prendre la tête entre les mains tandis que le monde vacillait autour de lui.

***

1943

— Eh, camarade, il va falloir vider les lieux, si tu ne veux pas payer un supplément !

Dan se redressa en sursaut et ce qu'il découvrit autour de lui le laissa plusieurs secondes sans réaction. Il était allongé sur ce mauvais lit dans cette chambre étriquée à l'odeur de renfermé, celle-là même qu'il croyait avoir imaginée, et quelqu'un dont il reconnaissait la voix tambourinait à sa porte.

— J'arrive, grommela-t-il simplement tout en tentant de remettre de l'ordre dans son esprit embrumé.

— Magne-toi, je t'attends en bas au petit déjeuner, lui souffla encore Adolf le déserteur.

— Putain ! jura Dan entre ses dents serrées. C'est quoi, ce bordel ? Je suis qui, moi ? Je suis où ?

Il contempla le revolver entre ses doigts. Sa présence lui rappela que le danger était dans ce monde partout présent. Alors lui revint le souvenir de Rosa et avec elle l'irrépressible envie de se porter à son secours.

Quelques minutes plus tard, il retrouva son compagnon attablé devant un bol de café et un plateau remplit de charcuteries.

— Mange, tovaritch, l'invita celui-ci. On va avoir besoin de forces pour ravitailler tes amis.

Autour de lui, les tables étaient pleines de types à la mine sombre qui échangeaient des propos assourdis.

— Tu as bien dormi ? l'interrogea Adolf en engloutissant une large tranche de salami.

— Si on veut, oui.

— Eh bien, moi, je n'ai pas fermé l'œil à cause de la petite qui est montée avec moi dans la chambre, lui confia ce dernier en lui adressant un sourire de connivence. Cette petite Berlinoise s'y connaît en saucisses, tu peux me croire !

— Épargne-moi tes commentaires graveleux, tu veux ? bougonna Dan en se servant une grande tasse de café noir. Et dis-moi plutôt quand on va pouvoir se ravitailler ?

— Tu es tellement pressé de retourner te peler les fesses dans tes ruines ?

— Je te rappelle que dans ces ruines, il y a des femmes et des enfants qui, à la différence de toi, ont le ventre vide. Mais je sais que ça ne signifie pas grand-chose pour toi et tes amis nazis.

— Tu sais combien de femmes et d'enfants sont morts depuis que tu t'es assis ? Mais tu as raison, je ne suis qu'un salopard qui ne songe qu'à sauver sa peau et si tu veux savoir, depuis que cette putain de guerre a commencé, c'est un boulot qui m'occupe à plein-temps et qui ne me laisse pas une minute de répit. D'abord, ça a été les Polaks qui ont voulu avoir ma peau, puis les mangeurs de grenouilles. Après, il y a eu les Rosbifs et puis les Russkoffs, et maintenant ce sont mes amis les nazis, comme tu dis, alors crois-moi, quand on est aussi occupé que moi, on n'a pas vraiment de temps pour penser aux autres, mêmes aux juifs qui eux ont toute la terre contre eux et ce depuis la nuit des temps !

— Je sais ce qu'on ressent à vouloir sauver sa peau et à y parvenir, reprit Dan en mordant sur une tranche de pain couverte de confiture. Mais je sais aussi ce qu'on ressent à sauver des innocents, et je t'assure, tu devrais essayer un jour.

Les deux hommes avaient alors quitté l'établissement après avoir réglé leurs dettes, puis le déserteur avait conduit Dan devant une échoppe modeste devant laquelle deux hommes armés faisaient le pied de grue ainsi qu'une demi-douzaine de clients.

— Ne te fie pas aux apparences, lui avait expliqué le déserteur. Cette bicoque est une vraie caverne d'Ali Baba. La meilleure du quartier ! Par contre, si je peux te donner un conseil, c'est de ne pas montrer tout ton argent. Pour une telle liste, je donnerais quinze billets et je marchanderais dur avec la vieille pie qui te recevra et qui cherchera à te plumer.

Quand ce fut leur tour, Dan entra seul dans le magasin. Il déposa alors une liste sur un comptoir devant une énorme mégère coincée entre les deux accoudoirs d'un fauteuil. Celle-ci la parcourut du regard avant de le dévisager de ses yeux de basset outrageusement maquillés.

— Ça fait beaucoup de choses, mon mignon, il faudrait voir à me montrer si tu as de quoi te payer tout ça.

Dan exhiba alors la somme indiquée par Adolf.

— Pour ça, tu n'auras que la moitié de ce que tu demandes, mon mignon, déclara la grosse femme en posant ses doigts boudinés pleins de bagues sur les billets.

— Je crois qu'on ne s'est pas bien compris, l'arrêta Dan en lui bloquant la main.

— Tu veux peut-être qu'on t'explique ? déclara cette dernière d'un ton menaçant.

— Pas la peine. Vous ne voulez pas de mon argent, ça vous regarde. Je le remets dans ma poche et nous nous quittons bon amis.

— Tu ne trouveras pas mieux ailleurs.

— Ça me regarde.

— Mets encore cinq billets et je te donne ce que tu veux.

— Je ne peux même pas en mettre un de plus, alors cinq…

— Alors, va te faire voir !

— C'est ce que je me proposais de faire, lui sourit Dan en récupérant son argent.

— Deux ! Donne-moi encore deux billets ! lui cria la mégère alors qu'il allait sortir de l'échoppe. Et je te fournis ta foutue liste !

— Un billet, déclara alors Dan en le sortant de sa manche. C'est toute ma fortune.

— Va pour un billet, abdiqua la matrone en posant une main avide sur son pécule.

— Attendez, temporisa ce dernier en se fendant d'un grand sourire, je préfère vous régler quand j'aurai vérifié le contenu de ma commande.

— Tu me prends pour une voleuse ?

— Disons, pour une redoutable négociatrice ! Ah, et n'oubliez pas les sacs !

La mine renfrognée, la grosse femme pressa alors sur un bouton. Un homme maigre et voûté apparut qui, sans un mot, s'empara de la liste avant de disparaître.

Durant de longues minutes, elle observa Dan de son regard vitreux. Puis l'homme revint avec un autre type, tous deux chargés de sacs qu'ils déposèrent devant l'échoppe.

L'instant d'après, Dan et le déserteur s'éloignaient avec leurs provisions enfouies au fond de solides sacs de jute passés en bandoulière.

— Alors ? l'interrogea ce dernier. Ça s'est passé comment ?

— J'ai fait comme tu m'as dit, merci.

— Je t'en prie, j'aime faire plaisir. En tout cas, avec ce qu'on leur ramène, tes petits protégés vont te tomber dans les bras ! Je suis sûr que ça ne te déplairait pas, hein, que la jolie madame Klantzmann te tombe dans les bras ?

— Avance, lui recommanda Dan tandis qu'ils pénétraient dans un quartier en ruines. Et surtout, ne te sens pas obligé de me faire la conversation.

Ils marchaient depuis plus d'une demi-heure à travers un quartier touché par les bombes quand ils entendirent un ordre aboyé derrière eux.

— Halte !

Tous deux se figèrent comme un seul homme en s'interrogeant silencieusement du regard.

— Qu'est-ce que vous transportez là-dedans ?

En se retournant lentement, ils découvrirent alors deux policiers en uniforme qui les menaçaient de leurs fusils.

— Deux flics en patrouille, murmura Adolf entre les dents. Ça n'est vraiment pas de veine.

— Qu'est-ce qu'ils nous veulent, tu crois ?

— Peut-être nous proposer de porter nos sacs ? En général, ils ne sont pas très agressifs mais il faut se méfier. Il y en a parmi eux qui sont de vrais salopards.

— Approchez ! leur enjoignit l'un d'eux en leur adressant un signe de la main.

— Qu'est-ce que tu comptes faire, s'ils veulent voir nos papiers ? interrogea discrètement Dan tandis que les deux hommes s'approchaient des policiers.

— Les temps sont durs pour tout le monde. Peut-être qu'ils seront sensibles à un peu de ce que nous transportons dans nos sacs ?

— Et sinon ?

— Sinon, il va falloir utiliser d'autres arguments.

L'un des policiers qui les regardaient approcher était un homme à l'imposante moustache grise apparemment proche de la retraite ; quant à son coéquipier, il semblait au contraire tout juste sorti de l'adolescence.

— Heil Hitler ! s'exclama celui-ci en levant un bras.

— Heil Hitler, bredouilla le déserteur tandis que Dan se contentait d'un vague signe de la main.

— Ça a l'air lourd ce que vous transportez ! Ouvrez vos

sacs, on va contrôler tout ça, ensuite vous nous montrerez vos papiers.

Dan et son compagnon s'exécutèrent. En découvrant leur contenu, les yeux des deux hommes s'arrondirent.

— Marché noir ? s'écria le jeune représentant de l'ordre.

— Pas du tout, se défendit Adolf en esquissant un sourire. Nous sommes venus chercher de quoi ravitailler plusieurs familles dont les maisons ont été détruites par les bombardements.

— Montrez-nous vos papiers ! leur ordonna le policier que l'explication n'avait pas convaincu.

— Eh bien, c'est-à-dire que nous avons tout perdu pendant ces bombardements, même nos papiers.

— Alors, vous avez dû faire une déclaration de perte comme il est stipulé et vous avez dû recevoir des documents attestant...

— Écoutez, le coupa le déserteur d'un ton embarrassé, nous avions ces documents bien sûr mais nous nous les sommes faits voler. Vous savez, la vie est difficile quand on n'a plus de toit sur la tête.

— Très bien, déclara l'agent, vous allez nous suivre au poste et nous allons mettre tout ça noir sur blanc...

— Messieurs, tenta d'expliquer Adolf, nos familles nous attendent et... Tenez, prenez ce qui vous fait plaisir et laissez-nous continuer notre chemin.

L'autre redressa alors l'arme qu'il avait à la hauteur de la hanche.

— Vous tentez de nous acheter ?

— Grand Dieu non, je voulais simplement...

— Silence ! le coupa le jeune type d'un ton agressif en les menaçant de son fusil. Prenez vos sacs et suivez-nous !

Adolf esquissa alors un imperceptible mouvement de tête censé prévenir Dan qu'il allait se passer quelque chose, puis il se pencha pour ramasser les sacs. Avant que le jeune policier ait eu le temps de réagir, son arme changea de main, passant dans celles de son agresseur qui lui enfonça violemment son genou dans l'entrejambes.

— Je ne ferais pas ça ! ordonna Dan d'une voix calme en pointant le revolver pris sur le second policier qui avait fait mine de brandir son fusil.

Voyant sa dernière heure arriver, l'homme lâcha aussitôt celui-ci avant de lever les bras.

— Je ne te l'avais pas encore demandé mais c'est bien d'y penser tout seul.

— Écoutez, reprit Adolf en s'adressant aux deux policiers. Nous, on ne veut pas d'histoires. On n'a plus de papiers mais on est de bons Allemands, fidèles à notre Führer. On veut seulement aider nos familles, c'est tout. Alors voilà ce qu'on vous propose. On vous laisse de quoi vous dédommager de ce petit contretemps et vous nous laissez aller les retrouver, qu'est-ce que vous en dites ?

— Vous ne vous en tirerez pas comme ça ! articula péniblement le jeune type depuis le sol sur lequel il était étendu le souffle coupé.

— Ferme-la, Hans ! le coupa brutalement son aîné. On va accepter l'offre de monsieur et on va continuer tranquillement à faire notre ronde. Et si tu t'avises de raconter ça à qui que ce soit, je te jure bien que je dirai que c'est des conneries imaginées par ton cerveau devenu malade à force de te branler, est-ce que c'est clair ?

— Bien ! s'exclama Adolf d'un ton satisfait. Puisque nous sommes entre personnes intelligentes, nous allons donc faire ce que l'on a dit. Simplement, nous allons vous emprunter momentanément vos fusils que nous déposerons un peu plus loin, afin d'éviter tout malentendu. Au revoir messieurs. Croyez bien que nous avons été ravis de vous rencontrer et Heil Hitler !

— Heil Hitler, répondit sans conviction le vieux policier tandis que son jeune collègue se relevait péniblement, les deux mains crispées sur son bas-ventre.

— On va faire en sorte de rester dans les quartiers en ruines, expliqua peu après le déserteur. Le chemin est plus long, si on veut retrouver tes juifs mais on risque moins de tomber sur ce genre de gêneurs.

— Je dois reconnaître que tu as fait preuve de persuasion, reconnut Dan en marchant dans les pas de son camarade. Même si ça nous a coûté un peu de nourriture.

— Crois-moi, ça valait mieux que d'alerter d'autres flics qui nous auraient pourris la vie !

Les deux hommes avaient alors marché jusqu'à la tombée de la nuit, puis ils avaient fait halte à l'intérieur d'une maison éventrée par les éclats.

— Nous allons passer la nuit ici, avait expliqué Adolf. Parce que je ne saurai pas me diriger à travers l'obscurité dans ce quartier que je ne connais pas.

— Tu crois qu'on est encore loin ?

— Ne t'inquiète pas. Tu seras auprès de ta petite protégée pour le repas de midi… Et auprès de sa maman ! Mais dis-moi, qu'est-ce que tu comptes faire une fois que tu les auras retrouvés ? Tu vas passer le reste de la guerre à protéger tes juifs ?

— Si on te le demande…

— Putain, qu'est-ce que c'est beau ! Tu sais quoi, tu vas me manquer. Et sinon, tu fais quoi dans la vie à part protéger des juives ? Tu as bien une mission, qu'est-ce que tu fais tout seul dans Berlin ? À moi, tu peux me le dire maintenant qu'on est amis !

— Amis ? Le terme est peut-être un petit peu fort, tu ne trouves pas ? Momentanément associés me paraît plus proche de la vérité. En fait, tu es encore là parce que tu es persuadé qu'il y a encore quelque chose à tirer de ces pauvres gens, c'est tout. Je ne te le reproche pas, mais évite de me prendre pour un idiot, je te rappelle que c'est encore moi qui ai ton revolver. D'ailleurs à ce propos, dès que tu auras terminé ton repas, tu vas mettre tes mains dans le dos et je vais te les attacher pour la nuit. Je ne voudrais pas qu'il te vienne à l'idée de me fausser compagnie, ou pire, de me trancher la gorge et de partir avec l'argent et notre chargement.

— Tu me déçois beaucoup, camarade.

— Pourquoi ? Je t'aide à rester en vie, c'est tout.

Les deux hommes avaient alors absorbé un peu de nourriture autour d'un petit feu, puis Dan avait ligoté son compagnon sans que celui-ci ne proteste.

— Fais-moi boire une gorgée de vodka, tovaritch, ça m'aidera à faire de beaux rêves !

Dan lui avait alors placé le goulot sur les lèvres et ce dernier avait absorbé une longue rasade d'alcool avant de s'étendre sur sa couverture.

Puis il avait fait la même chose avec une de leurs cigarettes nouvellement acquises.

À présent, il avait les yeux levés vers le ciel qui apparaissait à travers une déchirure dans le toit. Ce dernier était constellé d'étoiles. Il songea alors à celles cousues sur les manteaux de tous ces pauvres gens. Elles étaient innombrables comme l'étaient ceux que l'on assassinait.

Demain, il retrouverait Rosa et les siens. Ils devaient être affamés et à bout de forces.

Les deux hommes dormirent peu à cause du froid qui ne leur laissa que peu de répit. Ils furent donc soulagés de se remettre en route, ployant sous leur lourd chargement.

Malgré quelques erreurs d'orientation qui rallongèrent leur chemin, Adolf les amena en milieu de journée à proximité de l'endroit qu'ils avaient quitté deux jours plus tôt.

À mesure qu'ils approchaient, l'impatience de Dan grandissait. Dans quel état serait Rosa ?

Soudain, son compagnon lui intima de stopper d'un mouvement du bras. Immobile durant quelques secondes, il choisit finalement de s'accroupir. Dan, qui lui aussi avait surpris des bruits de voix, l'imita.

— Tu as entendu ?

Dan acquiesça de la tête.

Sans se concerter, les deux hommes se débarrassèrent en silence de leurs sacs. Dan, quant à lui, extirpa son revolver de sa poche.

Tous deux se faufilèrent alors entre des murs de bâtiments effondrés pour finalement se tapir derrière l'un d'eux.

Là-bas, à quelques dizaines de mètres de là se trouvaient trois hommes qui leur tournaient le dos.

Deux autres silhouettes leur faisaient face, il les identifia aussitôt.

Il s'agissait de Jacob Epstein et de son jeune fils Samuel. Ceux-ci étaient blottis l'un contre l'autre et paraissaient terrifiés.

Le cœur de Dan se serra. S'ils étaient là, où étaient Rosa et les siens ?

— Je les connais, ces trois-là, murmura Adolf. Des voleurs de la pire espèce qui ratissent les quartiers abandonnés à la recherche de trésors ensevelis ou de pauvres bougres à détrousser.

— Un peu comme toi ?

— Tu dis ça parce que tu ne les as jamais vus à l'œuvre. À côté d'eux, je suis un enfant de chœur. Ils sont prêts à tout, surtout au pire, pour parvenir à leur fin. Je ne voudrais pas être à la place de tes juifs.

Dan se retourna afin de dévisager l'homme à ses côtés.

— Mais on ne va pas les laisser faire, non ? J'espère que ça ne fait pas de doute dans ton esprit ?

— Tu feras ce que tu veux, mais moi, j'ai fait ce que tu m'as demandé et je n'ai pas à en faire plus. Surtout, s'il s'agit de risquer ma vie.

— À nous deux, on en viendrait plus facilement à bout. Ne me dis pas que ces types te font peur ?

— Je te l'ai dit, tovaritch, j'ai trop peiné à sauver ma peau pour la remettre en jeu dans l'intérêt de gens qui ne me sont rien. Des juifs en particulier.

— Ces pauvres gens t'ont fait quelque chose ou tu es comme tous les nazis ? Bon, très bien, céda finalement Dan. Je vais m'en occuper. Mais quand j'en aurai terminé, je veux retrouver ces sacs et leur contenu et je te préviens que si jamais tu me joues un coup foireux, je te retrouverai, où que tu sois et je te ferai la peau ! Il n'y aura pas un trou dans ce désert où tu pourras dormir tranquille.

Dan vérifia alors son arme, puis il se tourna en direction des hommes dont il percevait à présent les ricanements.

— Attends, camarade, l'interpella le déserteur, tu pars avec quelque chose qui m'appartient.

Dan se retourna. Ce dernier tenait un minuscule revolver pointé sur lui.

— Tu te demandes où j'ai bien pu dénicher ce joujou, n'est-ce pas ? triompha l'ancien soldat.

Ne te fie pas à son aspect. C'est un revolver mongol. Il est comme eux. Petit, laid, mais terriblement efficace. En fait, je l'ai toujours eu sur moi. Dans une de mes bottes, plus précisément. Tu vois, j'aurais pu te tuer depuis longtemps.

— Et tu comptes faire quoi maintenant ? interrogea Dan sur la défensive.

— Maintenant je compte voir qui tu es vraiment, déclara l'Allemand le visage rayonnant. Tu vas poser mon revolver et si tu le veux encore, à ce moment-là, tu iras sauver tes juifs, mais uniquement avec la baïonnette que tu m'as empruntée.

Dan comprit que le déserteur ne plaisantait pas et son cerveau en alerte calculait déjà les chances qu'il avait de s'en sortir.

Tout en posant lentement son revolver sur le sol, il se demandait si sa seule motivation suffirait.

— L'un d'eux au moins doit posséder une arme, déclara l'ex-militaire comme s'il s'agissait d'un jeu.

— En fait, tu n'attends qu'une chose, espèce de salopard, accusa Dan d'une voix glacée, que ces types-là me fassent la peau pour voler ce que nous ramenons à ces pauvres gens. Et tu dis que ce sont eux, les ordures ? Qui sait, tu iras peut-être même voler ce qu'il leur reste ? Tu parles de ta guerre en Russie mais je pense que tu n'as jamais vu un Russe dans les yeux et que tout ce qu'ils ont vu de toi, c'est ton cul quand tu creusais la terre pour t'y enfoncer.

Je n'aurais pas voulu être un de tes frères d'arme car ils sont sans doute tous morts par ta faute. Tu n'es pas un déserteur, tu es un lâche. Vas-y, prends tout ce que tu veux et bouffe à en crever, c'est la seule mort que peut attendre un gars comme toi, dans un conflit, même mondial.

— Tu fais de beaux discours, commenta le soldat avec ironie. Mais si tu veux sauver tes juifs, il va falloir te bouger.

Dan jeta un coup d'œil sur l'endroit où peu avant se tenaient les deux juifs et leurs agresseurs. Celui-ci était vide. Se pouvait-il que Jacob sous la contrainte les conduise à leur refuge ? Il fallait qu'il se décide. Se retournant, il s'empara de la baïonnette puis, sans même un regard pour son ex-compagnon, il se faufila entre les ruines.

Jacob Epstein était parti avec Samuel tenter leur chance au cœur des ruines dans l'espoir de trouver un peu d'eau ou de quoi tromper leur faim.

Cela faisait deux jours que leur protecteur était parti en compagnie du déserteur dans le but de leur ramener des vivres, mais le temps passait et ils n'étaient toujours pas de retour. Reviendraient-ils ? S'étaient-ils fait prendre où les avaient-ils simplement abandonnés ?

Leur situation devenait dramatique et l'espoir qu'ils avaient de s'en sortir diminuait à mesure que le temps passait.

Et puis, tandis qu'ils fouillaient dans les gravats d'un immeuble effondré, ces hommes avaient surgi de nulle part.

— Regardez-moi ce qu'on a là ! s'était exclamé le plus vieux d'entre eux ; un type brun, au crâne dégarni couvert de restes de cheveux fillasses, vêtu d'un pantalon crotté et d'une vieille veste de cuir. On dirait bien que ces deux fouineurs chassent sur notre territoire !

Jacob Epstein s'était relevé et avait soudain considéré le trio en pressentant aussitôt le danger.

— Nous ne faisions que chercher un peu de... nourriture, se mit-il à bredouiller. Nous ne savions pas que nous étions...

— Ils ne seraient pas juifs ! l'interrompit l'un des acolytes, un grand type maigre d'une vingtaine d'années, vêtu d'un manteau de fourrure maculé de crasse.

— Des juifs, tu crois ? avait fait mine de réfléchir celui avec la veste de cuir en caressant d'une main son menton couvert de poils noirs. Qu'est-ce que tu en penses, Manfred ?

— Je peux les sentir à des kilomètres et crois-moi, ce sont bien des juifs, tellement ils puent ! cracha le troisième homme âgé d'une trentaine d'années, trapu, massif, vêtu d'une veste de velours trop grande pour lui et d'une casquette de la Wehrmacht.

— Ils sentent mauvais, c'est vrai, avait repris le plus âgé qui semblait être le père des deux autres. Mais nous, on n'a rien contre les juifs, pas vrai ?

— Pour sûr, approuva le plus jeune son visage maigre et anguleux fendu d'un large sourire.

— Qu'est-ce... qu'est-ce que vous voulez ? avait interrogé Jacob d'une voix balbutiante tandis que Samuel venait se coller contre lui. Nous n'avons plus rien, nous essayons juste de survivre.

— Un juif qui n'a plus rien, ça n'existe pas, commenta le type avec la casquette en crachant sur le sol.

— Et pourtant, c'est la vérité !

— Bien, bien, on te croit, intervint le plus âgé d'un ton conciliant. Et dis-moi, vous êtes seuls tous les deux au milieu de ces beaux quartiers ?

— Oui, acquiesça un peu trop rapidement Jacob. Oui, il

n'y a plus que moi et mon fils, les autres sont morts ou ont disparu.

— Et tu loges où avec le morveux ?

— On s'abrite où on peut, tantôt là, tantôt...

— Très bien, tu vas nous montrer.

— Mais... je vous l'ai dit, nous...

— Tu parles trop, juif ! le coupa le grand maigre en pointant sur eux une tige de fer qu'il avait habilement extirpé de sa fourrure. On te demande de nous montrer où tu crèches, alors tu nous montres.

— Tu préfères peut-être qu'on le demande au gamin ? proposa le type trapu en extirpant cette fois un couteau de boucher de sa veste de velours.

Jacob Epstein avait finalement cédé, horrifié à l'idée que ces monstres pourraient s'en prendre sans hésiter à son fils mais, à mesure qu'ils marchaient en direction de leur immeuble, une autre idée tout aussi horrible s'imposa à son esprit. Il conduisait ces loups directement dans la bergerie...

Il fit alors mine de s'accroupir pour refaire un lacet, son visage se retrouvant ainsi tout prêt de celui de son fils.

— Écoute-moi bien, Samuel, tu vas courir aussi vite que tu peux et te cacher comme tu sais si bien le faire. Ne retourne surtout pas chez maman ; ils pourraient te suivre. Cache-toi et attends que je revienne te chercher.

— Et toi, papa ?

— On va courir chacun de notre côté.

Et tandis qu'un des trois hommes s'approchait pour l'obliger à se remettre debout...

— Cours Samuel ! Cours ! hurla Jacob en envoyant une poignée de poussière de gravats dans le visage du grand type maigre qui poussa un cri de rage.

— Manfred, avec moi ! hurla le plus âgé, en extirpant de sous sa veste de cuir un pistolet automatique. Kurt, rattrape-moi le gamin !

Les deux hommes se lancèrent alors à la poursuite de Jacob tandis que le grand type maigre, les yeux encore rougis par la poussière, se précipitait sur la piste du garçonnet qui se faufilait aussi vite qu'il le pouvait à travers les décombres.

— Arrête-toi ! Halte ! criait son poursuivant le visage défiguré par l'effort et la colère. Si tu t'arrêtes, je ne te toucherai pas, mais si tu me fais courir, je te jure bien que tu vas le regretter !

À quelques mètres devant lui, le garçonnet courait à perdre haleine, les yeux rivés sur les blocs et les gravats qui recouvraient la rue. Il fallait qu'il prenne suffisamment d'avance sur son poursuivant pour avoir le temps de se cacher, comme il le faisait avant la guerre avec ses copains, sauf qu'avant, c'était pour jouer alors qu'aujourd'hui, cet affreux bonhomme voulait le tuer.

Sa gorge était en feu, ses poumons le brûlaient et une douleur intense lui cisaillait le ventre.

Se cacher, il fallait qu'il parvienne à se cacher !

Autour de lui les murs, les portes, les lampadaires, les coins de rue formaient à présent un décor abstrait et diffus un peu comme lorsqu'avec ses copains, il s'amusait à tourner très vite sur lui-même.

Ses copains... Il aurait été si fier qu'ils le voient en compagnie de Rosa. Rosa qu'il haïssait parce qu'à son contact, il devenait idiot.

Rosa... Il allait s'en sortir pour que chaque soir, elle lui demande de lui raconter comment il avait réussi à échapper à son poursuivant. Rosa qui ne voyait plus que ce drôle d'étranger qu'elle appelait son chevalier alors que le seul chevalier ici…

Une forme se dressa devant lui, sombre et immense. Quand il comprit qu'il courait droit sur son poursuivant, il était trop tard. Tentant le tout pour le tout, il fit prendre à son corps un angle incroyable qui le fit passer à un doigt de la main crochue qui voulait le saisir. Mais son élan lui fit perdre l'équilibre et ses jambes finirent par glisser sur le sol humide. En tombant, des pierres lui labourèrent le genou et la cuisse. Il poussa un cri de douleur mais se releva avec la volonté farouche de continuer sa course. Une gifle monumentale lui fit alors un instant perdre connaissance.

Quand il rouvrit les yeux, sa tête résonnait encore du coup porté et sa joue le brûlait comme si cette dernière avait été marquée au fer.

— Sale petit morveux, on peut dire que tu m'as fait courir ! renifla le grand type maigre tout en se débarrassant de son manteau. Tu croyais vraiment que tu allais m'échapper ?

Ses yeux se portèrent alors sur le pantalon déchiré du garçonnet qui se tachait de sang.

— Tu t'es blessé, le p'tit youpin. Tu vas m'enlever ce pantalon que je voie ça.

Samuel, couché sur le dos, tentait de ramper à reculons parmi les pierres, hanté par le regard effrayant de son poursuivant qui l'observait avec un sourire cruel.

— Tu entends ce que je t'ai dit ? Enlève ça ! ordonna celui-ci d'une voix menaçante.

Puis, voyant que le gamin n'obéissait pas :

— Très bien, alors je te l'enlèverai moi-même, se décida-t-il finalement en faisant apparaître de derrière son dos sa fine tige de fer.

Le premier coup frôla l'enfant comme un insecte bourdonnant alors qu'il s'était recroquevillé sur lui-même.

L'homme leva cette fois sa tige de métal avec l'intention de toucher sa cible.

— Dans peu de temps, tu vas me supplier d'enlever tes frusques de youpin et alors, je t'embrocherai comme un petit goret !

Mais celui-ci n'asséna pas le coup qu'il voulait porter. Il poussa un cri et alla s'affaler trois mètres plus loin le bas du dos irradié d'une violente douleur.

Lorsqu'il put à nouveau se retourner en grimaçant, il découvrit un inconnu penché au-dessus du garçonnet. Sachant qu'il avait affaire à son agresseur, il rampa en serrant les dents à la recherche de sa tige de métal.

— C'est un truc comme ça que tu cherches ? le questionna Dan en brandissant une barre de fer plus épaisse avec laquelle il l'avait frappé.

Le type se contorsionna alors jusqu'à son arme repérée à proximité. Au moment où il allait l'atteindre, Dan lui asséna un second coup, cette fois au niveau de l'épaule.

— Laisse tomber, lui déclara-t-il d'une voix coupante comme un rasoir. Celle-ci est plus efficace.

— Scheiße[1] ! D'où tu sors, toi ? Qu'est-ce que tu veux ? parvint à articuler l'homme à terre, la bouche tordue par d'insupportables élancements. Putain, tu t'es mis dans la merde, quand mon père et mon frère vont…

Un troisième coup lui brisa la mâchoire.

— Ça, c'est parce que tu parles trop, déclara sombrement Dan. Et ça, c'est pour te prouver que de nous deux, le plus

1. Merde !

dans la merde, c'est toi, conclut-il en plantant de toutes ses forces sa barre de métal dans la poitrine de sa victime.

Jacob Epstein sut très vite qu'il ne pourrait pas aller très loin à cause des privations auxquelles ils avaient été soumis ces derniers jours. Déjà, de minuscules étoiles dansaient devant ses yeux et ses jambes ne le portaient plus. Quant à ses poumons, ils étaient brûlés par l'air métallique qu'il absorbait de plus en plus irrégulièrement.

Si au moins cela avait permis à son fils de leur échapper !

Il sentit soudain qu'on le saisissait par le col de son manteau. C'était la fin. À présent, il allait être torturé jusqu'à ce qu'il dévoile leur cachette. Parlerait-il ? L'idée de la douleur l'horrifiait.

Il songea à son épouse adorée, à Joseph, à Rosa... Il n'avait pas le droit d'abdiquer.

Un premier coup au menton l'envoya rouler sur le sol. Avant qu'il retrouve ses esprits, un second le toucha au ventre.

La douleur le cassa en deux. Il râla, la tête dans les gravats, la bouche dégoulinante de bave.

— Alors, déclara le type le plus âgé à peine essoufflé d'un ton satisfait, on a voulu nous faire faire un peu d'exercice ? Manfred, fais comprendre à ce juif qu'on ne plaisante pas.

Après une succession de coups dévastateurs, l'aîné attrapa le bras levé de son fils.

— Attends, il faut qu'il puisse parler.

Puis, s'accroupissant auprès de leur victime dont le visage était barbouillé de sang :

— Tu sais, le juif, si tu nous dis où tu es planqué, les coups vont s'arrêter de pleuvoir sur ta pauvre tête. Mais si tu t'obstines, tu vas finir en bouillie. Et tu sais ce qu'on fera ?

On montrera ce que tu es devenu au gamin que Kurt va nous ramener. Nous, ce qu'on veut, c'est seulement voir si vous n'avez rien à partager. Les temps sont durs pour tout le monde. Après ça, on disparaîtra et vous n'entendrez plus parler de nous. Qu'est-ce que tu en dis ?

— Je... ne vous crois pas, finit par articuler Jacob en crachant son sang.

— Alors, on va te tuer, face de rat et on va finir par trouver où vous vous cachez, parce que je suis sûr que vous n'êtes pas seuls. Et on tuera ton rejeton et tous ceux que nous trouverons dans ta tanière ! Et crois-moi, on s'amusera avec eux avant !

— Eh, p'pa ! Je crois qu'on n'aura pas à chercher longtemps, intervint l'homme à la casquette en désignant au loin la fenêtre d'un immeuble où venait d'apparaître la silhouette de Rosa.

— Rosa ! Veux-tu bien t'enlever de là et remettre ce rideau ! la sermonna Elisabeth Klantzmann en rejoignant sa fille. Tu sais bien que c'est dangereux, quelqu'un pourrait te voir !

L'enfant se laissa guider jusqu'au fauteuil où sa mère la fit s'asseoir.

— Je voulais voir si Dan revenait, expliqua celle-ci en plongeant ses yeux las dans ceux de sa mère.

Elisabeth passa une main caressante dans les cheveux poisseux de sa fille.

— S'il revient, il sait où nous trouver. Il n'a pas besoin de te voir à la fenêtre.

— Il reviendra, maman. Il a sans doute été retardé, mais il viendra avec de la nourriture.

— J'espère que tu dis vrai, ma pauvre chérie, souhaita celle-ci en couvrant sa fille d'un regard triste. En attendant, peut-être que Jacob et Samuel nous ramèneront quelque chose !

— Je crois que je vais dormir un peu, maman, je suis fatiguée, déclara Rosa en se glissant lentement sous ses couvertures.

— Tu as raison ma chérie, repose-toi.

Elisabeth déposa un baiser léger sur le front humide de son enfant, puis elle rejoignit la fenêtre et en écarta très légèrement la toile sombre qui l'opacifiait.

Allait-il revenir, et pourquoi ?

Elle songea au trouble qu'elle avait ressenti au moment où elle s'était retrouvée face à lui et que son regard avait rencontré le sien, à cette drôle de sensation lorsqu'ils avaient partagé cette première nuit, lui étendu sur le sol et elle à quelques mètres plus loin sur le divan.

Elle avait laissé vagabonder son esprit et s'était retrouvée étendue près de lui, blottie entre ses bras…

Était-elle folle ? Ils vivaient un enfer qui menaçait à chaque instant de les engloutir, elle, sa fille chérie et son cher époux et tout ce qu'elle trouvait à faire, c'était de s'émouvoir comme une adolescente au contact d'un homme dont elle ne connaissait rien et qu'elle n'avait vu en tout et pour tout que quelques heures !

Pourtant, quand elle y réfléchissait, elle avait la sensation de le connaître depuis bien plus longtemps, pourquoi ? Était-ce à cause de Rosa qui voyait en lui son fameux chevalier, leur sauveur ? D'où venait-il ? Qui était-il ? Pourquoi s'était-il porté spontanément à leur secours ?

Était-il dans le train avec eux ? Mais il n'était pas juif. Il paraissait si différent. Presque étranger…

Elle se retourna et contempla sa fille endormie. Son souffle était rauque et rapide. Elle était encore malade mais elle allait mieux. Cet homme lui avait redonné du courage et par-dessus tout, de l'espoir. Il fallait voir comme elle le regardait, comme elle guettait ses moindres gestes, les traits de son visage. Comme son regard s'éclairait quand il s'accrochait au sien.

Et lui… Lui aussi la couvait avec tant d'attention, de tendresse. Mon Dieu, pourquoi ?

À nouveau, ses yeux retournèrent à la fente aménagée entre les rideaux. Au-dehors, continuaient de suppurer les profondes cicatrices que l'homme avait infligées à la Terre. Tout n'était que mort et désolation et le danger était comme le vent qui soufflait à travers les ruines, à leur recherche.

« Faites qu'il revienne ! souhaita-t-elle entre ses poings serrés. Pour ma petite fille… Et aussi un peu pour moi. »

Les deux hommes se plaquèrent contre le mur de béton de l'immeuble qu'ils venaient de rejoindre. Ils étaient essoufflés par leur marche forcée à travers les bâtiments éventrés et les éboulis mais leurs yeux brillaient de cruauté et de convoitise.

Ils avaient pris soin de rester invisibles, se diluant entre les pierres comme deux prédateurs habitués au terrain. Ce monde était le leur. Un monde de chaos, de malheur, ignorant la pitié et la compassion. Sauvage, brutal, inhumain où seuls survivaient les plus féroces.

— Tu sens le juif ? interrogea le plus vieux des deux avec un sourire hideux.

L'autre acquiesça d'un mouvement de tête.

Tous deux se ruèrent alors dans la petite cour intérieure, puis dans l'escalier à ciel ouvert qu'ils gravirent en silence.

Parvenus au troisième étage, ils se tapirent dans un coin d'ombre pour reprendre leur souffle.

À cet instant, Joseph Klantzmann sortit de l'appartement afin de guetter le retour de Jacob et de son fils.

Les deux individus surgirent alors en travers de sa route.

Celui qui portait le revolver le plaqua sur la joue du pauvre homme.

— Bonjour, le juif, le salua-t-il à mots couverts.

— Mon Dieu… Que… que ! ne put que balbutier le père de Rosa dont le cœur avait bondi douloureusement dans la poitrine.

— Tu nous expliqueras tout ça un peu plus tard, maintenant, on monte afin que tu nous présentes ta petite famille.

Elisabeth poussa un cri quand son mari s'étala sur le sol de l'appartement. Dans l'entrée, deux types affreux la considéraient avec des yeux de bêtes féroces ayant acculé leur proie.

— Salut tout le monde ! s'exclama l'un d'eux avec un sourire mauvais.

Elisabeth se porta au secours de son mari qui, lentement, se relevait. Le sommet de son crâne était poisseux de sang. Puis tous deux se postèrent auprès de Rosa, réveillée par les cris.

Les deux hommes pénétrèrent alors dans l'appartement dont ils ouvrirent les pièces. L'instant d'après, la mère de Samuel était jetée à leurs côtés.

— Qu'est-ce que tu penses de ça ? interrogea l'aîné d'un air satisfait en présentant leurs otages à son fils.

Puis, s'approchant d'Elisabeth qu'il détailla comme une marchandise :

— Vous êtes seuls ici, chère madame, ou il y a encore de belles putes juives comme vous quelque part ?

— Qu'est-ce… Qu'est-ce que vous voulez ? tenta d'intervenir Joseph.

L'homme lui plaça alors le revolver sur la tempe.

— Ce qu'on veut ? répéta-t-il en esquissant un affreux rictus. On veut votre or, vos bijoux, vos vêtements, votre argent, tout ce dont un juif n'a plus besoin.

— Prenez tout ce que vous voulez, supplia le père de Rosa mais je vous en supplie, ne faites pas de mal à ces innocentes !

— Qui a dit qu'on ferait du mal à ces femelles ? s'offusqua le sale type en se retournant vers son fils. Toi, Manfred, tu as dit que tu ferais du mal à ces femelles juives ?

Celui-ci émit un ricanement nerveux en agitant négativement la tête.

— Non ? Tu vois, youpin, personne n'a dit ici qu'on ferait du mal à tes putains, au contraire, on ne va leur faire que du bien !

Au moment de finir sa phrase, l'homme asséna un coup de son revolver sur le crâne de Joseph qui roula lourdement sur le sol.

Son épouse tenait Rosa serrée désespérément contre sa poitrine. Toutes deux gémissaient. Seule Anna Epstein assistait sans réagir à la scène.

Leur tortionnaire se tourna alors vers elle.

— Dis-moi, ma jolie, tu es moins bien roulée que l'autre mais j'ai l'impression qu'avec toi, ça va être un peu plus facile. Quant à la petite juive, je vais m'en occuper personnellement, comme d'un dessert, après que j'aurai bien fait hurler sa salope de mère.

— Est-ce qu'on visite le reste de l'immeuble ? interrogea le type à la casquette.

— Je crois qu'ils sont seuls. Et puis, on aura tout le temps après. D'abord, on s'occupe de celles-là. J'ai la queue qui me démange, rajouta l'homme en commençant de défaire sa ceinture.

À cet instant, un bruit de pas résonna furtivement dans l'escalier.

— Tu as entendu ? railla le dénommé Manfred.

— Ils doivent avoir un bâtard encore planqué quelque part, commenta distraitement son aîné en enroulant sa ceinture autour de son poing. Rattrape-le et ramène-le-nous, et s'il n'est pas d'accord, tue-le. Maintenant, mesdames, il va falloir être gentilles, si vous ne voulez pas tâter de ma ceinture.

L'homme à la casquette fit alors un pas sur le palier, puis il se pencha par-dessus la rambarde afin d'apercevoir l'étage du dessous. À cet instant, une silhouette apparut sur le palier dont il n'aurait su dire s'il s'agissait d'un homme ou d'une femme.

— Eh, toi ! aboya-t-il d'une voix puissante. Viens un peu par là !

Celle-ci bondit alors à travers les escaliers qu'elle dévala d'un pas rapide.

— Je n'aime pas qu'on me désobéisse ! tonna l'affreux individu en se lançant à son tour dans les escaliers, son couteau de boucher à la main.

L'homme était sûr de sa force et de sa rapidité. Qu'avait-il à redouter d'un juif qui fuyait la peur au ventre ? Ses yeux brillaient d'excitation à l'idée de rattraper sa victime sur laquelle il déchargerait sa colère. Homme ou femme, il avait des traitements raffinés pour chacun. En y songeant, il se remémora ce jour où ils avaient dépecé un couple de juifs afin de s'emparer de leurs diamants que ces salopards avaient avalés.

Au moment où il bondissait sur le sol du rez-de-chaussée, il eut le temps d'apercevoir son fuyard qui prenait la direction de la cave. Décidément, ces youpins étaient plus bêtes que des animaux. Cet imbécile allait se ficher tout droit dans un cul-de-sac où il n'aurait plus qu'à le harponner.

L'obscurité le cueillit au milieu des escaliers. Il se figea, la respiration haletante. Il ne fallait pas malgré tout tomber dans un piège.

— Si tu sors de là, je te laisse en vie ! tenta-t-il de proposer en guettant le moindre bruit qui aurait pu trahir le fuyard. Par contre, si je dois aller te chercher, je te préviens que tu vas passer l'un des pires moments de ta vie. Tu m'entends, le juif ? Très bien, tu l'auras voulu, déclara-t-il en extrayant de sa veste une petite lampe de poche qui diffusa une lumière jaunâtre.

L'homme finit alors de descendre les marches les mâchoires serrées, son couteau pointé devant lui.

— Où es-tu, sale youpin ?

Il eut juste le temps de sentir un frôlement derrière lui. Trop tard. Une main se posa sur son front. Il n'eut pas le temps d'empêcher celle-ci de lui basculer la tête en arrière, tout juste celui de réaliser qu'on lui tranchait la gorge.

Par réflexe, il porta les siennes à son cou et celles-ci rencontrèrent la hideuse coupure d'où le sang s'écoulait en abondance.

Ses jambes se dérobèrent et malgré son envie de vivre, il s'effondra la tête contre le sol. Une peur indicible le submergea puis la mort étendit sur lui son empreinte glacée.

— Je suis là, déclara seulement Dan en contemplant le corps de sa victime secoué de monstrueux soubresauts.

Elisabeth avait laissé le sale type enfouir son visage barbu dans son cou. Puis elle l'avait laissé plaquer sa bouche contre la sienne en tentant de ne pas vomir sous le coup de son haleine répugnante. Elle avait supporté ses mains sur ses seins qu'il triturait avec bestialité. Elle avait à peine tressaillit lorsqu'il avait déchiré son chemisier et arraché ses sous-vêtements.

Mue par une haine farouche et une volonté implacable, elle avait continué de le dévisager, immobile sur sa chaise tandis qu'il la contemplait, la bouche ouverte et les yeux brillant de convoitise.

— Ça, c'est une belle paire de nibars, ma salope et je m'y connais, avait-il déclaré en récoltant un filet de bave qui s'échappait de ses lèvres d'un revers de la main. Mais qu'est-ce que tu regardes ? interrogea-t-il, soudain intéressé, en constatant que sa victime posait les yeux sur son pantalon gonflé par son sexe en érection. C'est ça que tu veux, hein ? Une belle queue d'aryen ! Ça te changerait de tes queues juives justes bonnes à pisser de trouille ? Ne bouge pas, ma belle, je vais exhausser tes vœux ! ajouta-t-il en ricanant tout en laissant tomber son pantalon. Alors, qu'est-ce que tu en dis ? triompha-t-il en exhibant un monstrueux appendice.

L'homme s'approcha d'Elisabeth. Sa main gauche tenait son sexe, tandis que la droite tenait le revolver qu'il lui posa sur la tempe.

— Tu vas me sucer, ma belle, lentement et avec application. Dans le cas contraire, je t'expédierai une balle dans la tête et après ça, j'irai m'occuper de ta gamine.

L'homme tressaillit quand il sentit la main de la femme qu'il convoitait se refermer sur sa verge en érection. Il releva la tête en laissant exhaler un long soupir de pâmoison qui se transforma aussitôt en un terrible cri de douleur.

Elisabeth venait de lui empoigner les testicules et de les tordre avec force. Empêtré dans son pantalon, le monstre s'écroula lourdement sur le sol contre lequel il se recroquevilla en grimaçant.

La jeune femme, les yeux exorbités par la peur et l'envie de tuer, se saisit alors d'une casserole en fonte qu'elle lui abattit violemment sur le crâne.

Malheureusement, l'homme eut l'ultime réflexe de rouler sur lui-même et celle-ci ne fit que l'effleurer.

Elle frappa une fois encore en poussant un cri de fureur mêlé de désespoir, puis une deuxième et une troisième fois mais son adversaire était un habitué du corps à corps et malgré la douleur qui lui irradiait encore le ventre, ce dernier réussit à déséquilibrer la mère de Rosa qui s'écroula finalement à ses côtés.

Celui-ci en profita alors pour se relever. Il allait brandir son arme sur la femme à terre quand il entrevit une ombre qui fondait sur lui. Le choc le renversa à nouveau contre le sol, mais cette fois, il avait sur lui le poids d'un homme.

Un premier coup de poing le toucha à la mâchoire, un second lui ferma un œil. Il voulut lever son arme mais le couteau de Dan lui cloua le bras sur le plancher.

Il jura entre ses dents serrées. De toutes ses forces, il chercha à déséquilibrer son agresseur comprenant qu'il en allait de sa vie. Mais celui-ci lui échappa. Il crut un instant qu'il reprenait le dessus grâce à sa force bestiale qui ne lui avait jamais fait défaut mais à cet instant, Elisabeth lui asséna un autre coup de poêle en fonte sur le crâne.

Cette fois, sa victime gémit de douleur.

À présent, des étoiles dansaient devant ses yeux. Un deuxième, puis un troisième coup lui firent perdre connaissance.

— Où est Rosa ? interrogea Dan en prenant les deux bras tremblants d'Elisabeth dans ses mains crispées.

— Dans le débarras, lui indiqua celle-ci en désignant une porte close.

Dan alla ouvrir. La fillette en pleurs lui tomba dans les bras.

— C'est fini, Rosa, c'est fini, je suis là, la réconforta-t-il en la serrant contre lui.

— Et maman ?

— Je suis là, ma chérie, intervint celle-ci en l'attirant à elle.

— Et papa ?

— Ton père s'en sortira avec quelques bosses, lui assura Dan en aidant ce dernier à se relever.

— Qu'est-ce qu'on va faire de lui ? interrogea Joseph un peu plus tard, le cuir chevelu ouvert, en désignant leur agresseur toujours cloué au sol.

— Vous allez faire sortir tout le monde et vous allez rentrer dans l'appartement d'en face, lui expliqua Dan d'un ton déterminé. Je vais m'en occuper.

— Vous voulez dire que…

— Vous voulez qu'on le garde avec nous ?

— Non, bien sûr, mais…

— Vous voulez qu'on le laisse partir pour qu'il revienne se venger ?

— Non…

— Alors, allez dans l'autre pièce.

— Très bien… céda alors le père de Rosa. Allons, venez, mes chéries. Anna, donnez-moi votre main, nous allons passer dans l'autre pièce.

— Je reste ! déclara alors Elisabeth d'une voix ferme.

— Quoi ? Mais voyons, ma chérie…

— Je reste ! confirma celle-ci d'un ton sans équivoque. Sors, avec Rosa et Anna.

— Écoutez, Elisabeth, intervint Dan en appelant la jeune femme par son prénom, on ne retire rien de ce genre de… décision. En tout cas, rien de bon.

— J'en ai assez de subir, déclara cette dernière en plantant son regard étincelant dans le sien. Assez d'être une victime. Assez que des monstres pensent qu'on peut abuser de nous et nous torturer impunément. Je reste. Va, ma chérie, ajouta-t-elle en s'adressant à sa fille. Va avec papa, je vous rejoins.

Puis, quand ils furent seuls :

— Il faut que je vous remercie… Dan. Sans vous…

— Vous vous êtes bien défendue.

La jeune femme frottait sans cesse ses mains contre ses hanches comme pour les nettoyer d'une crasse tenace.

— J'ai eu si peur ! Et en même temps, j'aurais été prête à tout pour sauver Rosa, même au pire. J'y suis prête, maintenant. Comment allez-vous le…

— Eh, les youpins ! les apostropha en grimaçant l'homme qui était revenu à lui. J'ai mes deux fils qui ne vont pas tarder à radiner, alors vous feriez mieux de m'aider à…

— Tes deux rejetons t'ont devancé en enfer, mon vieux, alors n'espère rien.

— Je ne te crois pas.

— Ça m'est égal.

— Écoute, je peux sortir toute ta petite famille de là, si vous m'aidez. Je peux les cacher…

— Mais on va t'aider.

— C'est vrai ? Alors vas-y, enlève-moi cette saloperie du bras, c'est douloureux à en crever et je perds tout mon sang.

L'homme poussa un cri quand Dan ôta la dague rivée aux lattes du plancher.

— Dis-moi, mon salop, tu es qui, toi ? Tu ne te bats pas comme un juif ! cracha-t-il en plaçant sa main comme un garrot sur son autre bras.

— Tu trouves qu'elle ne se bat pas bien ? interrogea calmement Dan en désignant Elisabeth qui fixait leur prisonnier, les yeux pleins de haine et de dégoût. Tu t'es fait avoir par une juive armée d'une casserole, pauvre con. Maintenant, remonte ton pantalon, y a des trucs qu'on ne devrait pas voir, même en temps de guerre.

— Faut pas m'en vouloir, je pouvais pas deviner que c'était ta poupée.

— Cette femme n'est pas ma poupée. Elle est la mère de la petite fille que tu voulais violer après elle.

— Bah, c'était pour impressionner... Alors, qu'est-ce qu'on fait, maintenant ?

— Nous, je ne sais pas, mais toi, tu meurs.

— Quoi ?

Avant que le sale type ait pu réagir, Dan lui asséna un violent coup de la crosse de son revolver sur la tempe puis, alors qu'il lui tombait dans les bras, il le porta jusqu'à la fenêtre.

— Vous pouvez ouvrir, Elisabeth ? Je crois que ce monsieur veut prendre un peu l'air.

— Eh... Qu'est-ce que... qu'est-ce que tu fais ? bafouilla l'homme qui revenait à lui en réalisant qu'on le manipulait.

— Je me débarrasse d'une ordure, lui expliqua Dan en le faisant basculer par-dessus la fenêtre.

Sa victime poussa un léger cri. L'instant d'après, son corps s'écrasait sur des blocs de béton éparpillés quelques mètres plus bas.

— Est-ce qu'il est mort ? interrogea Elisabeth en dévisageant Dan d'un regard halluciné.

Celui-ci observa la jeune femme en silence. Il savait parfaitement où elle en était. Entre exaltation et abattement. Entre envie de gravir une montagne et celle de s'effondrer. Entre volupté et dégoût. Entre rire et larmes.

— Si ce n'est pas encore le cas, ça ne devrait pas tarder.

— Je veux le voir, déclara-t-elle soudain.

— Je ne pense pas que ce soit une bonne idée, Rosa…

— Cet homme est un monstre. Je l'ai touché… bredouilla-t-elle en continuant de frotter ses mains contre ses hanches. Il voulait… Il voulait nous salir, nous humilier…

— Mais il a échoué, Elisabeth, grâce à vous.

— Je dois le voir, Dan. Pour qu'il ne me fasse plus peur.

Un peu plus tard, tous deux étaient auprès du défenestré qui agonisait.

La jeune femme examina avec une joie morbide son corps disloqué et ensanglanté qu'un mince filet d'air retenait encore à la vie.

— J'espère que tu me vois ! gronda-t-elle en se penchant au-dessus de sa victime. J'espère que tu m'entends ! Je suis la juive qui t'a tué ! Désormais, tu ne feras plus de mal à personne…

— C'est fini, intervint Dan en observant les yeux révulsés du moribond. Cette fois, il est mort, Elisabeth et vous avez raison, il ne fera plus de mal à personne.

Celle-ci planta ses yeux dans les siens. Ils étaient comme plus lumineux. Comme délivrés d'un voile qui les avait momentanément obscurcis.

Dan remarqua alors son chemisier déchiré qui laissait entrevoir la naissance de ses seins. Il aurait voulu la serrer dans ses bras afin de lui dire combien elle était belle. Combien elle avait été forte et courageuse. Combien Rosa pouvait être fière d'elle.

Il se contenta d'ôter sa veste qu'il lui posa sur les épaules.

— Je dois aller récupérer Samuel que j'ai caché quelque part. Je dois aussi tenter de retrouver Jacob.

— Mon Dieu ! s'horrifia soudain la jeune femme. Que leur est-il arrivé ? Vous… vous disiez vrai quand vous parliez de ses… de ses deux fils ?

— Eux non plus ne feront plus de mal à personne, mais je crains pour le père de Samuel.

— Je vais vous aider à les retrouver !

— Non. Rosa a besoin de vous après ce que vous avez vécu. Je ne serai pas long.

— Oui… Oui, bien sûr, vous avez raison, réalisa soudain Elisabeth en éloignant de ses yeux une mèche de ses cheveux en désordre. La pauvre enfant. Elle est encore si petite et…

— Mais elle est forte, comme vous-même. Elle s'en remettra.

— J'espère que vous dites vrai. Tout ce que nous vivons, ces derniers temps est tellement… injuste !

La jeune femme avait regagné l'immeuble, quant à Dan, il était parti retrouver le jeune garçon dont il avait fallu qu'il se sépare afin d'aller plus vite.

— Tu ne risques plus rien Samuel, lui avait-il expliqué après qu'il l'eut emmené loin du cadavre de son poursuivant. Trouve-toi une bonne cachette dans cet endroit et n'en bouge plus jusqu'à ce que je vienne te retrouver, d'accord ?

Le gamin avait acquiescé d'un signe de tête, terrorisé.

— Vous allez… vous allez retrouver mon papa ?

— Je vais essayer, oui. Mais surtout, promets-moi de ne pas bouger d'ici, c'est compris ?

Ayant retrouvé l'endroit parmi les ruines où il l'avait abandonné, Dan se mit à appeler l'enfant.

Celui-ci se manifesta au bout d'une minute, s'extrayant d'un trou de souris dans lequel il s'était faufilé.

— Bravo Samuel ! le congratula Dan en le serrant dans ses bras. Tu es un sacré petit bonhomme !

— Et mon papa, vous l'avez retrouvé ?

— Pas encore, mais à présent, nous ne risquons plus rien. Tous les méchants sont morts.

— Vous les avez tués ?

— Tous, sans exception. Allez viens, je vais te ramener auprès de Rosa et de ta maman et ensuite, je vais tenter de retrouver ton papa.

Quand ils arrivèrent au pied de leur immeuble, l'enfant qu'il portait sur les épaules pointa un doigt en direction d'un homme qui fumait, assis sur un bloc de béton.

— Tu arrives après la bataille ! l'apostropha Dan en reconnaissant Adolf, le déserteur, à nouveau vêtu de son uniforme. Remarque, c'est une bonne façon de rester en vie jusqu'à la fin de la guerre. Pas trop déçu de me voir en vie ?

— Je savais que tu n'aurais pas besoin de mon aide, reconnut ce dernier, la mine fendue d'un sourire moqueur. Mais je n'ai rien raté et tu peux me croire, c'était un beau spectacle.

Dan fit descendre l'enfant de ses épaules.

Celui-ci, intimidé par le soldat, restait blotti contre ses jambes.

— Alors mon garçon, tu t'es comporté comme un homme aujourd'hui, le félicita ce dernier. Tiens, qu'est-ce que tu dirais d'une petite récompense ? ajouta-t-il en extirpant une friandise d'une de ses poches. Tu aimes le chocolat ?

L'enfant, affamé, quitta les jambes de Dan pour s'emparer timidement du trésor qu'on lui tendait.

— C'est bon, non ? Eh bien dis-toi que si tu as faim, il y a encore plein de bonnes choses en haut dans l'appartement, et je serais toi, je me dépêcherais avant que la petite jui... la petite fille ne dévore tout. Ah et puis, il y a aussi ton papa qui t'attend. Il a un peu changé, tu verras, mais il est vivant. Par contre, lui devra manger de la purée pendant quelque temps.

Puis à l'adresse de Dan :

— Je l'ai trouvé pas loin d'ici, bien amoché. Il a de la chance que ces types ne l'aient pas tué.

— Je ne pensais pas te revoir, confia Dan en s'asseyant auprès du déserteur.

— Chocolat ? lui proposa celui-ci.

— Merci.

— Cigarette ?

— Tu leur as tout donné où tu en as planqué pour toi quelque part ?

— J'ai gardé deux bouteilles d'un alcool trop fort pour tes amis. Tu en veux ?

— Comment va Jacob, le type que tu as ramené ? interrogea Dan en tirant une première bouffée de sa cigarette.

— Il a plus de plaies et de bosses que de peau intacte mais il devrait s'en sortir, à moins d'une hémorragie interne. Ton copain le toubib est en train de s'en occuper. Il a ouvert de grands yeux quand il a vu tous les médocs qu'on lui a ramenés.

— Pourquoi est-ce que tu es revenu ? Pourquoi est-ce que tu n'as pas disparu avec tout ce qu'on leur ramenait ? Je n'aurais pas pu te retrouver, si tu ne l'avais pas voulu et tu le sais.

— En fait, je serais parti si tu y étais resté. Parce que tes amis n'auraient plus eu besoin de tout ça à quelques jours de leur mort programmée. Mais tu as gagné, alors je me suis dit que ça faisait longtemps que je n'avais pas fait un bon repas en famille...

— Qui te dit que ces gens vont t'inviter une fois que je leur aurai raconté comment tu m'as désarmé et laissé tomber ? J'aurais pu perdre. Ces types étaient des tueurs.

— Pas de ton niveau, apparemment. C'est de ça que je voulais m'assurer. J'aime bien savoir avec qui je partage mes repas.

— Heureusement que je suis moins regardant !

— N'oublie pas que je suis revenu et avec toute la marchandise.

— Tu crois que j'en ignore la raison ? Tu es persuadé que ces pauvres gens cachent encore quelque chose de précieux que tu aimerais bien leur soutirer ! C'est uniquement pour ça que tu es ici.

— Décidément, avec toi, c'est dur de ne pas penser à mal ! Maintenant, si tu veux bien m'écouter, il y a autre chose dont j'aimerais te parler.

— Je t'écoute.

— Il y avait un quatrième homme avec ceux que tu as refroidis. Où peut-être était-ce une femme, celui ou celle que j'ai vu était trop loin pour que j'en sois sûr. Mais ce que je sais, c'est qu'il ou elle a pris les jambes à son cou après être venu fourrer son nez jusqu'ici.

— Ça t'amène quel genre de réflexion ?

— Du genre qu'on ferait peut-être bien de déménager, nous et toute notre petite famille.

***

Gertha Richter avait rejoint son quartier après la tombée de la nuit. Elle était essoufflée et en nage. Celui-ci était plongé dans l'obscurité malgré quelques lanternes flageolantes qui accentuaient les coins d'ombre mais cela ne la dérangeait pas, tant elle avait passé de temps à sillonner ces rues étroites mal pavées et son cortège de façades sombres. Depuis son enfance jusqu'à la prostitution et ses milliers de pas sur ces trottoirs.

— Eh Gertha ! Tu as le feu au cul ce soir ? lui crièrent des voisins hilares occupés à griller une cigarette depuis leur minuscule balcon.

— Comme tous les soirs ! renchérit un autre.

La jeune femme ignora la raillerie, s'appliquant à gravir quatre à quatre les marches irrégulières du petit escalier qui conduisait à une terrasse étroite sur laquelle donnait la porte d'entrée de sa maison.

Quand elle ouvrit celle-ci, elle tomba sur sa mère attablée avec un soldat de la Wehrmacht, un Feldwebel ventripotent qui venait régulièrement profiter de leurs bonnes dispositions. Un de ses compagnons était affalé en tenue débraillée sur un canapé en compagnie de sa plus jeune sœur.

— Bon Dieu, Gertha ! l'aphostropha sa mère sans lâcher sa chope de bière, une femme marquée par les abus de tous ordres, le visage auréolé d'une imposante chevelure poivre et sel. Quelle mouche t'a piquée, tu ne devais pas rejoindre ton père et tes frères ?

Sa fille s'appuya sur un coin de table afin de reprendre son souffle tandis que sa poitrine se soulevait et s'abaissait au rythme de sa respiration.

— Elle savait que j'étais là, plaisanta grassement le militaire après avoir descendu une généreuse gorgée de schnaps. C'est pour ça qu'elle a couru !

— Ferme-la Horst, le sermonna sa mère en recrachant la fumée de sa cigarette et laisse-la parler.

Gertha Richter était à bout de souffle, visiblement marquée par ce qu'elle venait de vivre, mais tandis qu'elle tentait de retrouver son calme, elle revoyait le corps de son père chuter depuis la fenêtre du troisième étage et une question la taraudait. Était-elle affligée ou soulagée ? Était-elle horrifiée ou euphorique ?

Cet être démoniaque, qui la terrifiait depuis sa plus tendre enfance, était-il vraiment mort comme devaient l'être ses frères, ces deux suppôts de Satan ?

Elle eut un hoquet tandis qu'elle retenait un fou rire nerveux.

— Papa… commença-t-elle sous l'œil interrogateur de sa mère.

— Eh bien quoi, papa ?

— Il est… Il est mort, prononça-t-elle avec béatitude, effrayée par la jubilation qu'elle avait ressentie en prononçant ces mots.

Il y eut un instant de silence avant que sa mère ne reprenne.

— Qu'est-ce que tu racontes ? Et tes frères où sont-ils ?

— Je ne sais pas, expliqua sa fille en agitant nerveusement la tête. Je les ai suivis pour leur amener du ravitaillement et… quand je l'ai retrouvé, quelqu'un le faisait basculer par une fenêtre.

— Karl est parti avec Kurt et Manfred, ce matin, pour se livrer à leur occupation favorite, expliqua sa mère sans trop s'émouvoir au sous-officier qui cherchait à comprendre la situation.

— Dénicher un trésor au milieu du no man's land, compléta celui-ci en opinant du chef.

— Tu as dû te tromper, émit celle-ci en dévisageant sa fille. Qui aurait pu… tuer ton père, surtout en compagnie de tes frères ?

— Je l'ai vu et bien vu tomber, maman et après, je l'ai vu

immobile et plein de sang sur les gravats et il n'y avait ni Kurt ni Manfred dans les environs ! Ensuite, j'ai vu un homme et une femme sortir de l'immeuble d'où il est tombé, venir se pencher au-dessus de lui.

La femme ébouriffée la regardait à présent fixement tandis qu'elle cherchait à imaginer l'impensable.

— Si ce que tu dis est vrai, alors il est aussi arrivé quelque chose à tes frères... Ils avaient pour habitude de ne jamais se séparer durant leur chasse. Et après, qu'est-ce que tu as vu ?

— Rien, je me suis enfuie.

— Scheiße ! jura le sous-officier en agitant négativement la tête. On dirait que cette fois-ci, tes hommes sont tombés sur plus fort qu'eux.

— C'étaient des juifs, déclara abruptement la jeune femme, que cette vérité amusait, vu que cette race de gens avait été maintes fois victime de la haine que leur portaient son père et ses frères.

— Des juifs ! faillit s'étrangler le sous-officier. Mais comment peux-tu savoir qu'ils étaient juifs ?

— Papa m'indiquait le chemin à suivre en me notant des inscriptions derrière lui, et à un croisement de chemin, il avait noté sur un panneau de porte : « Nous avons levé des juifs, ce soir, on fera la fête. »

— Donneweter ! jura le Feldwebel. Des juifs qui seraient venus à bout de... Mais c'est impossible ! Les juifs ne savent pas se battre !

— Horst ! réagit soudain la mère de Gertha en se levant de table. Tu dois aller là-bas. Je veux savoir ce que sont devenus mes fils. Et si c'est vrai que ces sales youpins les ont tués, tu dois les ramener tous afin que nous puissions leur faire la peau !

— Si ces… sous-hommes ont eu celles de ton mari et de tes fils, alors il faut que nous soyons en nombre, réfléchit prudemment le militaire en remettant son calot. Tu vas m'accompagner, annonça-t-il à Gertha. Et tu vas expliquer à mes supérieurs ce que tu viens de nous dire.

Un peu plus tard, le gros Feldwebel entra dans le bureau de l'officier de permanence, un lieutenant au visage austère cinglé dans son uniforme vert-de-gris, occupé à remplir des documents administratifs.

— Heil Hitler ! le salua son visiteur le bras tendu.

— Heil Hitler, lui répondit distraitement son supérieur à travers la fumée de sa cigarette. Alors Richter, que me vaut l'honneur de votre visite à une heure aussi tardive ?

— Herr Oberleutnant, il y a dans le couloir une femme qui a été témoin d'un meurtre. Celui de son père. Et il y a tout lieu de penser qu'il y en a eu au moins deux autres. Ceux de ses deux frères, en l'occurrence.

— Cette famille n'a décidément pas de chance… fit remarquer l'officier avec un sourire. Mais c'est plutôt l'affaire de la police, ça, non ?

— Eh bien, il semblerait que les auteurs de ces meurtres soient des juifs.

— Des juifs ? s'étonna l'officier en se laissant aller contre le dossier de sa chaise. Ici, à Berlin ?

— Ça s'est passé dans un des quartiers nord détruits par les premiers bombardements.

— Allons Richter, surveillez votre langage, il n'y a pas de quartiers détruits par les bombardements dans la capitale, il n'y a que des quartiers en voie de restructuration, ironisa son supérieur de la manière la plus sérieuse. Ainsi, il y aurait encore des juifs à Berlin… Alors, si ce sont des juifs, c'est l'affaire de la SS ou de la Gestapo, pas la nôtre. Allez attendre dans le couloir, je vais passer un coup de téléphone.

— Jawohl Herr Oberleutnant ! obéit le sous-officier en claquant des talons avant d'opérer un demi-tour réglementaire.

— Felwebel Richter ? l'interrogea un peu plus tard l'un des deux hommes en imperméable qui avaient accourus après le coup de téléphone tandis qu'il patientait dans le couloir en compagnie de la jeune femme qui s'endormait, la tête posée sur son épaule.

— C'est moi, oui, confirma-t-il en se redressant.

— Mauser, Gestapo, se présenta l'homme au chapeau. Veuillez nous suivre, s'il vous plaît.

— Où allons-nous ?

— Nous sommes chargés de vous conduire dans nos bureaux.

Tous deux avaient été poussés à l'arrière d'une limousine qui les avait déposés peu après devant le bâtiment de la police politique à l'intérieur duquel on les avait introduits. Puis, après quelques minutes d'attente, on les avait fait entrer dans un bureau.

Il y avait là un officier SS en uniforme ainsi que deux hommes en civil et une secrétaire assise derrière sa machine à écrire.

Après quelques rapides présentations, on leur avait demandé dans les détails de raconter leur histoire tandis que la secrétaire enregistrait leur déclaration.

— J'ai toujours pensé qu'il y avait encore des juifs terrés comme des rats dans les ruines de la ville, confia le capitaine SS en écrasant sa cigarette dans un cendrier.

— Je pensais que ces zones étaient sécurisées par vos hommes, fit remarquer l'un des policiers de la Gestapo.

— Nous manquons d'effectifs, et puis avec tous ces bombardements, la surface des quartiers détruits augmente.

— Ce genre de remarque pourrait vous occasionner certains ennuis, fit insidieusement remarquer le policier.

— Ce n'est qu'une considération purement technique et vous le savez bien. Et puis notre mission principale est l'acheminement des juifs vers leur destination finale et nous nous en sortons plutôt pas mal. Mais là, c'est différent. Grâce à cette jeune femme, déclara-t-il en désignant cette dernière ramassée sur sa chaise, nous savons où ils se trouvent. Je vais donner des ordres pour que dès demain, un détachement parte à leur recherche. Vous les y conduirez, mademoiselle. Il y a peu, des juifs parqués dans des wagons ont réussi à s'enfuir en profitant d'un bombardement, réfléchit l'officier SS en extirpant une cigarette de son étui en cuir. Peut-être s'agit-il de certains d'entre eux.

— Nous devons quitter ce lieu rapidement, conclut Dan après avoir fait un résumé de la situation à ses compagnons.

— Malheureusement, nous ne pourrons aller très loin, déplora Joseph, un morceau de tissu enroulé autour de la tête en guise de pansement. Jacob a sans doute plusieurs côtes fracturées sans parler du reste et là, je lui ai administré des sédatifs afin qu'il puisse dormir.

— Très bien. Je ne pense pas que nous risquions quelque chose cette nuit, mais dès demain, il faudra nous déplacer, aussi loin d'ici que nous le pourrons.

— Il reste encore un peu de viande et de haricots, est-ce que vous en voulez ? avait interrogé Elisabeth en rejoignant

Dan qui s'était posté sur le palier avec le revolver pris sur l'une de ses victimes.

— Non merci, je n'ai plus faim.

— Je voulais vous dire, c'est vraiment... extraordinaire, tout ce que vous nous avez rapporté. Toute cette nourriture, ces vêtements chauds et ces médicaments qui permettront de soigner ce pauvre Jacob et notre petite Rosa.

— Elle a bien mangé ?

— Plus que nous tous réunis. À présent, elle dort à poings fermés. Dan ?

— Oui ?

— D'où Rosa vous connaît-elle ? Et qu'est-ce qui vous pousse à nous aider ?

Dan, qui s'était préparé à affronter cette question, prit une grande gorgée d'air avant de répondre.

— En fait, c'est le hasard qui nous a réunis. J'étais à proximité des wagons quand le bombardement a commencé. Je vous ai entendu crier et j'ai ouvert les portes sans réfléchir. Ensuite, j'ai aperçu votre fille dans ce manteau bleu. C'est lui qui m'a attiré vers elle.

La suite, vous la connaissez.

— Mais Rosa est persuadée de vous connaître. Elle parle de vous comme de son chevalier !

— Elle s'est inventé une histoire qui l'aide à s'évader de cet enfer, alors pourquoi lui enlever ses illusions ? Quant à moi, je vous assure je n'ai rien d'un chevalier.

— Mais comment connaissait-elle votre nom ? Car vous vous appelez bien Dan, n'est-ce pas ?

— Là, j'avoue que c'est une drôle de coïncidence, mais cela arrive parfois.

— Et... Que faisiez-vous dans cette gare ? Vous avez bien

une famille. Quelqu'un que vous aimeriez retrouver ? Pourquoi nous aidez-vous ? Pourquoi rester avec nous dans ce… cette misère, vous n'êtes pas juif ?

— En fait, non, je suis seul. Et si je vous aide, c'est parce que vous en avez besoin, et que vous ne méritez pas ce qui vous arrive, c'est tout.

— Vous savez… ce que nous avons vécu dans ces wagons, c'était… c'était horrible ! déclara la jeune femme dans un sanglot.

— Je sais, oui.

— Non, non, vous ne savez pas. Ne m'en voulez pas mais, personne ne peut savoir ! Comment… Comment peuvent-ils nous détester à ce point ? Que leur avons-nous fait ? Vous… Vous nous avez sauvés deux fois d'une mort affreuse, Dan. Vous avez sauvé ma petite Rosa et je vous en serai toujours reconnaissante. Finalement, vous êtes le chevalier qu'elle attendait, que vous le vouliez ou non. Et… Et pour Adolf, vous croyez qu'on peut lui faire confiance ?

— C'est trop tôt pour le dire mais je crois que ce n'est pas quelqu'un qui pourrait vous brutaliser ou vous faire du mal. Par contre, ne lui dites jamais où vous avez caché vos boucles d'oreilles.

La jeune femme acquiesça dans un mouvement de tête en souriant légèrement.

— Et… Savez-vous où nous irons demain ?

— Il faudra trouver un endroit comme celui-ci où nous pourrons nous cacher quelque temps.

— Au moins, nous ne mourrons pas de faim !

— Il n'y a que la question de l'eau qui me préoccupe. Ce que nous avons ramené ne suffira pas pour très longtemps. Il faudrait qu'il pleuve.

— L'eau, soupira la mère de Rosa. Si au moins nous pouvions nous laver un peu, nous sommes tous couverts de crasse. Je dois... Je dois sentir à des kilomètres...

Dan observa la jeune femme assise sur les marches dont il distinguait la silhouette éclairée par un rayon de lune qui brillait au-dessus de leurs têtes.

— Pas tant que ça non.

— Vous vous moquez ?

Il aurait voulu lui dire qu'elle sentait bon, au contraire, qu'il aimait l'odeur de sa peau, mais il s'abstint.

— J'espère que vous ne me jugez pas mal pour ce qui s'est passé aujourd'hui... Le fait que je veuille voir cet homme mort et toute cette haine qui était en moi...

— Rosa a la chance d'avoir des parents formidables qui se battront jusqu'au bout et c'est la meilleure chose qui pouvait lui arriver.

— Merci... Et à présent, il y a vous. Vous allez... vous allez dormir ici ?

— Seulement une partie de la nuit, après, ce sera au tour d'Adolf.

— Eh bien... je vais vous laisser. Je... je dormirai mieux en sachant que vous veillez sur nous. Bonne nuit, Dan et merci, lui souhaita la mère de Rosa, le regard brillant dans l'obscurité.

— Bonne nuit, Elisabeth.

Après une courte nuit, ils avaient quitté les lieux dans les premières heures de la matinée, chargés de tout ce qu'ils avaient pu emporter.

Joseph et Elisabeth Klantzmann soutenait Jacob Epstein qui geignait à chaque pas. Derrière, marchait le jeune Samuel qui tenait sa mère par la main. La pauvre femme n'avait plus dit un mot depuis la mort de son enfant. Elle marchait mécaniquement, le regard perdu dans le lointain. Elle n'était pas encore morte, seulement privée de vie.

Devant marchait le déserteur, suivi de Dan qui en plus de tous ses sacs portait Rosa sur les épaules.

Au bout d'une heure à peiner dans les décombres, il devint évident qu'ils ne pourraient aller plus loin sans souffler un peu.

— Tu sais à peu près où on est ? avait interrogé Dan.

— À vue de nez, je dirais en enfer, pourquoi ?

— Il va falloir s'arrêter.

— Non, tu crois ? Regarde-moi ça, les boulets qu'on traîne. Quand je pense qu'on pourrait être légers comme l'air !

— Écoute, je pensais que c'était clair. Ou tu restes et tu la fermes ou tu dégages !

— Pourquoi tu t'appelles Adolf ? interrogea soudain Rosa à brûle-pourpoint. Est-ce que tous les Adolf sont méchants ?

L'ex-militaire fit les quelques pas qui le séparaient d'elle afin de dévisager la fillette en haut de son perchoir.

— Si je suis méchant, explique-moi ce que je fais là, à tenter de vous sortir du pétrin dans lequel vous êtes ?

— Pourquoi vous faites ça, si vous ne nous aimez pas ?

— Figure-toi que j'aimerais bien que tu me le dises !

— Peut-être parce qu'au fond, vous êtes gentil ?

— Gentil ? Écoute, ma petite, les gentils meurent prématurément dans ce monde, alors crois à ce que tu veux à mon sujet, mais pas à ça. Tu pourrais t'en mordre tes petits doigts.

Ils avaient finalement fait halte, puis Dan et le déserteur étaient partis reconnaître les lieux. Un peu plus tard, ils entraînaient les malheureux à l'intérieur d'une modeste chapelle criblée d'éclats, cernée d'arbustes roussis par les flammes.

— On va se reposer un peu à l'abri de ces murs puis on

repartira, avait expliqué Dan à leurs compagnons harassés de fatigue.

— Désolé, on a cherché une synagogue mais tout était complet, se moqua le militaire.

— Nous sommes juifs mais non pratiquants, précisa Joseph en souriant. Aussi cette chapelle nous ira très bien, pourvu qu'elle nous protège de l'enfer des hommes.

Chacun avait alors contribué à rendre plus confortable leur nouvel abri, jusqu'à ce qu'Elisabeth s'enquît d'Anna Epstein.

— Joseph, est-ce que tu as vu Anna ?

— Elle était assise là où, j'allais dire, nous l'avions posée, la pauvre femme.

— Je le croyais aussi, mais elle n'y est plus ! J'ai cherché partout et je ne l'ai pas trouvée. Samuel, est-ce que tu as vu ta maman ?

— Non, répondit le garçonnet qui l'avait momentanément quittée pour parler un peu avec Rosa. Pourquoi ?

— Qu'y a-t-il ? s'inquiéta Dan qui s'était aperçu du trouble de la jeune femme.

— C'est Anna, elle a disparu.

— Elle ne doit pas être loin, continuez à chercher dans la chapelle, je vais jeter un coup d'œil au-dehors.

— Vous l'avez retrouvée ? interrogea Dan en réapparaissant un peu plus tard.

— Non, elle n'est nulle part, et vous ? demanda Joseph au comble de l'inquiétude.

— Je sais où elle est, affirma Jacob d'une voix faible, depuis l'endroit où il était étendu. Enfin, je crois le savoir. Elle a dû retourner auprès de… notre enfant, laissa-t-il tomber douloureusement en faisant allusion à leur bébé que Dan avait enterré comme il l'avait pu.

— Mon Dieu ! se reprocha Elisabeth en portant une main à sa bouche. C'est un peu de ma faute, j'aurais dû la surveiller...

— Tu ne pouvais pas savoir, la consola son mari. Elle était tellement éteinte et privée de volonté que nous ne pouvions penser qu'elle réagirait ainsi.

— Je dois... Je dois aller la retrouver, déclara Jacob Epstein en faisant mine de se lever de ses couvertures.

— Ne dites pas de sottises, l'arrêta Dan. Dans l'état où vous êtes... Non, je vais y aller, moi. Et si elle a su retrouver le chemin et qu'elle est là-bas, je la ramènerai.

— Merci, sanglota son époux. Elle est... Elle est tellement vulnérable.

— Vous allez retrouver ma maman, n'est-ce pas ? implora Samuel.

— Dan, faites attention, le rattrapa Elisabeth alors que celui-ci allait se mettre en route. Rosa a besoin de vous. Nous avons tous besoin de vous, insista-t-elle, en rougissant légèrement.

— Je reviendrai vite. Ne vous inquiétez pas.

— Dis-moi, ça marche avec la jolie juive ! le railla le déserteur après l'avoir rejoint au bout de quelques minutes.

— Qu'est-ce que tu fais là, on peut savoir ?

— Tu ne pensais tout de même pas que j'allais rester seul avec ta tribu de dégénérés ?

— Je suis sûr que tu sais de quoi tu parles. Mais il faut que tu saches que c'est peut-être risqué de retourner là-bas. Qu'est-ce que tu comptes faire si ça tourne mal ? Parce que j'ai cru comprendre que déserteur pour toi, c'était un peu une façon d'être.

— Un peu comme toi d'être un héros ?

Les vingt hommes progressaient sur deux files, espacés l'un de l'autre de quelques mètres. Devant eux, marchaient un sous-officier et un capitaine. À leurs côtés, Gertha, la jeune Allemande, ouvrait la marche en silence.

Tous étaient des soldats SS chevronnés, habitués aux traques et aux combats rapprochés effectués sur plusieurs fronts. Deux chiens muselés les accompagnaient, trottinant docilement auprès de leurs maîtres.

L'un d'eux portait une mitrailleuse. Les autres étaient armés de pistolets-mitrailleurs et de fusils de précision. Des grenades à manches pendaient à leurs ceintures ainsi que des chargeurs et des couteaux dans leurs gaines de cuir.

Ils étaient vêtus de casques et de treillis bariolés qui les faisaient ressembler au décor.

Pour eux, la mission était une simple expédition récréative menée contre quelques sous-hommes qui avaient eu l'audace incroyable de tuer d'honnêtes citoyens allemands, mais ils n'avaient pas l'habitude de faire dans le détail. Si ces juifs voulaient se battre, ils allaient trouver à qui parler.

La jeune Allemande était mal à l'aise au milieu de ces hommes. Lentement, elle avait commencé à réaliser qu'elle allait entraîner la perte de ceux qui l'avaient débarrassé de son père. Sans doute dans le simple but de se défendre. Parvenue à un croisement de rues, elle fit mine d'hésiter.

— Je... Je ne me rappelle plus très bien qu'elle direction on doit prendre...

— Allons, réfléchissez mademoiselle, lui murmura le jeune officier aux yeux d'étain.

— C'est-à-dire... J'ai couru et... J'étais affolée...

— Vous avez dit avoir suivi pour les retrouver les indications de votre père, où sont-elles ?

— Peut-être déjà effacées…

L'officier se mit à sourire tout en la dévisageant.

— C'est curieux mais voyez-vous, j'ai le sentiment que vous y mettez de la mauvaise volonté.

— Moi ? Mais non… c'est idiot, pourquoi ferais-je ça ? Ces individus ont tué mon père et peut-être mes deux frères !

— Vous savez, mademoiselle, je n'ai pas de temps à perdre, expliqua calmement l'officier. Où vous vous rappelez du chemin où je demande à mes hommes de vous rafraîchir la mémoire. Choisissez.

— Ah, je crois… je crois que c'est par là !

— Wunderbar ! se réjouit ce dernier en indiquant à ses hommes d'avancer.

— C'est… C'est cet immeuble-là ! indiqua-t-elle un peu plus tard en désignant le bâtiment d'où elle avait vu chuter son père.

Les deux gradés chaussèrent leurs jumelles et, pendant quelque temps, inspectèrent les lieux déserts.

— On ne distingue pas âme qui vive, confia le capitaine à son sous-officier.

— Ces gens-là doivent vivre sous terre la plupart du temps pour ne pas se faire repérer.

— Très bien. Nous allons nous scinder en deux groupes et nous retrouver au pied de l'immeuble que nous encerclerons. Aucun de ceux qui sont ici ne doit passer entre les mailles du filet. Certains d'entre eux sont vraisemblablement armés. On abat tous ceux qui se mettront en travers de notre chemin. Il y a sans doute aussi des femmes et des enfants. J'aimerais en conserver quelques-uns en vie afin de les faire parler. Peut-être qu'ils savent où se cachent d'autres juifs ? Exécution !

— Jawohl Herr Hauptmann. Premier groupe avec moi. Attention, on progresse en silence !

Quand les SS eurent encerclé le bâtiment, certains d'entre eux s'infiltrèrent l'arme au poing dans son arrière-cour en se tassant contre les murs.

Les deux premiers furent alors surpris de découvrir une femme agenouillée qui leur tournait le dos. Celle-ci chantonnait tout en disposant des pierres à l'intérieur d'un bac à fleurs. L'un d'eux leva son pistolet-mitrailleur mais il fut arrêté dans son geste par son sous-officier qui plaça son doigt tendu devant sa bouche avant de désigner les différents étages.

La femme se retourna alors au moment où un soldat fit dégringoler une pierre. Le sous-officier croisa son regard absent. Alors, il comprit.

L'instant d'après, l'inconnue semblait les avoir totalement oubliés.

Il tapota son doigt sur sa tempe à l'attention de ses hommes, puis il ordonna à ceux tapis derrière lui de faire mouvement.

Les SS se répandirent alors à travers les étages qui résonnèrent bientôt des détonations d'armes automatiques et d'explosions de grenades.

Une fois le calme revenu, il ne restait plus que les échanges de paroles entre soldats qui regagnaient l'arrière-cour. Le sous-officier vint alors faire son rapport à son supérieur.

— L'immeuble est vide, Herr Hauptmann. Et les alentours sont déserts.

— Scheiße ! jura ce dernier.

Puis il se tourna en direction de la jeune Allemande qu'il transperça du regard.

— Vous êtes sûre que nous sommes au bon endroit ?

— Oui, oui absolument, balbutia celle-ci pas très rassurée. D'ailleurs, on peut voir le sang sous la fenêtre où mon père a été jeté.

— Herr Hauptmann ! intervint alors un caporal. L'un des chiens a découvert trois macchabées dissimulés sous des planches.

— C'est bien mon père et mes frères, confirma un peu plus tard la jeune femme, fascinée malgré elle par la vue des cadavres d'hommes qu'elle avait crus invincibles.

— Alors leurs assassins vous ont vue lorsque vous vous êtes enfuie, en déduisit l'officier, blanc de contrariété. Et ils ont vidé les lieux pensant que vous pourriez les dénoncer.

Tout cela est très contrariant, mademoiselle !

— Nous pourrions interroger la folle ? proposa le sous-officier.

Les hommes revinrent alors auprès d'Anna qui, au moment des coups de feu et des explosions, s'était allongée en tremblant et gémissant sur la terre qui recouvrait son enfant. Deux hommes la maintenaient à présent fermement par le bras. Elle avait l'air d'une démente qu'on vient de maîtriser.

— Il y a un cadavre d'enfant dans la terre, annonça l'un des soldats tandis qu'un autre retenait son chien excité par la présence du bébé.

— Ça doit être le sien. C'est pour ça qu'elle est dans cet état. Nous ne pourrons sans doute pas en tirer grand-chose.

L'officier se campa alors devant la pauvre femme.

— Est-ce que tu sais où sont les autres ? Ton mari ? Tes amis, où sont-ils ?

La tête d'Anna pivota quand le nazi lui expédia une gifle de sa main gantée.

— Où sont les juifs ? Tu as peut-être encore des parents ? D'autres enfants ? Tu as d'autres enfants, sale juive ?

Un revers de main lui ouvrit cette fois la joue. Comme éblouie par une apparition, la jeune femme se mit alors à bredouiller.

— Sa... Samuel ? Sa... muel ?

— Samuel ? C'est ton fils ? Où est-il ? Il t'attend, tu dois le retrouver.

D'un geste, il fit signe à ses hommes de la lâcher. Leur prisonnière se mit alors à marcher d'un pas incertain en répétant le prénom de son fils.

— Laissons-la prendre de l'avance et suivons-la, déclara l'officier SS qui voyait son horizon s'élargir. Elle va peut-être nous mener exactement là où nous le voulons.

Dan et le déserteur se plaquèrent contre des éboulis au moment des explosions et des coups de feu.

— Merde ! Qu'est-ce que c'est ? s'alarma Dan.

— On dirait que ça vient de cette direction, estima son compagnon.

— Ça pourrait venir de notre immeuble ?

— Exactement.

— Ça veut dire quoi d'après toi ?

— Ça veut dire qu'on a été bien inspiré de déménager. Mais il y a un autre problème.

— Lequel ?

— Les détonations qu'on a entendues et les explosions correspondent à des armes de l'armée allemande. Pistolets-mitrailleurs et grenades à manche. Celui ou celle qui nous a balancés l'a fait auprès des autorités. Ça doit grouiller de casques et de paires de bottes dans le coin.

— Putain ! et Anna, tu crois qu'elle est là-bas ? J'espère que ce n'est pas sur elle qu'ils ont tiré !

— Ça, je n'en sais rien et si tu veux mon avis, ça ne serait pas une bonne idée d'aller vérifier.

— Qu'est-ce que tu proposes à la place ?

— On se terre quelque part et on attend que le danger s'éloigne. Mais ça, c'est une idée de déserteur, je ne sais pas ce que tu en penses en tant que héros ?

— C'est pas vraiment le moment, tu ne trouves pas ?

Les deux hommes avaient alors rejoint les restes d'une terrasse qui surplombait une enfilade de rues. Étendus derrière le parapet, ils avaient patienté de longues minutes jusqu'à ce que…

— Anna ! s'exclama Dan à mots couverts en découvrant soudainement Anna Epstein qui avançait en titubant entre les gravats. Tu crois qu'ils ne l'ont pas vue ?

— Pour l'instant, je ne pense rien.

Ils suivirent des yeux la pauvre apparition jusqu'à ce que celle-ci disparaisse au détour d'une rue.

— En tout cas, on dirait qu'elle reprend le chemin de la chapelle.

Soudain, les deux hommes se figèrent en découvrant les premiers soldats nazis qui prenaient la rue en enfilade, silencieux comme des prédateurs sur les traces de leur proie.

— Nom de Dieu ! jura Dan entre ses mâchoires serrées.

Adolf les examina longuement avant de confier d'un ton lugubre.

— Ce ne sont pas de simples soldats, précisa-t-il. Mais des nazis de la pire espèce. Une section SS dont j'ai reconnu l'insigne pour les avoir côtoyés en Russie. Des types de la Compagnie « Das Reich ». Des assassins fanatiques. Je crois reconnaître l'officier qui les conduit. Un dénommé Wedelmann. Une ordure qui faisait massacrer femmes et enfants en leur tirant dans le ventre ou en les brûlant au lance-flammes.

Les mots terribles de son compagnon tourbillonnaient dans la tête de Dan devenue douloureuse à force de tension. Il voyait les femmes et les enfants couverts de sang et de flammes et parmi eux, Rosa et sa mère Elisabeth, transformées en torches par des SS grimaçants. Leurs bourreaux qu'ils ne pourraient pas arrêter. Pas à eux seuls…

Il avait envie de hurler mais ne put que serrer les poings de rage et d'impuissance. Il avait fait ce si long chemin pour quoi ?

— Il est évident qu'elle les conduit tout droit chez tes amis juifs, murmura froidement son compagnon et si tu veux l'avis d'un déserteur…

— Non merci, j'en ai assez entendu.

— Eh bien, tu l'auras quand même. À trois, je vais me lever et tirer deux fois en l'air.

— Qu… quoi ? questionna Dan éberlué.

— Ensuite, je vais me mettre à courir du côté opposé à la chapelle. Ils n'auront pas d'autre choix que de séparer leurs forces en deux. Une qui me filera le train, l'autre qui continuera à suivre la juive. Toi, tu t'occuperas de ceux-là.

— Quoi ? Mais ils doivent être au moins…

— Dix pour toi, dix pour moi. Environ. Qu'est-ce que tu en dis, le héros ?

Avant que Dan ait pu répondre, son compagnon se redressa, le revolver au poing.

— Bonne chance, camarade, lâcha-t-il avec ironie, avant d'appuyer sur la détente de son minuscule revolver.

Les soldats nazis s'arrêtèrent comme un seul homme en entendant les deux détonations.

— Donnerwetter ! jura l'officier en tournant la tête dans la direction des coups de feu. Qu'est-ce que c'était que ça ?

Le Feldwebel à ses côtés eut un haussement d'épaules.

— Un pistolet. Un son russe, on dirait. À environ, cent cinquante mètres, peut-être moins.

— Est-ce que tu crois qu'il pourrait s'agir de nos juifs ?

À cet instant retentit une troisième détonation.

— On dirait qu'elle provient d'une autre arme, en déduisit l'officier tous les sens en éveil. Konrad, tu vas prendre la moitié de la section et aller voir ce qui se passe de ce côté-là. Nous, nous allons continuer de suivre cette femme. Allez !

— À vos ordres, Herr Hauptmann ! salua le sous-officier avant de faire signe à ses hommes qui lui emboîtèrent le pas calmement.

Dan avait empoigné le revolver pris au type qu'il avait défenestré à peine son compagnon disparu puis, après l'avoir armé, il avait à son tour tiré dans le vide.

— Au cas où ils ne nous auraient pas bien entendus la première fois, plaisanta-t-il pour lui-même en songeant à sa fin toute proche.

Puis sans attendre, il s'était à son tour jeté dans une course folle.

L'ex-militaire courait à perdre haleine le long de rues dévastées par les bombardements, enjambant des montagnes de gravats, slalomant entre des murs disloqués, longeant des façades balafrées, contournant des maisons incendiées, trébuchant contre des ferrailles distordues tandis qu'il cherchait à se repérer parmi ce monde chaotique comme figé pour l'éternité à l'instant T de son trépas.

Redressant la tête, se courbant, s'aplatissant à même les pierres et les briques effondrées, il scrutait l'enfer au cœur duquel il se débattait comme pour y découvrir une clé, celle d'une porte dérobée qui lui aurait permis d'être sauvé.

— Les arcades ! s'exclama-t-il soudain en reconnaissant la base d'un bâtiment composé d'une succession de voûtes sous lesquelles il y a peu, déambulait une foule de gens aujourd'hui enfuis ou morts.

Il s'arracha alors aux pierres et à leur poussière qui lui collait à la peau et se rua malgré son essoufflement en direction d'une fontaine asséchée derrière laquelle il se jeta.

Reprenant péniblement son souffle, il posa son regard exorbité sur la plaque de métal au pied du monument tout en extirpant sa baïonnette de sa ceinture.

En tremblant, il passa sa lame entre le métal et la pierre afin de les désolidariser l'un de l'autre.

Quand celle-ci fut au sol, il plongea un bras dans la trappe de visite ainsi dégagée et au bout de seulement quatre longues secondes qui lui parurent une éternité, sa main se referma sur un sac qu'il ramena fermement à lui. Il l'ouvrit fébrilement et constata avec soulagement que tout y était. Quatre grenades, un revolver et quelques chargeurs qu'il avait dissimulés en vue de jours difficiles…

Il se retourna. Où en étaient ses poursuivants ?

Le dos contre la pierre, il redressa la tête avec précaution et examina l'immeuble qui lui faisait face, distant de quelques mètres. Alors sans attendre, il rampa comme un forcené dans la poussière puis se rua tête baissée à travers la porte entrouverte.

Le premier d'entre eux fit son apparition une poignée de minutes plus tard. L'homme maintenait à la laisse l'un des deux bergers allemands qui reniflait le sol.

Puis, ce fut le tour de ses compagnons qui, tout en rasant les murs, scrutaient l'arme à la hanche chaque ouverture des bâtiments qui avaient résisté au souffle des bombes.

Parvenu à la fontaine, le chien commença à donner de la voix, signalant ainsi que la piste était fraîche et la proie à portée de crocs.

— Ceux que nous poursuivons se sont réfugiés dans cet immeuble, expliqua le sous-officier au soldat le plus proche. Tu vas prendre deux hommes et tu vas aller sonder le bâtiment. Tirez sur tout ce qui bouge.

Le nazi acquiesça de la tête. Son visage impassible n'exprimait aucune appréhension quant à ses chances de triompher.

Les trois hommes partirent alors le dos voûté en direction de l'entrée dans laquelle ils s'engagèrent après une brève concertation.

Le doigt posé sur la détente de leurs pistolets-mitrailleurs, ils se tapirent contre les murs et attendirent de s'habituer à l'obscurité.

La grenade dégoupillée qu'avait déposée le déserteur dans une des boîtes aux lettres juste avant leur arrivée leur explosa pratiquement au niveau du visage dans une gerbe de feu.

Deux hommes furent tués sur le coup, le corps affreusement mutilé. Le troisième, criblé d'éclats, tenta de ramper sur le sol afin de rejoindre la lumière du jour.

— Donnerwetter ! jura le sous-officier, médusé par ce qui leur arrivait.

Puis, retrouvant ses réflexes :

— Trois hommes avec moi, en avant !

Les SS se ruèrent alors dans l'entrée qu'ils arrosèrent de balles. Puis, sans attendre, ils se lancèrent à l'assaut des étages en continuant de lâcher de courtes rafales tout en balançant des grenades qui explosaient dans un bruit d'enfer mais aussi dans un déchaînement de poussière et d'éclats.

Le premier d'entre eux qui gravissait les escaliers entrevit soudain sur le palier, une seconde grenade posée à même le sol.

Il voulut se jeter en bas des marches mais l'engin meurtrier explosa. Il fut projeté en contrebas, assommé par le souffle de l'explosion.

Ses compagnons, tapis contre les murs, labourèrent de balles l'escalier au-dessus de lui.

Quand l'orage cessa, le déserteur, jusque-là plaqué sur le palier se redressa. En un éclair, il tira au jugé sur le SS qui revenait à lui avant de tourner le dos et de se jeter dans l'ascension du quatrième et dernier étage.

Deux de ses trois projectiles atteignirent leur cible. Touché au ventre et à la poitrine, l'homme ne mit pas longtemps à rendre l'âme.

L'ex-militaire délaissa alors le dernier étage pour gravir quatre à quatre l'escalier qui menait au grenier. La porte étant fermée à clé, il tira dans la serrure avant de pénétrer dans la mansarde dont une partie du toit s'était envolée.

Était-ce par là qu'il devait tenter sa chance ?

Ses yeux, brûlés par la sueur, se posèrent alors sur un trou béant fait dans un mur. Par là, il pouvait passer dans l'immeuble attenant et continuer sa course meurtrière…

Dix secondes plus tard, une grenade à manche vint rebondir sur le plancher. Elle tournait encore sur elle-même au moment de son explosion.

L'instant d'après, une pluie de balles s'abattit sur les poutres et les murs. Deux nazis pénétrèrent alors dans l'espace enfumé, l'arme au poing. Les deux hommes levèrent tout d'abord la tête en direction du morceau de toit absent, puis l'un d'eux avisa le trou fait dans le mur et ce qu'il distinguait d'une chambre mansardée. Ceux qu'ils poursuivaient s'étaient sûrement enfuis par là.

Rompus à ce genre de traque, les deux hommes se plaquèrent de part et d'autre de l'orifice.

L'un d'eux, qui portait la main à sa ceinture pour y chercher une grenade, vit soudain leur proie sortir de derrière une énorme poutre. Il chercha à agripper son pistolet-mitrailleur mais l'homme qu'ils pourchassaient fit feu à plusieurs reprises de ses deux revolvers. Les soldats s'effondrèrent, abattus à bout portant.

Le déserteur pressentit alors un mouvement sur sa droite. L'instant d'après, il était propulsé au sol par le sous-officier SS qui avait fait le choix de lui régler son compte à coups de couteau. Les deux hommes s'affrontèrent un instant du regard tandis que l'un et l'autre pesaient de tout leur poids sur la balance de leurs destins.

Adolf grimaça en essayant de repousser le bras puissant de son agresseur qui tentait de lui transpercer la gorge.

— Tu es un putain de déserteur ! cracha ce dernier entre ses dents soudées par l'effort.

Adolf concentrait toute sa volonté sur son envie de vivre. La lame du SS n'était plus qu'à deux centimètres de sa peau. Il devait vaincre mais en plus, il devait faire vite avant que celui-ci ne reçoive du renfort.

Il jeta soudain son visage en avant et referma ses mâchoires sur le nez de son adversaire.

L'homme hurla et malgré lui relâcha son étreinte. Le déserteur en profita pour lui asséner un coup de genou dans les côtes. Son poignet libéré, il put plaquer le canon de son arme contre le corps du nazi et appuyer par deux fois sur la détente.

Mortellement touché, l'homme roula sur le côté.

S'étant relevé, Adolf cracha du sang et un morceau de chair prélevée sur son adversaire qui gisait sur le sol, le visage ensanglanté.

— Et toi, un putain de cadavre !

L'un des SS embusqués autour de la fontaine tentait de soigner leur compagnon blessé par la grenade tandis que les autres guettaient dans l'anxiété des nouvelles de leur sous-officier et de ses hommes. Ils avaient entendu des cris, des détonations et le bruit des explosions mais n'avaient aucune idée de ce à quoi ils étaient confrontés réellement. À présent, régnait un profond silence.

À un moment, l'un d'eux crut discerner le battement d'ailes d'un oiseau s'apprêtant à voler au-dessus d'eux. Il voulut l'observer quand il entendit un cri d'effroi poussé par l'un de ses compagnons.

— Grenades !

Deux, trois, puis quatre oiseaux meurtriers s'abattirent sur leurs têtes. Les explosions se succédèrent en une pétarade meurtrière qui fit voler les casques et découpa les chairs.

L'instant d'après, des essaims de balles se mirent à bourdonner aux oreilles des survivants. Le déserteur marchait sur eux en ouvrant le feu depuis ses deux pistolets-mitrailleurs tenus à bout de bras.

Passant près des corps couchés maculés de sang, il lâcha encore quelques courtes rafales à bout portant afin d'achever ses victimes en commençant par l'animal étendu sur le flan.

— Désolé, mon vieux, mais moi aussi, je sais mordre.

L'ex-militaire jeta alors un œil autour de lui. La poussière, la crasse et la sueur dont il était recouvert le faisaient ressembler à un zombi terrifiant sorti de sa tombe.

— Tous morts, les putains de nazis, murmura-t-il en observant les cadavres disséminés autour de lui. Pas mal pour un déserteur. Reste plus qu'à voir ce qu'aura fait le héros !

Dan avait suivi les SS à distance puis, peu à peu, avait réduit l'écart qui les séparait.

Il était rongé par l'inquiétude. Tant que ceux-ci resteraient groupés, il ne pourrait rien tenter et dans une dizaine de minutes, ils arriveraient en vue de la chapelle où étaient réfugiés Rosa et les siens.

Soudain, son cœur bondit dans sa poitrine. Deux des nazis s'étaient laissé distancer par leurs camarades afin d'uriner.

Il n'aurait pas une seconde chance.

Quand il parvint à quelques mètres d'eux, après d'infinies précautions, les deux hommes finissaient de remonter leur braguette et s'apprêtaient à rattraper leur section.

Dan sortit alors à découvert, son arme braquée sur les deux nazis.

L'un d'eux seulement le remarqua. Il voulut donner l'alerte mais il s'effondra, atteint de plusieurs balles.

Dan dirigea alors son pistolet sur le deuxième homme mais celui-ci s'enraya.

Le SS, qui n'avait pas encore compris ce qui lui arrivait, tenta d'empoigner sa mitraillette mais déjà Dan était sur lui. Les deux hommes roulèrent sur le sol mais un seul d'entre eux se releva. Ce dernier, fasciné, contempla le nazi qui tenait ses deux mains crispées sur le manche de la petite baïonnette qu'il lui avait enfoncée entre les côtes.

Il n'y avait pas de temps à perdre.

Quand quatre soldats SS alertés par les coups de feu parvinrent sur les lieux du drame, ils ne purent que découvrirent les corps sans vie de leurs deux camarades étendus dans la poussière.

— Ils n'ont plus leurs armes ! constata l'un d'eux tandis que les autres se mettaient en position de tir.

Ce furent ses dernières paroles. Embusqué à cinquante mètres de là, Dan venait d'appuyer sur la détente du fusil à lunette pris sur le cadavre d'une de ses victimes. L'homme s'effondra sur lui-même, le casque transpercé par une balle de gros calibre.

L'ancien commando, qui avait retrouvé tous ses réflexes de combattant aguerri, s'éloigna en silence de sa position que les SS avaient pu localiser.

Quand il le jugea bon, il se tapit derrière des murs effondrés sous lesquels il se tassa. Pointant un œil dans sa lunette, il tenta de repérer ses adversaires désormais embusqués parmi les gravats.

Soudain, le sommet d'un casque apparut dans sa ligne de mire. Il expira puis bloqua sa respiration. Il n'avait pas le droit à l'erreur. Le coup partit. Il entrevit une giclée de sang puis le casque disparut derrière les décombres.

Il n'eut que le temps d'apercevoir des silhouettes se faufiler entre les murs avant que celles-ci ne s'évanouissent. Sans doute ceux qui restaient de ses adversaires avaient décidé de rompre le combat et de rendre compte du piège dans lequel ils étaient tombés.

Dan se redressa d'un bond. Il fallait qu'il atteigne la chapelle avant eux.

Le capitaine SS était hors de lui. Deux de ses hommes venaient de lui apprendre qu'ils avaient perdu quatre des leurs dans une embuscade.

— Quatre hommes ? s'égosilla-t-il. Mais combien étaient ceux qui vous ont attaqués ?

— Nous… Nous n'avons pas pu les voir. Mais l'un d'eux a volé le fusil à lunette de Jurgën. Je pense que c'est avec ça qu'il a eu Koog et Holmers.

— Herr Hauptmann, nous devrions peut-être aller chercher des renforts ? lui suggéra respectueusement un caporal accroupi près de lui.

L'officier rouge de colère saisit le col de son subalterne.

— Des renforts ? Pour une bande de juifs ? Si tu répètes encore une fois ça, c'est moi qui te mettrai une balle dans le crâne, c'est compris ?

— Jawohl Herr Hauptmann ! acquiesça ce dernier en opinant vivement de la tête.

— Vous vous êtes ramollis ! regretta son supérieur avec une grimace de dégoût. Vous n'êtes plus les hommes que j'ai commandés en Russie ! Scheiße ! Où est passée cette folle à présent ? s'interrogea-t-il en faisant allusion à la mère de Samuel.

— Elle a tourné derrière ce bâtiment, Herr Hauptmann, lui indiqua l'un de ses hommes.

— Alors suivons-la. Et écoutez bien ce que je vais vous dire. Nous ne sommes plus dans Berlin à traquer des froussards de juifs. Nous sommes dans les ruines de Smolensk et nous nous battons contre des rouges qui veulent notre peau, est-ce que je me suis bien fait comprendre ?

— Jawohl Herr Hauptmann ! répondirent en chœur ses soldats bien décidés à prendre leur revanche.

Elisabeth Klantzmann, qui se rongeait les sangs, n'en crut pas ses yeux lorsqu'elle vit approcher Anna Epstein visiblement à bout de force.

— Anna ?

Puis, se tournant vers ceux restés à l'intérieur de la chapelle :

— C'est Anna ! Anna est revenue !

— Anna ? s'étonna son époux en la rejoignant. Mais, c'est bizarre, elle paraît seule. Sans doute Dan et son compagnon ne l'auront pas vue... Je vais... Je vais aller annoncer la bonne nouvelle à Jacob. Il va être fou de joie !

Samuel lui passa alors entre les jambes, bientôt suivi par Rosa.

— Maman ! s'exclama celui-ci en courant au-devant de sa mère.

— Wunderbar ! apprécia l'officier SS en observant les retrouvailles depuis l'endroit où ils s'étaient embusqués. Cette aliénée nous a conduits exactement où nous le voulions. On ne voit pour l'instant que des non-combattants. Les autres sont peut-être embusqués quelque part... Il faut que nous arrivions jusqu'à ces femmes et ces enfants et que nous nous en servions comme otages. Vous deux, vous vous postez ici avec la mitrailleuse et vous nous couvrez. Vous deux, avec le chien, vous les contournez par la gauche. Vous deux avec moi par la droite. Allez, finissons-en !

Les deux soldats, couchés derrière la mitrailleuse, jetèrent des regards nerveux autour d'eux. Ils avaient eu leur lot de batailles et de combats incertains mais ils n'aimaient pas la façon dont se passaient les choses. Qui étaient leurs adversaires ? Des juifs ? Des juifs qui en quelques secondes mettaient au tapis quatre des leurs avec une de leurs armes ?

Et puis, ils n'auraient pas dû séparer leurs forces. Pas dans un univers comme celui-ci où des ennemis pouvaient s'embusquer derrière chaque caillou. Ils songèrent avec regret au fait qu'ils n'avaient même pas daigné s'encombrer d'une radio…

L'homme qui cramponnait la crosse de son arme se rassura en posant le doigt sur la détente. Allons, ils étaient l'élite des SS ! Leur capitaine avait raison, ils allaient se reprendre et faire la peau à ces Untermenschen ! Qu'ils pointent seulement le bout de leur nez crochu et alors…

Le sang du nazi se glaça quand il identifia le rebond caractéristique d'une grenade à manche tout près de lui. Il songea à bondir hors de son trou mais l'explosion s'en chargea avant même qu'il ait pu bouger un cil.

Son compagnon n'était que commotionné, mais la déflagration l'avait rendu sourd et aveugle. Étendu sur le dos, hagard, il cherchait à ramper afin de ne pas servir de cible.

Dan, après l'avoir rejoint, l'abattit d'un coup de revolver en plein visage.

Quand Elisabeth entendit l'explosion, son cœur se bloqua dans sa poitrine. Cependant, malgré la peur immense qui menaçait de la paralyser, elle agrippa Samuel et Rosa par les épaules.

— Retournez dans la chapelle ! Vite ! Vite ! Samuel, Rosa, courez ! Ne vous arrêtez pas !

Puis, alors que les enfants terrorisés s'enfuyaient en

direction de Joseph qui leur tendait les bras, elle prit cette fois Anna par la main.

— Venez Anna ! Venez, il faut nous mettre à l'abri, vite !

Au même moment, les nazis, occupés à se faufiler entre les ruines, se tapirent sur le sol.

— Donnerwetter ! jura l'officier en se tournant vers ses hommes. C'était une de nos grenades. Bon, ça ne fait rien. On continue. On doit absolument capturer quelques-uns de ces juifs. Allez, suivez-moi ! On ne s'arrête qu'une fois à l'intérieur de la chapelle !

La balle de Dan manqua de peu la tête du capitaine SS, mais elle alla fracasser l'épaule de l'homme qui courait à ses côtés. Celui-ci fit encore quelques pas puis choisit de se laisser tomber à l'abri d'un banc en pierre.

Les deux nazis se jetèrent alors derrière les deux colonnes qui agrémentaient l'entrée du sanctuaire avant d'ouvrir le feu sur la serrure de la porte en bois massif.

Pendant ce temps, Dan avait couru comme un forcené afin de se donner un meilleur angle de tir. Il allait épauler, à bout de souffle, quand une volée de balles ricocha près de lui.

Sur sa gauche, un SS le prenait pour cible l'arme à la hanche.

« C'est foutu ! » songea-t-il en se jetant au sol.

Désormais, plus rien ne sauverait Rosa et les siens…

Il y eut alors le crépitement d'une autre rafale mais cette fois, aucune balle ne vint siffler à ses oreilles.

Il risqua un œil et devina plus qu'il ne vit une silhouette qu'il connaissait bien, celle du déserteur embusqué derrière un tas de gravats. Sans attendre, il pointa son arme sur l'entrée mais les deux nazis avaient pénétré dans la chapelle.

Il bondit sans réfléchir hors de son abri et prit ses jambes à son cou.

Le soldat blessé, affalé contre son banc ouvrit alors le feu sur lui mais ses balles s'écrasèrent contre le sol à moins d'un mètre de ses chaussures.

Dan l'acheva aussitôt d'une balle dans la poitrine. L'instant d'après, il se plaquait à son tour contre une des colonnes redoutant à chaque instant d'entendre les cris de ceux qu'on massacrait à l'intérieur de la chapelle.

Quand les deux nazis pénétrèrent dans celle-ci, ils la trouvèrent vide. De colère, ils tirèrent plusieurs rafales en direction des quelques placards et panneaux de bois, puis ils enfoncèrent à coups de pied les portes closes.

Jacob était recroquevillé derrière l'une d'elles. Quand il vit le nazi pénétrer, il appuya par trois fois sur la détente de son arme.

Celui-ci s'effondra lentement tout en tentant de redresser le canon de son pistolet-mitrailleur, en vain. Avachi contre le mur, il regardait impuissant son assassin qui le contemplait de deux grands yeux écarquillés. « Un juif, songea-t-il avant de trépasser. Un pauvre juif... »

L'instant d'après, une grenade vint rebondir dans la pièce.

« Anna... » songea Jacob avant qu'elle n'explose à moins de deux mètres de lui.

L'officier nazi qui l'avait envoyée fit irruption dans la salle enfumée sur le sol de laquelle il entrevit les deux cadavres.

Il jura en découvrant le cadavre d'un seul et unique juif, celui de Jacob Epstein. Mais où sont les autres ?

À cet instant, les murs se mirent à crépiter autour de lui, labourés par des dizaines de balles de gros calibre crachées rageusement par la mitrailleuse à tir rapide que brandissait le déserteur à bout de bras.

Blessé par des éclats et par une balle qui lui avait traversé la cuisse, le SS n'eut plus que le recours de se jeter sur le sol au milieu duquel il tenta de se fondre.

Ricochant sur les murs qui éclataient, un second projectile vint le toucher dans le bas du dos. Puis un troisième lui traversa le bras.

Quand l'orage cessa après un temps qui lui avait semblé durer une éternité, il voulut s'emparer de son arme mais il ne put que gémir de douleur en vomissant un jet de bile ensanglantée.

— Alors Herr Hauptmann Wedelmann ? interrogea le déserteur en pénétrant tranquillement dans la pièce truffée d'éclats. On est venu se confesser de ses crimes ?

— Qui… Qui êtes-vous ? interrogea ce dernier en se hissant avec difficulté sur le côté. Mein Got ! Vous êtes… Vous êtes un soldat !

— J'étais, un soldat, rectifia son agresseur amusé.

— Tu es… Tu es une saloperie de déserteur ?

— Venant d'un fils de pute de nazi comme toi, je prends ça comme un compliment, ironisa Adolf en se débarrassant de son arme encombrante et en sortant un revolver de sa ceinture. C'est même à cause de toi que j'ai quitté l'armée et cette bonne vieille Russie qui nous en a fait voir de toutes les couleurs. La Russie, tu connais ? On s'est rencontrés près de Smolensk, toi et moi, précisa le déserteur en s'accroupissant non loin de sa victime. Avec ta bande de tueurs, vous « nettoyiez », selon vos termes, les villages soupçonnés d'abriter des résistants. Ça revenait à massacrer les habitants, hommes femmes et enfants. J'appartenais à une compagnie d'infanterie qui avait été prise à partie par des tirs d'artillerie la veille de votre arrivée. Nous avions tous été dispersés et livrés à nous-mêmes, vu que nos officiers avaient été tués. C'est là que tu as eu l'idée de nous obliger à vous donner un coup de main pour exécuter votre sale besogne. Comme nous n'étions pas très chauds, tu as commencé à menacer certains d'entre nous en leur brandissant ton revolver sous le nez jusqu'à ce qu'on obéisse, sauf un. Que tu as exécuté d'une balle dans la tête. Il se trouve que c'était mon meilleur ami. Rudy Fuchs. Nous avions fait toute la campagne de Russie côte à côte. Un putain de camarade et un sacré combattant qui m'avait plusieurs fois sauvé la vie... Le problème, c'est qu'il n'aimait pas les salopards comme toi et ceux de ta clique pour les avoir trop souvent vus à l'œuvre, et il en est mort. Quand il est tombé à mes pieds, le front ouvert, j'ai eu envie de te sauter au cou afin de te le tordre, quitte à en crever. Mais je ne l'ai pas fait. J'ai obéi, avec les autres. J'ai hurlé avec les autres. J'ai poussé devant moi des êtres sans défense, terrorisés, qui ne comprenaient même pas ce qu'on leur voulait. J'ai donné des coups de crosse, j'ai séparé des mères accrochées à leurs enfants. J'ai mis le feu à leur maison. Abattu leurs animaux. Quand je cognais, j'essayais de ne pas faire trop de mal, et quand je devais tirer sur eux, j'essayais de les rater. Mais je sais que j'en ai blessé et tué certains... Ne serait-ce que pour ne plus les entendre crier. Quand, au bout de deux jours, nous avons été réintégrés à notre compagnie, j'ai demandé à parler à notre nouvel officier afin de lui révéler ce que vous nous aviez forcés à faire. Celui-ci m'a rétorqué que c'était la guerre, et quand je lui ai dit que massacrer des innocents, ce n'était pas la guerre mais un assassinat, il m'a répondu qu'il allait m'envoyer en permission à condition que j'oublie tout ça. Alors, je suis parti, mais je ne suis plus jamais revenu.

L'homme face à lui était blême. Son visage, crispé par la douleur, était baigné de sueur. La balle qui lui avait pénétré le dos avait fait son œuvre de mort en lui lacérant les entrailles.

— Je crois que tu es en train de crever, Herr Hauptmann. Dans peu de temps, le monde sera débarrassé d'une belle ordure. Tu vois, tu t'étais imaginé mourir au combat comme un SS, mais finalement, c'est un déserteur et quelques juifs qui t'auront fait la peau. Pas de quoi être fier, vraiment. D'autant plus que tu pars avec le pantalon plein de merde. Si tu te voyais, mon pauvre vieux.

Sa victime, au paroxysme de la douleur, voulut parler mais ses mâchoires ne purent esquisser qu'une grimace hideuse avant de s'éteindre dans un râle.

— Heil Hitler… murmura le déserteur en envoyant un jet de salive sur le sol.

Dan, qui avait entendu la confession de son compagnon debout dans le chambranle de la porte, s'avança jusqu'au corps mutilé de Jacob.

— C'est ton revolver, constata-t-il en ramassant le petit automatique que son compagnon cachait habituellement dans sa botte.

— Je lui avais donné avant que nous partions chercher sa femme, confia ce dernier. Il comptait l'utiliser contre lui et son fils pour éviter de tomber vivant aux mains des nazis. Je crois qu'on les a tous eus, hein ?

Dan songea au moment où le déserteur l'avait rejoint quelques instants plus tôt devant la chapelle, armé de sa mitrailleuse portée à bout de bras.

— Tu veux les sauver ? l'avait-il interrogé avec un drôle de regard. Alors, laisse-moi rentrer là-dedans. Il y en a encore un dehors qui essaye de monter sur le toit. Occupe-t'en.

Sans plus réfléchir, et parce qu'il avait cru en ce que lui disait son compagnon, Dan s'était éloigné, la crosse de son fusil plaquée contre son épaule.

Quand il avait repéré le SS, debout sur le toit, celui-ci s'apprêtait à tirer sur le petit clocher à l'intérieur duquel s'étaient réfugiés Rosa et les siens.

La première balle toucha l'homme à la jambe. La seconde aux côtes. Et alors que celui-ci glissait lentement sur les tuiles, une troisième lui explosa dans la poitrine.

Dan avait alors entendu des aboiements. Un peu plus tard, il découvrait un jeune chien-loup attaché à une ferraille. Lorsqu'il approcha, celui-ci se mit à l'observer fixement.

Il avait alors armé son fusil puis il l'avait levé en direction de l'animal. Ce dernier avait tout d'abord aboyé, une seule fois, avant de s'asseoir sur son postérieur.

— Il reste un chien, avoua Dan qui n'avait pu se résoudre à tirer. Attaché à une ferraille. Je n'ai pas eu le courage de l'abattre.

— Héros au grand cœur, hein ? se moqua son compagnon. Et quand il voudra bouffer tes juifs, tu feras comment ?

— Tu aurais pu me dire que tu avais un compte à régler avec ce nazi, remarqua Dan. En fait, c'est pour ça que tu t'es battu. Pas pour ces pauvres gens.

— Quelle importance ! Ils sont sauvés, non ? Et je peux te dire que c'est un putain d'exploit !

— Tu veux que je récupère une croix de fer sur un de ces types pour te la passer autour du cou ?

Les deux hommes, mettant un terme à leur échange, avaient finalement emporté le cadavre de Jacob qu'ils avaient ensevelis sommairement puis, Dan était allé actionner le mécanisme qui libérait le petit escalier amovible permettant de monter jusqu'au clocher.

— Vous pouvez descendre, il n'y a plus de danger ! cria-t-il à l'attention de ceux qui s'y étaient réfugiés.

Dan avait reçu Rosa dans les bras. La petite fille l'avait serré à l'étouffer avant de l'embrasser sur les joues.

— Tu peux aller remercier Adolf, lui souffla ce dernier. Sans lui, je n'aurais rien pu faire.

L'enfant avait alors couru embrasser l'ancien soldat qui lui avait tendu la joue de mauvaise grâce.

— Toi aussi Samuel, tu peux lui dire merci.

Profitant de la diversion, Dan s'était alors tourné vers Joseph et Elisabeth qui le dévisageaient les yeux larmoyants.

— Jacob est mort, leur confia-t-il à mi-voix. Courageusement. Nous l'avons enterré derrière la chapelle.

— Oh, mon Dieu, non ! s'était horrifiée la jeune femme. Le pauvre Samuel !

— C'est un miracle que nous ne soyons pas tous morts ou faits prisonniers à cette heure mais, oui, il va maintenant falloir lui annoncer.

— Et mon papa, il est où ? interrogea le garçonnet en revenant parmi eux.

Dan s'accroupit alors pour affronter le visage de celui-ci.

— Ton papa est mort Samuel, lui expliqua-t-il aussi doucement et simplement que possible. Très courageusement. Il a donné sa vie pour te sauver, toi et ta maman. Et aussi pour nous sauver tous. Nous l'avons enterré derrière la chapelle.

— Il… Il m'a même pas embrassé, bredouilla l'enfant dépassé par l'énormité de la nouvelle.

— Il nous a dit qu'il t'embrassait et qu'il t'aimait. Il nous a dit aussi qu'il comptait désormais sur toi pour t'occuper de ta maman. Qu'il voulait que tu lui promettes. Je lui ai dit que tu le ferais.

Le garçonnet avait acquiescé dans un mouvement de tête, son visage d'enfant empreint d'une infinie tristesse. À cet instant, Rosa s'était approchée de lui, puis elle lui avait pris la main.

— Et maintenant, interrogea timidement Joseph, tandis que les deux enfants s'éloignaient, que faisons-nous ?

— Il faut partir d'ici, répondit évasivement Dan.

— Mais pour aller où ?

— Tu aurais peut-être une idée ? interrogea Dan en se tournant en direction du déserteur qui remplissait un sac à dos de ce qu'il avait pu récupérer sur les cadavres de leurs adversaires.

— J'ai une idée, oui, confirma celui-ci en continuant de réunir quelques affaires. Réalisable pour un type comme moi. Ou toi, avec un peu de chance. Mais sûrement pas avec… toute cette smala.

— Je te rappelle que s'ils n'avaient pas été là, tu n'aurais sans doute jamais pu prendre ta revanche sur ce SS et en même temps, venger ton camarade.

— Ce n'est pas faux. Mais j'ai payé ma dette en leur sauvant la vie.

— Ces gens-là t'ont donné autre chose, tu ne crois pas ?

— Vas-y, je t'écoute.

— L'estime de toi et leur reconnaissance. Et si tu faisais un petit effort, leur affection.

— Tu vas me faire pleurer, le héros. Je vois d'ici le tableau de famille quand on sera tous pendus au bout d'une corde !

— Écoutez, nous n'avons plus grand-chose, intervint

Joseph mais j'ai encore un diamant dans la doublure de mon manteau. C'est tout ce qu'il nous reste mais je suis prêt à vous le donner, si pour cela vous acceptez de nous aider. Ne faites pas ça pour nous qui ne méritons pas que vous risquiez votre vie, mais faites-le pour ces deux enfants innocents.

— Un diamant… gros comment ? interrogea le déserteur une lumière dans les yeux.

— Comme la moitié de mon ongle.

— Et nous avons les bijoux que nous portons, surenchérit son épouse, en tirant sur une chaîne pendant autour de son cou. Ils sont en or. Ils sont pour vous, si vous acceptez de nous aider.

— Vous accepteriez de me noter ça, noir sur blanc ?

— Tu veux pas qu'on passe chez le notaire pendant que tu y es, non ? ironisa Dan en dodelinant de la tête. Maintenant accouche, c'est quoi ton idée ?

— Je compte regagner l'endroit où j'ai laissé ma famille et ma maison.

Joseph et son épouse semblaient suspendus à ses lèvres en attendant les précisions longues à venir.

— Dans un petit village au bord du lac de Constance.

— Ça fait une sacrée balade, ça, non ? calcula Dan.

— Dans les six à sept cents kilomètres, peut-être plus en fonction de la route empruntée. Alors, vous oubliez.

— Dis-moi, intervint Dan, ce lac, il ne se trouverait pas près de la frontière suisse ?

— Oublie ça, tu veux ? Tes amis auraient des montagnes d'or que je ne pourrais pas leur faire traverser le quart du tiers de la moitié de ce foutu pays ! s'emporta son compagnon en chargeant plusieurs gibecières et des gourdes sur ses épaules. Tout ce que je peux faire, contre le diamant, c'est les conduire hors d'ici. Hors de Berlin. Quelque part à la campagne où il faudra qu'ils se débrouillent.

— Nous acceptons, déclara Joseph Klantzmann. Conduisez-nous dans un coin reculé où nous pourrons nous cacher et vous aurez votre diamant.

— C'est trop cher payé, déplora Dan.

— Je vous en prie, Dan, nous n'avons pas le choix. Seul, même un homme tel que vous aura du mal à nous protéger de tous nos ennemis.

— À moins que tu préfères la jouer solitaire, le héros? interrogea insidieusement le déserteur.

— Nous acceptons, réaffirma le médecin.

— Très bien, avait acquiescé un peu brutalement leur sauveur en extirpant un pistolet de sa ceinture. Alors, en route! Mais avant, je dois commencer par faire quelque chose qui rebute notre héros.

— Tu comptes abattre ce chien?

— Tu préfères le laisser crever au bout de sa chaîne?

Quand les deux hommes retrouvèrent l'animal, ils furent effarés de trouver Rosa et Samuel agenouillés près de lui.

— Putain! jura l'ex-militaire. Ils vont se faire bouffer!

— Je n'en ai pas l'impression.

— Il était mort de soif, expliqua la fillette en regardant s'approcher les deux hommes. Alors j'ai pris la gourde du méchant qui est mort et je lui ai donné de l'eau dans une vieille gamelle. Il a tout bu.

— OK, mais maintenant, vous vous éloignez de cet animal, leur intima le déserteur en brandissant son revolver.

— Qu'est-ce que vous allez faire? interrogea Rosa en se recroquevillant près du chien qui les observait la langue pendante.

— Éloigne-toi, je t'ai dit. Ces bêtes-là sont féroces.

— Non ! refusa la fillette en se pelotonnant contre le poitrail de l'animal qui émit un bref aboiement.

— Mon Dieu ! s'épouvanta Elisabeth en les rejoignant, accompagnée de son mari et d'Anna. Rosa, mais qu'est-ce que tu fais ?

— Et maintenant, qu'est-ce que tu comptes faire ? questionna Dan avec ironie tout en rassurant d'un geste les parents. Tuer le chien et les enfants ?

— Putain, vous ne les connaissez pas, ces salopards ! J'en ai vu dévorer vivant des... des...

Dan posa alors sa main sur l'épaule de son compagnon.

— Je sais ce que tu as vu. Mais celui-ci est tout jeune et sa seule envie, c'est de boire. Et il aimera à la folie toute personne qui lui donnera à boire et à manger.

Vaincu, l'homme se résigna à baisser le bras.

— Vous ne viendrez pas pleurer quand... Putain et vous allez le nourrir comment ? En tout cas, certainement pas avec ma part ! Bon, on a assez perdu de temps, mais je vous préviens, au moindre aboiement de travers, je lui loge une balle dans la tête à ce foutu cabot !

— On peut l'emmener avec nous, Dan ? demanda la fillette avec une voix remplie d'espoir tandis que celui-ci s'approchait pour détacher le chien.

— Ce n'est certainement pas la meilleure chose à faire. Pour ça, Adolf a sans doute raison. Mais bon. Vous avez l'air de bien vous entendre tous les deux.

— Avec Samuel aussi, hein, Samuel ?

Le garçonnet acquiesça tristement de la tête tandis que ses doigts s'enfonçaient doucement dans les poils de l'animal.

— Alors, c'est entendu, on l'emmène mais pour l'instant,

c'est moi qui le tiens en laisse. Donne-lui ça, ajouta-t-il en extirpant un gâteau sec de son sac, ça contribuera à te rendre encore plus sympathique à ses yeux.

— Vous... Vous croyez vraiment que nous pouvons faire confiance à cet animal ? s'inquiéta Elisabeth.

— Je crois que ce chien a fait un choix. Celui d'une nouvelle vie, lui confia Dan en tapotant le flanc de celui-ci. Donnons-lui sa chance.

Chapitre 5

Ils avaient finalement rattrapé le déserteur qui avançait la mine renfrognée, chargé de tout ce qu'ils avaient pu emprunter aux nazis puis avaient marché dans ses pas jusqu'à la lisière d'un quartier en ruines au creux desquelles ils s'étaient tapis en attendant la tombée de la nuit.

Là, tandis qu'ils partageaient un peu de nourriture, les sirènes de la ville s'étaient mises à pousser leur plainte lugubre, annonciatrice de terreur et de chaos.

Quelques instants plus tard, un grondement sourd se fit entendre dans le lointain. Celui de dizaines de bombardiers lourds le ventre plein à craquer d'engins de mort qu'ils s'apprêtaient à lâcher sur la ville.

— Tu crois que c'est pour nous ? interrogea Dan en jetant un regard inquiet vers le ciel découpé par les sillons lumineux des projecteurs à la recherche de leurs proies.

— Nous devrions peut-être trouver une cave ou un abri ? proposa Joseph au comble de l'anxiété.

— Papa, j'ai peur, gémit Rosa qui avait passé un ciré trop grand pour elle par-dessus son manteau bleu en se pelotonnant contre sa mère dont le visage était livide.

— Regarde, ma chérie, lui aussi, il a peur, lui murmura-t-elle en désignant le jeune berger allemand qui tremblait à leurs pieds, tout en émettant de petits gémissements.

Soudain, les premières explosions retentirent au loin, illuminant l'horizon de flashs incandescents.

— Non, on dirait qu'ils visent le nord de la ville, déclara le déserteur en se redressant. C'est bon pour nous, pendant que les gens se terrent, on va pouvoir rejoindre la campagne. Allez venez, il n'y a pas de temps à perdre !

Ils avaient alors gagné un quartier épargné par les bombes et marché en toute hâte en compagnie de familles affolées jusqu'à ce qu'ils s'écroulent à bout de forces derrière la haie d'un parc aux premières lueurs du jour.

— Par pitié, implora Elisabeth, il faut que nous reprenions notre souffle !

Au prix d'un dernier effort, ils rejoignirent un peu plus tard un petit bois au cœur duquel ils trouvèrent refuge puis, dès la nuit tombée, ils reprirent leur marche sur des chemins en terre battue qui les entraînèrent vers des champs et des forêts à travers lesquels ils s'enfoncèrent.

Au matin, ils firent halte dans une ferme abandonnée perdue au milieu d'une friche d'herbes jaunes au moment où le ciel commençait à déverser des trombes d'eau. Ils se regroupèrent alors comme ils le purent sous ce qui restait du toit puis, après avoir enfilé des ponchos pris à leurs victimes et absorbé un peu de nourriture, sombrèrent, prostrés et harassés, dans une sorte de somnolence douloureuse, frissonnant sous les gouttes d'eau glacées qui s'infiltraient entre les tuiles.

À la nuit tombée, ils se remirent en route malgré la pluie qui trempait leurs visages aux traits tirés, à la fois blêmes et maculés de crasse.

— Priez pour que ce temps-là continue, les secoua le déserteur qui semblait insensible à la fatigue. Plus il pleuvra et moins nous risquons de faire de mauvaises rencontres !

Comme pour répondre à ses vœux, le ciel continua de déverser son eau, trempant jusqu'aux os leurs corps éreintés.

À un moment, alors qu'ils marchaient le long d'une petite route bordée de champs, des feux de voitures apparurent au loin. Sans attendre, ils se ruèrent dans les herbes hautes gorgées d'eau au milieu desquelles ils s'aplatirent le temps que le dernier camion militaire disparaisse dans la nuit.

Moins d'une heure plus tard, une patrouille de trois side-cars les précipita à nouveau dans les fossés.

— Rosa et Samuel n'en peuvent plus, se plaignit Elisabeth en s'adressant aux deux hommes. Ils tremblent de froid et de fatigue. J'ai peur qu'ils tombent malades, ils sont si faibles.

— S'ils ont froid, ça veut dire qu'ils sont en vie, lui fit durement remarquer le déserteur.

— Le jour ne va pas tarder à se lever, intervint Dan en observant les deux enfants disparaissant presque entièrement sous leurs ponchos trop grands pour eux. Nous nous arrêterons dès que nous trouverons un abri.

— Il leur faudrait un endroit sec avec… avec du foin où de la paille où nous pourrions les sécher et les changer.

— Et pourquoi pas un lit avec un édredon dans un petit hôtel où il y a marqué : ici, on accepte les juifs ?

— Vous n'avez sans doute pas d'enfant ! se révolta la jeune femme.

— Qu'est-ce que vous en savez ?

— Maman ! intervint Rosa d'une voix lasse. Adolf a raison. Il essaie de nous sauver et nous, nous n'arrêtons pas de nous plaindre. Il fait tout ce qu'il peut et Samuel et moi, nous ne demandons pas de traitement de faveur. Alors, plus vite on repartira, plus vite on pourra se reposer.

— Cette gamine semble avoir plus de bon sens que vous, fit remarquer le déserteur.

— Je ne suis pas une gamine ! s'indigna Rosa.

Ils s'étaient donc remis en route jusqu'à ce que le ciel enfin apaisé ne s'éclaircisse. Il faisait déjà jour quand ils repérèrent une grange isolée grâce à leurs jumelles récupérées sur les cadavres des nazis.

— On va peut-être avoir le foin où la paille dont on rêve, commenta Dan en auscultant les alentours.

— Il fait trop jour pour couper à travers champs, remarqua le déserteur. On va devoir gagner ce petit bois qui nous cachera la plupart du temps. Ensuite, il faudra qu'on se confonde avec le sol.

— Mon Dieu, pria Elisabeth, son beau visage aux traits tirés maculé d'eau et de sueur. Faites que nous y arrivions vite.

Ils durent marcher une bonne heure avant de parvenir à portée de la bâtisse. Il leur avait fallu ramper, le corps enfoui dans l'herbe haute transformée en marécage jusqu'à ce qu'enfin, ils s'écroulent dans un foin sec et odorant que protégeait un bon toit de chaume.

— Nous allons utiliser ces ficelles afin de suspendre nos vêtements, décréta Dan. Je propose que les femmes et les enfants montent à l'étage pour se sécher et se changer.

— Si nous trouvons encore des vêtements secs, fit remarquer Elisabeth en grelottant.

— Il y a des sacs de jute empilés contre le mur, les informa le déserteur en examinant leur abri. Ils sont bien secs. Je me suis laissé dire que les juifs n'avaient pas leur pareil pour la couture. Avec du fil et une aiguille, vous pourriez confectionner de jolies robes !

— On pourrait aussi vous coudre le bec pour ne plus entendre vos remarques idiotes ! se rebiffa la jeune femme avec agressivité.

— Voyons, Elisabeth, s'efforça de la calmer son mari en l'entourant de ses bras.

— Je vois qu'il vous reste des forces pour mordre, apprécia le déserteur avec un sourire. Ça tombe bien parce que la nuit prochaine, il faudra que vous avanciez beaucoup plus vite si vous ne voulez pas que je vous abandonne à votre sort. Parce que je n'ai pas le temps de me promener, moi !

— Avec les enfants, nous ne pourrons pas ! s'alarma Joseph.

— Ne vous inquiétez pas, intervint Dan. Il attendra d'avoir votre diamant avant de vous abandonner.

— À ce propos, renchérit son compagnon en ôtant ses vêtements trempés. J'aimerais bien le voir, ce fameux caillou avant de continuer !

— Ce n'est pas facile quand on est voleur soi-même de croire à l'honnêteté des gens, pas vrai Adolf ? le titilla Dan.

— Je vous le montrerai, demain, accepta le médecin. Pour l'instant, j'ai trop hâte de m'étendre dans ce foin !

— Bonne nuit papa, bonne nuit Dan, bonne nuit oncle Adolf ! déclara Rosa depuis le haut de son perchoir tandis que sa mère lui séchait les cheveux avec du foin sec.

Vaincu par la fatigue, chacun avait mis à sécher ses affaires comme il l'avait pu avant d'enfiler ce qu'ils avaient de plus sec et de s'enfouir dans le foin odorant qui avait progressivement réchauffé leurs corps éreintés et transis puis, tous avaient finalement sombré dans un endormissement de plomb.

— Je serais d'avis de rester un peu ici afin de finir de sécher et de reprendre des forces, suggéra Dan quand tous furent réveillés en fin de journée. Disons, cette nuit et la journée de demain.

— C'est une perte de temps inutile, commenta son compagnon tout en manœuvrant la culasse d'un pistolet-mitrailleur afin d'en contrôler la propreté et le bon fonctionnement.

— Si tu leur fais reprendre la route dans cet état, alors tu peux dire adieu au diamant, parce qu'ils ne te suivront pas. Et puis, tu tiens tellement à marcher toute la nuit dans cette putain de terre gorgée d'eau ?

— J'ai passé soixante-douze heures dans une tranchée inondée en Russie, se souvint l'ancien soldat. Pour échapper à des partisans qui en voulaient à nos bijoux de famille. On était une dizaine dans ce trou avec de la flotte jusqu'au cou. Quand on a pu enfin sortir, on n'était plus que trois. Les autres s'étaient noyés en s'endormant. Faut dire que ça faisait deux semaines qu'on ne dormait plus à cause de la pluie qui nous dégringolait dessus jour et nuit.

— Et alors, on fait quoi ?

— Je veux bien suivre ton idée, mais pour cette fois, seulement.

— Bien, je vais leur annoncer la bonne nouvelle.

— Et pendant que tu y es, dis-leur qu'ils n'oublient pas de me montrer leur caillou !

Joseph s'était approché d'eux un peu plus tard. Avec d'infinies précautions, il avait déplié un mouchoir brodé au fond duquel avait brillé la pierre précieuse.

— Cette pierre doit valoir une fortune ! remarqua Dan.

— C'est un bijou qui a toujours été dans notre famille. Il était serti sur un collier qui appartenait à ma mère. Elle nous l'a offert pour notre mariage, avait déclaré le médecin avec émotion. Il sera à vous, si vous nous conduisez en sécurité, confirma-t-il en dévisageant le déserteur qui souriait de contentement.

— Il n'y a qu'un endroit où vous pourriez être en sécurité, déclara Dan. C'est en Suisse. Qu'il vous y conduise et vous lui donnerez le diamant. Sinon, je peux tout aussi bien vous conduire seul jusqu'à une autre maison en ruines, une autre grange ou un autre grenier. Vous serez toujours en territoire nazi et votre vie n'en sera pas une.

— Mais, c'est si loin… Les enfants n'y arriveront jamais.

— Si cet homme accepte de nous aider, alors, nous pouvons y arriver, affirma Dan.

— Qu'en… Qu'en pensez-vous, Adolf? interrogea le père de Rosa. Est-ce que… Est-ce que vous accepteriez de nous conduire jusque là-bas?

L'homme réfléchit d'un air contrarié, puis il se décida.

— Eh bien, mon Dieu, si vous marchez à mon allure. Si vous avancez sans vous plaindre. Si vous m'obéissez. Si vous vous faites oublier derrière mon dos, peut-être que je pourrais vous tolérer, réfléchit le déserteur.

— Je… Je vous promets que nous ferons de notre mieux, déclara Joseph soulagé. Alors, vous acceptez?

— Nous verrons comment vous vous comporterez lors de la prochaine marche, déclara l'ancien soldat d'un ton circonspect.

Ils avaient profité de la journée ensoleillée du lendemain pour finir de sécher sacs et vêtements et pour reposer leurs membres endoloris. Quant à Rosa et Samuel, ils avaient passé le plus clair de leur temps à se cacher dans le foin en riant aux éclats chaque fois que le jeune chien les dénichait, ce qui arrivait invariablement.

— C'est un bon chien, non? avait interrogé Dan un peu plus tard tandis qu'il surveillait les alentours en compagnie d'Adolf depuis une lucarne aménagée entre les planches de leur cabane tout en caressant le crâne de l'animal.

— Surtout pour ce qui est de retrouver des juifs, ironisa le déserteur.

— N'empêche qu'il est capable de monter la garde et de nous alerter en cas de danger.

— Bon, c'est pas tout ça, mais on a assez perdu de temps et il va falloir se remettre en route, avait déclaré Adolf en consultant à nouveau sa carte et sa boussole. Il reste une bonne heure avant la nuit mais le ciel est suffisamment couvert pour nous protéger des regards indiscrets. Alors profitons-en.

— Pourvu qu'il ne pleuve pas, pria Elisabeth en finissant de vêtir sa fille. Maintenant que nous sommes bien secs.

— Quel que soit le temps, je vous conseille de marcher cette nuit aussi vite que je vous le demanderai, avait ajouté ce dernier d'un ton sans concession. Sans tomber, sans pleurer ni vous plaindre et nous verrons si nous pourrons continuer le chemin ensemble, parce que j'aime autant vous dire que diamant ou pas, je ne risquerai pas ma peau, si vous n'en valez pas la peine!

— Nous marcherons! avait affirmé Elisabeth avec un air de défi. Et vous ne nous entendrez pas pleurer. Quant à vous, occupez-vous de votre carte et de votre boussole et conduisez-nous si vous en êtes capable, là où nous voulons aller!

— Elle a du caractère, la jolie juive! avait souri Adolf un peu plus tard alors que Dan passait à sa hauteur.

— Je crois même qu'elle pourrait te les couper, si elle

s'apercevait que tu les mènes en bateau. Alors si tu veux mon avis, tiens-toi à carreaux.

Tous avaient avancé dans les pas du déserteur en direction de la forêt, angoissés à l'idée de la nouvelle nuit d'effort et de danger qui s'annonçait, tandis que Dan et le jeune chien-loup fermaient la marche.

Au-dessus d'eux, le ciel bas et sombre semblait peser sur les collines qui, rapidement, se teintaient d'ombre. Au loin, les clochettes d'un troupeau tintèrent faiblement dans la brume languissante avant de s'évanouir. La guerre mise de côté, il émanait de cette nature austère un sentiment mêlé d'intense solitude et de liberté grisante. Mais pour eux, elle n'était qu'un refuge implacable et sauvage avec lequel ils devraient composer.

Dan pria pour que la pluie les épargne. Malgré leur immense courage, Samuel et Rosa n'étaient pas de taille à arpenter une telle forêt, de nuit, sous des trombes d'eau. Il observa la fillette recouverte de son poncho qui marchait courageusement aux côtés de sa mère. Un instant, celle-ci se retourna dans sa direction comme pour s'assurer de sa présence et de celle du jeune animal qui trottinait impatient et docile au bout de sa longe. Dan répondit à son sourire par un petit signe de la main tandis qu'ils s'enfonçaient dans la pénombre en songeant à ceux qu'il avait quittés, là-bas, dans son autre vie. Leur manquait-il ? S'étaient-ils seulement aperçus de sa disparition ?

Le ciel opaque au-dessus d'eux n'avait laissé échapper que de légères et brèves averses dont les gouttes étaient restées suspendues aux branches. Malgré cela, le sol était rendu glissant par l'humidité accumulée, et les pentes le long desquelles ils progressaient rendaient leur marche laborieuse et éprouvante.

Chacun d'eux avait perdu au moins une fois l'équilibre et leurs vêtements étaient maculés de boue. Les hommes s'étaient relayés pour porter les enfants qui, lorsqu'ils restaient quelque temps sans bouger tremblaient de froid. Ils avançaient de façon mécanique, la tête vide, les poings serrés, le dos et les membres douloureux, mais ils avançaient, motivés par l'espoir que le pire se trouvait derrière eux.

À un moment, Dan évita à Elisabeth de glisser une énième fois. Tous deux se retrouvèrent alors brièvement serrés l'un contre l'autre.

— Ça va ? l'avait interrogée celui-ci d'une voix sourde.

Elisabeth n'avait pu qu'acquiescer de la tête, les yeux rivés aux siens.

Il avait alors pris la main de la jeune femme dans la sienne. Sa peau était ferme, mince et glacée.

— Le temps de franchir ce terrain en pente, bredouilla-t-il comme pour se justifier.

Ils marchèrent ainsi quelques mètres, rivés l'un à l'autre, puis ils se séparèrent au moment où Joseph revint à leur hauteur.

Cette dernière avait alors lâché la main de Dan puis avait agrippé le bras de son mari.

— Ça va, ma chérie, tu peux encore avancer ? l'avait interrogée ce dernier avec inquiétude alors que lui-même était au bord de l'épuisement.

— Je marcherai aussi longtemps que vous marcherez, lui avait affirmé courageusement celle-ci. Chaque pas que nous faisons est un pas vers la liberté.

— Nous rejoindrons cette plaine la nuit prochaine, avait indiqué le déserteur à Dan qui s'était accroupi à ses côtés, en désignant la vallée immense et verdoyante qui s'étirait jusqu'à l'horizon depuis leur poste d'observation, une trouée aménagée entre des branches de sapins lestées de pluie.

— C'est par là que nous allons ? s'enquit d'une voix éreintée Joseph qui les avait rejoints. Dieu soit loué ! Nous n'en pouvons plus de cette maudite forêt !

— Cette maudite forêt, comme vous dites, est le meilleur endroit pour des fuyards tels que nous, lui expliqua Adolf. Surtout par temps de pluie. Là-bas, il y a des villages, des fermes, des chiens et des nazis en uniformes ou en habits de paysans qui seraient heureux de mettre leurs sales pattes sur des youpins en fuite.

— Ou des déserteurs, ironisa Elisabeth qui venait de les rejoindre.

— Où va-t-on pouvoir se reposer ? demanda son époux qui voulait éviter une nouvelle empoignade. Les enfants sont éreintés, il nous faudrait un endroit sec mais tout dans cette forêt est détrempé.

— Il y a des abris de chasse, lui expliqua Dan en désignant un poste d'observation aménagé entre les branches d'un arbre. Nous pourrons nous y reposer en attendant la nuit prochaine.

— Ça me paraît un peu petit pour que nous y tenions tous, fit remarquer la jeune femme.

— Oncle Adolf et moi, on dormira au pied de l'arbre, déclara Dan.

— Mais le sol est trempé !

— Ne vous en faites pas pour nous et pensez plutôt à vous reposer.

Elisabeth et Joseph avaient installé du mieux qu'ils l'avaient pu Anna et les enfants sur les branchages et les fougères accumulées par les chasseurs puis ils s'étaient à leur tour blottis l'un contre l'autre. Autour d'eux, les gouttes d'eau s'illuminaient sous la caresse du soleil.

— On dirait qu'on va avoir une belle journée, murmura Joseph.

— Pourvu que le soleil nous réchauffe un peu, avait soufflé son épouse en déposant un baiser léger sur le front de sa fille qui, déjà, s'endormait roulée dans sa couverture auprès de Samuel, lui-même blotti contre sa mère.

— Regarde, reprit son époux en désignant les dizaines de petites bulles d'eau dans lesquelles se reflétait la lumière du soleil. On dirait des diamants.

— Magnifique. Quelle chance, nous avons ! Quand je pense que nous pourrions être au fond d'un grand lit chaud dans une chambre confortable, loin de cette nature merveilleuse ! ironisa son épouse à mots couverts.

— Vous n'êtes pas romantique, madame Klantzmann, lui reprocha tendrement son mari.

— Tu te trompes, j'adore être couchée sur des branches de sapins. Particulièrement après avoir marché toute la nuit dans la boue.

— Ces deux hommes sont quand même extraordinaires, non ? répliqua son époux en faisant allusion à leurs deux protecteurs. Regarde comme nous sommes bien installés. Moi, je serais passé sous ces abris sans les voir et à l'heure qu'il est, vous dormiriez sur le sol détrempé. Dan, surtout est… incroyable. Je nous sens tellement en sécurité quand il est avec nous… Je… Je reprends espoir, je me dis que peut-être un avenir est possible pour notre petite Rosa. C'est fabuleux que nous l'ayons trouvé sur notre chemin… C'est troublant même cette relation étrange qu'ils ont tous les deux… Qu'en penses-tu, tu ne réponds pas ?

Joseph Klantzmann se souleva pour observer son épouse. Celle-ci semblait s'être endormie étendue sur le côté. Alors à son tour, il ferma les yeux et aussitôt, des dizaines d'images d'explosions et de cris commencèrent à résonner dans sa tête.

Sa femme ne dormait pas. Elle songeait aux paroles de son mari. Quand enfin elle ferma les paupières, ce fut pour échapper au beau visage de cet homme mystérieux qu'elle aurait préféré n'avoir jamais rencontré.

Quand Dan s'éveilla, le soleil était déjà haut dans le ciel et sa chaleur bienfaisante rayonnait à travers toute la forêt. Son compagnon roulé dans son poncho dormait paisiblement sur un matelas de feuilles allongé à ses côtés. Le jeune berger allemand qui avait passé la nuit blotti contre lui l'observait désormais de ses yeux perçants, attendant de savoir ce que ses nouveaux maîtres avaient décidé pour lui.

Dan jeta un œil sur l'abri de chasse au-dessus d'eux. Comme tout était silencieux, il attrapa son fusil puis se mit souplement sur ses jambes.

Autour d'eux, la forêt baignait dans une éclatante symphonie de parfums, de lumière miroitante et de chants d'oiseaux.

Le chien se dressa alors sur ses pattes arrière afin d'attraper la main de l'homme qu'il mordilla affectueusement.

« Si Azote me voyait avec un autre chien… » songea-t-il.

— Bon, je vais faire un tour, ça te dit de venir avec moi ?

Tous deux rejoignirent la lisière de la forêt d'où ils avaient observé la vallée qui s'étendait radieuse le long de l'horizon, là où le vert des prairies rencontrait le bleu d'un ciel sans nuage.

Il ne fallait pas se fier au sentiment de quiétude et de paix que suscitait ce merveilleux décor. Là-bas, le danger pouvait être encore plus grand que dans la forêt.

Il adressa une tape amicale au jeune chien assis à ses côtés, puis il sortit les jumelles de son étui afin d'observer le vaste damier de terres et de champs qui s'étiraient à l'infini en s'arrêtant plus particulièrement sur les fermes, les animaux et les villages et sur les silhouettes minuscules de leurs habitants.

À cet instant, un clocher tinta dans le lointain. La campagne, abondamment arrosée par les dernières pluies, s'offrait désormais sans retenue à la chaude caresse du soleil.

Comme il était difficile d'imaginer que sous ce beau soleil et ce ciel limpide, on continuait de s'entre-tuer et de persécuter des milliers d'innocents.

Il ressentit soudain de violents maux de tête et eut la sensation d'une présence toute proche. Alerté, il fit glisser son arme de son épaule et se mit à scruter les herbes et les fougères qui poussaient en quantité au pied des arbres. Il sursauta en découvrant la silhouette immobile d'un homme qui l'observait les bras ballant le long du corps.

Dan détailla alors l'inconnu à l'allure étrange. Grand, maigre, un chapeau vissé au-dessus d'un crâne luisant, des traits anguleux, il émanait de lui une impression de force brute et de détermination.

Mais où avait-il déjà vu ce type ? se demandait-il.

Ce regard anxieux et pénétrant, ce calme maîtrisé, ce mutisme exacerbé, cette expression désabusée empreinte de connaissances.

Il savait où il avait déjà vu cet homme. Devant sa maison, des années plus tôt, juste avant qu'il ne ressente ce violent mal de crâne et qu'il…

***

2010

Quand il ouvrit les yeux, il était affalé sur son canapé, vêtu d'un tee-shirt et d'un bermuda. Azote dormait à ses pieds étendu sur le tapis du salon. Celui-ci baignait dans une douce clarté caressée par une brise légère venue des fenêtres ouvertes. Dan, avant même de savoir ce qu'il faisait là, songea qu'on devait être en toute fin d'après-midi. Près de lui, son portable vibrait et sonnait en même temps. Il s'en saisit et observa le petit écran.

Le prénom de Clémence y apparaissait en lettres lumineuses.

Il jeta un regard incrédule sur les murs qui l'entouraient. Était-il réellement devenu fou ?

— Allô, bredouilla-t-il en massant son front douloureux.

— Dan ?

— Clémence… C'est toi ?

— Je te dérange ? le questionna la jeune femme refroidie par son ton hésitant.

— Euh… Non, non, pas du tout ! Je… Je m'étais endormi.

— Je suis désolée, j'aurais dû t'envoyer un SMS, tu n'es pas seul peut-être ?

— Eh bien…

Il songea : « Je croyais être avec des juifs cachés dans une forêt mais… »

— Mise à part cette chose hirsute qui me contemple la gueule ouverte, répondit-il en passant la main sur le crâne d'Azote qui le fixait avec dévotion, il n'y a personne. Et, tu m'aurais dit quoi sur ton SMS ?

— Je voulais prendre de tes nouvelles, savoir comment tu allais.

— Je vais bien, déclara Dan en se disant qu'il était le plus grand menteur de la terre. Et toi ? Comment vas-tu ?

— Je vais bien aussi. En fait, je suis au village. Il fallait que je passe dans le coin pour le boulot... Et je me suis dit que peut-être, on pourrait se retrouver pour dîner ? C'est moi qui t'invite. Enfin, si tu n'as rien d'autre à faire.

Dan se dit qu'un homme normal aurait sans doute été ravi d'être invité au restaurant par une jolie femme, mais ce soir, il n'était pas sûr de savoir ce qu'il voulait vraiment, ni qui il était exactement, ni même à quel monde il appartenait réellement.

Il frotta son crâne douloureux comme si cela avait pu l'aider avant de répondre.

— En fait, je ne suis pas au meilleur de ma forme. Peut-être que tu pourrais monter jusque-là ? proposa-t-il sans conviction.

— Tu es malade ? Qu'est-ce que tu as ?

« Je crois que je suis cinglé, songea-t-il. Plutôt que d'apporter des fleurs ou une bouteille, ramène-moi donc un psy et deux infirmiers... »

— Un petit coup de fatigue, ça va passer.

— Tu préfères peut-être te reposer ?

Dan hésita, puis il se dit qu'il n'avait pas envie de se retrouver seul face à sa folie. Peut-être pourrait-il parler de ses problèmes à Clémence ? Non, ce n'était pas une bonne idée. Alors au moins, pourrait-il faire illusion ? Oublier un temps ces fantômes qui le hantaient ? En serait-il capable ?

— Écoute, ça me ferait très plaisir que tu passes, déclara-t-il finalement comme un appel au secours. On pourrait se faire une pizza ? J'en ai dans le congélateur.

— Eh bien, d'accord. Disons dans une heure, ça te va ?

— Parfait. En attendant, je vais en profiter pour revoir… Enfin pour rendre visite aux animaux.

Quand Dan pénétra dans l'enclos, il vit tout de suite que ceux-ci ne manquaient de rien, un peu comme s'il les avait bichonnés le matin même. Était-ce le cas ? Faisait-il des choses qu'il oubliait dès que… Dès que son rêve ou son cauchemar commençait ? Depuis quand n'était-il plus reparu à son travail et pourquoi cela semblait ne déranger personne ? Combien de temps restait-il absent ? Quelques minutes ? Une demi-seconde, le temps d'un rêve ?

Mais comment un rêve, si c'en était un, pouvait-il être aussi précis et structuré ? Au point d'imprimer sa mémoire des moindres détails ?

Quand la voiture de Clémence se présenta devant sa maison, Dan se tenait sur sa terrasse, angoissé à l'idée de se retrouver devant la jeune femme. S'apercevrait-elle tout de suite de sa folie ? La découvrirait-elle dans son regard fiévreux ou dans ses gestes maladroits ?

Azote trottinait à présent autour d'elle en aboyant.

Dan l'observa avec appréhension. Elle portait un charmant chemisier à fleurs qui tombait sur un jean clair effiloché aux genoux. Ses longs cheveux noirs étaient lissés en une superbe queue-de-cheval qui lui descendait jusque dans le milieu du dos.

Il se dit qu'elle était décidément très belle en découvrant son visage de vestale grecque et le bleu éclatant de son regard.

— Tu es superbe, lui murmura Dan tandis qu'elle l'embrassait sur la joue s'attendant à un commentaire du style et toi, tu as un visage fatigué, ça ne va pas ?

Mais Clémence ne dit mot.

— Viens, rentre, j'ai du blanc au frais. Alors, raconte-moi, interrogea Dan une fois à l'intérieur de la maison en tentant de repousser les angoissantes questions qui le taraudaient. Qu'est-ce que tu deviens ?

Clémence lui relata les derniers événements de sa vie quelle s'appliqua à définir comme bien ordinaires puis, après avoir trempé ses lèvres dans son verre, en vint à faire allusion à leur dernier entretien au téléphone qui remontait apparemment à une huitaine de jours.

— Mais toi ? interrogea-t-elle tout d'abord un peu inquiète. Tu m'as dit que tu n'allais pas bien, est-ce que tu peux m'en parler ?

— Rien de grave, répondit évasivement Dan d'un revers de la main. Tu sais, toujours mes cauchemars qui reviennent de temps en temps à la surface.

— Tu es retourné voir un médecin ? Ils font beaucoup pour aider les soldats comme toi à leur retour de mission.

— Ça dure quelques jours, et puis ça passe. Je préférerais parler d'autre chose…

— Je comprends. Tu sais, j'ai beaucoup regretté mon comportement, lui confia-t-elle dans un élan de sincérité. Il était puéril. Tu n'allais pas très bien, tu avais besoin de réfléchir et je me suis montrée mordante alors… alors que la nature même de nos relations fait que tu étais tout à fait en droit de vouloir prendre un peu de recul…

— Clémence. C'est moi qui m'y suis très mal pris, la coupa-t-il. J'allais dire, un peu comme d'habitude. Ta réaction était normale. On venait de passer de merveilleuses vacances et moi… mais, fais-moi plaisir, tu veux. Oublions le passé. Tu es là et j'en suis très heureux.

— C'est agréable à entendre, confia la jeune femme avec un sourire gêné.

— Je te resserre un peu de blanc ?

— Je suis dans la même tenue depuis ce matin, est-ce que je pourrais prendre une douche et me changer ?

— Bien sûr, je ne te montre pas où se trouve la salle de bain ?

Quand l'eau de la douche commença à couler, Dan s'affala dans un coin du canapé. Son mal de tête s'estompait doucement mais il ne parvenait pas à investir totalement son nouveau corps. Une partie de lui-même était là-bas dans une improbable forêt auprès de gens qui avaient peur.

Il se secoua. Il devait faire des efforts s'il ne voulait pas qu'une fille comme Clémence se détourne de lui. Il devait se convaincre qu'il appartenait à ce monde parce qu'on ne pouvait appartenir qu'à un seul monde. L'autre, l'autre n'était que le fruit d'un délire, une illusion, le produit d'un pur fantasme de schizophrène.

— Tu peux prendre la suite ! l'interpella Clémence en se glissant dans sa chambre afin de se changer.

Quand il fut douché et rasé, il rejoignit sa chambre dans laquelle flottait le parfum de Clémence qu'il huma avec volupté.

« La vérité est là, se dit-il. La vérité, c'est ce monde en paix, cette maison et cette femme magnifique avec qui tu te prépares à passer une délicieuse soirée. »

Quand il pénétra l'instant d'après dans le salon, il fut subjugué par Clémence qui l'attendait assise dans l'un des fauteuils de cuir blanc.

Ses longs cheveux noirs et soyeux tombaient librement de chaque côté de son beau visage, cette fois légèrement maquillé. Elle avait revêtu une élégante robe d'un jaune tendre qui laissait voir ses épaules et ses jambes fuselées, chaussées d'escarpins du même ton.

— Tu as mis mon cadeau de Noël ? constata-t-elle en souriant en faisant allusion au tee-shirt et au pantalon blanc qu'avait revêtu Dan. Il te va bien.

— Et toi, tu as mis le mien. Tu es ravissante.

— On a l'air un peu idiots, non ?

— Je trouve ça charmant, au contraire. Mais tu devrais éloigner cette chose, si tu ne veux pas avoir de la bave sur ta jolie robe, fit-il remarquer en faisant allusion à Azote qui couvait la jeune femme d'un regard languissant.

— Tu as vu, il t'a regardé, il sait que tu parles de lui !

— Il n'a pas de mérite, bave est son deuxième prénom.

— Tu ne dois pas parler comme ça de mon premier admirateur ! sourit la jeune femme en caressant tendrement le crâne de l'animal.

— Eh bien, si on reprenait de cet excellent bourgogne ? proposa Dan en se dirigeant vers le frigo, impatient de s'étourdir un peu. À ta santé ! souhaita-t-il en heurtant délicatement le verre à pied de Clémence.

— À ta santé, répéta celle-ci en le dévisageant de ses prunelles bleutées.

Puis, en baissant le regard :

— Tu sais, je ne suis pas venu te reconquérir ou quelque chose dans le genre. Ne te sens pas obligé de... Enfin, si tu veux que je disparaisse après cette soirée, tu peux me le dire, je comprendrai... J'avais... J'avais seulement besoin de te revoir, toi et Azote et tous les autres, vous me manquiez.

Dan dévisagea un instant la jeune femme comme s'il soupesait ses mots puis, lentement, il approcha son visage et l'embrassa tendrement.

Dan agita le bras en guise d'adieu en observant Clémence qui s'éloignait au volant de sa voiture. Elle l'avait prévenu la veille qu'elle devrait repartir dans la journée à cause de son travail.

— Tu sais, lui avait-elle susurré après qu'ils eurent fait plusieurs fois l'amour. Si tu voulais… Enfin, je ne sais pas trop comment te dire ça mais… si tu voulais, on pourrait se voir plus souvent. Je pourrais même chercher un atelier plus près d'ici où je pourrais fabriquer mes bijoux. Mon Dieu ! s'était-elle exclamée en mettant ses mains devant ses yeux. J'espère que je n'ai pas tout gâché ?

Dan l'avait contemplée dans la pénombre, puis il avait posé sa bouche sur son front.

— Je trouve que c'est une excellente idée, lui avait-il murmuré.

Pourquoi à cet instant ne lui avait-il pas parlé de son idée de retaper l'ancienne grange attenante à sa maison qui se serait révélée le lieu idéal ? Ils auraient ainsi carrément pu vivre ensemble !

Était-ce parce qu'en faisant l'amour à Clémence, il avait rêvé de posséder le corps si troublant d'Elisabeth Klantzmann ?

Il tourna la tête après que Clémence eut disparu derrière les grands arbres, en proie aux doutes et aux interrogations. C'est alors qu'il découvrit le mystérieux inconnu qui l'observait depuis l'extrémité de sa terrasse.

Pendant de longues secondes, il resta cloué sur place, les tempes bourdonnantes, les poings serrés, dans l'attente d'un choc qui le propulserait dans la folie ou bien peut-être dans une autre dimension, qu'en savait-il ?

Comme rien ne se passait, il se décida à esquisser quelques pas en direction de l'apparition qui, comme à son habitude, restait figée. Quand il fut parvenu à moins de trois mètres d'elle, il l'observa avec plus d'attention et beaucoup de réticence en notant pour la première fois son étrange tenue vestimentaire qui semblait appartenir au passé.

— Qui êtes-vous? questionna-t-il. Et si ce n'est pas trop vous demander, que me voulez-vous? Autre chose... Existez-vous réellement ou bien n'êtes-vous que le fruit de mon imagination? Pour vous simplifier la tâche, vous pouvez me répondre dans le désordre.

L'homme continua de le contempler en silence du fond de ses profondes orbites avec un curieux mélange de compassion et d'ironie. Il était vêtu d'un manteau étroit d'un noir luisant qui le recouvrait presque entièrement. Même ses mains étaient gantées.

L'individu continua de considérer Dan sans ciller de son regard froid et scrutateur.

— OK, déclara finalement Dan devant le mutisme de son apparition. J'ai compris. Je suis dingue et vous n'êtes qu'une chimère sortie tout droit de mon cerveau malade.

— Vous n'êtes pas fou, déclara soudain abruptement l'inconnu.

Dan accusa le coup, ébranlé par la teneur des mots prononcés et la voix grave et solennelle qui avait filtré des mâchoires noueuses de ce dernier.

— Vous vous trompez ou vous mentez, je le suis, déclara Dan d'une voix tremblante la gorge étreinte par la peur de se trouver confronté à une vérité qui le dépassait. Je le suis parce qu'il ne peut y avoir d'autre explication.

— Il y en a une pourtant.

— Allez-y, je vous écoute...

— Rosa vous a appelé au secours. Et vous avez entendu

son appel. Peu d'humains sont capables d'entendre ce genre d'appel. Et moins encore sont capables de se mouvoir à travers le temps. Vous êtes une sorte de « voyageur ».

***

1943

Il y avait eu alors cette douleur terrible qu'il sembla curieusement mieux supporter, un peu comme si celle-ci faisait désormais partie de lui. Puis le monde s'était irrémédiablement mis à tourner jusqu'à ce qu'il s'élève ou tombe à l'intérieur d'un vide qui le happa.

Quand il rouvrit les yeux, le crâne douloureux, il reconnut la forêt qu'il avait quittée… Il y avait combien de temps ?

Il avait fait quelques pas malhabiles puis avait réalisé la présence du jeune berger allemand qui gambadait autour de lui, le museau dressé.

— Ce n'est pas vrai ! murmura-t-il alors que les mots de l'inconnu résonnaient encore dans sa tête. Est-ce que tout ça peut être vrai ?

Sans s'en rendre compte, il avait marché en direction des abris où ils avaient passé la nuit. Un jappement aigu du jeune chien lui fit découvrir Rosa et Samuel qui couraient à leur rencontre. Les deux enfants et l'animal s'enlacèrent avec tant de chaleur qu'il n'aurait su dire lequel d'entre eux était le plus heureux de retrouver les autres.

— Et à moi, on ne dit pas bonjour ? fit-il mine de leur reprocher.

— Bonjour Dan ! s'exclama la fillette en se jetant dans les bras de son protecteur.

Celui-ci la considéra un instant en silence tout en la tenant à bout de bras. Ce visage d'ange espiègle, cette peau fine rougie par le froid. Ces yeux aux reflets d'écorce. Ce parfum de forêt. Que savait-elle de leur histoire ?

— Bonjour Dan, déclara Samuel, une main posée sur le crâne de l'animal qui les observait la mâchoire ouverte et la langue pendante.

— Bonjour Samuel, répondit Dan en reposant la fillette sur le sol. Alors dites-moi, est-ce que vous avez bien dormi dans votre arbre ?

— Oui, très bien, acquiesça la fillette en appuyant son propos d'un vigoureux coup de tête. Et j'ai même rêvé d'Azote, de Léo, Tornade, Clochette et Mélanie, est-ce qu'ils vont bien ?

— Ils vont bien, mais comment sais-tu que…

— Avec Samuel, le coupa la fillette, nous avons trouvé un nom pour notre nouveau compagnon, déclara-t-elle en désignant le jeune chien.

— Très bien, et comment l'avez-vous baptisé ?

— Louve ! déclarèrent fièrement les deux enfants. Parce qu'elle leur ressemble. Ça lui va bien, non ?

— Très bien, c'est une bonne idée.

Puis en caressant la tête de l'animal :

— Eh bien, bonjour Louve.

À cet instant, Elisabeth Klantzmann fit son apparition. Son visage était marqué par le manque de sommeil sans pour autant que ça n'altère sa beauté.

— Rosa, Samuel ! gronda-t-elle. Je vous avais dit de ne pas vous éloigner !

— C'est oncle Adolf qui nous a dit que nous pouvions rejoindre Dan, déclara la fillette. Tu viens Louve, on va te donner de l'eau et à manger !

— C'est si bon de les voir ainsi, soupira Elisabeth en observant les enfants qui s'éloignaient avec leur compagnon.

Dan lutta contre le trouble qui l'envahit au souvenir de la nuit passée avec Clémence et des débordements incontrôlés de son imagination.

— Comment va Anna ? dit-il pour parler d'autre chose.

— Elle va mieux, mais il faut la faire manger, boire, lui dire de se coucher, de se lever. Il n'y a que de rares moments où elle semble consciente du monde qui l'entoure.

« Nous avons tous nos problèmes... » songea Dan.

— Les personnes en état de choc peuvent avoir des réactions surprenantes. Certains renoncent et abandonnent, d'autres font soudain preuve de ressources insoupçonnées. Mais je pense que la présence de Samuel à ses côtés, même de manière inconsciente, peut l'aider à pencher du bon côté.

— Le pauvre enfant, déplora tristement la jeune femme. Heureusement, Rosa ne le quitte pas et se comporte avec lui comme une grande sœur ou une petite maman.

— Ou comme une petite femme.

— Vous croyez ? se surprit à penser cette dernière en souriant. Ils sont si jeunes.

— En tout cas, sa présence et son affection aident Samuel comme nous ne saurions le faire. Bien, nous allons rejoindre le campement et manger avant de reprendre notre route. Dans moins de deux heures, il fera nuit. Vous croyez que vous tiendrez ?

— Je m'inquiète surtout pour les enfants.

— Nous les porterons aussi souvent que nous le pourrons.

— Est-ce que vous pensez vraiment qu'on peut compter sur Adolf ?

— Je peux me tromper mais je pense que oui.

— Si… Si jamais, ce n'était pas le cas, vous… vous ne nous abandonneriez pas, n'est-ce pas ?

— À votre avis ?

— Je pense que vous ne nous abandonnerez pas.

— Je vous aiderai aussi longtemps que je le pourrai, vous et Rosa, lui affirma Dan en dévisageant la jeune femme avec intensité. Et les autres aussi, bien sûr, ajouta-t-il, un peu gêné de les avoir presque oubliés. Venez à présent, conclut-il en réalisant qu'il était heureux d'être là.

Le moment du départ que tous attendaient avec beaucoup d'appréhension arriva, avec son lot de doutes et d'interrogations. Tiendraient-ils ? Seraient-ils découverts ou bien parviendraient-ils à marcher jusqu'à l'aube d'un jour nouveau ?

Adolf, chargé de tout ce qu'il pouvait porter piétina les cendres d'un petit feu qu'ils avaient allumé durant la journée afin de prendre un repas chaud.

Autour d'eux, l'obscurité tombait rapidement sur la forêt qui, malgré la protection qu'elle offrait, prenait une allure inquiétante.

— Tiens, oncle Adolf, déclara Rosa en tendant un quart de métal fumant à ce dernier. Maman t'a gardé un bol de thé chaud.

— C'est gentil, reconnut le soldat. Mais ne croyez pas pour autant que je marcherai moins vite pour vous épargner. Rappelez-vous votre promesse. Vous devrez me suivre sans vous plaindre.

La fillette qui paraissait minuscule à ses côtés opina craintivement de la tête en guise d'assentiment.

— Très bien. Dans moins d'une heure, il fera nuit noire. Alors, ramassez vos affaires et levons le camp.

Ils avaient progressé autant qu'ils le purent à l'abri de la forêt, puis, quand l'obscurité fut assez épaisse, ils avaient marché en direction des champs qui s'étendaient à l'infini sous un pâle clair de lune, s'appliquant à rester dans l'ombre des haies et à distance des fermes nombreuses dont ils voyaient parfois briller les lanternes.

Adolf avait fait ce qu'il avait promis et marché d'un bon pas mais Dan avait remarqué que ce dernier était resté attentif à l'état de fatigue et de santé de sa maigre troupe qui avançait en serrant les dents.

Quand l'aube avait pointé, bien des heures plus tard, ils s'étaient réfugiés complètement épuisés sous un petit pont envahi de lierre qui les avait dissimulés aux yeux des quelques paysans qui étaient passés, juchés sur des charrettes tirées par des chevaux.

Après une journée qui s'était éternisée, durant laquelle ils n'avaient pu prendre qu'un mauvais repos, ils s'étaient remis en route dès la nuit tombée et avaient une nouvelle fois marché jusqu'au bout de leurs forces.

Quand, à l'aube, ils s'étaient littéralement écroulés à l'abri d'un immense tas de bois, Dan et le déserteur étaient partis en éclaireurs afin de reconnaître une immense bâtisse aux volets clos, retranchée au fond d'un parc centenaire protégé par un immense portail de fer forgé.

— Apparemment l'endroit est désert, marmonna ce dernier les yeux rivés à ses jumelles.

— Ça m'en a tout l'air, confirma Dan accroupi à ses côtés.

— Bon alors, on y va ? proposa le soldat qui avait à plusieurs reprises pris le relais quand il s'était agi de porter Rosa et Samuel lorsque ceux-ci ne parvenaient plus à marcher. C'est toujours mieux que de dormir sous un pont. Au moins là, les enfants pourront se reposer.

Dan l'examina avec circonspection.

— Tu deviens humain ou bien tu penses qu'il y a quelque chose à rapiner à l'intérieur ?

— Je pense qu'il y a un peu des deux, sourit celui-ci, mais je ne sais pas dans quelles proportions.

Les deux hommes avaient sauté le mur d'enceinte puis ils avaient investi les lieux en rasant les murs, les yeux rivés sur les portes et les fenêtres closes puis, quand il sembla certain que ceux-ci étaient abandonnés, ils s'en étaient retournés chercher le reste du groupe en passant par une petite porte d'enceinte qu'ils avaient forcée un peu plus tôt.

Ils avaient ensuite crocheté la serrure d'un bâtiment annexe construit à quelques mètres de la résidence principale, probablement le logement du gardien du domaine du temps où celui-ci était habité, puis avaient poussé leurs protégés à l'intérieur.

Celui-ci comportait une cuisine bien agencée ainsi que deux chambres attenantes, aux lits recouverts d'une housse et une petite salle de bain munie d'une baignoire.

Cela faisait visiblement plusieurs mois que les lieux n'avaient pas été occupés à en croire la poussière qui s'était déposée sur le mobilier et l'odeur de renfermé qui y régnait.

Malgré cela, l'ensemble dégageait une impression de bien-être et de sécurité et chacun pria secrètement pour que ce lieu devienne pour un jour au moins, le leur.

— Mon Dieu, voilà bien longtemps que nous n'avions rien vu de pareil, soupira Joseph en ôtant lentement son chapeau maculé de sueur et de boue.

— Maman, on peut aller sur les lits ? implora Rosa pâle de fatigue.

Celle-ci se tourna vers Dan et Adolf afin de savoir ce que ceux-ci avaient décidé.

— On va de toute façon rester un peu ici, lui confirma Dan. Profitez-en pour vous reposer.

Cette dernière entreprit alors de changer les deux enfants qui, avec des petits soupirs de soulagement, se pelotonnèrent sous les couvertures.

— Dommage qu'on ne puisse pas allumer un feu, regretta Joseph en examinant avec envie la cuisinière en fonte.

Pendant ce temps, Dan et le déserteur entreprirent d'aller visiter la vaste demeure.

— Il doit y avoir au moins une vingtaine de pièces là-dedans, estima ce dernier en examinant l'auguste façade percée de multiples fenêtres ouvragées dominant un imposant escalier de pierre qui se déversait jusque dans l'immense cour gravillonnée.

— Avec un peu de chance, on va pouvoir trouver un peu de nourriture, espéra Dan.

— Avec un peu de chance, on va pouvoir trouver de l'or, qui sait, des diamants peut-être ? renchérit son compagnon.

L'instant d'après, les deux hommes crochetèrent une porte située sur un côté du vénérable bâtiment. Ils pénétrèrent alors à l'intérieur d'une immense cuisine où s'alignaient dans un ordre impeccable des batteries de casseroles d'aluminium et d'étain, suspendues au-dessus de fours et de cuisinières en fonte.

— Je crois qu'on a tiré le gros lot, constata Dan en examinant l'un des pots rempli de miel.

— Tu parles, je suis sûr qu'on n'a encore rien vu ! s'enthousiasma son compagnon la voix rendue rauque par l'excitation.

Tous deux continuèrent alors leur exploration, remontant

des couloirs de marbre ornés d'une multitude de tableaux, gravissant des escaliers de bois cirés, traversant des salles plongées dans la pénombre dans lesquelles des fauteuils, des tables, des chaises et des pianos, patientaient sous leurs housses comme une armée de fantômes inertes.

Adolf, muni de sa lampe, ouvrait les secrétaires, manœuvrait les tiroirs, fouillait, sentait, ricanait tout en remplissant fébrilement ses poches.

— Ma parole ! faillit-il s'étrangler d'émotion, cette bicoque est une véritable caverne d'Ali Baba ! À côté, tes petits juifs, c'est du pipi de chat ! Écoute, je te refais ma proposition d'association, l'Anglais. On pique tout ce qu'il est possible de piquer et on se fait la malle, ça te va ?

À cet instant, tous deux perçurent distinctement le ronflement de plusieurs véhicules dont les pneus crissèrent soudain sur le gravier.

— Putain, qu'est-ce que c'est que ça ? s'alarma ce dernier en s'emparant de son pistolet-mitrailleur.

Les deux hommes se ruèrent alors à une fenêtre afin d'observer la cour à travers les fentes des volets baissés.

— Nom de Dieu, c'est pas vrai ! jura-t-il en découvrant leurs visiteurs.

Joseph, qui s'était affalé sur un fauteuil en osier, crut défaillir en entendant lui aussi le bruit des moteurs qui rugirent à proximité de leur refuge.

Jetant un œil à travers la fenêtre, son cœur cessa de battre quand il distingua leurs occupants.

Sa femme courut jusqu'à lui après avoir bondi hors de la chambre. Ses mains agrippèrent alors désespérément le bras de son mari.

— Oh, mon Dieu non, Joseph ! gémit-elle en regardant vers l'extérieur tandis que son visage se vidait de son sang.

Là-bas, à quelques mètres d'eux, des silhouettes s'extrayaient tranquillement des véhicules arrêtés devant le perron de la vaste demeure. Le premier d'entre eux était une voiture décapotable de l'armée d'où descendirent un officier et son chauffeur. Le second était un break sombre d'où sortirent deux policiers en uniforme accompagnés d'un civil ventripotent. Quant au troisième, il s'agissait d'une luxueuse limousine noire d'où un chauffeur à casquette émergea.

— Que… Que viennent-ils faire ici ? bredouilla Elisabeth en jetant un œil inquiet sur les deux enfants qui la contemplaient depuis la chambre, morts de peur et abrutis de fatigue.

— J'ai bien l'impression qu'ils rentrent chez eux, déclara son mari d'une voix blanche tintée de fatalisme tandis que Louve à ses côtés aboyait d'une voix puissante.

— Putain ! Tu vois ce que je vois ? enragea le déserteur en se plaquant contre la fenêtre. C'est sûrement le propriétaire de ce château qui a décidé de venir nous pourrir la vie !

— Viens ! déclara Dan en pivotant sur lui-même, il n'y a pas de temps à perdre !

À cet instant, les nouveaux venus se retournèrent alertés par les aboiements du chien.

— Il y a quelqu'un dans les dépendances ! prévint l'un des policiers en pointant la fenêtre du doigt derrière laquelle Joseph restait figé.

— Sans doute des rôdeurs, déclara le bourgmestre du village en costume civil avant d'adresser un signe de tête aux policiers.

Les deux hommes tirèrent alors leurs revolvers de leur étui avant de se ruer sur la porte derrière laquelle enrageait Louve.

— Sortez de là, et retenez votre chien, sinon nous l'abattrons ! menacèrent-ils.

L'instant d'après, Joseph sortit les épaules basses au bras de son épouse contre laquelle se serrait Rosa. Derrière eux, apparut Anna, les yeux hagards, que son fils entraînait par la main. Quant au chien, Joseph avait jugé plus prudent de l'enfermer à l'intérieur.

Qu'allait-il se passer ? se torturait celui-ci en jetant des regards inquiets autour de lui. Où étaient Dan et le déserteur ? Ils avaient dû eux aussi entendre arriver leurs visiteurs. Pardessus tout, il redoutait une fusillade capable de mettre en péril la vie des enfants.

— On peut savoir ce que vous faites dans cette maison ? les questionna sèchement le petit homme replet en considérant d'un œil accusateur les visages défaits.

Mais avant que Joseph Klantzmann puisse articuler un mot.

— Ces gens sont là à ma demande ! déclara soudain d'une voix ferme une vieille dame en manteau de fourrure en s'extrayant de l'arrière du somptueux véhicule.

Puis, tandis que celle-ci se dirigeait sous l'œil interloqué de son chauffeur vers ceux que les policiers menaçaient encore de leurs armes.

— Pardonne-moi Gustav, continua-t-elle, en prenant Joseph par les épaules et en lui effleurant la joue, mais j'ai complètement oublié que vous étiez déjà arrivés au château. Mon Dieu, avec cette guerre, je n'ai plus toute ma tête. C'est ton épouse sans doute ? Ravissante, reconnut-elle en s'emparant de la main d'Elisabeth et ça, ta délicieuse petite fille. Et je suppose que voilà ta nièce et son fils.

Puis, se tournant vers les membres de son escorte qui ne savaient plus trop quoi penser :

— Gustav est un cousin par alliance, leur expliqua-t-elle comme pour se débarrasser d'une pure formalité en se dirigeant à nouveau vers sa luxueuse berline. Max, mon sac ! réclama-t-elle d'une voix impatiente en se tournant vers son chauffeur. En fait, je l'avais prié de me rejoindre afin que nous tentions de redonner à cette vieille bâtisse un peu de son luxe d'antan. Gustav est décorateur. Bien, je crois, messieurs, que vous pouvez désormais ranger vos revolvers et prendre mes malles qui sont dans vos voitures. Capitaine ?

La vieille dame au chapeau de feutre vert olive agrémenté d'aigrette présenta son bras à l'officier qui, après s'en être emparé, l'aida à escalader l'escalier de pierre.

Plus tard, après que les volets et les fenêtres furent ouverts, les malles et les valises rentrées, celle-ci présenta leurs chambres à ses « hôtes » qui n'en croyaient pas leurs yeux.

— Tu vas t'installer dans cette chambre avec ta femme et ta fille, expliqua-t-elle à Joseph en désignant une pièce richement meublée d'un vague geste de sa main gantée. Elle est très agréable. Vous verrez, vous vous réveillerez avec le soleil, si celui-ci veut bien se montrer. Quant à ta nièce, elle logera à côté avec son garçon. Je vous laisse vous installer. À présent, si nous prenions un verre, messieurs ! proposa leur hôtesse en retrouvant dans un des salons le fringant officier, un homme séduisant, âgé d'une trentaine d'années qui supervisait le rangement des malles et le civil, un petit blond rondouillard vêtu d'un costume à rayures de mauvais goût.

— Alors, c'est entendu Hermann, conclut cette dernière un peu plus tard en tournant son visage maquillé encadré de somptueux cheveux blancs vers celui-ci. Dès demain, je veux pouvoir commencer les travaux de réfection de cette vieille demeure qui est restée trop longtemps inoccupée.

— Vous aurez les hommes et les femmes que je vous ai promis, madame la comtesse, affirma le petit homme qui ne conservait qu'une sorte de houppe au-dessus de son crâne rasé et dont un des bras portait un brassard à croix gammée. Tous seront ravis de travailler pour vous. Euh, continua-t-il embarrassé, il faudra, à l'occasion, que vous me présentiez les papiers de… de votre cousin et de sa famille. Bien sûr, cela ne presse pas. Si demain…

— Mais au fait, j'y pense, se ravisa la vieille femme en plaçant un fume-cigarette entre ses lèvres minces. Vous ne m'avez pas demandé les miens ! Ou bien, est-ce que cela peut attendre demain ?

— Oh ! Madame la comtesse… fit mine de s'indigner son hôte. Vous savez, je ne fais qu'appliquer…

— Je sais Hermann, je sais. Je vous titillais simplement. J'aime bien titiller mes amis, vous le savez bien !

— Madame la comtesse est trop bonne, s'inclina servilement le fonctionnaire nazi avant d'avaler d'un trait le reste de sa liqueur. Eh bien, il ne me reste plus qu'à vous laisser profiter de votre première soirée en famille, déclara ce dernier en esquissant un sourire forcé. Madame la comtesse, capitaine, Heil Hitler ! les salua-t-il un bras levé.

— Bonsoir Hermann, se contenta de répondre celle-ci tandis que l'officier derrière elle ébauchait un salut silencieux.

— Capitaine, s'enquit la vieille dame une fois que le nazi fut sorti de la pièce en couvant l'officier aux cheveux gominés de son regard bleu pâle, resterez-vous dîner avec nous ce soir ?

— Hélas chère amie, s'excusa celui-ci en attrapant la main de son hôtesse, je suis aristocrate mais également militaire et mon devoir d'officier impose que je passe les trois prochaines nuits dans mon bunker et puis, je ne voudrais pas gâcher vos retrouvailles avec vos cousins éloignés ! ajouta-t-il sur un ton plein de sous-entendus. Vous devez sans doute avoir des tas de chose à vous raconter. À ce propos, ne voulez-vous pas que je vous laisse Hans, mon chauffeur ? C'est un bon chien de garde.

— Pour quoi faire, grand Dieu ?

— Au cas où votre cousin aurait l'idée de partir avec l'argenterie…

— J'ai Max pour veiller sur moi et puis, vous avez vu dans quel état sont ces pauvres gens ? Ces deux jeunes enfants ont l'air si fatigués.

— En attendant, ajouta l'officier sur le ton de la confidence, Hermann voudra voir leurs papiers. Prenez garde, Mathilda, même une femme comme vous risque gros à défier un cafard comme lui.

Quand les policiers et les militaires eurent quitté la propriété, Joseph s'extirpa timidement de la chambre pour rejoindre leur protectrice occupée à retirer négligemment les housses qui couvraient les élégants fauteuils du salon.

— Eh bien Gustav, comment trouves-tu ta chambre ?

— Gustav, mais… ne put que bredouiller le père de Rosa.

— Tant que vous serez dans cette maison, c'est comme ça que je vous appellerai, c'est bien compris ? précisa celle-ci d'un ton sans appel après s'être approchée de lui. Alors Gustav, cette chambre ?

— Elle est… Elle est parfaite. Bien plus belle que tout ce que nous connaissons.

— Tant mieux. Depuis quand êtes-vous là ?

— Depuis… En fait, nous sommes arrivés à l'aube.

— Et, quand comptiez-vous repartir ?

— Eh bien, en fait dès que nous… enfin dès que Dan et Adolf…

— Dan et Adolf ? répéta la comtesse un sourcil relevé.

À cet instant, les deux hommes qui avaient compris à temps qu'il valait mieux se garder d'intervenir, sortirent lentement de l'ombre.

Surprise, leur hôtesse fut soudain prise d'un doute. Avait-elle eu tort d'aider ces inconnus ? se demanda-t-elle en découvrant les deux solides gaillards qui se présentaient devant elle.

— Madame la comtesse a besoin de moi ? interrogea alors son chauffeur, un homme aux cheveux blancs, au nez écrasé de boxeur et encore large d'épaules, qui venait d'apparaître armé d'un fusil de chasse qu'il braquait sur les nouveaux venus.

— Eh bien, ces messieurs vont nous le dire.

— Si je peux me permettre, intervint Joseph avec déférence, vous n'avez rien à craindre. Dan et Adolf sont des amis qui ne cherchent qu'à nous protéger. Vous… vous nous avez sans doute sauvés du pire et nous ne pouvons que vous en être reconnaissants.

— Êtes-vous tous là ou bien y a-t-il d'autres de vos amis couchés sous chacun des lits de cette maison ?

— Nous sommes tous là, madame… madame la comtesse, s'empressa de préciser Joseph. Puis-je vous présenter Elisabeth, ma femme, commença-t-il en souriant timidement tandis que les deux femmes de sa vie approchaient. Et voici ma fille, Rosa. Rosa, ma chérie, dis bonjour à cette gentille dame.

— Vous êtes une vraie comtesse ? questionna la fillette sans lâcher la jupe de sa mère.

— Mon Dieu, si j'en crois mon arbre généalogique…

— Rosa ! s'offusqua doucement son père.

— Laissez, laissez, l'excusa leur hôtesse.

— À présent, voici Anna, une amie et son fils Samuel.

Anna est un peu… perturbée, depuis la mort tragique de son mari et de son bébé.

— La pauvre enfant.

— Vous connaissez désormais nos deux compagnons de route Dan et Adolf, ce qui fait que vous connaissez tout le monde.

— Parfait, et maintenant, si vous m'expliquiez ce que vous comptiez trouver dans cette maison ?

— Nous voulions juste nous reposer et nous pensions votre demeure inhabitée, expliqua le père de Rosa. Nous marchons depuis des jours à travers les champs et les forêts et les enfants sont fatigués, mais, nous n'allons pas vous importuner plus longtemps, et reprendre, si vous le permettez, notre route. N'est-ce pas ? s'enquit-il auprès de Dan et d'Adolf qui n'avaient pas bougé un cil.

— Avant ça, il faudra que votre copain vide ses poches ! menaça le chauffeur en désignant celles, rebondies, du déserteur. En visitant certaines chambres, j'ai pu voir que plusieurs tiroirs avaient été visités…

— Mes poches, mais… tenta de sourire naïvement ce dernier.

— Fais ce qu'il te dit ! lui conseilla Dan d'un ton coupant. Tu poses tout ce que tu as, tu fais tes excuses et on s'en va, c'est clair ?

Après une hésitation, son compagnon se décida finalement à déposer à contrecœur le fruit de ses rapines sur la table du salon.

— On s'est dit que le propriétaire n'en avait peut-être plus besoin. Que peut-être même, il était mort, prétexta-t-il en souriant niaisement. Si j'avais su que tout ceci appartenait à une comtesse au grand cœur…

La vieille dame considéra ses hôtes de son regard clair et pénétrant. Puis, se tournant à nouveau vers Joseph :

— Vous alliez me donner la date de votre départ, je crois ?

— Eh bien, nous allons partir dès à présent, en espérant…

— Il va bientôt faire nuit.

— C'est… Enfin nous préférons marcher de nuit, pour des gens dans notre situation… c'est plus sûr.

— Je comprends. Mais ces enfants, déclara-t-elle en désignant Rosa et Samuel qui les avait rejoints en compagnie de sa mère, sont fatigués et la nuit va être froide. Je vous ai donné des chambres, pourquoi ne pas en profiter ? Vous pourriez dormir ici après un bon repas et reprendre votre route demain. J'ai moi-même froid et faim, en nous y mettant tous, nous pourrions rendre cet endroit un peu plus accueillant, qu'en dites-vous ?

Dan fit oui de la tête à la question silencieuse du père de Rosa qui finalement donna son assentiment à leur hôtesse.

— Nous acceptons de bon cœur, mais avant cela, il faut que vous sachiez une chose, nous sommes juifs pour certains d'entre nous.

— Tiens donc ! Et après, votre religion vous empêche-t-elle de dîner avec une vieille dame comme moi ?

— Certes non…

— À la bonne heure. Nous allons nous installer dans les cuisines, il y fera plus chaud. Max, baisse ce fusil veux-tu et montre à nos invités comment faire du feu et cuisiner.

— Mais… bredouilla celui-ci.

— Et monte une bouteille de champagne de la cave. Il faut que nous fêtions notre retour au domaine, comme nous l'avons toujours fait.

— Deux, ça serait bien, intervint le déserteur en montrant son index et son majeur levé. Nous sommes nombreux.

— Notre ami… commença la vieille aristocrate en cherchant son nom.

— Adolf, précisa celui-ci.

— Adolf… Un bien joli prénom, même s'il devient quelque peu lourd à porter… Adolf a raison, approuva cette dernière. Même si pour ce qui est de l'or et des bijoux, il ne semble pas très inspiré, ironisa-t-elle en examinant distraitement le butin sorti de ses poches.

— Je n'ai pas eu beaucoup de temps pour choisir, du fait de votre arrivée et en plus, il faisait très sombre, expliqua celui-ci comme pour se dédouaner, tandis que le chauffeur entraînait à contrecœur les autres derrière lui.

— Vous m'en voyez désolée, remarqua-t-elle sarcastique. Mais, j'ai une question. Pourquoi deux hommes tels que vous qui n'êtes, je le jurerais, pas juifs, interrogea-t-elle en s'adressant à Dan et au déserteur restés auprès d'elle, protégez-vous ces pauvres gens ? Ils semblent vous vouer une fidélité et une admiration sans borne. Est-ce pour l'argent qu'ils vous donnent ?

— C'est vrai pour notre ami Adolf, avoua Dan sans préambule en désignant son compagnon. Pour moi, c'est un peu plus compliqué.

— Ouais, en fait, il veut saut… enfin, il a des vues sur madame Klantzmann, se vengea aussitôt ce dernier.

— Je vois… déclara leur hôtesse en les examinant tout à tour. Quoi qu'il en soit, vous semblez tous deux avoir de bonnes raisons de les protéger et, ma fois, c'est le plus important pour eux, dans le moment présent. Eh bien, si vous alliez rejoindre vos… protégés, proposa la vieille aristocrate. Pour ce qui me concerne, je vais rejoindre la salle de bain et si vous voulez mon avis, vous feriez bien d'en faire tous autant ! Ah, dites à Max qu'il ouvre nos armoires à votre attention. Vous y trouverez de quoi paraître un peu moins crottés. Je suis très attachée aux traditions qui veulent que l'on paraisse au dîner sous son meilleur jour.

— Encore une question, si vous permettez, insista Dan.

— Je vous écoute.

— Pourquoi faites-vous ça ? Vous ne savez pas à qui vous avez affaire.

— Mon grand âge n'est pas toujours facile à porter, jeune homme, mais il me confère un jugement sûr quand il s'agit de mes semblables. D'autre part, je sais exactement ce qui se passe dans mon pays et, voyez-vous, si ce soir j'ai l'occasion d'effacer un peu de la honte qui est la mienne je ne vais pas m'en priver.

— Mais, quand ceux qui vous accompagnaient verront que nous ne sommes plus là, qu'est-ce que vous leur direz ?

— Que mon neveu a fait ses valises quand il a compris que je voulais le faire travailler gratuitement, par exemple. Ne vous en faites pas pour moi, mon âge et mon statut me permettent quelques extravagances.

Quand Elisabeth rejoignit sa fille dans la baignoire, elle crut défaillir de bonheur au contact de l'eau chaude qui enveloppa son corps sale et meurtri.

— Oh mon Dieu, ma chérie, s'extasia-t-elle en s'immergeant doucement. Je n'avais même plus le souvenir que cela pouvait être aussi bon !

— Oh oui, maman ! se réjouit la fillette en venant s'étendre de tout son long contre sa mère. Et tu as vu comme c'est rigolo, toute cette mousse !

La jeune femme la serra tendrement contre elle en savourant

le contact délicieux de son corps d'enfant. Les larmes aux yeux, elle songea à ce qu'ils étaient devenus, puis le visage de Dan s'imposa une nouvelle fois à son esprit. Cet homme dont la seule présence la faisait tressaillir. Qui était-il ? Elle ne savait rien de lui ni de sa relation étrange avec Rosa. Il les protégeait, il risquait sa vie pour eux alors qu'elle avait la sensation inexplicable qu'il était étranger à ce monde et cette horrible guerre…

Pourquoi n'avait-elle pas honte de songer à lui alors même qu'elle tenait sa fille dans ses bras et que son mari…

— Regardez-moi ça comme je suis beau ! s'exclama Joseph qui venait de pénétrer dans la salle de bain, en s'exhibant dans un costume de laine brune qui n'était pas le sien. Un peu grand peut-être, non ? Il est vrai que j'ai perdu du poids ces derniers temps ! Et pour vous, il y a des robes sur le lit, déposées par monsieur Max. Quand vous serez parfumées à la violette, vous n'aurez plus qu'à aller revêtir la plus belle d'entre elles !

— Nous irons quand vous serez sorti de cette salle de bain réservée aux dames, monsieur ! fit mine de se plaindre son épouse bientôt relayée par Rosa.

— Oh oui, papa, nous sommes nues et tu n'as pas le droit d'être là !

— Mais je ne vois pas de dames dans ce bain, fit mine de réfléchir celui-ci les deux mains posées bien haut sur les hanches.

Puis en se rapprochant :

— Je ne vois qu'un petit ouistiti ! s'exclama-t-il en faisant mine de s'emparer de la fillette qui hurla de plaisir !

Après s'être redonné figure humaine dans les différentes salles de bain mises à leur disposition, chacun rejoignit la cuisine où Max, le chauffeur, avait ranimé les foyers de l'énorme cuisinière en vue du repas qu'ils contribuèrent à préparer avec ce que ce dernier avait mis à leur disposition.

Quand tout fut prêt, ils prirent place autour de la grande table en chêne massif qui trônait au milieu de la cuisine en compagnie de leur hôtesse qui avait pour l'occasion revêtue une robe de soirée sur laquelle elle avait enfilé un chaud blouson d'astrakan.

Ses invités étaient quant à eux vêtus de ce qui avait été mis à leur disposition avec plus ou moins de réussite. Malgré cela, chacun appréciait de porter des habits propres, les leurs ayant été mis à bouillir dans la grosse machine à laver de l'immense buanderie.

Dan, pour sa part, portait un costume en velours qu'il avait passé sur une chemise blanche. Adolf avait opté pour une veste et un pantalon de tweed. Elisabeth était vêtue d'une jupe longue et d'une veste en loden. Elle avait choisi pour Anna, une robe en lainage et un ample châle d'angora blanc.

Samuel avait l'air d'un premier communiant dans son costume bleu marine qui sentait un peu la naphtaline. Quant à Rosa, elle portait avec fierté un cardigan sombre sur une robe de laine claire.

Tous avaient les yeux fixés sur la nappe où trônaient des tranches de foie gras, de volaille, du rôti froid et des légumes.

Avant cela, comme l'avait souhaitée la propriétaire des lieux, ils avaient rempli leurs coupes d'un délicieux champagne.

— Je lève mon verre à mon retour dans ce château, déclara-t-elle à l'intention de ses convives. Et à la fin de cette horrible guerre… que vous fêterez, je l'espère, vêtus de costumes un plus ajustés à votre taille !

— Mon Dieu, madame la comtesse, même si nos vêtements méritent quelques ajustements, nous apprécions de les porter tant ils sont propres. Ils nous font oublier pour un soir notre condition de fugitifs, déclara Joseph avec reconnaissance.

— Et merci surtout de nous avoir permis de prendre ce bain grâce auquel nous avons pu nous débarrasser de toute cette crasse, renchérit son épouse. Rosa ne voulait plus en sortir, ajouta-t-elle en caressant tendrement les cheveux soyeux de sa fille, assise à ses côtés.

— Oh oui, c'était si bien et je sens si bon à présent ! s'extasia la fillette en humant son bras. Et ma robe, elle est jolie, n'est-ce pas ?

— Très jolie, confirma la comtesse en reposant sa coupe. Et que penses-tu de toutes ces bonnes choses qui te tendent les bras ?

— J'ai envie de toutes les manger !

— Eh bien, qu'attends-tu pour te servir ?

Puis, se penchant vers Joseph :

— Vous n'êtes pas soumis à un régime particulier, j'espère ?

— Je n'ai qu'une religion, celle de profiter de toutes les bonnes choses que nous offre cette bonne vieille terre, lui confia ce dernier avec un sourire.

— À la bonne heure, eh bien, bon appétit à tous !

Chacun d'eux avait fait honneur à l'abondante nourriture en tentant de refréner devant leur hôtesse aux manières distinguées l'envie qu'ils avaient de l'engloutir. Progressivement, la chaleur et le vin aidant, les joues s'étaient colorées et les rires, à présent que la formidable tension de la journée était retombée, fusaient avec légèreté d'un bout à l'autre de la table autour de laquelle trottinait joyeusement Louve, le jeune chien-loup en quête de nourriture.

Puis, les conversations s'étaient apaisées et la fatigue, présente sur tous les visages, avait fini par terrasser les deux enfants qui, n'y tenant plus, s'étaient assoupis à même la table.

— Je crois que nous allons regagner nos chambres, déclara Elisabeth dont le regard pétillait. Les enfants n'en peuvent plus, quant à moi, je crois que j'ai trop mangé et trop bu.

Elle plaqua ses mains contre ses joues.

— Mon Dieu, je dois être rouge comme une pivoine !

— Tu es plus belle que jamais, la complimenta son mari le regard attendri. Mon épouse a raison, si vous le permettez, madame la comtesse, nous allons prendre congé. Je vous l'ai déjà dit mais sachez que nous vous serons éternellement reconnaissants de tout ce que vous faites pour nous. Je vous souhaite une bonne nuit à tous.

— Eh bien, je crois que nous allons aussi nous retirer, déclara Dan un peu plus tard alors qu'il restait seul en compagnie d'Adolf et de leur hôtesse.

— Une bonne nuit de sommeil nous fera le plus grand bien, approuva cette dernière. J'ai cependant encore une question à vous poser. Qu'avez-vous décidé pour demain ? Pensez-vous qu'il sera sage d'entraîner ces pauvres enfants de nuit, sur des chemins peu sûrs, avant qu'ils aient repris des forces ?

— Qu'est-ce que vous proposez ? interrogea Adolf.

— Acceptez de rester deux ou trois jours, ils seront plus à même de fournir les efforts que vous attendez d'eux.

— Et si l'avorton de nazi revient réclamer leurs papiers ?

— Je peux le faire attendre deux ou trois jours, croyez-moi. Le temps pour Max de vous en procurer, si vous le désiriez.

— Il est aussi magicien ? ironisa le déserteur.

— Disons qu'il connaît des gens.

— Vous feriez ça pour nous ?

— N'est-ce pas ce que je suis en train de vous proposer ?

— Ce serait pour nous tous une chance supplémentaire de nous en sortir, confirma Adolf.

— Très bien, alors laissez-moi voir cela.

— Une grande chance, confirma Dan. Mais, êtes-vous réellement consciente des risques que vous prenez ?

— Cher monsieur, rétorqua la vieille dame en dévisageant Dan de son regard clair, prendre des risques est une tradition dans ma famille, encore qu'à présent, vu mon grand âge, ceux-ci restent très mesurés.

Dan, en compagnie de Louve et d'Adolf avaient peu après regagné leurs chambres devant lesquelles ils avaient fait un rapide bilan.

— Alors, qu'est-ce que tu en penses ? avait interrogé le premier.

— J'en pense que la table est bonne et que la cave recèle des merveilles. Je peux accepter l'idée de rester là un peu plus longtemps, si au bout du compte, nous obtenons ces fameux papiers, lui avait confié son compagnon en jetant un œil sur l'étiquette de la bouteille de cognac qu'il avait prélevée dans la cuisine. Tu rentres boire un verre ?

— Je suis vidé. Je pense que je vais dormir un peu.

— Eh bien, bonne nuit, l'Anglais et fais de beaux rêves ! ironisa Adolf après avoir désigné l'extrémité du couloir où dormaient les Klantzmann.

— Bonne nuit, crétin.

Dan allait pénétrer dans sa chambre quand Joseph l'interpella alors à voix basse depuis sa porte.

— Pouvez-vous me dire ce que vous décidé pour demain ? l'interrogea celui-ci avec anxiété.

— Vous pouvez dormir tranquilles, le rassura Dan. Nous n'aurons pas à marcher demain, ni peut-être même après-demain.

— Qu'est-ce qu'ils t'ont dit ? s'enquit Elisabeth au moment où son mari se glissait dans leur lit.

— Nous allons sans doute passer quelques jours dans ce paradis, lui susurra son époux dans l'obscurité.

— Oh mon Dieu, faites que ce soit vrai !

— Tu entends comme notre petite Rosa respire calmement, bien au chaud dans son lit ? À qui peut-elle bien rêver ?

— Peut-être à son papa ? suggéra son épouse. N'oublie pas que tu es l'homme qu'elle aime par-dessus tout ! affirma-t-elle en écornant volontairement l'image de Dan.

— Vous êtes donc deux dans ce cas-là, plaisanta son mari en se pelotonnant contre son épouse qui répondit à son étreinte.

Le lendemain, une quinzaine d'hommes et de femmes du village s'étaient présentés au château afin d'y accomplir les travaux nécessaires à sa réfection. Des peintres, des maçons, des plombiers, des électriciens, mais aussi des jardiniers et des femmes de ménage.

Certains avaient fait le déplacement à l'arrière d'un camion prêté par la commune, d'autres étaient venus à bicyclette et d'autres en carriole tirée par des chevaux.

Il avait été décidé que les fugitifs ne se cacheraient pas mais qu'au contraire, ils se conduiraient comme des membres de la famille à part entière. Seuls, Dan et Adolf étaient restés dissimulés dans une grange au-dessus des écuries désormais privées de leurs chevaux réquisitionnés pour la guerre, d'où ils pouvaient surveiller les alentours.

— Parmi ceux qui viendront, avait déclaré la comtesse, certains seront des nazis qu'il faudra redouter. Peut-être même y en aura-t-il un ou deux envoyés par ce cher Hermann afin de nous espionner.

Puis, se tournant vers Rosa et Samuel :

— N'oubliez pas vos nouveaux noms, les enfants et restez éloignés de ces gens. Pas parce que vous en avez peur mais parce que vous n'êtes pas de leur monde. Vous êtes de ma famille et vous êtes dans votre maison. Ce sont eux, les étrangers. Vous n'êtes donc pas tenus de répondre aux questions que certains pourraient vous poser. Si l'un d'eux vous importune, venez aussitôt m'en parler. Et n'oubliez pas. Plus de madame la comtesse. Vous devez désormais m'appeler tante Erika.

— Est-ce qu'on pourra te faire la bise tante Erika ? s'enquit Rosa.

— Mais bien sûr et d'ailleurs, qu'est-ce que tu attends, ma petite « Uthe » ? Ça vaut aussi pour toi, Dieter Müller, ajouta-t-elle en s'adressant à Samuel qui tomba à son tour dans les bras de leur ange gardien.

Quand le téléphone sonna deux jours plus tard, Max, le chauffeur de la comtesse alla décrocher.

— Oui... Bonjour monsieur Hermann, répondit-il en se tournant vers cette dernière occupée à conseiller l'un des peintres. Bien sûr, je lui dirai, mais vous savez, en ce moment, elle est très occupée. C'est... C'est entendu. Au revoir.

— Ce rat s'impatiente ? commenta la vieille dame en rejoignant son majordome.

— Il dit que, sans nouvelles à la fin de la semaine, il enverra quelqu'un afin de contrôler leurs papiers.

— Cela nous laisse encore trois jours, est-ce que ça suffira ?

— Nous n'avons pas le choix. Dès demain, je photographierai vos protégés.

Les employés s'activèrent à travers et autour de la grande maison tandis que la comtesse et son « cousin Gustav » allaient et venaient pour surveiller l'avancement des travaux. Quant aux enfants, ils évitaient, comme on le leur avait conseillé, de fréquenter de trop près le personnel qui semblait dans l'ensemble ne s'intéresser qu'à sa tâche.

Comme aucun d'entre eux ne logeait au château, le village étant tout proche, les fugitifs pouvaient, le soir venu, redevenir eux-mêmes et se retrouver autour d'une bonne table.

Et puis un jour, Max était parti à l'aube avec pour mission de récupérer les précieux papiers qu'il avait obtenus grâce à de mystérieuses connaissances.

— Oh Joseph, pourvu que Max nous ramène ces papiers ! souhaita de toutes ses forces Elisabeth. Tu te rends compte, nous n'aurons alors plus à nous cacher. Qui sait ? Si la comtesse est d'accord, nous pourrions peut-être même rester là jusqu'à… jusqu'à la fin de la guerre ! Dans ce paradis avec notre petite Rosa ! Oh mon Dieu, mon chéri, dis-moi que ce jour-là va arriver !

— Avoir des faux papiers n'enlève rien au fait que nous sommes juifs, Elisabeth. Même alors, il nous faudra rester prudents. Nous méfier de tout. Les nazis ne sont pas encore vaincus. Et s'il s'avère que leur fin est proche, alors nous devrons les redouter plus encore, mais tu as raison, cela changerait, malgré tout, nos vies.

Le chauffeur était rentré en milieu de journée avec les précieux documents sur lesquels il avait habilement rajouté leurs photos.

Le soir même, alors que les ouvriers avaient quitté le château, tous se réunirent afin de recevoir leurs précieux sésames durant une cérémonie improvisée.

— Elisabeth Krüber ! annonça la comtesse Erika von Stoessenberg, en tendant sa pièce d'identité à la mère de Rosa qui s'en empara les yeux brillants d'émotion.

— Gustav Krüber !

— Mon Dieu ! s'extasia Joseph. Ils sont parfaits !

— Uthe Krüber ! Félicitations, mademoiselle, ajouta-t-elle à l'intention de Rosa qui la gratifia d'un de ses charmants sourires.

— Frida et Dieter Müller ! continua-t-elle en présentant leurs papiers à Samuel et à sa mère.

— Jürgen Schatz !

Adolf s'empara du document qu'il examina avec attention.

— Magnifique, je n'aurais pas fait mieux.

— Hans Peter !

Cette fois, ce fut Dan qui s'avança.

— Eh bien, je propose à présent, que nous fêtions cet événement ! déclara la comtesse sous les applaudissements de ses protégés.

— N'oubliez pas, rappela-t-elle un peu plus tard tandis qu'ils dînaient. Demain, un fonctionnaire nazi viendra certainement, comme l'a promis Hermann, contrôler vos papiers alors, apprenez bien par cœur tout ce qu'il faut savoir sur vos nouvelles identités. Soyez sûrs de vous, voire hautains, ces sous-fifres craignent les gens comme nous. Maintenant, je voudrais vous faire part d'un événement qui me tient à cœur.

Mon anniversaire, qui aura lieu dans cinq jours. Non pas que j'aie une folle envie de rajouter une bougie à un gâteau qui commence à s'affaisser sous leur poids, précisa-t-elle avec ironie, mais parce que j'aurais le grand bonheur d'avoir la visite de mon fils, Anton, que je n'ai pas vu depuis de nombreux mois. J'aimerais, à cette occasion, faire une grande fête et j'aimerais que vous acceptiez d'y participer. À moins, bien sûr, que vous désiriez reprendre plus tôt votre route ?

— Si nous passons l'épreuve du contrôle d'identité, déclara finalement Adolf après avoir consulté Dan du regard, rien ne nous oblige à précipiter notre départ.

— Cela veut-il dire que vous acceptez ? Car je vous jure bien que nous passerons avec succès cette épreuve.

— Dans ce cas-là, pourquoi pas ?

— Cette fois-ci, c'est moi qui vous en serai reconnaissante.

Hermann, le bourgmestre, avait tenu parole. Le matin même, un fonctionnaire de la mairie arborant un brassard à croix gammée se présenta au château en compagnie de deux policiers.

— Heil Hitler ! salua sèchement le fonctionnaire nazi, un moustachu blanc de peau vêtu d'un pardessus beige en se présentant devant Max qui se contenta d'un hochement de tête.

— Je suis Alex Goerdeler, du bureau des identités. Je suis envoyé par le maire, monsieur Hermann afin de contrôler certaines personnes arrivées depuis peu dans cette... dans ce château. Puis-je voir la comtesse Erika von Stoessenberg ?

— Mais certainement, monsieur.

Max l'avait alors précédé dans la vaste demeure jusqu'à un petit salon dans lequel il l'avait prié d'entrer.

— Madame la comtesse est très occupée en ce moment

du fait des travaux, expliqua cérémonieusement le chauffeur à son visiteur. Mais si vous voulez bien patienter quelques minutes, elle se fera un plaisir de vous recevoir.

En fait, l'homme avait attendu près de trois quarts d'heure, jusqu'à ce que Max réapparaisse.

— Je suis désolé, monsieur, mais les travaux...

— Oui, je sais, je sais ! écourta le fonctionnaire en dansant d'un pied sur l'autre au comble de l'impatience. Eh bien, alors ?

— Suivez-moi, monsieur, je vais vous conduire jusqu'à madame la comtesse.

Celle-ci le reçut dans son vaste bureau-bibliothèque où elle travaillait à sa nouvelle décoration en pantalon de flanelle et veste de velours.

— Monsieur Goerdeler, annonça Max, tandis que l'homme pénétrait avec impatience dans la pièce.

— Heil Hitler ! salua à nouveau celui-ci d'un air affecté.

— Bonjour monsieur, répondit son hôtesse en jetant un œil distrait sur le nouveau venu.

— Je suis...

— Je sais qui vous êtes, monsieur, le coupa celle-ci sur le même ton calme et posé qu'elle avait utilisé l'instant d'avant. Et je sais qui vous envoie et pourquoi vous venez. Les papiers que vous voulez consulter sont sur mon bureau.

— Il... Il faudra aussi que je rencontre les gens, bredouilla le fonctionnaire quelque peu déstabilisé par la condescendance de la vieille aristocrate.

— Les gens, comme vous dites, vont arriver d'un instant à l'autre.

Quelques secondes plus tard, on frappa à la porte.

— Oui, je suis là, entrez ! annonça la comtesse.

Joseph Klantzmann, alias Gustav Krüber, pénétra dans le bureau coiffé d'une large casquette et vêtu d'une blouse de travail avec l'air d'un homme très occupé.

— Je vous présente Gustav Krüber, déclara la comtesse, mon cousin. Gustav, auriez-vous la bonté de présenter vos papiers à ce monsieur.

— Mais très certainement, déclara ce dernier en les tendant au fonctionnaire.

Puis, alors que celui-ci détaillait le document :

— Ma chère tante, il faudra absolument revoir le papier peint de la chambre bleue, il se décolle ! Elisabeth dit que nous pourrions la peindre en blanc afin de lui donner plus de clarté, sans compter que les tableaux...

— Vous êtes décorateur ? interrogea le fonctionnaire.

— C'est bien ça, oui. Et voici mon épouse, Elisabeth et ma fille, Uthe, ajouta-t-il en désignant ces deux dernières qui venaient de les rejoindre.

— Erika, Gustav, t'as dit pour la chambre bleue ? questionna Elisabeth Klantzmann en tendant négligemment ses papiers ainsi que ceux de Rosa à leur visiteur.

— Oui, pour la peinture blanche, c'est une excellente idée, ma chérie...

Samuel entra à son tour en compagnie de sa mère.

— Frida Müller, ma nièce et son fils Dieter, les présenta Joseph.

Puis, en aparté :

— La pauvre n'a plus toute sa tête depuis qu'elle est restée enfouie sous les décombres de son immeuble.

— Très bien... bredouilla peu après le fonctionnaire nazi au milieu des conversations qui allaient bon train sur les peintures et les tapisseries. Apparemment, tout semble en règle.

— À la bonne heure ! déclara la comtesse. Nous allons donc pouvoir reprendre notre travail. Max, pourriez-vous raccompagner monsieur ? Je vous aurais bien offert une boisson mais nous sommes tellement débordés de travail.

— Ça ne fait rien, je dois moi aussi…

— Eh bien, une autre fois peut-être ?

— C'est ça, eh bien, Heil Hitler !

— Heil Hitler, monsieur, Heil Hitler, lui répondit la comtesse tandis que Joseph et Elisabeth s'affrontaient à propos d'un choix de couleur.

Une fois parvenu en bas des escaliers, le représentant du maire rejoignit les policiers qui patientaient auprès de leur voiture. Quand le véhicule redémarra, il eut le sentiment désagréable d'avoir été pris pour un vulgaire contrôleur de billets de train.

— Les avez-vous interrogés sur ce qu'ils faisaient, d'où ils venaient ? N'avez-vous rien remarqué d'anormal, un petit détail, que sais-je ? demanda nerveusement Hermann Dietrich dans son bureau orné d'un drapeau à croix gammée voisinant avec un portrait du Führer.

— Leurs papiers étaient en règle, expliqua le messager avec un haussement d'épaules et je ne pouvais par conséquent pas les interroger davantage. Ces gens-là sont des parents de la comtesse, expliqua-t-il avec embarras, pas de simples inconnus.

— Hum, grogna le fonctionnaire nazi en se grattant le menton d'un air contrarié. J'ai pourtant l'impression que cette vieille chouette me cache quelque chose. Enfin, espérons que Greta nous en apprendra plus… finit-il par murmurer, le regard fixé dans le vide.

Samuel se faufila entre les buis centenaires qui poussaient à l'arrière du château. L'endroit qu'il avait soigneusement repéré la veille était tout proche. Cette fois, Rosa ne le retrouverait pas et il sortirait vainqueur de cette partie de cache-cache. D'autant qu'ils avaient décidé de se passer de Louve, trop prompte à dénicher leurs cachettes.

Le garçonnet gloussa en songeant au plaisir qu'il aurait à voir son amie passer et repasser devant son refuge sans jamais le trouver. Ensuite, il ne lui resterait plus qu'à courir jusqu'aux marches du perron et…

— Eh bien, qu'est-ce que tu fais là, toi ?

Samuel, surpris, se retourna le souffle court. Devant lui se tenait une des femmes qui travaillaient au château. Celle-ci le considérait de ses prunelles noires sans expression dont ses lèvres minces renforçaient la dureté.

— Ben… Je joue à cache-cache, répondit l'enfant intimidé.

— Et comment t'appelles-tu ? le questionna durement la femme en s'emparant de ses deux mains.

— Sa… Sa… bredouilla celui-ci.

— Sa… quoi ? insista cette dernière en resserrant son étreinte.

— Ça me fait mal, se reprit le garçonnet en essayant de se libérer.

— Je te lâcherai quand tu m'auras dit ton nom. Alors, j'attends, comment tu t'appelles ?

— Dieter ! répondit celui-ci comme si soudain son prénom lui revenait.

— Dieter. Dieter comment ?

— Dieter Müller.

— Et ta mère, comment s'appelle-t-elle ?

— Frida. Frida Müller.

— Et la petite fille qui joue avec toi, elle ne serait pas juive, par hasard ? Comment s'appelle-t-elle ?

— Je m'appelle Uthe Krüber ! intervint soudain Rosa d'une voix ferme alors qu'elle venait d'apparaître en compagnie du jeune berger allemand qu'elle tenait par le collier. Et vous ?

— Heu... Greta, répondit la femme interloquée tout en se redressant. Greta Bader, compléta-t-elle en dévisageant tour à tour l'enfant et son chien qui la fixait de ses prunelles jaunes. Nous bavardions avec Dieter, il me disait que vous jouiez à cache-cache ?

— Elle m'a fait mal aux poignets ! se plaignit alors Samuel.

— Quoi ? Mon Dieu, comme tu es fragile ? Quand je pense à mes enfants qui ne bronchent même pas quand je les frappe !

— Vous les frappez souvent ? l'interrogea sans sourciller Rosa.

— Quand ils le méritent, ils ne sont pas toujours très obéissants.

— Un peu comme vous.

— Comment ça ?

— Eh bien, au lieu de travailler comme vous devriez le faire, vous vous promenez dans le parc et vous importunez mon cousin, déclara gravement la fillette.

Puis, en approchant son visage de l'oreille dressée de son chien :

— Tu vois Louve, cette dame est méchante avec Samuel.

— Comment ? Mais pas du tout ! tenta de protester la femme.

— Mon chien peut-être très méchant, lui aussi, vous savez. Il appartenait à des soldats SS qui l'ont dressé pour attaquer des gens comme vous. Il suffit que je lui dise...

— Non... Non ! s'épouvanta la femme en reculant horrifiée. Je... Je ne lui voulais pas de mal, je voulais simplement discuter, bredouilla-t-elle avant de prendre piteusement ses jambes à son cou !

— À des soldats SS ? s'étouffa Hermann Dietrich quand son espionne lui eut fait son rapport.

— Comme je vous le dis, confirma cette dernière encore bouleversée. Cette gamine m'a glacé le sang et son chien, j'ai bien cru qu'il allait me sauter au cou.

— Est-elle allée trouver la vieille ?

— Je pensais être convoquée dans la journée mais j'ai pu quitter mon travail sans être inquiétée.

— Cette gamine a voulu vous impressionner, simplement. Vous y retournerez comme si rien ne s'était passé. Contentez-vous désormais d'ouvrir vos yeux et vos oreilles.

— Et... Et si ce chien m'attaque ?

— Aucun chien ne vous attaquera si vous faites profil bas, argumenta-t-il d'un revers excédé de la main. Maintenant disparaissez et ramenez-moi des informations, sinon c'est à moi que vous aurez affaire et croyez-moi, je saurais être plus mordant que ce foutu animal ! À des soldats SS ! gronda-t-il en se plantant nerveusement devant les carreaux de sa fenêtre.

— Nous pourrions la congédier, proposa la comtesse assise en bout de table, après avoir écouté le récit de Rosa. Mais je ne pense pas que ce soit une bonne idée. Nous connaissons désormais l'un de ceux qui nous espionne et c'est plutôt un avantage qu'il nous faut conserver.

— En tout cas, j'aurais bien voulu voir sa tête quand elle a cru que tu allais lui lâcher le chien aux fesses ! ricana Adolf en se servant un verre de vin. Bien joué, Rosa ! Tu ne manques pas de cran.

— Samuel, enfin Dieter, a été très bien lui aussi, fit gentiment remarquer la fillette. Il a parfaitement répondu à ses questions alors que cette méchante femme lui tordait les poignets.

Le garçonnet, très fier de lui, se trémoussa sur sa chaise tandis que les adultes le complimentaient.

— En tout cas, si je découvre un autre de ces salopards, reprit le déserteur, il se pourrait qu'un malheureux accident arrive dans ce château.

— Ce serait le meilleur moyen d'attirer les ennuis, objecta la comtesse. Non, nous devrons rester sur nos gardes et nous appliquer à leur faire croire ce que nous voulons. Je compte sur vous tous pour faire preuve de la plus grande prudence. Bien, et si à présent nous parlions de vos essayages avec maître Bruhns, notre couturier ? proposa leur hôtesse en faisant allusion à un de ses amis tailleurs venu à sa demande leur confectionner de nouvelles toilettes en vue de la soirée d'anniversaire qui s'annonçait.

Le soir venu, Dan s'allongea sur le lit de sa chambre la tête légèrement embrumée par les vapeurs d'alcool que servait toujours généreusement le déserteur durant les repas.

« Qu'a voulu dire ce type ? s'interrogea-t-il alors en faisant allusion à son mystérieux visiteur qui lui apparaissait sans qu'il sache comment dans ce monde ou dans l'autre, en parlant de messager ? » Existait-il réellement ou l'avait-il inventé de toutes pièces ? Où se situait la vérité ? Quand il était dans sa maison aux côtés de Clémence et d'Azote, ou quand il était là, près de Rosa et des siens ?

Il songea avec amertume à Elisabeth et à la cruelle attirance qu'elle exerçait sur lui depuis le premier jour. Personnage réel ou fantasme, la jeune femme s'était montrée distante ces derniers temps, pour quelles raisons ? Pourquoi l'évitait-elle désormais alors qu'elle entourait son mari d'attentions ? Un mari qu'elle encensait à la moindre occasion. Et pourquoi accaparait-elle Rosa qu'elle poussait littéralement dans les bras de son père ?

N'éprouvait-elle aucun sentiment pour lui ? En avait-elle jamais eu ? Où bien, était-ce le seul moyen qu'elle avait trouvé pour ne pas trahir son mari ? Que fallait-il penser de son comportement ?

Il aurait tellement voulu l'approcher pour tenter de comprendre, mais c'était impossible et pour de multiples raisons. Comme par exemple, celle d'appartenir à un autre homme, sinon à un autre monde…

Le lendemain, alors qu'il était niché dans la sous-pente d'un abri à fourrage situé dans les dépendances du château, il porta les yeux à ses jumelles et observa à leur insu les employés qui rentraient chez eux après une longue journée de travail.

— Un des hommes n'est pas ressorti du château, expliqua-t-il un peu plus tard à Adolf et à la comtesse.

— Vous en êtes sûr ?

— Certain. Ils sont huit, et sept seulement ont traversé la cour. J'ai patienté un bon moment mais finalement, plus personne n'est sorti.

— Pensez-vous qu'il puisse avoir voulu terminer un travail ?

— Max est formel, il n'y a plus personne au château.

— Savez-vous de qui il s'agit ?

— Un des électriciens, lui apprit Dan. Celui avec une casquette noire et une mallette en bois.

— Je vois de qui vous voulez parler, réfléchit la comtesse. Un dénommé Papke. Il doit habiter au village depuis un peu plus de dix ans. Pensez-vous qu'il puisse s'agir d'un de nos espions ?

— C'est possible.

— D'après vous, quels sont ses plans ?

— Je serais lui, je me planquerais la nuit dans un endroit qui lui permette de nous espionner. De préférence lorsque nous sommes tous réunis.

— Que devrions-nous faire ?

— Adolf et moi, nous resterons cachés. Pendant que vous, vous ferez bien attention de vous conduire en bons Allemands.

— Cette idée me plaît, acquiesça son hôtesse en le considérant de son regard plissé. Nous allons même faire du zèle.

— J'ai passé la nuit dans les sous-sols, expliqua vingt-quatre heures plus tard l'espion à son chef. De là, je pouvais entendre toutes leurs conversations depuis la cuisine où ils dînent après que nous eûmes quitté le château, grâce à un conduit d'aération de cheminée.

— Et alors ? interrogea pensivement Hermann Dietrich les mains posées sur son bureau.

— Je n'ai rien remarqué d'anormal, avoua son sbire dans un haussement d'épaules. J'ai pratiquement tout entendu et jamais rien ne m'a paru suspect, au contraire, avoua-t-il comme à regret.

— Comment ça, au contraire ? sourcilla son supérieur.

— Eh bien oui, ils ont même fait l'éloge de notre Führer

en disant que c'était un grand visionnaire qui allait créer un empire qui rayonnerait sur le monde ou quelque chose comme ça. Ils ont porté plusieurs toasts à sa santé et ont entamé des chants patriotiques nazis à sa gloire et à celle de notre pays bien aimé…

— Assez ! enragea le fonctionnaire en abattant son poing sur la table. Ils savaient que vous les espionniez et ils se sont moqués de vous ! Ils se sont moqués de moi ! Jamais cette vieille aristocrate n'a eu de sympathie pour nos idées et notre Führer bien-aimé, jamais ! Et elle s'est toujours appliquée à nous le montrer en nous considérant avec ses airs supérieurs comme… Comme de la merde !

— Nous pourrions peut-être l'inquiéter pour autre chose ? proposa Alex Goerdeler, l'homme qui était venu au château afin de contrôler leurs papiers.

— À quoi pensez-vous ? l'enjoignit son supérieur intrigué.

— Eh bien, j'ai remarqué lors de ma visite qu'il n'y avait aucun portrait de notre Führer sur aucun des murs de ce château. C'est le signe évident de son ressentiment envers notre parti et nos idées.

— C'est un peu léger pour créer des ennuis à cette garce qui connaît un tas de gens hauts placés, réfléchit le fonctionnaire au costume rayé, non ?

— Sauf si nous soumettions cette regrettable omission à certaines personnes, sous-entendit son subalterne.

— À qui pensez-vous, la Gestapo ?

— Je connais l'un de leurs officiers, très pointilleux sur les convenances.

— Contactez-le, déclara son supérieur que l'idée séduisait. Nous verrons bien ce que nous pourrons en retirer.

La comtesse avait accordé deux jours de repos aux hommes et aux femmes du village qui œuvraient au château afin de préparer la fête qui s'annonçait. Ne restaient que deux femmes dignes de confiance, bien connues de cette dernière pour préparer et servir le repas.

— Vous êtes sûre, chère Erika que notre présence ne vous portera pas préjudice ? avait craint Joseph tandis qu'il prenait le thé avec leur hôtesse.

— Anton sera ravi de vous connaître, lui affirma-t-elle en parlant de son fils qui devait la rejoindre dans la journée. Votre ravissante femme et votre délicieuse enfant ont-elles déjà essayé leurs nouvelles toilettes ?

— Elles ne pensent plus qu'à ça. Elles sont si heureuses… Grâce à vous.

— Et je le suis aussi, grâce à vous, mon cher cousin.

— Maman, est-ce que je peux essayer ma robe ? s'impatienta Rosa en dévorant des yeux le grand carton plat posé sur le lit.

— Non, ma chérie. Tu devras déjà prendre un bain et te laver les cheveux, mon Dieu, mais dans quoi vous êtes-vous roulés, Samuel et toi ?

— On a joué avec Louve dans le jardin.

— Ne pourrais-tu pas jouer un peu plus à la poupée dans ta chambre que de passer ton temps dehors avec ce chien ? lui reprocha gentiment sa mère en ouvrant les robinets de la baignoire.

— Oh maman, nous sommes restés si longtemps enfermés dans cet horrible grenier que… C'est tellement magnifique, ici !

— Tu as raison, ma petite fille, reconnut cette dernière, je suis injuste avec toi.

À cet instant, le ronflement d'un moteur se fit entendre dans la cour.

— C'est sans doute le fils d'Erika ! prononcèrent en même temps la mère et la fille en se ruant à la fenêtre.

Leurs sourires s'effacèrent vite quand elles virent les hommes en chapeaux et impers qui s'extrayaient de la voiture noire stoppée devant les escaliers.

— Mon Dieu ! s'exclama Elisabeth en prenant sa fille dans ses bras.

— Messieurs ? s'enquit Max le visage tendu en sortant sur le perron.

— Hans Körte, Gestapo, se présenta avec emphase le premier homme tout en conservant les mains dans les poches de son ciré. Nous aimerions voir la comtesse Erika von Stoessenberg.

— C'est moi, déclara cette dernière en s'avançant au-dessus des marches.

L'homme se contenta d'incliner brièvement la tête.

— Enchanté, madame.

— Je ne crois pas, remarqua fièrement celle-ci. Un homme enchanté de voir une dame se découvre devant elle. Mais il est vrai que je suis une femme d'un autre temps. À présent puis-je savoir ce qui vous amène ? Je vous préviens, je n'ai pas beaucoup de temps à vous consacrer.

— Ça ne sera pas long, expliqua son visiteur apparemment peu impressionné. Le temps simplement de vous poser quelques questions. À vous et à vos… invités. Pouvons-nous entrer ?

— Maintenant que vous êtes là, vous n'allez pas vous priver de ce plaisir...

Le policier pénétra dans le vaste hall à la suite de la comtesse, suivi par deux de ses hommes qui aussitôt jetèrent des regards intéressés sur les murs ornés de tableaux.

Ceux-ci se permirent même de pousser un peu plus loin leur investigation en ouvrant les portes vitrées qui donnaient sur le monumental escalier qui conduisait aux étages. Quand ils revinrent quelques secondes plus tard après avoir pris la liberté de visiter quelques-unes des pièces principales, ils adressèrent un petit signe négatif de la tête à leur chef.

— Vous êtes venus avec trois de vos hommes pour visiter ma maison, monsieur Körte? Je vous préviens, je n'ai pas l'intention de vendre.

Le policier sourit aimablement à son hôtesse avant de reprendre.

— J'aimerais vous poser une question, madame la comtesse.

— Je vous écoute.

— Que pensez-vous d'Adolf Hitler?

— Vous le représentez, répondit cette dernière en s'efforçant de ne pas se laisser déstabiliser par la question abrupte. Vous êtes même son incarnation. Imagineriez-vous un instant que je puisse vous en dire du mal?

— Allez-y, je vous en prie, répondez-moi franchement, insista le policier visiblement amusé.

— Eh bien, qu'il est le Maître de l'Allemagne. Et de plusieurs autres pays. Est-ce que cela vous convient?

— Vous ne pouviez pas mieux me répondre. Alors, s'il est Le Maître, comment se fait-il que vous n'ayez aucun tableau de lui? Aucune photo, aucune représentation, même la plus petite le représentant ? Que dirait un Maître en visitant votre demeure si belle et si vaste en ne voyant aucun tableau de lui ? Vous imaginez sa déception ? Est-ce qu'il ne devrait pas en conclure que vous ne l'aimez pas ? Pire, que vous le méprisez ?

— Cette décoration est la même depuis que je suis enfant, et je n'ai tout simplement pas pensé à la changer.

— Il me semble pourtant que vous essayez en ce moment de lui donner un coup de neuf, est-ce que ça n'aurait pas été l'occasion ?

— Très bien, je n'ai pas de portrait d'Adolf Hitler et alors, est-ce que c'est à ça que vous évaluez l'amour de ses sujets, à leur nombre de ses photos sur les murs ? Qui vous dit que je ne loue pas tous les jours au fond de moi ses actions qui ont fait de ce pays ce qu'il est ?

— Il serait certainement ravi de l'apprendre, mais oublions cela, pour l'instant. Vous avez sous votre toit des… cousins et des amis que vous hébergez. Venus de Berlin, je crois ? J'aimerais les rencontrer.

— À quel propos ?

— Simples vérifications.

— Leurs papiers ont déjà été contrôlés par vos collègues, il y a peu et ils sont en règles.

— Quand je l'aurai constaté à mon tour, croyez bien, chère comtesse que nous partirons d'ici et que je ne vous importunerai plus. Je vous enverrai même un portrait de notre Führer que vous pourrez accrocher dans cette entrée magnifique.

— Je prends ça pour du harcèlement et je me plaindrai en haut lieu.

— Je n'en doute pas un seul instant mais en attendant, il serait préférable que vos amis et vos proches viennent me retrouver dans cette pièce où je les interrogerai un par un.

Dans le cas contraire, je me verrais contraint de les convoquer demain dans nos bureaux à la première heure.

À cet instant, de nouveaux bruits de moteurs se firent entendre dans la cour du château.

— Si vous les convoquez, vous me convoquez également. Et si vous me convoquez, vous convoquez mon fils qui va dormir ce soir sous ce toit. Ça tombe bien, il vient juste d'arriver, vous pourrez donc lui transmettre vous-même votre invitation.

Un sergent sauta prestement de la Mercedes blanche et noire qu'il venait de garer devant le perron afin d'aller ouvrir à son passager assis à l'arrière du véhicule. Pendant ce temps, un major et un capitaine, celui-là même qui avait accompagné la comtesse lors de son retour à sa propriété, en sortirent à leur tour devançant de quelques secondes un homme de belle prestance aux tempes argentées impeccablement sanglé dans son uniforme de général.

Celui-ci prit un peu de temps afin de contempler avec nostalgie la vaste demeure puis, après avoir jeté un œil froid sur le policier qui patientait près de son véhicule, se lança dans l'ascension des marches escorté de ses deux officiers.

Leur entrée conquérante dans le vaste hall qui résonna du bruit de leurs bottes fit blanchir le visage des trois hommes en imperméable réunis autour de la comtesse.

L'officier supérieur ôta alors sa casquette avant de se diriger vers cette dernière qui l'accueillit d'un regard bienveillant.

— Mère… interrogea-t-il en dévisageant tour à tour celle-ci et les trois inconnus, il y a un problème ?

— Bonjour, mon cher fils, lui répondit la vieille dame en l'embrassant tendrement. Comme je suis heureuse que tu sois de retour dans cette maison. Ces messieurs sont de la Gestapo, expliqua-t-elle en savourant l'instant. Ils sont venus nous convoquer dans leurs bureaux, toi, moi et nos cousins qui sont en ce moment sous notre toit.

— Grand Dieu, mais pour quoi faire ?

— Parce que nous n'avons pas de portrait du Führer dans notre entrée.

— Heil Hitler, intervint mollement le chef des policiers dans un salut peu appuyé. En fait, ce n'est pas que pour ça, commença-t-il à expliquer à présent qu'il avait perdu de sa superbe.

— Non, et pour quoi d'autre ? demanda le fils de la comtesse en plongeant son regard pénétrant dans celui du policier.

— Nous devons vérifier les identités de ceux qui résident dans ce château.

— Mais cela a déjà été fait par les policiers d'Hermann Dietrich, expliqua la vieille dame et ils ont conclu que tout était en règle. De plus, il s'agit de notre cousin Gustav et de sa famille et je trouve cette situation terriblement gênante et cet acharnement infondé.

— Nous faisons simplement notre travail, se défendit leur visiteur avec un peu d'arrogance retrouvée.

— Votre travail ? répéta ironiquement le général en prenant ses deux officiers à témoins. Votre travail consiste donc à contrôler des papiers déjà contrôlés et qui plus est, à des membres de ma famille ! Et vous êtes venus à quatre pour effectuer cette lourde tâche ? N'avez-vous donc rien à faire de plus important pour notre pays et notre Führer ? Savez-vous d'où je viens, monsieur…

— Hans Körte.

— Monsieur Hans Körte ? De Russie ! Est-ce que vous avez une petite idée de ce qui se passe en ce moment dans ce beau pays ?

— Bien sûr, je…

— Vous savez ce qu'est cela ? l'interrompit l'officier qui s'était approché de son interlocuteur, en exhibant une croix noir et or qui pendait au bout d'un ruban rouge noué autour de son cou. C'est la plus haute distinction militaire qui m'a été remise, il y a trois jours, par notre Führer en visite sur le champ de bataille. Est-ce que vous voulez que je lui fasse part de vos tâches journalières, monsieur Hans Körte ?

— Nous allons… Nous allons vous laisser, bredouilla le policier livide.

— Je crois en effet que ce serait une sage décision. Définitivement, j'entends ! Capitaine !

— Herr General ! aboya l'officier en claquant des talons.

— Voulez-vous, s'il vous plaît, raccompagner ces messieurs !

— À vos ordres ! Messieurs, si vous voulez bien vous donner la peine, s'exécuta ce dernier en désignant magistralement la porte.

— Comme tu as remis à sa place cet odieux personnage ! se réjouit un peu plus tard la comtesse en serrant son fils dans ses bras.

— Qu'il est bon de vous retrouver, ma chère maman, soupira celui-ci mais, dites-moi, qui est donc ce cousin Gustav que je ne connais pas ?

— Votre mère n'est pas raisonnable, Anton, intervint le capitaine en s'adressant familièrement à son supérieur après sa mère lui eut parlé de ses réfugiés. Si ces rats sont venus jusqu'ici, c'est parce que ce cochon d'Hermann les a envoyés !

Puis, se tournant vers la comtesse :

— Il n'a pas été convaincu par votre histoire, c'est certain.

— Otto a raison, mère. Il faut se méfier de ces cafards comme de la peste.

— Voulais-tu que je les abandonne à leur sort ? Eux et les deux enfants ?

— Tu as fait selon ton cœur et je ne peux te le reprocher. En tout cas, je pense que nous sommes désormais tranquilles pour quelque temps. Malgré tout, tu vas dès à présent demander à Max d'accrocher un tableau de notre moustachu dans ce hall.

— Tu voudrais que ton père se retourne dans sa tombe ?

— Maman.

— Soit, je vais en préparer un que nous accrocherons au cas où…

— Bien, et si maintenant, tu me présentais à nos cousins ?

— Tu feras leur connaissance dans quelques heures quand débutera la soirée que nous donnons pour fêter ton retour et mon anniversaire. Ce soir, nous allons faire revivre cette vieille demeure comme du temps où…

Une larme perla entre ses cils fardés.

— Allons, je veux que nous oubliions la guerre, je ne veux que penser au bonheur de t'avoir enfin à mes côtés. Bienvenue chez toi, mon fils !

— Un général ! s'exclama Adolf qui n'avait rien perdu de la conversation entendue depuis le haut des escaliers en compagnie de Dan où ils s'étaient dissimulés avec leurs armes. Non mais tu te rends compte ? Son fils est un général et qui plus est, décoré par Hitler sur un champ de bataille de Russie ! Un de ces planqués de « faisans dorés »[1] qui récupèrent les honneurs

1. On surnommait ainsi les généraux allemands en raison des couleurs chatoyantes de leurs uniformes.

pendants que leurs soldats se font buter ! Elle aurait quand même pu nous en parler !

— Il a au moins fait déguerpir ces salopards de nazis, remarqua Dan. Et ça, c'est le plus important.

— Je vois ça d'ici, continua son compagnon sans relever la remarque, quand on va nous présenter. « Bonjour, je suis le grand général von Stoessenberg et vous ? Oh moi, je suis un déserteur et à part ça, ça se passe comment sur le front de l'Est ? Pas trop de problèmes depuis mon absence ? »

— Tu n'es pas obligé de lui dire la vérité.

— On voit que tu n'es pas Allemand ! On nous a tellement fait défiler au pas que c'est plus fort que nous, quand on voit un uniforme d'officier, on se met au garde-à-vous.

— Il sera sûrement en civil.

— Très drôle. En tout cas, il ne faudra pas qu'il me gonfle avec ses récits de guerre en dentelles parce que sinon, il aura droit à mon poing dans la gueule !

— Tu as vu, s'enthousiasma Elisabeth dont le visage avait retrouvé des couleurs. Son fils est un général !

— Et un général qui, heureusement pour nous, n'aime pas les nazis, commenta soulagé son mari.

— Mais pourquoi ne nous en a-t-elle pas parlé ?

— Je pense qu'elle avait peur que nous nous en effrayions.

— Comme c'est incroyable ! Nous allons à présent partager notre table avec un général décoré par Hitler lui-même… remarqua pensivement son épouse. Tu crois que… qu'Erika lui dira que nous sommes juifs ?

— Tu crois vraiment que je tiendrai longtemps à essayer de me faire passer pour son cousin Gustav ?

Dan observa pensivement sa silhouette dans le miroir de sa chambre. Il aurait pu s'interroger sur ce qu'il faisait dans ce costume de soirée d'un autre temps dans lequel il avait d'ailleurs belle allure mais il préférait se réjouir de la soirée qui s'annonçait. Après tout, ne se passerait-elle pas entourée de gens qu'il aimait, réunis miraculeusement dans une bulle d'eau perdue au milieu de la tourmente ?

Il était tiraillé entre différents sentiments qui l'empêchaient de goûter réellement l'instant présent mais, il n'avait pas fait le choix d'être ici. Il n'avait pas fait le choix de rencontrer cette petite fille, pas fait le choix de tomber amoureux de cette femme ou de cette chimère. Pas fait le choix des mondes et des enveloppes qu'il habitait ou de sa folie. Alors, pourquoi devrait-il se sentir coupable ?

Une seule question occupait son esprit. Ce soir, pourrait-il l'approcher, lui parler ? Le regarderait-elle, lui sourirait-elle ? Pourrait-il un jour la serrer dans ses bras ?

Tant de questions dont il connaissait parfaitement les réponses. Non. Jamais. Parce que tout les séparaient. Des molécules d'air qu'ils respiraient jusqu'à l'amour indéfectible qu'elle vouait à Rosa et à son mari.

Elle allait être encore plus belle ce soir, et encore plus inaccessible, protégée par ces remparts invisibles qu'il se refuserait de franchir.

Il se secoua. Vérifia encore une fois sa tenue irréprochable, puis sortit de sa chambre. Il alla ensuite frapper à celle de son compagnon qui émit une sorte de bougonnement.

Quand il entra, il découvrit celui-ci en train de fumer étendu sur son lit, encore vêtu de ses habits de tous les jours.

— Eh bien, qu'est-ce que tu fous ? On va être en retard.

— Je ne viens pas. Tu iras jouer au pingouin sans moi.

— Quoi ? Mais tu ne peux pas faire ça à la comtesse ! Et Rosa, elle tenait absolument à nous montrer sa jolie robe !

— Écoute. Je fais ce que je veux, d'accord ? Et je ne dois rien ni à la comtesse de mes deux ni à cette gamine. Je suis là uniquement parce que j'ai bien voulu rester. Personne ne me protège ni ne me retient prisonnier ni me dit ce que je dois faire. Même pas ces putains de nazis ! Alors si j'ai décidé de ne pas aller à votre foutue soirée d'aristo en mal de réjouissances, tu devras me foutre la paix.

— Tu as peur de te retrouver confronté à cet homme qui te rappelle trop de mauvais souvenirs, rétorqua Dan d'un ton sarcastique. Comme celui d'avoir abandonné tes compagnons par exemple qui continuent à se battre et à mourir pour leur pays, là-bas en Russie, alors qu'ils savent que tout est perdu. Remarque, je peux le comprendre. Ça doit être dur à assumer. À tel point que tu aurais peur de regarder dans les yeux l'un de tes supérieurs qui pourrait deviner qui tu es et d'où tu viens.

— Tu ferais bien de la fermer, camarade. J'en ai tué pour moins que ça.

— Ne te donne pas cette peine, je m'en vais. Je voulais simplement t'aider.

— M'aider ?

— À ne plus te ronger les sangs. Ce que tu as fait, je l'aurais sans doute fait, moi aussi, après avoir été tellement écœuré par cette inutile barbarie privée de sens. Tu n'as pas à rougir de ta décision, au contraire. Et si en regardant cet homme, tu as un réflexe naturel à mettre tes doigts sur la couture de ton pantalon, prends un verre, ça t'occupera les mains.

Après avoir abandonné son compagnon et refermé derrière lui, Dan découvrit Rosa qui courait dans sa direction.

— Dan ! Dan ! Est-ce que tu veux être mon cavalier ? le questionna gaiement cette dernière en lui sautant au cou.

Puis, en se reculant :

— Tu as vu ma nouvelle robe ?

La fillette portait une jolie robe blanche en dentelle serrée à la taille par un ruban de soie rose et des fleurs dans les cheveux.

— Comme tu es belle ! la complimenta-t-il. Une vraie princesse !

— Toi aussi, tu es beau. Nous allons bien ensemble, n'est-ce pas ?

— Tu trouves que je suis assez beau pour te servir de cavalier ?

La fillette approuva de la tête qu'elle tourna à l'arrivée de ses parents qui avançaient à leur tour dans le couloir.

— Et tu as vu ? Papa et maman font eux aussi un couple ravissant, non ?

Quand Dan releva la tête, il ne put que contempler le souffle coupé Elisabeth qui avançait au bras de son mari, drapée dans une robe longue de dentelle blanche qui rappelait celle de sa fille. Elle aussi avait des fleurs dans les cheveux qu'elle avait réunis en un adorable chignon. Ses yeux étaient rehaussés de vert et son charmant grain de beauté sur le bas de sa joue droite fleuretait avec ses lèvres rouges et ses dents blanches.

— Dan, vous êtes resplendissant ! s'exclama Joseph d'un ton enjoué.

— Pas… Pas autant que vous trois, ne put-il que bredouiller.

— Oh moi, je ne suis qu'un petit nuage gris entouré de deux étoiles qui, par je ne sais quel miracle de la vie, m'accompagnent. Des étoiles qui brillent aujourd'hui en grande partie grâce à vous, mon cher Dan. Eh bien, à présent que nous avons chacun notre cavalière, nous pourrions peut-être rejoindre notre chère comtesse ?

Celle-ci les avait accueillis, vêtue d'une somptueuse robe de soirée anthracite sur laquelle brillaient plusieurs longs colliers de perles. Ses cheveux d'un blanc nacré tombaient en vagues resserrées sur un côté de son visage, à la peau fardée et ses paupières sombres accentuaient l'intensité de son regard.

Son fils, qui se tenait à ses côtés devant la cheminée de la plus belle salle du château, était quant à lui vêtu d'un costume queue-de-pie qui laissait apparaître un jabot immaculé sur lequel était noué un impeccable nœud papillon blanc.

— Mon cher Gustav ! s'était-il exclamé en serrant chaleureusement la main de Joseph. Voilà bien longtemps que nous ne nous sommes vus ! Mon Dieu, comme votre femme est ravissante. Encore plus belle que dans mes souvenirs ! Et comment va notre petite Uthe ? s'enquit-il en souriant gentiment à Rosa.

— Monsieur Hans, continua-t-il en prenant la main tendue de Dan. Bienvenue dans notre demeure.

Peu après, était arrivé Samuel, très élégant dans son costume bleu, au bras d'Anna pour qui Elisabeth avait choisi une belle robe de satin pourpre.

— Mes amis, laissez-moi vous présenter Wilfred von Schellenberg, un ami de notre famille et Karl Litten, mon aide de camp, reprit-il en désignant le capitaine et le major qui l'avaient accompagné, tous deux en costume de soirée. Ces deux gentlemen sont officiers comme moi mais, ne vous inquiétez pas, je réponds d'eux comme de moi-même et ce soir, vous n'entendrez pas un mot sorti de notre bouche qui vous le rappellera. Ce soir, reprit-il en se tournant vers la comtesse, nous sommes là pour rendre hommage à cette femme merveilleuse que j'ai l'honneur d'avoir pour mère.

Il déposa un baiser léger sur la main de cette dernière.

— Je pourrais devant vous faire son éloge et vous dire tout le bien que je pense d'elle mais sa modestie en souffrirait. Et puis, ne la connaissez-vous pas autant que moi, vous qui depuis quelques jours déjà vivez sous son toit ? Aussi à présent, levons nos verres ! Trinquons à cette mère que j'aime tendrement et buvons à une vie meilleure qui verra, je l'espère, l'homme revenir à la raison.

— À votre santé ! s'exclama Adolf depuis l'entrée du salon où il venait d'apparaître vêtu d'un élégant smoking.

— Jürgen Schatz, souffla leur hôtesse à l'attention de son fils qui l'interrogeait du regard.

— Oh, monsieur Schatz, sourit celui-ci avec une main tendue, ravi de faire votre connaissance.

— J'ai toujours rêvé de voir un général en chair et en os, ironisa le déserteur en soutenant le regard de l'officier. Dommage que vous n'ayez pas conservé votre uniforme !

La soirée avait été agréable.

Anton von Stoessenberg s'était montré un maître de maison exquis et prévenant, quant aux deux autres officiers, ils avaient fait preuve d'une extrême courtoisie et gentillesse envers la comtesse et ses hôtes.

Tous s'étaient appliqués à ne jamais faire allusion à quoi que ce soit qui aurait pu troubler le bon déroulement d'un repas à la hauteur du décor et de l'événement. Et si parfois il était arrivé que l'un ou l'autre ne prononce un mot déplacé ou équivoque, chacun avait fait l'effort de l'ignorer en s'appliquant à n'évoquer que des sujets et des plaisirs goûtés en temps de paix. À parler sciences, Histoire ou philosophie. À réciter des poèmes. À louer l'amour et l'amitié ou à vanter le vin et les plaisirs de la table, des sujets envers lesquels Adolf, qui n'oubliait jamais de remplir les verres, s'était montré intarissable.

Et puis, la comtesse avait raconté sa vie d'antan et surtout, elle avait parlé de ce qu'avait été le château du temps de ses chevaux de concours et de ses écuries. Du personnel nombreux qui y travaillait. De la même passion qui les unissait. Des labours et des moissons, des foires et des fêtes, des morts et des naissances qui avaient ponctué la vie de ses aïeux. Glorieux ou anonymes, ceux-ci avaient à travers les âges toujours eu à cœur de privilégier l'honneur face à l'adversité qui n'avait peut-être jamais été aussi grande qu'à ce jour puis, quand les sujets avaient fini par manquer, la comtesse avait fait mettre de la musique sur un gramophone et certains d'entre eux avaient dansé jusqu'à ce qu'arrive l'énorme gâteau d'anniversaire, garni de bougies que cette dernière très émue avait soufflé.

— Je vous remercie, mes amis, avait-elle déclaré d'une voix altérée par l'émotion. Je vous remercie tous d'être ici avec cette vieille femme qui a craint un moment d'être seule pour son anniversaire. Merci à toi, mon cher fils, d'être revenu de si loin pour me réchauffer par ta présence. Merci à vous, messieurs les officiers, vous qui êtes les derniers représentants d'une race éteinte de gentlemen. Et merci à vous, continua-t-elle en se tournant vers ses protégés, d'avoir choisi ma maison pour vous reposer. Vous y avez apporté votre humanité et votre bienveillance et les rires de vos enfants résonneront encore pendant longtemps entre ses vieux murs. Plus que tout, vous avez apporté la preuve que quoi qu'il arrive, la vie restera toujours la plus forte. À la vie ! avait-elle conclu très émue en levant son verre.

— À la vie ! avaient-ils tous répondu.

Beaucoup plus tard, alors que l'alcool avait continué d'être abondement servi, Anton von Stoessenberg s'était levé et avait déclaré d'une voix un peu pâteuse :

— Mes amis, la journée a été longue et merveilleuse à la fois, mais je dois à présent, rejoindre mon lit, pendant que je le peux encore ! Laissez-moi vous dire combien j'ai apprécié votre compagnie. Ma mère ne pouvait pas mieux s'entourer pour fêter un jour comme aujourd'hui.

— Je t'accompagne, avait enchaîné la comtesse encore très digne malgré le champagne auquel elle avait fait honneur. Merci à tous pour cette magnifique soirée. Grâce à vous, j'ai oublié mon âge et revécu mes joies d'antan. Je vous embrasse, mes très chers.

— Nous allons vous suivre, déclara à son tour Joseph qui avait su être un hôte à la fois brillant, affable et drôle.

— Oh non, papa, pas déjà ! lui reprocha Rosa qui jouait avec Samuel et sa mère à un jeu de société.

— Déjà ? Mais tu as vu l'heure qu'il est ?

— Vous avez raison, il se fait tard, approuva le capitaine von Schellenberg en avalant un peu ses mots. Je crois que je vais, moi aussi, battre en retraite. Jürgen est un adversaire décidément trop redoutable.

— Je vous suis, avait enchaîné le major Karl Litten en s'arrachant péniblement à sa chaise. Enfin, si je le peux.

Finalement, tous les convives s'étaient retirés à part Adolf et Dan qui terminaient un volumineux verre de cognac.

— Tu vois, avait déclaré le premier d'un air consterné, ça

ne tient pas le coup, les officiers ! Ça fait le beau, ça parade, ça fanfaronne mais ça ne tient pas l'alcool.

— Je te trouve un peu dur parce qu'avec ce que tu leur as servi, c'est étonnant qu'ils ne soient pas morts.

— Ce bon vieux Joseph ne marche plus très droit non plus ! Je pense que tu devrais en profiter pour tenter ta chance auprès de la jolie juive. Tu as vu comme elle te regarde ?

— Je pense que je vais plutôt te casser la gueule. Et tu dis des conneries parce qu'elle ne m'a pas regardé une seule fois.

— Justement, ça veut dire qu'elle en pince pour toi au point de faire comme si tu n'existais pas, crois-moi, j'en connais un rayon sur les femmes !

— Tu parles de femme ou de vélo ?

— Moque-toi, je pourrais faire ton éducation. Ce qu'il faut comprendre en premier chez une femme, c'est l'âme ! Une fois que tu lui as bien caressé l'âme dans le sens du poil, après tu peux t'occuper du reste.

— Caresser l'âme dans le sens du poil… C'est sûr que là, côté romantisme, je ne t'arrive pas à la cheville. Tu devrais écrire des poèmes.

— Tu ne crois pas que je connais les femmes ? Alors, parie avec moi !

— Que je parie quoi ?

— Je te parie une caisse de champagne qu'elle va se pointer là, d'une minute à l'autre, en prétextant qu'elle a oublié quelque chose.

— Tu délires complètement, mon vieux, parce que tu es saoul. Mais je ne vais pas être vache avec toi, je ne vais pas essayer de te piquer ton argent, ça serait trop facile.

— Parie ! insista Adolf en exhibant la paume de sa main.

— Pauvre fou.

— Parie, je te dis ! Merde, la voilà !

— Ne compte pas sur moi pour tomber dans un piège aussi puéril…

— C'est idiot, j'ai dû perdre mon collier quelque part par ici, déclara soudain Elisabeth en faisant son entrée dans le salon où se tenaient les deux hommes.

— Qu… Quoi ? bredouilla Dan en sautant de sa chaise.

— Mon collier, répéta la jeune femme une main posée autour de son cou. En arrivant dans la chambre, je me suis rendu compte que je ne l'avais plus, il a dû, il a dû se décrocher.

Dan dévisagea son compagnon qui le toisait d'un regard condescendant.

— Bon ben, c'est pas tout ça, mais moi, je vais devoir y aller, grommela celui-ci contrarié. Quand je pense qu'à une seconde près, je gagnais mon pari…

— Vous pensez l'avoir perdu à cet endroit ? s'enquit Dan en faisant quelques pas malaisés en direction de la jeune femme après qu'Adolf fut sorti du salon.

— Peut-être oui. Vous pourriez m'aider au lieu de rester planté là ! Il est là ! s'exclama soudain la jeune femme en s'accroupissant sous une chaise. J'ai dû le perdre en dansant avec Rosa qui me tenait par le cou, expliqua-t-elle en exhibant une chaîne en or. Déjà qu'il ne nous reste plus rien, je n'aurais pas voulu… pas voulu le perdre.

— Votre robe… bredouilla Dan.

— Ma robe… répéta la jeune femme en s'observant. Elle a une tache ?

— Non, non, je voulais dire elle est… Elle est très belle.

— Oh oui, n'est-ce pas ? Et cette soirée, c'était… C'était tellement incroyable. Erika est une femme vraiment extraordinaire !

— « Vous » êtes très belle… insista Dan.

— Qui ne le serait pas dans une aussi jolie robe ?

Ce dernier était à présent tout près d'elle. À tel point qu'il sentait presque battre son cœur et l'odeur de sa peau.

— Je vous aime Elisabeth, murmura-t-il alors en l'attirant délicatement contre lui.

— Non Dan, je… se défendit la jeune femme en tentant de le repousser.

Sans l'écouter, celui-ci s'empara de ses lèvres qui finirent par s'ouvrir pour un tendre baiser. Jusqu'à ce qu'Elisabeth ne se dérobe avec douceur et fermeté.

— Non Dan. Nous n'avons pas le droit, murmura-t-elle en s'écartant les yeux baignés de larmes.

— Mais vous m'aimez aussi, n'est-ce pas ?

La jeune femme se rapprocha alors de lui, le visage soudain apaisé.

— Oui, Dan. Je t'aime, lui confia-t-elle dans un souffle en caressant son visage puis en l'embrassant avec douceur sur la bouche. Je t'aime. Comme jamais, je n'ai aimé. Avec passion. Avec déraison. À la folie. Mais vainement. Parce que… Parce que… Tu sais très bien pourquoi ! Tu le sais mieux que personne, n'est-ce pas ?

— Elisabeth ? la rappela Dan alors que cette dernière allait quitter le salon.

— Oui ?

— Ton collier. Tu l'avais vraiment perdu ou tu faisais semblant ?

Une larme coula sur le beau visage de la jeune femme qui disparut sans répondre.

— Comment… Comment pourrons-nous jamais vous remercier ? dit le lendemain Joseph à la comtesse et à son fils.

— Vous pourriez venir nous rendre visite à la fin de la guerre afin que nous en parlions autour d'une bonne table, mon cher Gustav…

— Ce jour-là, j'aimerais que vous m'appeliez par mon vrai prénom.

— N'attendons pas si longtemps, mon cher Joseph. Mais pour l'heure, n'oubliez pas. Vous devez tout connaître de vos nouvelles identités. Construisez-vous un vécu. Vous devrez savoir répondre sans hésitation à toutes les questions que l'on pourra vous poser. Ne montrez jamais que vous avez peur, au contraire, soyez imbu de vous-même, comme l'est tout bon nazi. Et surtout, ne perdez jamais une occasion de montrer votre dévotion au parti et à son guide au point de vous rendre ridicule, ils vous reconnaîtront ainsi comme faisant partie des leurs. Savez-vous comment vous allez voyager ?

— Nous allons nous séparer pour tenter d'augmenter nos chances, expliqua Adolf, vêtu en civil. Je vais partir en voiture avec Samuel et sa mère. Je tiendrai le rôle de l'ami de la veuve et de l'orphelin.

— Nous prendrons le train, déclara Dan. Elisabeth sera censée voyager seule avec sa fille. Quand à Joseph et moi, nous serons chacun de notre côté deux représentants de commerce en voyage d'affaire.

— Parfait. Quand comptez-vous partir ?

— Dès ce soir.

— Eh bien voilà, mes amis, il ne nous reste plus qu'à nous dire adieu et nous souhaiter bonne chance.

— Alors, qu'est-ce que tu penses du général faisan doré ?

interrogea Dan un peu plus tard tandis qu'il bouclait sa valise en compagnie de son compagnon.

— Heureusement que nos routes ne se sont pas croisées sur le front parce que c'est un putain d'officier et à l'heure qu'il est, me connaissant, je serais encore en train d'en prendre plein la gueule dans un trou perdu de cette putain de Russie, rien que pour lui faire plaisir ! Je ne me suis d'ailleurs pas gêné pour le lui dire.

— Tu lui as dit que...

— Je lui ai dit qui j'étais, qu'est-ce que tu crois ? L'occasion était trop bonne, tu penses, à un général !

— Et qu'est-ce qu'il t'a répondu ?

— Que j'avais sans doute pris la plus courageuse et la plus sensée des décisions. Incroyable, non ?

— En tout cas, je voulais te remercier d'avoir proposé de prendre Anna et Samuel sous ta protection. Tout seul, je n'aurais pas pu les protéger tous...

— Ne t'emballe pas, camarade. Je ne suis pas subitement devenu un héros ! Si j'ai pris la résolution de partir avec Anna, c'est... C'est parce que je crois que tous les deux...

Dan dévisagea son compagnon d'un œil incrédule.

— Quoi... Ne me dis pas que tu as des vues sur cette pauvre... cette pauvre femme qui ne sait même plus comment elle s'appelle ?

— Et alors, est-ce que tu crois qu'à cause de ça, ce n'est plus une femme ? Elle ne sait plus vraiment qui elle est, et alors ? Elle est heureuse en ma compagnie et celle de Samuel et à nous trois, on pourrait essayer de recommencer une nouvelle vie.

— Et... Samuel, qu'est-ce qu'il en dit ?

— J'en ai discuté avec lui, il est d'accord.

— Tu… en as discuté avec lui ?

— Eh bien oui, quel est le problème ? Il a été ravi d'apprendre que j'aimais sa mère et que nous allions désormais tous les trois rester ensemble.

— Que… Que tu aimais sa mère ? Parce que tu l'aimes ?

— Pourquoi, ça te dérange ? Pourtant je pensais que par rapport à la mère de Rosa, tu aurais les idées plus larges !

— Mais… Mais ça ne me gêne pas, je suis… je suis simplement surpris. Je pensais que… Enfin, tu avais toujours dit que ces juifs te… Et elle, est-ce qu'elle se rend compte que… Enfin, est-ce qu'elle a des sentiments pour toi ?

— Si elle a des sentiments pour moi ? Bon Dieu fallait-il que tu sois tellement gaga avec ta juive que tu n'aies pas vu comment me regardait la mienne ! Tiens, rien qu'en pensant comment elle se serre contre moi dans le lit…

— Comment… elle se… Elle se serre contre toi, dans… dans le lit ? Parce que tu veux dire…

— Eh ben quoi ? Tu crois que par les temps qui courent, on peut se permettre de passer à côté du corps consentant d'une jolie femme ? D'ailleurs toi, mon vieux, tu ferais bien de régler ce problème parce que ça commence fortement à tendre la braguette de ton pantalon !

— Quoi ? s'égosilla Dan en contrôlant par réflexe celui-ci. Mais moi, c'est pas exactement pareil, je te signale. Son mari n'est pas mort !

— Bah, ne perds pas espoir, il est juif, on est en Allemagne et c'est la guerre, ça ne durera peut-être pas toujours…

— Mais tu es parfaitement infect.

— Ne me dis pas que tu n'y as jamais pensé ? Lui mort, tu aurais la mère et sa fille dans les bras.

— Tu veux me dire quoi, là ? Tu ne me conseilles pas de le tuer, quand même ?

— Je n'ai pas dit ça. Je sais que tu es de la graine dont on fait les héros et que tu feras tout pour qu'il ne lui arrive rien mais, si jamais malgré tout, ça devait arriver… Eh bien, je te souhaite du bon temps camarade.

À cet instant, on frappa à la porte.

— Entre Anna ! Entre, ma chérie ! s'exclama Adolf en se dirigeant vers la porte.

La jeune femme pénétra dans la chambre en compagnie de Samuel. Dan remarqua alors que son visage qu'il avait toujours vu fermé et quasiment sans expression s'illuminait à la vue de son compagnon au point d'esquisser pratiquement une forme de sourire. Elisabeth, qui tous les jours la coiffait, avait natté ses cheveux roux puis les avait emprisonnés sous un charmant petit chapeau surmonté d'un bouquet de fruits rouges.

— Tu es prête, ma chérie ? l'interrogea tendrement celui-ci en l'entourant de ses bras puissants.

— Nous sommes tous les deux prêts, n'est-ce pas maman, répondit pour elle Samuel.

— Très bien, acquiesça son protecteur en caressant affectueusement les cheveux de l'enfant. Alors je crois que vous pouvez aller dire au revoir à tonton Dan.

— Je ne pensais pas que tu me la ferais, celle-ci, sourit ce dernier en jetant un regard complice à son compagnon. En réfléchissant, je me suis complètement trompé sur ton compte. Je vous souhaite bonne chance, murmura Dan en donnant l'accolade à son compagnon.

— Bonne chance à toi, camarade et n'oublie pas qu'on doit se retrouver dans quelques jours pour passer la frontière suisse.

— Je n'oublie pas.

— Au revoir Dan, lui souhaita l'enfant en l'entourant de ses bras. Veille bien sur Rosa et ses parents.

— Ne t'en fais pas, je te la ramènerai, ta petite fiancée. Fais bien attention à toi.

— Tu… Tu es sûre qu'on ne peut pas l'emmener? interrogea un peu plus tard le jeune garçon en passant une main caressante dans les poils du jeune berger allemand qui fixait tour à tour les deux enfants venus faire leurs adieux à la comtesse.

— Il vous encombrerait et puis, il sera heureux au château, les rassura comme elle le put cette dernière. Ne vous inquiétez pas, je m'en occuperai comme si c'était le mien, jusqu'à votre retour.

— On dirait qu'il pleure, lui aussi, remarqua Rosa en reniflant.

— C'est parce qu'il ressent votre chagrin mais aussi parce qu'il comprend qu'il recevra désormais moins de gâteaux! Allez, à présent, laissez Lili la cuisinière l'emmener en balade, ça sera moins dur quand vous partirez.

— Adieu Louve, prononcèrent les deux enfants les yeux larmoyants en regardant s'éloigner leur compagnon qui laissa échapper un petit gémissement attristé.

— Au revoir Rosa, souhaita tristement le jeune garçon tandis que celle-ci l'embrassait.

— Au revoir Samuel. Ne t'en fais pas, nous nous reverrons bientôt. Moi, j'ai Dan pour nous protéger et toi, tu as Adolf. Il ne pourra rien nous arriver.

— Je sais.

— Et quand nous nous retrouverons en Suisse, nous en profiterons pour nous fiancer.

— C'est vrai ? s'extasia le garçonnet en écarquillant les yeux.

— Bien sûr que c'est vrai. Tu remettras ton costume et moi, ma jolie robe.

— Et après, on se mariera ?

— Il faudra d'abord que tu fasses ta demande à mes parents.

— Je n'oserais jamais.

— Ne t'inquiète pas, j'en ai déjà parlé à maman et elle est d'accord.

— Tu vas me manquer. Au revoir Rosa.

— Toi aussi, tu vas me manquer, bredouilla la fillette d'une voix chevrotante.

Adolf, Anna et Samuel avaient quitté la cour du château depuis bientôt une heure avec la seconde voiture de la comtesse et désormais, Max s'apprêtait à conduire Dan et ses protégés jusqu'à la gare la plus proche.

— Adieu mes amis, je ne suis guère croyante, mais je veux bien prier tous les jours, si cela peut vous conduire dans un endroit où vous serez en sécurité, leur confia la comtesse debout dans le vaste hall tandis qu'elle serrait son mouchoir d'une main tremblante.

— Vous êtes sûre que vous ne risquez rien ? s'inquiéta Elisabeth en l'embrassant affectueusement. Ces nazis ne tenteront pas de s'en prendre à vous ?

— Ils essaieront sans doute mais ne vous en faites pas, je saurai me défendre.

— Puissiez-vous dire vrai.

— Adieu, madame la comtesse, déclara Joseph en embrassant cérémonieusement la main de cette dernière.

— Eh bien, mais je croyais que nous étions cousins ?

— J'avais à cœur de m'incliner devant la grande Dame que vous êtes. Prenez grand soin de vous.

— Au revoir, mon cher Joseph et surtout, revenez-moi vite avec vos deux adorables femmes.

— Au revoir, tante Erika.

— Au revoir, princesse Rosa.

— Eh bien, il ne me reste plus qu'à prendre congé, déclara Dan alors que ses trois protégés rejoignaient la voiture qui ronronnait dans la cour. Je tenais à vous dire que vous êtes une femme formidable et que j'ai été honoré de vous avoir rencontrée. Merci pour tout. Merci pour eux, surtout.

— Qui êtes-vous, Dan ? se contenta de l'interroger la vieille dame en le dévisageant avec intensité.

— Qui je suis ? Eh bien, j'avoue que...

— Pardonnez ma curiosité mais, c'est simplement que vous êtes le seul que je n'ai pas percé à jour et cela ne m'était jamais arrivé. En tout cas, qui que vous soyez, je vous plains de tout mon cœur. Parce que vous êtes quelqu'un de bien, parce qu'elle est mariée à un homme qu'elle aime et parce que vous l'aimez. Et plus encore, parce qu'elle aussi vous aime. Et si je vous plains autant, c'est parce que la vie m'a, en d'autres temps, joué le même mauvais et merveilleux tour.

— Et si vous aviez un conseil...

— Vous voulez vraiment l'entendre ?

— Je vous écoute.

— Apprenez à avoir mal, mon ami. Car c'est une douleur dont on ne guérit pas.

Chapitre 6

Dan était descendu discrètement de la voiture alors qu'ils étaient encore à quelques centaines de mètres de la gare.

Peu après, Joseph l'avait imité.

— Alors, c'est bien compris ? avait-il encore une fois répété à sa femme et sa fille qui le dévisageait d'un regard inquiet. On ne se connaît pas. En aucun cas, on doit soupçonner que nous sommes ensemble. Pas plus avec moi qu'avec Dan. Si quelque chose m'arrive, promettez-moi que vous ne tenterez rien et que vous vous en remettrez à lui. Il saura vous protéger et vous emmener en sécurité. J'ai confiance. Il fera tout son possible pour vous venir en aide. Vous me le promettez ? De toute façon, il ne nous arrivera rien. Nos papiers font plus vrais que nature et tout ira bien.

— Alors pourquoi tu nous dis ça ? interrogea Rosa avec la sincérité contrariée d'une enfant.

— Je vous dis ça… parce qu'il faut toujours tout prévoir, même l'impossible. C'est à ce prix et à ce prix seulement que nous nous en sortirons. Allons, courage, nous ne serons malgré tout jamais loin les uns des autres.

Il les avait embrassés douloureusement puis était sorti de la voiture non sans avoir remercié Max du regard.

Ce dernier avait alors conduit ses deux passagères devant la petite gare où stationnait une poignée de carrioles à cheval et de voitures.

Il les avait aidées à sortir leurs bagages puis tous trois s'étaient fait leurs adieux.

— Merci pour tout, mon cher Max, l'avaient salué Elisabeth et sa fille en embrassant le vieil homme. Surtout, veillez bien sur vous-même et sur Erika.

— La comtesse n'en a toujours fait qu'à sa tête, mais je vous promets d'essayer, comme je le fais depuis plus de cinquante ans, leur confia en souriant ce dernier, un œil légèrement larmoyant. Faites bien attention à vous.

Les deux femmes avaient alors pénétré à l'intérieur de la gare sans jeter un regard derrière elles, puis elles s'étaient aussitôt dirigées vers le guichet devant lequel patientait déjà un couple.

Joseph pénétra à son tour dans le bâtiment au moment où elles s'emparaient de leurs billets.

Quelques minutes plus tard, Dan les rejoignit sur les quais où ils attendaient séparément en compagnie d'une dizaine d'autres personnes.

Celui-ci resta volontairement éloigné d'eux. Il alluma une cigarette tout en scrutant les lieux afin d'y déceler un éventuel danger. Mais aucune des personnes présentes ne faisait penser à un policier.

Quand le train se présenta avec plus d'une demi-heure de retard, la nuit commençait à tomber.

Il attendit que tous trois soient montés dans celui-ci pour y grimper à son tour.

Le wagon était constitué de banquettes alignées de part et d'autre d'une allée. Elisabeth et sa fille s'étaient assises sur l'une d'entre elles, en compagnie d'autres passagers. Quant à Joseph, il s'était installé à quelques mètres derrière elles.

Dan trouva une place face à eux à une extrémité du wagon, chacun pouvant ainsi observer les allées et venues de ceux qui empruntaient le passage.

Il y eut alors un coup de sifflet, puis le train se mit lourdement en marche, laissant derrière lui la gare et les quelques constructions environnantes. Au dehors, l'obscurité s'était faite et seules quelques veilleuses les empêchaient d'être dans le noir absolu.

Quelques passagers tirèrent alors les rideaux sur les fenêtres comme l'exigeaient les mesures de sécurité imposées par les attaques aériennes qui se multipliaient dans tout le pays.

Ils voyagèrent ainsi plus de deux heures, ballottés par les soubresauts du train qui progressait lentement et ses arrêts dans les gares, sans être nullement inquiétés, si ce n'est par la visite d'un contrôleur peu loquace, puis soudain, alors qu'ils étaient à quelques kilomètres à peine de la ville qu'ils avaient choisie comme première étape, deux hommes en chapeau et imperméables se présentèrent à une des extrémités du wagon qui faisait face à Dan.

Celui-ci se leva aussitôt et fit mine de chercher quelque chose dans son sac suspendu dans un filet à bagages afin d'alerter comme il avait été convenu ses compagnons.

Les nouveaux venus, conscients de la crainte qu'ils inspiraient, se contentèrent de remonter lentement le compartiment en dévisageant tour à tour ses passagers puis, sans contrôler le moindre papier disparurent dans l'autre voiture.

Dan et ses compagnons débarquèrent un peu plus tard sur les quais d'une gare importante. S'appliquant à rester éloignés les uns des autres, tous quatre pénétrèrent à l'intérieur du bâtiment à travers lequel de nombreux civils sommeillaient, avachis sur des banquettes ou étendus sommairement à même le sol entre des amoncellements de sacs et de valises rafistolées.

— Tu vois, ma chérie, avait expliqué Elisabeth à Rosa qui observait d'un œil intrigué les enfants dont certains dormaient dans les bras de leurs parents, la guerre n'épargne personne.

Joseph, qui avait l'habitude de voyager en train du temps où il se rendait à des colloques de médecine, était chargé d'étudier les horaires et leur parcours tandis que les autres patientaient à l'écart. Puis, quand il avait enfin obtenu les renseignements, il devait en passant près d'eux leur murmurer la route à suivre afin que tous trois puissent aller quérir leurs billets.

Ils devaient désormais patienter plus d'une heure en attendant leur prochain train. Ils s'installèrent donc le mieux qu'ils purent aux côtés des évacués au milieu desquels ils se fondirent.

Malgré cela, l'angoisse les étreignait chaque fois qu'apparaissaient des policiers qui allaient et venaient à travers la gare ou lorsque des gendarmes militaires escortés de leurs chiens faisaient résonner les clous de leurs bottes sur le sol en pierre. Mais le pire était la crainte de se faire repérer par ceux qu'on ne voyait pas, embusqués dans la foule et qui d'un geste pouvaient mettre un terme à votre voyage. Des chasseurs d'hommes qui avaient le don de reconnaître à travers la multitude le juif, le fuyard, le dissident ou bien plus simplement celui qui avait peur.

— Tu as vu celui-ci ? fit remarquer Rosa à sa mère. On dirait Louve.

— Oui, c'est vrai, mais tu sais, ils sont loin d'être tous aussi gentils que votre ami.

— Il me manque, tu sais.

— Ne t'inquiète pas, il sera heureux au château. Beaucoup plus que si nous l'avions traîné avec nous.

Durant leur trajet suivant, Dan et Joseph s'étaient relayés pour arpenter le couloir sur lequel donnait le compartiment d'Elisabeth et Rosa afin de s'assurer qu'elles ne risquaient rien.

À un moment, le cœur de ce dernier avait bondi dans sa poitrine quand il avait vu des officiers pénétrer dans le compartiment où se trouvaient sa femme et sa fille. Mais Elisabeth avait gardé son sang-froid tandis que Rosa dormait dans ses bras d'un sommeil profond.

— J'ai aussi une fille comme elle, lui avait simplement murmuré l'un d'eux en lui présentant une photo. Toutes les petites filles ressemblent à des anges quand elles dorment.

Elisabeth lui avait souri brièvement.

— Notre ville a été bombardée et son père est mort, lui avait-elle déclaré d'un ton neutre. Et nous n'avons pas dormi depuis plusieurs nuits.

Cela avait suffi pour lui épargner les confidences ou les questions de l'homme.

Une fois arrivés à destination, ils comprirent vite qu'il leur faudrait affronter leur première épreuve en apercevant des soldats et des policiers qui contrôlaient un à un les voyageurs.

Joseph, à quelques mètres derrière elles, souffla de soulagement quand il les vit continuer leur chemin sans être inquiétées.

— Vous descendez ici pour combien de temps ? lui demanda l'un des policiers en civil en le dévisageant.

— Jusqu'à demain matin. Le temps de prendre un peu de repos dans un hôtel. Après je repars pour Munich afin de voir quelques clients.

— Vous avez quoi dans votre valise ?

— Des catalogues d'œuvre d'art, affirma ce dernier en faisant allusion aux revues spécialisées prêtées par la comtesse. Je démarche des antiquaires pour des clients fortunés.

— Vous êtes juif ?

— Pa… Pardon ? faillit s'étrangler le père de Rosa tandis que le sang quittait son visage.

— Le négoce d'œuvres d'art, c'est bien un métier de juif, non ? fit remarquer le policier avant d'éclater d'un grand rire qui contamina son compagnon.

— Dieu merci, ils ont fait place nette et le métier ne s'est jamais si bien porté ! renchérit Joseph en tentant de les imiter.

— Comme l'Allemagne. C'est bon, vous pouvez circuler.

Ils avaient alors fait leurs premiers pas dans la ville jusqu'à ce qu'ils repèrent deux petits hôtels qui se faisaient face, de part et d'autre d'une rue passante, sur les portes desquels était affiché un écriteau qui signalait qu'ils disposaient de chambres libres.

— Vous allez rentrer dans celui-ci à trente minutes d'intervalles, leur expliqua Dan. Moi, je vais prendre une chambre dans celui d'en face.

— Non, refusa Joseph. Je serai plus rassuré si c'est vous qui êtes proche d'elles. S'il leur arrivait quoi que ce soit, vous sauriez les défendre, moi non. Vous irez avec elles pendant que moi, j'irai en face. Ne discutez pas, ajouta-t-il encore à l'adresse de sa femme qui voulait parler. Vous allez nous faire remarquer. Allez et reposez-vous. Nous essaierons de nous voir ce soir durant le dîner que nous pourrions prendre dans cette petite auberge. Disons à vingt heures.

— D'accord, à vingt heures, approuva Dan en s'éloignant dans la rue.

Elisabeth et sa fille s'étaient alors rendues au comptoir de leur hôtel derrière lequel officiait un homme aux cheveux gominés et à la petite moustache brune. Elles avaient réglé d'avance grâce à l'argent donné par la comtesse puis avaient disparu dans les étages à la recherche de leur chambre.

Dan s'était présenté à son tour, trente minutes plus tard. Il avait tout d'abord grimpé jusqu'au premier étage puis, celui-ci étant désert était monté jusqu'au deuxième. Là, il avait aperçu Elisabeth qui le guettait derrière la porte entrouverte de sa chambre.

— Je suis au troisième, chambre trente-deux, lui murmura-t-il en la frôlant avant de disparaître.

Ils s'étaient retrouvés comme prévu vers vingt heures dans la petite auberge proche de leurs hôtels. Celle-ci étant pleine, ils avaient dû patienter pour avoir une table.

Finalement, Elisabeth et Rosa avaient fini de manger quand Joseph et Dan avaient pu s'asseoir. Elles avaient dû se lever afin de libérer la place aux nombreux clients qui patientaient à même le trottoir.

Quand ils eurent terminé de dîner, Joseph adressa un sourire discret à Dan, assis à deux tables de là, puis il se leva et partit à son tour rejoindre sa chambre.

Un peu plus tard, Dan l'imita. L'esprit torturé, il rejoignit celle-ci et hésita. Il redescendit alors à l'étage en dessous puis arpenta silencieusement le couloir. Après tout, ne devait-il pas veiller sur ses deux protégées ? Il s'arrêta devant leur porte et les imagina blotties l'une contre l'autre. Joseph avait raison pour une chose. Oui, il ferait tout pour qu'il ne leur arrive rien. Dut-il y laisser sa vie. Il allait faire demi-tour quand il entendit un léger bruissement derrière la porte.

— Dan, c'est vous ? interrogea Elisabeth à mi-voix.

— Euh… Oui, c'est moi. Je… Je voulais simplement m'assurer que tout allait bien.

Une clé tourna alors dans la serrure puis la porte s'ouvrit sur la jeune femme en chemise de nuit.

— Rosa s'est endormie, lui confia-t-elle dans un souffle.

— Parfait. Enfin, je veux dire… C'est bien. Ce voyage était éreintant.

— Je voulais vous dire, pour l'autre soir…

— Oui ?

— Eh bien, je crois que j'avais un peu bu. Enfin beaucoup trop bu. Je… Je ne savais plus très bien ce que je disais, ni ce que je faisais…

— Oui, moi aussi. Adolf n'arrêtait pas de nous servir et…

— J'espère qu'ils vont bien et qu'ils s'en sortiront.

— Moi aussi. Bon eh bien, je vais vous laisser dormir. Demain sera encore une très longue journée. Bonne nuit Elisabeth.

— Bonne nuit Dan.

Quand la jeune femme referma derrière elle, elle resta longuement appuyée le dos contre sa porte en tentant de reprendre son souffle. Elle ne savait pas encore comment elle avait fait pour ne pas se jeter dans les bras de l'homme qui venait de la quitter mais elle l'avait fait et elle en ressentait à la fois du soulagement, de la fierté et en même temps, une incommensurable tristesse et une douloureuse frustration.

Une fois dans sa chambre, Dan se maudit de lui avoir menti. Pourquoi avoir délibérément accepté de saboter cet instant magique ?

Il ressentit alors un violent mal de tête qui le fit s'asseoir sur son lit. Allait-il partir pour un de ses mystérieux voyages ?

Il eut soudain peur de les abandonner à leur sort. Comment savoir s'il reviendrait ?

Au lieu de ça, il devina une présence tapie dans un coin d'ombre. Quand il rouvrit les yeux, il découvrit l'homme au chapeau qui le contemplait de son regard sombre et glacé.

La douleur s'estompa lentement et les murs qui tournaient reprirent peu à peu leur place. Il se redressa alors et se mit à fixer l'individu avec crainte puis avec attention et curiosité. Il avait tellement soif de comprendre… Le moment était-il arrivé ?

L'inconnu, drapé dans son manteau noir, restait résolument immobile, se contentant de fixer Dan de ses pupilles étrangement dilatées.

— Qui commence ? se décida à interroger ce dernier. Qui parle à l'autre en premier ? J'aimerais beaucoup qu'on ne perde pas trop de temps, vu avec quel empressement vous écourtez vos visites. Bon alors, j'ai compris, je vais commencer. La dernière fois que l'on s'est vus, vous m'avez dit… que je n'étais pas fou et que j'étais… un voyageur, c'est ça ? OK. Alors aujourd'hui, vous êtes venu pour me dire quoi ?

— Que vous ne devriez pas tomber amoureux d'elle. Vous l'avez dit, vous n'êtes qu'un voyageur.

— Vous êtes venu pour me dicter ma conduite ?

— Juste pour vous éviter le pire, c'est tout.

— Bon, et quoi d'autre ?

— Posez les questions qui vous hantent. Je verrai ce que je peux vous répondre.

— D'accord… Alors, on récapitule… Je ne suis pas fou et je suis un voyageur… Est-ce que ça veut dire que je voyage à travers… à travers le temps ?

— Oui.

— Super ! Et je fais ça, comment ?

— Vous n'êtes pour rien dans ce qui vous arrive.

— Mais je le fais. Alors, qui est derrière tout ça ? Ou quoi ?

— Quelque chose qui nous dépasse.

— Un peu comme une volonté divine ?

— Appelez ça comme vous voulez.

— Quel est le monde auquel j'appartiens vraiment ?

— Vous connaissez la réponse.

— Non, justement. Et vous, qui êtes-vous ? Est-ce que vous êtes comme moi, un voyageur ?

— Je ne suis rien. Je ne suis là que parce que vous le voulez.

— Moi ? Vous devez me confondre avec quelqu'un d'autre.

— Aucune chance.

— Bon alors, j'ai en quelque sorte été choisi pour sauver une personne ? En l'occurrence Rosa. Mais pourquoi elle ? Un nombre incalculable d'enfants aurait pu avoir besoin de mon aide !

— Elle a cru en vous. En votre existence. Et sans le savoir, vous avez cru en elle.

— C'est beau, ironisa Dan sarcastique. Et parce que nous avons cru l'un en l'autre, nous nous sommes retrouvés à travers le temps. C'est un peu tiré par les cheveux votre histoire, non ?

— C'est pourtant ce qui est arrivé.

— Je sais que c'est arrivé ! s'emporta Dan en voulant s'approcher de l'inconnu. Ce que je veux savoir, c'est comment ça a pu arriver ?

Un éclair douloureux lui traversa alors le crâne.

— Eh ! Vous avez entendu ? Ne partez pas ! Répondez-moi...

Quand il regagna son lit, Dan songea avec amertume à ce que lui avait révélé l'apparition. Si toutefois il n'avait pas rêvé, mais cela lui apparaissait de plus en plus improbable, cette femme et sa fille existaient vraiment, comme existaient Clémence et Azote… Il aurait dû en éprouver un profond soulagement mais au lieu de ça, il n'en ressentait qu'une infinie tristesse sachant que quoi qu'il arrive, il devrait les quitter un jour. Jamais cette femme ne serait à lui. Il était en mission. Il réussirait ou échouerait comme lors de chacune d'elles puis disparaîtrait. Il n'y avait pas de place pour lui dans ce monde.

Lorsqu'il retrouva Elisabeth et Rosa le lendemain, son visage était fermé, comme muré par cette douloureuse certitude.

— Quelque chose ne va pas, Dan? l'interrogea discrètement la jeune femme en l'agrippant par la manche alors que Rosa marchait devant eux.

— Ne vous inquiétez pas, lui répondit-il un peu sèchement. Votre mari va bien.

— Pourquoi me dites-vous ça? Ce n'est pas ce que je vous demande.

— Croyez-moi, c'est pourtant la seule chose avec la santé de votre fille qui doit vous préoccuper.

Quand ils pénétrèrent dans la gare dont quelques verrières avaient souffert sous l'effet des impacts même lointains des bombes, ils aperçurent Joseph qui venait dans leur direction en se frayant un passage à travers la foule.

Quand il les eut rejoints, il leur indiqua discrètement quel itinéraire emprunter.

— Il y a beaucoup de monde, et des voies ont été

malmenées au sud de la ville. Nous devons nous préparer à prendre notre mal en patiente.

En fait, ils durent patienter plus de huit heures avant que les quais ne s'ouvrent aux voyageurs. Durant tout ce temps, Dan s'était tenu nettement à l'écart des deux femmes qui avaient trouvé à se réfugier sur les marches d'un escalier conduisant à un restaurant en terrasse où ils avaient tour à tour pu prendre un frugal repas.

Un employé des chemins de fer, accompagné d'un officier, vint un peu plus tard s'adresser à eux en utilisant un porte-voix.

Il y eut un « ah » de soulagement quand il leur annonça un départ imminent. Mais comme certains commençaient déjà à réunir leurs affaires, l'officier prit la parole.

— Attention ! Aucune bousculade ne sera tolérée. Vous devrez embarquer en file indienne jusqu'à vos compartiments. Tout manquement à cette règle sera puni d'arrestation et d'emprisonnement !

La menace était claire et les voyageurs prirent soin d'embarquer dans l'ordre.

Elisabeth et sa fille s'installèrent dans un compartiment. Quant aux deux hommes, ils réussirent à se faire une petite place dans deux compartiments voisins.

Mais au bout de deux heures de voyage, alors qu'ils étaient encore en rase campagne, leur train stoppa. Ils apprirent un peu plus tard, alors que certains d'entre eux commençaient déjà à descendre le long des voies, que leur arrêt était dû au déraillement d'un convoi de marchandises qui les précédait.

Quand leur train put enfin repartir, la clarté commençait déjà à décliner. Et lorsque celui-ci pénétra dans la première grande gare, la nuit était épaisse et noire. Sur les quais, des soldats étaient alignés l'air menaçant. Au moment où auraient dû s'ouvrir les portes, un gradé SS fit une annonce qui affligea les occupants.

Tous devaient rester à bord du train qui stationnerait sur une voie de garage située à l'écart des voies principales et ceci afin de se tenir à l'écart d'un éventuel bombardement.

Dan, qui ne trouvait pas le sommeil, fit un peu plus tard quelques pas le long des wagons immobiles. Çà et là, des voyageurs comme lui s'étaient regroupés autour de quelques cigarettes et autres thermos de café ou d'alcool.

Quand il revint à proximité de sa voiture, une silhouette se posta devant lui.

— Dan ? interrogea Elisabeth à mi-voix.

— Elisabeth ? Mais qu'est-ce que vous faites là, il y a un problème ?

— Non. Rosa a fini par s'endormir. J'ai demandé à madame Link de veiller sur elle pendant que je sortais prendre l'air, expliqua la jeune femme en faisant allusion à la mère d'une autre fillette avec lesquelles elle partageait le compartiment.

— Et... Joseph ?

— Les rideaux de son compartiment sont tirés, je pense qu'ils doivent dormir.

— Et vous, vous ne dormez pas, après toutes ces heures sans sommeil ?

— Non, je suis trop nerveuse. J'aimerais... faire quelques pas. Vous pourriez m'accompagner ?

— Je ne pense pas que cela soit une bonne idée.

— Pourquoi, je vous fais peur ?

— Je ne vois pas pourquoi.

— C'est pourtant l'impression que vous donnez.

— Je suis là pour veiller sur vous, rien d'autre.

— Vous avez une cigarette ?

— Vous fumez ?

— Cette guerre m'a appris à boire, pourquoi pas à fumer ? On fait ces quelques pas où vous me laissez y aller seule ?

Dan alluma la cigarette d'Elisabeth puis tous deux commencèrent à marcher le long des wagons plongés dans l'obscurité.

— Ça a l'air presque facile de voyager comme nous le faisons, confia-t-elle en exhalant un panache de fumée blanche. Mises à part cette lenteur et ces insupportables heures d'attente. Est-ce que vous pensez que nous pourrons aller jusqu'au bout de cette façon ?

— Je le souhaite. C'est en effet mieux que de traverser des forêts inconnues.

— Je pense souvent à Anna, Samuel et Adolf. Dieu seul sait où ils se trouvent à présent.

— Ils sont en de bonnes mains. Adolf a un sixième sens pour ce qui est de la survie.

— Je prie aussi pour Erika et Anton. Ils ont pris de grands risques pour nous. J'espère qu'ils ne devront pas le payer. Je boirais bien quelque chose de fort, déclara soudain la jeune femme en apercevant un petit groupe de gens rassemblés autour d'une bouteille. Vous pourriez leur demander s'ils ne voudraient pas partager avec nous ?

Dan revint quelques instants plus tard avec une petite fiole d'alcool que l'un d'entre eux lui avait vendu à prix d'or.

— Buvez lentement, lui conseilla-t-il en lui tendant le breuvage. C'est du schnaps et apparemment pas du meilleur.

— Vous me prenez pour une pauvre petite femme fragile ?

— Je voulais juste vous prévenir.

— C'est fort ! toussa la jeune femme après avoir avalé sa première gorgée.

— Je vous avais prévenue, ironisa Dan en portant à son tour la bouteille à ses lèvres, là même où s'étaient posées celles d'Elisabeth l'instant d'avant.

— En tout cas, ça réchauffe, apprécia cette dernière en avalant crânement une deuxième gorgée.

— Eh, allez-y doucement, sinon il faudra que je vous porte jusqu'à votre compartiment.

— Vous avez peur de ne pas pouvoir y arriver ?

— Je suis là pour vous protéger, pas pour vous porter parce que vous ne savez pas boire. D'ailleurs, je pense qu'on ferait bien de rentrer maintenant.

— Je ne vous retiens pas. Vous avez l'air si mal à l'aise en ma présence. Vous étiez plus drôle la dernière fois que vous aviez bu !

— Je n'avais pourtant pas l'impression de vous avoir amusée.

— Si, beaucoup. Surtout quand vous m'avez avoué que vous m'aimiez.

— Un peu avant que vous m'embrassiez ?

— C'est vous qui m'avez embrassée.

— C'est fou ce que l'alcool peut faire faire comme stupidités, non ? Heureusement que nous nous sommes expliqués à ce sujet et qu'il ne subsiste pas d'équivoque. En ce qui me concerne, en tout cas.

— Vous mentez.

— Pardon ?

Avant que Dan ait pu réagir, la jeune femme s'était approchée de lui et avait plaqué ses lèvres fraîches sur les siennes.

« Non Elisabeth, entre nous, c'est impossible. Impossible

parce qu'il y a Joseph et impossible parce que je ne suis pas de ton époque. Je ne fais que voyager à travers le temps... » songea-t-il en la serrant contre lui et en ouvrant ses lèvres, frissonnant au contact de sa langue et de son souffle limpide au parfum de mirabelle.

— Oh, Elisabeth, pourquoi ? l'interrogea-t-il désespérément en plantant son regard dans le sien. Il n'y a pas d'avenir possible pour nous deux.

— L'avenir ? Quand on est juif, on ne parle pas d'avenir ! s'emporta la jeune femme. Seul l'instant présent compte. Est-on mort ? Est-on vivant à cet instant-là ? Cette nuit, nous pouvons mourir sous les bombes. Et si nous survivons, nous serons peut-être arrêtés demain et exécutés avec les autres. Je ne veux pas mourir sans t'avoir serré contre moi, sans avoir embrassé ta peau. Senti ta chaleur. Aime-moi, Dan. Aime-moi, maintenant. Justement parce que nous n'avons pas d'avenir !

Ils étaient rentrés un peu plus tard après avoir fait l'amour de façon intense et désespérée à l'abri d'une guérite où les cheminots entreposaient leurs outils. Elisabeth avait alors rejoint son compartiment après lui avoir donné un dernier baiser. Quant à Dan, il était resté un long moment prostré, accoudé à la vitre du couloir, hanté par le sentiment que sa souffrance ne faisait véritablement que commencer.

Au dehors, une aube grise et brumeuse s'était levée. Quand il sortit dans le couloir, il découvrit Joseph, une serviette sur les épaules, qui revenait des toilettes où il avait pu se raser.

Celui-ci lui adressa un discret signe de tête auquel il répondit évasivement avant de pénétrer dans son compartiment. Dépassé par la force de ses sentiments, il était incapable de ressentir la moindre honte.

Ils roulèrent jusqu'en milieu d'après-midi, moment où ils durent descendre dans une gare afin de changer de train dans lequel ils réembarquèrent à la tombée de la nuit.

Cette fois, le wagon était d'un seul tenant. Ils avaient pris place séparément sur des banquettes pour quatre, séparées par une étroite allée centrale.

À un moment, Joseph se leva afin de gagner le wagon-restaurant d'où revenaient Elisabeth et sa fille. Il y prit un repas léger, puis revint sur ses pas en s'effaçant de temps à autre pour laisser passer les voyageurs qui venaient dans l'autre sens.

C'est alors qu'il reconnut un visage. Celui d'un homme qui venait de pénétrer dans le wagon. L'espace d'un instant, leurs regards se croisèrent. Le souffle coupé, il s'empressa de coiffer son chapeau mais alors qu'il arrivait à sa hauteur, celui-ci l'apostropha.

— Joseph ? Joseph, c'est toi ? insista son ancien compagnon de faculté.

Joseph Klantzmann en proie à la panique s'efforça de poursuivre son chemin mais l'imbécile, déçu de n'avoir pas été reconnu, insista.

— Joseph ? bredouilla encore celui-ci en voyant ce dernier quitter le wagon.

— On dirait que vous vous êtes trompé, commenta ironiquement un homme derrière lui.

— Sûrement pas ! se défendit l'homme. Enfin… Peut-être, ajouta-t-il finalement sous le coup d'une brusque intuition.

— Qui pensiez-vous avoir reconnu ? questionna cette fois l'homme d'un ton inquisiteur.

— Pardon ? Mais… Mais cela ne vous regarde pas !

— C'est à moi d'en juger ! déclara avec aplomb l'individu en exhibant une carte de la Gestapo.

— Je… Je pensais qu'il s'agissait d'un ancien collègue de faculté mais j'ai dû me tromper, cela fait maintenant si longtemps !

— Quel était son nom ?

— Je… Je ne me souviens plus exactement… Joseph. Joseph Klantzmann, céda finalement l'homme devant le regard froid du policier.

— Joseph Klantzmann, répéta pensivement dernier.

Quand Dan vit Joseph pénétrer dans le wagon où il se trouvait avec Elisabeth et Rosa, il comprit tout de suite que quelque chose n'allait pas en découvrant le visage blême de celui-ci.

En fait, Joseph s'était retourné à plusieurs reprises depuis sa fâcheuse rencontre et il avait tôt fait de réaliser qu'il était suivi.

Il s'efforça d'ignorer les deux femmes de sa vie en passant à leur hauteur puis continua son chemin, le cœur déchiré.

— Quelqu'un m'a reconnu dans le train, souffla-t-il à Dan en faisant mine de refaire un lacet. Devant des policiers. Veillez sur elles mon ami, ajouta-t-il avant de se relever et de reprendre son chemin.

Ce dernier vit alors les deux nazis passer lentement à sa hauteur.

À quelques banquettes de là, le regard terrorisé d'Elisabeth le fixait avec intensité.

— Allez venez ! leur intima Dan en les poussant devant lui quand leur train pénétra en gare. Nous devons descendre et disparaître.

— Mais et… et Joseph… Qu'est-il arrivé ? bredouilla la jeune femme.

— Où est papa ? interrogea Rosa en cherchant à apercevoir son père.

Sans répondre à leurs questions, Dan les entraîna fermement par le bras sur les quais encombrés de gens au milieu desquels ils se perdirent.

— Il y a un barrage, les prévint-il en découvrant des soldats et des policiers qui contrôlaient les voyageurs devant l'entrée des bâtiments. Restez devant moi, et surtout ne posez plus de questions.

Quelques minutes plus tard, ils étaient sur le trottoir qui faisait face à la gare. Elisabeth et Rosa tremblaient de peur.

— Rentrez dans ce café, leur intima-t-il en désignant un bar tout près de là. Et attendez-moi.

Il acheta alors un journal puis observa les abords de la gare. Soudain, il aperçut Joseph qui sortait la silhouette voûtée, encadré par les deux policiers. Une voiture s'arrêta à leur hauteur dans laquelle ils le poussèrent. L'instant d'après, elle disparut au détour d'une rue.

Avisant alors un agent en uniforme qui faisait les cent pas, il s'approcha puis lui demanda d'un air détaché.

— Bonjour, pourriez-vous me dire où se trouvent les bureaux de la Gestapo ?

Il les avait peu après conduites à un hôtel dans lequel ils avaient réservé une chambre double.

Tard dans la nuit, Elisabeth referma la porte de la chambre où reposait Rosa.

— Je crois qu'elle a fini par s'endormir, murmura-t-elle les yeux rougis par les larmes.

Dan, quant à lui, fumait une cigarette à proximité de la fenêtre entrouverte sur laquelle il avait tiré les épais rideaux.

— Mon Dieu, Dan, qu'est-ce que nous allons faire ? interrogea la jeune femme en se triturant les mains d'inquiétude.

— Qu'est-ce que nous allons faire ? répéta ce dernier avec dépit. Est-ce que tu veux vivre ? Est-ce que tu veux que Rosa vive ? Oui ? Alors, nous n'avons pas le choix. Il faut continuer, jusqu'au but que nous nous sommes fixé.

— Sans Joseph ? C'est impossible. J'aurais l'impression de... de m'être...

— Débarrassé de lui ? Est-ce que c'est ce qui s'est passé ? Non ? Alors pourquoi te torturer inutilement ? Nous n'avons pas le choix. La fatalité a voulu que ce type croise son chemin et nous n'y pouvons rien. Comme tu l'as dit, demain, c'est peut-être nous que le destin rattrapera et nous ne l'aurons pas voulu.

— Dan, je... Je ne partirai pas sans lui. Je dois savoir... Je dois savoir où il est. Ce... Ce qu'on va lui faire.

— Écoute, déclara finalement ce dernier après avoir écrasé sa cigarette dans un cendrier. Pour l'instant, tu dois essayer de te reposer. Demain... Demain, nous aviserons... mentit-il en sachant pertinemment qu'il n'y avait plus rien à faire.

Comme poussée par une main invisible, Elisabeth vint se blottir dans ses bras. Ils s'embrassèrent ensuite doucement, longuement, les larmes de la jeune femme coulant sur leurs lèvres jointes.

— Je vais... Je vais rejoindre Rosa, bredouilla-t-elle quand elle put enfin parler.

— Tu vas la réveiller, dors dans mon lit, je vais... je vais dormir sur le canapé.

La jeune femme acquiesça d'un mouvement de tête.

Un peu plus tard, elle sortit de la salle de bain, seulement vêtue d'une chemise de nuit. Prestement, elle se glissa sous les draps.

Dan en ressortit à son tour quelques minutes plus tard.

Elisabeth avait éteint la lumière et il lui fallut quelques secondes afin de discerner les contours de la chambre.

Il se dirigea alors lentement en direction du canapé sur lequel il s'allongea.

— Viens ! déclara simplement la jeune femme dans la nuit, la voix encombrée de larmes.

— Mais… Et Rosa ?

— J'ai fermé sa porte, déclara cette dernière à la fois horrifiée par son geste mais le cœur palpitant.

— Tu vas sauver papa, n'est-ce pas, Dan ? l'implora la fillette tout en grignotant son petit déjeuner qu'ils s'étaient fait servir dans leur chambre.

— Rosa, tu crois vraiment qu'à moi tout seul, je puisse sauver ton père ?

— Mais… Tu vas quand même essayer ?

— Essayer ? Que veux-tu que je fasse ? Que je prenne d'assaut la prison de la Gestapo avec mon revolver ?

— Mais tu as bien réussi à venir jusqu'à moi ?

— Le problème vois-tu, c'est que je ne suis… Je ne suis pour rien dans ce qui nous arrive. Je ne suis qu'un instrument qu'on utilise.

Elisabeth sortit alors de la salle de bain. Malgré son visage qui reflétait son déchirement, Dan la trouva extraordinairement belle.

— Que disiez-vous ?

— Rosa me demandait d'aller sauver son père.

— Tu as une idée ? interrogea alors celle-ci avec un secret espoir.

— Si… si j'ai une idée ? Alors toi aussi, tu crois au père Noël ? Tu penses qu'il suffit d'avoir une idée pour aller sauver ton mari ? Il est dans les cellules de la Gestapo, la Gestapo, tu sais ce que ça veut dire ?

— Vous vous tutoyez ? s'étonna la fillette en observant les deux adultes.

— Hein ? Non… bredouilla sa mère le rouge aux joues. C'est… C'est cette horrible tension je… Je ne sais plus où j'ai la tête. En tout cas Dan, je ne continuerai pas sans lui, avoua-t-elle abruptement en le dévisageant.

— Et Rosa, vous y avez pensé ? Vous allez pouvoir tenir combien de temps dans cette ville, sans argent, sans domicile ? Et pour y faire quoi ? Comment pourrez-vous l'aider ? En lui apportant des oranges ?

— Vous pourriez peut-être la prendre avec vous et l'emmener en sécurité ? proposa Elisabeth en parlant de sa fille.

— Non maman, j'aime beaucoup Dan mais je ne veux pas vous quitter, papa et toi ! se défendit la fillette.

— Nous pourrions vous rejoindre plus tard, essaya de la raisonner sa mère en approchant son visage du sien. C'est ce qu'aurait voulu papa.

— Non, ce qu'aurait voulu Joseph, c'est que je vous amène toutes les deux en sécurité, rectifia Dan.

— Je suis désolée Dan, mais ça, c'est impossible. Je dois d'abord avoir tout fait pour tenter de venir en aide à mon mari.

— Vous voulez faire quoi, aller lui tenir compagnie dans sa cellule ?

— Si vous aimiez vraiment quelqu'un, vous comprendriez, asséna finalement la jeune femme en larmes en serrant sa fille dans ses bras.

Dan resta un long moment silencieux. Puis il se leva et enfila son manteau.

— Où… Où allez-vous ? l'interrogea Elisabeth d'une voix angoissée.

— Je ne sais pas encore. Disons que je vais chercher l'inspiration.

Une fois dans la rue, Dan se mit à marcher en direction du siège de la Gestapo. Il ne lui restait plus qu'à tuer tous les nazis présents dans un rayon de trois cents mètres avant d'aller sortir Joseph de sa cellule, songea-t-il avec amertume. Ça ne devrait pas être trop difficile !

« Ma pauvre Rosa, regretta-t-il en songeant à la fillette. J'aimerais sauver ton père. Si je le pouvais, je le ferais sans hésitation parce que tu l'aimes et parce qu'il le mérite, après tout, il n'est même pas le principal obstacle entre ta mère et moi… Mais là, c'est impossible. Je n'ai aucun pouvoir, si ce n'est celui de voyager à travers le temps sans que j'y sois pour quelque chose. Je vais passer mes journées là, en leur laissant imaginer que j'échafaude je ne sais quel plan et puis un jour, je leur dirai que leur père a été déporté en Pologne où dans n'importe quel autre pays. Elles pleureront beaucoup, puis elles finiront par comprendre qu'il n'y a plus rien à faire. Alors elles me suivront et peut-être que je réussirais à les emmener en sécurité. Alors je pourrai à mon tour sortir à jamais de leur vie… »

Il en était là de ses pensées quand il vit Joseph apparaître sur l'un des perrons du sombre bâtiment, encadré par deux policiers. Il portait des menottes et son visage semblait tuméfié.

L'un des policiers grimpa au volant d'une voiture alors que le second embarquait à l'arrière avec son prisonnier.

Quand le véhicule démarra poussivement, Dan jeta des

regards désespérés autour de lui. Il fallait qu'il tente quelque chose, mais quoi ?

Il repéra alors une bicyclette appuyée contre un mur sur laquelle il sauta. Il put suivre la voiture à distance durant plusieurs minutes jusqu'à ce que celle-ci ne s'arrête devant un débit de tabac.

Son cerveau fonctionnait à toute vitesse mais aucune idée cohérente ne parvenait à émerger de ce torrent bouillonnant.

Le conducteur était rentré dans le magasin, abandonnant son véhicule dont le moteur tournait encore, son collègue et leur prisonnier. Il n'aurait plus jamais une occasion comme celle-là. Il laissa choir sa bicyclette sur le trottoir puis s'approcha, le souffle court, de l'arrière de la berline sans perdre de vue la silhouette de l'homme qui se découpait dans la vitrine.

Une fois à sa hauteur, il en ouvrit brutalement la portière avant de se jeter sur le siège du conducteur. La porte à peine refermée, il se retourna puis plaqua son revolver sur le ventre du policier qui tenta vainement de chercher son arme. Il appuya alors sur la détente de son petit revolver qui résonna d'une détonation sourde.

L'homme émit une grimace tout en fixant de son regard écarquillé son agresseur.

— Prenez cette arme, Joseph et empêchez-le de nuire ! aboya Dan.

Joseph avait du mal à réaliser ce qui arrivait. Puis Dan passa comme il put une vitesse et appuya de toutes ses forces sur la pédale d'accélérateur.

Le policier dans le magasin encaissait sa monnaie. Il avait vaguement entendu un bruit sourd mais n'y avait pas prêté attention. Il se retourna, puis regarda sans comprendre sa voiture qui s'éloignait. Un individu se porta alors à sa hauteur.

— J'ai tout vu ! commença celui-ci en désignant le véhicule à présent hors de portée. Un homme est monté dans votre voiture. Il a tiré sur votre collègue et il a démarré !

Le sang quitta brutalement le visage du gestapiste. Ils avaient été victimes d'un guet-apens orchestré à la manière d'un commando pour… pour sauver ce misérable juif ?

Dan s'efforça de conduire lentement malgré la tension qui rendait sa respiration douloureuse. Régulièrement, il jetait des coups d'œil dans le rétroviseur afin de vérifier s'ils étaient suivis.

Le policier sur lequel il avait tiré geignait en serrant ses mains sur son ventre ensanglanté.

— Attention Joseph, méfiez-vous de cette ordure, même blessée !

— Il… Il a l'air plutôt mal en point.

— Emmenez-moi à l'hôpital, supplia soudain le blessé. Je… Je ne tenterai rien contre vous.

— Ne vous laissez pas embobiner, Joseph, ce nazi vous aurait regardé agoniser sans broncher.

À cet instant, l'homme essaya de se débattre. Joseph se mit alors à le frapper à la tête jusqu'à ce qu'il ne s'écroule, inconscient.

— Bravo Joseph ! le félicita Dan en découvrant le visage blême et tuméfié de son passager.

— Où… Où allons-nous ?

— Je n'en ai pas la moindre idée.

— Et… Et Rosa et Elisabeth ?

— Elles sont en sécurité.

Dan avisa alors sur sa gauche une sorte de garage abandonné sur lequel étaient alignées des voitures et des fourgonnettes accidentées. Sans réfléchir plus longtemps, il s'y engagea et une fois inséré entre les véhicules coupa son moteur.

— Comment va-t-il ? questionna-t-il en faisant allusion au blessé.

— Il est mort, lui annonça son passager. Il a dû faire une hémorragie interne.

— J'espère qu'il en a bavé. Fouillez ses poches. Il doit avoir les clés de vos menottes.

— Elles sont là !

— Très bien. Alors libérez-vous. Prenez son chapeau et enfoncez-vous-le sur la tête. Prenez son arme aussi et redonnez-moi la mienne.

Les deux hommes marchèrent alors en prenant soin d'emprunter des rues désertes. Quand ils se furent suffisamment éloignés de l'endroit où ils avaient abandonné la voiture, Dan commença à étudier les alentours depuis l'ombre d'un porche. Une femme en vélo fit alors irruption dans la rue. Elle portait une coiffe de religieuse qui tombait sur les épaules de son manteau. Elle s'arrêta puis fouilla dans sa poche pour y trouver une clé qu'elle enfonça dans une serrure.

— Je peux vous aider ? proposa Dan tandis qu'elle soulevait sa vieille machine.

La femme se retourna un peu surprise mais elle se détendit en apercevant son sourire.

— Pensez-vous, j'ai l'habitude.

— Mais vous, vous le pourriez sans doute.

— Ah, c'est donc ça, fit-elle en réalisant la situation. Je n'ai rien ici mais je vais vous donner l'adresse d'un foyer où vous pourrez trouver de l'aide.

— Ce n'est pas pour moi, c'est pour un ami. Mais il ne peut pas aller dans un foyer. Il est blessé et il suffirait de l'héberger seulement une nuit ou deux.

— Je suis désolée mais je ne reçois personne ici…

— Il vient de s'évader des prisons de la Gestapo, lui annonça Dan abruptement.

— De la… Mon Dieu mais qu'est-ce qu'il a fait ?

— Rien, il est juif.

— Juif ?

— C'est un homme bon. Il est médecin et…

— Je suis désolée mais je ne peux rien pour vous, se défendit la religieuse en faisant mine de refermer sa porte.

— Très bien, abdiqua Dan en faisant un pas en retrait. Simplement, ne l'oubliez pas ce soir dans vos prières, il risque d'en avoir sacrément besoin.

— Attendez ! lui souffla finalement la femme. Où est-il ?

— Il attend sous ce porche.

— Très bien, venez, mais prenez garde que personne ne vous voie.

Quand les deux hommes se retrouvèrent dans le couloir où la religieuse laissa son vélo, celle-ci détailla le nouvel arrivant d'un œil inquiet.

— Mon Dieu mais il vous faut des soins…

— Ne vous en faites pas pour moi, ma sœur, la rassura Joseph. Je vais très bien.

— Bon, écoutez, je risque gros à vous accueillir ici et je ne pourrai pas vous héberger plus de deux nuits.

— Ça sera suffisant, l'assura Dan. Le temps de trouver un moyen de quitter cette ville.

— Vous devrez vous contenter du grenier, je n'ai moi-même qu'un minuscule appartement.

— Ça m'ira très bien.

— Vous ne devrez faire aucun bruit. Les murs sont fins et nous vivons tous, un peu les uns sur les autres dans ce quartier.

— J'ai l'habitude.

— Bien. Je vais vous y conduire. Je vous monterai un peu plus tard de quoi désinfecter vos plaies et un potage.

— Ne vous donnez pas tout ce mal, je...

— Cette femme... Enfin la sœur a raison, intervint Dan. Vous devez vous refaire une figure humaine et garder des forces afin d'éviter de tomber malade. Je vais revenir demain. Il faut que je réfléchisse à ce que nous allons faire.

— Dan ? le rattrapa Joseph alors que la sœur le devançait dans les escaliers qui conduisaient au grenier.

— Oui ?

— Ce que vous avez fait est... Enfin, vous n'étiez pas obligé.

— Ah oui ? On voit que vous ne connaissez pas votre femme et votre fille !

Quand Dan parvint enfin à son hôtel, la nuit était tombée depuis longtemps. Il grimpa les escaliers, fatigué par son long périple à travers la ville puis frappa à la porte de sa chambre.

Une clé qu'on tournait avec empressement se fit entendre dans la serrure. Quand Elisabeth le découvrit, elle voulut tout d'abord se jeter dans ses bras mais elle se retint et ce fut Rosa qui y sauta.

— Mon Dieu Dan, nous étions folles d'inquiétude ! Ou étiez-vous passé ?

— On a cru que tu ne reviendrais jamais, lui avoua la fillette en l'embrassant.

— Tu pensais que je vous avais abandonnées ?

— Oh non, mais on a cru que toi aussi, tu avais été arrêté !

— Racontez-nous, qu'avez-vous fait tout ce temps ? Nous avons imaginé le pire ! le supplia Elisabeth.

— D'accord, mais ce que j'aimerais d'abord, c'est un grand verre d'eau. Je suis complètement déshydraté.

Dan reposa son verre après l'avoir vidé d'un trait, scruté par deux paires d'yeux qui ne rataient rien de ses moindres gestes.

— J'ai du nouveau, finit-il par lâcher après avoir volontairement pris son temps.

— À propos de Joseph ?

— À propos de papa ? interrogèrent en même temps les deux femmes.

— À propos des deux, plaisanta-t-il.

— Il va bien ?

— Il va bien.

— Qui vous l'a dit ? Vous avez pu le voir ?

— Lui. Et oui, j'ai pu le voir.

— Mais… Mais comment avez-vous fait ?

— Je suis entré dans les bureaux de la Gestapo et je leur ai dit que je voulais lui parler.

— Quoi ? faillit s'étouffer la fillette.

— Et… Et ils vous ont laissé le voir, mais…

— Oh non, ça n'a pas été aussi simple. D'abord, ils ont refusé. Alors j'ai montré vos photos, celles où vous êtes en colère et là, ils ont vu que je ne plaisantais pas.

Elisabeth et Rosa se mirent soudain à l'observer avec intensité afin de tenter de comprendre où Dan voulait en venir.

— Dan, mais… Comment pouvez-vous plaisanter ?

— Si je plaisante, c'est parce que Joseph est désormais en sécurité, leur révéla enfin Dan avant de leur raconter son aventure.

Quand il eut terminé son récit, Rosa se jeta dans ses bras en pleurant de joie tandis qu'Elisabeth l'observait les larmes aux yeux.

— Oh mon Dieu, Dan, vous êtes… Vous êtes merveilleux.

— Je te l'avais dit, maman. Dan est mon chevalier ! Je savais qu'il viendrait nous sauver !

— Je suis très sensible à vos louanges, vous pouvez me croire, sourit ce dernier, mais à présent, tout reste à faire. Il faut que nous lui trouvions un endroit où se cacher et des nouveaux papiers. Quant à nous, nous n'aurons pas longtemps les moyens de nous payer ce genre de chambre d'hôtel.

— Oh, Dan… bredouilla Elisabeth avec des gestes empruntés. Je… Je ne sais comment…

— Ne dites rien, le coupa ce dernier. J'ai eu beaucoup de chance. Est-ce que vous avez mangé ? Moi, j'ai une faim de loup !

— Rosa a grignoté quelques gâteaux…

— On pourrait peut-être aller voir si le restaurant de l'hôtel est encore ouvert ?

— Mais, je suis horrible et puis je ne suis même pas coiffée ! s'inquiéta la jeune femme en tentant de discipliner ses cheveux en désordre.

— Ne vous en faites pas, j'ai tellement faim que rien ne pourra me couper l'appétit ! ironisa Dan.

Celle-ci fit mine de le gifler avant d'éclater de rire.

— Et puis comme ça, nous irons mieux ensemble, monsieur Le-mal-élevé ! se vengea-t-elle. Rosa, prépare-toi, nous allons voir si nous pouvons encore dîner !

— Je n'ai plus faim, maman et je préfère jouer dans ma chambre.

— Tu es sûre chérie ? l'interrogea sa mère en la rejoignant.

La fillette acquiesça de la tête tout en continuant de coiffer sa poupée.

— Com… Comme tu veux.

— Maman ? la rappela Rosa après que celle-ci l'eut embrassée.

— Oui ?

— J'aime bien t'entendre rire.

Dan avait mangé avec appétit tandis qu'Elisabeth s'était contentée de grignoter en l'observant à la lueur de la petite lampe fixée au mur.

— Tu avais vraiment très faim, ironisa la jeune femme en lui ôtant tendrement une miette de pain qu'il avait au coin de la bouche.

Dan en profita alors pour lui prendre la main.

— Je mange pour tromper l'envie que j'ai de toi.

Un voile de tristesse et de contrariété passa sur le beau visage d'Elisabeth.

— J'aimerais que nous soyons seuls au monde, lui confia la jeune femme. Mais ce n'est pas le cas. Ce dîner pourrait être un instant délicieusement romantique mais il n'est qu'une illusion qui me brise le cœur.

— Je n'ai pas l'intention de te détourner de ton mari. Je l'ai prouvé aujourd'hui. Tu l'as dit toi-même, contentons-nous d'apprécier l'instant que nous vivons sans trop nous torturer avec des questions inutiles.

— J'en ai pourtant des questions, lui confia Elisabeth.

— Quel genre de questions ?

— Eh bien, j'aimerais savoir qui tu es exactement ? D'où tu viens ? Comment tu as croisé notre chemin. Rosa m'a raconté tellement de choses étranges à votre sujet. J'ai longtemps pensé qu'elle se réfugiait dans une sorte de monde irréel qui l'aidait à survivre à ses épreuves. Elle parlait d'un chevalier qui viendrait la sauver. De son grand bateau blanc. De son chien affublé d'un drôle de nom. De sa fiancée… Une femme très belle avec de longs cheveux bruns. De sa maison qui dominait la mer… Et puis tu es arrivé. Tu es tombé du ciel la nuit de cet horrible bombardement. Je me souviens, tu criais son nom. Tu t'es quasiment jeté sur elle pour la sauver et depuis, tu n'as de cesse de nous protéger tous parce qu'elle te l'a demandé. Qu'est-ce qui est vrai dans tout ça ? Pourquoi es-tu là avec nous ? Tu n'es même pas juif. Et puis Dan, c'est un prénom anglo-saxon, non ? Es-tu un soldat allié en mission ? Es-tu un espion ?

Dan fixa un long moment les yeux d'Elisabeth qui, tandis qu'elle parlait, tentaient de lire en lui, puis il commença à mi-voix.

— Aussi surprenant que cela puisse paraître, Rosa n'est pas la seule à avoir fait de drôles de rêves. Pour commencer, oui, je suis un espion britannique infiltré. Je ne pourrai pas te donner beaucoup de détails sur ma mission sinon qu'elle consiste à rendre compte de tout ce que je vois à l'endroit où je me trouve. Il y a quelque temps, j'ai commencé par faire de curieux rêves. Je voyais régulièrement une petite fille qui m'appelait au secours. Ses apparitions sont devenues de plus en plus régulières et de plus en plus obsédantes jusqu'à me hanter en plein jour. Je croyais que je commençais à devenir fou puis une nuit, alors que je venais d'arriver à la gare de Berlin, les bombes ont commencé à tomber. Alors sans savoir pourquoi, je me suis mis à courir entre les trains plutôt que de gagner les abris et je me suis mis à chercher la petite fille que je savais en grand danger. C'est là que je vous ai découverts, réfugiés sous ce wagon. Depuis, je sais que mon rôle est de veiller sur elle. Je ne sais pas pourquoi, ni comment tout ça a pu se faire mais je sais que je dois le faire et rien d'autre ne compte.

— C'est… C'est incroyable ! bredouilla la jeune femme sidérée par son récit. En fait, elle et toi, vous avez… Vous avez correspondu par une sorte de télépathie ?

— Ça doit être quelque chose comme ça, oui.

— C'est fantastique… Mais, et toi là-bas en Angleterre, est-ce que tu as… Est-ce que tu as une famille ? Et comment se fait-il que tu parles aussi bien notre langue ?

— Je suis marié, lui avoua-t-il abruptement. Moi aussi. Quant à votre langue, mettons que j'ai des dispositions particulières…

La jeune femme resta silencieuse. Ses paupières tremblèrent légèrement quand elle demanda.

— Et, comment s'appelle-t-elle ?

— Clémence.

— Elle doit être très jolie. Est-ce qu'elle a de longs cheveux bruns ?

— C'est un peu ça, oui.

— Avez-vous des enfants ?

— Non. Mon métier et l'époque que nous vivons…

— Je comprends. Elle doit être folle d'inquiétude de te savoir…

— Elle ne sait pas exactement ce que je fais.

— Et elle, que fait-elle ?

— Elle tient un magasin. Une bijouterie.

— C'est un métier magnifique. Tu dois penser beaucoup à elle.

— Ça m'arrive, mais parfois, je me demande, si je ne l'ai pas imaginée. Ce que je vis auprès de vous est tellement… Enfin, je ne sais plus exactement qui je suis.

— Tout se remettra en place quand vous vous retrouverez.

— Sans doute. Enfin, je l'espère. Même si je souhaite que cet instant ne finisse jamais.

Dan et Elisabeth se dévisageaient. L'histoire qu'il lui avait racontée les éloignait désormais l'un de l'autre.

Quand ils se retrouvèrent devant la porte de la chambre, Elisabeth lui effleura les lèvres d'un baiser.

— Je vais… Je vais dormir avec Rosa, lui confia-t-elle dans un souffle douloureux.

Dan ne put qu'acquiescer de la tête alors que de tout son corps et de toute son âme, il aurait aimé serrer cette femme dans ses bras pour l'éternité.

Quand Dan arriva le lendemain devant l'appartement de la sœur qui avait recueilli Joseph, il trouva la porte close et un mot qui disait : « Sommes au couvent des orphelines. Sœur Gerthrude et une adresse. »

Mais qu'est-ce qui avait bien pu pousser ces deux-là à prendre un tel risque ? Un juif recherché se promenant dans les rues de cette ville, c'était tout simplement du suicide !

Il demanda par deux fois son chemin et finit par se retrouver devant la façade d'un vénérable bâtiment de grès rose. Deux portes massives semblaient relier ce bâtiment austère à la ville, une entrée principale que l'on atteignait après avoir gravi un escalier et plus loin, une porte à double battant pouvant laisser le passage à des véhicules.

Il alla à la première et tira sur une chaîne puis patienta. À cet instant, une fourgonnette estampillée d'une grande croix rouge sur fond blanc se présenta à la seconde entrée. La double porte s'ouvrit alors sans attendre et le véhicule disparut sous un porche en vrombissant.

Il allait réitérer son geste quand pivota un petit judas derrière lequel il distingua une paire d'yeux qui le scrutèrent avec curiosité.

— C'est pour quoi ? interrogea une voix lointaine.

— Sœur Gerthrude m'a donné cette adresse afin que je passe la voir, expliqua Dan.

Il y eut alors un claquement de verrou puis la lourde porte s'ouvrit sur une sœur voilée qui referma derrière lui.

— Attendez ici, lui déclara cette dernière en ne montrant que furtivement son visage avant de l'abandonner dans un sas orné de sculptures religieuses ciselées dans un bois couleur d'ébène.

Il dut y patienter de longues minutes avant que la religieuse ne revienne.

— Suivez-moi, le pria-t-elle sans plus de formalité.

Il remonta à sa suite une série de longs couloirs de bois cirés à peine éclairés que par la présence de quelques vitraux jusqu'à ce qu'ils parviennent à une arrière-cour pavée dans laquelle étaient stationnés plusieurs véhicules sanitaires.

Deux infirmiers vêtus de blouses blanches firent alors irruption d'un des bâtiments qui cernaient la cour, munis d'un brancard vide qu'ils replacèrent avec vélocité dans leur véhicule.

Emboîtant le pas à la religieuse, Dan pénétra alors dans une aile du monastère plus lumineuse où se tenait un réfectoire.

— Attendez là, lui intima celle-ci sans plus d'explication avant de le quitter.

Il commençait à tourner en rond quand enfin Joseph fit irruption dans la pièce. Il portait une blouse de médecin par endroits tachée de sang.

— Mon cher Dan, le salua-t-il en souriant tandis que ce

dernier le fixait interloqué. Je comprends votre étonnement et votre inquiétude, commença celui-ci avec un peu d'embarras, mais je vais vous expliquer. Voilà. Hier, peu de temps après votre départ, quelqu'un est venu chez sœur Gerthrude pour lui expliquer que le couvent avait été réquisitionné afin d'y recevoir des blessés victimes du déraillement d'un train. Les hôpitaux de la ville sont déjà pleins en raison des bombardements qui ont fait rage ces derniers jours. Comme je les entendais déplorer le manque cruel de médecins réquisitionnés sur le front, j'ai alors attendu qu'elle soit seule, puis je lui ai confié que j'étais moi-même médecin et que je lui proposais mon aide au cas où elle voulait l'accepter. Consciente que des sœurs même infirmières ne pourraient faire face à toutes les pathologies auxquelles elles allaient être confrontées, elle a aussitôt accepté. Nous ne sommes que deux médecins, moi et un confrère ayant passé depuis bien longtemps l'âge de la retraite. Et il y avait hélas dans ce train beaucoup d'enfants, des orphelins rapatriés. Certains sont dans des états graves. C'est d'eux dont je dois m'occuper. D'ailleurs, je n'ai pas beaucoup de temps, je dois y retourner.

— Joseph, intervint Dan en s'efforçant d'être calme. Je comprends ce que vous ressentez mais, dois-je vous rappeler que…

— Je suis pour l'instant en sécurité dans ces lieux. Mais ce n'est pas tout. Même si l'aide que j'ai proposée est inconditionnelle, j'ai demandé à sœur Gerthrude si elle ne connaissait pas le moyen de m'obtenir de nouveaux papiers. Sans rien me promettre, elle m'a fait comprendre qu'en vertu du service que je leur rendais, elle verrait comment me venir en aide. Vous expliquerez tout cela à Elisabeth et Rosa, n'est-ce pas ? Comment vont-elles ? Où êtes-vous, dans un hôtel ? Si j'arrive à obtenir ces nouveaux papiers, nous pourrons enfin reprendre notre route. En attendant, je sais qu'elles sont en parfaite sécurité avec vous, mon cher Dan.

— Docteur ! Docteur, venez vite ! implora soudain une religieuse en faisant irruption dans la pièce.

— J'arrive ! la rassura Joseph en tournant le dos à son visiteur.

Puis, en se ravisant :

— Leur ordre est très strict, mais je vais faire en sorte que vous puissiez me rejoindre le plus rapidement possible. Ici, nous serons alors de nouveau réunis et bien plus en sécurité. J'ai hâte de les revoir. À bientôt, mon ami et surtout, dites à Elisabeth et Rosa que je les aime.

Quand Dan s'était retrouvé au-dehors, une autre ambulance avait franchi le porche du couvent afin d'y déposer son lot de souffrances. Nul doute que le père de Rosa, qui devait voir sa fille à travers les yeux de chacun des enfants blessés, avait trouvé sa place mais franchement, il ne s'était pas attendu à cela !

— Comme il doit être heureux d'être enfin ce qu'il est ! déclara Elisabeth, émue après que Dan leur eut relaté à sa fille et à elle la nouvelle situation. Lui pour qui ce métier est toute sa vie.

— Espérons que cela ne dure pas trop longtemps, réfléchit Dan. Et que les sœurs pourront lui fournir des papiers. Car nous, pendant ce temps, qu'allons-nous faire ? Nous ne pouvons pas rester enfermés dans cette chambre à longueur de journée et sortir est trop risqué.

— Tant qu'il nous reste de quoi payer notre chambre… conclut Elisabeth.

— Justement à propos de chambre, reprit Dan un peu plus tard alors que Rosa jouait dans la salle de bain. Je vais en prendre une de mon côté. Cette promiscuité est… enfin elle va devenir très vite insupportable.

Elisabeth se contenta d'opiner de la tête.

Il y eut alors des ronronnements de voitures puis des crissements de pneus au bas de la rue, suivis aussitôt pas des claquements de portières. Dan se rua à la fenêtre tout en restant à l'abri derrière les rideaux. Ce qu'il vit lui fit l'effet d'un coup de couteau. Des hommes s'extirpaient des véhicules et se répandaient dans les différents bâtiments qui encadraient la rue. Certains brandissaient des documents qu'ils présentaient aux passants pris dans leur nasse. Un grondement plus sourd se fit alors entendre, celui de camions qui déversèrent leurs lots de soldats armés et casqués qui allèrent bruyamment prendre position aux quatre coins du quartier.

— Mon Dieu, Dan ! gémit Elisabeth épouvantée. Est-ce que vous croyez que c'est nous qu'ils cherchent ?

— Vous non, mais il est possible que quelqu'un ait été témoin de mon intervention et que ce quelqu'un ait donné mon signalement aux policiers. Quoi qu'il en soit, cela a dû mettre les nazis sur les dents et après un petit temps de réaction, ils sont décidés à fouiller toute la ville pour retrouver le type qui a abattu l'un des leurs et délivré leur prisonnier.

— Mais alors qu'allons-nous faire ?

— Il faut que nous quittions l'hôtel.

— Mais pour aller où ?

— Nous allons tenter de rejoindre Joseph. Là-bas, nous serons en sécurité.

— Mais comment allons-nous faire ? Les policiers doivent déjà avoir investi l'hôtel ?

— Nous allons passer par les toits.

— Par les toits ? Mais…

— Prenez vos affaires. Nous devons faire vite.

— Dan, j'ai peur ! se plaignit Rosa.

— Tu ne me fais plus confiance ? l'interrogea-t-il en plongeant son regard dans celui de la fillette.

— Si, bien sûr.

— Alors, ne t'en fais pas. Je vais vous emmener en sécurité, ta maman et toi.

Quelques instants plus tard, Dan ouvrit prudemment la porte de leur chambre puis il jeta un œil dans le couloir. Deux policiers en civils munis de brassards à croix gammée venaient d'y faire leur apparition.

— Ces salopards sont déjà là ! enragea-t-il en refermant celle-ci.

— Oh mon Dieu, Dan, non !

Ce dernier attrapa Elisabeth par les deux bras afin de la calmer et de l'inciter à l'écouter.

— Voilà ce que nous allons faire, lui déclara-t-il en la fixant avec intensité.

Peu après qu'on ait frappé sèchement à leur porte, Elisabeth, très pâle, alla ouvrir d'une main tremblante avant de reculer de quelques pas. Un homme en gabardine fit alors son apparition.

— Police, déclara celui-ci en considérant avec stupeur la femme splendide qui l'accueillait, seulement vêtue d'une combinaison transparente qui ne cachait rien de ses formes élancées.

— Oh, excusez-moi, je n'ai pas eu le temps de m'habiller, prétexta Elisabeth avec désinvolture. Si vous voulez bien rentrer, je vais chercher mon sac.

Le nazi subjugué fit un pas dans la chambre les yeux rivés sur les reins de la jeune femme qui s'éloignait.

À peine devina-t-il un léger mouvement derrière lui, trop tard. Les bras de Dan s'enroulèrent autour de son cou en une clé imparable qui lui disloqua les vertèbres cervicales.

Quelques secondes plus tard, celui-ci jeta un coup d'œil à travers le mince entrebâillement de la porte. Au bout du couloir, l'autre policier en imper sortit d'une chambre avant de s'engouffrer dans une autre.

Il se retourna et considéra Elisabeth et Rosa qui patientaient en tremblant, leurs bagages à la main.

— On y va ! les prévint-il en les devançant dans le corridor le long duquel il les poussa après avoir verrouillé leur porte, une main crispée sur la crosse de son revolver. Lui-même avait pris soin de revêtir le vêtement du policier où était accroché le brassard nazi.

Quelques instants plus tard, tous trois se ruèrent dans les escaliers étroits qui conduisaient à une mansarde poussiéreuse. Une fois la lucarne ouverte sur un ciel de métal clair, il souleva Rosa qui prit pied sur le toit puis aida Elisabeth à la rejoindre. Il leur passa ensuite leurs bagages avant de se hisser à son tour. En dessous d'eux, tout semblait tranquille.

— Mais comment saviez-vous que nous pouvions passer par là ? lui demanda Elisabeth en empoignant ses sacs.

— Je vérifie toujours les issues de secours quand je dors quelque part, lui confia-t-il. À présent, suivez-moi et faites exactement ce que je fais.

Dan les devança en les conduisant le dos voûté sur une solive en zinc qui traçait son sillon entre les tuiles crasseuses et les cheminées.

Tandis qu'ils progressaient, il remarqua un homme qui les observait depuis la fenêtre de son immeuble de l'autre côté de la rue, la moitié de son visage plein de mousse à raser. Sans doute celui-ci avait-il remarqué la descente de police et il devait s'interroger sur la présence de ce policier et de ces deux femmes sur les toits. Peut-être aurait-il déjà donné l'alerte si Dan ne portait pas ce brassard nazi ?

Quand le second policier constata que la chambre qu'ils venaient de quitter était fermée, il l'ouvrit avec un passe emprunté à la réception de l'hôtel. Une fois à l'intérieur, il balaya la pièce du regard puis poussa son introspection jusqu'à la salle de bain. Comme le rideau de douche était tiré sur la baignoire, il l'empoigna d'une main puis le fit glisser sur son support. Il faillit pousser un cri en découvrant soudain le corps sans vie de son acolyte qui gisait recroquevillé entre les parois immaculées.

— Fritz ! ne put-il que balbutier. Nom de Dieu, Fritz !

Puis, en sortant gauchement son revolver de son étui :

— Alarme ! se mit-il soudain à hurler. Alarme !

Dan se laissa glisser à travers un vasistas ouvert puis, après avoir récupéré leurs bagages, aida Elisabeth et Rosa à s'introduire dans les combles d'un des immeubles du quartier. Très vite, il les entraîna alors dans les escaliers qu'ils dévalèrent avec précaution jusqu'à un porche depuis lequel il observa la rue. Pour l'instant, celle-ci paraissait tranquille.

— Comment faites-vous pour vous repérer à travers cette horrible ville ? interrogea la jeune femme en promenant son regard sur les façades qui les cernaient comme une menace.

— J'ai été entraîné pour ça, répondit distraitement leur protecteur sans relâcher son inspection.

Çà et là, des travailleurs matinaux, la tête enfoncée dans

les épaules, partaient rejoindre leurs usines et leurs bureaux dans l'aube grise, un peu comme si la guerre n'existait pas.

Elisabeth et Rosa marchaient sur un trottoir tandis que Dan marchait sur l'autre. Comme ils longeaient depuis quelques minutes un petit canal bordé d'arbres, ce dernier remarqua une niche assez profonde chargée d'évacuer les crues, aménagée dans un ancien rempart. Ils s'y réfugièrent l'instant d'après alors que la pluie redoublait d'intensité.

— Elisabeth, vous allez devoir chercher du secours auprès de votre mari, ajouta-t-il à regret sachant que durant tout ce temps, il ne pourrait la protéger.

— Auprès de… Mais je ne sais même pas où se trouve le couvent ! Et je me perds en temps normal dans une ville que je connais, alors dans cette… cette horrible cité, je vous laisse imaginer !

— Nous n'avons pas le choix, insista Dan en lui empoignant doucement les mains. Si les nazis ont mon signalement, je ne peux pas prendre le risque de me montrer en plein jour, surtout avec vous et Rosa à mes côtés. Je vais vous faire un plan approximatif qui devrait vous aider à vous repérer, conclut-il en extirpant un minuscule crayon et un morceau de papier froissé.

— Mais… Et qui nous dit que Joseph pourra nous aider ?

— Les sœurs lui sont redevables des soins qu'il apporte à leurs blessés, elles ne lui refuseront pas leur aide, surtout s'il s'agit d'aider des enfants en danger. Dites-leur de venir nous chercher avec une ambulance ou avec n'importe quel véhicule. Dites-leur de venir le plus vite possible. Voilà, déclara-t-il un peu plus tard en tendant son papier griffonné à la jeune femme. Basez-vous sur les monuments et les églises. Si vous vous perdez, demandez votre chemin mais faites-le le moins possible, il est préférable que personne ne vous remarque. Qui sait, peut-être ont-ils aussi diffusé votre signalement ?

Elisabeth serra Rosa contre son cœur.

— Vous allez réussir, Elisabeth, lui affirma celui-ci son regard rivé au sien. Souvenez-vous de ce que je vous ai appris, soyez vigilante et revenez vite.

— Je reviendrai, Dan. Enfin, je l'espère.

Elisabeth fit ses premiers pas sous la pluie battante et glacée qui collait ses cheveux sur son visage.

« Si au moins j'avais un parapluie… » songea-t-elle en observant les gens autour d'elle, munis pour la plupart de cet accessoire devenu indispensable, plus pour leur ressembler et se dissimuler, que par réel souci de se mettre à l'abri.

Deux heures plus tard, après bien des erreurs et des hésitations, des moments d'espoir et d'abattement, trempée jusqu'aux os et transie de froid, elle parvenait devant les murs épais du monastère au sein duquel était réfugié son mari. Elle songea avec angoisse à Rosa et Dan qui devaient grelotter dans leur trou. Réussira-t-elle à leur venir en aide ?

Deux yeux apparurent enfin à travers le judas de l'épaisse porte de bois après que la jeune femme eut frappé avec insistance.

— Je suis la femme du médecin qui soigne vos blessés, s'empressa-t-elle de déclarer la voix altérée par l'émotion et la fatigue. Je dois absolument voir mon mari, je vous en prie, ouvrez-moi !

Les yeux la scrutèrent avec insistance avant que la porte ne s'ouvre. Elisabeth pénétra alors avec soulagement dans le sas de bois ciré et odorant tandis que la religieuse refermait derrière elle.

Celle-ci contempla alors sa visiteuse en silence en s'attardant sur ses cheveux et ses vêtements dégoulinants.

— Je vous en supplie, insista cette dernière en joignant ses mains tremblantes, conduisez-moi à lui, c'est une question de vie ou de mort.

— Attendez ici, se contenta de déclarer la sœur avant de tourner le dos et de disparaître derrière une porte verrouillée.

Elisabeth serra ses bras contre son corps afin de tenter de retrouver un peu de chaleur. Les minutes qui s'égrenèrent alors lui semblèrent durer une éternité avant qu'à nouveau, la porte s'ouvre.

— Suivez-moi, annonça cette fois la nonne en désignant un long couloir sombre dans lequel elles s'engagèrent. Attendez ici, déclara enfin celle-ci après qu'elles eurent pénétré dans une salle fleurant bon le linge propre dans laquelle elle l'abandonna encore une fois durant un temps qui lui parut long.

Enfin, alors que la jeune femme tremblait de tous ses membres, une porte s'ouvrit et Joseph apparut, le visage tendu, vêtu d'une blouse blanche, un stéthoscope pendu autour de son cou.

Les deux époux tombèrent alors dans les bras l'un de l'autre.

— Mon Dieu, ma chérie, mais regarde dans quel état tu es ! Et où sont Rosa et Dan ? Que se passe-t-il ?

Elisabeth raconta brièvement leurs dernières heures tandis que son mari la fixait avec anxiété.

— Très bien, finit-il par déclarer d'un ton volontaire quand celle-ci en eut terminé. Je vais aller trouver sœur Gerthrude. C'est elle qui m'a recueilli. Et je vais lui demander qu'elle nous vienne en aide. En attendant, déshabille-toi. Tu vas attraper la mort. Il y a du linge propre dans ces placards. Prends ce qu'il te faut. Vêts-toi chaudement. Ne t'inquiète pas, mon amour, ajouta-t-il en caressant affectueusement les cheveux trempés de sa femme. Bientôt, nous serons tous en sécurité.

Joseph revint un peu plus tard, accompagné d'une femme entre deux âges, la tête ceinte dans une cornette de voile blanc.

Tous trois montaient dans une camionnette peinte aux couleurs de la croix rouge conduite par un homme de confiance employé au monastère. Peu après, grâce à la fermeté de sœur Gerthrude au passage des barrages, ils regagnaient le monastère, sains et saufs.

— Voilà votre chambre, lui indiqua une religieuse pleine d'allant alors que la nuit était tombée en lui désignant une cellule austère aux murs crépis de chaux, éclairée par une unique bougie. Demain matin, nous vous y servirons le petit déjeuner. Vous ne devrez pas en bouger en attendant que la mère supérieure ait statué sur votre sort. Bonne nuit.

— Bonne nuit, ma sœur.

Dan se laissa tomber sur le lit étroit et sans confort gainé de bois sombre qui gémit sous son poids. Il était épuisé, autant par les efforts et le manque de sommeil que par l'extrême tension nerveuse qui désormais retombait lentement.

Ils avaient mangé puis s'étaient lavés et changés. Il avait revêtu des vêtements de travail utilisés par les deux hommes à tout faire qui travaillaient au couvent, puis Joseph leur avait fait découvrir depuis une porte vitrée une vaste salle située dans le sous-sol du monastère où étaient alignées des dizaines de lits occupés, pour la plupart, par des enfants victimes du dramatique accident ferroviaire.

— Une bombe a, sans que les hommes du génie s'en aperçoivent, fragilisé un pont qui s'est effondré au passage d'un train bondé de petits orphelins rapatriés de différentes villes de campagne, leur relata le médecin d'un air sombre. L'accident a fait plus d'une vingtaine de morts et plusieurs dizaines de blessés, parfois très graves. Les hôpitaux étant pleins, les autorités les ont évacués là où elles ont pu. Nous manquons de beaucoup de choses mais grâce à ma modeste contribution et à l'énergie des sœurs, nous avons réussi à sauver plusieurs d'entre eux. J'ai dû pour cela me transformer en chirurgien avec des moyens dérisoires et des conditions d'hygiène très approximatives.

— Mon Dieu, les pauvres petits ! s'horrifia son épouse en serrant Rosa contre elle. Est-ce que je pourrais me rendre utile ?

— Les religieuses font d'excellentes infirmières qui ne comptent ni leurs efforts ni les heures passées auprès d'eux, expliqua son mari. Et puis, certains d'entre eux sont dans des états qui bouleversent le cœur.

— Raison de plus ! rétorqua son épouse avec détermination.

— Nous verrons cela, d'abord, il faut vous reposer, trancha son époux en caressant tendrement les cheveux de sa fille qui s'endormait sur l'épaule de sa mère.

Dan fixa le plafond de sa cellule sur lequel dansait la flamme de sa bougie.

Ils avaient eu beaucoup de chance ! Leur signalement avait dû être diffusé partout. Pour l'instant, ils étaient en relative sécurité dans ce monastère mais ils ne pourraient pas y attendre la fin de la guerre.

Il devrait trouver un moyen de s'échapper de cette nasse qui menaçait de se refermer sur eux. Les religieuses pourraient-elles leur venir en aide ?

Une ombre gigantesque s'inséra alors sur les murs étroits

de sa cellule. Il sursauta en portant les mains à son front fendu d'une douleur intense qui, contre toute attente, s'estompa rapidement.

Son visiteur intemporel se tenait le dos au mur, tout près de la petite table sur laquelle était posé un livre de prières.

— Vous devriez peut-être le lire, commenta celui-ci d'un ton ironique en posant ses doigts immenses et décharnés sur le bréviaire. Vous y trouverez peut-être ce que vous cherchez.

— Je pensais que vous étiez là pour ça ?

— Encore faudrait-il que vous soyez prêt à entendre.

— C'est bizarre, continua Dan en observant son mystérieux visiteur, je ne pensais pas que vous vous manifesteriez dans un endroit comme celui-ci.

— Pourquoi ?

— Je ne sais pas, peut-être que je trouve saugrenue la présence d'un fantôme dans la... la maison de Dieu ? Car c'est un peu ce que vous êtes, non ? Une sorte de fantôme.

— Ne sommes-nous pas tous que de fugaces apparitions ?

— Ça me convenait très bien tant que je menais ma petite vie d'être humain ordinaire. Alors dites-moi maintenant, comment est-ce que j'arrive à voyager dans le temps ?

— Pourquoi vouloir trouver une explication rationnelle ? déclara l'homme dont la flammèche accentuait les traits creusés et lugubres du visage. C'est ainsi. Pourquoi ne pas l'accepter ? Après tout, le temps n'est peut-être pas immuable, mais multiple ? Comme le monde qui nous entoure. La vie n'est peut-être pas comme une bougie qui se consume et qui meurt ? La mort n'est peut-être pas éternelle ? Plusieurs chances sont offertes à certains d'entre vous. On peut y croire ou pas, mais c'est ainsi.

— Désolé, mais j'ai besoin d'un peu plus que ça pour m'endormir le soir en toute sérénité.

— Vous voulez absolument mettre un mot sur ce qui vous arrive en dépit de mes conseils ? Est-ce que le hasard vous conviendrait ? Le hasard né du hasard de milliards de milliards de connexions qui ont fini par créer la situation qui est la vôtre aujourd'hui. Qui ont fini par créer la vie et le monde qui vous entoure. Un monde sans fin mais dont vous, les humains, croyez être le centre. Ne pensez-vous pas que cet espace infini puisse recéler des choses qui défient votre entendement ? Et dont il est vain de chercher la moindre explication à votre niveau de compréhension ? Car, qui croyez-vous être sinon de risibles conglomérats de cellules qui prennent leurs orgueilleuses imperfections pour de l'intelligence ? À toutes vos questions sans réponses, vous avez préféré inventer des dieux et des histoires improbables qui vous rassurent et flattent votre propre vanité alors que vous n'êtes peut-être rien, rien qu'un vent léger qui a un jour fait frémir un peu d'eau à la surface de l'océan. Le vide vous fait peur et vous vous débattez pour le combler. Vous redoutez la vérité. Vous devriez être contemplatifs et reconnaissants de ce qui vous arrive. Vous devriez être riches de votre passé et anxieux de votre futur, au lieu de ça, votre arrogance et vos faiblesses vous rendent sourds et aveugles au point de vous faire prendre vos funestes lacunes pour de l'évolution. N'êtes-vous pas un exemple vivant de vos incorrigibles faiblesses, vous qui affrontez la guerre en deux endroits du temps ? Cette guerre éternelle que vous vous livrez, qui finira par engendrer votre perte sans que l'univers infini n'en ressente la moindre contrariété. Cessez donc de vous tourmenter. Pensez plutôt à ce qu'il vous reste à accomplir pour sauver celle que ce hasard a mise sur votre route.

— Et si j'échoue ?

— Sans vous, cette petite fille devrait déjà être morte. Assassinée par les nazis.

— Si ça doit arriver demain, je ne lui aurais fait gagner que quelques jours. Est-ce que ça valait le coup de venir d'aussi loin ?

— Peut-être avez-vous déjà réussi l'essentiel ?

— L'essentiel ?

— Elle et ses parents ne sont plus des condamnés résignés attendant qu'on les égorge, mais des rebelles courageux qui défendent chèrement leur peau. Mais, vous voulez un dernier conseil ?

— Je ne voudrais pas abuser…

— Dites-vous qu'il est préférable d'affronter son sort, quel qu'il soit, plutôt que de passer son temps à s'interroger.

— Je crois que je ne me suis pas trop mal débrouillé jusqu'à présent, non ?

— Vous attendez un compliment ?

— Un encouragement me suffirait.

— Très bien. Alors continuez.

Le surlendemain, Joseph se rendait au chevet de ses patients quand il fut intercepté par sœur Gerthrude qui l'entraîna derrière une porte.

— Mon Dieu, ma sœur, qu'avez-vous, vous êtes toute pâle ?

— Un homme est arrivé ce matin à la première heure, commença à expliquer la religieuse d'une voix angoissée. C'est un médecin militaire envoyé là par les autorités de la ville afin de prendre en charge nos blessés.

— Un médecin militaire !

— Un médecin SS ! asséna finalement la religieuse en portant sa main crispée contre sa bouche. Il a inspecté les enfants et a demandé qui les avait soignés et opérés en déclarant qu'il s'agissait d'un excellent travail. La mère supérieure a dû parler de vous. Il veut vous rencontrer.

Joseph Klantzmann resta un instant les yeux dans le vide puis il plongea un regard déterminé dans celui de sa protectrice.

— Nous nous sommes consciencieusement préparés à un éventuel contrôle des autorités, expliqua celui-ci en s'efforçant d'être rassurant. Il n'y a rien que nous devions redouter. Je vais de ce pas le rencontrer. En attendant, prévenez qui vous savez.

Quand ce dernier pénétra dans l'immense salle où étaient alignés les lits de ses petits patients, il découvrit les visages connus des sœurs qui allaient et venaient parmi eux afin de leur prodiguer les premiers soins de la journée.

Puis il repéra la silhouette d'un homme en blouse blanche à moitié dissimulée derrière une large colonne porteuse de voûte. Encore un mètre et cette fois, il découvrit non plus un mais trois individus dont il distinguait les nuques rasées, vêtus d'une blouse blanche passée sur leurs uniformes, penchés au-dessus d'un des lits de ses petits patients.

À son approche, ceux-ci se retournèrent comme un seul homme afin de le dévisager. Leurs regards le transpercèrent comme des lances. Joseph Klantzmann s'avança pourtant les poings serrés, enfoncés au fond de ses poches.

Malgré son pouls qu'il sentait battre contre ses tempes, il se composa un visage inexpressif tandis qu'il parvenait à leur hauteur. Il y avait là deux très jeunes officiers, sans doute fraîchement sortis de la faculté de médecine et un homme d'une quarantaine d'années qui le dévisagea de ses prunelles bleu pâle et dont le visage austère se fendit d'un mince sourire.

— Vous êtes sans doute le docteur Hagen, déclara-t-il en lui tendant la main.

Joseph se contenta d'un vague battement de cils et d'un imperceptible mouvement de tête en prenant avec réticence la main tendue.

— Enchanté, continua le nazi. Je suis le médecin-major Clausner. Et voici les lieutenants Probst et Pannwitz.

— Heil Hitler ! déclarèrent en chœur les deux jeunes SS.

— Heil Hitler, marmonna le père de Rosa.

— Docteur Hagen, reprit l'officier, je tiens à vous féliciter, vous avez fait un travail remarquable.

— J'étais seul, ou presque, se contenta de répondre Joseph en faisant allusion au vieux médecin que les autorités avaient dépêché au couvent.

L'homme eut l'air d'analyser la remarque amère avant de reprendre.

— Nous vivons des temps difficiles et, malheureusement, les enfants ne sont pas à l'abri d'épreuves. Fort heureusement vous étiez là, docteur. Mais, venez plutôt, nous allons discuter un peu dans votre bureau.

— Je n'ai guère le temps pour cela, osa répondre Joseph. Je dois m'occuper des enfants.

Ce dernier n'eut pas l'air de prendre ça mal. Il se contenta de se retourner vers ses deux subalternes à qui il donna quelques ordres.

— Continuez votre inspection en respectant scrupuleusement les consignes du docteur Hagen.

— Jawohl Herr Major ! obéirent les deux hommes en claquant des talons.

Puis il posa une main familière sur l'épaule de Joseph qu'il entraîna à sa suite.

— Cela ne prendra que quelques minutes.

Le SS se dirigea sans hésiter vers le petit bureau que les sœurs avaient aménagé pour lui. Là, il s'assit sans gêne sur le fauteuil de son hôte avant de lui désigner la petite chaise qui lui faisait face.

— Je vous en prie, asseyez-vous. Alors dites-moi, docteur Hagen, à quoi devons-nous la chance de vous avoir parmi nous ?

Joseph s'efforça d'expirer en silence avant de commencer d'un ton neutre.

— Je suis arrivé dans cette ville par le train, il y a quelques jours.

— D'où veniez-vous ?

— De Berlin où j'avais un cabinet.

— Aviez ?

— J'ai toujours désiré m'installer à la campagne. En Bavière, principalement. Je voulais voir s'il était possible d'y recommencer ma vie.

— Vous n'êtes pas marié ?

— Mon épouse est décédée dans un bombardement.

L'homme continua de l'observer sans broncher, le dos calé contre son fauteuil.

— Vous n'avez jamais été mobilisé ? continua-t-il sans plus de compassion en joignant ses longs doigts manucurés.

— J'ai des problèmes cardiaques.

— Et donc, vous êtes arrivé dans cette ville…

— Et c'est là que j'ai entendu parler de cet accident ferroviaire. De tous ces enfants blessés. J'ai alors pensé que je pourrais peut-être me rendre utile. Je me suis tout d'abord dirigé vers l'hôpital où j'ai rencontré une des religieuses de ce couvent qui m'a invité à les rejoindre.

— Vous avez fait un travail remarquable, docteur Hagen, se contenta de déclarer le nazi sans le quitter des yeux. Digne d'un très grand médecin. Maîtrisant parfaitement de nombreuses disciplines.

— Je vous remercie mais, confronté à la détresse de ces enfants, on n'a pas d'autre choix que de se transcender.

— Vous avez raison. J'ai moi-même expérimenté cela sur le front. J'ai ici la liste de vos différentes doléances, déclara soudain le SS en consultant un dossier posé sur son bureau.

— Cette liste n'est pas exhaustive, nous manquons cruellement de tout. Pourrez-vous y remédier ? Le temps presse.

— Je vais donner des ordres pour que l'on nous envoie dans les meilleurs délais le matériel médical que vous demandez, sachant que vous avez une connaissance parfaite de la situation.

— Nous avons besoin de sang, de plasma.

— Nous allons lancer un appel à la population.

— Tout cela aurait dû être fait il y a longtemps, ne put s'empêcher de faire remarquer Joseph.

— Nous sommes en guerre, docteur Hagen. Quant au sang, nous en aurions à profusion si nous pouvions utiliser celui des juifs, mais, cela est impossible, du fait que c'est du sang juif justement. Quel dommage… Rendez-vous compte de tout ce potentiel de sang et d'organes que nous pourrions prélever afin de soigner et réparer nos blessés… Mais, qui voudrait vivre avec du sang juif coulant dans ses veines ? Qui voudrait voir avec l'œil d'un juif ? Respirer avec les poumons d'un juif ? Car nous y parviendrons, ne vous y trompez pas. Dans quelques années, nous serons en mesure de transplanter des organes d'un être à un autre. Le cœur, le foie, les reins… Le cerveau peut-être ? Grâce à nos expériences pratiquées sur certains humains, tout cela deviendra possible. Il nous restera alors à trouver un moyen qui nous permettra de purifier le sang juif encore que je ne pense pas cela possible. Rendez-vous compte, du sang juif même purifié… Donneriez-vous du sang juif à nos jeunes blessés aryens pour les sauver, docteur Hagen ?

Joseph fit un effort désespéré pour ne pas se révolter ou vomir.

— Je suis là pour soigner ces enfants, pas pour les empoisonner, réussit-il à articuler.

Le nazi le considéra durant quelques secondes en silence comme si la repartie l'avait surpris, puis il partit d'un grand rire jubilatoire.

— Un poison, vous avez raison, voilà ce que sont ces juifs. Et qu'avez-vous décidé pour la suite ? Resterez-vous à nos côtés ?

— Je n'y ai pas pensé, mais maintenant que vous êtes là…

— Vous nous seriez d'une aide précieuse. À nous deux, nous ferions un excellent travail auprès de ces enfants. Rassurez-vous, vous serez rémunéré pour votre travail.

— Eh bien, je vais y réfléchir…

— C'est ça, réfléchissez-y. En attendant, je vais demander à ce que vous soyez décoré pour le service que vous avez rendu à notre nation.

— Ce n'est vraiment pas nécessaire.

— Ça, c'est à moi d'en juger.

— Est-ce que je peux retourner travailler maintenant ?

— Bien sûr, je vous accompagne. Vous allez me présenter à nos petits patients. Et puis j'ai hâte de découvrir votre technique d'amputation.

Quand Joseph regagna sa cellule où l'attendaient avec anxiété sa femme et sa fille, tard dans la soirée, il était épuisé, tant physiquement que moralement.

Toutes deux se jetèrent à son cou avant qu'il ne se laisse lourdement tomber sur son lit.

— Mon Dieu, Joseph, nous étions folles d'inquiétude, bredouilla son épouse agenouillée à ses pieds. Raconte-nous, comment ça s'est passé ?

Ce dernier resta prostré quelques instants, comme revivant douloureusement les heures passées, puis il contempla les deux femmes de sa vie de ses yeux rougis par la fatigue et profondément marqués par l'angoisse.

— Ils sont trois, commença-t-il à articuler péniblement. Des nazis purs et durs. Des médecins fanatisés pour qui les êtres humains ne représentent rien. Ils sont seulement préoccupés par ce qu'ils peuvent apprendre et expérimenter de la misère du monde pour faire progresser leur idéologie criminelle. Leur chef est quelqu'un de retors et de redoutablement intelligent. Il ne vous regarde pas, il vous épie. Il ne vous parle pas, il vous sonde. Il ne vous questionne pas, il vous interroge. Son regard est un scalpel. Son sourire est une menace. J'ai dû faire preuve d'ingéniosité pour leur échapper, ne serait-ce que quelques instants. Leur médecine est dénuée d'imagination, leurs diagnostics implacables parce que doctrinaires. Ils ignorent les mots doute, réflexion, remise en cause, adaptation, compassion. Il fallait voir le regard de ces enfants quand ils leur parlaient. Ces pauvres innocents gardaient les yeux rivés sur moi…

— Vous n'êtes pas leur père, déclara soudainement Dan qui les avait observés depuis la porte restée entrouverte. Et vous ne pourrez pas continuer à prendre soin d'eux jusqu'à la fin de la guerre. Vous devez penser à Rosa et à votre femme. J'ai parlé à sœur Gerthrude. Elle va nous aider à quitter la ville. Nous partirons dès que nous le pourrons. En attendant, vous ne pouvez vous permettre aucune erreur, aucun écart. Aucun apitoiement. Aucune critique à leur encontre et à ce qu'ils représentent. Vous devez vous conduire en bon médecin gagné à la cause nationale socialiste. Il en va de leur survie, conclut-il en faisant allusion à sa femme et sa fille soudées à Joseph.

Le lendemain, ce dernier recouvrit précautionneusement l'enfant endormi qu'il avait amputé la veille, puis il donna ses recommandations à la religieuse chargée de lui prodiguer les soins.

— Il est sain et en bonne santé, assura-t-il, dans deux ou trois jours, nous devrions avoir la confirmation qu'il s'en sortira.

— Encore un pauvre innocent qui vous devra la vie, docteur. C'est le seigneur qui vous a envoyé parmi nous.

— Le seigneur… répéta le médecin désabusé.

Puis, alors que la religieuse tournait le dos.

— Il n'y a nul seigneur en ce monde, sinon comment expliquer qu'il laisserait commettre tous ces crimes ! marmonna-t-il sourdement.

Il reprit alors ses visites, apportant tout le réconfort possible à ces pauvres innocents qui, depuis leurs draps immaculés, le dévisageaient intensément, leur regard exprimant tour à tour leur souffrance mais aussi toute leur angoisse et leur reconnaissance.

Vers huit heures, arrivèrent les deux officiers SS qui lui adressèrent leur sempiternel salut nazi avant de commencer leurs auscultations.

Enfin, vers neuf heures, ce fut leur supérieur qui arriva, sanglé dans son uniforme d'assassin coupé impeccablement, un cartable de cuir à la main.

— Comment allez-vous, docteur Hagen ? le salua celui-ci comme s'ils étaient deux amis.

— Très bien merci, marmotta le médecin juif en essayant de ne pas montrer le dégoût que lui provoquait l'odeur incommodante de l'eau de toilette dont son vis-à-vis s'était aspergé.

— Et notre petit patient ?

— Il a passé une bonne nuit. Je pense qu'il s'en sortira. Quand aurons-nous ce que je vous ai demandé ?

— Un peu de patience. Cela ne devrait plus tarder.

— Je l'espère, nous avons un grand besoin de morphine.

— Beaucoup de nos confrères ont un grand besoin de morphine aux quatre coins du monde, commenta placidement le médecin nazi en plongeant son regard dénué d'expression dans celui de Joseph. Mais, faites-moi confiance, nous en aurons. Maintenant, si vous voulez bien m'excuser, j'ai quelques dossiers à consulter, déclara-t-il en prenant la direction du bureau de ce dernier qu'il s'était le plus naturellement du monde approprié.

Trois jours s'écoulèrent, durant lesquels Joseph Klantzmann, médecin juif, travailla de concert avec trois praticiens SS. Une situation improbable qui le soumettait à une tension de tous les instants.

Un soir qu'il quittait son bureau vêtu de son long manteau gris, l'officier à la tête de mort avait posé un regard intrigué sur lui alors qu'il était penché au-dessus d'un des lits.

— Vous devriez, de temps à autre, vous changer les idées, docteur Hagen. Je vous sens tendu. Tenez, je vous invite au restaurant de mon hôtel. Les sœurs s'en sortiront très bien sans vous pendant quelques heures !

— C'est très gentil de votre part, mais je dois m'obliger à la vie quasi monacale que m'offrent ces lieux si je veux supporter toutes ces heures passées auprès de ces malheureux.

— Comme vous voudrez, regretta le nazi.

Puis, alors qu'il allait se mettre en route après avoir vissé sur sa tête sa casquette à tête de mort argentée, il ajouta :

— Oh, j'ai une bonne nouvelle. Nous recevrons la quasi-totalité de ce que vous avez demandé durant la journée de demain.

— C'est en effet une très bonne nouvelle, approuva Joseph, réellement soulagé. Merci docteur Clausner.

L'homme se contenta d'un bref hochement de tête puis disparut.

Quand Joseph descendit le lendemain retrouver ses jeunes patients, il régnait déjà une activité inhabituelle dans la grande salle où ceux-ci étaient alités.

— Que se passe-t-il, ma sœur ? s'enquit-il auprès d'une religieuse qu'il connaissait bien en désignant les deux jeunes médecins nazis occupés à faire lever l'un d'eux.

— Mon Dieu, docteur, commença d'expliquer celle-ci affolée, ils veulent nous enlever certains enfants qui ne correspondent pas aux critères aryens.

— Quoi ? Mais comment ça ? Qu'est-ce que ça veut dire ? se révolta ce dernier en voulant se diriger vers eux.

— Prenez garde, docteur, le retint un instant la religieuse le visage bouleversé. Ces gens-là sont des monstres.

Malgré l'avertissement, celui-ci s'avança en direction des deux hommes qui s'évertuaient à faire lever le pauvre gosse qui grimaçait, encombré par ses plâtres.

— Je peux savoir ce que vous faites ? les apostropha-t-il en s'interposant entre eux et le petit patient.

— Nous avons ordre de déplacer certains des enfants, expliqua froidement l'un des deux nazis.

— Grand Dieu, mais pourquoi ? Et pour les emmener où ? Cet enfant ne peut pas être déplacé !

— Ah, docteur Hagen ! intervint soudain le major Clausner en sortant de derrière une vaste colonne. Comme vous le voyez, nous sommes déjà à pied d'œuvre, déclara-t-il d'un ton enjoué.

— Mais… Vous faites quoi ? Pourquoi voulez-vous déplacer ces enfants ?

Le visage de l'officier nazi se fendit d'un sourire compatissant pendant qu'il prenait familièrement son vis-à-vis par les épaules.

— Figurez-vous qu'en étudiant leurs dossiers, j'ai découvert plusieurs petits passagers clandestins qui profitent injustement de nos soins. Celui-ci par exemple a du sang gitan. Sa place est donc avec ceux de sa race. Quant aux autres, ils sont issus de mélanges qui les rendent incompatibles avec les normes exigées par le Reich. Il y en a même un dont toute la famille a été convaincue de terrorisme, et pendue.

— Qu… Quoi ? Mais ce ne sont que des enfants ! Quel danger représentent-ils ?

— Ils grandiront. Et alors nous aurons élevé en notre sein le serpent qui nous tuera. Mais, cela n'est pas de votre compétence. Vous êtes un remarquable médecin. Contentez-vous de continuer à prodiguer vos soins à tous ceux qui les méritent. Ils sont encore assez nombreux pour occuper vos journées.

— Occuper mes...

— Allons, emmenez-moi ce garnement, ordonna le médecin nazi avec une douceur écœurante. Je veux que ce problème soit réglé dans l'heure qui vient.

— Il y en a certains que nous ne pourrons lever, fit remarquer l'un de ses subordonnés.

— Eh bien, nous les emmènerons couchés.

— Quoi ? Mais qu'est-ce que vous faites ? Lâchez cet enfant, vous ne voyez pas que vous lui faites mal ! se révolta Joseph, horrifié, en tentant de libérer celui-ci de l'emprise des deux hommes.

— Allons, mais vous perdez la tête ! s'offusqua l'officier dont le regard était devenu coupant comme une pointe de métal.

— Je vais me plaindre ! Vous n'avez pas le droit ! bredouilla le médecin juif soudainement tétanisé par l'épouvante.

— Je vous conseille de vous reprendre et de regagner votre chambre jusqu'à ce que je décide des suites que je devrais donner pour sanctionner votre comportement inqualifiable ! Vous pouvez disposer, docteur Hagen.

— Vos ordres ont été exécutés, Herr Major, annonça un peu plus tard l'un des deux jeunes officiers. Tous les enfants concernés ont pris place dans les différentes ambulances réquisitionnées.

— Très bien, acquiesça celui-ci, penché au-dessus d'un dossier.

— Que faisons-nous à propos du docteur Hagen ?

Le SS releva la tête, puis il plongea son regard de glace dans celui de son subalterne avec une expression amusée.

— Il n'y a peut-être pas de docteur Hagen, déclara d'une voix sourde l'officier en mettant la main sur une chemise cartonnée. J'ai fait une petite enquête. Trouvez-lui une place dans l'une de ces ambulances. Il voulait garder ces enfants près de lui, nous lui devons bien cela. Il pourra ainsi les soutenir jusqu'à leur dernier souffle. Mais avant cela, nous lui ferons subir un petit interrogatoire afin de savoir exactement à qui nous avons affaire.

— Savez-vous où est sa chambre, Herr Major ?

— Demandez à une de ces sœurs en cornette. À moins qu'elles ne l'hébergent sous une de leurs jupes !

La plaisanterie secoua les deux hommes d'un grand rire.

— Ma sœur ?

Le jeune nazi interpella une religieuse qui passait non loin de là.

— Conduisez-moi à l'appartement du docteur Hagen, s'il vous plaît. Je dois lui parler.

— Le docteur Hag… Je ne sais pas si…

— Laissez, sœur Frida, intervint sœur Gerthrude. Je vais conduire monsieur l'officier auprès du docteur.

— Dites-moi, c'est un vrai labyrinthe par ici ! constata amusé le SS tandis qu'ils empruntaient un escalier étroit après avoir remonté des enfilades de couloirs.

— Tout a été conçu pour respecter notre intimité et nous aider à respecter nos vœux de silence qui ont été mis à rude épreuve ces derniers temps.

— Et, la présence d'un homme ne vous dérange pas ?

— Pas quand il s'agit d'un saint homme comme le docteur Hagen.

Le nazi trouva bon de ne rien répondre.

Il s'engagea alors à la suite de la religieuse qui le fit pénétrer à l'intérieur d'une cellule dans laquelle se trouvait Joseph, assis devant un minuscule bureau encombré de notes.

— Docteur Hagen, je vais vous demander de me suivre sans opposer de résistance, déclara le médecin nazi d'un ton coupant.

— Où comptez-vous m'emmener ?

— Le docteur Clausner a décidé que vous accompagneriez les enfants. Selon vos vœux.

— Et jusqu'où ? interrogea sereinement le médecin le visage fatigué en dévisageant son visiteur.

— Levez-vous et suivez-moi, s'il vous plaît.

— Je vais vous le dire, puisque vous semblez vouloir me le cacher. Jusqu'à la mort infâme que vous leur avez programmée. Jamais des hommes ne s'étaient rendus coupables d'une telle ignominie. Mais, êtes-vous des hommes, je m'interroge ?

— Et vous, qui êtes-vous exactement ? Nous allons le savoir bientôt, rétorqua le nazi avec morgue en écartant un pan de sa blouse dans l'intention d'attraper son revolver accroché à sa ceinture.

Il n'en eut pas le temps. Dan, embusqué dans un coin de la pièce, lui décocha un formidable coup de crosse de son revolver derrière le crâne.

Sa victime s'écroula lourdement sur le sol qu'elle ne tarda pas à tacher de son sang.

— Vous croyez que vous l'avez tué ? interrogea Joseph.

— Cela vous soucie-t-il ?

— Je me disais simplement que si ce n'était pas le cas, je lui aurais volontiers donné le coup de grâce.

Quelques minutes plus tard, sœur Gerthrude s'approcha

du deuxième jeune médecin nazi occupé à soigner les enfants blessées.

— Monsieur l'officier ?

— Oui ?

— Votre collègue voudrait que vous le rejoigniez à l'étage, il a quelque chose à vous montrer. À vous seul, a-t-il insisté.

— Gunther... Que peut-il bien vouloir me montrer ?

La religieuse se contenta de hausser les épaules.

— Suivez-moi, je vais vous conduire.

— Entrez ! annonça un peu plus tard le major SS, penché au-dessus de son bureau en s'attendant à découvrir l'un de ses hommes.

— Je peux vous parler, major ? déclara d'une voix douce Joseph, en pénétrant lentement dans son bureau.

— Docteur Hagen ? s'étonna le nazi tout en regardant celui-ci s'approcher de deux grands yeux écarquillés.

— C'est bien moi, oui. On dirait que vous venez de voir un revenant !

— Où sont... Où sont Probst et Pannwitz ?

— La dernière fois que je les ai vus, ils baignaient dans leur sang, expliqua de façon doucereuse son visiteur en le considérant avec un léger sourire.

— Qu... Quoi ? faillit s'étrangler le SS tout en cherchant avec peine à s'extirper de sa chaise. Qu'est-ce que vous racontez ? Vous êtes devenu fou !

L'homme ouvrit brutalement son tiroir afin d'y saisir son arme.

— Je ne ferais pas ça si j'étais vous ! déclara Dan d'une voix glaciale en pénétrant dans le bureau, son revolver pointé sur le nazi. J'ai tué vos deux nazillons et je n'aurai aucune difficulté à vous faire subir le même sort, si vous bougez, à partir de cet instant, le moindre petit doigt.

— Qui… Qui êtes-vous ?

— Mon nom ne vous dira rien. Sachez seulement que ces derniers jours j'ai passé mon temps à liquider des salopards de votre espèce. Et, quand on y a goûté… Éloignez-vous de ce bureau et tournez-vous. Et surtout, ne me tentez pas.

Sœur Gerthrude les rejoignit un peu plus tard alors qu'ils venaient de boucler leurs maigres bagages.

— L'ambulance est prête, leur annonça-t-elle.

— Très bien, apprécia Dan. Et pour ce qui est des cadavres ?

— Ils sont dissimulés dans une crypte où jadis nos sœurs étaient enterrées. Elle est protégée par une entrée secrète indécelable.

— Mon Dieu, ma sœur, quels risques nous vous faisons prendre, se désola Joseph.

— Il est des époques où l'on ne peut pas se contenter de prier. Et puis, nous sommes très peu à savoir ce qui s'est passé réellement, cela augmente nos chances de ne pas être inquiétées. Qu'allez-vous faire du troisième homme ?

— Nous allons l'emmener avec nous, il sera notre sauf-conduit, expliqua Dan.

— Et s'il refuse ?

— Il ne refusera pas.

— Ce qui nous inquiète, c'est le sort que l'on va réserver aux pauvres petits qu'on nous a enlevés, se lamenta la nonne.

— Tenez, j'ai ici un document demandant le rapatriement des enfants signé de la main de ce salopard, lui apprit Dan en extirpant un papier de sa poche. Vous ne devez pas perdre de temps et leur trouver un abri.

— Oh mon Dieu, merci ! s'extasia la religieuse en contemplant sans y croire le précieux sauf-conduit. C'est un miracle, mais, comment avez-vous fait ?

— Disons que j'ai fait en sorte que le miracle s'accomplisse.

— Que Dieu vous bénisse. Je vais téléphoner immédiatement et envoyer une ambulance afin de les récupérer et de les mettre en sécurité.

— Et que direz-vous quand on s'apercevra de la disparition de ces trois hommes ? s'inquiéta Joseph. Ils vont vous interroger !

— C'est nous qui leur signalerons leur absence inexpliquée en exigeant qu'on nous envoie d'autres médecins. En tout cas, c'est ce que leur dira notre mère supérieure qui ne connaîtra pas la vérité.

Un peu plus tard, Dan rejoignit l'officier nazi ligoté sur la chaise de son bureau. Quelques minutes avant, il avait signé sous la contrainte l'ordre de réintégrer les enfants dont Dan avait intercepté les dossiers avant que ceux-ci ne partent pour la Kommandantur.

— Je refuse de signer quoi que ce soit, avait d'abord déclaré crânement celui-ci en le fusillant de son regard glacé. De toute façon, vous êtes déjà morts.

Une claque magistrale qu'il n'attendait pas le heurta aussi violemment qu'un uppercut.

— Vous avez encore cette impression ? ironisa Dan en se massant lentement la main. Écoutez bien ce que je vais vous dire, monsieur le major de mes deux. À partir de maintenant, vous allez faire tout ce que je vais vous demander. Sinon, la gifle que vous venez de recevoir ne sera qu'une plaisante caresse par rapport à ce qui va suivre, mais ce n'est pas tout.

Dan se débarrassa alors de quelques photos et papiers qui s'éparpillèrent sur le bureau.

— J'ai trouvé une lettre dans votre portefeuille, commença ce dernier en approchant son visage de celui de son prisonnier, disant que votre femme et votre fille arriveront demain par le train avec l'intention de vous retrouver à votre hôtel. Charmant tableau, mais est-ce qu'elles savent quel monstre vous êtes ? En tout cas, si jamais vous refusiez de collaborer avec nous, je me ferais un plaisir de le leur expliquer à leur arrivée avant de leur trancher la gorge.

— Vous n'oseriez pas ! enragea l'officier les mâchoires soudées par la haine.

— Vous voulez parier ?

L'homme avait fini par céder. En tant que tortionnaire patenté, il savait que Dan ne plaisantait pas, surtout depuis que celui-ci lui avait montré les cadavres de ses deux suppléants baignant dans leur sang.

— Bien ! avait repris ce dernier en s'asseyant à même le bureau tout en considérant d'un regard neutre son prisonnier. Voilà ce qu'on va faire. Tu vas nous accompagner dans l'ambulance et tu vas nous aider à quitter cette ville en exhibant ton pedigree en cas de contrôles. Oh, je sais à quoi tu penses, quand nous serons sur la route, ta fille et ta femme ne risqueront plus rien ? Il y a seulement un petit détail que je dois te préciser. Moi, je reste là. Jusqu'à ce que j'aie des nouvelles par téléphone de mes amis qui me diront s'ils sont bien arrivés à destination à l'aide d'une phrase codée. Ils t'abandonneront alors dans un endroit isolé, ceci pour leur laisser le temps de disparaître. Tu pourras alors t'assurer que ta famille va bien et lâcher les chiens à nos trousses, nous serons loin.

— Qui me prouve que vous dites bien la vérité ? Vous auriez tout intérêt à me tuer.

— Tu seras en compagnie de gens qui sont tout, sauf des assassins, et qui ne te tueront que si tu mets leur vie en danger.

— Mais vous, vous êtes de cette race d'hommes, alors qu'est-ce qui me garantit la sécurité de ma femme et de ma fille ?

— Ce qui nous différencie tous les deux, c'est que je ne tue des innocents que lorsque je n'ai pas d'autre choix.

Sœur Gerthrude serra Rosa dans ses bras les larmes aux yeux. Elle portait des bandages laissant croire qu'elle était blessée.

Ce fut ensuite au tour d'Elisabeth Klantzmann.

— Merci pour tout, ma sœur, déclara celle-ci émue en étreignant la religieuse. Nous nous souviendrons de vous.

Puis la sœur tomba dans les bras de Joseph.

— Adieu docteur. Dieu qui vous a mis sur notre route. Ne vous en faites pas, nous cacherons ces enfants et nous les sauverons. Eux non plus ne vous oublieront pas.

— Dites-leur bien que moi non plus je ne les oublierai pas, confia le médecin d'une voix altérée par l'émotion.

L'instant d'après, Dan poussa son prisonnier dans la cour déserte du monastère où les attendait une fourgonnette sanitaire frappée d'une grande croix rouge peinte sur un fond blanc. Une fois assis sur la banquette avant, ce dernier fut bientôt rejoint par Joseph qui s'installa au volant et par sa femme Elisabeth qui avait revêtu une coiffe et une tenue d'infirmière. Celle-ci dévisagea leur otage d'un regard froid en exhibant ostensiblement l'arme qu'elle tenait dans sa main.

Une portière claqua à l'arrière du véhicule.

— C'est mon enfant que nous transportons ! déclara-t-elle d'une voix coupante. Alors que ça soit bien clair. Je n'hésiterai pas à vous tirer une balle dans le bas-ventre si vous la mettez en danger.

Le nazi les dévisagea tour à tour.

— Mais qui êtes-vous donc ? ne put-il s'empêcher d'interroger.

— Bonne route, leur souhaita Dan appuyé contre la portière. J'attends de vos nouvelles.

Joseph, vêtu d'une blouse blanche et d'un uniforme SS emprunté à l'une de leurs victimes, acquiesça d'un mouvement de tête avant de lancer son moteur. Leur ambulance cahota alors un instant sur les pavés de la cour avant de s'insérer entre les portes du couvent et de disparaître à travers les rues.

Dan, pendant ce temps, avait discrètement grimpé à l'arrière du véhicule où se trouvaient Rosa allongée, le visage et les bras bandés.

Ils roulaient depuis une dizaine de minutes au milieu d'une circulation fluide quand apparut le premier barrage.

— Voilà notre première épreuve, docteur Clausner, déclara sombrement Joseph à l'attention de leur otage. Exhibez votre bel uniforme et pensez à votre femme et votre fille que notre ami va attendre à la gare de cette jolie ville.

Un des soldats en armes s'avança à la hauteur de leur portière alors qu'ils étaient immobilisés devant un enchevêtrement de barrières et de barbelés infranchissables.

Ce dernier salua le bras levé en apercevant leurs uniformes d'officiers SS.

— Nous convoyons la jeune fille du médecin-major blessée lors du dernier bombardement dans une maison de convalescence située à l'extérieur de la ville, expliqua Joseph avec froideur en tendant un ordre de mission signé par leur prisonnier.

Le garde le parcourut brièvement avant de lui rendre le document.

— Je dois jeter un coup d'œil à l'intérieur du véhicule. Ce sont les ordres, ajouta-t-il comme pour s'excuser.

L'officier nazi présent dans la cabine se contenta d'acquiescer en esquissant un léger hochement de tête.

L'homme ouvrit alors l'une des portes à double battant à l'arrière du véhicule.

— Heil Hitler ! salua-t-il à nouveau en découvrant Dan lui aussi porteur d'un uniforme de lieutenant nazi penché au-dessus de la jeune victime.

— C'est bon, vous pouvez passer, déclara-t-il enfin après être revenu à la hauteur de Joseph avant de saluer à nouveau et de leur faire dégager le passage.

Ils franchirent trois autres barrages avec la même facilité puis ils se retrouvèrent sur des routes de campagne qui les entraînèrent loin de la ville.

Quand celle-ci eut définitivement disparu de leur horizon, Joseph profita qu'ils traversaient une forêt pour s'engager sur un sentier et stopper leur ambulance à l'écart de la route.

— Nous allons faire une pause, déclara-t-il à l'attention de son passager qui, jusqu'à présent, avait subi son sort avec résignation. Si vous voulez bien vous donner la peine, docteur Clausner.

Le nazi obtempéra puis il présenta ses poignets comme on le lui demandait afin que Joseph les lui entrave à l'aide d'une cordelette.

— Vous pouvez aller vous soulager, lui déclara alors celui-ci.

— Je n'ai aucune envie de me soulager comme vous dites, déclara leur prisonnier avec agressivité. Puis, en observant les alentours. J'espère que vous ne comptez pas m'abandonner ligoté dans cet endroit désert !

— J'ai bien peur que si, expliqua laconiquement Joseph en continuant à lui attacher les pieds tandis que son épouse pointait sur sa tempe son revolver.

— Alors qu'on en finisse ! s'impatienta le SS. J'ai rempli ma part du contrat, à vous de remplir la vôtre. Libérez-moi et disparaissez !

Joseph le dévisageait avec calme, il se contenta de mettre sa main sur sa poitrine et de le pousser. L'homme tomba alors lourdement sur le sol.

— Cela vous amuse-t-il, monsieur le grand humaniste ? cracha le nazi sur un air de défi. Je croyais que vous étiez au-dessus de ce genre de comportement ?

La portière arrière du véhicule claqua alors et Dan apparut à la vue du nazi qui le fixa, la bouche arrondie de surprise.

— Mais… Que faites-vous là ? Je… Je croyais que… Et où sont ma femme et ma fille ?

— Sans doute à votre hôtel en train de vous attendre, expliqua Dan d'un air détaché.

— Vous… Vous m'avez menti ! Ma femme et ma fille ne risquaient rien, réalisa soudain le médecin SS dont le front commençait à se perler de sueur.

— C'est curieux de constater que même un monstre peut éprouver des sentiments aussi forts pour des membres de sa famille, même après s'en être pris à des innocents qui n'ont, à première vue, rien de tellement différent. Quant à savoir si elles ne risquent rien… Qui peut le dire ? Leur train sera peut-être attaqué par des avions ? La gare ou la ville sera peut-être bombardée, que sais-je encore ? Vous avez construit un monde où il est si facile de mourir et de la pire des façons.

Dan alluma une cigarette, puis il adressa un petit hochement de tête à ses compagnons.

Joseph s'approcha alors de leur prisonnier dont les yeux trahissaient une peur grandissante.

— Je vais vous laisser en compagnie de mon ami. Mais avant de vous quitter, je voulais faire quelques présentations. Je me nomme en fait Joseph Klantzmann, et je suis juif. Et voici ma femme Elisabeth, fille de mon regretté beau-père Chalem Levy. À l'arrière du véhicule se trouve une enfant innocente prénommée Rosa. Juive, elle aussi.

L'officier SS fut secoué d'un rire hystérique qui mourut pauvrement au fond de sa gorge. Il tenta alors de se redresser dans un accès de révolte devant ces sous-hommes qui s'étaient joués de lui, en vain.

— J'ai travaillé à vos côtés durant ces longues journées, reprit Joseph et je suis en mesure de vous dire que vous n'êtes certainement pas un médecin. Tout juste un boucher que personne ne regrettera. À part peut-être votre femme et votre fille, jusqu'à ce qu'elles découvrent le monstre que vous étiez réellement.

— Je vous interdis ! hurla le nazi en proie à la fureur en se contorsionnant.

Mais déjà Joseph et son épouse remontaient dans l'ambulance. L'instant d'après, celle-ci s'éloignait en cahotant sur le mauvais chemin.

— Eh bien voilà, déclara soudain Dan en sortant une

cordelette de sa blouse. Je crois qu'est venu le moment des adieux.

L'homme sut soudain qu'il allait mourir et malgré l'inutilité de son geste, se mit à ramper désespérément sur le sol.

— C'est un moment toujours un peu délicat, je vous le concède. Tous ces souvenirs partagés ! Apparemment, vous n'êtes pas prêt à quitter ce monde dans la dignité, mais plutôt en rampant comme un ver que vous êtes. Quand je pense que vous vous croyiez tellement supérieur, regardez à quoi vous ressemblez vraiment.

Dan lui mit alors un violent coup de pied dans les côtes qui lui coupa le souffle de douleur. Il noua alors la corde autour de son cou puis le tira au pied d'un arbre. Passant celle-ci autour d'une de ses branches, il la tendit afin que l'homme soit obligé de se dresser sur la pointe des pieds pour avaler un peu d'air.

— Votre mort sera longue et sûrement très pénible, lui souffla Dan tout près de son oreille. Vos jambes vont devenir douloureuses à cause des crampes qui ne tarderont pas à vous assaillir. Et alors, il vous sera de plus en plus difficile de respirer. La solution serait de vous faire le plus lourd possible afin d'en finir plus vite, mais votre esprit résistera et vous ferez durer votre supplice encore et encore, jusqu'à ce que votre corps cède devant la douleur. Et alors, vous vous étoufferez lentement. Mais vous savez tout ça non, puisque vous êtes médecin nazi.

Dan remonta un peu plus tard dans la camionnette où l'attendait Joseph, les mains cramponnées à son volant.

— Nous pouvons y aller ? demanda simplement son compagnon le visage très pâle mais comme libéré d'un poids immense.

— Nous pouvons y aller, lui confirma simplement celui-ci en allumant une autre cigarette.

— Elisabeth est avec sa fille, lui précisa son compagnon.

Dan se contenta d'un hochement de tête. Alors, ils reprirent leur route, tous deux murés dans un profond silence.

Chapitre 7

La nuit était tombée depuis déjà une heure quand ils firent une halte près d'une ancienne ferme en ruine, plantée entre deux prairies vallonnées d'herbes hautes à l'abri de laquelle ils dissimulèrent l'ambulance. Ils partagèrent alors un repas frugal grâce aux vivres donnés par les religieuses puis, après avoir ingurgité un bol de thé réchauffé au-dessus d'un petit feu qu'ils avaient allumé entre deux murs de pierres nues, se préparèrent à affronter dans des conditions précaires une nuit longue et froide.

À l'arrière de l'ambulance, Elisabeth s'était blottie contre Rosa sous un tas de couvertures tandis que Dan et Joseph s'étaient installés comme ils le purent dans la cabine.

— Il me tarde d'enlever cet odieux uniforme trop étriqué pour moi, déclara ce dernier, tandis que son compagnon allumait une cigarette. C'est comme si j'avais revêtu une peau de serpent. En plus, je sens encore leur odeur d'aryen parfumé qui me provoque des haut-le-cœur.

— Ça n'a rien de plaisant, j'en conviens, mais tant que nous utilisons cette ambulance, je pense qu'il est préférable d'avoir ces uniformes, commenta Dan en recrachant sa fumée.

Ça vous tente ? interrogea-t-il en tendant à son compagnon une bouteille de liqueur empruntée au couvent.

— Ça n'est pas de refus ! accepta-t-il volontiers en faisant naître lui aussi un panache de fumée mais celui-ci dû au froid régnant dans la cabine aux vitres embuées.

— Les enfants me manquent, songea à haute voix le médecin après avoir ingurgité un peu d'alcool. Mon métier me manque. La paix... La sécurité... Le confort. Je n'en peux plus de cette tension de tous les instants. Je n'en peux plus de sursauter au moindre bruit. De trembler pour ceux que j'aime. De ces blessés et de ces morts. Que ferez-vous quand nous aurons atteint notre but ? interrogea encore ce dernier avant de rendre la bouteille.

— Je suppose que je me saoulerai. Et que je dormirai.

— Vous m'arrêtez si je deviens indiscret mais, avez-vous quelqu'un qui vous attend ? C'est vrai, je ne sais rien de vous, sinon que vous avez décidé de nous aider sans que j'en connaisse véritablement la raison.

— J'ai quelqu'un, confirma Dan après avoir porté ses lèvres au goulot.

— Une femme ?

— Une femme.

— Est-ce que vous l'aimez ?

— Vous devenez indiscret, docteur.

— Excusez-moi. Je voulais seulement savoir si vous compreniez ce que je ressens vis-à-vis d'Elisabeth. Quand on aime quelqu'un, on est plus à même de comprendre ces choses.

— Je l'aime et je comprends ce que vous ressentez vis-à-vis de votre femme, finit par avouer Dan troublé par le double sens de sa phrase.

— Vous avez des enfants ?

— Décidément, c'est un interrogatoire en règle. C'est l'alcool qui vous rend si curieux ?

— Seulement la proximité et l'admiration profonde et sincère que j'ai pour vous.

— Non, je n'ai pas d'enfant.

— Vous aimez Rosa n'est-ce pas ? Je ne sais pas pourquoi, mais vous aimez cette enfant au point de risquer votre vie pour elle. Me direz-vous un jour pourquoi ?

— Quelqu'un vous appelle au secours au moment où vous passez par là et votre vie peut soudain basculer sans que rien ne puisse venir l'expliquer, c'est ce qui est arrivé avec Rosa. Qui sait, peut-être qu'à travers elle, c'est tous ces pauvres enfants que j'essaye, moi aussi à ma façon, de sauver.

— Dan… commença Joseph, après un long silence. Si… Si quelque chose devait m'arriver, j'aimerais… J'aimerais que vous preniez soin de Rosa… Et d'Elisabeth.

— Je ferai tout pour les conduire en sécurité avec ou sans vous. Mais vous serez là, ne vous en faites pas. Maintenant, si nous essayions de dormir un peu pendant qu'il ne fait pas encore trop froid ? abrégea ce dernier en tirant sa couverture sur ses épaules tandis que l'alcool lentement diffusait sa chaleur revigorante.

Ils s'étaient extirpés de leur mauvais sommeil alors que le jour pointait à peine. Dan s'était arraché de son siège puis, après quelques mouvements destinés à détendre son corps ankylosé, avait mis un peu de thé à chauffer.

Ils s'étaient ensuite lavés et rasés le mieux qu'ils le purent afin de faire illusion, puis Rosa et Elisabeth les avaient rejoints, les traits tirés en grelottant dans leurs couvertures.

— Bonjour Rosa, avait souri Dan à la fillette venue se serrer contre lui. Tu as bien dormi ?

Celle-ci fit non de la tête en frottant le dos de ses index sur son œil.

— Alors pourquoi as-tu besoin de tes doigts pour ouvrir tes yeux ?

— Parce que j'ai encore sommeil. Et toi, tu as bien dormi ?

— Oui, jusqu'au moment où ton père a rallumé le moteur de l'ambulance, enfin c'est ce que j'ai cru avant de réaliser qu'il ronflait !

— Tu entends ça, papa ? gloussa la fillette.

— C'est vrai, confirma celui-ci amusé. À ce moment-là, Dan ronflait si fort que tous les Allemands sont descendus dans les caves en songeant à un bombardement !

L'instant d'après, ce fut Elisabeth qui, après avoir embrassé son mari se retrouva à sa hauteur.

— Ne me regardez pas, rougit-elle en tentant de recoiffer ses cheveux en bataille, je dois avoir une tête horrible !

— La guerre m'a permis de voir des choses plus horribles…

Enfin, après un rapide petit déjeuner, ils étaient remontés à bord de leur véhicule et avaient repris la route après plusieurs tentatives pour redémarrer le moteur de leur ambulance qui, avec la nuit, avait pris l'humidité.

Ils avaient alors roulé lentement à travers un paysage verdoyant où paissaient de paisibles troupeaux, franchissant des ponts de pierre tendus au-dessus de petits cours d'eau, traversant de charmants villages et des forêts bucoliques.

Durant deux jours et deux nuits, ils avaient ainsi accumulé les kilomètres malgré leur faible allure, s'abritant pour la nuit dans des coins isolés, faisant le plein de carburant grâce aux jerricans donnés par les sœurs.

Quand l'aube du troisième jour commença à poindre, Joseph, épuisé, luttait pour conserver sa lucidité.

Soudain, alors qu'ils longeaient un endroit boisé, leur ambulance commença à tousser, signe que le carburant venait à manquer.

— Rentrez dans le premier chemin à travers ces arbres, lui avait alors conseillé Dan.

— Eh bien voilà, nous allons devoir trouver un nouveau moyen de locomotion, regretta son compagnon.

— Nous n'avons pas le choix. J'ai bien étudié notre carte, continua-t-il après que leur véhicule se fut immobilisé sous le couvert des arbres. Nous devrions être quelque part par là. À une soixantaine de kilomètres du Danube. Adolf m'a parlé de la possibilité qu'il y avait d'embarquer à bord d'un bateau. Après, nous ne serions plus très loin de notre but final.

— Soixante kilomètres… répéta pensivement le père de Rosa en mesurant les immenses efforts qu'ils devraient fournir.

Il leur fallut quatre jours avant d'arriver sous des trombes de pluie en vue du large fleuve qui s'avançait, majestueux et solitaire à travers un décor pacifié de forêts et de prairies.

Dan partit en reconnaissance pendant que les autres l'attendaient réfugiés au cœur d'une masure abandonnée. Il les avait rejoints alors que la nuit tombait. Il était épuisé mais la volonté qu'il avait de les conduire en sécurité était intacte.

— Il y a un village de moyenne importance à trois quatre kilomètres, leur expliqua-t-il. Il y a un embarcadère que nous pourrons emprunter. Voilà comment nous allons nous y prendre. Nous arriverons séparément dans le village pour ne pas attirer l'attention et nous nous rendrons à l'auberge où nous passerons la nuit afin de récupérer de nos efforts et retrouver figure humaine avant d'embarquer. Nous utiliserons les faux papiers qu'ont pu nous procurer les sœurs, expliqua Dan en extirpant d'une boîte en fer les précieux documents. Il y a là des cartes d'identité et des attestations médicales. Elles ont fait ce qu'elles ont pu avec les moyens à leur disposition. Ça veut dire qu'ils peuvent faire illusion mais qu'ils ne résisteraient pas à un examen un peu poussé. Autant dire que nous devrons éviter de trop les agiter sous le nez des nazis. Il faudra donc se montrer extrêmement prudent et ne pas se faire remarquer. Se fondre dans la masse et surtout se comporter en bon Allemand. Joseph, commença-t-il en leur tendant les documents. Vous serez Franz Heinz. Vous êtes instituteur et vous vous rendez près de Tuttlingen pour l'enterrement de votre père. Elisabeth, vous serez Marlene Sturffer. Vous êtes infirmière et vous accompagnez Rosa, maintenant Inge Karster, une orpheline qui va rejoindre des parents. De mon côté, je serai Kurt Nagel, un soldat en convalescence. Avec Joseph, nous avons inventé une histoire pour chacun, continua Dan en extirpant des feuillets griffonnés. Apprenez par chœur celle qui vous concerne et brûlez le papier.

— J'ai peur, lui avait confié un peu plus tard dans un souffle Elisabeth en lui tendant un gobelet fumant légèrement coloré de thé. Une fois sur ce bateau, nous serons cernés d'eau glacée et à la merci du moindre contrôle.

— Nous ne pouvons pas continuer à marcher à travers ces montagnes avec Rosa, elle n'y résisterait pas, commenta Dan avant de plonger ses lèvres dans le breuvage revigorant. Même si vous avez été remarquable jusqu'ici.

— Remarquable… répéta la jeune femme en regardant devant elle. Est-ce que c'est ce qu'on dit de quelqu'un qui a peur ? Je marche parce que j'ai peur d'être rattrapée. Je soutiens ceux qui n'avancent pas parce que j'ai peur qu'ils nous retardent. Je ne dors plus parce que j'ai peur de mes cauchemars. J'ai peur pour Rosa, peur pour Joseph, peur pour... toi. Peur de vous perdre. Peur de me retrouver seule dans ces horribles forêts...

— La peur paralyse certains. Elle en fait avancer d'autres. Aujourd'hui, vous êtes de ceux qui avancent et rien ne pourra vous arrêter, toi et ta famille, parce que vous vous aimez. Les nazis ne pourront jamais rien faire contre ça.

— Je ne veux pas qu'ils fassent du mal à Rosa, confia Elisabeth un sanglot dans la voix. Promets-moi... Promets-moi de ne pas la laisser tomber entre leurs mains.

— Je te le promets, murmura Dan après un long silence.

— Elle ne souffrira pas, si elle meurt dans tes bras. Tu es son héros ! murmura la jeune femme, un sourire attendri sur les lèvres.

Enfin, après une nuit sans sommeil passée à grelotter, ils s'étaient remis en route en début de matinée, progressant à travers un épais brouillard qui semblait avoir recouvert la terre entière dont ils avaient fini par émerger alors qu'ils arrivaient en vue des premières habitations.

— Je vais d'abord y aller, expliqua Dan tapi dans d'épais fourrés qui cernaient le village. Dans une heure, vous me rejoindrez, indiqua-t-il en se tournant vers Elisabeth et Rosa. Une heure plus tard, ce sera au tour de Joseph. Je me tiendrai devant l'hôtel, ce sera le signe que tout va bien. Rosa, je te rappelle que nous ne nous connaissons pas ! En aucun cas, on devra deviner que nous sommes ensemble.

La fillette opina de la tête avec détermination pour montrer qu'elle avait compris.

— Très bien. Chacun connaît son rôle ? Bon, j'y vais. Bonne

chance à tous, souhaita-t-il en croisant furtivement le regard d'Elisabeth.

Dan rejoignit alors la rue principale du village. Un village typique de cette région d'Allemagne, avec ses maisons coquettes, ses terrasses fleuries, ses façades ouvragées, ses cours et ses jardins soignés. Après quelques minutes, ils parvinrent devant une vaste auberge à colombages signalée par une imposante enseigne de fer forgé représentant une oie.

L'intérieur était en tout conforme à ce qu'on s'attendait à y trouver. Du bois en abondance, du plafond au plancher en passant par la décoration et l'ensemble du mobilier.

Il s'avança alors jusqu'à un comptoir de chêne massif derrière lequel un homme en bras de chemise lavait quelques tasses.

— Heil Hitler, prononça-t-il à la façon d'un bonjour poli.

Ce dernier se contenta d'un regard furtif et d'un hochement de tête.

— Est-ce que vous avez des chambres ?

Il s'écoula deux secondes avant que celui-ci ne réponde.

— Je n'ai plus que des chambres communes payables d'avance.

— Ça ira.

— Vous avez fait la route à pied ? questionna distraitement l'homme en déposant son argent dans son tiroir-caisse. On dirait que vous sortez tout droit de la forêt.

— J'ai fait un peu de marche à pied à travers la campagne et il s'est mis à pleuvoir. Le reste du temps, je profite d'âmes charitables qui veulent bien me prendre à leur bord. Voitures, charrettes, bus, je ne suis pas regardant.

— Vous n'êtes pas seul dans ce cas. Beaucoup de familles voyagent comme elles le peuvent aujourd'hui. Il faudra que vous me confiiez vos papiers. Vous serez bien par chez nous, vous verrez, lui assura-t-il en jetant un œil distrait sur ses papiers. Et sinon, vous êtes d'où ?

— Je suis originaire du nord de l'Allemagne, précisa Dan. Près de Hambourg.

L'homme opina de la tête visiblement peu intéressé par ce qu'il entendait.

— Votre chambre est au rez-de-chaussée, expliqua-t-il. La huit, lit numéro dix. Il y a des douches communes que vous pouvez utiliser.

— Et pour mes vêtements ? s'enquit Dan en désignant son manteau sale et trempé.

— Il y a de quoi laver votre linge, le sécher et le repasser pour un petit supplément.

— Je crois que ce ne sera pas un luxe, déclara ce dernier avec un sourire qui traduisait sa satisfaction.

Dan pénétra dans une vaste chambre où étaient alignés une dizaine de lits à étages. Plusieurs d'entre eux étaient occupés par des hommes de tous âges étendus tout habillés.

Il salua poliment à la manière d'un bon Allemand, puis il alla jusqu'au lit indiqué près duquel se dressait une armoire étroite.

Il prit d'abord une douche dans les communs puis entreprit de nettoyer ses vêtements. Il les étendit peu après sur un fil à linge à l'intérieur d'une grande buanderie, chauffée par un imposant poêle en faïence typique de la région.

Il sortit alors sur le perron de l'auberge et alluma une cigarette.

« Elisabeth et Rosa ne devraient plus tarder… » songea-t-il.

Il les vit avec soulagement apparaître quelques minutes

plus tard, marchant dans la rue main dans la main, leurs deux silhouettes fragiles émergeant du néant.

Il leur adressa un léger signe de tête en désignant discrètement l'auberge à l'intérieur de laquelle elles pénétrèrent sans même lui adresser un regard.

Joseph leur emboîta le pas, une heure après.

— Vous avez les horaires de bateau ? interrogea Dan alors qu'il buvait une bière, accoudé au comptoir.

— Ils sont sur le présentoir, lui indiqua une jeune serveuse. Servez-vous, ils sont là pour ça.

— Merci. Dites-moi, il y a du passage par ici ?

— Ça dépend des jours, mais ce n'est pas rare ces temps-ci, avec les réfugiés et ceux qui viennent dans la région pour profiter du climat et des thermes.

Dan sursauta soudain. Deux policiers en uniforme venaient de faire irruption dans l'auberge. L'instant d'après, ceux-ci contrôlaient les papiers d'identité des clients laissés à l'aubergiste qui les gratifia peu après d'une grande chope de bière blonde, accompagnée d'appétissantes saucisses blanches.

— Ces deux-là viennent plus pour ce qu'ils peuvent avaler que pour faire leur travail de policiers, lui confia la jeune serveuse avec un sourire entendu.

Avait-elle remarqué son inquiétude ? Si c'était le cas, il devrait faire preuve de plus de sang-froid à l'avenir.

L'heure du repas arriva enfin. Ils le prirent à des tables séparées, en compagnie d'autres voyageurs avec lesquels ils partagèrent un copieux ragoût qui les rassasia au-delà de toute espérance. Quand il eut le ventre plein, Dan sortit faire quelques pas. La nuit était pleine d'une brume épaisse qui avait absorbé le paysage environnant.

Alors qu'il patientait au cœur d'un silence profond, il fut

bientôt rejoint par Joseph qui se frotta les mains en arrivant à sa hauteur.

— La nuit va être fraîche, commenta-t-il en levant la tête sur les ténèbres vaporeuses qui les enveloppaient.

— Plutôt oui, acquiesça Dan. Vous fumez ?

— Ma foi, je ne dis pas non, déclara son compagnon en se penchant au-dessus de la flamme que lui tendait Dan.

— Nous allons prendre le bateau de midi, lui souffla ce dernier. L'embarcadère est à une quinzaine de minutes de marche. J'y serai vers onze heures, vous nous rejoindrez séparément avec des intervalles de quinze minutes.

Ils échangèrent encore une ou deux banalités de circonstance puis Dan regagna l'intérieur de l'auberge. Des hommes et des femmes étaient accoudés au bar, d'autres jouaient aux cartes sur les tables avoisinantes. D'autres encore lisaient à l'écart.

Il prit le chemin des toilettes. Elisabeth et Rosa sortirent à cet instant du côté réservé aux femmes.

La fillette passa à sa hauteur en jouant son rôle à la perfection ; quant à sa mère, elle buta légèrement contre Dan qui put ainsi lui remettre un petit mot sur lequel il leur donnait les mêmes instructions.

Il se commanda une bière peu après, puis s'abîma dans la lecture d'un magazine à la gloire du parti nazi. Enfin, il regagna sa chambre dans laquelle il retrouva Joseph déjà enfoui sous ses couvertures.

Vers vingt-trois heures, au moment de la fermeture de l'auberge, les derniers retardataires regagnèrent leur lit avec plus ou moins de discrétion. Quand la lumière s'éteignit, Dan resta un moment à songer les yeux ouverts. Tout semblait se dérouler à merveille et il n'aimait pas ça. C'était toujours quand on ressentait ce genre de sensation que quelque chose survenait. Il s'efforça de passer en revue leur journée durant laquelle ils s'étaient évertués à jouer leur rôle le mieux possible, en tentant d'y trouver une faille éventuelle puis, vaincu par la fatigue, il s'endormit.

Il fut l'un des tout premiers clients de l'hôtel à s'éveiller. Il passa par la douche commune puis alla prendre son petit déjeuner. Enfin, il s'installa à une petite table située à l'écart et plongea le nez dans un vieux journal.

Il observa alors les hommes et les femmes souvent accompagnés d'enfants s'installer devant leurs bols fumants et parmi eux Joseph, sa femme et sa fille qui déjeunèrent séparément. Tous trois s'appliquaient à éviter de se regarder. Rosa fit tomber sa serviette sur le sol, quand son père qui passait à leur côté se baissa alors pour la ramasser.

— Je crois que vous avez perdu ça, mademoiselle, déclara-t-il en saluant poliment de la tête.

— Oh, merci, lui dit en souriant sa femme en croisant pour la première fois son regard depuis leur arrivée. Inge, dis merci au monsieur.

— Merci monsieur, obtempéra Rosa en souriant timidement à son père.

Ce dernier se contenta de lui rendre son sourire avant de s'effacer.

« Comme tout ça doit être pénible pour eux... » songea Dan.

Il régla sa note un peu plus tard.

— Le bateau n'arrivera que peu avant midi, lui rappela le patron de l'auberge en lui remettant ses papiers.

— Je sais oui, mais je veux en profiter pour faire une promenade.

— Vous ne verrez pas grand-chose aujourd'hui, à cause du brouillard. Il y en a toujours beaucoup par ici, en cette saison.

— On n'aura donc pas à craindre les coups de soleil, plaisanta Dan avant de faire ses adieux.

Dan se dirigea vers le fleuve et fit halte sur un étroit chemin qui dominait le lieu d'embarquement.

La brume, lentement, se dissipait laissant apercevoir çà et là des bribes de paysages jusque-là insoupçonnés.

Il sortit les jumelles de son sac avant de les plaquer à ses yeux. Quelques pêcheurs étaient embusqués sur la rive entre les joncs et les roseaux. D'autres avaient pris place sur des barques plates amarrées en travers du courant. Non loin de l'unique bâtiment, trois bateaux étaient en cale sèche pour des travaux de restauration. Deux hommes en bleu de travail firent alors leur apparition les bras chargés d'outils et de cordages. Puis ce fut le tour d'un type portant l'uniforme des employés de la brigade fluviale.

Ce dernier, tout en marchant s'entretenait avec un soldat en tenue vert-de-gris qui faisait les cent pas le fusil sur l'épaule. Peu de temps après, un second apparut qui tenait à la laisse un chien-loup.

Dan soupira. Leurs papiers avaient intérêt à être convaincants…

En s'approchant, il jeta un coup d'œil sur le bureau d'enregistrement au-dessus duquel flottait un drapeau à croix gammée. L'air qui s'éclaircissait avait un parfum d'eau, de vase et de goudron utilisé pour étanchéifier les coques.

Un employé fumait sa pipe devant le guichet clos. Il était en avance et devrait patienter encore un peu.

Joseph arriva quelques minutes après, son sac de voyage

passé sur son épaule, puis ce furent le tour d'Elisabeth et de sa fille qui s'ajoutèrent à la file d'attente.

À cet instant, un mugissement sonore troua la brume suspendue au-dessus du fleuve. Leur bateau était sur le point d'accoster.

Sur le ponton, des employés des transports fluviaux s'apprêtaient à accueillir l'embarcation encore invisible.

À cet instant, une voiture de forte cylindrée s'immobilisa à proximité. Aussitôt, trois hommes en descendirent vêtus de grands manteaux. Ceux-ci s'approchèrent du bureau d'enregistrement après avoir coiffé leur chapeau de feutre.

Leur arrivée avait jeté l'inquiétude parmi ceux qui patientaient, prouvant ainsi que les hommes de la Gestapo terrorisaient même ceux qui n'avaient rien à se reprocher. Il n'était par conséquent pas difficile d'imaginer ce qu'il pouvait en être pour les autres.

— Ce n'est qu'un vulgaire contrôle, murmura Dan entre ses dents serrées. Respire et tout ira bien.

L'un après l'autre, les gens présentaient leurs papiers au guichet derrière lequel officiait l'homme à la pipe en précisant leur destination et le choix du billet qui décidait de la classe dans laquelle ils voulaient voyager.

Tout en attendant leur tour, Dan observa les nouveaux arrivants qui patientaient à l'écart et surveillaient leur file d'attente comme s'il s'était agi d'un troupeau de bovins. Un type que Dan avait repéré à l'hôtel s'était alors approché d'eux puis avait pointé un doigt dans leur direction. C'était donc lui le sale mouchard chargé de signaler ceux qu'ils trouvaient douteux.

Les policiers acquiescèrent d'un mouvement de tête. Six secondes plus tard, leurs mains se refermèrent sur les bras d'un homme d'une vingtaine d'années qui patientait dans leur file. Lui aussi était descendu à l'auberge. Ce dernier, qui parut à peine surpris, n'opposa aucune résistance, conscient du fait que cela s'avérerait inutile.

Qui était-il ? Un déserteur ? Un prisonnier évadé ? Un juif ? Une fois les mains entravées dans le dos, l'un des policiers nazis l'escorta jusqu'à la voiture à l'intérieur de laquelle il le fit monter.

À cet instant, leur bateau émergea lentement de la brume en faisant meugler une nouvelle fois la note grave de sa sirène. Son étrave glissa silencieusement en direction de l'embarcadère contre lequel il allait apponter.

Les marins présents sur le pont lancèrent alors des cordages que ceux du quai saisirent au vol. Celui-ci devait faire une quarantaine de mètres de long et possédait deux pontons, le dernier recevant la cabine de pilotage derrière les vitres de laquelle on distinguait deux hommes en uniformes occupés à la manœuvre. Ceux-ci firent machine arrière toute, ce qui créa un bouillonnement autour de sa coque bicolore blanche et bleue.

Dan avait reçu son billet. Il lui fallait à présent se diriger vers l'embarcadère en passant devant les deux autres policiers qui, de façon arbitraire, contrôlait les papiers des préposés à l'embarquement.

L'un d'eux fixa Dan dans les yeux tandis que celui-ci arrivait à sa hauteur. Il allait le dépasser quand il l'apostropha.

— Je peux voir vos papiers ?

Dan s'exécuta. Ceci fait, il enfonça la main dans la poche de sa veste épaisse où se trouvait son revolver.

« Oui tu peux voir mes papiers, connard ! songea-t-il en se composant un visage dénué d'expression. Tu peux même prendre une balle dans la tête, si tu ne me les redonnes pas avec le sourire dans les toutes prochaines secondes. Alors, vas-y ! enragea-t-il encore tandis que ce dernier posait les yeux sur lui. Tu veux vivre ou tu veux crever ici ? »

— Je ne savais pas que le gouvernement payait des vacances aux soldats atteints d'une simple pneumonie, ironisa le policier avec un air provoquant.

— Pour casser du Russe, il vaut mieux être en pleine possession de ses moyens, affirma crânement Dan. Laissez-moi quinze jours pour me remettre et je vous garantis que je retournerai là-bas leur rentrer leur bouteille de vodka dans le cul !

L'homme de la Gestapo sembla impressionné, lui qui n'avait fait depuis le début de la guerre qu'arrêter des gens sans défense. Le visage crispé, il observa avec un peu de jalousie l'homme grand et fort qui le dévisageait de son sourire plein d'assurance, avant de lui rendre ses papiers.

— Heil Hitler, déclara-t-il simplement dans un hochement de tête.

— Heil Hitler, on les aura ! rétorqua Dan avec un ton déterminé et en réajustant le sac sur son épaule.

Ce fut alors au tour de Joseph de s'avancer. Censé aller à l'enterrement de son père, il avait revêtu un brassard noir qu'il portait autour de sa manche. Ne baissez pas les yeux, leur avait martelé Dan, vous êtes de bons Allemands et vous n'avez rien à cacher, lui qui avait les jambes qui menaçaient de ne plus le porter ! Le policier qui était à présent devant lui ne put retenir un éternuement.

— À vos souhaits, bredouilla Joseph.

Ce fut ensuite au tour de Rosa et de sa mère de se présenter. Depuis quelques minutes déjà, toutes deux avaient adopté un air enjoué en désignant le bateau sur lequel visiblement elles se réjouissaient d'embarquer, montrant ainsi à ceux qui les observaient qu'elles n'avaient rien à redouter.

Elisabeth avança, ses papiers dans une main, son sac de voyage dans l'autre. Rosa marchait devant, les yeux rivés sur leur embarcation.

— C'est la première fois que tu montes sur un bateau ? la questionna le policier.

La fillette acquiesça de la tête tandis que sa mère derrière elle retenait sa respiration.

— Et tu vas où comme ça ?

— Nous allons à Tuttlingen, intervint sa mère.

— Alors tu vas dormir sur le bateau ? continua l'homme de la Gestapo. Tu n'as pas peur de dormir au-dessus de l'eau ?

— Non, parce que je sais nager.

— Elle a appris avec la Jungvolk, compléta Elisabeth en faisant allusion à une association nazie chargée de l'éveil des très jeunes enfants.

— Très bien, approuva le policier en passant une main sur les cheveux de Rosa. Eh bien, bon voyage.

— Merci, réussit à sourire Elisabeth. Heil Hitler.

— Heil Hitler, répondit évasivement ce dernier en s'attardant sur le physique de la jeune mère qui poussait sa fille devant elle.

Dan expira longuement tandis que sa main moite desserrait lentement la pression de sur la crosse de son revolver. Tous avaient réussi à passer sans encombre et ils allaient pouvoir embarquer sur ce bateau qui les rapprocherait un peu plus de la liberté.

Ce fut chose faite dans les minutes qui suivirent. Elisabeth et Rosa descendirent dans les cabines de seconde classe tandis que Dan et Joseph s'installaient en plein air au niveau du pont inférieur sur lequel on avait installé des matelas et des couvertures en vue d'afflux des voyageurs déplacés à cause des bombardements et souvent désargentés. Ils avaient fait ce choix afin de pouvoir faire face plus rapidement à un éventuel danger ou à un contrôle inopiné.

Dan alluma une cigarette, rasséréné. Autour de lui, la nuit commençait à tomber. Ils avaient appareillé peu après leur embarquement puis ils avaient rejoint le milieu du grand fleuve, c'est du moins ce qu'il avait supposé, le brouillard ayant tardé à se lever au-dessus de sa surface. Ce n'est que bien après leur départ que les rives opposées leur étaient apparues dans toute leur amplitude et leur majesté.

Il avait pu alors contempler tandis qu'ils naviguaient des parois vertigineuses surplombées de forêts, des prairies alanguies, colorées d'ocre et de vert, des villages aux clochers bienveillants, des marais, des lacs et des étangs que survolaient hérons et cigognes aux ailes déployées. Des fermes ancestrales accrochées à la terre comme des forteresses, des enfants embusqués au milieu des roseaux. Était-ce vraiment ce pays qui avait décidé de mettre l'Europe à feu et à sang ?

Il remonta son col. La nuit risquait d'être froide malgré les couvertures allouées par la compagnie. Heureusement, peu de femmes et d'enfants allaient la passer dehors, la plupart ayant trouvé refuge dans les soutes du bateau. Les plus chanceux à l'abri du pont supérieur réservé à ceux qui avaient les moyens d'acquitter le prix du billet de première classe.

On leur servit un peu plus tard un repas chaud dégusté à même leur couverture. Tandis qu'il mangeait, Dan observait le dos de Joseph installé à quelques mètres de là. Sans doute était-il soulagé de savoir les siens à l'abri. À un moment, il vit celui-ci se lever puis s'agenouiller finalement au chevet d'une famille dont les membres étaient recroquevillés les uns contre les autres. Il y avait là un homme d'une quarantaine d'années, une vieille femme et son mari et un enfant de sept à huit ans dont on n'apercevait que le bout du visage enveloppé qu'il était de plusieurs couches de vêtements. Il vit alors le père de Rosa se relever puis escalader sans hésiter l'escalier qui montait au pont supérieur.

Dan eut soudain un pressentiment et maudit aussitôt son compagnon. Marchant sur ses pas, il découvrit celui-ci dans l'entrée de la salle à manger où dînaient les passagers de première classe.

— Mesdames et messieurs, entendit-il à travers le vitrage. Des familles avec des enfants vont devoir passer la nuit sur le pont du bateau et certaines n'ont même pas de quoi leur offrir un repas chaud. Aussi, je fais appel à votre générosité. La générosité légendaire du peuple allemand dont parle si bien notre Führer.

Il y eut alors quelques saluts nazis gênés, puis plusieurs d'entre eux se résolurent à fouiller dans leurs poches ou dans leurs sacs afin d'y prélever quelques billets.

Dan soupira un peu plus tard en observant Joseph qui supervisait la distribution de repas chauds à ceux qui, sans lui, en auraient été privés. Certains le remercièrent avec effusion, d'autres le regardèrent avec circonspection, habitués depuis trop longtemps à ne rien attendre des autres dans un pays où régnait en maître le chacun pour soi depuis que la guerre faisait rage.

— Il vous reste encore pas mal de travail, si vous voulez donner à manger à tous ceux qui ont faim dans ce pays, commenta Dan avec ironie alors qu'ils étaient tous deux accoudés au bastingage pendant que le bateau traçait avec lenteur son chemin dans l'obscurité. En tout cas, félicitations pour la référence au Führer, venant d'un médecin juif… Mais je serais vous, j'éviterais à l'avenir de prendre de tels risques.

— Je comprends vos reproches mon ami, mais en l'occurrence, il n'y a désormais pas un passager, quel qu'il soit, qui pourrait me soupçonner de ne pas être un bon Allemand. Quant à me soupçonner d'être juif…

Dan observa l'homme à ses côtés qui humait l'air glacé de la nuit. Les mots de « son visiteur » lui revinrent alors en mémoire. « Elle et ses parents ne sont plus des condamnés résignés qui attendent qu'on les égorge, mais des êtres courageux prêts à défendre chèrement leur peau… »

— Je pense que je vais aller essayer de dormir un peu, déclara-t-il finalement. Quoi qu'il en soit, je suis ravi de vous avoir rencontré.

Les passagers qui avaient dormi sur le pont avaient accueilli l'aube avec soulagement. Malgré les matelas et les couvertures, la nuit avait été froide et les mains transies se serraient autour des tasses et des bols que les cuisiniers avaient distribués pour le petit déjeuner.

Dan avait gagné l'avant du bateau afin de profiter des premiers rayons du soleil qui se dessinaient sur fond de ciel bleuté. Cette fois, la brume de la veille semblait loin et ce matin ressemblait à une aube originelle étrangère au bien et au mal.

De part et d'autre du Danube s'étiraient des forêts interminables qui avaient colonisé tous les reliefs, des étendues plates et marécageuses aux sommets rebondis ou acérés, des crêtes qui se reflétaient dans les eaux du fleuve.

À la mi-journée, une escale était prévue durant laquelle des passagers se croiseraient sous l'œil inquisiteur des chiens de garde du régime dont le nombre allait croître à mesure qu'ils allaient se rapprocher de la frontière.

Des voix le firent se retourner. D'autres que lui avaient eu l'idée de venir se réchauffer au soleil. Parmi eux, il aperçut Elisabeth et Rosa dont il capta furtivement le regard. La fillette semblait s'être fait une amie avec laquelle elle jouait à la poupée.

Elisabeth ramena une mèche de ses longs cheveux emportée par le vent derrière son oreille. Elle tourna alors la tête en direction de Dan. Elle était pâle comme souvent et ses yeux étaient marqués par l'angoisse et la fatigue. Pourtant, il la trouva incroyablement belle et plus que jamais inaccessible.

Celle-ci s'était à présent retournée en direction du fleuve. Il ne restait plus que sa silhouette fine et élancée dans son grand manteau et ses cheveux décoiffés par le vent. À quoi pouvait-elle bien penser à ce moment ?

Ils avaient apponté à la mi-journée entre deux péniches de marchandises, le long d'un quai où se dressaient plusieurs entrepôts surmontés de filets de camouflages et protégés par des canons de DCA autour desquels allaient et venaient des soldats casqués. Après que certains passagers eurent quitté leur bateau, d'autres avaient embarqué dont plusieurs militaires qui devisaient bruyamment. Au bout d'une demi-heure, ils avaient fini par prendre le large et croiser, à vitesse réduite, une vedette de la Kriegsmarine puissamment armée avec laquelle ils avaient échangé quelques signes.

Plus tard, alors qu'ils suivaient les méandres capricieux du fleuve, le soleil éblouissant se colora d'orangé qui embrasa tout l'horizon.

Elisabeth venait de terminer une partie de cartes en compagnie de Rosa et de sa nouvelle amie qu'elles avaient disputée à même leur lit dans la chambre commune réservée aux femmes.

— On jouera encore avec Isle demain ? interrogea Rosa en faisant allusion à sa petite camarade.

— Bien sûr, mais en attendant, mademoiselle, il est temps de faire sa toilette avant le repas du soir.

— Isle peut venir avec nous ?

— Si sa maman est d'accord.

— Viens Isle, s'enthousiasma Rosa. On va aller demander à ta maman !

Elisabeth observa les deux fillettes en souriant. Cela faisait si longtemps que Rosa n'avait pas eu l'occasion de vivre sa vie d'enfant…

Elle enfila son manteau puis, après avoir adressé un sourire poli à une dame d'un certain âge assise sur un lit installé à proximité, elle partit rejoindre son enfant. Cette dernière esquissa un maigre sourire en retour, tout en observant d'un œil froid la jeune femme qui quittait la pièce. Grete Haupthändler était une ancienne bibliothécaire du nord de Munich qui partait rejoindre sa sœur dans le sud de l'Allemagne afin d'y attendre la fin de la guerre. Petite et menue, son visage anguleux surmonté de cheveux poivre et sel portait encore les traces d'une beauté passée altérée au fil des ans.

Elle allait se replonger dans son livre quand quelque chose attira son attention. Un reflet venant du sol. Celui d'un bracelet d'or. Sans doute celui-ci s'était-il décroché d'un des bras de l'une de ses jeunes voisines de chambre qu'elle trouvait un peu délurées mais, la jeunesse n'était plus ce qu'elle fut…

Elle fit quelques pas, le ramassa, puis elle jeta un œil vers la porte de la chambre restée ouverte, mais la jeune femme était sortie. Qu'importe, elle leur montrerait sa découverte un peu plus tard et recevrait non sans une certaine fierté leurs chaleureux remerciements. Il n'y avait plus guère de gens honnêtes dans cette époque troublée et beaucoup n'auraient pas hésité à profiter de la situation car cette gourmette était en or et de belle qualité. Elle plissa les yeux comme elle le faisait à chaque fois qu'il lui fallait lire de près afin de déchiffrer le prénom qui y était gravé. Voyons voir, se dit-elle, à laquelle des trois appartenait ce bijou car, à force de les observer, elle connaissait leurs prénoms. Isle, l'amie de la petite brunette qui dormait ici, en l'occurrence Inge. Et Marlene pour l'infirmière qui l'accompagnait.

Rosa… lut-elle étonnée. Rosa ? répéta-t-elle en son for intérieur. Il n'était donc à aucune des trois ! À moins qu'il soit celui d'une de leurs amies ou connaissances ou bien encore un bijou volé ; en ces temps troublés, il ne fallait s'étonner de rien !

Elle regarda soudain fixement devant elle tout en se faisant une drôle de réflexion. Rosa… Est-ce que ce n'était pas un nom à connotation juive ? Une sorte d'excitation malsaine s'empara d'elle. À bien y repenser, la petite brune pouvait ressembler à une juive… La jeune femme aussi d'ailleurs, songea-t-elle avec un pincement de jalousie en revoyant son visage parfait qu'encadraient ses longs cheveux châtains. Et puis, ne disait-on pas, trop belle pour être honnête ? Allons, peut-être se trompait-elle ? En tout cas, elle en aurait le cœur net.

Elle se vêtit chaudement puis regagna sans perdre de temps le pont supérieur.

Elle retrouva enfin les deux fillettes après quelques recherches infructueuses. Toutes deux jouaient aux osselets, assises à même le sol le long d'un couloir qui menait à la salle à manger des deuxièmes classes. Elle s'approcha alors puis s'embusqua derrière une poutre métallique depuis laquelle elle appela.

— Rosa ?

En entendant son prénom, cette dernière tourna la tête dans sa direction. Ne voyant personne, elle s'imagina avoir rêvé et puis, qui aurait bien pu l'appeler Rosa ?

La septuagénaire frissonna d'excitation. Elle ne s'était pas trompée. La fillette avait bel et bien réagi à l'appel de son nom. Ce qui voulait dire qu'elle et sa mère mentaient.

Il fallait qu'elle en parle au capitaine du bateau qui déciderait de ce qu'il conviendrait de faire. Qui sait ? Peut-être allait-elle être félicitée pour sa présence d'esprit, voire même récompensée ?

— Je peux vous être utile, madame ?

La vieille dame se retourna. Derrière elle se tenait Dan, coiffé d'une casquette de marin.

— Ah, vous tombez bien, jeune homme. Je désirais justement parler au capitaine. Il s'agit de quelque chose de très important.

— Vous pouvez m'en dire un peu plus, je suis son second.

— C'est-à-dire que c'est un peu… confia Grete Haupthändler en regardant autour d'elle.

— Venez, déclara abruptement Dan en entraînant la femme par le bras. Nous serons mieux pour discuter à l'arrière du bateau, il y a vraiment trop de monde par ici.

— À l'arr…

Cette dernière ne put reprendre la parole qu'une fois sur le pont où la nuit froide et profonde avait pris ses quartiers.

— Mais qu'il fait froid par ici, n'aurait-on pu…

— Voilà ! la coupa Dan en la poussant jusqu'au bastingage. Ici, nous serons très bien pour parler. Alors, vous disiez ?

La vieille dame rectifia nerveusement sa tenue après avoir remonté le col de son manteau. En voilà des manières, songea-t-elle avec irritation ! De son temps...

— Eh bien voilà, finit-elle par déclarer, je pense avoir découvert des passagers clandestins !

— Vous m'étonnez !

— Attendez. Ceux-là ont bien acquitté leurs billets mais ils voyagent sous de faux noms, précisa cette dernière en appuyant sa déclaration de son index levé.

— Plus précisément...

— J'ai la quasi-certitude que des juifs sont sur ce bateau et qu'ils voyagent sous de fausses identités. Je suis prête à les désigner au capitaine afin qu'il prenne les mesures qui s'imposent.

— C'est une accusation grave, sembla réfléchir Dan. Ont-ils l'air menaçants où dangereux ? Croyez-vous que je doive armer l'équipage ?

La vieille dame haussa les épaules tout en émettant un petit rire nerveux.

— Pensez-vous, c'est une jeune femme et une petite fille !

— Une jeune femme, une petite fille... Les personnes présentes sur ce bateau vont vous devoir une fière chandelle !

— Je ne fais que mon dev... Mais, pourquoi me dites-vous ça ? Je crois que je ferais mieux d'aller en parler à...

— Vous n'irez nulle part ! la menaça Dan en lui barrant la route.

— Pardon ?

— À présent, je dois vous informer de deux choses. La première, c'est que vous avez raison. Cette jeune femme et cette petite fille sont juives. La seconde, c'est que vous avez tort de penser qu'il n'y a pas de quoi alerter l'équipage car elles ne sont pas seules. Je suis également juif et il y en a d'autres, déclara Dan en exhibant un couteau sous le nez de la moucharde. En fait, nous sommes nombreux, armés et bien décidés à trucider tous ceux qui nous chercheront des poux dans la tête ! À présent, j'ai deux options, continua-t-il d'expliquer en écrasant la mâchoire de sa prisonnière entre son pouce et son index. Où je te balance dans cette eau noire et glacée après t'avoir tranché la gorge où je te laisse vivre mais alors là, il faudra vraiment que tu redeviennes une gentille fille parce qu'on t'aura à l'œil et tu seras la première que je tuerai sur ce bateau. Alors, qu'est-ce que tu choisis ? Vite, je dois terminer une partie de dominos avec mes amis. Ah, autre chose, c'est la jeune femme et la petite fille qui n'ont pas voulu que je te tue, si ça n'avait tenu qu'à moi, tu serais déjà en train de couler au fond de ce putain de fleuve.

Quand Dan, qui avait ôté sa casquette de marin, ramena la vieille femme à sa chambre, ils croisèrent le capitaine du bateau dans un des couloirs. Celle-ci était livide et tremblait de tout son corps tandis qu'il la guidait en la tenant fermement par un bras.

— Elle ne va pas bien ? s'enquit celui-ci en désignant la passagère.

— Ça va mieux, à présent, je l'ai emmenée prendre l'air, lui expliqua Dan avec un sourire rassurant.

Après quelques mètres, ce fut Joseph qui se mit en travers de leur route.

— Elle a compris ? tonna-t-il d'un œil sombre en faisant allusion à celle qu'il soutenait.

— J'espère pour elle !

Ce dernier empoigna alors à son tour le bras de leur otage.

— Raccompagne-la à sa chambre, déclara alors sèchement Dan. Et si elle pose le moindre problème, vous savez ce que vous avez à faire.

— J'espère que vous allez vous tenir tranquille maintenant, lui souffla Joseph à l'oreille. Sinon, nous serons obligés de vous tuer.

Ce faisant, il sortit légèrement son revolver de sa poche.

Celle-ci esquissa de petits mouvements de tête pour dire qu'elle avait compris, les yeux arrondis par la peur.

Peu après, elle regagnait son lit en titubant.

— Vous croyez qu'on peut être tranquilles maintenant? interrogea Joseph un peu plus tard à mi-voix, alors que tous deux se rasaient dans les toilettes communes réservées aux hommes.

— Tranquilles, certainement pas. Je n'aurais pas aimé ça mais on aurait dû la balancer par-dessus bord. Là, il faut la surveiller comme l'huile sur le feu.

— Elle semble très marquée par son épreuve. Elle ne quitte quasiment pas son lit et ne parle à personne.

— Demain, nous arriverons à Tuttlingen. Elle devra descendre avec nous.

— Et ensuite?

— Nous la relâcherons quand on sera sûrs qu'elle ne pourra plus nous nuire.

— J'ai du mal à comprendre, soupira Joseph en contemplant son image dans le petit miroir face à lui. Pourquoi cette femme, qui a sans doute des enfants et même des petits-enfants, en arrive à condamner des innocents qui ne lui ont rien fait? Des innocents qui cherchent juste à vivre.

— Si vous vous interrogez encore là-dessus à votre âge,

c'est que vous avez raté un sacré chapitre dans le grand livre de la vie, mon vieux !

Grete Haupthändler frissonna sous ses couvertures qu'elle s'appliquait à ramener régulièrement au-dessus de sa tête. De là, elle parvenait à surveiller son entourage sans se faire remarquer et ce qu'elle voyait n'était pas très rassurant. Il semblait en effet que le navire leur appartenait tant ils étaient nombreux à l'observer du coin de l'œil et à parler d'elle en ricanant. Comment avait-elle pu être aussi naïve ? Alors que leur Führer n'avait cessé de les mettre en garde contre le péril juif ! Ils sont partout ! Les avaient-ils alertés. Ils guettent le moment de vous sauter à la gorge pour vous dépouiller de vos biens.

Elle sursauta en voyant Elisabeth s'approcher de son lit. Venait-elle se venger ? Que pouvait-elle faire, cernée de tous côtés ? Son cœur s'accéléra puis se bloqua douloureusement dans sa poitrine au moment où celle-ci s'assit à ses côtés.

— Détendez-vous, lui murmura celle-ci en lui découvrant délicatement le visage. Je n'ai pas l'intention de vous faire du mal. Nous allons arriver à Tuttlingen dans quelques heures et vous aller devoir nous accompagner. Nous vous relâcherons dès que nous aurons débarqué. Vous pourrez ainsi reprendre le cours de votre vie comme avant. Jamais vous n'entendrez plus parler de nous. Nous voulons seulement pouvoir vivre en toute sécurité avec nos enfants.

— Elle ne va pas bien depuis hier ! lui fit remarquer une femme assise sur son lit à quelques mètres de là en compagnie d'un tout jeune enfant qui réclamait son sein bruyamment.

— Elle ne supporte plus le bateau, lui expliqua Elisabeth avec un sourire gêné.

— Encore heureux qu'elle n'ait pas vomi ! intervint une autre en s'activant sur son tricot.

— Vous m'avez entendu ? l'interrogea Elisabeth en se penchant à son oreille.

— Vous… Vous allez me tuer, n'est-ce pas ?

— Je vous jure que non.

— Je ne vous crois pas.

— Vous voyez cette enfant ? la questionna-t-elle en désignant Rosa qui venait de pénétrer dans la cabine.

La vieille dame acquiesça nerveusement.

— C'est ma fille. Elle est toute ma raison de vivre et ce que j'ai de plus précieux. Je vous jure sur sa tête que nous ne vous ferons pas de mal si nous n'y sommes pas obligés. Allez, calmez-vous, continua la mère de Rosa en passant une main apaisante sur le front glacé de celle qui aurait pu les condamner à une mort certaine. Vous n'avez rien mangé depuis hier, je vais vous apporter un peu de soupe chaude. Demain à cette heure, cette aventure ne sera plus pour vous qu'un mauvais souvenir.

Puis, se tournant vers sa fille :

— Rosa, tu pourrais peut-être montrer un de tes tours de cartes à cette dame en attendant que je lui cherche à manger ?

Cette dernière observa d'un œil méfiant la fillette qui se tenait à présent à ses côtés tandis que sa mère avait pris le chemin des cuisines.

— Vous me faites un peu de place ? lui demanda celle-ci en la fixant de ses grands yeux noisette.

— Je… Non, laisse-moi tranquille.

— Vous préférez que je vous coiffe ? Vous avez de beaux cheveux mais ils sont tout emmêlés.

— Quoi ? Certainement pas.

— Bon alors, je vous montre mon tour. Choisissez une carte.

— Je t'ai dit de me laisser tranquille, je... Grete Haupthändler s'interrompit.

Elle n'avait peut-être pas intérêt à se mettre ses ennemis à dos, songea-t-elle en jetant un œil torve aux autres occupantes de la chambre qui l'espionnaient.

— C'est celle-ci ? la questionna Rosa en lui présentant une carte.

— Hein ? Ah, euh non... Non, ce n'est pas celle-là, bredouilla cette dernière en ne reconnaissant pas la carte qu'elle avait tirée.

— Non ? Alors j'ai dû me tromper, admit la fillette d'un air désolé. À moins que...

Elle passa alors la main sous la couverture de son lit et la ressortit en possession du trois de trèfle.

— À moins que ce soit celle-ci ? lança Rosa triomphante en exhibant cette fois la bonne carte.

— Co... Comment fais-tu ça ? demanda Grete Haupthändler bluffée malgré elle.

À cet instant, Elisabeth revint avec un bol fumant qu'elle transportait avec précaution.

— Redressez-vous, lui dit-elle familièrement, ça ira mieux pour prendre votre soupe. Faites attention, elle est très chaude.

La vielle dame s'exécuta cette fois avec docilité. Elle voulut alors se saisir du bol mais ses mains tremblaient.

— Laissez, je vais vous aider, intervint Elisabeth. Laissez-vous faire. Vous sentez comme ça sent bon ?

— Pourquoi faites-vous ça ? la questionna finalement Grete au bout de la troisième cuillère qu'Elisabeth approchait avec précaution de ses lèvres.

— Je ne me suis pas posé la question. Pour plusieurs raisons, sans doute. Ou peut-être que je fais ça pour vous amadouer et vous convaincre de faire ce qu'on vous dit. Peut-être aussi pour vous montrer que nous ne sommes pas des monstres, malgré tout ce que vous avez pu entendre sur nous. Elle est bonne, n'est-ce pas ? Il faut tout finir, vous savez, ce n'est pas bon d'avoir le ventre creux. Vous désirez autre chose ? lui proposa Elisabeth après que le bol fut vide.

— Non, merci, fit la vieille dame en fixant la jeune femme. Vous les empêcherez de me… de me faire du mal ?

— Vous n'avez donc rien compris, regretta celle-ci en s'asseyant à nouveau près d'elle et en lui prenant la main. Nous ne vous voulons pas de mal, ni à vous ni à personne. Nous voulons seulement… Je veux seulement que ma fille ait droit au bonheur comme n'importe quel enfant. Je veux la voir grandir et sourire. Je veux l'entendre rire. Je veux avoir le temps de lui dire que je l'aime.

— J'aimerais que vous restiez près de moi, cet homme m'a fait tellement peur…

— Il ne l'a fait que pour nous protéger.

— Il m'aurait tuée, n'est-ce pas ?

— Oui, il l'aurait fait sans hésiter si vous aviez représenté le moindre danger. C'est ce qui nous serait arrivé si vous nous aviez dénoncés, comme tous les juifs que l'on capture. Hommes, femmes et enfants. Vieux ou jeunes, ils ne font pas la différence. Ne me dites pas que vous n'êtes pas au courant ?

— Mais… Non, je…

Le regard de la vieille dame se perdit alors dans le lointain. Au bout de quelques secondes, ses lèvres se mirent lentement à trembler. Bien sûr qu'elle savait… Même si elle l'avait toujours occulté.

Elle avait vu des arrestations près de son quartier, durant lesquelles on les invectivait et les brutalisait. Elle avait entendu parler des trains dans lesquels on les entassait. Et de ces destinations et de ces camps à la réputation sinistre dont, à ce qu'on disait, on ne revenait jamais.

Une larme se mit à couler lentement sur sa joue. Elle songea soudain à cette gentille famille, voisine de son appartement, si prévenante et si bien élevée qu'elle n'avait jamais revue. Mon Dieu, qu'avait-elle fait ? réalisa-t-elle enfin.

— C'est hors de question ! refusa Dan après qu'Elisabeth lui eut proposé de descendre du bateau sans prendre la vieille dame en otage, elle qui n'était pas arrivée au bout de son voyage. Nous ne pouvons pas prendre ce risque.

— Je suis sûre que si, insista Elisabeth tandis que tous deux étaient appuyés sur le bastingage. Nous avons longuement parlé et nous l'avons vue peu à peu affronter la réalité. Elle regrette amèrement son geste. À force d'avoir été abreuvée de discours racistes et de mensonges, beaucoup d'Allemands, comme elle, ont perdu leur âme et parce qu'on ne leur a plus laissé le choix, ils sont devenus aveugles et sourds afin de ne plus voir ce qu'ils étaient devenus.

— C'est très touchant. Et si malgré tout, elle nous dénonce dès que nous aurons le dos tourné, tu as songé à Rosa ? protesta-t-il en la tutoyant.

— Je veux croire qu'un être peut changer, Dan. Je veux croire que des individus peuvent se reconnaître et se respecter après que l'illusion des barrières et de la différence est tombée. J'en ai besoin pour les jours à venir. J'en ai besoin pour Rosa, pour l'aider à grandir. Je ne veux pas expliquer à ma fille que tout est mauvais en ce monde, mais qu'il y a des rencontres merveilleuses à faire et des histoires passionnantes à vivre. Je veux qu'elle croie en l'humanité. Si nous la prenons en otage, jamais je ne saurais si j'avais raison.

Dan s'avança à la suite d'autres passagers sur la passerelle qui le reliait au quai, sous l'œil impatient de ceux qui attendaient d'embarquer et ceux peu engageants des policiers et des soldats présents en grand nombre. Quelques toits de maisons et le haut de certains immeubles apparaissaient au-dessus des grands arbres qui bordaient le port de la petite ville où était amarrée une flottille de petits bateaux. Sous l'œil impassible d'hommes en uniformes, des prisonniers de guerre allaient et venaient les bras chargés de sacs qu'ils transportaient d'une péniche reliée à ses filins jusqu'à des wagons stationnés sur leurs rails.

Une sentinelle observait le spectacle du haut d'un mirador d'où émergeait le canon d'une arme de gros calibre.

Puis ce fut au tour d'Elisabeth et de sa fille de rejoindre la terre ferme, suivies à quelques mètres de distance par Joseph qui s'efforçait de se fondre dans le décor.

Toutes deux marchaient main dans la main, les yeux rivés sur un horizon qu'elles auraient aimé rejoindre le temps d'un battement de cils. Le cœur de la jeune femme cognait très fort dans sa poitrine. Avait-elle eu raison? Une fois à terre, elle se retourna pour voir le bateau sur lequel les nouveaux arrivants embarquaient sous l'œil curieux de ceux accoudés au bastingage. Parmi eux, elle repéra la silhouette de Grete Haupthändler qui les observait, enveloppée dans son chaud manteau de fourrure.

Elles passèrent alors devant un cordon de soldats dont les yeux avaient la rudesse de leurs casques d'acier puis s'avancèrent au-devant d'un employé de la société maritime, chargé de remercier les voyageurs, avant que ceux-ci ne rejoignent les bus ou les taxis qui patientaient près de là.

La vieille dame, du haut de son perchoir, leur adressa alors un dernier signe en guise d'adieu.

Elisabeth laissa échapper un long soupir de soulagement. Cette fois, elles allaient pouvoir tourner une nouvelle page de leur longue et éprouvante aventure, le cœur empreint d'une lueur d'espoir.

— Si elle se tient tranquille après notre départ, c'est peut-être tout simplement parce qu'elle craint que des juifs soient restés à bord ! avait émis Dan peu après qu'il lui eut cédé.

Il leur fallut presque deux nuits et deux jours pour arriver au terme de leur long voyage en vue de la petite bourgade de Stetten, au nord du lac de Constance, à une quinzaine de kilomètres de la frontière suisse. Deux nuits à marcher à l'abri des forêts jusqu'à ce qu'ils parviennent au pied de moyennes montagnes contre l'une desquelles était adossé le village d'Adolf qu'ils visitèrent à distance grâce aux jumelles de Dan. Un hameau isolé regroupé autour de son clocher modeste et de son cimetière minuscule érigé sur le flanc d'un coteau qui descendait jusqu'à une petite rivière et un pont de pierre à trois arches qui correspondaient à la description que leur avait faite leur compagnon.

— Le refuge d'Adolf doit se trouver quelque part par ici, leur dit Dan en consultant un plan dessiné par celui-ci. À environ trois à cinq heures de marche en tenant compte du relief.

— Rosa doit se reposer, intervint Elisabeth en aidant l'enfant à s'asseoir sur une grosse pierre en forme d'œuf.

— Je dois juste souffler un peu, se défendit celle-ci, les joues creusées et le teint blême. Je ne veux pas vous retarder mais j'ai faim.

— Nous avons tous très faim, reconnut Dan. Je propose que nous mangions la plus petite d'entre nous avant de reprendre notre route.

— C'est une bonne idée, approuva Joseph en massant ses chevilles douloureuses, assis sur le tronc coupé d'un arbre. D'autant que nous en aurons facilement pour deux repas !

La fillette gloussa.

— Je pense plutôt que nous devrions manger papa, s'exclama-t-elle, nous en aurions au moins pour une semaine !

— Écoutez, voilà ce que je vous propose, continua Dan après avoir repris son sérieux. Ce coin est bien abrité. Vous pourriez attendre ici pendant que je pars rejoindre le chalet d'Adolf. Quand je l'aurai trouvé, je reviendrai avec lui et des provisions, qu'en pensez-vous ?

— Et si… Et si Adolf n'est pas au chalet ? avança Elisabeth en écartant ses cheveux poisseux de son front. S'ils ne sont pas encore arrivés ou s'ils ont été pris ?

— Dans ce cas, je vous ramènerai ce que je trouverai là-bas.

— Et s'il vous arrive quelque chose, renchérit la mère de Rosa, qu'est-ce que nous deviendrons ?

— Maman a raison, Dan, bredouilla cette dernière. Tu ne dois pas nous abandonner.

— Je croyais que tu mourais de faim ?

— Je meurs de faim mais je préfère que tu restes près de nous. Il y a peut-être des loups par ici !

— Et tu as peur qu'ils te prennent pour le petit chaperon bleu ? Bien, il y a peut-être une autre solution, réfléchit Dan.

Le village est à une heure de marche environ. Je pourrais m'approcher et essayer de trouver ou de voler quelque chose.

— Et pourquoi ne pourrions-nous pas acheter à manger tout simplement ? suggéra Elisabeth.

— Il est préférable que nous restions invisibles, réaffirma Dan. À cette distance de la frontière, il est dangereux de passer pour des étrangers venus d'on ne sait où et morts de faim.

— Dan a raison, approuva Joseph qui venait d'ôter avec soulagement ses chaussures en piteux état. Je vous aurais bien proposé de vous accompagner mais, je crois que je ne pourrais que vous encombrer et nous mettre en danger.

— Je peux y aller seul, affirma celui-ci.

— Je peux aussi vous accompagner, intervint Elisabeth. Pourquoi est-ce que ça devrait toujours être les hommes les héros ? Je ne suis pas fatiguée et mes pieds vont très bien.

— Je préfère y aller seul, si vous n'y voyez pas d'inconvénient.

— Si Joseph avait été en mesure de vous accompagner, vous auriez accepté mais comme je ne suis qu'une faible femme, je risquerais de vous gêner, c'est bien ça ?

— Vous avez prouvé à maintes reprises que vous n'étiez pas ce que vous dites, alors ne prenez pas ça comme...

— C'est exactement ce que ça veut dire !

— Mais vous avez Rosa et...

— Et si vous vous faites arrêter, nous ne saurons même pas ce qui vous est arrivé, alors laissez-moi vous accompagner, au moins de loin pour vous surveiller.

— Cette fois, c'est Elisabeth qui a raison, Dan, déclara Joseph. S'il vous arrive quelque chose, elle pourra nous alerter. Quant à moi, je suis encore en mesure de protéger cette demoiselle, conclut-il en exhibant son revolver.

— Très bien, finit-il par céder. Vous garderez le plan au cas où. Comme ça, si je ne revenais pas…

— Vous reviendrez, Dan. Vous êtes toujours revenu. Par contre, Rosa ne pourra vous dire au revoir, sourit-il en désignant la fillette endormie sur son lit d'herbe.

— Il y a une ferme là-bas un peu à l'écart, murmura Dan les yeux rivés à ses jumelles alors qu'ils étaient embusqués le long d'un champ qui dominait le village. Je ne vois pas de chien, seulement des chats et des volatiles en liberté. Elle semble appartenir à un vieux couple que j'ai aperçu dans le jardin.

— Nous pourrions capturer une poule mais il faudrait la faire cuire, saliva Elisabeth recroquevillée à ses côtés. Nous pourrions aussi voler des légumes mais crus, ce n'est pas très bon pour des ventres vides.

— Le mieux serait de dégoter un bon morceau de lard…

— Avec un peu de pain…

— Et des cornichons…

— Et quelques pâtés aussi…

— Des bocaux de fruits ou de confiture…

— Le tout arrosé d'une bonne bouteille de vin… Et après, nous pourrions nous blottir dans la paill…

Elisabeth s'interrompit, consciente d'avoir parlé sans réfléchir.

— La nuit va tomber dans un peu plus d'une heure, continua Dan, comme s'il n'avait rien remarqué. Je vais me rapprocher et quand il fera noir, j'agirai. Le mieux, c'est d'attendre leur premier sommeil. Tu te posteras derrière cette petite cabane abandonnée. De là, tu seras aux premières loges, s'il devait m'arriver quelque chose. Il te faudra alors rejoindre les autres et aller où tu sais. Ensuite, laissez Adolf prendre les choses en main et décider de ce qu'il convient de faire. Et s'il n'est pas encore là, attendez-le. J'y vais, finit-il par conclure en se redressant légèrement.

— Dan ? le rappela Elisabeth en lui saisissant une manche.

— Oui ?

— Fais attention.

Ce dernier acquiesça de la tête puis il commença à avancer le dos voûté jusqu'à se retrouver au bout de quelques minutes au pied de la palissade de bois peint qui entourait la propriété. De là, il pouvait observer le vieux couple à travers la fenêtre de la cuisine, éclairée par une faible lumière. Visiblement, celui-ci s'apprêtait à dîner. Une odeur de chou et de lard lui caressa soudain les narines. Son estomac commençait à être douloureux tellement il avait faim. Il songea un instant à frapper à la porte afin de réclamer un peu de nourriture mais il fallait se méfier des apparences, les nazis n'avaient pas tous la tête de l'emploi...

Dans le ciel, la lune se devinait à travers une nappe de nuages d'un bleu nuit qui s'étirait jusqu'à l'horizon sur lequel se découpait le dôme arrondi des montagnes de la forêt noire.

Il s'installa du mieux qu'il put, en songeant à Elisabeth, tapie un peu plus haut dans l'obscurité. Pourquoi avait-elle voulu l'accompagner ? s'interrogea-t-il. Était-ce vraiment par crainte qu'il lui arrive quelque chose ou bien était-ce pour se rapprocher de lui ?

Il y eut soudain un grondement sourd, d'abord lointain, qui s'amplifia au fur et à mesure que les forteresses volantes jusqu'alors invisibles progressaient à travers le ciel de nuit.

Dan imagina leurs équipages sur le qui-vive, engoncés dans leurs habits épais, entourés de photos et de porte-bonheur destinés à conjurer le sort. Combien d'entre eux reviendraient dès leur forfait accompli ? Et combien de victimes innocentes allaient périr dans les heures à venir ?

À cet instant, la porte de la ferme s'ouvrit, libérant un trait de lumière dans lequel se découpa la silhouette du vieil homme. Celui-ci scruta le ciel à la recherche des avions dissimulés par les nuages. Avait-il de la parenté dans une ville pour laquelle il s'inquiétait ? Avait-il un fils quelque part sous l'uniforme à qui il pensait ?

Au-dessus d'eux, le grondement s'éternisait. Combien étaient-ils là-haut dans le ciel ? Plusieurs centaines ? Il songea à ces milliers de bombes patientant dans leurs soutes, attendant d'être libérées pour délivrer leurs messages de mort...

Enfin, lentement, le grondement cessa, laissant finalement place aux bruits rassurants de la nuit posée sur la campagne dont elle avait colonisé les moindres recoins.

Le vieux alla alors se soulager la vessie sur son tas de fumier puis, il rentra le dos voûté dans sa maison.

— Ils vont sur Munich, grommela-t-il en refermant la porte.

— Que Dieu nous protège, se signa sa femme occupée à nettoyer leurs couverts.

Dan attendit que la lumière de leur chambre s'éteigne puis il patienta encore une trentaine de minutes. Il se dirigea alors à pas de loup jusqu'à la grange dont il ouvrit facilement la porte puis, après avoir rabaissé le battant derrière lui, alluma sa lampe. Des lapins, surpris par son arrivée, se réfugièrent au fond de leurs clapiers puis tout redevint silencieux. Il ne mit pas longtemps à repérer les fromages de chèvres suspendus dans leur caisse grillagée ainsi que les morceaux de lard accrochés à une poutre. Une fois une vieille armoire ouverte, il découvrit des bocaux de fruits et de légumes à côté de petites terrines en fonte et de pots de confiture.

« Bon sang ! jura-t-il en lui-même, j'ai dégotté la caverne d'Ali Baba ! » Il songea à Rosa au moment où il lui montrerait son trésor. Il entreprit alors de remplir son sac de quelques provisions. Il ne s'agissait pas bien sûr de dévaliser ces pauvres gens mais simplement d'avoir de quoi reprendre des forces. Quand il jugea que cela s'avérait suffisant, il le chargea sur ses épaules puis entrouvrit prudemment la porte. À cet instant, Elisabeth arriva.

— Elisabeth ! Mais qu'est-ce que vous faites là ? la sermonna-t-il en refermant derrière elle. J'étais à deux doigts de vous balancer mon poing dans la figure !

— On se vouvoie maintenant, quand nous sommes seuls ?

— C'est mieux comme ça.

— Pas pour moi. Comme tu ne revenais pas, je me suis inquiétée. Tu as entendu les avions ?

— Je ne suis pas sourd. Mais ce n'est pas ce que nous avions prévu, vous deviez…

— Non, ce n'est pas ce que nous avions prévu, répéta la jeune femme d'une voix un peu rauque en posant ses lèvres sur celle de Dan.

— Elisabeth, non ! se défendit-il. Ça ne nous mène nulle part !

— Je veux faire l'amour une dernière fois avec toi, insista-t-elle en prenant son visage entre ses mains.

« Tu as pensé à Joseph et Rosa qui nous attendent là-bas ? » aurait-il voulu lui dire tandis qu'il plaquait sa bouche contre la sienne, s'enivrant de la douceur de sa peau, de son odeur et de la chaleur excitante de son corps mince blotti contre le sien.

N'y tenant plus, il commença, sans quitter ses lèvres, à lui caresser les seins après avoir écarté le revers de son manteau. La jeune femme poussa un petit soupir d'excitation. Gauchement, maladroitement, empêtrés dans leurs vêtements, ils sautillèrent jusqu'à une meule de foin sur laquelle ils s'écroulèrent. À cet instant, la porte de la grange s'ouvrit sur la silhouette courbée du paysan qui referma précautionneusement derrière lui. À la lueur vacillante d'une bougie, celui-ci traîna ses pieds jusqu'à la porte basse d'un cellier dans lequel il pénétra sans bruit.

Enfouis dans la paille, Dan et Elisabeth tentaient de maîtriser le rythme endiablé de leur respiration.

Il y eut alors un bruit de bouchon qu'on retire puis celui d'une déglutition qui s'éternisa. Il y eut enfin un rot tonitruant puis le bruit d'une bouteille qu'on rebouche. L'instant d'après, le vieil homme quittait la grange non sans s'être délesté d'une longue flatulence.

Alors, lentement, le silence revint.

Les deux amants laissèrent alors échapper un fou rire nerveux, à la fois d'hilarité et de frustration.

— Je crois qu'on va devoir y aller maintenant, murmura Dan peu après à la jeune femme toujours blottie dans ses bras.

— C'est ce que tu veux ?

— C'est ce que tu veux, toi aussi, maintenant, non ? Aide-moi, s'il te plaît, c'est déjà assez dur comme ça.

Ils s'étaient éloignés de la ferme en se réfugiant régulièrement dans les coins d'ombre depuis lesquels ils scrutaient la nuit, à l'affût du moindre bruit suspect. Ils avaient parcouru tant de kilomètres durant toutes ces nuits qu'ils avaient acquis des automatismes et leurs yeux semblaient s'être accoutumés à l'obscurité.

Il ne restait désormais de leur étreinte qu'un sentiment confus d'excitation, de frustration et de culpabilité tandis que leurs mains se rejoignaient parfois quand la pente devenait trop raide ou les ornières trop profondes.

Enfin, ils arrivèrent à l'endroit où les attendaient Joseph Klantzmann et la fillette.

— Joseph ? appela son épouse à mi-voix. Joseph, tu m'entends ?

— Nous sommes là ! lui répondit une voix étouffée.

Celui-ci s'extirpa alors des branches basses d'un bouquet de petits sapins au cœur desquels ils avaient trouvé refuge et où Dan et Elisabeth les rejoignirent bientôt.

Rosa se colla alors dans ses bras.

— Tu ne dors pas, ma chérie ?

— Non, j'ai trop mal au ventre ! Est-ce que vous avez trouvé à manger ?

— Oui, mais on avait tellement faim, ta maman et moi, qu'on a tout mangé, plaisanta Dan.

— Ce n'est pas drôle, se plaignit la fillette.

— Tu as raison, mon cœur. Regarde ce que nous avons rapporté.

— Il faudra manger des petites quantités et bien mâcher, si on ne veut pas avoir mal au ventre, expliqua Dan en sortant les provisions de son sac.

— Mon Dieu, mais c'est un véritable trésor que vous nous ramenez là ! s'extasia Joseph en éclairant celles-ci de sa lampe. Où avez-vous trouvé tout ça ?

— Dans une petite ferme à l'écart du village, expliqua Dan en commençant à couper un morceau de lard.

— Racontez-leur, Dan, ce qui vous est arrivé pendant que je montais la garde dans le pré, l'encouragea Elisabeth en gardant les yeux baissés sur un pot de confiture qu'elle se mit en devoir de déboucher.

Dan leur conta alors la visite inopportune du vieil homme, qui était venu sans doute comme tous les soirs se rincer le gosier, ainsi que du rot et du pet dont il s'était soulagé faisant beaucoup rire ses compagnons ragaillardis par leur retour triomphant.

— J'ai soif ! réclama Rosa.

— Tiens, intervint Dan en lui tendant une bouteille en verre.

— Qu'est-ce que c'est ?

— Une sorte de jus de pommes fait maison, tu ne devras en prendre qu'une gorgée, si tu ne veux pas que ça te détraque les intestins.

— J'aurais préféré du netula et du coca ! plaisanta à son tour Rosa. Moi aussi, j'avais eu un gros rot, Dan, tu te rappelles ?

— Tu ferais mieux de manger au lieu de parler, la sermonna gentiment sa mère sans prêter attention à l'allusion de la fillette. Dan veut que nous nous mettions en route dès que nous aurons terminé notre repas.

— Comment vont vos pieds, Joseph ? interrogea celui-ci.

— Il sera temps que je trouve de nouvelles chaussures mais ça ira.

— Très bien. J'aimerais que nous nous rapprochions le plus possible du chalet d'Adolf.

Ils avaient savouré chaque bouchée de leur repas en s'efforçant de bien mâcher les aliments comme Dan leur avait appris, puis après avoir étanché leur soif, ils s'étaient remis en chemin en longeant le sommet d'une colline où alternaient les arbres et l'herbe haute éclairée par une lune ronde et blanche qui jouait à cache-cache avec les nuages. Puis ils avaient emprunté une sente forestière accrochée au versant pentu qui les avait conduits jusqu'à une prairie d'herbe grasse à la lisière de laquelle ils s'étaient affalés à bout de force.

Conscient de leur état de fatigue, Dan avait accepté qu'ils se reposent.

— Nous allons passer la journée là, leur expliqua-t-il en faisant glisser son sac de ses épaules. Nous reprendrons notre chemin à la tombée de la nuit. Il doit rester deux à trois heures de marche mais avec des forts dénivelés avant que nous parvenions en vue du chalet.

— Je n'arrive pas à croire que nous parvenons au bout de notre long voyage, déclara Joseph en grimaçant tandis qu'il enlevait l'une de ses chaussures.

— Pourvu qu'ils aient réussi et qu'ils soient tous sains et saufs, souhaita son épouse en faisant allusion à Anna, Samuel et leur protecteur.

— Et en Suisse, on y sera bientôt ? interrogea Rosa en se curant distraitement le nez.

— Pas tant que tu n'auras pas appris la propreté, ironisa sa mère.

— Je n'ai plus de mouchoir ! se plaignit la fillette un peu vexée.

— Viens là, intervint Dan en souriant. Je vais te montrer comment te moucher sans utiliser de mouchoir.

— Ce n'est pas vraiment ce que j'avais espéré, fit remarquer Elisabeth après avoir été le témoin de plusieurs tentatives infructueuses qui avaient tendu un filet de morve entre une narine de la fillette et l'un de ses doigts.

— Louve me manque, confia cette dernière un peu plus tard, alors qu'elle était sur les genoux de Dan, assis en tailleur, en faisant allusion au jeune berger allemand qu'ils avaient dû abandonner. J'aimerais bien courir avec elle dans ces montagnes.

— Tu lui manques certainement aussi.

— La comtesse aussi me manque, compléta Elisabeth avec nostalgie tout en coiffant avec application les cheveux de Rosa. Sa conversation, sa gentillesse. Nos repas au château…

— Quels moments délicieux, soupira son époux tout en tentant de rafistoler une de ses chaussures.

— On retournera la voir, hein, maman ?

— Bien sûr, ma chérie, dès que nous le pourrons.

— J'espère qu'elle n'a pas eu d'ennuis par notre faute, souhaita Joseph. N'empêche, combien d'êtres différents aurons-nous rencontrés… Certains si inhumains et d'autres si remarquables, en commençant par vous, mon cher Dan, que la providence a placé sur notre route.

— Gardons nos civilités pour le moment où nous serons définitivement tirés d'affaire, le tempéra celui-ci. Le plus dur reste peut-être à venir.

— Vous pourriez éviter de faire ce genre de commentaires devant Rosa, le rabroua Elisabeth en lui lançant un regard noir.

— Je pourrais, oui. Mais je lui mentirais et ça ne serait pas lui rendre service. Nous devons, plus que jamais, rester sur nos gardes à mesure que nous approchons du but. Trop d'erreurs sont commises à ces moments-là et c'est justement ce qu'attendent nos adversaires. Nous devons donc être pleinement conscients du danger et redoubler de vigilance. Et ce qui est valable pour nous, l'est aussi pour Rosa.

— Tu sais maman, Dan a raison, intervint la fillette.

Les nuages s'étaient, tout au long de la journée, progressivement amoncelés au-dessus de leurs têtes, plongeant le paysage environnant dans une grisaille épaisse qui s'était assombrie avec le crépuscule. Finalement, les gouttes avaient fini par tomber, portées par un vent d'est qui avait rapidement fait baisser la température.

Ils avaient alors repris leur marche harassante à travers la forêt, peinant le long de chemins pentus rendus glissants par la pluie que déversait désormais un ciel d'encre.

— Comment allons-nous trouver le chalet au milieu de cette forêt et sous cette pluie ? avait interrogé Joseph qui marchait en claudiquant à cause de ses chaussures et de ses pieds abîmés.

— Le plan d'Adolf est précis et avec une carte d'état-major détaillée comme la nôtre et une boussole, je trouverais une pierre au milieu d'un éboulement, le rassura Dan le visage trempé par l'eau tombant du ciel et des arbres.

Ils étaient parvenus au milieu de la nuit aux abords d'une prairie en pente dont ils ne pouvaient distinguer les dimensions tant le ciel de plomb rendait plus épaisse l'obscurité qui avait effacé jusqu'à la peau cireuse de leurs visages.

— Si j'en crois le plan d'Adolf, murmura Dan en éclairant celui-ci, placé à l'abri d'une pochette transparente, le chalet doit être un peu plus haut en lisière de forêt. À quelques minutes à peine.

— Mon Dieu, Dan, j'espère que vous avez raison parce que nous n'en pouvons plus, lui confia dans un souffle Elisabeth en serrant contre elle Rosa trempée jusqu'aux os et frissonnant de froid.

Dan hésitait. Les laisser sous ces arbres dégoulinants d'eau pendant qu'il partait à la recherche du chalet allait les faire prendre froid. D'un autre côté, il n'était pas sûr de localiser facilement ce qu'ils cherchaient, contrairement à ce qu'il avait laissé entendre et les entraîner dans une marche incertaine sous un déluge de pluie alors qu'elles étaient à bout de forces ne semblait pas être une meilleure solution. Il lui fallait pourtant choisir. Il opta alors pour le premier choix.

— Vous allez rester là, leur murmura-t-il. Serrez-vous les uns contre les autres. Mangez et buvez autant que vous en avez envie. Parlez-vous. N'arrêtez pas. Moi, pendant ce temps, je vais tenter de repérer le chalet. Quand je l'aurai trouvé, je reviendrai vous chercher. Évitez d'allumer votre lampe et si vous devez le faire, n'oubliez pas, prenez toujours soin d'éclairer le sol entre vos mains. Courage, je reviendrai vite.

— Dan, l'interpella faiblement Joseph depuis l'obscurité alors que celui-ci allait disparaître, soyez prudent. Seul, je ne parviendrai pas à les conduire en sécurité.

Dan avait remonté la clairière en restant proche des arbres durant plusieurs dizaines de minutes, mais celle-ci avait finalement abouti sur un coin de forêt impénétrable sans qu'il devine la moindre construction, contrairement à ce que son plan indiquait. Il passa une main sur son visage trempé de sueur et d'eau et soupira en pestant intérieurement. S'il n'y avait pas de construction, c'était parce qu'il n'était pas sur le bon versant. Et cela voulait dire qu'il avait fait une erreur d'orientation ou bien que le plan était trop approximatif. Mais alors où étaient-ils ? Il s'imagina en train de leur apprendre la triste nouvelle.

Si le temps ne s'arrangeait pas, il ne donnait pas cher de la santé de la fillette qui finirait par s'affaiblir à cause du froid et de la fatigue.

Il se secoua. Il ne pouvait envisager une telle éventualité. Pas si près du but après tout ce qu'ils avaient enduré.

Il s'efforça de se remémorer ses longs entraînements passés à crapahuter à travers une nature hostile sous tous les temps. On lui avait alors appris à ne pas douter de ses paramètres ni de sa boussole et d'éviter les interprétations et les pensées polluantes. Il se redressa puis se contraignit à suivre la rangée d'arbres qui l'obligea à redescendre sur plusieurs dizaines de mètres jusqu'à ce que le rideau d'arbres ne reparte à l'assaut de la colline. Soudain, il s'immobilisa. Une odeur de feu de bois venait de lui caresser les narines. Reprenant sa progression en accélérant le pas, il tomba alors sur un sentier imbriqué dans la roche qu'il emprunta.

Là-bas, à une vingtaine de mètres de là, perchée sur une hauteur, une masse sombre semblait l'observer depuis l'obscurité.

Il essuya à nouveau l'eau qui lui brouillait la vue puis fit un pas en direction des quelques marches taillées à même le sol à travers les racines qui menaient à une petite terrasse sur laquelle donnaient une fenêtre close et la porte d'entrée.

Il allait y poser le pied, la main crispée sur son revolver enfoui au creux de sa poche quand un bruit de culasse qu'on arme se fit entendre à travers le volet clos.

— Un geste, un seul et tu es mort ! gronda sourdement une voix.

Dan soupira intérieurement en reconnaissant la voix inimitable de son compagnon.

— C'est comme ça qu'on accueille les amis dans la région ?

Il y eut un intense moment de silence, puis le bruit d'une porte qu'on déverrouille.

La silhouette massive du déserteur se dessina alors à travers l'obscurité.

— Tu en as mis du temps, le héros.

— L'Allemagne est un beau pays, j'en ai profité pour visiter un peu.

— Tu m'excuseras si je ne te serre pas contre moi, mais comme je suis en tenue légère, je ne voudrais pas que tu te fasses des idées.

— Tu pourrais peut-être prendre une veste et m'aider à ramener quelques amis qui attendent à bout de forces, pas loin d'ici ?

— Rentre et tiens-moi ça, répondit le déserteur en tendant son fusil à lunette de gros calibre à son visiteur. J'en ai pour une minute.

Peu après, son compagnon réapparut vêtu d'un treillis de chasse.

— Et Samuel et Anna ? l'interrogea Dan qui avait patienté dans le sas d'entrée du chalet tandis qu'ils s'apprêtaient à se mettre en route.

— Je viens de les prévenir de ton arrivée, expliqua sommairement ce dernier.

Chapitre 8

Il leur fallut peu de temps pour retrouver l'endroit où il avait abandonné ses protégés.

— Qui va là ? s'alarma Joseph qui venait d'entendre le léger bruissement de leurs pas.

— C'est nous, l'avertit Dan en se glissant sous les branches du sapin, lourdes d'humidité, sous laquelle ils étaient recroquevillés.

— Vous ? interrogea le père de Rosa en cherchant le visage de Dan à travers l'obscurité.

— Lui et moi, intervint le déserteur en s'agenouillant à ses côtés.

— A… Adolf? faillit s'étrangler Joseph sous le coup de l'émotion. Mon Dieu, Dan, nous avons réussi ! Oh, mon cher Adolf, continua-t-il en se jetant dans les bras de ce dernier, comme je suis heureux de vous revoir ! Et comment vont Samuel et Anna? demanda-t-il soudain avec de l'inquiétude dans la voix.

— Ils vont bien.

— C'est toi, oncle Adolf? balbutia soudain la petite voix ensommeillée et tremblotante de Rosa, blottie contre sa mère.

— Toi, la coccinelle, si tu recommences à m'appeler oncle

Adolf, je t'accroche aux branches de ce sapin et je t'y laisse pour la nuit !

— Et Samuel, il est avec toi, je vais le revoir bientôt ? s'enthousiasma Rosa tandis qu'Adolf la chargeait sur son dos.

— Samuel est là et quelque chose me dit qu'il sera très heureux de te revoir.

Elisabeth et son mari s'aidaient mutuellement, galvanisés par la promesse des retrouvailles et d'un abri prometteur.

Quand ils parvinrent enfin en vue du chalet, l'aurore pointait au bout de l'horizon. Samuel et Anna les attendaient le nez aux fenêtres après qu'ils eurent ranimé le feu.

Quand Dan referma derrière eux, ce fut comme si toute la tension nerveuse qui les habitait depuis leur départ était restée de l'autre côté de la porte.

— Mon Dieu, Anna ! sanglota Elisabeth en prenant délicatement le visage de la jeune femme entre ses mains.

Celle-ci la dévisagea de son regard étonnamment fixe mais ses lèvres lui sourirent.

— Samuel, mon garçon, comme tu as bonne mine !

— Nous nous embrasserons plus tard, intervint le déserteur. Pour le moment, il faut vous réchauffer. Comme je savais que vous arriveriez sans prévenir et de préférence par un temps pourri, j'ai tout prévu. Dans cette pièce, j'ai mis à chauffer de l'eau dans un grand baquet pour les dames. En attendant, quittez vos vêtements mouillés et passez ceux-là. Quant à vous, messieurs, il faudra patienter un peu. Avant que ce soit votre tour, je vous propose d'enfiler des vêtements secs et de prendre un petit remontant, assis sur ces briques chaudes.

— Bonjour Samuel, avait simplement déclaré gravement Rosa en tremblotant avant que sa mère ne l'entraîne dans la pièce d'eau.

— Bonjour Rosa, avait répondu le garçonnet les yeux rivés à ceux de la fillette.

— On se voit plus tard ? avait encore ajouté celle-ci.

Samuel avait alors acquiescé d'un mouvement de tête.

Il faisait jour depuis longtemps quand Dan rouvrit les yeux. Il avait dormi sur l'étroit sommier d'un lit à étage, fixé contre les poutres de bois du chalet, avec Joseph au-dessus de lui. Elisabeth et Rosa avaient, quant à elles, trouvé refuge sur des matelas posés au-dessus d'une mezzanine aménagée sous le toit. Adolf, lui, avait dormi dans la chambre principale, une pièce de faible dimension occupée presque entièrement par le lit qui la composait en compagnie d'Anna et de Samuel.

Le chalet qui les abritait était en fait un refuge de chasse que le père d'Adolf avait construit de ses mains avec quelques amis, avait expliqué le déserteur. Avec le temps, c'était devenu un havre de paix dans lequel aimait bien s'isoler ce dernier, parfois en compagnie de copains de beuverie ou de conquêtes de passage.

— Vous venez vous joindre à nous ?

Elisabeth était occupée à servir du thé fumant à son époux, assis autour de l'unique table en compagnie de Rosa et de Samuel.

— Où est Adolf ? questionna Dan en s'extrayant avec difficulté de sa couche.

— Samuel m'a dit qu'il était parti relever des pièges dans la forêt.

— J'ai l'impression de me réveiller après des années de sommeil, commenta Dan en s'étirant douloureusement.

— Nous sommes tous dans le même état, reconnut Joseph. Nous avons accumulé trop de stress et de fatigue et de nous savoir ici a provoqué un total relâchement de nos nerfs et de nos muscles.

À cet instant, tous sursautèrent en entendant des pas résonner sur le plancher de la terrasse.

— C'est Adolf, les rassura Samuel. Je reconnais son pas.

L'instant d'après, leur compagnon fit son entrée, son fusil à lunette accroché à l'une de ses épaules. Au bout de sa main droite, pendaient les cadavres de petits animaux.

— Oh non, tu les as tués ? dit Rosa horrifiée en se cachant les yeux.

— Tu aurais préféré les manger vivants ?

— Je ne veux pas les manger, c'est trop triste.

— On en reparlera quand Anna les aura cuisinés, tu veux ?

— Sans ces animaux, nous ne pourrons reprendre des forces, Rosa, intervint sa mère. Et Adolf est bien bon d'arpenter la forêt pour nous trouver à manger.

— Tu n'es pas obligé de nous les mettre sous le nez, non plus, lui reprocha Dan. Donne-moi ça, je vais les préparer et si tu pouvais me suivre par la même occasion, j'aimerais te parler.

— Je suis vraiment content de vous avoir retrouvés, ironisa son compagnon. Avant, tout était si désespérément calme !

Au dehors, la pluie avait cessé et le ciel, sans être clair, laissait augurer une durable accalmie.

— J'ai vu ton carillon à l'intérieur de la cabane, commença Dan une fois au dehors. Relié à des fils courant entre les arbres, c'est comme ça que tu m'as entendu arriver…

— À vrai dire, c'est plutôt à cause de ton odeur. Tu puais comme un vieux bouc.

— Et tu t'es dit : chic, voilà un copain !

Les deux hommes ne purent réprimer un sourire que leur procurait le plaisir de se retrouver au bout de tant d'épreuves.

— Il y a longtemps que vous êtes arrivés ? s'enquit Dan.

— Quelques jours mais ne m'oblige pas à te ridiculiser.

— Et ça s'est bien passé ?

— Ça dépend pour qui. Si tu veux parler des quelques nazis qui ont voulu nous chercher des poux dans la tête, je ne pense pas qu'ils soient de cet avis.

— Et pour ce qui est de la suite du programme ?

— Ça se présente pas mal.

— Je t'écoute.

— J'ai un passeur. Quelqu'un de sûr qui va nous faire traverser la frontière les doigts dans le nez.

— C'est loin d'ici ?

— À environ six heures de marche. Enfin, pour toi et moi.

— Tu les as vus. Ils ont besoin de repos. Est-ce que ça pose un problème ?

— Hormis le fait qu'à tout moment, on peut tomber sur des nazis en restant ici, non.

Dan contempla la forêt alentour puis il dévisagea à nouveau son compagnon qui mâchonnait un éclat de bois, un pied appuyé sur une souche.

— Tu aurais pu tenter ta chance avec Anna et Samuel. Pourquoi tu nous as attendus ? Ne me dis pas que c'est pour leur diamant ?

Le déserteur se contenta de sourire puis, après un long silence :

— Je voulais simplement voir si tu réussirais.

Dan avait rejoint les autres après avoir préparé le gibier puis il l'avait confié à Anna qui avait commencé à le cuisiner.

Il avait alors pris son petit déjeuner seul à table en observant la jeune femme. Celle-ci conservait son drôle de regard mais elle paraissait désormais libérée de la peine qui lui avait fait perdre l'esprit.

Samuel et Rosa jouaient à un jeu de société, assis sur une couverture posée sur la terrasse ; quant à Joseph et Elisabeth, ils étaient tous deux retournés s'allonger en haut de la petite mezzanine. Aussi, Dan alla retrouver son compagnon, occupé à couper du bois non loin du chalet.

— Et à part ça, Roméo, toujours amoureux ? s'informa celui-ci après avoir passé le revers de sa main sur son front en sueur.

— C'est curieux, je me demandais quand tu me poserais la question.

— Tu as pu la sauter, au moins ? Je trouve que tu as la petite mine d'un type qui a du mal à s'asseoir tellement il les a gonflées.

— Tu dis ça parce que ce que tu as entre les jambes ne t'a jamais trop gêné ! Et toi avec Anna, ça donne quoi ? Oh, avant que tu commences, je préférerais que tu ne m'abreuves pas de détails sordides.

— Tu as tort, j'en ai des croustillants.

— Raison de plus. En tout cas, elle a l'air sereine. Rien à voir avec la pauvre fille qu'on a connue. J'ai du mal à imaginer que tu es à l'origine de ce petit miracle, mais bon.

— Je suis pour elle une sorte d'ange gardien auprès de qui elle peut trouver refuge même quand certains souvenirs viennent la hanter.

— Et Samuel ?

— Il lui arrive de pleurer son père certaines nuits, mais de voir sa mère heureuse le sécurise. Je crois qu'il m'aime bien.

— Ça a été dur pour vous ?

Son compagnon eut un instant le regard perdu dans le vague.

— Ça n'a pas été facile mais ç'aurait pu être bien pire. Et pour vous ?

— C'est un peu pareil.

À cet instant, Rosa et Samuel arrivèrent en riant.

— Qu'est-ce que vous faites ? interrogea la fillette. On peut vous aider ?

— Je n'osais pas vous le demander mais ça m'arrangerait que vous me coupiez tous ces arbres, plaisanta le déserteur en désignant la forêt autour d'eux.

Les deux enfants s'esclaffèrent en se tordant de rire.

— Viens ! s'exclama Samuel en prenant son amie par la main. Je vais te montrer une cabane que j'ai commencé à construire.

— Quand elle sera terminée, on pourra dormir dedans ?

— Quand je pense que des types ont condamné ces enfants à mort, murmura sombrement Dan en les suivant du regard tandis qu'ils trottinaient entre les arbres.

Elisabeth, blottie dans les bras de son mari, entendit Dan refermer la porte.

Un instant, elle imagina le corps de Dan et le sien enlacés… Seuls dans cette cabane dissimulée au cœur de la forêt, tous deux auraient pu attendre la fin de la guerre en y faisant l'amour…

— Tu dors, mon amour ? murmura à cet instant son mari à son oreille.

Elle sursauta presque et s'empressa de chasser vivement cette pensée coupable de sa tête en se reprochant de l'avoir eue dans les bras son mari. Lui qu'elle aimait si tendrement…

Les sentiments humains pouvaient être si fantasques et contradictoires, songea-t-elle encore avant de murmurer.

— Non, je suis bien.

— Moi aussi, je suis bien. Je pourrais rester comme ça le reste de mon existence. En sécurité, étendu contre toi, avec notre petite fille près de nous, veillée par des amis fidèles.

— C'est vrai. Mais nous ne sommes pas encore en sécurité. Pas tout à fait.

— Nous n'en avons jamais été aussi près. Crois-moi, ce moment n'est pas loin.

— Que Dieu t'entende.

Son mari glissa alors une de ses mains dans l'échancrure de son corsage à la recherche d'un sein qu'il saisit avec volupté.

— Mais qu'est-ce que tu fais ? fit mine de se révolter son épouse en dévisageant soudain ce dernier.

— J'ai la plus belle femme du monde blottie contre moi et c'est si rare ! Alors tu comprendras que j'en ressente quelques émois !

— Mais je croyais que tu avais mal aux pieds !

— Je te le confirme. Mais je ne compte pas m'en servir dans l'instant présent.

Deux jours s'étaient écoulés paisiblement, dans cet endroit retiré du monde, à l'écart de son bruit et de sa fureur, rythmés par les périodes de repos, les tâches journalières. Ils avaient évoqué les dangers et les peurs, mais aussi les intenses moments d'exaltation éprouvés durant leur long périple.

Adolf avait ainsi raconté ce qu'avait été leur parcours depuis le départ du château de la comtesse…

Durant trois jours, ils avaient utilisé sa puissante voiture en empruntant des voies secondaires moins sujettes aux contrôles. La nuit tombée, ils se réfugiaient à l'abri des forêts non loin de petits villages au sein desquels ils se ravitaillaient parfois le jour venu.

Un soir, ils avaient été surpris par deux hommes en tenue brune de nazis montés sur des vélos.

Il s'agissait de très jeunes gens, probablement natifs d'un des villages environnants. Tous deux étaient armés d'une matraque et d'un revolver qu'ils portaient dans un étui de cuir accroché à leur ceinture.

— Qu'est-ce que vous faites là ? avait interpellé l'un d'eux d'un ton martial.

— Eh bien, on s'est arrêté pour faire quelques besoins et maintenant, on se repose, avait répondu Adolf en faisant signe à Samuel et à Anna de rester à l'intérieur de la limousine.

— Bizarre, non, avec une voiture comme ça et une famille, de se reposer en pleine forêt alors qu'il y a un village tout proche ! commenta l'un d'eux en le détaillant d'un regard inquisiteur. Vous allez sortir les mains de vos poches et nous montrer vos papiers.

— Vous êtes de la police ? avait questionné le déserteur.

— On va vous montrer qui on est, si vous ne faites pas ce qu'on vous dit ! avait menacé le plus jeune.

— Je ne pense pas qu'on aura le temps de faire plus ample connaissance, avait rétorqué Adolf avant de sortir son arme et de faire feu à deux reprises.

Les deux Hitlerjugend s'étaient affalés presque en même temps, l'un tué d'une balle dans la tête, l'autre touché à la poitrine. Comme il agonisait, Adolf lui donna le coup de grâce.

— Vous aviez juré d'être des imbéciles jusqu'à la mort, voilà qui est fait, avait simplement murmuré le déserteur en guise d'oraison funèbre.

— J'ai dissimulé les corps, avait expliqué ce dernier et quand ça a été fait, on a roulé sans s'arrêter jusqu'au petit matin. Là, on a fait halte dans une auberge, puis on a repris notre route, pendant deux jours. Le deuxième jour, on est tombé sur un barrage. Il y avait des nazis partout qui s'agitaient comme des frelons. On a compris un peu plus tard qu'ils faisaient la chasse à des juifs échappés du train qui les emmenaient en déportation. En fait, des travaux sur une voie avaient fait dérailler leur convoi, d'après ce que j'ai pu comprendre, et quelques-uns en avaient profité. La chasse aux perdreaux était ouverte… Les soldats mitraillaient à tour de bras les pauvres gens, hommes, femmes et enfants qui couraient dans les champs. Freinée par un bébé, l'une des femmes s'était arrêtée. Un soldat armé d'un fusil s'est alors approché et il les a abattus froidement d'une balle tirée en pleine tête. Je pense que vu le sang répandu ce jour-là, les paysans pourront espérer une bonne récolte.

— Vous pourriez éviter de faire ce genre de commentaires, l'avait rabroué Elisabeth que le récit avait bouleversée.

— Je pourrais oui, mais ce genre de détail rend les histoires plus captivantes ! rétorqua le déserteur avec cynisme. On a à nouveau repris notre route, enfin jusqu'à ce que ce putain de paysan ne nous la coupe avec son tracteur. J'ai pu l'éviter de justesse mais on a fini au fond d'un fossé avec quelques bosses. J'ai eu du mal à lui faire comprendre que je ne voulais pas faire réparer notre superbe auto par manque de temps ni aller chez le médecin. Bref, il a fini par accepter de nous conduire à la gare la plus proche et nous avons finalement continué en train. Le type doit conserver la superbe voiture de la comtesse dans sa grange en espérant sans doute qu'on ne reviendra jamais lui réclamer. Un soir, alors qu'on devait changer de train et que la gare était bondée, il y a eu une alerte aérienne qui a semé la panique. Tout le monde s'est mis à courir dans tous les sens. J'ai serré Anna et Samuel contre moi, mais on a soudain entendu des explosions encore lointaines mais monstrueuses. Les gens se bousculaient, certains tombaient. À un moment donné, j'ai voulu relever Anna qui avait trébuché mais quand je me suis retourné, Samuel n'était plus là. J'ai appelé, je l'ai cherché mais il avait disparu. Il y a alors eu une forte déflagration et une immense verrière s'est répandue sur les quais en milliards de petits bouts de verre tranchant comme des rasoirs. L'électricité a été coupée, on n'y voyait plus rien à cause de la poussière. J'ai alors pris Anna dans les bras et j'ai couru en direction de l'abri le plus proche où nous nous sommes engouffrés. Je n'arrêtais pas de penser à Samuel mais je ne pouvais pas abandonner Anna qui était tétanisée par la peur. Les bombes qui sont alors tombées tout près devaient être au moins grosses comme des baignoires, tellement on aurait dit qu'on allait monter au ciel, accrochés aux murs de la gare. Ça n'a duré que quelques minutes mais on avait l'impression que les gens venaient de vieillir de dix ans. Quand la fin de l'alerte a sonné, je me suis mis à rechercher Samuel mais il n'était pas dans notre abri ni dans aucun autre. Finalement, la gare n'avait subi que quelques dégâts. Je l'ai retrouvé un peu plus tard, dans une salle où avaient été regroupés les enfants et les gens choqués, séparés de leurs proches. Quand il nous a vus, il nous a foncé dans les bras et s'est mis à pleurer toutes les larmes de son corps. Son pantalon était mouillé, tellement il avait eu peur. Comme il ne s'arrêtait pas, je lui ai dit qu'il ne fallait plus pleurer, qu'il nous avait retrouvés. Mais il m'a alors confié dans un sanglot que ce n'était pas pour ça qu'il pleurait mais parce qu'il avait fait une grosse bêtise. Quand je lui ai demandé qu'elle grosse bêtise il avait bien pu faire dans un pareil moment, il m'a alors avoué que des policiers lui avaient demandé son nom et qu'il leur avait répondu sans réfléchir qu'il s'appelait Samuel Epstein. Quand j'ai relevé la tête, j'ai alors vu deux SS en uniforme qui me regardaient avec des yeux de vautour reniflant un futur cadavre. Je me suis dit que c'était la fin du voyage. J'ai alors pensé à reposer le gamin, à sortir mon arme et à flinguer ces deux connards avant de l'abattre avec sa mère, mais le gamin ne voulait pas me lâcher... On nous a conduits dans les sous-sols de la gare où se trouvait le petit monde de la Gestapo : des bureaux, des salles d'attente, un long couloir faiblement éclairé et des portes donnant sur des cellules. Ça puait la peur, la sueur et la pisse et plus j'avançais, plus je me disais que j'allais les tuer à la première occasion pour leur éviter de connaître le pire. On nous a alors fait rentrer dans une pièce où se trouvait une armoire à glace avec une sale gueule assise derrière un bureau éclairé par une lampe. Il y avait avec lui un type aux cheveux roux, qui ne devait pas avoir plus de vingt ans. Tous deux étaient vêtus en civil, avec des goûts de chiotte et tous deux portaient une arme logée dans un holster en cuir. Ils nous ont fait asseoir, puis on a attendu que le gros type veuille bien lever son groin de nos papiers.

— Monsieur Jürgen Schatz, c'est ça ? avait interrogé ce dernier en dévisageant soudain le déserteur.

— C'est bien moi, oui.

— Madame Frida Müller ? continua-t-il en dévisageant cette fois Anna qui se contenta de l'observer en silence.

— Frida n'a plus toute sa tête, intervint Adolf avant que le policier ne repose sa question. À la suite d'un bombardement, précisa-t-il.

— Vous êtes ensemble ?

— C'est une amie.

— Très bien. Je n'ai pas beaucoup de temps à consacrer à chacun de ceux qui passent dans mon bureau, précisa le policier. Alors vous avez trente secondes pour m'expliquer comment s'appelle ce mignon garnement, expliqua-t-il en désignant Samuel qui n'en menait pas large sur sa chaise.

— Dieter Müller, répondit Adolf, comme il est stipulé sur ses papiers. C'est son fils.

Le policier le considéra un instant en silence.

— Alors il ne vous reste que vingt secondes pour m'expliquer pourquoi lorsque mes hommes lui ont demandé son nom, il a répondu Samuel Epstein ?

— Le traumatisme du bombardement sans doute. Il était mort de peur. Je crois me souvenir que Samuel Epstein était un de ses camarades d'école, tenta d'expliquer de la façon la plus naturelle qui soit le déserteur en songeant à son revolver au fond de sa poche.

Ces imbéciles avaient tellement l'habitude d'avoir affaire à des gens inoffensifs et terrorisés qu'ils ne l'avaient même pas fouillé.

À cet instant, deux hommes en bras de chemise firent irruption dans le bureau. À quel moment le gros type leur avait-il fait signe d'entrer ? Surpris et hésitant, Adolf ne put s'emparer de son arme avant qu'ils ne l'assomment d'un coup de matraque à la tête.

Quand il revint à lui, il était complètement nu, les mains liées derrière le dossier de sa chaise. Anna et Samuel avaient disparu.

— Où sont-ils ? marmonna-t-il en retrouvant lentement ses esprits.

— Les deux juifs ? fit mine de s'étonner le gros homme en recrachant la fumée d'un gros cigare. Ils attendent de prendre le train.

— Comment ça, de prendre le train ?

— Dans une heure, un train va s'arrêter dans cette gare. Ils pourront alors se joindre aux autres juifs qui y sont enfermés et débarrasser le plancher.

— Ils ne sont pas juifs, tenta de se défendre Adolf, le crâne traversé par des élancements douloureux.

— Le garçonnet l'est, nous avons vérifié, il est circoncis. Et si l'enfant l'est, par conséquent, sa mère l'est aussi.

— C'est un phimosis.

— Bien sûr, ricana le nazi, c'est incroyable de constater combien cette petite malformation est devenue fréquente ces derniers jours. Mais nous allons un peu parler de vous à présent.

En disant ça, il avait posé ses énormes bras à plat sur son bureau.

— Vous n'êtes pas juif, comme nous pouvons le voir, par contre, vous voyagez à leurs côtés avec de drôles d'objets dans les poches. Comme ce couteau et ce pistolet par exemple, précisa-t-il en désignant les armes d'Adolf à présent posées sur la table. Pourquoi étaient-ils en votre possession ? Que comptiez-vous en faire ? Avant que vous me répondiez, je préfère tout de suite vous dire que nous allons finir par connaître toute la vérité. Le nom de ces juifs, le vôtre et ce que vous êtes exactement. Alors, si vous vous évitiez les formalités toujours très désagréables d'un interrogatoire ?

— Je vais tout vous dire, finit par déclarer le déserteur après quelques secondes de réflexion.

— À la bonne heure ! Alors, je vous écoute.

— Cette femme et ce gamin sont juifs, commença-t-il. C'est vrai. Des juifs fortunés. Quant à moi, je suis détective, enfin, disons que je rends des petits services à des gens, des filatures, des enquêtes. Un jour, les parents de la fille sont venus me trouver en me demandant si je pouvais les aider, elle et son enfant, à partir pour l'Ouest en échange d'une forte somme d'argent. Comme mes affaires n'allaient pas très fort et que j'avais un peu de mal à joindre les deux bouts, j'ai accepté. Nous devions descendre dans cette ville et nous rendre à une adresse où j'aurais touché un second gros versement afin de m'inciter à ne pas les abandonner avant la fin du voyage quand il y a eu ce bombardement et notre arrestation. Voilà, je vous ai dit toute la vérité.

Le gros homme continua de fumer son cigare en silence tout en dévisageant son prisonnier, imité par le rouquin assis non loin de là et un de ceux qui l'avaient assommé dont Adolf devinait la présence derrière lui.

— C'est une bien jolie histoire, monsieur Schatz. Mais il me faudrait des preuves. Est-ce que vous en avez ?

— Si vous m'amenez mon manteau, je vous montrerai que je n'ai pas menti.

L'autre continua de l'observer en silence puis fit un signe de la main au type placé derrière son prisonnier.

Celui-ci revint quelques minutes plus tard avec le vêtement qu'il déposa sur le bureau.

— Dans la couture intérieure gauche, précisa Adolf en réponse à l'œil interrogateur du policier.

Celui-ci s'empara alors d'une lame effilée avec laquelle il ouvrit le tissu. L'instant d'après, il déposa une fine liasse de grosses coupures sur son sous-main en cuir.

— Il doit rester environ le tiers de ce que j'ai reçu pour les amener jusqu'ici. Et je devais en toucher autant aujourd'hui.

Les yeux du policier brillèrent soudain de convoitise tandis qu'il lorgnait les billets placés en éventail sous ses énormes doigts.

Il fit alors signe au troisième homme de sortir, puis il s'affala sur le fauteuil de son bureau en scrutant l'homme nu qui lui faisait face.

— C'est un début de preuve dont je ne peux hélas me contenter, monsieur Schatz. Il me faudrait en savoir un peu plus. Par exemple, connaître l'adresse où cet argent devait vous être remis.

— Voilà ce que je vous propose, reprit le déserteur comme un joueur qui abat ses atouts. Vous relâchez la mère et l'enfant et nous allons tous ensemble à cette adresse. Là, vous récupérez l'argent et vous nous laissez partir. Qu'est-ce que vous en dites ?

— Et pourquoi cette soudaine affection pour ces juifs ? Après tout, ils n'ont fait que vous utiliser, non ?

— Eh bien... Entre-temps, je suis tombé amoureux de la femme.

— Complicité d'évasion de juifs, amoureux d'une juive, pensez-vous vraiment que c'est le genre de confidences que l'on fait dans ce bureau ? Quant à ce que vous me proposez, cela ressemble fichtrement à de la corruption de fonctionnaires dans l'exercice de leurs fonctions. Si vous n'étiez pas déjà entre nos mains, un fil ténu vous reliant à la vie, je serais tenté de vous dire que vous êtes, ou fou, ou totalement inconscient. De plus, totalement idiot, car il est évident que pour connaître cette adresse, je n'ai qu'à vous la demander. Je vous assure que dans ce service, il nous faut peu de temps pour apprendre tout ce que nous voulons savoir.

Dans l'intervalle, l'armoire à glace s'était levée. Tournant autour de son prisonnier comme pour le renifler, il envoya soudain son poing dans le ventre de celui-ci.

La bastonnade ne dura que quelques secondes, mais au bout du compte, le déserteur gisait presque inconscient sur le sol qu'il souillait de son sang.

Le rouquin l'aida alors à se rasseoir tant bien que mal sur sa chaise.

Le gros homme sortit alors deux verres de son bureau ainsi qu'une bouteille de schnaps qu'il remplit à ras bord.

— Vous n'avez rien trouvé de bizarre tandis que je vous frappais, monsieur Schatz ? interrogea-t-il alors avec un air satisfait.

— La couleur de votre chemise ? C'est vrai qu'elle est à chier ! trouva le moyen de plaisanter le déserteur en crachant un filet de bave ensanglantée.

— Très drôle, apprécia le policier. Je sens que nous allons bien nous entendre. Ce que je voulais vous faire remarquer, c'est que je ne vous ai pas posé de question quant à cette adresse. Je pense que vous savez ce que ça signifie ?

— Vous ne vouliez pas être indiscret ?

L'homme fit un geste pour arrêter son subalterne qui s'apprêtait à frapper le déserteur.

— Vous avez du cran, monsieur Schatz, contrairement à tous nos visiteurs qui, en général, même s'ils sont innocents, font dans leur pantalon à peine après avoir passé nos portes. C'est pour ça que je ne vous ai pas soumis à un interrogatoire plus poussé, parce que nous aurions perdu beaucoup de temps à vous faire dire ce que nous voulons entendre même si, je peux vous l'assurer, vous auriez fini par craquer. Il aurait suffi pour cela que nous nous occupions de vos petits protégés.

Il poussa alors l'un des verres en direction de son prisonnier.

— J'ai donc choisi de vous faire confiance. Je ne vous ai frappé que pour que vous ayez une idée de ce qui vous attend, si d'aventure, il vous venait à l'idée de nous mener en bateau. Et puis aussi pour avoir osé profaner ce sanctuaire du grand Reich par des propos impurs visant à compromettre l'intégrité de ses représentants.

À présent, trinquons et buvons, monsieur Schatz, à notre prochaine collaboration.

— Je ne vous conduirai à cette adresse que si cette femme et cet enfant sont à mes côtés, précisa Adolf avec détermination.

— Nous irons tous ensemble, comme une vraie petite famille, sourit ironiquement le policier.

— Je veux repartir libre avec nos papiers et mes armes.

— Vous aurez vos papiers mais n'abusez pas de ma bonté.

— Entendu. Je fais comment pour boire ?

— Détache-le ! ordonna le policier à l'attention du rouquin. Et ensuite, demande à un de nos gars qu'il emmène notre ami se rafraîchir un peu le visage.

Une fois leur prisonnier sorti, les deux hommes se retrouvèrent seuls dans le bureau.

— Tu vas aller chercher la juive et son marmot, déclara le nazi imposant. Nous prendrons ma voiture et nous irons ensemble à l'adresse indiquée.

— Nous y allons seuls ?

Les gros doigts du policier se posèrent alors sur les billets étalés sur son bureau.

— Moins il y a d'invités et plus il y a de gâteau…

— Et ensuite, on les laisse s'en aller ?

— Ensuite ? On obéit aux ordres qui sont formels : « Après avoir récupéré l'argent des juifs, on exécute les juifs… Et tous ceux qui les aident ! » déclara-t-il en se fendant d'une grimace hideuse en guise de sourire.

— D'où avais-tu cet argent ? le questionna Dan pendant que son compagnon allumait une cigarette sur la terrasse qu'ils avaient rejointe à la nuit tombée après avoir dîné.

— Un cadeau de la comtesse, lui révéla celui-ci en recrachant sa fumée.

— Un cadeau ? Ça ne serait pas plutôt un prélèvement que tu aurais opéré à son insu ?

— En vue d'éventuelles difficultés auxquelles nous aurions à faire face, j'ai plutôt bien fait, non ?

— Et comment t'est venue cette idée de penser que ce nazi pouvait être plus intéressé par l'argent que par son devoir de fanatique ?

— La plupart de ces sales types sont des anciens malfrats, des proxénètes où des meurtriers dont les nazis se sont octroyé les services afin d'exécuter leurs basses besognes. Le problème, c'est qu'ils ne résistent pas à l'odeur de quelques billets. Ce type semblait cumuler tous les vices. Ce que je voulais, c'était retrouver Anna et Samuel. Ça a marché. Mais quand je me suis retrouvé les mains attachées derrière le dos dans la voiture avec ce salopard à leurs côtés, je me suis dit que je n'avais fait que gagner un peu de temps. J'ai alors indiqué des directions au hasard à travers les quartiers dont peu avaient été touchés par les bombes, ne sachant comment m'en sortir. Mon cerveau bouillonnait à tel point que je pensais qu'ils devaient voir la vapeur sortir de ma tête mais rien ne me venait. Les rues se succédaient et les deux types commençaient de s'impatienter. J'ai alors repéré un immeuble tout en hauteur assez vétuste et tout à coup une idée m'est venue, je l'ai trouvée moins pire que les autres.

— C'est là ! avait indiqué le déserteur en faisant mine d'avoir repéré la rue. Dans cet immeuble.

Les deux policiers avaient alors observé le bâtiment grisâtre qui étirait ses façades efflanquées en direction du ciel chargé de nuages puis le chauffeur avait immobilisé la voiture.

— À quel étage ?

— Venez avec moi et vous le saurez.

— J'espère que tu sais ce que tu fais parce que sinon, tu seras aux premières loges pour assister aux opérations sans anesthésie auxquelles je me livrerais sur tes deux youpins !

— Je monte avec lui ? avait proposé le rouquin, une main posée sur le volant.

— Non, toi, tu restes là et tu surveilles ces deux-là. S'il se passe quoi que ce soit, tu leur vides ton chargeur dans le ventre.

La seconde d'après, Adolf avançait, son manteau posé sur ses épaules, les poignets entravés dans le dos, escorté par le policier dont une main était posée sur la crosse de son revolver logé au fond de sa poche.

Comme le déserteur l'avait espéré, l'immeuble vétuste n'était pas équipé d'ascenseur.

Adolf avança donc en misant sur l'essoufflement programmé de son chien de garde. Parvenu au cinquième étage, il dut pourtant faire l'amer constat que malgré son poids, le policier restait aussi dangereux qu'un serpent.

— Tu vas encore nous faire monter longtemps, bougonna celui-ci. Je te préviens que si tu espères me jouer un tour de cochon, tu…

— C'est là ! l'interrompit le déserteur en fixant une des portes du palier. Au numéro cinquante-trois.

Le policier posa ses yeux globuleux sur la porte close avant de revenir à son otage.

— Je t'en prie, déclara-t-il avec un sourire cruel en lui faisant signe d'avancer.

— Et je fais comment pour sonner ? interrogea le déserteur en faisant allusion à ses mains liées.

— Laisse, je m'en occupe, intervint ce dernier en se plaçant devant la porte à laquelle il frappa.

La seconde d'après, celle-ci s'ouvrit sur un petit homme à lunettes qui observa ses visiteurs d'un œil torve.

— Je vous préviens, je n'achète rien… commença celui-ci.

— Nous ne sommes pas là pour vendre, mais pour prendre, annonça le policier en ricanant.

Il allait sortir son arme quand il se sentit soudain soulevé de terre. Adolf venait d'insérer sa tête entre ses jambes. De toute sa puissance, celui-ci tenta de se redresser avec son énorme charge. S'il échouait, songea-t-il les oreilles bourdonnantes, c'en serait fini de Samuel et de sa mère qui connaîtraient l'enfer des camps avant de partir en fumée.

Avec un rugissement de bête féroce, il pivota sur le côté et cogna lourdement la rampe en béton de l'escalier pardessus laquelle le gros homme bascula. Il entendit alors une succession de chocs sourds, puis un son écœurant quand celui-ci s'écrasa sur le sol.

Horrifié, le petit homme à lunettes referma prestement sa porte.

Sans attendre, Adolf se jeta alors dans l'escalier, rebondissant brutalement sur chaque coin de mur.

Quand il arriva au rez-de-chaussée la poitrine en feu, il jeta un œil froid sur l'amas de chair sanguinolente qui avait éclaboussé en abondance le carrelage et les murs.

Il s'extirpa alors discrètement de l'immeuble puis, en rasant le sol, s'approcha de la voiture où les attendaient le second policier et ses deux otages. La rue était déserte. Celui-ci lui tournait le dos, assis sur le siège passager depuis lequel il surveillait Anna et Samuel.

Le cœur cognant fortement dans sa poitrine, il se contorsionna comme il le put afin d'attirer l'attention du jeune garçon dont le front était posé sur la vitre.

Quand celui-ci l'aperçut, il lui intima de le rejoindre en quelques mouvements de tête, puis il disparut à nouveau dans l'encadrement de porte.

Samuel comprit très vite. Un gamin juif n'avait pas le choix, s'il voulait survivre. Aussitôt il ouvrit la portière et se rua sur le trottoir avant de s'engouffrer dans l'immeuble à l'intérieur duquel le déserteur venait de disparaître.

Quand le policier réalisa, il était trop tard. Hésitant un instant sur la conduite à tenir, il dégaina son revolver puis se lança finalement à la poursuite du fuyard. Qu'est-ce qui avait bien pu passer par la tête de ce petit morveux?

Adolf, les épaules plaquées contre le mur, vit l'enfant s'engouffrer dans le hall de l'entrée. Son poursuivant n'allait pas tarder. Quand celui-ci fit son apparition, il lança sa jambe en avant et le frappa au tibia. L'homme poussa un cri de douleur et se mit à planer au-dessus du sol. Quand il le rencontra de façon brutale, il n'eut pas le temps de songer à se relever déjà, son agresseur lui balançait son pied dans le visage.

Quand Adolf cessa de frapper, sa victime gisait inconsciente contre le sol qu'elle avait maculé de son sang.

— Samuel !

L'enfant l'observait de ses grands yeux bleutés, les deux bras ballants le long du corps.

— Samuel ! Fouille ses poches ! Tu dois trouver des clés qui serviront à me détacher, vite, nous ne devons pas rester là !

Comme s'il sortait d'un rêve éveillé, celui-ci se jeta sur l'homme à terre avant de commencer à le fouiller. Une femme apparut alors dans l'escalier. Quand elle aperçut la scène, elle s'empressa de remonter les marches et de disparaître.

Samuel le délivra en moins d'une minute. Tous deux se ruèrent alors jusqu'à la voiture autour de laquelle errait sa mère affolée par leur soudaine disparition.

Une fois derrière le volant, Adolf démarra en trombe, ses deux passagers blottis l'un contre l'autre sur la banquette arrière.

— Mon petit Samuel, avait jubilé ce dernier en jetant un œil par-dessus son épaule, entre nous maintenant, c'est à la vie à la mort !

Le garçonnet avait alors opiné gravement de la tête, rougissant sous le compliment que venait de lui adresser l'homme qui désormais lui servait de père. Un homme qu'il admirait.

Dan et Adolf avaient continué une partie de la nuit à se raconter leur voyage à travers l'Allemagne nazie en fumant et en buvant jusqu'à ce que leurs réserves soient épuisées.

Le déserteur avait alors fini par se redresser avec difficultés en murmurant d'un ton enjoué et d'une voix pâteuse :

— Demain, ce sera à toi de jouer, mon mignon.

— Qu'est-ce que tu veux dire ? avait interrogé Dan à travers la fumée épaisse de sa cigarette.

— Je veux dire que demain, pour toi, la voix sera libre.

— Je ne vois toujours pas.

— Je pars demain matin avec le mari, finit par expliquer son compagnon en approchant son visage de celui de son compagnon qui recula devant son haleine chargée d'alcool. Je l'amène jusqu'au village. Il y a là-bas quelqu'un que j'aime bien, et qui est malade. Mon père. Et, comme il n'y a plus de médecins à au moins quarante kilomètres à la ronde… Je veux dire, plus de médecins qui ne sont pas nazis.

— Je ne t'ai pas entendu en parler.

— J'en ai touché un mot cet après-midi à ce bon vieux Joseph, pendant que tu patrouillais dans les environs. Ça sera pour toi l'occasion de sauter une dernière fois la jolie juive avant qu'on passe en Suisse !

— Et moi qui commençais à te trouver un peu moins con…

— Fais de beaux rêves. Ne t'inquiète pas, on en aura au moins pour la journée ! Je dois aussi en profiter pour rencontrer notre passeur. J'ai hâte de voir à quoi tu ressembles, le visage décongestionné !

Le lendemain matin, alors que le soleil pointait à l'horizon, Adolf et Joseph, équipé de nouvelles chaussures laissées là lors d'une vieille partie de chasse, avaient quitté le chalet pour se rendre au village.

— Surtout soyez prudents, avait recommandé son épouse.

— Il n'y a pas de risques, expliqua le déserteur après avoir passé la bretelle de son arme sur ses épaules. La maison de mes parents est à l'écart du village en bordure de forêt et personne ne nous verra y pénétrer. Nous marcherons lentement, aussi ne nous attendez pas avant la fin de la journée, compléta-t-il en adressant un clin d'œil provoquant en direction de Dan qui regretta de ne pouvoir le décapiter d'un coup de pelle.

Les deux hommes étaient partis l'instant d'après, escortés durant quelques minutes par Rosa et Samuel qui avaient ensuite regagné le chalet en se faufilant entre les arbres.

Restés seuls, ils avaient pris leur petit déjeuner.

Elisabeth, qui revenait à cet instant de faire sa toilette, trouva Dan sur le point de quitter la cabane.

— Où allez-vous ? demanda-t-elle d'un air léger.

— Je vais passer la journée à patrouiller dans les environs, histoire de m'assurer que nous ne risquons rien.

— Vous ne rentrerez pas déjeuner ?

— Je prendrai de quoi grignoter en chemin.

— Tu devrais accompagner Dan, maman, lui conseilla soudain sa fille en nettoyant les miettes du petit déjeuner. Ça te ferait du bien de prendre un peu l'air.

« Pourquoi dit-elle ça ? » s'interrogea Dan en fixant l'enfant qui évita soigneusement son regard.

— Je ne pense pas que ce soit une bonne idée, objecta-t-il, je compte marcher pas mal de temps.

— Rosa a raison ! déclara cependant Elisabeth avec fermeté. Un peu de marche me fera le plus grand bien. Je rentrerai lorsque je serai fatiguée ! avança-t-elle comme un argument irréfutable.

— Mais nous ne pouvons pas abandonner les enfants !

— Nous ne sortirons pas de la cabane, Samuel et moi, on vous le promet, lui assura Rosa.

Un peu plus tard, Dan et Elisabeth marchaient côte à côte le long d'un sentier à peine esquissé, sinuant entre des bouquets de jeunes sapins au vert éclatant. Le ciel, encore gris à l'Ouest, se teintait doucement de clarté sous l'impulsion du soleil qui prenait doucement ses quartiers.

— Ce n'est pas une bonne idée, déclara finalement Dan après un long moment de silence.

— À quoi fais-tu allusion ?

— Tu le sais très bien.

— Je voulais seulement passer un peu de temps auprès de toi avant… Avant qu'il ne soit trop tard.

— Nous n'étions pas faits pour nous rencontrer, Elisabeth, répliqua Dan en continuant de regarder droit devant lui. « Tu ne peux pas savoir à quel point ! » songea-t-il. Et quelques minutes supplémentaires passées ensemble ne pourront que nous le faire ressentir un peu plus. Et puis, il y a ton mari et ta fille. Je me sens déjà assez coupable comme ça.

— Tu crois que c'est facile pour moi ? se défendit la jeune femme en attrapant la manche de Dan. Tu crois que je ne culpabilise pas quand il me prend dans ses bras et que je m'imagine que c'est toi ? Joseph est le dernier homme qui mérite d'être trompé. Au-delà du fait qu'il soit un père formidable, un mari attentionné et un être merveilleux, il m'aime comme un fou et me le prouve chaque jour.

— Alors qu'est-ce que nous faisons là, Elisabeth ? Si tu étais restée au chalet, nous aurions évité cette situation et dans quelques jours, nous aurions été débarrassés l'un de l'autre !

— C'est comme ça que tu le vois ? Eh bien moi, je suis prête à mourir de honte pour ces quelques minutes passées ensemble. Car je sais qu'elles sont sans doute les dernières que j'aurais vécues avec l'homme que j'ai le plus désiré dans ma vie, finit-elle par avouer les yeux larmoyants.

Dan s'arrêta alors, bouleversé. Puis il fit les quelques pas qui le séparaient de la jeune femme tandis que celle-ci l'observait les bras ballants.

— Jamais je n'aimerai autant une autre femme comme toi, lui confia-t-il dans un souffle tandis que sa main caressait tendrement ses cheveux. Mais nos chemins n'auraient jamais dû se croiser.

— C'est faux, nous étions faits pour nous rencontrer et nous aimer, même peu, même mal. Jamais je ne t'oublierai, Dan et je ne regrette rien.

Leurs lèvres s'étaient jointes alors dans une étreinte tendre au goût de larmes, puis ils s'étaient allongés à même le sol, jouissant de l'effrayante volupté que leur procurait la tragique certitude qu'ils avaient de s'aimer pour la toute dernière fois.

Leurs mains avaient alors parcouru et fait frissonner leurs deux corps réveillant ainsi le grain de leur peau, chaude et ardente. Puis, Elisabeth s'était offerte, sublime et émouvante sur leur lit improvisé. « Comme tu es belle… » avait songé Dan en tremblant de désir tandis qu'il emprisonnait entre ses doigts ses seins blancs et fermes et la chair de ses cuisses. Pourquoi tout cela ne s'arrêtait-il pas maintenant, alors qu'ils étaient liés si étroitement l'un à l'autre ?

Il aurait suffi de si peu… Deux balles parmi toutes celles qui continuaient d'être tirées…

Comment ferait-il privé de cette chair vibrante, unique, de ce parfum à nul autre pareil, de ce regard flamboyant, de cette douceur, de cette ardeur, de son haleine, du son si particulier de sa voix ?

— Tu crois que Rosa sait pour nous deux? s'enquit Dan un peu plus tard, alors qu'ils étaient serrés l'un contre l'autre, réfugiés sous leurs grands manteaux. J'ai eu l'impression qu'elle voulait que nous nous retrouvions seuls.

— Elle est sensible et intelligente et bien plus mûre qu'on ne le croit, confia la jeune femme. Elle sent que nous sommes bien ensemble et cela lui suffit.

— Et... Et ton mari, tu crois qu'il sait ?

— Joseph ne voit que ce qu'il a envie de voir et puis, il ne vit que pour une seule chose. Mon bonheur et celui de sa fille. Pour cela, il serait prêt à se sacrifier mille fois, alors je pense qu'il ne trouverait pas cher payé d'y perdre un peu d'amour-propre sachant très bien au fond de lui que je ne le quitterais pour rien au monde, même pas pour toi Dan, tu le sais ?

À cet instant, la jeune femme se redressa.

— Tu as entendu ? s'agita-t-elle dans un souffle.

— Non, fit Dan après quelques instants passés à écouter.

— C'était comme des bruits de voix, ça venait de par là ! précisa Elisabeth en désignant la cime des sapins qui se dressait en contrebas.

Une main sur son revolver, Dan fit quelques pas puis il s'accroupit dans les hautes herbes en examinant avec attention les alentours. Soudain, un bruissement le fit se retourner. Il n'eut que le temps d'apercevoir Elisabeth qui se faufilait entre les arbres.

Elle n'avait pas entendu de bruits de voix, songea-t-il amèrement. Elle n'avait trouvé que ce moyen de se séparer une ultime fois de lui.

Une ombre attira alors son regard. Celle de son « visiteur » qui l'applaudissait en silence, embusqué à quelques mètres de là.

Dan réalisa à cet instant seulement la douleur sourde qui lui barrait le front.

— Ça faisait longtemps ! remarqua-t-il avec ironie en se massant le crâne. Et pour tout vous dire, vous ne me manquiez pas.

— Je ne choisis pas la fréquence de mes visites, commença à expliquer le grand homme au visage émacié. C'est vous qui décidez de me voir ou non.

— Tiens donc, c'est curieux, je ne me souviens pas d'avoir souhaité votre présence.

— Et pourtant, je suis là. À un moment où vous souffrez. Dommage, vous vous étiez bien battu. Vous aviez presque réussi à suivre mes conseils qui étaient de vous éloigner de cette femme. Cette femme dont vous savez qu'elle ne sera jamais à vous et pour cause... Mais voilà, avant d'être fait de chair et de sang, l'homme a reçu en héritage une âme et des sentiments qui font que rien ne l'arrête lorsqu'il aime, pas même un décalage de plusieurs dizaines d'années dans le temps.

— Et si je restais définitivement de ce côté-ci du temps ? Qu'est-ce qui arriverait ?

— Vous savez bien au fond de vous que c'est impossible.

— Je ne sais rien, au contraire et ce n'est pas vos sous-entendus qui vont m'en apprendre plus.

— Et quand bien même, elle ne quittera pas son mari pour vous, elle vous l'a dit.

— Et s'il arrivait quelque chose à Joseph... Nous ne sommes pas encore en Suisse.

— Vous pensez à un meurtre ?

— Ne dites pas de conneries. Je pense à un coup tordu de tous ceux qui voudront nous empêcher d'arriver en Suisse.

— Ça ne doit pas être simple de vouloir sauver quelqu'un tout en espérant qu'il y reste.

— Je n'espère rien de la sorte. Pas au père de Rosa. Mais qui sait, nous y resterons peut-être tous ? Qu'est-ce qui se passera si je meurs dans ce monde qui n'est pas le mien ?

— Vous aimeriez sans doute que je vous dise que vous vous réveillerez indemne dans le lit de votre belle maison avec un goût bizarre dans la bouche, celui que laissent l'échec et l'ignorance ? Plutôt que de vous dire que vous aurez réussi le tour de force d'être rayé de deux mondes en même temps ?

— J'aimerais la vérité, simplement.

— Il n'y a malheureusement qu'un seul moyen de la connaître… Aussi je vous conseille d'être patient.

— Croyez bien que je vais faire tout mon possible. Mais j'ai une autre question. Pourquoi est-ce que je ne fais plus d'aller-retour entre les deux mondes ? Est-ce que c'est parce que je m'accroche inconsciemment à celui-ci ?

— Sans doute parce que vous maîtrisez mieux désormais votre don particulier d'ubiquité et peut-être aussi parce que c'est là qu'on a le plus besoin de vous.

— Vous voulez dire qu'ailleurs, on n'a pas besoin de moi ?

— C'est à vous de répondre à cette question.

Dan réalisa soudain qu'il était assis dans l'herbe, les yeux perdus sur la forêt qui descendait de la colline. Combien de temps était-il resté là, à contempler le vide ? Par réflexe, il regarda autour de lui sachant pourtant bien qu'il n'y trouverait pas trace de son mystérieux visiteur. D'ailleurs, ce personnage existait-il réellement ou bien n'était-il que le fruit de son imagination ?

Il soupira longuement pour tenter de libérer sa poitrine du

poids qui l'oppressait, en vain. Puis il porta les mains à son visage afin d'y retrouver l'empreinte de la femme qu'il aimait. Existait-il quelque chose de pire que de tenter de sevrer son corps d'un amour impossible alors que celui-ci le réclamait par tous les pores de sa peau ? Sans doute des milliers de choses qui sévissaient tout autour d'eux à cet instant même pourtant, il n'avait jamais ressenti un tel vide, une telle détresse.

Comme elle lui manquait déjà quand il pensait à cet avenir imminent qui se profilait sans elle ! À quoi lui serviraient ce ciel immense, l'océan, ces forêts et ces montagnes, si c'était pour les parcourir et les contempler loin de la femme qu'il aimait ?

Le soleil était plus lumineux en sa présence. L'eau plus fraîche. Le froid moins mordant. Le bonheur plus intense. Il était devenu accro à la douceur de sa peau, à sa pâleur. À ses lèvres roses et son sourire moqueur qui soudain éblouissait de sa lumière la froideur apparente de son visage. À ses fossettes et son grain de beauté planté fièrement au-dessus de sa bouche. À ses yeux couleur de forêt d'automne, à ses cils immenses. À ses cheveux soyeux, gonflés de vent et de soleil. À son corps élancé, ses seins petits et arrogants, ses jambes minces façonnées par une main divine et amoureuse. Il se serait contenté de si peu, avec elle à ses côtés…

Qu'arriverait-il s'ils réussissaient à gagner la Suisse ? Disparaîtrait-il aussitôt happé par les méandres du temps ?

Il songea avec amertume qu'elle ne saurait jamais rien de lui. De ce qu'il était vraiment. Puis il pensa à Rosa, aussi belle et innocente que pouvait l'être une enfant, son enfant, libre enfin, arrachée à la folie des hommes, et cette image le rasséréna. C'est pour elle qu'il avait fait ce long voyage. Et lui-même ne comptait pas.

Adolf écarta légèrement la branche qui les empêchait de distinguer complètement la ferme posée sur l'herbe tendre à l'écart du petit village.

— C'est cette maison-là, déclara-t-il simplement à l'attention de Joseph, accroupi à ses côtés.

Les deux hommes avaient marché plus de trois heures à travers la forêt le long de chemins parfois invisibles que connaissait parfaitement celui qui les avait parcourus enfant, lorsqu'il était tour à tour justicier intrépide ou chevalier.

— Vous les avez revus depuis votre évasion ? interrogea le médecin en faisant allusion aux parents de ce dernier.

— Je leur ai laissé un signe qui attestait de ma présence.

— Comment avez-vous appris que votre père était malade ?

— Par un ami. Celui qui va nous faire passer de l'autre côté.

— Je ne pourrai sans doute pas faire grand-chose, s'excusa Joseph. J'ai trop peu de chose avec moi pour parvenir à le soigner.

— J'aimerais seulement savoir ce qu'il a. Pour ce qui est des médicaments, l'ami dont je vous ai parlé saura les trouver.

— Comment allons-nous aller jusqu'à eux sans nous faire remarquer ?

— On va suivre cette ornière qui se creuse au fur et à mesure qu'on s'approche de la bâtisse. Elle nous dissimulera. Ensuite, on se faufilera derrière l'abri à foin. De là, on aura plus qu'un bond à faire pour être dans la maison.

— Ça risque de leur faire un choc.

— Pas aussi grand que celui qu'ils ont eu quand ils ont appris que je partais pour la Russie.

— C'est bizarre, j'ai du mal à vous imaginer en enfant chéri à ses parents, ironisa le médecin.

— Je n'ai pas toujours été ce que je suis. Même si je n'ai jamais été un saint.

— Bien sûr, excusez-moi, regretta le praticien. Je pense que cette guerre et cette haine aveugle nous a tous changés. Quand je pense qu'avant, je n'avais même pas conscience d'être juif !

Ils s'étaient engagés le dos courbé dans la ravine qui filait à travers champs puis, avec précaution, avaient rejoint la bâtisse dans laquelle ils avaient fini par pénétrer.

Tous deux s'étaient retrouvés l'instant d'après au cœur d'une cuisine campagnarde où flottait une odeur de pain frais et de soupe au lard. Une sexagénaire aux cheveux gris ramassés en chignon avait alors fait son apparition.

— Jésus Marie Joseph ! s'exclama cette dernière en portant une main à sa bouche. Mon Dieu, Adolf, c'est toi ?

— Bonjour maman, déclara simplement celui-ci.

— Mais qu'est-ce que tu fais là ? C'est dangereux, on pourrait te voir ! lui reprocha-t-elle aussitôt tandis qu'il la serrait dans ses bras.

— Personne ne peut me voir, si je ne le veux pas, la rassura-t-il en contemplant le visage de sa mère marqué de rides nouvelles. Mais dis-moi, tu as maigri, est-ce que tu manges bien au moins ?

— Moi oui, mais c'est ton père qui m'inquiète… Oh mon Dieu, tu es entier et bien vivant, j'ai eu tellement peur pour toi, mon cher fils !

— Qui est-ce ? se manifesta alors une voix depuis la chambre à coucher.

— Il ne mange plus et se plaint constamment du ventre, reprit-elle plutôt que de répondre. Cela fait plusieurs jours qu'il est alité. Mais, qui est ce monsieur ? Tu ne me l'as pas présenté, s'enquit-elle alors en faisant allusion à Joseph, resté en retrait.

— C'est un ami. Il est médecin. Je veux qu'il examine papa.

— Anke ? insista à nouveau son mari d'un ton impatient. Pourrais-je savoir qui est entré chez nous ?

— Viens, suis-moi, l'invita sa mère en attrapant la manche de son fils.

Les deux compagnons avaient alors pénétré dans la chambre du couple, une pièce traditionnelle faite de bois massif et de murs de torchis. À la fenêtre aux petits carreaux pendaient des rideaux de dentelles. Sur le lit aussi haut que large était allongé un robuste sexagénaire à la moustache grise et fournie qui lui tombait sur le menton.

Celui-ci regarda s'approcher les deux hommes avec des yeux ronds.

— Adolf ! Adolf, c'est toi ? avait-il balbutié en désignant son fils d'une main incertaine.

— Tu connais un autre homme qui me ressemble ? avait rétorqué crânement celui-ci en s'approchant lentement du lit.

— Seigneur oui, c'est bien toi, murmura le père d'une voix altérée par l'émotion, tout en le contemplant avec intensité pour mieux se convaincre qu'il ne rêvait pas. Alors, tu as pu finalement échapper à ces sauvages ?

Puis, comme s'il retrouvait soudain son autorité naturelle de chef de famille.

— Tu continueras de te cacher. Là-haut, si tu es prudent, on ne te trouvera pas. Mais tu devrais quand même passer de l'autre côté et attendre la fin de la guerre… si jamais cette saloperie se termine un jour !

Le vieil homme serra soudain les dents pour résister à la douleur qui lui irradiait le ventre.

— J'envisage de le faire, lui confia son fils, mais d'abord, je voulais voir de quoi tu souffrais.

— Comment as-tu su que j'étais malade ?

— J'ai rencontré Sven Hirscher, le passeur.

— Tu aurais mieux fait de franchir la frontière avec lui, grand imbécile, plutôt que de traîner par ici ! Ah, tu n'as jamais été raisonnable !

— Moi aussi, papa je suis content de te retrouver.

— Et lui, qui c'est ? s'enquit le vieux paysan en désignant l'homme resté dans l'entrée.

— Joseph Klantzmann, un ami. C'est un médecin juif qui va t'ausculter.

Le vieil homme faillit s'étrangler.

— Un juif ! C'est tout ce que tu as trouvé pour nous faire tous tuer !

— Est-ce que c'est comme ça qu'on reçoit les amis de ton fils aujourd'hui dans cette maison ? lui répondit ce dernier sur un ton de reproche. C'est un homme courageux qui a une femme et une petite fille qui vous plairaient. Ils ont, comme moi, traversé l'Allemagne pour échapper aux nazis, est-ce que vous imaginez ce que ça représente ?

— Ton père ne voulait pas dire ça, mon enfant, intervint la mère d'une voix douce. Mais on entend de ces choses…

— Ces choses effrayantes que tu entends ne sont pas le millième de ce qu'ils font endurer à tous ces pauvres gens, maman. Mais nous ne sommes pas là pour parler de ça. Est-ce que tu as conservé la mallette du docteur Kindermann ?

— Elle est dans notre armoire, acquiesça cette dernière avant d'aller en ouvrir une des portes.

— Le docteur Kindermann était un ami de la famille, expliqua Adolf à l'attention de Joseph, et le dernier médecin du village. Il est mort un peu avant la guerre. Comme il n'avait ni femme ni enfant, il avait légué sa mallette de médecin à mes parents qui l'avaient toujours accueilli chaleureusement.

— Il y a là tout ce dont j'ai besoin pour ausculter votre père, reconnut le praticien en en détaillant presque avidement le contenu. Maintenant, si vous voulez bien nous laisser seuls…

Joseph ressortit un peu plus tard de la chambre, le stéthoscope autour de son cou.

— Alors ? s'inquiéta légèrement Adolf.

— Votre père se porte comme un charme, avait expliqué son compagnon. Bon pied bon œil et un cœur d'adolescent. Simplement, il souffre d'une infection urinaire qu'il faut soigner au plus vite. Je vais vous dresser une liste de médicaments.

— Je dois voir Sven tout à l'heure, expliqua le déserteur à sa mère. Il vous procurera ce qu'il vous faut rapidement.

Celle-ci acquiesça silencieusement de la tête avant de le questionner.

— Vous avez faim ?

— Nous ne pouvons pas rester plus longtemps, on ne sait jamais.

— Prenez ça, ajouta-t-elle alors en leur tendant un sac rempli de provisions. Il y a des pommes pour la petite, précisa-t-elle sur le ton de la confidence. Celles du vieux pommier que tu aimais tant.

Adolf s'en saisit puis il embrassa sa mère.

— Nous devons partir maintenant. Je vous ferai savoir quand nous aurons franchi la frontière.

La vieille femme se blottit contre son grand fils puis elle serra chaleureusement la main de Joseph.

— Tenez, lui dit-elle en lui tendant la mallette de médecin. Elle sera plus utile entre vos mains. Soyez remercié de votre bonté, docteur. Je prierai pour vous et pour votre enfant. Puissiez-vous nous pardonner pour le mal que nous vous avons fait !

— Si les juifs pardonnent un jour, ce sera beaucoup parce qu'il y aura eu des gens comme vous et votre fils, madame, avait déclaré ému le médecin en la saluant de son chapeau levé.

Ils avaient aussitôt regagné la forêt en empruntant un itinéraire différent de celui qui les avait conduits au village jusqu'à un croisement de chemins forestiers près duquel ils s'étaient embusqués. Après quelques minutes, une silhouette s'était matérialisée au milieu de l'un d'eux.

— C'est Sven, avait indiqué Adolf en s'extrayant du fossé au fond duquel ils s'étaient tapis. Salut Sven, déclara-t-il en serrant la main de leur passeur, un homme solide, coiffé d'une sorte de chapeau tyrolien.

— Salut Adolf, répondit l'autre en souriant à travers sa barbe brune.

— Je te présente un ami médecin avec qui je passerai de l'autre côté. Il a ausculté mon père et il a dressé une liste de médicaments qu'il faudra que tu amènes à la ferme dès que possible.

— Il les aura demain, assura l'homme sans plus de commentaires.

Adolf lui tendit alors un petit sac que l'autre plaça aussitôt dans l'une de ses poches.

— C'est pour quand ? interrogea-t-il.

— Pour dans trois jours, répondit le passeur. Vous vous présenterez mardi en fin de journée, là où tu sais. Nous marcherons de nuit. Au petit matin, vous serez en Suisse.

— Très bien, acquiesça Adolf. Alors à mardi.

— Passe par la route de l'aigle pour rejoindre le chalet, déclara encore l'homme en les fixant de ses yeux perçants. J'ai aperçu des gendarmes à cheval qui patrouillaient dans le bois au-dessus du village.

— Entendu, approuva le déserteur avant de s'enfoncer sous l'épaisse futaie, suivi de près par son compagnon.

— Vous le connaissez depuis longtemps ? se renseigna ce dernier.

— On a grandi ensemble.

— Excusez-moi si je suis indiscret mais, que demande-t-il pour passer les gens du côté Suisse ? C'est vrai, nous n'avons encore jamais abordé le sujet et pourtant, je voudrais vous dire… Enfin, vous auriez pu passer de l'autre côté depuis longtemps et vous nous avez attendus, pourquoi ?

— Comme j'ai dit à Dan, je voulais juste voir si vous réussiriez.

— J'espère que nous ne vous avons pas trop déçu.

— Surpris. Honnêtement, je ne pensais pas vous revoir.

— Et pour ce qui est de votre ami, il va bien nous demander un peu d'argent, non ? C'est vrai, nous, il ne nous connaît pas.

— Il demande de quoi soudoyer les douaniers suisses, rien de plus.

— Et vous avez une idée de ce qu'il lui faudra ?

— Je m'en suis déjà occupé.

— Comment ? Mais il n'est pas question que vous…

— Ne vous en faites pas, nous ferons nos comptes de l'autre côté de la frontière. Et puis, mon père ira mieux grâce à vous.

— C'est bien peu de chose par rapport à ce que nous vous devons.

— Bien, maintenant si vous vous taisiez afin que je me concentre sur notre chemin ? J'aimerais autant éviter de faire une mauvaise rencontre.

— Salut Sven !

Un homme jeune et blond sortit d'entre les troncs moussus des grands arbres qui régnaient sans partage sur les collines que connaissait bien le passeur.

Celui-ci ne cilla pas jusqu'au moment où il fut rejoint par le nouvel arrivant qui commença à marcher souplement à ses côtés.

— Je parie que tu ne m'avais pas entendu arriver ! se vanta ce dernier en enfouissant ses mains dans les poches de son pantalon de velours.

— Tu fais tellement de boucan depuis que tu me suis que je commençais à en avoir mal aux oreilles ! ironisa l'homme des bois à travers les poils de sa barbe.

— Je ne te crois pas, se défendit le jeune homme en se demandant si celui-ci lui disait la vérité.

— Pense ce que tu veux et dis-moi ce que tu fais là avant de déguerpir.

— J'ai le droit de me promener en forêt, non ?

— Mais pas dans mes jambes.

— Pourquoi tu ne me permets pas de t'accompagner

dans tes expéditions ? On pourrait s'entraider et je pourrais te remplacer au cas où tu tomberais malade. Après tout, je suis ton fils, non ?

L'homme stoppa sa marche afin d'observer le garçon au visage d'ange qui le dévisageait crânement. « Une beauté de façade, un leurre qui ne sert qu'à berner les naïfs et les imprudents... » songea-t-il.

— Mon fils ? Mon fils est mort en Pologne. Toi, tu es le fils de la femme avec qui je vis, ça n'a rien à voir. Mais, tu me l'as assez répété, non ?

— Je n'ai pas pu mourir en héros et alors ? Ce n'est pas de ma faute, si j'ai été réformé !

— Je te l'accorde. C'est entièrement l'œuvre de ta mère qui a fait des pieds et des mains auprès des autorités nazies pour qu'on épargne son cher fils.

— Je croyais que tu trouvais absurde d'aller mourir à la guerre pour assouvir les fantasmes d'un criminel ?

— C'est vrai. Mais pas au point de devenir soi-même un petit nazi.

— Tu parles ! Je suis avec eux pour la forme, rien d'autre !

— Écoute Kurt, je ne sais pas quelle idée tu as eue de me suivre dans cette forêt mais à présent, tu dois prendre un autre chemin et disparaître, déclara le passeur d'une voix sombre en reprenant sa route.

— Sinon quoi, tu me tires dessus avec ton fusil ?

— Ce fusil est pour ceux qui tenteraient de m'empêcher de mener à bien ma mission, tu n'es pas de ceux-là ? Alors, tu n'as rien à craindre.

— Laisse-moi t'accompagner, insista le garçon en se plantant devant son beau-père. Je suis sûr que je pourrais t'être utile. Qui tu dois faire passer aujourd'hui, des aviateurs ? Des prisonniers évadés ? Des juifs ?

— Ça ne te regarde pas. Maintenant, va-t'en avant que je ne me fâche.

— Tu sais, maman n'aimerait pas savoir que tu fais ça. Que tu nous mets en danger pour sauver des inconnus. Car, quand des types comme toi sont pris, c'est toute la famille qui trinque.

— Je ne me fais pas de soucis pour elle si un jour cela arrive, avoua le passeur en continuant son chemin. Ni pour toi. Avec vos relations, vous n'avez rien à craindre.

— Le pire, c'est que tu fais ça pour rien ! Tu pourrais au moins ramener un peu d'argent à la maison, ce n'est pas avec ta minable paye de garde forestier…

À nouveau, le passeur se retourna pour faire face au jeune homme arrogant qui le défiait de ses yeux verts.

— Alors, nous y voilà. Ce qui te gêne le plus, ce n'est pas tellement que je m'oppose au régime nazi, mais c'est que je le fais pour rien ? Tu leur demanderais combien à ces pauvres gens pour les sortir des griffes de ces assassins ? Mais, est-ce que tu irais jusqu'au bout, peut-être qu'une fois l'argent encaissé, tu les laisserais se débrouiller seuls ?

— Qui te dit qu'ils n'en feraient pas autant pour toi ? Après tout, tu ne les connais pas, ces gens-là et tu ne leur dois rien et puis, en les aidant à s'échapper, tu permets à de nouveaux ennemis de menacer notre pays qui se bat seul contre tous…

— De nouveaux ennemis ? Tu veux les voir ceux que je vais rejoindre, aujourd'hui ? Des femmes et des enfants terrorisés qui ont traversé l'Allemagne en risquant leur vie à chaque coin de rue !

— Ils sont sûrement juifs, non ? Est-ce qu'ils savent les

risques que tu prends pour les tirer de l'embarras ? Ils doivent bien rigoler une fois de l'autre côté de la frontière en sortant leurs lingots de leurs poches tout en songeant à ce pauvre type qui les a sauvés rien que pour la gloire !

— Disparais de ma vue ! grommela le passeur en enjambant un tronc mort tombé en travers du chemin.

— On pourrait leur demander une simple contribution, au moins pour nous rembourser des risques ?

— Attends, tu as dit nous ? se révolta l'homme des bois en désignant son beau-fils de son index calleux. Mais de quoi est-ce que tu parles ?

— Je pensais qu'on pourrait s'associer.

— Fous-moi le camp !

— Je pourrais aller raconter ce que je sais...

— Écoute-moi bien Kurt ! expliqua le passeur en approchant son visage tendu de celui du garçon blond. Tu sais pourquoi ta mère couche toutes les nuits avec un type comme moi ? C'est parce qu'elle sait que j'ai du bien.

— Toi ?

— Oui, moi ! J'ai des terres et des forêts que m'ont léguées mes parents. Des terres qui valent de l'or. Mais pour qu'elle puisse en profiter, il faudrait qu'on soit mariés, c'est pour ça qu'elle fait mes quatre volontés. Dans l'espoir que je l'épouse. Alors, si tu racontais ce que tu sais, elle serait fâchée contre toi parce que tout lui passerait sous le nez, après tous ces longs mois d'effort...

— Quelle idiote ! Et si je lui expliquais que tu ne lui donneras jamais rien ?

— Elle ne te croirait pas. Elle est trop sûre de me les tenir dans le creux de sa main. Maintenant dégage.

Sven Hirscher se détourna alors pour reprendre son

chemin. Il n'avait pas fait trois pas qu'il ressentit un choc dans le dos suivi d'une effroyable douleur. Il voulut se retourner mais un second coup lui fit mal jusqu'à la nausée. Gauchement, il tenta d'ôter le fusil de son épaule mais quand il rouvrit les yeux ce fut pour voir les feuilles mortes qui recouvraient la terre sur laquelle il était allongé. Du sang lui coulait de la bouche.

— Espèce de crétin ! l'invectiva le jeune type en essuyant la lame de son couteau de chasse contre la veste de l'homme qu'il venait de poignarder. Tu pensais vraiment que tu allais m'empêcher de profiter du système ? Quant à ma mère, ne t'en fais pas pour elle, on trouvera bien le moyen de falsifier quelques papiers qui nous permettront de mettre la main sur ton magot.

— Ne… leur fais pas de mal… murmura Sven Hirscher tandis qu'il agonisait.

— Tu parles de qui ? le questionna son meurtrier en se penchant au-dessus de son visage. De tes juifs ? Je sais tout. Ne t'en fais pas. Une fois qu'ils m'auront remis leur magot, je leur rendrai leur liberté. Bien sûr, comme je suis un bon Allemand, il faudra que je prévienne les autorités. Qui sait, peut-être que j'aurais droit à une récompense ?

— Va… en… enfer !

— Après toi, pauvre imbécile.

— Il est mort ? se renseigna un homme brun d'une trentaine d'années en sortant de derrière un arbre, un revolver à la main.

— Maintenant oui, confirma le jeune assassin en ôtant la morve qui coulait de son nez d'un revers de la main.

— Bien joué ! approuva l'inconnu en s'approchant de la victime. C'est toujours plus discret qu'un coup de feu.

— S'il avait fallu, je serais intervenu, déclara un troisième larron en s'extrayant d'un taillis armé d'une baïonnette.

Un homme jeune un peu enveloppé à la peau très blanche et au crâne rasé.

Le meurtrier fit face à ses deux complices après s'être emparé du fusil de sa victime.

— Ce cochon n'a rien vu venir ! se vanta-t-il en ricanant. Pas plus qu'il ne m'a vu le suivre durant tous ces jours. Désormais, c'est moi, le passeur ! jubila-t-il en extrayant du sac de sa victime une poignée de billets destinés aux douaniers suisses remis par le déserteur. Et ça, c'est notre premier dédommagement !

Dan prit place auprès de Rosa, assise sur un banc posé contre le mur du chalet. La fillette, pour une fois sans Samuel, dessinait sur un morceau de papier cartonné. Au loin, le soleil n'était plus qu'un mélange de couleurs rougeoyantes qui s'étiraient sur l'horizon.

Demain à cette heure, ils quitteraient leur refuge pour franchir leur ultime étape… Si tout se passait comme ils l'espéraient.

— Tu as perdu Samuel ?

— Il dessine de l'autre côté du chalet. Après nous nous montrerons nos dessins et chacun devra raconter ce qu'il a dessiné.

— Qu'est-ce que tu dessines ?

— Toi. Et là derrière, c'est ta maison au bord de la mer. Et le chien là, c'est Azote.

— Tu penses encore à lui ?

— Bien sûr, et à Louve aussi. Ils me manquent tellement !

— Dis-moi, qu'est-ce que tu feras quand tu seras en Suisse ? Est-ce que tu y as pensé ?

— Je dessinerai, déclara la fillette dans un mouvement d'épaules. Et j'écrierai. Je parlerai de toi et de tout ce que j'ai vécu.

— Et... Quand la guerre sera finie, tu as pensé à ce que tu feras ?

— Je ne sais plus comment c'est la vie sans la guerre, confia la fillette avec un nouveau haussement d'épaules, mais je crois que je jouerai avec mes amies et que je retournerai à l'école. J'aimerais bien adopter Louve et aller passer des vacances au château chez la comtesse avec Samuel. C'est trop bien de jouer dans un château. Ça fait peur et en même temps, on s'y sent en sécurité.

L'enfant tourna alors son visage en direction de celui de Dan.

— Et toi, Dan, qu'est-ce que tu feras quand on sera en sécurité ?

— Eh bien, je pense que je retournerai chez moi, retrouver la mer et mes animaux.

— Et Clémence ?

— Oui, peut-être, si elle le veut bien. Tu pourrais aussi venir nous voir pour les vacances.

— Tu sais bien que ce ne sera pas possible, lui fit remarquer la fillette en le dévisageant de ses grands yeux noisette.

— Je ne sais rien, mais toi, au contraire, tu as l'air bien informée.

— Elle va te manquer, n'est-ce pas ?

— Qui ça ?

— Ma maman.

— Ta… Eh bien oui, si tu penses qu'on ne se verra plus, alors vous allez tous me manquer.

— Et moi, je vais te manquer?

Dan plongea son regard dans celui lumineux et pur de la fillette pour laquelle il avait franchi les portes immuables du temps. Puis il sembla fixer un point invisible dans le ciel.

— Eh bien… Comment dire? Hormis le fait que je n'aurais plus à me battre contre d'horribles nazis, que je n'aurais plus à dormir dans la paille, à marcher jour et nuit dans des forêts gorgées d'eau, à risquer ma vie à chaque pas pour te sauver, oui, tu vas me manquer…

Elisabeth, occupée à dépendre du linge d'un fil tendu entre deux arbres à quelques mètres de là, sourit tristement en observant sa fille qui riait aux éclats dans les bras de Dan. « Rosa et son chevalier… » songea-t-elle le cœur serré…

Le soir venu, Dan et Adolf sortirent fumer sur la petite terrasse de leur chalet au-dessus duquel s'étiraient les branches hautes des grands arbres. Anna les rejoignit peu après, silhouette pâle et éthérée d'une femme encore jeune que la perte brutale de son bébé avait transformée en fantôme silencieux au sourire impénétrable.

Celle-ci s'était alors approchée timidement de Dan à qui elle avait tendu un petit paquet confectionné avec soin. Quand celui-ci s'en était emparé, elle avait prestement ramené ses deux mains dans son dos.

— C'est pour moi? s'était étonné ce dernier.

Anna avait alors incliné plusieurs fois la tête, comme stupéfaite de son audace.

— Qu'est-ce que c'est, un cadeau?

— Non, c'est une convocation à la Kommandantur, avait ironisé son compagnon.

— Tu permets ? C'est une affaire entre Anna et moi, l'avait repris Dan en sortant du papier un petit morceau de tissu sur lequel était cousu son prénom. C'est très joli, c'est quoi, un mouchoir ?

La jeune femme opina de la tête.

— C'est très joli, Anna, merci.

Puis elle disparut comme un oiseau effarouché.

— Pourquoi m'a-t-elle donné ça ? interrogea pensivement Dan en observant la silhouette claire disparaître à l'intérieur du chalet.

— C'est sa façon à elle de te dire merci sans doute.

— Je trouve ça charmant.

— C'est ce que je me suis dit aussi, renchérit son compagnon en sortant d'une de ses poches un même morceau de tissu sur lequel était gravé son prénom.

— Tu en as un aussi ?

— Bien sûr, et je pense que si la vie lui laisse le temps, tout le monde aura bientôt son mouchoir avec son nom dessus. Ce n'est pas grand-chose, mais pour elle, ça veut dire beaucoup. En particulier qu'elle renoue avec la vie et les sentiments.

— Qu'est-ce que tu comptes faire avec elle quand vous serez de l'autre côté ?

— L'épouser, sans doute.

— Tu parles sérieusement ?

— Ça peut peut-être te sembler ridicule, mais je pense avoir trouvé la femme de ma vie.

— Tu veux dire, muette, jolie, aimante et incapable de voir tous tes défauts ? Tu as raison, tu aurais pu difficilement trouver mieux !

— En tout cas, c'est mieux que bégueule, chaude, mais moraliste et déjà mariée !

— Tu oublies, belle, intelligente, courageuse, charitable...

— Ouais, enfin ta seule chance, c'est que Joseph se fasse buter... par les nazis j'entends, j'espère que tu n'as jamais rien imaginé d'autre ?

— J'avoue qu'il m'est arrivé de t'imaginer moins crétin mais, ce n'était que mon imagination... À présent, si tu me disais comment ça va se passer demain.

— Nous allons retrouver Sven en fin de journée à environ deux heures de marche d'ici, expliqua le déserteur en écrasant sa cigarette contre sa botte. Puis nous partirons ensemble en direction de la Suisse. Nous marcherons de nuit. Au petit matin, nous arriverons à un endroit bien précis de la frontière où nous attendra un complice, un douanier qui nous fera passer de l'autre côté.

— Que demande-t-il en échange ?

— Ne t'occupe pas de ça, c'est déjà arrangé.

— Ça paraît presque un peu trop facile.

— Ça ne le sera pas. Ça ne l'est jamais. Justement, pour parer à toute éventualité, on va faire comme si tu n'existais pas. Tu resteras en retrait et tu nous suivras. Au cas où quelque chose arrive.

— Ça risque d'être une partie de plaisir, de nuit, en silence, dans une forêt que je ne connais pas.

— Nous suivrons des sentiers de contrebandiers où ne peut marcher de front qu'un seul homme. Je ferai en sorte de t'indiquer le chemin quand ça s'avérera nécessaire.

— Je trouve l'idée pas mauvaise.

— Attends, j'en ai une autre.

— Je t'écoute.

— Une fois de l'autre côté, on s'installera à la terrasse du premier bistrot venu et on se videra un tonneau de bière, qu'est-ce que tu en penses ?

— Un seul tonneau ?

— Alors, et toi Samuel ! interpella Dan tout en se lavant le haut du corps dans un abreuvoir où coulait l'eau d'une source. Qu'est-ce que tu projettes de faire une fois que nous aurons franchi la frontière ?

L'enfant, qui portait encore les traces du sommeil sur son visage grêlé de petites taches de rousseur, interrompit son observation matinale des minuscules animaux de la forêt pour répondre à l'adulte qui l'interrogeait.

— Je vais apprendre la médecine pour devenir docteur, déclara celui-ci d'un ton empreint de gravité. Docteur du cerveau, comme ça, je pourrai soigner ma maman.

— Eh bien, elle en a de la chance, ta maman, d'avoir un fils comme toi. Mais tu sais, elle ne semble pas malheureuse. Au contraire, elle a toujours le sourire, tu ne trouves pas ?

— Oui, mais elle ne parle plus avec moi. Avant, elle me parlait de plein de choses, me racontait des histoires. Elle me consolait quand j'étais triste. On riait souvent…

Dan s'accroupit aux pieds de l'enfant qui observait le bout de ses chaussures crottées d'un air triste.

— Je suis sûr que tout ça va revenir avec le temps. Quand vous serez en Suisse, vous ne courrez plus le moindre danger et cela l'aidera à retrouver sa sérénité et son équilibre. Ses souvenirs lui reviendront, je te le promets. Et tu redeviendras son petit garçon comme avant. Mais, ça n'empêche pas que tu peux quand même devenir un grand médecin. En tout cas, je suis sûr que tu deviendras quelqu'un de très bien, mon garçon.

Quand le moment du départ fut venu, chacun jeta un dernier coup d'œil au petit chalet de bois qui leur avait servi d'abri en songeant aux jours passés et à ceux à venir qu'ils imaginaient avec espoir et angoisse.

Le déserteur ouvrait la marche, précédant sa petite troupe silencieuse, disciplinée et volontaire.

Dan, quant à lui, resta en retrait après qu'Adolf leur eut dévoilé leur plan.

Un pâle soleil couchant éclaboussait encore la cime des arbres quand ils parvinrent à l'endroit du rendez-vous, après un peu plus d'une heure et demie de marche. Bientôt, l'obscurité prendrait le pas sur la lumière.

Ils s'étaient tapis au creux d'un fossé garni de fougères dans l'attente du passeur. Soudain, une silhouette apparut en travers du chemin.

— Quelque chose ne va pas ? s'était alarmé Joseph en voyant le visage contrarié du déserteur.

— Mis à part que ce n'est pas notre homme, tout va bien, expliqua-t-il d'une voix sourde en faisant glisser son fusil de son épaule.

— Mais alors, qu'est-ce que ce type fait là ?

— Peut-être qu'il nous le dira, si on lui demande gentiment.

À cet instant, Samuel ne put retenir un éternuement qui parvint jusqu'aux oreilles de l'inconnu qui approchait.

— Stop ! cria soudain Adolf d'une voix ferme en pointant sa carabine sur ce dernier.

Kurt Dietz, l'assassin de son beau-père, sursauta en découvrant l'homme qui le menaçait. Il s'était attendu à découvrir des juifs apeurés et il se trouvait à présent devant un type armé qui n'avait pas l'air de plaisanter, qu'est-ce que ça voulait dire ? Par réflexe, il leva les mains à hauteur d'épaules.

— Eh ! Calmez-vous ! C'est quoi cette façon de menacer les gens ?

— Un seul mouvement et tu es mort, l'avertit Adolf en gardant l'arme pointée sur le jeune type aux cheveux blonds.

Ce dernier aperçut alors Joseph aux côtés de l'homme qui le menaçait puis l'instant d'après son épouse et sa fille.

— Écoutez, je pense que vous êtes les gens qui veulent passer la frontière et moi, je suis celui qui doit vous y aider.

— Pour l'instant, tu n'es personne, le corrigea le déserteur, mais vas-y, je t'écoute.

— Je suis envoyé par Sven Hirscher, commença à expliquer son meurtrier. C'est mon père adoptif.

— Continue.

— Il s'est blessé. Une vilaine entorse à la jambe. Il m'a demandé de le remplacer. Vous ne risquez rien avec moi, je connais le chemin aussi bien que lui. Mais si vous voulez passer en Suisse, il va falloir vous décider.

— Qu'est-ce qui me prouve que tu dis la vérité ?

— Laissez-moi vous conduire à la frontière, vous verrez bien que je ne mens pas. Mais pour cela, il faut que vous arrêtiez de pointer ce fusil sur moi, sinon, je repars d'où je viens.

— D'accord, mais alors tu vas me donner le tien. Je te le redonnerai quand on se connaîtra un peu mieux.

— Désolé, mais ça ne marche pas comme ça. Je risque ma vie pour sauver la vôtre et vous n'avez pas à me traiter comme votre prisonnier.

— Il n'a pas tort, souffla Joseph en observant le visage d'ange du meurtrier.

— Je n'ai pas confiance, émit Adolf. Sven ne m'a jamais parlé d'un remplaçant et surtout pas d'un fils adoptif.

— Il n'avait sans doute pas prévu de se blesser. Faisons-lui confiance et restons sur nos gardes. Je ne nous vois pas retourner au chalet dans l'attente de nous trouver un autre passeur avec les risques que ça représente.

— Très bien, déclara finalement Adolf après un long moment de réflexion. Nous allons te suivre, mais j'aime autant te prévenir qu'au moindre signe suspect, je te troue la peau.

— Et moi je préfère vous dire que si je me sens menacé, vous passerez la frontière sans moi, répondit l'ange blond avec un air de défi.

Adolf se décida finalement à baisser son arme en songeant à Dan, posté en arrière-garde. Ce dernier avait sans doute tout entendu.

— C'est bon. Il n'y aura pas de menace de ma part, si c'est bien Sven qui t'envoie.

— Très bien. Alors, ne perdons pas de temps, déclara l'assassin de celui-ci en commençant à esquisser quelques pas en direction d'un étroit sentier.

Il était sur la défensive, déstabilisé par les événements. Il avait pensé les conduire dans un endroit isolé de sa connaissance où les attendaient ses deux complices. Là, ils auraient détroussé leurs victimes avant de leur indiquer la frontière la plus proche. Ensuite, ils les auraient signalés aux autorités auprès desquelles ils auraient encaissé une récompense. Au lieu de ça, il allait devoir jouer serré s'il ne voulait pas que ce type lui fasse la peau, car il avait reconnu en lui un adversaire redoutable.

Tout en marchant, son cerveau tournait à plein régime tandis qu'il élaborait un plan.

Il allait passer à proximité de l'endroit où l'attendaient ses complices. Ceux-ci comprendraient en les voyant que quelque chose ne marchait pas comme prévu et ils les suivraient à distance jusqu'à ce qu'ils décident du bon moment pour intervenir. Ils les obligeraient alors à leur remettre leurs économies contre la promesse d'un hypothétique endroit où passer la frontière, après ça, ils les abandonneraient à leur sort et dès qu'ils le pourraient ameuteraient les gardes-frontières. Mais d'abord, il buterait ce fils de pute qui s'était permis de le menacer avec un fusil.

Le petit groupe marcha à sa suite durant une demi-heure jusqu'à ce qu'ils parviennent à l'endroit où patientaient ses complices. Quand ceux-ci les virent dévier de leur route, ils les épièrent en silence et comprirent que quelque chose n'allait pas en découvrant l'homme armé d'un fusil qui marchait derrière leur compagnon.

— On dirait que Kurt est tombé sur un os, constata sourdement l'homme brun au nez de faucon.

— On dirait qu'il prend le chemin de la cascade, compléta celui au crâne en forme de cube. Ma parole, il veut vraiment les emmener jusqu'à la frontière ?

— Je pense avoir deviné ses intentions. Le type doit être quelqu'un de dangereux qui risque de nous poser des problèmes. Peut-être que les youpins le payent pour les protéger et il voulait qu'on comprenne le message. Le chemin de la cascade est le plus difficile, il veut les déstabiliser et nous laisser le temps de préparer un plan.

— On pourrait les attendre près de la grotte au diable ? proposa avec excitation son complice en serrant l'un de ses énormes poings.

— Plutôt près du saut de la vierge, rectifia l'homme au

visage de rapace. La chute d'eau fait un boucan d'enfer, ils ne comprendront pas ce qu'il leur arrive. On va couper par l'ancienne mine et les attendre là-bas.

Il leva la tête.

— Dans une demi-heure, il va faire nuit noire. Il n'y aura plus que la pleine lune pour nous éclairer. Des conditions idéales pour tendre un piège…

Les deux hommes allaient se mettre en marche quand quelque chose attira leur attention.

— Bon sang, qui c'est ce type ? jura celui au crâne rasé en découvrant Dan qui marchait sur les pas de ses compagnons. Tu crois qu'il est avec eux ?

Son complice ne répondit pas, se contentant d'observer le nouveau venu durant plusieurs minutes en l'épiant à distance.

— Ce salopard les suit en prenant soin de ne pas se montrer. Je ne sais pas qui il est mais il ne peut que compliquer les choses.

— Qu'est-ce qu'on fait ?

— On va s'en débarrasser.

— Il est armé, remarqua son acolyte en faisant allusion au fusil accroché à l'épaule de Dan.

— Il ne faut pas lui laisser le temps de réagir. Voilà ce qu'on va faire.

La nuit était à présent tombée. La forêt pourtant continuait de briller sous la lumière blanche de la lune qui donnait à l'épaisse végétation des allures de forêt enchantée. Dan marchait en silence le long d'une forte pente, sur un minuscule sentier imprimé sur la terre par le pas des hommes. Il avait vu Adolf menacer leur passeur de son fusil. Il avait cru comprendre en se rapprochant qu'il ne s'agissait pas de la bonne personne. Pourtant, ce dernier avait finalement décidé de le suivre. L'autre type s'était-il fait remplacer? En tout cas, il devait, plus que jamais, rester sur ses gardes.

Il écarta une branche de sapin tendue devant son visage et soudain se figea. Une silhouette était dressée en travers de son chemin éclairé par la lune.

— Ne bouge pas! lui intima l'inconnu qui le menaçait de son fusil braqué.

Sa main se crispa sur la lanière en cuir de son arme mais il préféra obtempérer tout en réfléchissant à toute vitesse. Son agresseur n'avait pas l'air de porter un quelconque uniforme.

S'il se jetait le long de la pente, il y avait toutes les chances pour que son agresseur le manque dans l'obscurité, même s'il courait le risque de se rompre le cou. Il en était là de ses réflexions quand la crosse d'un fusil s'abattit sur sa nuque.

Dan, inconscient, s'effondra sur le côté et avant que ses agresseurs ne puissent le retenir, se mit à dévaler la pente abrupte.

— Merde! jura l'homme à la tête de cube en le regardant disparaître dans l'obscurité. Qu'est-ce qu'on fait, on le retrouve et on le finit?

— On n'a pas le temps, l'arrêta son compagnon. De toute façon, avec ce que tu lui as mis, il est peut-être déjà mort. Viens, celui-là ne nous posera plus de problème.

— Sven ne nous avait pas parlé d'un tel chemin! maugréa Adolf en peinant le long d'un sentier escarpé qui surplombait un torrent invisible grondant à quelques mètres en contrebas.

Depuis plusieurs dizaines de minutes, ils progressaient au-dessus d'une arête de roches friables et moussues qui serpentaient sur le flanc escarpé d'une colline boisée.

— Sven a ses chemins de prédilection, j'ai les miens, expliqua leur guide de façon lapidaire sans s'arrêter de marcher.

— Sven tient peut-être compte des femmes et des enfants qui doivent le suivre, fit remarquer Adolf d'un ton irrité.

— C'est le passage le plus difficile, bientôt nous marcherons sur du plat.

— Je l'espère, parce que sinon, je me verrai dans l'obligation de te demander de nous trouver très vite un autre chemin.

— Ne vous plaignez pas, vous serez parvenus à la frontière avant le lever du jour.

— Nous suivons, nous suivons, lui assura Joseph d'une voix altérée par l'effort et la concentration. Mais il faut marcher plus doucement à cause des enfants.

— Tu as entendu... C'est comment ton prénom ? interrogea le déserteur.

— Kurt.

— Tu as entendu, Kurt ?

— Ça va, j'ai entendu. Encore un petit effort et vous pourrez vous reposer.

— Qu'est-ce qu'il dit ? souffla le médecin tandis que le grondement de l'eau grossissait.

— Il dit qu'on va bientôt pouvoir se reposer, lui expliqua Adolf.

Puis, s'adressant à leur guide :

— C'est quoi, ce bruit ?

— C'est la cascade. Encore une centaine de mètres et ils pourront souffler.

Comme ce dernier leur avait annoncé, ils parvinrent enfin sur le dos de la colline depuis laquelle ils distinguaient le ciel illuminé et une partie de la vallée.

— Bon sang ! jura Joseph tandis qu'Adolf et lui aidaient

Rosa et Samuel à les rejoindre. Il n'aurait pas fallu que ça dure encore longtemps comme ça.

Puis, prenant sa femme dans ses bras :

— Ça va, ma chérie ?

— Je n'en peux plus, soupira Elisabeth qui, tout le temps de l'ascension, avait pris soin d'Anna.

Adolf, qui surveillait leur guide du coin de l'œil depuis leur départ, s'approcha de celui-ci.

— Je propose qu'on s'arrête une quinzaine de minutes, le temps d'avaler quelque chose.

Il perçut alors un petit cri aigu à travers le grondement de l'eau. Quand il se retourna, ce fut pour découvrir un homme qui le menaçait de son fusil presque à bout portant.

— Je serais toi, je ne tenterais rien, lui conseilla leur guide dont le visage d'ange était fendu d'un large sourire.

— Si tu fais un geste, je tranche la gorge de cette gamine, menaça à son tour depuis la pénombre le troisième larron, celui à la tête en forme de cube tandis qu'il emprisonnait Rosa de ses énormes bras.

— On ne le distingue pas d'ici, mais Otto a son couteau posé sur le cou de la fillette, expliqua froidement l'assassin de Sven. À présent, si tu ne veux pas qu'il lui sépare la tête du tronc, tu vas laisser glisser ton fusil jusqu'au sol et lever les mains bien haut.

Adolf, la rage au cœur, laissa échapper son arme après avoir fait l'amer constat qu'il n'y avait rien d'autre à faire. Bien sûr, il lui restait un couteau et un pistolet mais ces salopards allaient certainement le fouiller. Fouilleraient-ils aussi Joseph dont le revolver était enfoui dans une de ses poches ? Et que pourrait faire ce dernier contre ces trois salopards sinon leur faire courir un énorme danger ? Heureusement, il y avait Dan qui ne manquerait pas de comprendre rapidement la situation. Il devait se tenir prêt.

Il ressentit soudain un choc dans le creux des reins, suivi aussitôt par une douleur intense qui le fit tomber à genoux. Leur guide venait de le frapper violemment de la crosse de son fusil dans le bas du dos. Il allait se redresser tant bien que mal quand un second coup à la tempe le fit s'effondrer sur le sol.

— Je préfère le voir comme ça, ce salopard, triompha son agresseur. Maintenant, foutez-le-moi à poil et fouillez-le. Quant à vous, continua-t-il en s'adressant cette fois au groupe terrorisé, asseyez-vous gentiment ici. Le premier qui crie ou qui bouge une oreille, je l'abats.

— Ce fumier avait encore ça sur lui, commenta la tête de carnaval en exhibant les armes du déserteur.

— C'était qui, ce type ? questionna le visage d'ange en se tournant vers ses otages. Votre garde du corps ?

Joseph acquiesça dans un hochement de tête.

— Eh bien, quand il se réveillera, vous lui direz qu'il n'a pas bien fait son travail !

Les trois hommes partirent d'un grand rire.

En attendant, attachez-le avec ses vêtements, ordonna-t-il à ses complices.

— D'accord, obtempéra l'homme aux cheveux noirs et au regard perçant. Mais avant, il faut que je te parle.

— Je t'écoute, l'invita celui-ci après que les deux hommes se furent mis un peu à l'écart.

L'autre lui raconta alors leur rencontre avec Dan et comment celui-ci avait terminé.

— Tu crois qu'il était avec ceux-là ?

— Avec ou contre, ça n'a plus d'importance. Bravo les gars,

vous avez fait ce qu'il fallait ! À présent, on va boire un coup en attendant d'y voir un peu plus clair, après on s'occupera de ces youpins.

Les trois hommes avaient alors réuni ce qu'ils avaient trouvé au fond des sacs de leurs otages. Quand le jour avait pointé, ils avaient dévoré presque toutes les provisions et vidé tout une bouteille de schnaps.

Joseph serrait sa fille contre lui. Elisabeth entourait Anna et Samuel de ses bras.

Le médecin attendait désespérément de voir Dan fondre sur leurs adversaires mais le jour se levait et celui-ci restait invisible. Quant à Adolf, il était allongé à l'écart, grelottant, prisonnier de ses propres vêtements. Dans la nuit, ces salauds lui avaient à nouveau donné des coups. Était-il encore inconscient ?

Qu'attendait Dan ? Il aurait été plus facile pour lui de profiter de l'obscurité !

Il posa la main sur son revolver enfoui dans la poche de son pardessus. Encore une fois, ses agresseurs ne s'étaient pas méfiés de lui. Mais que devait-il faire ? L'attendre ou agir seul ? Était-il de taille à affronter ces trois salopards ? Il suffisait d'une seule balle perdue pour blesser ou tuer l'un de ces innocents, songea-t-il en observant le cœur brisé les femmes et les enfants réunis autour de lui…

Il décida finalement d'attendre en se rongeant les sangs.

Le ciel était désormais plus clair et les trois hommes sortaient lentement de leur beuverie.

Le cœur de Joseph se serra. Cela n'augurait rien de bon. Et Dan qui ne se montrait toujours pas ! Ce silence devenait inquiétant et inexplicable.

Il frissonna de dégoût en voyant leurs agresseurs se soulager sur Adolf en ricanant.

— Tu as droit à une douche gratuite, mon cochon, qu'est-ce que tu dis de ça ? railla le blond.

— C'est drôle, il n'a pas l'air d'apprécier ! renchérit l'homme à la tête d'oiseau.

— Il n'aime peut-être pas la pisse à la mirabelle ! pouffa la tête de carnaval.

Joseph mit sa main sur les yeux de sa fille qui s'éveillait.

— Qu'est-ce qui se passe, papa ?

— Rien, ma chérie, rien.

Riant encore de leur blague odieuse, les trois hommes s'approchèrent cette fois d'eux.

— Alors, les petits youpins, on a bien dormi ? s'esclaffa l'homme au visage d'ange.

— Qu'est-ce que vous voulez ? le questionna le médecin.

— Ce qu'on veut, mon petit youpin ? Mais, ton pognon.

— Il ne nous reste que deux ou trois bijoux, prenez-les et laissez-nous partir.

— Et où sont-ils, ces pauvres petits bijoux ?

— Dans les coutures de nos vêtements, avoua finalement Joseph qui doutait que cela suffise à les libérer. Par pitié, ne faites pas de mal aux enfants.

— Qu'à cela ne tienne, nous allons voir si tu dis la vérité. Déshabillez-vous. Je veux vous voir à poil, complètement !

— Co… Comment ?

— Vos frusques de youpins, enlevez-les.

— Mais…

L'homme blond releva alors le canon de son fusil dont il arma la culasse.

— Tu comprends mieux avec ça ?

Joseph plongea son regard dans celui mortifié de son épouse. « Mais où est Dan ? » semblait-elle l'interroger d'un ton suppliant. Ce dernier prit alors une profonde inspiration puis il se redressa et entreprit de se défaire de son manteau.

— Faites ce qu'il vous dit, articula-t-il douloureusement. Cet homme est capable de tous nous tuer.

— Mais… Mais pas les enfants ? interrogea Elisabeth le visage vidé de son sang.

— Nous allons vous fouiller afin de voir si vous n'auriez rien oublié dans une doublure, et, vous connaissant, nous allons fouiller tout particulièrement leurs vêtements, expliqua le blond en désignant les enfants.

Il y eut des sifflements, des ricanements et des commentaires salaces quand Elisabeth se retrouva nue.

Quant à Rosa et Samuel, tous deux tremblaient de frayeur et de froid, leurs bras maigres repliés contre leur poitrine.

L'homme blond promenait désormais son regard rougi par l'alcool et le manque de sommeil sur le corps frissonnant d'Elisabeth qui tentait comme elle le pouvait de dissimuler ses parties intimes à la vue de leurs ravisseurs.

— Bon sang, je ne pensais pas qu'une juive pouvait être aussi bien roulée.

— Du calme, Otto, ricana l'homme blond. Pour l'instant, tu vas ramasser toutes ces frusques et nous allons les découper pour voir ce qui se cache à l'intérieur.

Joseph observa les trois hommes lacérer leurs vêtements avec leurs couteaux tout en lorgnant leur nudité.

Il avait froid, il avait peur et il avait honte. Mais il avait eu le temps de dissimuler son revolver sous un tas de feuilles et il allait se décider à abréger leur calvaire car il était clair désormais que ces monstres ne les relâcheraient pas, sinon après leur avoir fait subir des sévices qu'il préférait ne pas imaginer.

Il avait un avantage pour lui. Ces types étaient incapables de voir en lui le moindre danger. C'était sa chance, il fallait qu'il la saisisse car pour une raison angoissante et obscure, Dan ne viendrait pas à leur secours.

— Merde ! Ces salauds de youpins nous ont dit la vérité ! exulta l'homme blond en considérant de deux yeux exorbités le diamant ciselé retiré d'une veste qu'il jeta sur le sol. Putain ! Nous sommes tombés sur des salopards de juifs pleins aux as !

— Peut-être qu'on devrait vérifier s'ils n'ont rien de caché ailleurs que dans leurs vêtements ? proposa le type à la grosse tête en détaillant d'un œil lubrique la nudité de leurs otages.

— Otto, tu as parfois des idées de génie, apprécia le blond avec un sourire cruel. Mais d'abord, nous allons nous débarrasser de ce porc qui revient à lui, décida-t-il en désignant Adolf qui reprenait connaissance.

— Tu veux que je le saigne ? s'enquit l'homme à la peau laiteuse en empoignant le manche de son couteau.

— Ce cochon pue la pisse... Si on lui faisait plutôt prendre un bain ? proposa leur complice.

Quelques minutes plus tard, Adolf, les membres toujours entravés par ses vêtements, était poussé du canon d'un fusil au-dessus d'un rocher qui dominait la cascade rugissante. Pendant ce temps, l'homme à l'énorme tête pointait un revolver sur leurs prisonniers tétanisés par l'horreur.

— Alors, tu vas le prendre, ce bain ou il faut que je te pousse ? ricana le blond en enfonçant le canon de son arme dans les côtes de son prisonnier. J'aimerais bien voir comment nage un cochon ligoté ! Alors, tu es moins fier maintenant, hein ?

— Couchez-vous ! hurla alors Joseph à l'attention des siens en pointant son revolver sur son adversaire le plus proche.

Il ouvrit alors le feu une première puis une seconde fois jusqu'à ce qu'il se retrouve projeté à terre, une balle logée dans le haut du bras.

L'homme brun qui avait répliqué réarma posément sa carabine encore fumante. Puis, nonchalamment, il s'approcha de son complice qui tenait sa panse ensanglantée.

— Ce fumier de youpin avait une arme ! Ce fumier de youpin avait une arme ! répétait celui-ci les yeux exorbités. Il m'a touché ! Ce fumier m'a touché !

— Ce n'est pas grave, déclara son complice amusé en découvrant la plaie. Il t'a juste enlevé un peu de gras du bide.

— Tu es sûr ?

Sans répondre, celui-ci tâta cette fois la tempe lacérée de son compagnon.

— Par contre, on peut dire que là, tu l'as échappé belle. Un demi-centimètre de plus à gauche et il te faisait un troisième œil.

Le type à la grosse tête contempla un instant sa main ensanglantée avant de se ruer sur le médecin couché sur le sol.

Il écarta alors brutalement Elisabeth qui roula sur le côté et commença à lui labourer les côtes à coups de pied.

— Espèce de salaud, tu as voulu me buter !

— Laisse-le ! le retint son complice. Tu te vengeras plus tard. Pour l'instant, on va regarder comment vole celui-là.

Elisabeth plongea son regard désespéré dans celui d'Adolf dont le visage était tuméfié. Celui-ci lui adressa des mots qu'elle n'entendit pas mais qu'elle devina. «Je suis désolé... » lui avait-il murmuré avant de basculer dans le vide.

Il n'aurait su dire si c'était sa vie qui avait défilé devant ses yeux le temps qu'avait duré sa chute, mais il avait pourtant l'impression bizarre d'avoir soudainement fait la paix avec lui-même, un peu comme s'il n'en avait retenu que les bons côtés.

Sa tête frôla d'abord un rocher acéré puis son corps percuta l'eau tourbillonnante qui le happa comme une prison glacée dans laquelle il s'enfonça. Ses yeux écarquillés découvrirent un monde en fusion nimbé de mousse blanche et de spectres verdâtres avec lesquels il se contorsionnait. Curieusement, il n'avait pas peur. Lui qui avait si souvent échappé à la mort avec cette salope au ventre, se sentait rasséréné, presque en confiance. Était-ce parce que cette fois il savait qu'il allait mourir?

Il avait déjà oublié les autres et leurs malheurs, oublié son échec, oublié ses sentiments. Il n'était plus qu'un enfant qui retournait dans le confort du ventre de sa mère. Il ne pouvait plus rien. Il n'était plus rien qu'une enveloppe humaine qu'il regardait tournoyer à côté de lui avec détachement.

Depuis combien de temps ne respirait-il plus? Il avait la sensation qu'il pouvait tenir ainsi indéfiniment. Pourtant, il allait finir par ouvrir la bouche et se laisser envahir par l'eau et le néant.

Se sentant prêt, il respira avidement comme pour être sûr de mourir vraiment et fut surpris de constater qu'il n'en ressentait aucune douleur mais plutôt un intense soulagement. Là-haut, dans le ciel bleuté, un rapace aux longues ailes glissait avec agilité dans l'air matinal. Était-il déjà au paradis?

Il fut projeté sur le côté rebondi d'un rocher puis sa tête disparut un instant sous l'eau avant de revenir à la surface.

Autour de lui, les arbres défilaient à une vitesse prodigieuse, tentant en vain de le retenir de leurs longues branches.

Quand il reprit véritablement conscience de sa situation, il fut envahi d'une profonde tristesse. Il était bien vivant, mais plus pour longtemps. Simplement, plutôt que de partir sereinement, il allait devoir souffrir dans l'attente de la délivrance… Combien de temps ?

L'angoisse et l'eau qu'il absorbait par gorgées entières lui paralysaient douloureusement la gorge et son cœur, dans sa poitrine, n'était plus qu'un muscle à l'agonie.

Combien de fois avait-il été entraîné au fond de cette putain de rivière ? Combien de fois en était-il ressorti ? Son calvaire durerait-il encore longtemps ?

Il eut soudain l'impression d'être agrippé par quelque chose qui le fit résister au courant. Une branche sans doute, ou un rocher, qui le maintiendrait ainsi jusqu'à la mort, tel un épouvantail désarticulé et pourrissant.

Ce quelque chose l'empoignait désormais et l'attirait sur la rive du torrent. Il songea un instant à un ours et dut revoir le scénario de sa fin tragique. Il serait dévoré comme un saumon et ses entrailles déchiquetées seraient dispersées sur les galets blancs de la rivière…

— Adolf ! Putain Adolf ! crut-il entendre dans son subconscient.

L'animal s'en prenait désormais à lui, bientôt il sentirait ses griffes et ses dents lacérer sa chair…

— Adolf ! Tu m'entends ?

Voilà qu'à présent, on lui donnait des gifles. On lui écrasait la cage thoracique, son calvaire n'aurait-il pas de fin ? Ne pourrait-on pas le laisser mourir en paix ?

Il eut soudain un haut-le-cœur qui lui fit vomir l'eau

ingurgitée. Quand cela fut fait, il retrouva lentement ses esprits et la conscience de l'endroit où il se trouvait.

Il sursauta soudain en apercevant l'homme agenouillé à ses côtés.

— D... Dan ? articula-t-il avec difficulté. Dan... c'est toi ?

Ce dernier était accroupi auprès de lui. Lui aussi semblait épuisé. De longues balafres et des hématomes lui ornaient le visage.

— Dan... Mais putain, qu'est-ce que tu foutais ?

— On m'avait dit que tu repasserais par là, alors, j'attendais.

— Ne nous touchez pas ! hurla Elisabeth en repoussant l'homme brun qui s'était approché d'elle, tout en tentant de protéger Rosa qui sanglotait.

— Désolé, mais il faut qu'on s'assure que vous ne nous cachez rien, déclara l'homme au visage d'ange, son fusil posé négligemment sur son épaule.

— Espèces d'ordures ! vociféra la jeune femme ivre de peur, de désespoir et de haine.

— Fais-la taire, déclara simplement ce dernier à l'attention de la tête de carnaval qui se rua vers Elisabeth, la renversant sur le sol humide et moussu.

— Tu as entendu ! lui hurla-t-il aux oreilles après l'avoir violemment giflée. Tu dois la fermer !

— Enlève les deux mômes de là, Otto, continua placidement l'homme blond et fais-en ce que bon te semble.

— La petite rousse me va très bien, murmura l'homme au visage de rapace, la voix altérée par l'excitation en contemplant le corps nu d'Anna. Surtout qu'elle n'a pas l'air contrariante.

J'espère simplement que les coups de feu n'auront pas été entendus par des gardes-frontières en balade dans le coin.

— Aucun risque avec le boucan que fait la cascade, déclara son complice avec assurance. Prends du bon temps. De toute façon, personne ne te fera le reproche de fouiller une juive afin de t'assurer qu'elle ne cache pas de l'argent volé aux honnêtes gens !

Les deux complices partirent d'un grand rire avant de fondre sur leurs proies.

L'homme blond considéra sa victime les yeux injectés de sang. Elisabeth était accroupie à même le sol, incapable de la moindre réaction. Désormais privée de volonté, elle attendait, résignée, de subir son calvaire, mais par-dessus tout, elle attendait qu'on l'achève afin de ne plus avoir à endurer l'image de sa fille bien-aimée torturée jusqu'à la mort par un monstre sanguinaire et celle de son mari agonisant dans une mare de sang.

L'homme détailla la bouche sèche, les courbes parfaites de la jeune femme, quoiqu'un peu maigres, maculées et souillées par la terre et le sol meuble de la forêt. Lentement, il dégrafa son pantalon et avec soulagement libéra son sexe parvenu au comble de l'excitation.

— Une vraie sorcière de juive, grogna-t-il le visage crispé. Mais dans ce pays, on sait s'occuper des sorcières…

L'homme à la tête en forme de cube avait attaché Rosa et Samuel, muets de frayeur à une grosse branche.

— Vous, je vous garde pour le dessert, avait-il murmuré d'une voix sourde et menaçante.

Il n'eut pas le temps d'articuler un autre mot. Un gourdin de l'épaisseur d'un bras s'abattit avec force sur sa tête en cubique.

Le cuir chevelu pourtant épais d'Otto Reichmann éclata sous le choc jusqu'à l'os du crâne. L'instant d'après, celui-ci s'effondrait lourdement face contre terre dans laquelle il creusa son empreinte.

L'homme brun au nez d'oiseau besognait Anna en respirant bruyamment. La jeune femme était à quatre pattes sur le sol, ses beaux cheveux roux battant au rythme infernal du viol qu'elle semblait subir avec un étrange détachement.

Les yeux de son agresseur qui s'ouvraient et se fermaient en fonction de son excitation s'écarquillèrent soudain lorsqu'il découvrit le revenant qui se tenait debout devant lui. Il songea tout d'abord que c'était impossible, puis à son fusil posé à portée de main, mais l'impact d'un coup terrible à la tête le fit se répandre, inanimé dans le matelas de feuilles qui recouvrait le sol.

Elisabeth gisait à terre, l'intérieur de ses jambes entrouvertes souillées par le sperme de son agresseur qui lentement refermait sa braguette.

— Tu ne dis rien sale youpine ? Ne t'inquiète pas, on a simplement fait connaissance, les choses sérieuses commenceront dès que j'aurais repris mon sang-froid. C'est que tu m'as excité, ma salope ! À tel point que ça a été un peu plus rapide que je ne l'avais envisagé. Mais tu ne perds rien pour attendre.

Kurt Dietz soudain se figea. Sa carabine posée contre un arbre avait disparu. Avait-elle glissé ? Il fit le tour du tronc, en vain. Il allait interroger ses complices en proie à une vague inquiétude mais la crosse de son fusil le cueillit en pleine face alors qu'il se retournait.

Quand les deux gardes-frontières empruntèrent le chemin de la cascade quelques jours plus tard, le chien qui les accompagnait leur fit faire une découverte macabre. Celle de trois corps d'hommes dénudés ligotés à un tronc et à moitié dévorés par des milliers de fourmis rouges venues de l'énorme nid au pied duquel ils avaient été entravés.

— Bon Dieu, tu crois qu'ils ont été dévorés vivants ? s'était horrifié le premier d'entre eux en tentant de retenir son chien excité par l'odeur de charogne.

— Sinon, pourquoi tu crois qu'on les aurait attachés ? avait rétorqué son compagnon avec une grimace de dégoût en contemplant les mâchoires grimaçantes et les orbites creuses des suppliciés d'où sortaient et entraient une manne grouillante d'insectes affairés.

Longtemps, les trois hommes avaient hurlé comme des porcs qu'on égorge, aiguillonnés par les milliers de morsures et l'horreur de la fin affreuse qui les attendait, mais leurs cris avaient été noyés par le grondement de la cascade qui se contentait de déverser ses eaux bouillonnantes, en se moquant bien des drames humains, mêmes atroces, qui sévissaient sur ses rives.

Chapitre 9

Joseph, agrippé à l'épaule de Dan, grimaça une énième fois de douleur tandis qu'ils descendaient un chemin escarpé le long de la colline boisée sur laquelle ils avaient frôlé la mort.

Une fois leurs adversaires mis hors d'état de nuire, le déserteur et lui avaient, malgré leurs propres blessures et leur épuisement, secouru et rassemblé les leurs en vue de la marche qui devait reprendre, coûte que coûte, jusqu'à ce qu'ils parviennent au but qu'ils s'étaient juré d'atteindre.

— Oh Dan… avait pauvrement articulé Elisabeth au moment où celui-ci l'avait rejoint aux pieds de son mari blessé.

— C'est fini, c'est fini, lui avait-il murmuré à l'oreille en lui posant délicatement une veste sur les épaules. Nous allons nous occuper de ces salopards afin qu'ils ne fassent plus jamais de mal à personne. Pendant ce temps, tu dois prendre soin des enfants.

La jeune femme avait alors serré Samuel et Rosa contre sa poitrine dénudée.

— Et… Joseph, mon Dieu, il perd beaucoup de sang !

— La balle lui a traversé le bras. Il faut que tu noues du tissu autour de sa blessure très fort, afin de comprimer la plaie, lui avait indiqué Dan sans se rendre compte qu'il la tutoyait.

Adolf était alors apparu avec tout ce qu'il avait pu récupérer de vivres et de vêtements.

— Adolf... bredouilla la jeune femme dont le nez morveux était rougi par le froid. Mais... Je vous ai vu tomber dans ce...

— C'était une petite chute de rien du tout, mais nous parlerons de tout ça plus tard ! avait décrété le déserteur. Pour l'instant, il faut agir.

Dan et ce dernier avaient enfilé les vêtements de leurs assaillants. Puis ils avaient transporté ceux-ci non loin de là près de l'énorme fourmilière au pied de laquelle ils les avaient abandonnés à leur fin horrible.

Ils avaient ensuite rejoint les femmes et les enfants. Tous tremblaient comme des brebis après une attaque de loups affamés.

Chacun d'eux s'était vêtu comme il l'avait pu avec des vêtements retrouvés au fond des sacs ou d'autres, encore mettables, malgré l'acharnement de leurs agresseurs.

Enfin, ils s'étaient remis en route, blottis les uns contre les autres autour de leurs protecteurs qui les soutenaient à bout de bras.

Au bout de deux heures de marche, ils s'étaient finalement effondrés à même le sol tandis que ces derniers, infatigables, pointaient leurs jumelles sur une prairie vallonnée apparaissant entre la cime des arbres.

— À mon avis, la frontière est là, droit devant, avait déclaré le déserteur. Et cette ferme doit être la dernière avant la Suisse.

— Joseph a besoin de soins, déclara Elisabeth au comble de la fatigue et de l'anxiété. Nous ne pouvons pas envisager de traverser la frontière avec lui dans cet état !

— On va surveiller cette maison et attendre la nuit, déclara le déserteur, plus pour continuer le cheminement de sa pensée que pour lui répondre.

— Et après ?

— Après, on va voir s'il est possible de se faire héberger...

Les deux chiens de la ferme avaient tiré sur leurs chaînes en aboyant quand le déserteur s'était approché de l'imposante construction de bois une fois la nuit tombée. De la lumière était alors apparue entre les volets clos. Quelques secondes plus tard, la porte d'entrée s'était ouverte et un homme était apparu dans le chambranle de la porte armé d'un fusil.

— Qui est là ? avait interrogé celui-ci tandis que les chiens redoublaient de hurlements.

Dan et Elisabeth s'étaient alors approchés jusqu'à ce que leurs silhouettes soient bien distinctes dans la lumière au milieu de l'obscurité.

— Ma femme et moi, nous nous sommes perdus, commença d'expliquer ce dernier en faisant mine de soutenir Elisabeth. Je crois que ma femme s'est fait une entorse, elle... elle ne peut plus marcher...

— Couchez, les chiens ! ordonna l'homme armé après un instant de réflexion. Avancez dans la lumière que je voie à qui j'ai affaire ! Qu'est-ce que vous faites à cette heure dans un endroit pareil ? brailla-t-il après que le couple se fut approché jusqu'à une dizaine de mètres.

— On... On voulait passer de l'autre côté, finit par lâcher le déserteur.

L'homme resta un instant silencieux, puis reprit :

— Bon, je vais vous faire entrer mais vous allez lever les mains et je vous préviens, à la moindre entourloupe... Vous êtes seuls ? s'enquit-il alors que le couple arrivait à sa hauteur.

— Pas exactement ! intervint Dan en pointant le canon de son arme sur la tempe du fermier. Un geste et tu es mort. À présent, donne-moi cette pétoire, tu vas finir par blesser quelqu'un.

— Qu'est-ce… Qu'est-ce que vous voulez ?

— Nous abriter et souffler un peu. Après, on disparaîtra.

Adolf passa alors tout près d'eux. Un revolver dans une main, il pénétra dans la bâtisse suivi par Dan et son otage.

— Il y a qui là-dedans ?

— Ma femme et mes deux enfants, déclara l'homme avec anxiété. Je vous en prie, ne leur faites pas de mal !

Adolf le dévisagea de ses petits yeux sombres.

— On ne fait pas de mal aux femmes et aux enfants, ou alors, il faudrait vraiment que tu fasses l'imbécile.

— Non, non. Je ferai ce que vous voulez. Vous voulez quoi ? Vous savez, nous n'avons pas d'argent.

— Je te l'ai dit, intervint Dan. On veut juste souffler un peu.

— Paul ! articula l'air effrayé une jeune femme en chemise de nuit du haut de l'escalier qui menait aux chambres. Que se passe-t-il ? Qui sont ces gens ?

— Dites à votre femme de nous rejoindre avec vos deux enfants ! ordonna Adolf.

Le couple et leurs deux fillettes blondes de trois et cinq ans avaient été réunis dans un coin de la cuisine. Tous les quatre dévisageaient Elisabeth qui les surveillait, un revolver dissimulé sous un pan de sa veste. Près d'elle, Rosa et Samuel, vaincus par l'émotion et la fatigue avaient posé leurs têtes sur la table de chêne sur laquelle ils somnolaient. Anna, quant à elle, chantonnait en caressant un chat couché sur ses genoux.

— Vous avez deux ravissantes petites filles… La mienne

s'appelle Rosa. Ne craignez rien. Nous voulons juste nous reposer.

— Vous avez l'air épuisés, constata la jeune fermière d'une voix hésitante.

— Oui, nous avons beaucoup marché.

— J'ai du lait, trait il y a peu. Je pourrais peut-être vous le faire chauffer ?

— C'est très gentil à vous, je vous remercie.

Une plainte leur fit tourner la tête. Dans la cuisine, Adolf et Dan venaient de désinfecter et de recoudre le bras de Joseph qui grimaçait. Ce dernier avait le visage blanc comme de la craie et son front était couvert de sueur.

— Vous savez, ce n'est pas la peine de me suivre partout, risqua la jeune fermière en jetant un regard furtif en direction d'Elisabeth qui ne la perdait pas de vue. Je ne suis pas assez folle pour risquer la vie de mon mari ou celle de mes enfants…

— Il est si facile de faire le mauvais choix… commenta Elisabeth d'une voix lasse. Vous pourriez tenter une folie pour les sauver.

— Tenez ce drap pendant que je le découpe. Il faudra bientôt changer le pansement de votre mari.

— Croyez bien que je suis désolée, je…

— Pour le drap ? Ne le soyez pas. Je voulais justement m'en débarrasser. Est-ce que c'est très grave ?

— On lui a tiré dessus à bout portant. La balle est ressortie mais il a très mal et il a perdu beaucoup de sang.

— Mon Dieu, le pauvre ! Je vais vous faire à manger et ensuite, vos enfants iront dormir dans le lit de mes filles. Quant à elles, elles dormiront avec nous… Enfin, si vous êtes d'accord…

— Comment vous appelez-vous ?

— Rebecca.

— Rebecca, nous... Nous avons vécu des choses, ces derniers temps qui nous font douter de tout et de tout le monde. Mais je veux bien vous faire confiance. Il faut cependant que vous sachiez que... que je n'hésiterai pas à vous tuer si vous nous trahissez. Comme je n'hésiterai pas à tuer votre mari.

— Je veux juste faire ce que j'ai dit. Rien de plus.

— Très bien, alors allez-y.

Rosa et Samuel avaient sombré dans un profond sommeil, recroquevillés dans le lit douillet des fillettes, quant aux autres, ils avaient dîné autour de la table en bois de la cuisine en compagnie de leurs hôtes.

— Vous n'avez pas faim ? avait questionné le déserteur en interrogeant le propriétaire des lieux.

— J'ai déjà mangé, merci.

— Vous voulez boire une bière ?

— Je n'ai pas soif, répondit leur prisonnier en considérant les deux hommes avec une crainte mêlée d'hostilité.

— Moi, par contre je veux bien, accepta son épouse en redescendant de l'étage où elle aussi avait couché ses filles.

— Vous devriez prendre exemple sur votre épouse, commenta le déserteur en emplissant un verre. Ça vous détendrait.

— Me détendre ? Vous êtes rentré chez moi avec des armes et nous sommes à présent vos prisonniers, il en faudrait un peu plus pour me détendre !

— Je vous l'ai dit, vous n'avez rien à craindre si vous ne nous créez pas de problèmes. Tenez, buvez ! lui intima Adolf en poussant devant lui une chope mince et dorée.

L'homme, intimidé, se décida à boire quelques gorgées.

— À qui servez-vous toutes les provisions et la bière que vous avez à la cave ? interrogea Adolf après un rot sonore.

— Aux… Aux douaniers et… Et aux gardes-frontières, avoua l'époux avec réticence.

— Je m'en doutais, acquiesça le déserteur en jetant un coup d'œil à Dan. Vous êtes une sorte d'auberge pour tout ce qui patrouille dans le coin.

— Oui, en plus de notre travail à la ferme.

— À quelle heure vont arriver les premiers d'entre eux demain ?

— Ça dépend. Nous ouvrons notre porte vers six heures. Ma femme prépare alors un copieux petit déjeuner qu'elle leur sert quand ils arrivent.

— Combien seront-ils ?

— Ils ne sont jamais plus d'une demi-douzaine.

— D'autres viennent durant la journée ?

— Oui pendant les deux autres repas.

— À combien d'heures de marche se trouve la frontière ?

— À peine une heure, mais…

— Mais ?

— Mais ce n'est pas le meilleur endroit pour passer de l'autre côté. Parce que par ici, elle est trop bien gardée.

— Et, vous en connaissez un autre ?

— Disons que j'ai surpris des conversations entre douaniers… Parfois, ceux-ci boivent plus que de raison. Une fois, ils ont fait allusion à ce qu'ils appellent un trou dans les mailles du filet. Je connais cet endroit pour y être allé en temps de paix.

— C'est à combien d'ici ?

— Deux ou trois heures… Pour vous avec votre blessé et les enfants, ça ferait plutôt quatre ou cinq.

— Vous pourriez nous y conduire ?

— L'homme sembla pris de panique tandis que son regard

allait de l'un à l'autre de ses ravisseurs. Il avait pensé leur indiquer le chemin, pas les conduire.

— Je… Je n'ai jamais fait ça. Il y a de gros risques. Et puis… Il y a ma famille. Si jamais ils apprenaient…

— Vous n'avez pas idée de ce que eux ont pris comme risques pour arriver jusque-là, déclara Adolf d'une voix calme en désignant leurs protégés. Mais, on pourrait peut-être faire en sorte que vous ne soyez pas trop inquiété…

— Comment ça ?

— On pourrait avoir menacé votre famille, ne pas vous avoir laissé le choix.

— Ils ne seront guère sensibles à ce genre d'arguments, objecta leur prisonnier en agitant négativement la tête. Faire passer des gens de l'autre côté de la frontière est puni de mort quelles qu'en soient les raisons.

— Il y a une deuxième solution…

— Laquelle ?

— Ne pas se faire prendre. Conduisez-nous là où nous voulons aller, et dans quelques jours, vous nous aurez oubliés. Nous ne vous laissons de toute façon pas le choix…

Adolf encouragea d'un signe de tête leur prisonnier à donner son prénom.

— Mathias, répondit celui-ci à la question silencieuse.

— Nous ne vous laissons pas le choix, Mathias, pas plus que nous ne l'avons. À présent, nous allons nous reposer. Votre épouse va rejoindre vos filles à l'étage. Nous dormirons ici sur le tapis du salon. Vous aurez juste les pieds et les mains liées, des fois qu'il vous vienne une mauvaise idée durant la nuit. Demain, nous resterons cachés à l'étage avec vos filles. Cette journée nous permettra de reprendre des forces. Vous, avec votre épouse, vous ferez comme si de rien n'était. Si on vous interroge à leur sujet, vous direz qu'elles ont les oreillons. Quand pensez-vous qu'il est préférable de partir ?

— De très bonne heure… Le matin. Nous devrons marcher très lentement et nous tenir sur nos gardes. Nous… Nous devrions arriver là-bas en milieu de journée. Il faudra ensuite attendre la nuit pour franchir… la frontière.

— Très bien, nous aurons le temps de discuter des derniers détails, déclara le déserteur satisfait.

Ce dernier sortit alors un couteau de chasse de sa poche, pris sur leurs assaillants, qu'il posa sur la table.

— Que ce soit bien clair entre nous, Mathias. Je n'ai aucune envie de vous faire du mal, ni à vous, ni à votre famille. Pourtant, je le ferai si j'y suis obligé. Je veux que vous en soyez persuadé. Et si ce n'est pas moi, mon ami, ajouta-t-il en désignant Dan, s'en chargera. D'une façon ou d'une autre.

Les premiers gardes-frontières étaient arrivés peu après six heures le lendemain, accueillis par les aboiements des chiens qui se calmèrent après qu'ils eurent identifié les nouveaux arrivants. Dan les avaient vus approcher grâce à ses jumelles depuis une lucarne du grenier.

Adolf, quant à lui, était posté dans le couloir qui menait aux chambres dans l'une desquelles étaient regroupés tous les autres en compagnie de leurs deux jeunes otages.

De la cuisine leur parvinrent bientôt les arômes du petit déjeuner confectionné par leur mère ainsi que des bruits de voix, de bottes et de chaises glissant sur le plancher.

Le silence se fit dans la matinée après que leurs derniers visiteurs furent repartis à travers les collines.

La même chose se reproduisit à l'heure du repas de midi et de celui du soir aux alentours de dix-huit heures. Là, les instants de calme avaient alterné avec des bruits de conversations diffuses, d'éclats de voix, de verres, de rires ou de chansons, dont les notes parvenaient à l'étage mêlées à la fumée épaisse des cigarettes, des pipes et de l'odeur du lard et du houblon.

Enfin, la nuit était tombée et un silence profond comme seule peut en générer la montagne avait repris possession des lieux.

Mathias les avait rejoints plus tard après la traite des vaches. Son épouse l'avait accueilli d'une caresse sur la joue qui se voulait rassurante, elle qui venait de confectionner le repas pour ses nombreux convives.

— Va te laver, je ne vais pas tarder à servir la soupe.

— Tout s'est bien passé ? demanda ce dernier à son retour en serrant l'une de ses filles contre lui.

— À merveille, avait déclaré Adolf en ôtant Samuel de ses genoux.

— Et pour votre blessure ? avait encore interrogé Mathias en se tournant vers Joseph qui avait repris quelques couleurs.

— Ça va beaucoup mieux, assura celui-ci en mentant un peu. Grâce à mes deux compagnons. Et, je voudrais en profiter pour vous dire combien je suis désolé de ce que nous vous imposons, à vous et à votre famille…

Le propriétaire des lieux le dédouana d'un vague geste de la main.

— Ne vous en faites pas. En tout cas, je vous remercie de vous être occupé de ma petite Loth. Elle avait de la fièvre depuis déjà deux jours. Nous n'aurions pu imaginer que cela pouvait venir d'une dent et, le docteur est loin de notre ferme.

— Les dents sont souvent la cause de bien des maux.

Vous avez deux fillettes délicieuses, Mathias et vous formez avec votre épouse, une bien belle famille. J'aurais aimé vous rencontrer en d'autres circonstances…

— Vous avez une bien belle famille aussi, docteur ; moi aussi, j'aurais…

— Eh bien, je propose qu'on se revoie tous après cette foutue guerre ! intervint Adolf. Et maintenant, si on faisait honneur au repas que nous a concocté la cuisinière ! Ce fumet me met l'eau à la bouche !

Dan observa un à un ses compagnons. Qu'allaient-ils faire de ce qu'ils avaient vécu ?

L'homme avait une telle volonté de vivre… Était-elle capable de lui faire surmonter toutes les épreuves ?

Il observa Rosa et Samuel, serrés l'un contre l'autre, comme rassurés par ce contact. L'horreur était-elle dans un coin de leurs têtes, prête à ressurgir à la nuit tombée ? Ou l'avaient-ils écartée d'un revers de la main du haut de leur jeune âge avec la ferme intention de s'accrocher coûte que coûte à la vie qui s'offrait à eux ?

Il observa Anna perdue dans ses pensées, si frêle aux côtés d'Adolf. Avait-elle réalisé ce qu'elle avait subi ?

Il détailla Elisabeth… Si belle malgré ses cernes dans ce chemisier à dentelle prêté par leur hôtesse. Que gardait-elle de son agression ? Elle semblait désormais si forte, concentrée sur cette unique idée de survivre, vaille que vaille, auprès de ceux qu'elle aimait. Il observa Joseph à ses côtés. Blessé, épuisé, amaigri, son amour pour les siens lui donnait une force de conquérant capable de ressources insoupçonnées.

Et Adolf. Ce type n'était pas un homme. Plutôt une sorte de roc, une curiosité de la nature, incernable, indestructible, insupportable et en même doué d'une grande fragilité bien dissimulée sous sa peau d'ours. Où en seraient-ils aujourd'hui sans son aide ? Il était comme lui, un combattant. Un donneur de mort sans pitié. Quelles séquelles garderaient-ils de leurs nombreux forfaits et de leurs crimes même si ceux-ci avaient été perpétrés pour la bonne cause ? Quels nouveaux cauchemars ?

Mais les séquelles étaient pour les survivants et pour l'heure, rien ne laissait prévoir qu'ils réussiraient même s'il pouvait espérer, à présent qu'ils avaient croisé la route de ce jeune père de famille.

Puis il songea à son autre vie qui lui semblait désormais si loin. Avait-elle réellement existé ? Était-il dans ces montagnes vertes et boisées hantées par des assassins en uniforme ? Où était-il en train de naviguer entre mer et soleil, la peau caressée par le vent ? Connaîtrait-il seulement un jour la réponse ?

Ils avaient quitté la ferme le lendemain alors que l'aube colorait de rose la crête des forêts de sapins. Chacun avait au fond du cœur l'espoir de contempler le prochain lever du jour depuis une terre de liberté où ils n'auraient plus rien à redouter pourtant, l'idée de contraindre des innocents à risquer leur vie pour y parvenir pesait lourd dans les têtes.

Surtout quand ils durent faire leurs adieux à la femme de Mathias qui les avaient regardés s'éloigner depuis le pas de sa porte alors que leurs deux fillettes dormaient encore.

— Croyez bien que nous aurions aimé que tout ça se passe autrement, lui avait encore assuré Joseph, le regard coupable.

— Nous ferons tout pour qu'il n'arrive rien à votre mari, l'avait réconforté Adolf. Ne vous en faites pas. Ce soir, il sera auprès de vous.

— Que Dieu vous entende, lui avait répondu la jeune femme qui avait courageusement lutté pour retenir ses larmes.

Ils avaient, durant quelques minutes, longé la lisière d'une forêt qui dévalait un sommet en pente douce en prenant soin de rester à l'abri de l'obscurité. Mathias marchait en tête, suivi de près par Adolf, attentif au moindre de ses gestes, une carabine pendue à son épaule.

Derrière, suivait Joseph, un bras bandé, l'autre tenant la petite main de Rosa. Venait ensuite Elisabeth dans les pas de laquelle marchaient Anna et Samuel. Dan enfin, un peu en retrait, fermait la marche, un fusil posé sur sa poitrine.

Alors, à la suite de leur guide, ils s'enfoncèrent au cœur de la forêt qui les absorba.

Rebecca, la femme de Mathias, tourna le dos le cœur lourd puis elle referma la porte derrière elle. Ses premiers clients en uniforme n'allaient pas tarder à apparaître sur l'autre versant…

L'un d'eux chaussa ses bottes en sautillant maladroitement sur le sol en terre battue couvert de paille dans laquelle il avait passé la nuit. Son crâne était encore douloureux des excès de la veille où s'étaient succédé la bière et le schnaps. Trop saoul pour rejoindre le village où se trouvait leur casernement, ses compagnons de beuverie l'avaient alors abandonné dans cet abri à foin non loin de la ferme où ils avaient l'habitude de se restaurer, trop contents d'imaginer la tête qu'il ferait en se réveillant.

Enfin botté, il chercha son fusil qu'il retrouva en tâtonnant fébrilement dans la paille puis emboîta son casque de garde-frontière sur sa tête avant de sortir de son abri.

Il avait alors vu à sa grande surprise Mathias le fermier

guidant un groupe de femmes, d'enfants et d'hommes armés, juste avant que ceux-ci ne disparaissent au détour d'un sentier !

Il ne lui fallut pas longtemps pour rejoindre le chalet du fermier dont il enfonça littéralement la porte.

La femme de celui-ci était dans sa cuisine occupée à préparer le petit déjeuner. Celle-ci sursauta deux fois. Une première fois en raison de son irruption brutale autant qu'inattendue, une seconde fois en reconnaissant l'un des douaniers qu'elle avait servi la veille.

— Brüner ! bredouilla-t-elle. Mais qu'est-ce que tu fais là ? Et que signifie cette façon d'entrer ?

— Je viens de voir ton mari ! expliqua l'homme, le souffle court en désignant du bras un point invisible.

— Eh bien oui et alors ? rétorqua la jeune femme en tressaillant.

— Il guide des hommes armés de fusils…

— Ce sont des chasseurs, commença-t-elle d'expliquer en écartant nerveusement une mèche de cheveux. Il les conduit à la chasse au sanglier…

— À la chasse aux sangliers ? Avec des femmes et des enfants ?

— Elles ont tenu à les accompagner, ce n'est pas interdit que je sache ?

Le garde-frontière considéra un instant la jeune femme qu'il connaissait bien, en tentant de remettre de l'ordre dans ses idées.

— Ne me raconte pas d'histoire, Rebecca. Où les conduit-il ?

— Écoute Rolf… D'abord, tu ne devrais pas te trouver là ! Pourquoi n'es-tu pas redescendu dans la vallée avec les autres ?

— Je… j'étais… malade. J'ai passé la nuit dans l'abri à foin en haut de la ferme.

— Malade ? Dis plutôt que tu avais trop bu, oui ! Qu'est-ce que vont en penser tes supérieurs si jamais ils l'apprennent ?

— Il va leur faire passer la frontière, c'est ça ? se contenta de poursuivre l'homme dont l'uniforme était couvert de brins de paille.

— Mais non, qu'est-ce que tu vas imaginer… se défendit mollement la femme de Mathias qui ne voyait plus comment se sortir de cet affreux piège.

— Ils l'ont obligé, c'est ça ?

Les yeux de Rebecca se noyèrent de larmes. Pourquoi avait-il fallu…

« Mon Dieu, songea-t-elle dévastée. Comment pouvez-vous être aussi injuste ? »

Puis elle acquiesça de la tête.

— Je dois téléphoner, déclara finalement le garde-frontière.

— Ne fais pas ça, tenta-t-elle de l'empêcher en lui agrippant le bras. Si tu donnes l'alerte, ils me le tueront !

— Je n'ai pas le choix, se défendit l'homme. Ne t'en fais pas, je leur dirai qu'il a été pris en otage.

La jeune femme laissa ses deux bras retomber le long de son corps. L'enfer venait de s'ouvrir sous ses pieds et il risquait de tous les engloutir. Terrassée, elle tourna le dos puis gagna l'étage afin de retrouver ses deux filles endormies.

Le téléphone sonna l'instant d'après sur le bureau du chef des gardes-frontières, logé dans une ancienne caserne construite sur les hauteurs d'un des nombreux villages de la vallée.

Erich Hoffmann, un géant de deux mètres et de cent vingt kilos décrocha le combiné qui semblait minuscule dans son énorme main.

— Hoffmann, j'écoute.

— Mes respects, mon adjudant. C'est Rolf Brüner.

— Brüner ? Mais vous n'êtes pas censé être à la caserne ?

— Si mon adjudant, mais… je vous expliquerai, bredouilla ce dernier avant de lui dresser un portrait de la situation.

— Gott im Himmel ! jura le sous-officier de sa voix de basse. Passe-moi sa femme au téléphone.

— Rebecca ! la rappela le garde-frontière alors qu'elle était au milieu de l'escalier. L'adjudant veut te parler.

— Allô… bafouilla celle-ci d'une voix presque inaudible l'instant d'après.

— Rebecca, commença ce dernier, qui sont ces gens ?

— Je… Je ne sais pas…

— Vous les avez vus, non ? Il y a des femmes et des enfants et ils sont armés, est-ce que ce sont des résistants ? Des trafiquants ? Des juifs ?

— Je… Je n'en sais rien. Je ne leur ai pas parlé et je les ai à peine vus !

L'homme au bout du fil retint un soupir d'impatience.

— Où doit-il les conduire ?

— Mais… Je ne sais pas…

Cette fois le sous-officier ne chercha pas à voiler la menace qui transparaissait au fond de sa voix.

— Écoutez-moi bien, Rebecca. Si vous savez quelque chose et que vous me le dissimulez, vous vous rendez complice de ces criminels, vous savez ce que cela sous-entend ? Et si vous nous cachez quelque chose, nous l'apprendrons tôt ou tard, d'une façon ou d'une autre. Vous avez une bien jolie famille, Rebecca, vous ne voudriez pas que par votre faute, il lui arrive quelque chose ? Par contre, si vous nous aidez, nous ferons tout pour sortir votre mari de ce mauvais pas. Et nous ne manquerons pas de vous associer à la capture de ces terroristes… Vous imaginez ce que cela représente ?

— À quoi cela sert-il de me menacer ? se désespéra la jeune femme. Je ne peux pas dire ce que je ne sais pas !

— Repassez-moi Brüner, déclara finalement le sous-officier la voix sombre.

— Mon adjudant ?

— Quelle direction ont-ils pris ?

— Quand je les ai vus, ils pénétraient dans les bois du dos du loup.

— Où les conduirais-tu si tu devais, de la ferme, leur faire passer la frontière ?

Son subalterne prit le temps de la réflexion avant de répondre.

— Peut-être aux boucles du val d'argent… C'est le coin le moins bien gardé.

— Hum… songea le sous-officier. Il connaît sûrement l'endroit et ses faiblesses à force d'entendre vos discussions d'ivrogne… Écoute, voilà ce que nous allons faire. Tu vas attendre que nos hommes arrivent…

— Je les entends ! l'interrompit le dénommé Brüner en faisant allusion aux voix d'autres gardes-frontières qui approchaient de la ferme.

— Très bien. Ensemble, vous allez suivre à distance Mathias et ces inconnus. Quant à moi, je vais regrouper nos hommes. Si d'aventure, ils essayaient de passer la frontière avant que nous arrivions, ouvrez le feu ! Allez, exécution et surtout Brüner, ne me décevez pas !

— C'est là, leur souffla Mathias alors qu'ils étaient embusqués dans d'épais taillis en lisière de forêt.

Devant eux, à plusieurs dizaines de mètres en contrebas, un étroit filet d'eau s'étirait en boucles harmonieuses au cœur d'une cuvette herbeuse hérissée de poteaux et de rangées de barbelés qui la parcouraient telle une cicatrice hideuse.

— Là-bas, de l'autre côté, c'est la Suisse, continua leur guide en pointant du doigt la terre promise.

— Mon Dieu, murmura Elisabeth. Cela semble si près... Tu vois, ma chérie, continua-t-elle en murmurant à l'oreille de Rosa, quand nous serons dans ce pré que tu vois là-bas, nous serons libres.

— Mais si les soldats nous voient, ils pourront encore nous tirer dessus? s'inquiéta la fillette qui n'ignorait rien de l'acharnement et de la cruauté de leurs adversaires.

— Non, mon ange. Ils ne pourront plus.

— Il faudra rentrer dans l'eau à peu près à cet endroit, continua d'expliquer Mathias, où vous pourrez passer sous les barbelées. Ensuite, vous devrez parcourir cette étendue en pente légère qui se trouve dans une sorte de no man's land coincé entre les deux frontières. Ceux qui sont pris là peuvent encore être abattus, leur confia leur guide. Il faudra alors vous remettre à l'eau dans cette autre boucle. Une fois de l'autre côté, vous serez sauvés.

— Tu entends Samuel? s'enthousiasma Joseph en serrant l'enfant contre lui. Nous serons bientôt sauvés!

— Il faudra attendre la nuit, continua Mathias à l'attention d'Adolf et de Dan, embusqués près de lui. Pour ne pas avoir tous vos vêtements trempés, vous devrez les balancer par-dessus les barbelés afin de les récupérer en sortant de l'eau.

— Et pour ce qui est des patrouilles dans le coin ? s'enquit le déserteur.

— Elles ne sont pas nombreuses, si j'en crois les dires des gardes-frontières. Les autorités misent sur le fait que le terrain est à découvert et censé être miné. C'est plutôt dissuasif quand on ne sait pas que c'est du baratin.

— Eh bien, il ne reste plus qu'à espérer que tes informations sont bonnes.

— Et... Qu'est-ce que vous pensez faire une fois de l'autre côté ? interrogea leur guide. Je veux dire, est-ce que vous connaissez quelqu'un qui pourra vous aider ?

— J'ai un contact, émit Adolf mais... les choses ne devaient pas se passer de cette façon... Alors, on improvisera.

— J'ai entendu dire que les autorités suisses n'étaient pas toujours très tendres avec les réfugiés qu'ils renvoyaient parfois de ce côté de la frontière.

— Si on survit aux nazis, alors on devrait pouvoir survivre aux Suisses, non ?

— En tout cas, reprit leur guide en fouillant dans sa poche, j'ai le nom de quelqu'un que vous pourriez contacter en cas de besoin. C'est un cousin éloigné que je n'ai plus vu depuis longtemps mais avec lequel je m'entendais bien.

— Eh bien, merci, déclara le déserteur reconnaissant.

Puis, se tournant vers Dan.

— Qu'est-ce que tu en penses ? On pourrait peut-être laisser notre ami retourner auprès de sa petite famille ?

— Vous avez entendu, Mathias ? Qu'est-ce que vous attendez ? lui rétorqua ce dernier en lui tendant une main. Vous nous avez rendu un sacré service. Grâce à vous, ces femmes et ces enfants ont une chance de s'en sortir.

— Est-ce que… Est-ce que c'est vrai tout ce qu'on raconte à propos de ce que les nazis…

— Ces mômes ont traversé plus de forêts en quelques semaines que vous n'en traverserez jamais dans toute votre vie. Et ce soir, ils vont plonger sous des barbelés dans l'eau glacée, alors, à votre avis ?

Mathias leur avait fait ses adieux, puis il était reparti sur ses pas. Il avait hâte de retrouver sa famille, sa ferme et ses animaux.

Bien sûr, plus rien ne serait comme avant. Ils avaient jusqu'à présent été épargnés sur leurs montagnes isolées de tout. La guerre elle-même leur paraissait si lointaine, si difficilement imaginable. Aujourd'hui, elle s'était insinuée jusqu'à leur havre de paix, avec sa face hideuse et son odeur de mort.

Comment leur pays en était-il arrivé là ? se demandait-il en remontant un minuscule sentier à peine tracé par le pas de quelques hommes.

Il s'arrêta, songeur. Son regard se posa alors sur les troncs moussus, jeunes encore ou vénérables et leurs racines profondément ancrées à la terre.

Autour de lui, la forêt entière baignait dans une sorte de quiétude et de silence profond régnant sans partage sur un royaume d'ombre et de lumière. Un royaume de paix et d'équilibre.

À quel moment tout avait-il basculé ? Pourquoi les hommes avaient-ils préféré la mort à la vie ? Le chaos plutôt que l'harmonie ?

Il en était là de ses pensées quand il tomba nez à nez avec le canon d'un fusil brandi par un homme en uniforme qu'il reconnut aussitôt.

— Br… Brüner ? ne put-il que balbutier après que son cœur eut fait un bond douloureux dans sa poitrine.

— Où sont-ils ? se contenta de le questionner celui-ci d'un ton péremptoire.

— Mais… Qu'est-ce que tu fais là ?

— Ne t'occupe pas de ça et réponds à ma question. Ils t'ont relâché ou tu leur as échappé ?

« Ils pensent que j'étais leur otage… » réfléchit Mathias qui tentait désespérément de canaliser son angoisse.

— Ils… Ils m'ont relâché, choisit-il de répondre. Maintenant, est-ce que tu pourrais baisser ce fusil ?

L'homme qui le menaçait obtempéra après un bref moment d'hésitation.

— Tu les as conduits aux boucles du val d'argent, n'est-ce pas, c'est là qu'ils comptent passer ?

— Je… Je n'avais pas le choix. Ils ont juré qu'ils allaient m'abattre, si je ne leur obéissais pas.

— Où sont-ils à présent ?

— Cachés, un peu plus loin. Ils vont attendre la nuit.

— J'ai vu qu'ils étaient armés, qui sont-ils ?

— Ils ne m'ont rien dit. Je ne sais pas qui ils sont.

— Est-ce qu'ils ont l'air dangereux ?

— Pour ça, oui. Ils ont des fusils et je jurerais qu'ils savent s'en servir.

Le garde-frontière jeta un œil sur ses deux compagnons restés en retrait comme pour soupeser leurs forces.

— Ils vont devoir attendre la nuit, pourquoi t'ont-ils relâché si vite au risque que tu les trahisses ?

— Quand ils m'ont dit de déguerpir, je ne suis pas resté pour leur poser la question. Sans doute ont-ils pensé que le temps que je rejoigne la ferme… Mais, comment as-tu su ?

— Je… J'étais dans l'abri à foin où j'ai passé la nuit, expliqua contraint le dénommé Brüner. Je vous ai vus quitter le chalet à mon réveil.

— Et à présent, qu'est-ce que vous comptez faire ? Vous n'êtes que trois ? le questionna Mathias tout en maudissant silencieusement l'ivrogne et la malchance.

— J'ai téléphoné à la caserne depuis chez toi…

— Tu as vu Rebecca ? Elle va bien ? s'inquiéta ce dernier en serrant les poings.

— Elle va bien.

— Et… Et alors ?

— Hoffmann va se pointer avec des renforts avant la nuit. Nous, pendant ce temps, on les aura à l'œil. À présent montre-nous exactement où ils sont cachés.

— Ils sont au pied de ces rochers, leur indiqua Mathias un peu plus tard alors qu'il était accroupi dans les broussailles en compagnie de ses trois encombrants compagnons. À présent, je dois regagner la ferme au plus vite, Rebecca doit être folle d'inquiétude…

L'homme en uniforme acquiesça finalement d'un mouvement de tête.

— Eh bien, bonne chance, bredouilla le jeune fermier en retournant sur ses pas. J'espère que vous pourrez les coincer…

Quand Mathias se retrouva hors de vue des gardes-frontières, il s'adossa à un tronc et respira profondément afin de soulager sa poitrine du poids qui l'oppressait.

Que pouvait-il faire désormais ? Que devait-il faire ? se tortura-t-il. Abandonner ces pauvres gens à leur triste sort ou tenter de les prévenir du danger ?

« Ils m'ont forcé à les aider. Ils n'ont pas hésité à me

menacer, moi et ma famille, tenta-t-il de se persuader. J'ai fait ce qu'ils m'ont demandé. »

À présent, il ne pouvait plus rien pour eux.

Il esquissa quelques pas puis à nouveau appuya son front en nage contre l'écorce d'un arbre comme si ce contact avait pu l'aider à réfléchir.

« Comment s'appelait cette petite déjà ? Rosa... »

Elle avait l'âge d'une de ses filles et malgré le peu de temps passé ensemble, toutes deux avaient eu le temps de partager quelques secrets...

« Elle avait des yeux qui ressemblaient à cette forêt... » songea-t-il avec émotion.

Et si... Et si c'était lui qui était à leur place ? Si c'était sa fille qu'il essayait de sauver ?

Les camions avaient roulé aussi vite que leur permettaient les étroits chemins qui sinuaient à travers les collines jusqu'à ce qu'ils stoppent aux abords d'une forêt doucement gagnée par l'obscurité.

Une quinzaine d'hommes armés en descendirent et se regroupèrent aussitôt autour de leur chef. Celui-ci coiffa son casque dans un geste autoritaire qui sembla trop petit une fois juché sur son énorme tête.

— Nous allons progresser en silence et en file indienne, expliqua celui-ci. Si l'un de vous dévoile notre présence, continua l'adjudant Hoffmann, je l'abattrai personnellement d'une balle dans la tête.

— Est-ce que vous ne croyez pas qu'on devrait prévenir la Kommandantur ? lui avait respectueusement demandé un caporal juste avant leur embarquement.

— Pour que ces salopards nous privent du mérite d'une

pareille opération ? Non, sûrement pas ! Cette fois, nous allons leur montrer qu'on sait faire notre boulot ! Aussi, qu'il n'y en ait pas un d'entre vous qui s'avise de me chier dans les bottes !

Ils étaient restés blottis les uns contre les autres en attendant le crépuscule qui les avait peu à peu rendus invisibles au milieu de la végétation.

Sans cesse, durant leur longue attente, Elisabeth s'était efforcée de répondre dans un murmure aux questions de Rosa. Des questions d'enfant apeurée et confiante à la fois tandis qu'elle la serrait dans ses bras.

Samuel ne lâchait que rarement la main de sa mère. Celle-ci chantonnait en silence des airs connus d'elle seule.

Quant à Adolf, Dan et Joseph, ils surveillaient les alentours, s'efforçant d'épier les bruits de la forêt, les mains serrées sur la crosse de leurs armes.

— On va attendre encore une heure ou deux, leur confia silencieusement le déserteur. Puis, quand on sera sûrs d'être les seuls dans le coin, on ira prendre notre bain de pieds. Ça tombe bien, les Suisses sont très à cheval sur la propreté.

— Ça paraît facile, tu ne trouves pas ? émit Dan, songeur.

— Et pourquoi ça ne le serait pas ? Tu crois pas qu'on en a assez bavé pour arriver jusque-là ? Pourquoi ça ne serait pas facile, pour une fois ?

Dan jeta un œil en direction d'Elisabeth et de Rosa dont il distingua à peine les silhouettes. Ils allaient devoir se dévêtir, seulement vêtus du minimum. Puis ils allaient rejoindre le petit cours d'eau. Ils balanceraient alors leurs vêtements qu'ils auraient noués précédemment de l'autre côté des barbelées. Puis ils se glisseraient dans l'eau glacée… Adolf et lui seraient chargés de faire passer tout le monde. Les enfants allaient trembler de froid jusqu'à en avoir mal…

Ils devraient alors récupérer leurs vêtements et recommencer mais une fois hors de l'eau, ils seraient cette fois en sécurité…

Sa mission prendrait alors fin…

Il se secoua. Il restait encore bien des efforts à accomplir et plus le temps passait, plus il était hanté par un mauvais pressentiment.

Les minutes s'étaient égrenées avec lenteur, puis Adolf et Dan s'étaient concertés silencieusement. D'un commun accord, les deux hommes s'étaient redressés, puis Dan avait alerté discrètement leurs compagnons. À sa demande, tous s'étaient barbouillés le visage avec de la terre afin d'être moins repérable.

Sachant ce qu'ils devaient faire, Samuel sauta aussitôt sur le dos du déserteur tandis que Rosa grimpait sur celui de Dan.

— Prêts ? avait interrogé le premier.

— Prêts, lui avait répondu Joseph sur un ton qui trahissait son intense nervosité.

— Eh bien alors, on y va.

Adolf, le premier, posa un pied sur l'herbe grasse de la prairie qui descendait en pente douce jusqu'au petit cours d'eau depuis longtemps absorbé par la nuit. Puis, tous marchèrent dans ses pas, l'angoisse au ventre et le souffle court.

Dans le lointain, luisait un maigre croissant de lune assoupi dans un matelas de brume. La forêt autour d'eux était plongée dans un silence profond seulement troublé par le bruit de leurs pas foulant l'herbe et la terre meuble. L'air, devenu froid, emplissait leurs poumons avant de revenir à la nuit sous forme de vapeur blanche.

Joseph passa une langue rêche sur ses lèvres sèches.

Son épaule était douloureuse, mais c'est tout son corps qui lui faisait mal à force d'être crispé et immobile.

Il avait la désagréable impression d'être un mouton guetté par des loups tapis dans l'ombre. Devant lui, marchaient Elisabeth et Anna. Toutes deux se tenaient par la main et il entendait nettement le bruit saccadé de leur respiration.

« Mon Dieu, songea-t-il, si tu existes, fais que ces innocents s'en sortent. S'il te faut quelque chose en échange, prends ma vie, mais épargne-les ! Tu ne peux pas les faire échouer si près du but après tout ce qu'ils ont déjà enduré ! »

Mathias arriva enfin sur le promontoire qui dominait la vallée plongée dans l'obscurité au creux de laquelle serpentait le ruisseau qui marquait la frontière.

Il était en sueur et le sang cognait à ses tempes tellement il avait couru pour atteindre le haut du piton rocheux sur lequel il avait enfin pris pied.

Il s'efforça de calmer le rythme de sa respiration afin de se concentrer sur le silence troué un instant par le hululement lointain d'une chouette.

— Apparemment, je n'arrive pas trop tard, songea-t-il. Mais il ne faut plus tarder !

Il plongea alors la main dans son sac puis la ressortit munie de sa lampe torche. Il se concentra afin de s'orienter le mieux possible puis, quand il eut décidé de sa position, l'alluma.

Dan marchait sur la droite d'Adolf distant de quelques mètres. Les doigts menus de Rosa étaient refermés autour de son cou.

Quand il repéra le point lumineux qui apparut brièvement

sur l'arête d'une des collines, il se demanda s'il n'avait pas rêvé. Puis, quand celle-ci réapparut, le rythme de sa respiration changea.

— Nom de Dieu, qu'est-ce que c'est que ça ? maugréa le déserteur qui, lui aussi, avait aperçu l'éphémère lueur.

— On dirait un putain de signal !

Dans un ensemble parfait, les deux hommes s'accroupirent. Aussitôt les deux enfants s'allongèrent sur le sol comme on leur avait appris bientôt imités par le reste du groupe.

— Qu'est-ce que tu en dis, tu crois que c'est pour nous ? avait interrogé Adolf les deux mains fermement posées sur son fusil.

— Je n'en sais foutre rien mais après ça, on ne peut pas prendre le risque de continuer à découvert.

— Que se passe-t-il ? s'inquiéta Joseph Klantzmann dans un souffle.

— Il y a un problème, se contenta d'expliquer Dan.

— D'accord, reprit Adolf. On va marcher en crabe sur la droite jusqu'à la forêt.

Puis, se tournant vers le reste du groupe étendu sur le sol :

— On va progresser sur la droite, leur apprit-il à voix basse. Et se mettre à couvert. Rappelez-vous de ce qu'on vous a appris. Maintenant, allez-y !

Elisabeth prit fermement la main d'Anna, se redressa, puis toutes deux partirent en courant tête baissée vers l'endroit indiqué. Quelques mètres à peine et les deux femmes s'étendirent à nouveau sur l'herbe humide. Ce fut alors au tour de Joseph qui serra les dents au moment de se jeter à terre.

Aussitôt, Elisabeth et Anna reprirent leur course à travers la prairie.

— Merde ! grommela Rolf Brüner depuis sa cachette au milieu des fougères. Qu'est-ce qu'ils foutent et qu'est-ce que c'était que ce putain de signal ?

— Qu'est-ce qu'on fait, on ouvre le feu ? interrogea l'un de ses compagnons, le visage posé sur la crosse de son fusil.

— Bordel de merde ! rugit l'adjudant Hoffmann embusqué avec ses hommes dans une ravine en contrebas qui ne lui avait pas permis de voir le signal. Ces cochons ont l'air d'avoir changé leur plan !

— Qu'est-ce qu'on fait, mon adjudant ? reprit l'un d'eux.

— On éclaire ces salopards et on ouvre le feu, s'ils ne s'arrêtent pas après la première sommation !

Dan et Adolf furent soudain éblouis par la lumière des lampes de forte puissance qu'on braquait sur eux…

— Halte ! hurla le sous-officier ou nous vous abattons !

L'espace d'une seconde. L'instant d'après, ils ouvraient le feu.

L'un des hommes de l'adjudant Hoffmann poussa un cri avant de s'écrouler. Près de lui, une autre lampe vola dans les airs.

— Je suis touché ! Je suis touché ! cria un autre.

Les balles se mirent à siffler entre les têtes comme des dards téléguidés et avec une telle précision que leurs agresseurs durent se jeter à terre.

— Feu ! Feu ! Ouvrez le feu ! vociféra leur supérieur en appuyant sur la détente de son revolver.

— Tirez ! Tirez ! s'égosilla à son tour Rolf Brüner.

Des éclairs jaillirent alors dans la nuit, suivis par des coups de tonnerre. Dan et les siens furent alors à leur tour la cible de tirs croisés imprécis, mais dangereux par leur nombre.

Dan pivota pourtant sur lui-même et ouvrit le feu en direction des flammes sortant des fusils.

Rolf Brüner s'écroula sans un cri, le visage transpercé par une de ses balles.

Une autre ricocha sur un tronc et vint percuter le bras de l'homme à ses côtés.

— Dégage de là ! s'écria le déserteur à l'attention de Dan tout en réarmant son fusil. Si on reste ici, on va finir par en prendre une !

— J'y vais ! acquiesça ce dernier. Rosa, monte sur mon dos et accroche-toi !

— Maintenant ! ordonna Adolf en ouvrant le feu en direction de leurs adversaires.

Dan bondit alors en avant, la fillette rivée à ses épaules. Arrivé à la hauteur d'Elisabeth, il mit un genou à terre et épaula son arme. Rosa, quant à elle, s'était déjà allongée sur le sol.

— Tu vas bien, maman ?

— Rosa, ma chérie ! Oui, je vais bien. Reste bien près de Dan !

— Elisabeth, vous prenez Anna et vous y allez dès que je commence à tirer ! leur clama Dan. Allez, maintenant !

Cette dernière se leva en entraînant la mère de Samuel. Au moment où Elisabeth plongea sur le sol, elle réalisa qu'Anna avait lâché sa main.

En regardant derrière elle, elle l'aperçut étendue à quelques mètres de là.

— Anna ? Anna ? appela-t-elle en vain.

Malgré le danger, Elisabeth décida de rejoindre leur compagne auprès de qui elle se laissa choir. Celle-ci était étendue sur le ventre. Quand elle la retourna, sa main rencontra un liquide visqueux.

— Anna… balbutia-t-elle en observant ses doigts ensanglantés. Puis elle rencontra les yeux étrangement fixes de la mère de Samuel.

— Mon Dieu, Anna…

À cet instant, Adolf se leva à son tour, Samuel accroché à son dos et tandis que Dan le couvrait, il fit le chemin qui le séparait de ses compagnons sous les tirs imprécis des gardes-frontières dont, pour certains, c'était le baptême du feu.

Là-bas, dans l'obscurité un autre homme tournoya sur lui-même, foudroyé.

— Couchez-vous, nom de Dieu ! vociféra le gros adjudant. Couchez-vous !

— Mon adjudant ! l'interpella d'une voix angoissée l'un de ses hommes à ses côtés. On a deux morts et trois autres blessés dont un très grièvement, qu'est-ce qu'on fait ?

— On reste à terre, imbécile et on continue à tirer !

Puis, pour lui-même :

— Nom de Dieu, mais qui sont ces types ?

Joseph tomba à genou auprès de la malheureuse Anna tandis que Dan tirait méthodiquement dès qu'un éclair jaillissait.

— Il n'y a plus rien à faire, déclara ce dernier après s'être penché sur le corps sans vie de la jeune femme.

— Alors courez ! leur ordonna Dan. Allez, ne restez pas là !

À cet instant, Adolf se laissa tomber près de lui avec Samuel sur son dos. Ses yeux se posèrent un instant sur le corps sans vie de la femme qu'il aimait.

— Vas-y ! le secoua Dan. Emmène Samuel loin de là !

— Maman ? bredouilla le jeune garçon avant que son protecteur ne se redresse et se mette à courir.

Un projectile passa tout près du visage de Dan. Aussitôt, il fit feu en direction de l'endroit d'où avait jailli le tir.

Le garde-frontière qui l'avait pris pour cible eut une joue criblée d'éclats de bois.

Derrière lui, Adolf s'était immobilisé puis s'était remis à tirer. Dan sut que c'était le moment.

— Grimpe ! ordonna-t-il à Rosa avant de courir en slalomant à travers la prairie.

Elisabeth parvint la première dans les fourrés au cœur desquels elle s'enfonça. Joseph arriva à son tour sous le couvert des arbres.

« Je sais maintenant que tu n'existes pas ! enragea-t-il en pensant au Dieu qu'il avait invoqué un peu plus tôt. Ou si tu existes, tu es vrai salopard ! »

Puis ce fut au tour d'Adolf et de Samuel de se ruer entre les branches. Enfin, dix secondes plus tard, Dan et Rosa les rejoignirent.

— On grimpe cette colline, déclara le déserteur d'une voix glacée. Une fois en haut, on prend position et on décide de la suite.

— D'accord, approuva Dan. Personne n'est blessé ?

— Elle est où ma maman ? s'alarma alors Samuel.

— Elle va... Elle va nous rejoindre plus tard, commença à expliquer Adolf. Allez, grimpe sur mon dos, on doit...

— Je ne veux pas qu'elle nous rejoigne plus tard, protesta l'enfant. Je veux qu'elle vienne maintenant.

Et avant que personne ne puisse réagir, le garçonnet se mit à courir sur leurs pas afin de retrouver sa mère étendue quelque part sur l'herbe d'un pré.

Dan voulut alors se lancer à sa poursuite mais une main ferme le retint.

— C'est à moi d'y aller, déclara Adolf en le fixant d'un regard pénétrant.

Dan acquiesça d'un mouvement de tête.

— On se retrouve là-haut, murmura celui-ci en regardant partir son compagnon.

Quand Adolf mit le pied sur l'herbe de la prairie, il distingua la petite silhouette de Samuel qui courait rejoindre sa mère. Sans attendre, il se lança alors à sur ses pas.

Le garde-frontière avait tenté en vain de réanimer Rolf Brüner mais son compagnon de beuverie avait rendu son dernier souffle. Il était alors resté prostré auprès de son autre collègue blessé, tétanisé par la peur, puis, la rage au ventre, s'était finalement relevé et avait épaulé son fusil.

Là-bas, une silhouette était apparue, révélée par un timide rayon de lune.

Sa première balle passa juste au-dessus de la tête du garçonnet au moment où celui-ci s'agenouillait au côté du corps sans vie de sa mère.

— Maman, bafouilla celui-ci les yeux pleins de larmes. Maman, réponds-moi…

Alors, timidement, l'enfant approcha une main tremblante du corps encore chaud de celle qu'il aimait tant.

— Maman ? Tu sais, ça ne fait rien que tu ne me réponds jamais.

Sa main quitta son épaule puis remonta jusqu'à ses beaux cheveux éparpillés sur le sol.

— Ça ne fait rien.

Une détonation le fit sursauter. Adolf, à présent agenouillé à ses côtés, venait d'ouvrir le feu.

— Il faut y aller Samuel, lui déclara-t-il doucement l'instant d'après.

— Tu vas prendre maman sur ton dos ?

— Non, c'est toi qui vas venir sur mon dos. C'est elle qui me l'a demandé. Viens, mon garçon.

— Mais ma maman, on ne peut pas la laisser là.

— Elle est avec ton papa, à présent. Viens, ils m'ont demandé de te protéger.

Le garçon le considéra un instant en silence, puis finalement se redressa.

La seconde balle du garde-frontière le cueillit en plein cœur. L'enfant leva la tête comme pour regarder les cieux puis il tomba sur les genoux. Alors, il s'affaissa lentement sur le corps de sa mère.

Adolf poussa un long hurlement avant d'appuyer à nouveau sur la détente de son arme. Une balle s'enfonça dans le sol à moins de dix centimètres de lui.

Pourquoi ne l'avait-elle pas touché ? songea-t-il en observant les corps sans vie de ceux qu'il avait tant aimés.

Puis l'image de Dan et de leurs autres compagnons lui revint en mémoire. Il n'était pas encore temps...

Il se redressa, puis après une course effrénée, retrouva le couvert des arbres sur lesquels ricochaient les projectiles.

— Adolf ! appela Dan quand il vit son compagnon parvenir en haut de la colline. Adolf... où est...

— Il est mort, déclara celui-ci sans émotion apparente.

— Samuel ? Non...

— Comment vont les autres ?

— Ils... Ils vont bien.

— Tant mieux. Le jour va bientôt se lever. Il faut se tirer d'ici. Allez, viens, qu'est-ce qu'on attend ?

— Mais pour aller où ?

— On voulait aller en Suisse, non ?

— Wolker vient de mourir, mon adjudant, déclara l'un de ses hommes en se présentant devant le gros sous-officier qui semblait avoir perdu la parole.

Ce dernier jeta un œil sombre sur l'aube sale qui pointait et sur l'endroit par lequel les fugitifs avaient disparu.

— Prévenez la Kommandantur, se résigna-t-il à ordonner. Alertez les postes frontières. Il nous faut des renforts et des chiens. Quant à nous, nous allons suivre ces salopards à la trace.

Ils avaient progressé à marche forcée à travers la forêt, dévalant ou escaladant des vagues de terres et de roches jusqu'à ce qu'ils finissent par s'écrouler à même le sol.

— On ne va pas pouvoir continuer longtemps comme ça ! déclara Joseph en tenant son épaule douloureuse. Et puis d'abord, où courons-nous ? Est-ce que vous comptez nous faire voler par-dessus les barbelés qui nous séparent de la liberté ?

— Voler peut-être pas, déclara Dan en regardant dans ses jumelles, mais si nous arrivions à atteindre cet endroit…

— Qu'est-ce qui vous fait croire que cet endroit sera mieux qu'un autre ? s'enquit le médecin désabusé.

— Je vous le dirai quand je l'aurai vu, se contenta de répondre Dan.

— Ce n'est guère encourageant, déclara simplement celui-ci alors qu'il aurait aimé crier sa détresse causée par la mort de Samuel et d'Anna, la mort injuste de ces innocents.

Dire combien il avait mal, combien il était épuisé, découragé. Combien il en voulait à ce sort funeste qui s'acharnait sur eux. À ce Dieu imbécile qui n'avait pas trouvé le moyen d'exister où bien s'il existait, se foutait d'eux ! Mais il ne dit rien, car il y avait Elisabeth, Rosa.

— Papa, il est où Samuel ? l'interrogea alors Rosa depuis les bras de sa mère où elle s'était réfugiée.

— Il… Il est… Ils ont préféré prendre un autre chemin avec sa maman, ils nous… Ils nous rejoindront plus tard.

— Il est mort, n'est-ce pas ?

— Il est désormais auprès de ses parents, murmura Elisabeth les yeux pleins de larmes tandis qu'elle observait Adolf qui revenait d'un rapide tour de reconnaissance.

D'où puisait-il sa force et son courage ? se demandait-elle, connaissant la douleur qui devait être la sienne.

Celui-ci se dirigea vers Dan qui lui fit part de sa découverte et de son plan.

— Très bien, approuva le déserteur. Ces salauds sont sur nos traces mais j'ai trouvé un endroit où je pourrai les retenir une heure ou deux. Mettez ce temps à profit. Je vous rejoindrai dès que je le pourrai.

— J'aimerais te dire de rester avec nous mais tu as raison, c'est une bonne idée, déclara Dan. Adolf, je… je suis désolé pour…

— On n'a pas le temps pour ça, compagnon. Allez, partez maintenant.

Dan hocha gravement la tête tandis que les deux hommes se serraient la main.

— Content de t'avoir rencontré, déclara Dan.

— Tout le plaisir était pour moi, lui répondit Adolf en se fendant d'un large sourire qui n'effaça pas la peine sculptée sur son visage.

— Il va où tonton Adolf ? questionna Rosa juché sur le dos de Dan en voyant un peu plus tard ce dernier tourner le dos puis disparaître.

— Il va expliquer à ceux qui nous poursuivent qu'ils n'ont pas pris la bonne décision, lui expliqua son protecteur. Après, il nous rejoindra…

Ils étaient encore une huitaine d'hommes à suivre leurs traces. Heureusement pour ceux qu'ils poursuivaient, ils n'étaient pas ce qu'on faisait de mieux dans le genre soldat d'élite. Tout juste pouvaient-ils menacer des familles de pauvres gens sans défense abandonnés ou égarés le long de la frontière.

Adolf, depuis son poste d'observation, les regardait progresser à pas lents à travers les arbres. L'un d'eux apparut soudain distinctement dans sa lunette. Il coupa sa respiration puis appuya doucement sur la détente. Son fusil de chasse pour gros gibier se cabra alors contre son épaule.

Au bout de son canon, sa victime battit l'air de ses bras avant de s'affaisser. Tous plongèrent alors à l'abri avec plus ou moins de rapidité. Un autre un peu plus lent eut l'instant d'après l'épaule fracassée par un second projectile.

Il y eut quelques tirs de riposte mais, comme il restait invisible, les balles de ses adversaires passèrent loin du déserteur fondu dans le décor.

— Ils ont eu Hollwitz et Klüber est blessé ! déclara d'une voix blanche l'un de leurs poursuivants embusqué à quelques mètres de son supérieur.

Le gros sous-officier s'épongea le front puis dégrafa son col d'uniforme d'une main tremblante. Il était à bout de souffle et l'idée qu'il s'était mis dans le pétrin en ne prévenant pas la Kommandantur plus tôt lui torturait dorénavant l'esprit. Mais aurait-il pu deviner qu'ils allaient tomber sur des types qui semblaient avoir fait la guerre toute leur vie ?

— Il faut se disperser afin qu'ils ne puissent pas nous surveiller tous à la fois. Déplacez-vous en rampant.

— Mais on n'est plus que six, mon adjudant !

— C'est pour ça qu'il ne faut plus se faire descendre, pauvre abruti ! Jusqu'à ce que les renforts arrivent.

Adolf fit encore voler quelques éclats de pierre ou de terre non loin des derrières ou des casques imprudemment exhibés, puis le temps s'arrêta.

Au bout d'un long moment ce dernier consulta sa montre. Cela faisait à présent presque deux heures que leurs poursuivants étaient embusqués la tête dans la boue. Un temps précieux que Dan avait sûrement su utiliser.

Il recula alors en rampant puis sans un bruit se faufila entre les branches.

— Vous attendez quoi dans cette position ?

Surpris, le sous-officier se retourna. Devant lui se tenait l'un de ses hommes partis chercher des renforts en compagnie d'un officier en casquette militaire et treillis bariolé.

— Mais qu'est-ce que vous faites ? interrogea-t-il, sidéré par l'attitude de ces inconscients. Couchez-vous !

— Mon adjudant, commença son subalterne embarrassé, j'ai croisé en chemin le capitaine Strasser qui patrouillait dans le coin. Ils ont entendu les coups de feu…

L'officier balaya du regard la végétation qui les entourait.

— Ça fait combien de temps que vous êtes couchés là, adjudant ? demanda-t-il d'un ton détaché.

— Eh bien… Environ une heure… Peut-être deux.

— Et vous comptez rester encore combien de temps ? Parce que vous voyez, à mon avis, ceux que vous poursuivez sont partis depuis longtemps.

— Vous… Vous croyez ? ne put que bredouiller le gros sous-officier qui voyait les sanctions s'annoncer.

— Bien, conclut l'officier. Si vous n'y voyez pas d'inconvénient, je vais reprendre là où vous en êtes resté.

Il leva un bras, une dizaine de jeunes soldats SS d'à peine dix-huit ans en tenue de camouflage, casqués et lourdement armés, apparurent. L'un d'eux tenait un chien en laisse.

— Vous nous suivez, adjudant, déclara encore l'officier nazi d'une voix posée sans daigner accorder un regard à son subalterne. Mais surtout, vous nous laissez faire.

— À… À vos ordres, mon capitaine ! bafouilla ce dernier en tentant maladroitement de rectifier sa position.

Puis, en son for intérieur : « Je vais te laisser faire, connard prétentieux, ça, tu peux y compter ! Tu pourras même t'en prendre une dans les balloches que je ne lèverai pas le petit doigt ! »

Adolf s'était immobilisé, adossé à une énorme souche d'arbre mort recouvert de mousse, la poitrine soulevée par l'air qui entrait et sortait violemment de sa poitrine. À un moment, une sorte de plainte fusa de sa bouche qu'il réprima avec force. D'un geste rageur, il passa le dos de sa main souillée contre ses yeux qui inexorablement s'embuaient de larmes. Devant lui, flottaient les visages souriants d'Anna et de Samuel qu'il s'était promis d'emmener en sécurité…

Il avait échoué. Échoué si près du but.

Des images lui revinrent. Des images de Russie et des visages aussi. Ceux de ses frères d'arme, disparus dans la tourmente et auprès de qui il avait affronté le pire des sorts… Du moins, le croyait-il. Car le pire des sorts, il le vivait là, aujourd'hui.

Il avait tellement cru qu'après toutes ces épreuves, la vie allait enfin lui tendre une main amicale.

Ils auraient pu être heureux, tous les trois.

Il avait tant d'amour à leur donner.

Il aurait veillé sur eux.

Il aurait abattu des montagnes pour que tous deux retrouvent goût à la vie…

Son plus grand bonheur avait été de faire naître sur le visage tourmenté d'Anna le sourire et la confiance. Et il l'aurait juré, une forme d'amour.

Samuel, quant à lui, n'était jamais aussi heureux que lorsqu'il voyait sa mère sourire…

L'enfant lui en avait été reconnaissant au point de l'accepter comme père de substitution…

Il avait si mal qu'il songea à retourner son arme contre lui comme cela lui était arrivé, parfois, sur le front Russe. Ç'aurait été tellement facile… Mais il y avait Dan et Rosa et les autres et tant qu'il était en vie, il pourrait peut-être leur permettre de franchir la frontière. Qui sait ? Avec ce diable d'Anglais !

Il allait marcher encore un peu puis il s'embusquerait à nouveau. Alors, il descendrait encore un ou deux de ces trous du cul de gardes-frontières.

Si ceux-ci n'avaient pas ameuté tous les nazis du coin, ils avaient encore une chance.

Il se leva et prit une grande inspiration.

Il y eut alors un claquement sec tout prêt d'une de ses oreilles et presque aussitôt une brûlure vive. La balle qui l'avait frôlé avait fait exploser un morceau d'écorce qui lui avait entaillé cruellement la joue.

Il plongea par réflexe devant lui, puis rampa sur quelques mètres à l'abri des fougères. Les aboiements puissants d'un chien-loup résonnèrent alors quelque part dans la forêt.

D'autres nazis étaient cette fois sur leur piste et leurs chances venaient de fondre comme une peau de chagrin.

Des balles continuèrent à claquer sèchement contre les troncs sur lesquels parfois elles ricochaient comme des insectes fous.

Combien étaient-ils à le prendre pour cible ? D'où tiraient ses assaillants ?

Il risqua un œil entre deux branches le temps d'apercevoir à une cinquantaine de mètres une silhouette en treillis de camouflage se faufiler entre deux arbres.

Puis il balaya la forêt d'un regard circulaire le doigt sur la détente l'œil rivé à sa lunette afin de voir s'il était encerclé.

Ceux qui l'avaient pris en chasse n'étaient pas des lourdauds de gardes-frontières et de plus, ils avaient un chien. Cela voulait dire qu'il devait absolument les éloigner de la piste suivie par ses compagnons qu'il ne reverrait sans doute jamais.

« Dommage, songea-t-il, j'aurais aimé serrer la main de ce héros de mes deux, une dernière fois avant de quitter ce monde ! Ouais, un sacré putain de héros… »

Mais voilà, l'histoire en avait décidé autrement.

Il envoya un jet de salive à quelques pas de lui puis prit une profonde inspiration.

— Maintenant, bande de salauds, on va voir ce que vous valez sur une cible mouvante ! murmura-t-il avant de se lancer dans une course effrénée à travers les buissons et les branches qui lui cinglaient le visage.

— Feu ! cria l'officier nazi qui l'avait aperçu l'espace d'un instant.

Adolf se tassa contre un tronc épais dans lequel se fichèrent plusieurs projectiles. D'autres passèrent en vrombissant à quelques mètres de là. Il bondit alors en avant puis partit sur la droite avant de s'aplatir au sol. Un nouvel essaim meurtrier passa au-dessus de lui tandis qu'il rampait.

Il bondit cette fois de l'autre côté, courant en zigzagant durant quelques mètres puis à nouveau, se figea derrière un tronc.

Cette fois les projectiles furent plus nombreux à le chercher en vain. Les hommes s'excitaient à force de rater leur cible, et leur dépit crispait leurs doigts sur les détentes.

— Halte au feu ! cria l'officier qui comprenait la situation. J'ai dit : halte au feu !

Adolf, lui, n'attendit pas. Déjà, il bondissait tel un animal traqué à travers les fougères avant de disparaître entre les troncs.

Deux gardes-frontières lâchèrent encore leurs coups inutiles sur une ombre à présent disparue avant que l'officier ne les fusille du regard.

— Quand je dis halte au feu, il faut obéir bandes d'empotés ! Ça ne sert à rien de tirer tous azimuts à travers cette maudite forêt ! Kiehl ! continua-t-il en interpellant l'un de ses hommes en tenue camouflée. Tu vas prendre un groupe et partir sur la droite. Je prendrai sur la gauche avec le reste des hommes. Ne tirez qu'à coup sûr. Allez, exécution !

Adolf avait la poitrine en feu et le sang battait à ses tempes. Pourtant il fallait qu'il retrouve son calme. Il s'était calé entre deux troncs d'un même arbre afin d'être le plus immobile possible et son œil embué cherchait à localiser sa cible. Elle apparut quelques secondes plus tard dans sa lunette.

Il souffla lentement l'air vicié de ses poumons puis prit une courte inspiration. Alors, il souffla à nouveau et bloqua brutalement sa respiration.

L'homme en tenue de camouflage faisait une cible imparfaite qui sautait d'un abri à l'autre. Un tireur sans expérience aurait sans doute ouvert le feu à plusieurs reprises sur cette proie fuyante et l'aurait manquée.

Adolf attendit, puis attendit encore et soudain appuya sur la détente.

Du sang gicla de la poitrine du jeune SS tandis que celui-ci basculait en arrière mortellement atteint.

Des détonations résonnèrent alors sur les côtés lui révélant que ses poursuivants s'étaient scindés en deux.

Il pivota, l'œil rivé à sa lunette et appuya à nouveau sur la détente.

Sa balle fit voler le casque d'un des gardes-frontières qui plongea sur le sol les bras tendus.

Comme une machine bien huilée, il réarma puis pivota à nouveau avant d'ouvrir le feu. Cette fois, l'un de ses imprudents compagnons s'écroula en se tenant le ventre.

Le canon de son arme bascula à nouveau sur la droite, aboya avec rage, puis revint à son point de départ.

Alors, le déserteur se jeta à terre, rampa, puis se laissa glisser le long d'un terrain pentu qu'il dévala comme une pierre détachée de sa paroi.

— Ce salopard est un dur à cuir mais nous l'aurons, maugréa l'officier entre ses dents serrées.

— Vous croyez qu'il est où à présent, mon capitaine ?

s'informa l'un de ses hommes en tentant de glisser un œil prudent entre un bouquet de fougères.

— Je pense qu'il est quelque part par là, répondit son supérieur en pointant son doigt dans une direction. À environ une soixantaine de mètres. Vous allez indiquer la position à nos hommes. Dans une minute, le second groupe ouvrira un feu nourri pendant que nous, nous foncerons sur lui. Il ne pourra pas nous arrêter tous en même temps. Allez, exécution !

Adolf courait à perdre haleine en s'efforçant de lire le sol sur lequel il posait ses pieds quand le bruit lointain d'une fusillade éclata.

« Ça y est, songea-t-il, ils ont décidé d'attaquer ! J'ai deux bonnes minutes encore devant moi avant qu'ils se rendent compte que je ne suis plus là. Après, ils lâcheront le chien pour me retrouver. Il faudra alors absolument que je trouve un ruisseau ou un… »

Il stoppa soudain sa course et se mit à renifler comme un animal. L'air était empuanti d'une forte odeur de sauvage. Une odeur qu'il connaissait bien.

Il fit alors irruption l'instant d'après dans une clairière minuscule où les sangliers avaient fait bombance. La terre, retournée et piétinée, attestait de leur festin tapageur durant lequel ils s'étaient nourris de glands ou de vers.

Sans hésitation, il s'agenouilla puis, comme les animaux, se vautra sur le sol en s'imprégnant de leur odeur pestilentielle.

Quand le chien-loup arriva sur les lieux la langue pendante, il tourna plusieurs fois en rond la truffe contre le sol puis se figea et poussa un gémissement de dépit tandis que son maître le rejoignait.

Bientôt, tous les hommes furent autour de lui conscient

de ce qui arrivait. Le goût fort des animaux avait désormais noyé celle de l'homme.

— Bien joué, s'efforça de reconnaître l'officier avec un petit sourire. Cette fois, on sait que notre gibier pue le sanglier !

Les hommes autour de lui ricanèrent, plus pour s'encourager et pour plaire à leur officier que par réelle envie de rire.

L'adjudant Hoffmann, quant à lui, avait son visage en sueur illuminé d'un large sourire tandis qu'il gardait les yeux rivés sur ce dernier.

— Et maintenant, on va voir comment tu vas t'y prendre salopard présomptueux, maugréa-t-il entre ses dents serrées.

« Toujours faire ce que l'autre n'attend pas, songea Adolf, en alignant son œil sur sa lunette. Toujours surprendre. Chercher à déstabiliser l'adversaire. C'était la clé de la survie là-bas en Russie. Ça l'est là aussi. »

La logique aurait voulu qu'il s'éloigne le plus possible de cet endroit maintenant que le chien ne pouvait plus suivre sa piste. Qu'il coure comme un lapin qu'ils auraient finalement rattrapé… Ou peut-être pas, mais il avait fait ce choix. Peut-être en songeant aux meurtriers d'Anna et de Samuel et parce que la rage habitait son cœur.

Il esquissa un sourire cruel tandis qu'il contemplait les hommes regroupés. Ceux-ci visiblement songeaient qu'il était loin. Certains d'entre eux avaient même mis leur arme à l'épaule. Des cibles idéales, inconscientes du danger…

Son doigt se posa sur la détente lisse et froide comme la peau d'une complice fidèle et sans pitié. Puis l'arme se cabra l'instant d'après contre son épaule.

Le capitaine Stammler inclina fortement la tête sur le côté quand la balle lui traversa le crâne. Puis son corps s'affaissa mollement.

Il y eut alors le coup de tonnerre de la déflagration qui se propagea entre les troncs comme un signal de mort.

Les hommes autour de lui contemplèrent son cadavre l'espace d'une seconde avant de se ruer aux abris. C'était plus qu'il n'en fallait à Adolf transformé désormais en exécuteur froid et implacable.

Un autre homme en treillis reçut une balle dans le cou. L'instant d'après, ce fut un garde-frontière qui s'affala, touché dans le dos.

Les nazis et leur chien plantaient leurs ongles dans la terre au creux de laquelle ils tentaient de se dissimuler. L'un d'entre eux, plus courageux ou plus inconscient, se redressa et commença à balayer la végétation autour de lui de son puissant pistolet-mitrailleur faisant crépiter les arbres et les branches lacérées par les impacts dévastateurs.

Adolf ne broncha pas, un peu comme si les balles ne pouvaient atteindre le fantôme qu'il était devenu. Une enveloppe vide de sentiments, un être décharné, un spectre. Pourtant, l'une d'elles après avoir ricoché vint se planter dans son flan.

Il grimaça tout en observant le sang qui, lentement, imbibait son vêtement puis il replaça son œil contre sa lunette. Il tira une première fois, puis une seconde sans toucher de nouvelle cible. Et, alors qu'il allait recharger son arme, des tirs éclatèrent sur sa gauche, ils firent voler la terre autour de lui. Il leva la tête et aperçut son agresseur à une quinzaine de mètres en tenue de camouflage. Celui-ci pointait sur lui son fusil à lunette.

Adolf se débarrassa alors de son arme qu'il jeta à terre puis il empoigna deux revolvers qu'il fit jaillir de ses poches.

Le jeune soldat tenta de réarmer fébrilement son arme qui

s'était enraillée. Ses yeux exorbités regardaient avec effroi son assassin marcher sur lui en ouvrant le feu.

Il s'écroula peu après, fauché par une balle reçue en pleine poitrine.

« J'ai vu mourir des tas de jeunes types comme toi, songea le déserteur en lui logeant une balle dans la tête afin de l'achever. Des tas... »

Il reçut alors un coup formidable à l'épaule qui lui fit pousser un hurlement. Puis une autre balle lui perfora la cuisse. Il était pourtant encore debout, comme un guerrier de l'apocalypse tout droit sorti de l'enfer.

Sans savoir comment, il marcha en direction de quelques silhouettes qu'il distinguait encore tout en ouvrant le feu avec une rage implacable. Un autre nazi tomba. Les survivants tournèrent alors le dos sur l'injonction du gros adjudant qui ordonna la retraite, taraudé par des sentiments mêlés de terreur et de jubilation.

Personne ne pourrait le traiter de sous-officier stupide et lâche puisque même un fier officier SS y avait laissé sa morgue s'épancher dans une mare de sang. Chacun de ses hommes pourrait en témoigner. L'inconnu qu'ils avaient tenté d'abattre n'était pas un gibier ordinaire mais plutôt une sorte d'animal dressé pour tuer. Et il n'était pas payé pour se mesurer à ce genre de type.

Adolf leva sa tête ensanglantée en direction du ciel gris pâle sur lequel glissèrent les formes effilées de quelques oiseaux libres.

Il avait vaincu ses ennemis. Une nouvelle fois. À présent, il allait retrouver Dan et les siens. Au moins eux devaient réussir. Sinon, à quoi servirait la mort d'Anna et de Samuel ?

Il esquissa avec difficultés les quelques pas qui le séparaient de son fusil tombé sur le sol. Mais alors qu'il allait se baisser pour le ramasser, le noir se fit autour de lui.

Quand il rouvrit les yeux, il découvrit la mousse tendre et odorante sur laquelle reposait son visage et il sut qu'elle serait son dernier décor.

Il ne rejoindrait pas ses compagnons, mais, ils étaient entre de bonnes mains. « Salut, le héros… »

Puis il imagina le visage et le sourire innocent d'Anna et de Samuel. Peut-être ceux-ci l'attendaient-ils au détour d'un chemin ? Après tout, n'était-il pas leur protecteur ?

— N'aie pas peur Anna, je viens, j'arrive. N'aie pas peur mon garçon, je ne vous quitterai pas… murmura-t-il entre ses lèvres ensanglantées avant de rendre son dernier souffle veillé par le silence recueilli de la forêt.

Chapitre 10

Dan tressaillit quand il comprit que les détonations qui avaient jusqu'alors résonné dans le lointain s'étaient tues, cette fois pour de bon.

— On n'entend plus tirer, remarqua Joseph avec inquiétude.

Celui-ci avançait péniblement en grimaçant près de lui. De la sueur marquait en abondance son visage creusé par les efforts et la souffrance que lui procurait sa blessure. Derrière eux, Elisabeth progressait les mâchoires serrées, concentrée sur leur ascension qui n'en finissait pas.

Dan, qui portait Rosa dans son dos, réajusta la position de la fillette puis il évalua le chemin qu'il leur restait à parcourir sans prendre la peine de commenter la remarque de son compagnon.

Qu'aurait-il pu dire ? Sinon qu'il avait un mauvais pressentiment depuis la mort d'Anna et de Samuel…

Devant eux, se dessinait le sommet escarpé de la colline qu'il cherchait à atteindre. Encore une heure ou deux d'efforts en tenant compte de l'épuisement de ses compagnons et ils l'auraient rejoint.

Il avait imaginé un plan désespéré dont il ne savait même pas s'il serait réalisable mais ils n'avaient pas d'autre choix.

— On est bientôt arrivé, Dan ? s'inquiéta Rosa d'une voix lasse.

— Encore quelques mètres et c'est toi qui me portes, d'accord ?

— J'aimerais bien, si je pouvais, mais tu es trop lourd et je suis trop petite ! Il faudrait que Léo soit avec nous, ajouta-t-elle en faisant allusion au cheval de Dan, là-bas dans son autre vie. On pourrait tous monter sur son dos.

— Qui est Léo ? interrogea son père, plus pour distraire sa fille que par réelle curiosité.

— C'est le cheval de Dan. Il est très grand et très fort. Il a un poil tout doux et une grande crinière blonde.

— Voyez-vous ça… Et tu l'as vu où le cheval de Dan ?

— Dans sa maison au bord de la mer.

— Bien sûr, je suis bête de ne pas y avoir pensé.

— Je n'en peux plus ! se plaignit discrètement Elisabeth qui marchait dans leurs pas. Pourtant, il faut continuer. Il le faut, pour Anna et Samuel.

Dan arriva le premier sur le sommet boisé qu'il avait repéré dans ses jumelles. Avait-il été bien inspiré, ou leur avait-il imposé tous ces efforts pour rien ?

Au premier abord, l'endroit ressemblait à ce qu'il avait imaginé. Devant eux, la forêt s'interrompait brusquement laissant la place au vide qu'ils ne pouvaient pour l'instant que deviner.

Il examina les arbres autour de lui puis la triple rangée de barbelés entremêlés qui se découpait sur un ciel livide.

Joseph arriva à sa hauteur, le visage fiévreux. Rosa,

visiblement épuisée, avait sa petite main dans celle valide de son papa.

— Et… Et maintenant ? s'enquit ce dernier en reprenant péniblement son souffle tout en tentant de comprendre leur situation.

— La Suisse est là, commenta simplement Dan sans cesser de réfléchir. De l'autre côté du vide.

Le médecin opina simplement d'un vague mouvement de tête comprenant que les réponses à ses questions viendraient en leur temps.

Elisabeth arriva à son tour et se laissa choir sur le sol d'épuisement. Aussitôt, Rosa alla se réfugier dans les bras de sa mère.

— Tu pleures, ma chérie ? s'inquiéta celle-ci en voyant ses yeux débordant de larmes.

— Samuel me manque, réussit finalement à articuler la fillette. Il n'est pas parti, il est mort, n'est-ce pas ? Et Anna aussi est morte. Et nous, nous allons mourir, maman ?

— Samuel est avec sa maman. C'est là qu'il a toujours voulu être, lui expliqua sa mère d'une voix douce tout en lui caressant tendrement les cheveux. Et toi, tu es avec moi, et nous resterons toujours ensemble, quoi qu'il arrive. Personne jamais ne pourra nous séparer.

— Même pas les nazis ?

— Surtout pas eux. Et puis, il y a Dan. C'est bien toi qui m'as dit qu'il était le chevalier qui allait nous sauver ?

Dan avait rapidement inspecté les alentours, puis il avait rejoint ses compagnons à qui il avait commencé à expliquer son plan.

— Bien, voilà ce que nous allons faire ! déclara-t-il en

brandissant une petite hache trouvée dans le chalet d'Adolf ainsi qu'une corde et un couteau de chasse à la lame effilée. Nous allons utiliser ce que nous offre la forêt. Tout d'abord, je vais couper des branches et des jeunes arbres. Pendant ce temps, vous allez récupérer tout ce que vous pourrez de lierre qui pousse le long des troncs. Il nous en faudra énormément car nous en aurons besoin pour attacher les branches ensemble de façon à confectionner une sorte de radeau que nous jetterons sur ces barbelés afin de passer de l'autre côté. Mais surtout, nous en aurons besoin pour nous fabriquer une corde qui nous permettra de descendre le long de la falaise.

— Du... Du lierre pour descendre une falaise ? s'étrangla Joseph. Si c'était un autre que vous, je dirais que vous tenez des propos insensés, mais, soit. Et vous avez une idée de la hauteur de la falaise ?

— À cet endroit, je dirais une bonne trentaine de mètres, lui révéla Dan sans détour.

— Trente mètres ! s'exclamèrent ensemble Elisabeth et son mari. Mais comment voulez-vous que Rosa...

— Commencez par récupérer le lierre et je vous expliquerai la suite de mon plan.

— Encore ! Il en faut encore ! les exhorta Dan tandis qu'il commençait à lier les troncs et les branches qu'il venait de couper. Il en faut dix fois plus, vingt fois plus ! Récupérez tout ce que vous trouvez et triez-le par épaisseur. Vite ! Vite ! Il n'y a pas une minute à perdre.

Quand enfin la nuit tomba, tous se regroupèrent à l'abri d'un amas de rochers, fourbus, les mains pleines de griffures.

Dan fit alors l'inventaire de leur précieux trésor.

— Vous pensez qu'il y en aura assez ? demanda le médecin anxieux.

— Je compléterai ce que nous avons au lever du jour. Ensuite, je vous montrerai comment le tresser et le lier aux jeunes troncs que j'ai coupés. Mais pour l'instant, nous ne pouvons plus rien faire dans l'obscurité, alors on va en profiter pour se reposer. Joseph et moi, on se relaiera pour monter la garde.

— J'ai tellement mal à ce foutu bras que je vais pouvoir veiller toute la nuit !

— Je prendrai mon tour de garde, intervint crânement Elisabeth. Il n'y a aucune raison que ce soit une tâche réservée aux hommes.

— Et moi aussi, ajouta Rosa d'une petite voix ensommeillée qui fit sourire malgré eux les adultes qui l'entouraient.

— Je sais que vous ne voulez pas vous prononcer mais, je voulais vous demander… interrogea Joseph un peu plus tard dans la nuit. Qu'est-ce que vous pensez qu'il soit arrivé à Adolf ? Il aurait déjà dû nous rejoindre, non ?

— Je pense qu'il a fait en sorte d'éloigner nos poursuivants de la piste que nous avons suivie. Alors, je ne sais pas quand il reviendra, ni s'il reviendra mais, ça ne change rien à notre plan.

Dan n'avait dormi qu'une heure ou deux et avait passé le reste du temps à épier les bruits de la forêt en même temps qu'il ressassait son plan et que lui revenaient le bruit et la fureur de l'attaque dont ils avaient été l'objet en pleine nuit.

Apparemment, les gardes-frontières les attendaient. Mathias les avait-il trahis ? Ou son épouse ?

S'il n'y avait pas eu ce signal en haut de ce sommet, les conséquences auraient pu être bien pires.

Qui en était à l'origine ? Ceux qui les encerclaient ? Ou bien quelqu'un avait-il voulu les prévenir du danger ? Mathias peut-être, qui aurait compris dans quel piège ils allaient tomber ?

Puis il songea au déserteur dont il avait imaginé maintes fois le retour. Le verraient-ils réapparaître ? S'en était-il sorti ? Et si oui, comment encaisserait-il la perte de ses deux êtres chers ?

Ses questions auraient-elles un jour une réponse ?

Quand il rouvrit les yeux, il fut surpris de découvrir ses compagnons déjà occupés à tresser entre elles les longues tiges de lierre qu'ils avaient préalablement débarrassé de leurs feuilles.

— Est-ce que ça vous va comme ça ? l'interrogea Elisabeth en lui présentant son travail.

— Parfait, reconnut Dan. Un tout petit peu moins serré peut-être pour qu'elles gardent toute leur souplesse. Je m'occuperai ensuite de les relier les unes aux autres et de les nouer aux branches. Bien, je vais aller jeter un œil dans les environs. Restez bien à l'abri de ces rochers et surtout, ne faites pas un bruit.

Dan marchait en silence à travers la forêt en appliquant les préceptes du combattant d'élite qu'il était. C'est alors qu'il les vit. Deux soldats en uniforme qui patrouillaient le fusil accroché à l'épaule.

Il se terra au pied d'un arbre puis ôta délicatement la

sécurité de son arme avant de porter un œil à la lunette de sa carabine de chasse.

Les deux hommes qui progressaient sans précautions apparentes effectuaient visiblement une patrouille de routine le long de la frontière. Il calcula qu'ils allaient passer à moins de vingt mètres de l'endroit où se tenaient ses compagnons.

Tout allait désormais se jouer dans les secondes à venir. S'ils continuaient leur chemin, ils vivraient. Sinon, ils mourraient.

L'un d'eux s'arrêta pour allumer une cigarette. L'autre en profita alors pour uriner à quelques mètres de lui.

Le son de leur conversation lui parvenait à présent sans qu'il puisse en comprendre le contenu. Ses compagnons les avaient-ils entendus eux aussi ? Si c'était le cas, ils devaient être morts de peur. Il pria pour que ceux-ci restent invisibles tout en accompagnant les deux hommes du canon de son fusil jusqu'à ce que ceux-ci disparaissent finalement derrière un rideau d'arbres.

Il patienta quelques minutes puis, quand il fut sûr que ceux-ci s'étaient éloignés, il regagna leur abri.

— Mon Dieu, Dan ! l'accueillit Joseph le pistolet à la main. J'ai bien cru que notre dernière heure était arrivée !

— Vous ne risquiez rien. S'ils avaient bougé le petit doigt, je les aurais envoyés au paradis des nazis.

— Les nazis auraient un paradis ? s'étonna Elisabeth.

— Oui, mais nous, nous l'appelons l'enfer.

— Voilà, conclut Dan après qu'il eut mesuré approximativement leur corde faite de jeunes troncs et de lierre entremêlé. On a un peu plus de vingt mètres, cela devrait suffire avec les quinze mètres de corde que j'ai dans mon sac. Ça m'a l'air solide, vous avez bien travaillé.

— Que Dieu vous entende ! pria Joseph. Et maintenant, si vous nous expliquiez comment nous allons nous y prendre ?

— Très simplement. Je vais vous en nouer une extrémité autour de la taille et je vais doucement vous faire descendre le long de la paroi. Mais d'abord, il faut que j'aille voir de plus près à quoi ressemble cette falaise. Aidez-moi à soulever notre radeau. Bien, maintenant, allez vous mettre à l'abri et laissez-moi faire.

— Pourquoi doit-on se mettre à l'abri ? intervint Elisabeth.

— Des fois que ce truc soit piégé, on ne sait jamais.

— Mais… Et vous ?

— Ne vous en faites pas pour moi. À présent, faites ce que je vous dis.

Dan s'assura que ses compagnons se trouvaient désormais à l'abri puis il rassembla ses forces et jeta l'enchevêtrement de troncs et de branches sur les encorbellements de fils de fer avant de plonger à terre dans l'attente d'une éventuelle explosion. Comme rien ne se passa, il entreprit de traverser son pont improvisé.

Entre le dernier barbelé et le vide, une mince bande de terre dominait des prairies vallonnées, des champs cultivés, des fermes et des forêts d'un vert profond qui se découpaient sur le bleu pâle de l'horizon.

Tout, dans ce décor pacifié, respirait la paix, la quiétude et la sérénité. Un paradis cerné par l'enfer.

S'arrachant à sa contemplation, Dan se pencha au-dessus du vide pour examiner la paroi puis, après une étude minutieuse, revint auprès de ses compagnons.

— Bien, leur déclara-t-il. Voilà comment nous allons procéder. Je ferai descendre Elisabeth en premier.

Se tournant alors vers cette dernière, il poursuivit :

— En bas de la paroi coule une petite rivière. Il faudra que vous trouviez un endroit stable d'où vous pourrez réceptionner Rosa qui viendra juste derrière vous. Ensuite, ce sera au tour de Joseph. Et enfin au mien. Je vais enrouler notre corde autour de cet arbre et m'en servir comme d'un support et d'un frein. Vous allez descendre dos au vide et mettre vos pieds bien à plat sur la paroi. Vous devrez garder les jambes tendues afin de ne pas vous blesser sur les aspérités. En fait, il s'agira de marcher à reculons. Vous ne devrez jamais regarder en bas. Simplement regarder le ciel, vos pieds et écoutez ma voix.

— Mais Rosa n'y arrivera pas ! s'alarma Elisabeth.

— Elle y arrivera. J'irai plus lentement.

— Et... Et pour Adolf ? demanda Joseph. Nous ne l'attendons pas ?

— Adolf a sans doute décidé de suivre un autre chemin sinon, il nous aurait rejoints pendant la nuit. Quoi qu'il en soit, nous devons faire vite si nous voulons tous nous en sortir. Alors, ne perdons pas de temps.

La jeune femme se tourna alors vers son mari qui la prit tendrement dans ses bras.

— Tu vas y arriver, ma chérie, lui assura celui-ci. Nous allons tous y arriver !

— Et... Et toi, avec ton bras, tu crois que ça ira ?

— Je descendrai le long de cette falaise avec les dents, s'il le faut ! Rends-toi compte, en bas, nous serons libres ! Libres, ma chérie. Toi, moi et notre petite Rosa. Ne t'en fais pas, tout ira bien. Suis bien les conseils de Dan et surtout, sois prudente. Tu es tellement courageuse. Quand je pense à tout ce que nous avons fait ! Je suis si fier de toi !

Leurs bouches se joignirent.

— Moi aussi, je suis fière de toi, lui murmura amoureusement son épouse. Si fière...

La jeune femme serra alors très fort sa fille contre elle.

— Je t'attends en bas, ma chérie. Tu n'auras pas peur ?

La fillette agita la tête d'un air peu convaincu.

— Tu ne risques rien, tu es légère comme une plume et Dan fera très attention à toi. En attendant, reste avec ton papa. Je t'aime, ma petite puce.

Elle rejoignit alors Dan qui noua un morceau de corde autour de sa taille et de ses cuisses à la manière des commandos.

— Si je comprends bien, je vais servir à tester la solidité de la corde, tenta-t-elle de plaisanter.

— C'est exactement ça, lui confirma Dan avec le plus grand sérieux.

Puis dans un murmure :

— Pour tout te dire, je ne pense pas que ça résistera à ton poids !

— J'attendrai d'être en Suisse pour te faire payer ça ! s'efforça de sourire la jeune femme en plongeant son regard dans celui de l'homme qu'elle aimait.

— J'y compte bien. À présent, écoute-moi très attentivement, lui murmura-t-il en l'approchant du vide.

— Mon Dieu, comme c'est haut ! s'épouvanta celle-ci.

— Ne regarde pas en bas. Regarde-moi.

— Et quand je ne te verrai plus ?

— Alors il faudra regarder tes pieds. Rien que tes pieds. N'aie crainte, tu y arriveras.

Elisabeth adressa alors un geste à ceux restés derrière les barbelées puis elle s'apprêta à tourner le dos au vide qui peu à peu l'absorba.

Quand elle toucha l'eau après plus de dix minutes d'efforts durant lesquels elle s'était écorché les mains et les genoux, elle la trouva glacée et fut surprise par la force du courant. Mais elle était en vie et sa seule idée était de se préparer à recevoir Rosa.

Avec de l'eau jusqu'aux cuisses, elle dut batailler pour trouver son équilibre sur le lit de pierres.

Elle se débarrassa de son entrave tant bien que mal, puis elle tira deux fois sur la corde comme Dan lui avait expliqué afin de lui signaler qu'il pouvait la remonter.

— Elisabeth est en bas ! annonça-t-il gaiement aux autres. Elle a réussi !

Rosa se mit alors à applaudir et à trépigner de joie.

— À toi maintenant Rosa !

— Va ma chérie, l'encouragea son père. Maman t'attend en bas. Comme ça, vous pourrez me donner des conseils quand ça sera mon tour !

— Alors, ma Rosa, lui dit Dan en écartant de son front une mèche de ses cheveux collée par la sueur. Comment tu te sens ?

— Pas très bien…

— Je comprends ça. Tu sais ce qu'on va faire ? On va descendre le long de ce petit caillou et après, on ira manger une glace quelque part dans ce beau pays. Ils doivent en faire des délicieuses.

— Des glaces au netula ?

— On leur demandera. Ils ont de très bons chocolats, tu verras.

— Et si je tombe ?

— Ne t'inquiète pas, tu ne tomberas pas. Je vais te ficeler comme un petit gigot. Tu n'auras qu'à fermer les yeux et te laisser faire, d'accord ?

— Je vais penser à Azote et à Léo et à… Louve, murmura la fillette en songeant à Samuel qui avait donné à leur chien la moitié de son prénom.

— C'est ça. Maintenant, écoute bien ce que je vais te dire…

Elisabeth serra les poings si forts qu'elle en eut mal tandis qu'elle regardait son petit bout de chou descendre lentement dans le vide.

— C'est bien, ma chérie ! C'est bien ! l'encouragea-t-elle la voix tremblante d'émotion. Tu approches ! Tu y es presque ! Pousse avec tes pieds pour t'écarter de la paroi. Maman va bientôt pouvoir te prendre dans ses bras ! Tiens bon, mon ange ! Tiens bon !

La jeune femme ne sentait pas ses écorchures, ni ses bosses ni ses plaies ni la froidure de l'eau qui enserrait ses jambes dans un étau. Elle était le long de la paroi abrupte avec sa fille. Elle était au côté de Dan qui tenait sa vie entre ses mains à vif. Encore quelques mètres et sa fille serait libre, enfin !

Elle songea alors à se retourner en direction des prés verdoyants et sursauta en découvrant deux silhouettes qui venaient en courant dans sa direction. Son dos fut parcouru de frissons. Elle songea qu'elle n'avait pas d'arme. Leur calvaire ne prendrait donc jamais fin ?

Elle allait se mettre à hurler pour alerter Dan quand les deux inconnus entrèrent dans l'eau afin de la rejoindre.

— Attendez ! Attendez ! dit l'un d'eux. Nous allons vous aider. Nous allons prendre la petite !

Elisabeth les considéra un instant sans comprendre. Ils avaient l'air de paysans, on aurait dit le père et le fils, mais que lui voulaient-ils ?

Le plus âgé l'attrapa doucement par le bras.

— Venez madame, mon fils va s'occuper de l'enfant. Venez, l'eau est glacée, je vais vous conduire sur le pré.

— Mais… Mais… ne put-elle que balbutier.

— Ne craignez rien, madame, vous êtes en Suisse. Vous êtes en sécurité.

— En… En Suisse… ne put-elle que répéter les yeux noyés de larmes. Elle se retourna. Sa fille était à présent réfugiée contre la poitrine du jeune paysan qui la délivrait de son harnais. L'instant d'après, toutes deux étaient dans les bras l'une de l'autre agenouillées et tremblantes sur l'herbe humide. Elles se relevèrent alors puis coururent à travers le pré afin de mieux discerner le haut de la falaise.

Dan les aperçut soudain qui lui faisaient de grands signes et son cœur se serra. Il avait vu les deux hommes accourir et s'était un instant demandé quelles étaient leurs intentions. Il était clair à présent que ceux-ci étaient venus pour leur apporter leur aide. Elles étaient sauvées. Ils avaient réussi. Il avait réussi.

— Elles me font signe ! annonça-t-il gaiement à l'attention de Joseph. Elles sont en Suisse. Elles sont sauvées !

Dan remonta leur corde improvisée en vérifiant sa solidité. Certaines parties avaient un peu souffert le long de la paroi mais elle pouvait encore servir. Il le fallait.

Il se tourna vers le médecin qui attendait son tour de l'autre côté des barbelées. Celui-ci avait les yeux embués de larmes. Des larmes de joie. Enfin, leur longue fuite touchait à sa fin. Mon Dieu, que de dangers évités, que de chemin parcouru, que d'espoir et de doutes accumulés. De souffrance et de peur. D'efforts et de fatigue.

Comme elles avaient été courageuses. Comme elles étaient belles, se dit-il en pensant à Elisabeth et Rosa. Ces monstres avaient tout fait pour détruire cette beauté, cette innocence mais ils avaient échoué. Elles étaient vivantes et libres, pour l'éternité.

Mais tous n'avaient pas eu leur chance. Il songea à Anna et à Samuel… Au moins étaient-ils morts ensemble en tentant de lutter. Et qu'en était-il du déserteur ?

Il observa Dan qui enroulait méthodiquement sa corde. D'où était-il ? Qui était-il ? Ils ne savaient rien de lui. Qui l'avait placé sur leur chemin ?

Il songea alors aux drôles de commentaires de Rosa. Elle utilisait des mots étranges, dénués de sens à leur sujet. Quelque chose de mystérieux semblait les unir. Comme si… Comme s'ils s'étaient connus dans une autre vie… Un chevalier viendra nous sauver, disait-elle…

Ce chevalier était bel et bien arrivé de nulle part et sa prédiction s'était réalisée…

— Joseph ! l'appela Dan. C'est à vous, venez, il ne faut pas traîner !

— J'arrive, lui répondit celui-ci un sourire dans la voix

« J'arrive, messire chevalier… » ajouta-t-il pour lui-même.

Il y eut alors le bruit assourdissant d'une détonation et le battement d'ailes effrayé d'oiseaux cherchant refuge dans le ciel.

Joseph porta sa main valide à son ventre où une profonde douleur commençait à poindre et la retira tachée de sang.

Puis il tomba à genoux comme soudain vidé de ses forces. Alors il sut qu'il n'irait pas jusqu'au bout du voyage.

Dan vit les silhouettes des deux soldats sortir des feuillages à quelques mètres en contrebas.

— Halte ! Halte ! criaient-ils en épaulant leurs fusils.

Ces deux mêmes types qui étaient passés près d'eux une première fois et qui étaient revenus sur leurs pas.

Il n'avait pas été assez rapide, se reprocha-t-il. Il aurait dû accélérer les choses. Il avait été imprudent. Il aurait dû les abattre quand il en avait eu l'occasion. Adolf l'aurait fait.

Son attention et sa concentration s'étaient relâchées alors qu'ils touchaient au but. C'était toujours à ce moment-là que le danger fondait sur vous. Il le savait.

Il chercha des yeux son fusil. Il était couché sur le sol à trois mètres de là. Encore une erreur, songea-t-il. Mais celle-ci s'avérait fatale. Il vit Joseph tressaillir touché par un deuxième projectile.

— Partez ! eut-il encore le temps de lui crier celui-ci avant de s'effondrer. Enfuyez-vous ! Rejoignez-les !

Une balle passa tout près de Dan.

— Halte ! lui crièrent les deux hommes en avançant le fusil pointé.

Derrière eux, des voix s'élevèrent. Des ordres étaient aboyés. Des exhortations fusaient. D'autres des leurs arrivaient en renfort.

Il y eut alors une autre détonation, moins puissante et l'un des deux soldats s'effondra. Joseph, qui conservait encore un souffle de vie, venait de l'abattre à bout portant d'un coup de revolver.

Des silhouettes d'hommes armés apparurent alors entre les feuillages.

Dan jeta un dernier regard au médecin blessé qui braquait à nouveau son revolver contre leurs assaillants.

— Merci, murmura-t-il simplement avant de se lancer le long de la paroi.

Les mètres défilèrent devant lui tandis que ses mains crispées tintaient de rouge sang sa corde végétale.

En haut de la paroi des silhouettes hostiles se profilèrent cherchant à distinguer leur proie. L'un des hommes épaula alors son fusil mais un sous-officier le retint. Il avait vu des paysans suisses se porter à leur secours et l'un d'eux aurait pu être blessé.

Mais il avait une autre idée. S'étant saisi de la hache abandonnée, il l'abattit sur le cordon qui retenait le fuyard à la vie.

Celui-ci se mit alors à chuter comme une pierre le long de la paroi blanchâtre les doigts crispés sur la corde devenue inutile et il eut le temps de songer qu'il allait sans doute mourir à son tour.

Elisabeth et Rosa poussèrent un même cri en le voyant tomber lourdement.

Dan pourtant ne se résigna pas. Ses réflexes de combattant reprirent le dessus. S'il y avait une chance qu'il survive à sa chute, c'est en évitant de tomber en position verticale dans si peu d'eau au risque de se fracasser les jambes où le bassin ! Alors il battit des bras pour atteindre une position semi-horizontale et se prépara au choc terrible qui l'attendait…

Celui-ci fut si violent qu'il perdit aussitôt connaissance. Heureusement, sa position avait empêché qu'il ne s'écrase sur les roches qui tapissaient le lit du ruisseau.

Les deux paysans se portèrent alors aussitôt à son secours et le remontèrent inanimé sur la rive.

— Dan ! Dan ! cria Elisabeth en prenant son visage dans ses mains. Mon Dieu, vous croyez qu'il est mort ?

— Je ne pense pas, émit le plus jeune. Là où il est tombé, il y avait un bon mètre cinquante d'eau et le fait qu'il soit tombé à plat a empêché qu'il aille se briser sur les cailloux. Vous... aviez encore des proches là-haut ?

— Mon mari !

— Dan, réveille-toi ! l'implora Rosa.

Ce dernier ouvrit alors les yeux.

— E... Elisabeth ? murmura-t-il en reconnaissant ses traits penchés au-dessus de lui.

— Joseph... Dan, où est Joseph ? le questionna celle-ci le visage ravagé par la douleur.

— Je... Je suis désolé, murmura-t-il, je... Je n'ai rien pu faire...

La jeune femme releva alors la tête puis en contemplant le haut de la falaise hurla longuement le nom de son mari.

— Pa... pa, balbutia Rosa en tremblant.

— Venez madame, il ne faut pas rester là, réagit l'un de leurs sauveurs. Vous êtes trempés et la petite est frigorifiée. Mon épouse arrive avec notre calèche. Nous allons vous conduire à notre ferme.

Dan récupéra vite et malgré de multiples contusions, fut sur pied quelques heures plus tard grâce aux soins que leur prodigua la maîtresse des lieux, une femme austère à l'épais chignon.

— Nous ne pouvons vous garder là, lui expliqua le fermier après qu'ils eurent passé quelques vêtements secs et absorbé une soupe chaude. Des douaniers et des policiers viennent d'arriver au village, ils vont enquêter sur ce qui s'est passé.

S'ils vous trouvent, on ne peut savoir quel sort ils vous réserveront. C'est que ça en a fait du bruit, votre évasion !

— Et où pouvons-nous aller ? l'interrogea Dan inquiet de l'état d'épuisement et d'abattement de ses protégées qui n'avaient plus prononcé le moindre mot.

— Nous avons une bergerie, là-haut dans la montagne, expliqua le vieux fermier. C'est là que nous vous conduirons. Vous y resterez jusqu'à ce que vous ayez retrouvé suffisamment de forces.

Peu de temps après, une remorque à ridelles tirée par deux puissants chevaux quittait la ferme chargée de foin dans lequel étaient dissimulés Dan, la jeune femme et la fillette.

Ils parvenaient à la sortie du village quand ils furent arrêtés par deux douaniers postés en travers de la route.

— Salut Léon ! dit l'un d'eux en reconnaissant le vieux fermier qui conduisait l'attelage. Salut Marc, ajouta-t-il à l'attention de son fils, assis à ses côtés.

— Salut Grégoire, marmonna le vieil homme.

— Dis-moi, Léon, reprit le garde-frontière. Toi qui as des champs près de la falaise, tu n'aurais pas vu des fugitifs arriver de ce côté, par hasard ?

— Tu veux dire qui auraient volé depuis le haut de la falaise ?

— Ben, c'est un peu ça, oui. Ils seraient descendus au moyen d'une corde pendant que les boches leur tiraient dessus. Un vrai feu d'artifice qui a commencé dans le milieu de la nuit !

— Ah, c'était donc ça, tous ces coups de pétoire, fit mine de réfléchir le fermier. Et, qu'est-ce que vous comptez faire à présent ?

— Les retrouver, eux ou leurs corps.

— Eh bien, si j'aperçois les uns ou les autres, je ne manquerai pas de vous faire signe. Maintenant excuse-nous, Grégoire mais on n'a pas encore fini notre journée, ajouta le vieil homme en agitant doucement les rênes.

Les deux douaniers observèrent distraitement l'attelage qui s'éloignait avant de recommencer à inspecter les fossés.

Les cheveux s'arrêtèrent à la tombée de la nuit au sommet d'une colline près d'une maison en pierre qui semblait avoir poussé comme un champignon au pied des sapins.

— Voilà, déclara le vieux paysan pendant que son fils aidait leurs passagères à descendre de la carriole. C'est suffisamment loin des endroits qu'ils vont fouiller. Personne ne viendra vous chercher ici.

Tous deux poussèrent alors la porte de la bicoque qui s'éclaira au moment où ils allumèrent la flamme d'une lampe à huile.

— C'est un peu sommaire et il faudra vous serrer mais il y a un bon poêle et de quoi manger pour plusieurs semaines. Si toutefois vous décidiez de partir avant que l'on se revoie, je vous demanderais de bien fermer la porte et de déposer la clé dans un endroit que je vais vous indiquer. Sinon, sachez que je repasserai par là dans huit jours pour voir ce qu'il advient de vous. À présent, nous allons vous laisser et retrouver notre ferme car demain, nous devons nous lever tôt.

— Je ne sais comment vous remercier, vous et votre fils, bredouilla Dan en serrant la main calleuse du vieil homme de sa main bandée.

— Nous avons le privilège de vivre en paix dans ce pays, murmura ce dernier en plantant son regard pénétrant dans celui de Dan. Alors si nous pouvons la partager avec d'autres qui n'ont pas cette chance…

Une semaine s'était écoulée, pesante et silencieuse, seulement rythmée par l'aube et le crépuscule qui se relayaient avec monotonie sur la montagne frissonnante d'une pénible solitude.

Les premières nuits avaient servi à dissimuler les larmes tandis qu'ils étaient frileusement regroupés autour du feu. Les repas se prenaient parfois sans qu'un seul mot ne soit échangé. Chacun préférait s'abrutir dans le sommeil ou l'engourdissement qui, après le réveil, continuait de marquer les visages. Ils étaient libres mais le manque de ceux qui n'étaient plus là rendait cette liberté étouffante, insupportable et vaine jusqu'à ce qu'un semblant de vie ne reprenne à leurs corps défendant.

Dan se levait aux aurores, puis il partait à travers la montagne et ne revenait bien souvent qu'à la tombée de la nuit.

Un matin, Rosa avait pris sa main malgré la réticence quasi muette de sa mère. Leurs rires avaient alors commencé à résonner timidement à travers les prairies et les forêts de sapins dont ils n'avaient plus rien à redouter.

Elisabeth, quant à elle, restait prostrée malgré les attentions et la tendresse de sa fille.

Un jour que Dan allait partir en compagnie de cette dernière, celui-ci tenta de la raisonner.

— Tu devrais nous accompagner. Ça te ferait du bien de marcher un peu à travers la montagne. Et puis, Rosa s'inquiète pour toi.

— Non, merci, mais je préfère rester ici à me reposer, expliqua la jeune femme d'une voix éteinte.

Sa peau était devenue presque transparente et de petites veines bleutées apparaissaient sous ses yeux qui semblaient s'enfoncer dans ses orbites. Mais sa beauté restait intacte. Pire encore, elle semblait transcendée par les épreuves, comme ciselée et amplifiée par l'œuvre d'un artiste fou.

— Tu pourrais décider d'abandonner si tu étais seule, Elisabeth. Mais il y a Rosa. Tu crois que Joseph aimerait te voir dans cet état ? Tu crois qu'il est mort pour ça ? Tu crois qu'Anna, Samuel, et tous les autres sont morts pour ça ? Tu as été très courageuse. Tu t'es battue comme une lionne. Mais ton combat n'est pas terminé. Tant que Rosa sera à tes côtés, ton combat ne sera pas terminé. Alors bas-toi !

Longtemps après leur départ, Elisabeth avait pleuré, prostrée sur sa chaise puis, quand elle réalisa qu'elle ne fabriquerait plus de larmes, elle s'était soudain levée et s'était élancée à travers la forêt.

Sa frêle silhouette s'était alors découpée à l'orée d'une petite clairière où Dan et sa fille aimaient venir nourrir une famille de hérissons.

— Maman ! avait souri Rosa en voyant sa mère qui courait pour les rejoindre.

Le vieux paysan leur avait rendu visite au bout de huit jours et leur avait fait une proposition.

— Si vous le vouliez, mon fils pourrait vous conduire dans une ville où j'ai entendu dire qu'il y avait une organisation qui s'occupait de gens comme vous…

— Vous voulez dire… de juifs ? interrogea Elisabeth.

— Oui, c'est ça, confirma le vieil homme un peu gêné. Ils pourraient vous prendre en charge, vous donner des papiers et des cartes de séjour qui vous éviteraient d'avoir des ennuis avec notre administration. Et plus tard, vous faire rejoindre un pays de votre choix où vous pourriez vivre en toute sécurité.

Puis, après un long silence.

— Alors, qu'est-ce que vous en pensez ?

Le surlendemain, ils avaient réembarqué dans la carriole pleine de foin jusqu'à une ville au cœur de laquelle le jeune paysan les avait finalement quittés.

Ils s'étaient alors rendus à l'adresse indiquée d'un pas un peu hésitant en s'étonnant de ne rencontrer aucun soldat menaçant puis, Elisabeth, Rosa et Dan avaient fini par sonner à la porte d'un imposant bâtiment de pierres blanches. Une vieille femme les avait alors reçus avec un sourire bienveillant.

— Bonjour, avait bredouillé Elisabeth. Nous... Nous venons pour...

— Je sais pour quoi vous venez, avait déclaré la vieille femme d'une voix douce. Installez-vous là, ajouta-t-elle en leur désignant quelques chaises vides le long d'un couloir. Je vais prévenir mon mari qui va vous recevoir. Ce ne sera pas long. Est-ce que vous voulez boire ou manger quelque chose ?

— Non, merci, refusèrent-ils poliment.

Quelques minutes plus tard, une porte s'ouvrit sur un homme à la barbe blanche et aux yeux rieurs. Une kippa trônait sur le sommet de son crâne dégarni.

— Entrez, je vous en prie, les invita courtoisement celui-ci. Je suis Levy Klasfeld... Vous allez me raconter votre histoire.

Puis, s'intéressant à Dan qui était resté dans le couloir.

— Vous ne rentrez pas ?

— Je préfère les attendre dehors, expliqua celui-ci un peu gêné.

L'homme rejoignit alors Elisabeth et sa fille. Dans son dos s'étendait une vaste bibliothèque débordant de livres écrits dans de multiples langues.

— Asseyez-vous, je vous en prie.

Son regard clair courut alors avec compassion sur ses visiteuses.

— Vous avez dû faire un long voyage, n'est-ce pas, pour arriver jusqu'ici ? Un long et périlleux voyage, mais ne craignez plus rien, nous allons nous occuper de vous. Mais, dites-moi, votre ami n'est pas juif, c'est pour ça qu'il n'a pas voulu entrer ?

— Il n'est pas juif, confirma Elisabeth mais c'est à lui que nous devons d'être vivantes aujourd'hui. Vous allez l'aider aussi, n'est-ce pas ?

Le vieil homme parut embarrassé. Puis il laissa son dos aller à la rencontre de son siège.

— Savez-vous de combien de juifs nous devons nous occuper ? interrogea-t-il en triturant une fine paire de lunettes. Et cela va ne faire qu'empirer. Des hommes, des femmes, des enfants, des vieillards apeurés, privés de repères, de papiers, souvent dans le dénuement le plus total et sous le coup de chagrins inexprimables. Il nous faut retracer leur douloureux passé et leur préparer autant que faire se peut un nouvel avenir. Alors, non, je ne pourrai rien faire pour votre compagnon mais il pourra trouver auprès d'autres organisations l'aide dont il a besoin.

— Ces organisations font-elles la différence entre les juifs et les autres ? demanda Elisabeth un peu durement. Je ne pense pas, sinon cela serait à désespérer du monde libre que nous avons voulu rejoindre. Avant d'être juifs, nous sommes des êtres humains que d'autres ont voulu exterminer alors, si vous n'y voyez pas d'inconvénient, j'en ai assez de cette étiquette qui nous classe à part, qu'il s'agisse du bien ou du mal que l'on veut nous prodiguer.

Dan avait fait quelques pas incertains dans la rue afin d'y respirer un peu de l'air qui lui manquait.

Une douleur qu'il connaissait bien était progressivement née sous son crâne et avait grandi. Il avait alors été submergé par une angoisse dévastatrice logée comme une lame incandescente qui dévastait à présent sa poitrine oppressée.

« Non, se dit-il, pas encore ! Je veux... Je veux les revoir... Les serrer encore une fois contre moi. »

Il marcha en titubant puis se plaqua contre le mur d'un bâtiment à bout de force. C'est alors qu'il l'aperçut. L'homme au long manteau noir. Celui-ci le dévisageait sans haine ni compassion depuis le milieu de la rue.

Dan lutta pour rester conscient, une main tendue dans sa direction.

— Je voudrais comprendre, supplia-t-il douloureusement quand son visiteur fut près de lui.

— Comprendre ? répéta celui-ci d'un ton ironique.

— Qui êtes-vous ?

— Vos questions... Vos doutes... Vos incertitudes... Choisissez.

— Est-ce que je vais disparaître ?

— Vous le savez bien.

— Et si... Et si je voulais inverser les choses. Ma place est auprès d'elles.

— Personne n'a ce pouvoir. Notre place est là où le hasard

nous mène. Nous vivons ce qu'il nous fait vivre. Et puis, nous disparaissons à un moment. Comme nous sommes venus. Il vous a gâté tout particulièrement en vous faisant vivre deux vies simultanément. Vous devriez lui en être reconnaissant.

— Le hasard et rien d'autre…

— Je vous l'ai dit. Tout n'est que hasard, fulgurance et éternité. Le temps n'est qu'une illusion. Votre existence une fantaisie.

— Une fantaisie… Je n'avais pas remarqué. Quant au hasard, je veux bien le remercier car il m'a permis de les rencontrer… de les sauver et de les aimer.

— C'est vrai que vous n'avez pas gâché votre chance. Parfois, on peut dire que le hasard fait bien les choses…

Son visiteur le considéra un instant en silence avec cette fois quelque chose qui ressemblait à de l'estime dans le regard.

— Bon retour, souhaita-t-il simplement avant de disparaître.

Dan vit alors une silhouette déboucher dans la rue. Elisabeth le cherchait du regard avec anxiété. Quand elle le vit, elle courut dans sa direction, la main tendue en prononçant son nom. Rosa apparut derrière elle vêtue de son manteau bleu.

Ce dernier se redressa et leur sourit. Puis il bascula dans le néant.

— Dan ? balbutia la jeune femme en regardant désespérément autour d'elle. Dan ?

La fillette s'approcha alors de sa mère qu'elle prit doucement par la main.

— Mais… Où est Dan ? balbutia encore celle-ci en rivant son regard halluciné dans celui de sa fille.

— Il est parti, maman.

— Parti ? Mais parti où ?

Rosa se contenta de dévisager sa mère en silence, puis elle serra un peu plus fort sa main avant de l'entraîner doucement vers la demeure qu'elles venaient de quitter.

***

2010

Lentement la douleur s'estompa.

Il avait les yeux ouverts et contemplait la nuit.

Seul un mince filet de lumière filtrait à travers les volets baissés. Les restes d'un orage grondaient dans le lointain.

Du sol montait la respiration profonde et régulière de son chien.

Son nez captait les parfums de bois, de lin et de lavande de sa chambre.

Son cerveau était vide.

Son cœur battait bizarrement dans sa poitrine.

Il sentait le sang circuler dans ses veines mais sa chair et ses muscles étaient privés de vie.

Il était si las.

Quand il s'éveilla à nouveau, Azote était étendu sur le lit et le fixait de ses prunelles ardentes.

La lumière du soleil avait cette fois envahi sa chambre.

— Salut, mon vieil Azote, murmura-t-il en passant une main caressante dans ses poils hirsutes.

Le chien le salua d'un gémissement impatient.

— Ça veut dire que je dois me lever, c'est ça ?

L'instant d'après, il ouvrit la porte vitrée du salon et fit un pas sur la terrasse.

Du sol, montait le parfum de la pluie d'orage. Au loin, le soleil rosissait dans un coin du ciel malgré l'heure encore matinale.

Il alla se faire couler une tasse de café puis il marcha en direction de l'enclos où l'attendaient ses compagnons à qui il distribua le petit déjeuner.

Plus tard, il déposa un peu de pâté dans une écuelle à l'attention du chat tigré qui ne tarderait pas à rentrer de sa virée nocturne.

Il passa un peu de temps sous la douche. Se brossa les dents. Se coiffa, se parfuma. Puis il enfila des vêtements propres et repassés et attrapa son sac de plongée.

Il grimpa ensuite dans son vieux quatre-quatre en compagnie d'Azote et prit le chemin du port.

Au loin, la Méditerranée avait revêtu ses plus belles couleurs d'opale et de marine.

Arrivé près du port, il retrouva ses complices qui l'accueillirent comme à l'accoutumée, puis il prépara le matériel en compagnie des candidats à la future plongée qu'ils effectueraient à bord du plus grand des bateaux qu'il devrait piloter.

Au moment d'appareiller, il jeta un œil malgré lui sur la jetée où flânaient déjà les premiers estivants, puis il poussa lentement la poignée des gaz afin d'appareiller.

Le soleil scintillait sur les eaux du port, éclaboussant de sa lumière les coques rutilantes et les mâts dressés.

Ils allaient retrouver les eaux du large quand quelque chose attira soudain son attention. Là-bas, au bout de la jetée, se dressait une silhouette vêtue d'un long manteau bleu.

Celle d'une vieille femme aux cheveux blancs caressés par le vent.

Son regard était braqué dans sa direction. Il ne put distinguer la couleur de ses yeux, mais il l'imagina de la couleur des sous-bois. Ceux-ci le contemplaient avec affection et reconnaissance.

Un sourire illumina alors son visage parsemé de rides. Puis sa main droite se leva en guise d'adieu.

— Rosa… murmura Dan, bouleversé.

— Si tu ne vires pas bientôt sur tribord, on risque de se prendre le voilier qui arrive droit sur nous, l'alerta son collègue de plongée qui venait de le rejoindre sur un ton ironique.

Dan sursauta puis corrigea l'erre de son bateau.

— Prends la barre, lui commanda-t-il alors avant de rejoindre le bastingage, j'ai cru reconnaître quelqu'un.

À la place de la vieille dame se tenait à présent la fillette à l'inimitable manteau bleu.

Celle-ci lui adressait à présent de petits signes, le visage illuminé d'un sourire radieux. Puis, alors qu'ils commençaient à s'éloigner du port, l'enfant se mit à courir jusqu'au bout de la jetée pour l'apercevoir encore. À ses côtés gambadait en aboyant un jeune berger allemand.

— Louve… murmura Dan la gorge nouée.

L'homme et la fillette s'observèrent bien après qu'ils furent tous deux devenus invisibles, comme unis par le long sillage d'écume qui les éloignaient à jamais l'un de l'autre.

Ce fut la sonnerie de son portable qui ramena Dan à la réalité.

Un sms de Clémence : « Est-ce que tu as pris une décision ? » le questionnait-elle.

Il pianota alors sur quelques touches et répondit par une autre question. : « Et si tu venais t'installer à la maison ? »

Il attendit quelques secondes puis un mot apparut sur son écran. Elle avait voulu écrire : « Est-ce que tu le veux vraiment ? » Mais elle s'était contentée de répondre : « J'arrive. »

Fin

Remerciements

Je remercie tout particulièrement Éliette Abécassis pour son coup de cœur. Je remercie également Femme actuelle, Jean-Laurent Poitevin et Les Nouveaux Auteurs, Prisma Média et le comité de lecture ainsi qu'Isabelle Humbert et Sophie Gombeau pour leurs compétences, leur gentillesse et leur réactivité.

Cette chance qui est offerte à « d'illustres inconnus » d'être remarqués et publiés est extraordinaire car elle donne vie à de belles histoires qui seraient restées au fond de tiroirs ou de greniers.

J'ai la joie de partager ce bonheur avec Françoise, mon épouse et mes deux filles, Fanny et Marion.

Mes pensées vont également au reste de ma famille, à Huguette, ma première lectrice et à mes amis.

Retrouvons-nous sur Internet : www.facebook.com/didier.lecomte.auteur

Prix Télé Loisirs 2015

Vengeance dans les tranchées

Jean-Paul Pointet

À la veille de l'ultime offensive de la Der des ders, trois officiers sont assassinés dans des circonstances bien mystérieuses. Le capitaine Lesage saura-t-il débrouiller l'intrigue ?

Printemps 1918. Ludendorff jette ses dernières forces dans la bataille, Paris est menacé, Pétain et Foch se détestent, les Anglais menacent de rembarquer. C'est dans cette atmosphère proche de la panique que le capitaine Lesage est chargé par le deuxième bureau d'élucider le meurtre de son ancien supérieur, le colonel Bolot. *Vengeance dans les tranchées* est l'histoire de Catherine, une femme profondément meurtrie par la guerre. Traquée sans merci par le capitaine Lesage, elle protégera ceux qu'elle aime, alternant ruse, mensonges et déguisements. Dans ce face à face impitoyable entre l'officier intransigeant et la jeune veuve chargée de famille, les certitudes s'effondrent les unes après les autres.

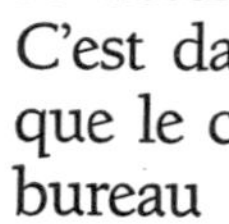

Jean-Paul Pointet

59 ans, habite en Isère. À la fois historien, chercheur et enseignant, il apprécie toutes les périodes de l'histoire avec une préférence pour le 19ème siècle et la Belle Époque.

UN *FEEL GOOD BOOK*
DÉLICIEUSEMENT CHALEUREUX
RECOMMANDÉ PAR *Femme actuelle*

La petite boulangerie du bout du monde

Jenny Colgan

Quand sa vie part en miettes, Polly Waterford quitte Plymouth et trouve refuge dans un petit port tranquille des Cornouailles. Très vite, les arômes de bon pain chaud qui s'échappent de chez elle vont tout changer dans le village. Au fil des rencontres farfelues (un bébé macareux blessé, un apiculteur dilettante, des marins gourmands), Polly recommence à mordre dans la vie comme dans une miche croustillante !

www.editions-prisma.com

Jenny Colgan

Est une romancière britannique auteur de nombreuses comédies romantiques, et d'autant de délicieuses recettes de cuisine. La petite boulangerie du bout du monde *est son premier roman publié en France.*

« Délicieusement chaleureux ! »

Sophie Kinsella

Prix *Femme actuelle* 2014

PRIX DU JURY

Présidente du jury : **Éliette Abécassis**

Perline, Clémence, Lucille et les autres…

Des vies de femmes dans la Grande Guerre

Jeanne-Marie Sauvage-Avit

Une histoire de femmes de 1910 à 1924 dans une société que la guerre transforme.

Lorsque la guerre éclate en 1914, sur les Hauts de Saint-Jean près de Saint-Étienne, la vie des femmes s'organise. Elles n'hésitent pas à remplacer leur mari, leur fils, dans les usines, dans les champs... Perline, institutrice, sera appelée à la comptabilité d'une usine de tissage tenue par les Fougerolles. L'armistice signé, chacun reprend son rôle. Perline, renvoyée des usines Fougerolles, décide d'ouvrir un commerce d'épicerie fine à Saint-Étienne. Plus tard, elle achètera un magasin de confection à Clémence, sa mère. Géraud, son amoureux, lui annonce son engagement dans l'armée et lui propose de l'épouser. Acceptera-t-elle ?

Jeanne-Marie Sauvage-Avit

Professeur d'histoire à la retraite, vit dans les Bouches-du-Rhône.

GAGNANT DU PRIX VSD 2015

Président du jury : **Franck Thilliez**

Soleil Noir

Armèle Malavallon

La ville de Montpellier est ébranlée par des morts mystérieuses qui plongent les policiers dans une profonde perplexité. Une enquête intense et irrationnelle va s'ensuivre…

Montpellier, sous un soleil de plomb de juillet. Le corps d'une paisible retraitée, ou plutôt ce qu'il en reste, est découvert un dimanche matin dans son salon. Un petit tas de cendres et, deux jambes intactes semblant miraculeusement rescapées d'un brasier infernal. L'hypothèse d'une combustion humaine spontanée est aussitôt évoquée. Puis, la découverte d'un second corps, vraisemblablement victime du même phénomène, lance alors les enquêteurs sur une piste criminelle. Un mystérieux « ange de feu » serait-il le meurtrier ?

Armèle Malavallon

42 ans vit à Montpellier. Vétérinaire, elle a travaillé sur les maladies infectieuses en France et la nutrition animale au Vietnam.

Soleil Noir
Armèle Malavallon
GAGNANT PRIX
DU POLAR 2015
Franck Thilliez, président du jury
«Une intrigue brûlante !»

Couverture :
arcangel.com © vintage collection
istock.com © fotoclick
Ligne graphique : Chrystèle Ferté
Studio Fabrication : Flora Bellanger
Composition : IGS-CP à L'Isle-d'Espagnac (16)

Impression :

CPi
BRODARD & TAUPIN

pour le compte des Éditions

Les Nouveaux Auteurs

Dépôt légal : mai 2015 – N° d'impression : 3010942

Cet ouvrage a été imprimé en France sur un papier composé de fibres naturelles, recyclables, et fabriqué à partir de bois provenant de forêts plantées et cultivées pour la fabrication de pâte à papier.